KB248154

아서 클라크 단편 전집 1960-1999

아서 클라크 단편 전집 1960-1999

The Collected Stories of Arthur C. Clarke

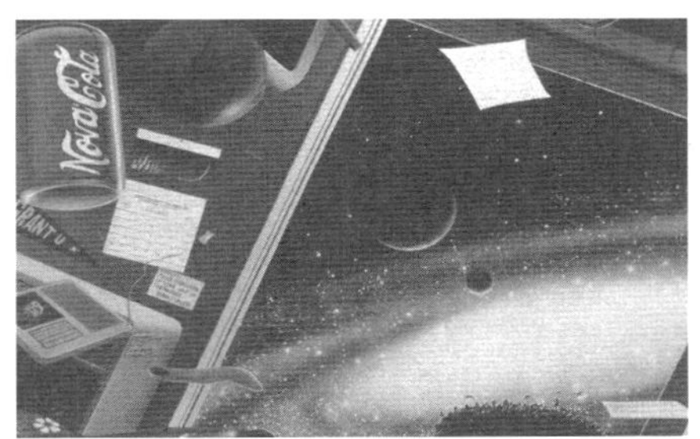

아서 C. 클라크

고호관 옮김

황금가지

THE COLLECTED STORIES OF ARTHUR C. CLARKE

by Arthur C. Clarke

1960-1999

목차 일러두기
원서의 순서대로 나열되었으며, 몇 편은 원서에 발표 년월이 표기되지 않아 위키디피아를 참조하여 기입하였습니다.

결코 지칠 줄 모르는 서지학자 데이비드 N. 사무엘슨(『아서 C. 클라크 1차 2차 참고문헌』G.K. 홀 출판사)에 따르면, 나는 1932년《휴이시》가을호부터 소설을 쓰기 시작했다고 한다. 그때 나는 학교 잡지의 편집 위원이었는데, E.B. 미트퍼드 영어 담당인 E. B. 미트퍼드 선생님이 편집부 담당 교사였다. 훗날 나는 단편집 『90억 개의 이름을 가진 신』을 그에게 헌정했다. 편집 위원으로서 나의 역할은 이국적인 환경에서 일을 하고 있는 나이 많은 사람처럼 가장해서 편지를 쓰는 것이었는데, 그 작업은 분명 과학 소설적 영감을 주는 것이었다.

그런데 도대체 과학 소설이란 무엇이란 말인가?

과학 소설의 정의를 내리려면 적어도 박사 논문에 해당하는 장문의 글을 써야만 할 것이다. 반면 나는 "과학 소설이란 내가 손을 들어 '이것이 바로 과학 소설이다.'라고 가리키는 것이다."라고 말한 데이먼 나이트의 고견에 전적으로 동의하는 바이다.

이미 과학 소설과 판타지 소설을 구분하기 위해서 너무도 많은 피땀을 흘린 상태다. 그래서 나는 기능적인 정의를 하나 제안했다. 과학 소설은 일어날 수 있는 그 어떤 것을 다루는 것인데, 우리 대부분은 그 일이 일어나지 않기를 바란다. 판타지 소설이란 일어날 수 없는 것을 다루지만, 종종 우리들은 그런 일이 일어나기를 바란다.

과학 소설을 쓰는 사람들은 소위 본격 소설(이 진정한 우주의 아주 작은 부분에만 관심을 가지고 있는)이라고 불리는 것을 쓰는 사람들은 걱정하지 않아도 되는 여러 문제들과 마주하게 된다. 본격 소설 작가들은 배경을 설명하기 위해서 많은 지면을 할애하지 않아도 될 뿐 아니라, 가끔 한 문장만 가지고서도 배경 설명을 끝낼 수 있다. "안개가 내린 밤 베이커 가에서"라는 문장을 읽는 바로 그 순간 독자들은 그곳에 가 있다. 온전히 이질적인 배경을 창출해야 하는 과학 소설가들은 이 작업을 하기 위해 엄청난 지면을 할애해야 하는 것이다. 그 대표적인 예가 프랭크 허버트의 역작 『듄』 시리즈이다.

그러니 뛰어난 과학 소설들 중 많은 작품이 단편으로 쓰였다는 것이 놀랍지 않은가. 나는 지금도 스탠리 와인바움의 「화성의 오디세이」가 「원더 스토리즈」 1934년 7월호에 실렸을 때의 충격을 기억하고 있다. 눈을 감으면 프랭크 폴이 그린 독특한 표지가 떠오른다. 다 읽자마자 곧바로 다시 앞으로 돌아가 한 번 더 읽어버린 소설은 그 이전에도 그 이후에도 없다…….

아마도 단편 소설이 과학 소설이라는 장르 전체에서 차지하는 위치는 소네트(14행시)가 서사시 전체에서 차지하는 위치와 같다고 할 수 있을 것이다. 이제 우리가 도전해야 할 것은 가능한 짧은 것에서 완벽함을 창출하는 것이다.

그렇다면 단편 소설은 길이가 얼마나 되어야 하는가? 이런 질문을 나에게 한다니 참 유감스러운 일이다…….

이 책에서 독자들은 31개의 단어로 이루어진 가장 짧은 소설을 보게 될 것이다. 가장 긴 것은 1만 8000개의 단어로 이루어져 있다. 이를 뛰어 넘어 우리는 지각하지 못하는 사이에 장편소설로 통합될 수 있는 중편소설(끔찍한 말이긴 하지만)의 영역으로 들어갔다.

이 이야기들이 씌어지는 동안, 세상은 인류 전체 역사 중에서 가장 커다란 변화를 겪었다는 사실을 기억해 주길 바란다. 그래서 본의 아니게 시대에 뒤떨어진 내용이 담겨 있는 경우가 생겼다. 하지만 나는 이를 개정하고자 하는 유혹을 뿌리쳤다. 이 문제에 대해 견해를 얘기해 본다면, 이 작품들 중 약 3분의 1은 대부분의 사람들이 '우주 비행'이란 게 허무맹랑한 이야기라고 생각하던 시절에 씌어졌으며, 고작 후반부 십여 편이 인류가 달을 밟은 이후로 씌어진 작품이다.

멋지지만 현실에서 존재할 수 없는 것들뿐만이 아니라 실현 가능한 미래를 그림으로써 과학 소설가들은 인류 공동체에 훌륭한 기여를 하였다. 그들은 독자들의 정신적 유연함과 시대 변화에 적응하고 심지어 그러한 변화를 환영하는 자세, 즉 한 마디로 말해서 적응성을 진작시켜 주었다. 아마도 이 시대에 이보다 더 중요한 기여는 없을 것이다. 공룡은 환경의 변화에 적응할 수 없었기 때문에 사라졌다. 만약 우주선, 컴퓨터, 그리고 핵무기가 존재하는 환경에 인류가 적응하지 못한다면 우리도 사라지게 될 것이다.

그러므로 과학 소설이 도피적이라고 비난하는 것보다 더 바보스러

운 짓은 없을 것이다. 이런 비난은 사실 여러 판타지 문학 쪽을 향한
다고 할 수 있지만, 그렇다고 하면 또 어떤가? 어떤 형태의 것이든 도
피가 필요한 시대(20세기에 이미 무수한 사례를 볼 수 있었다.)가 있었
고, 도피처를 제공해 주는 어떤 형태의 예술도 경멸받아서는 안 되는
것이다. C.S. 루이스(훌륭한 과학 소설과 판타지 소설을 창조해 낸 작가)
가 한때 이런 말을 해주었다. "현실도피에 가장 반대한 사람들은 누
구인가? 바로 간수들이다."

C.P. 스노는 그의 유명한 에세이『과학과 정부』에서 "예지능력"이
지극히 중요하다는 것을 강조하며 글을 끝맺은 적이 있다. 그는 인류
가 종종 예지력 없이 지혜만 소유해 왔다는 것을 지적했다.

과학 소설은 불균형을 시정하기 위해 많은 일을 해 왔다. 비록 작가
들이 항상 지혜를 가지고 있는 것은 아니지만, 최고의 작가들은 예지
력을 확실히 가지고 있다. 그리고 이것은 신들에게서 받은 최고의 선
물인 것이다.

지난 70년간 써 왔던 거의 모든 단편들을 수집하고 실제로 그 위치
를 추적해 준 맬컴 에드워즈와 모린 킨케이드 스펠러에게 많은 빚을
지고 있음을 밝힌다.

아서 C. 클라크
스리랑카 콜롬보에서

2000년 7월

이카루스의 여름 | Summertime on Icarus |

1960년 《보그(vogue)》 6월 호에 "태양계에서 가장 뜨거운 부동산(The Hottest Piece of Real Estate)"이라는 제목으로 첫 게재. 『열 세계의 이야기(Tales of Ten Worlds)』에 재수록.

이 이야기를 썼을 때만 해도 소행성에 내 이름이 붙는 날이 오리라고는 상상도 못 했다. 1996년에 국제 천문 협회는 무명의 소행성 4923에 내 이름을 붙였다. 따라서 나는 가 본 적은 없어도 화성 주위를 도는 100제곱킬로미터 크기의 부동산을 자랑스럽게 소유하고 있는 셈이다. 그건 지구 근처로 다가오지도 않기 때문에, 나는 「딥 임팩트(Deep Impact)」에서나 나올 법한 소송에 대해서는 조금도 걱정하지 않고 있다.

충돌 후 눈을 뜬 콜린 셰라드는 처음에 자신이 어디에 있는지도 알 수 없었다. 사방으로 가파르게 경사진 둥근 언덕 정상에서 무슨 차량 같은 것 속에 꼼짝없이 붙잡혀 누워 있는 듯했다. 땅은 마치 거대한 화염이 휩쓸고 지나가기라도 한 듯 검게 그을려 있었다. 그 위로는 칠흑같이 어두운 하늘에 별이 가득 차 있고, 그중 하나는 작은 태양처럼 지평선 위에서 빛나고 있었다.

저게 태양인가? 지구에서 그렇게 멀리 떨어져 있나? 아니, 그럴 리는 없었다. 머리를 맴도는 기억에 의하면 태양은 저렇게 별처럼 보일 정도로 멀리 떨어져 있지 않았고, 반대로 아주 끔찍할 정도로 가까이 있었다. 셰라드는 자신이 정확히 어디에 있는지를 기억해 냈다. 그리고 그 사실이 너무나 끔찍해서 거의 다시 정신을 잃을 뻔했다.

그는 역사상 그 누구보다도 태양에 가까이 있었다. 그의 손상된 스페이스 포드는 언덕 위에 있는 게 아니라, 직경이 기껏해야 3.2킬로미

"

터밖에 안 되는 터라 심하게 굽어 있을 뿐인 작은 세상에 놓여 있었다. 서쪽에서 빠르게 지고 있는 별은 프로메테우스 호의 불빛이었다. 바로 그가 타고 수백만 킬로미터의 우주 공간을 건너온 우주선이었다. 몇 분 후면, 프로메테우스 호는 태양을 피해 지평선 아래로 사라지는 끊임없는 숨바꼭질 게임을 계속하며 그의 시야에서 벗어날 것이다.

그것은 이미 셰라드가 진 게임이었다. 아직은 소행성의 밤이라 시원한 그림자 속에서 안전했지만, 짧은 밤은 곧 끝난다. 하루가 네 시간에 불과할 정도로 빠르게 회전하는 이카루스 위에 있는 그는 지구에서 볼 수 있는 태양보다 30배나 더 큰 태양이 화염을 뿜어 대는 곳으로 움직이고 있었다. 주변이 전부 시꺼멓게 타 있는 이유는 뻔했다. 이카루스가 근일점에 도달하려면 아직 일주일이 더 있어야 했지만, 정오의 온도는 이미 1000도에 달할 정도였다.

우스갯소리가 어울리는 상황은 결코 아니지만, 셰라드는 갑자기 매클레란 선장이 이카루스에 대해 한 말이 떠올랐다. "태양계에서 가장 뜨거운 부동산." 이 농담의 진실 여부는 불과 얼마 전에 과학적이라기엔 단순하지만 그 어떤 그래프나 수치보다도 인상적인 실험으로 밝혀졌다.

셰라드는 해가 뜨기 전에 나무 조각을 하나 언덕 위에 세워 두고 안전한 곳에서 태양이 언덕 위로 떠오르는 장면을 지켜보았다. 순간적으로 밝게 타오르는 빛에 눈이 적응했을 때 나무는 이미 검은 숯으로 변해 있었다. 만약 산소가 있었다면, 나무 조각은 화염으로 변해 버렸을 것이다. 이카루스의 새벽이란 그런 것이었다……

그래도 5주 전 처음 착륙했을 때는 금성 궤도를 지나던 무렵이라 이렇게 말도 안 될 정도로 뜨겁지는 않았다. 프로메테우스 호는 이카루스가 태양으로 막 뛰어 들어가기 시작하던 무렵에 따라잡아, 속도를 똑같이 맞추고 눈송이처럼(이카루스에서 눈이라니, 꽤나 어처구니없는 생각이다.) 사뿐히 내려앉았던 것이다. 과학자들은 니켈과 철이 주성분인 울퉁불퉁한 표면 위로 흩어져서 각종 장비를 설치하고 견본을 모으며 끝없이 관측을 해 댔다.

이 계획은 국제 천체물리학회의 10주년 계획의 일환으로 몇 년 전부터 준비해 온 것이었다. 바위와 철로 된 3킬로미터 크기의 방패로 화염을 가로막은 채 태양에서 고작 3000만 킬로미터밖에 떨어져 있지 않은 곳까지 갈 수 있는 기회는 흔치 않았다. 이카루스의 그림자 속에서 프로메테우스 호는 태양계의 모든 행성과 생명체가 의지하고 있는 불꽃 주위를 안전하게 돌 수 있었다. 전설 속의 프로메테우스가 인간에게 불이라는 선물을 안겨 주었듯이, 그 이름을 딴 우주선도 상상할 수 없었던 천상의 비밀을 지구에 가져다줄 예정이었다.

프로메테우스가 태양을 피해 완전히 떠날 때까지 장비를 설치하고 조사할 시간은 충분했다. 그때까지만 해도 전진해 오는 태양 빛에 따라잡히지만 않는다면, 우주선을 3미터 정도로 줄여 놓은 듯한 자력 추진 스페이스 포드에 타고 그늘 속에서 한 시간가량 일하는 게 가능했다. 떠오르는 태양 빛의 속도는 고작 시간당 1.6킬로미터에 불과했기 때문에 어렵지 않게 피할 수 있었다. 하지만 셰라드는 실패했고, 그 대가는 목숨이었다.

셰라드는 아직도 정확히 무슨 일이 벌어졌는지 알지 못했다. 그는 주변보다 높다는 이유만으로 흔히 에베레스트 산이라고 불리는 145 지점에서 지진계의 전송기를 교체하고 있었다. 포드의 기계팔을 원격조종해서 하는 일이었지만 아주 단순 명료한 작업이었다. 셰라드는 기계팔 조작의 전문가였다. 그는 뼈와 살로 이루어진 실제 손만큼이나 빠르게 기계팔로 매듭을 지을 수 있었다. 20분이 조금 넘어 작업은 끝났고, 지진계는 태양에 접근하기 시작한 이래 끊임없이 이카루스를 괴롭혀 오던 작은 지진을 기록한 신호를 다시 전송하기 시작했다. 셰라드 자신의 충돌이 그 기록에 더해졌다는 걸 생각하니 뿌듯할 지경이었다.

신호를 점검한 후에는 조심스럽게 장비 주변의 태양광 차폐막을 교체했다. 종이보다 더 두꺼울 것도 없는 윤기나는 얇은 금속막 두 장이 순식간에 납이나 주석을 녹여 버릴 정도의 태양광을 막아 준다는 사실은 믿기 어려웠다. 보기와 달리, 태양 빛의 90퍼센트 이상은 유리 같은 첫 번째 차폐막에서 반사되고 나머지도 두 번째 차폐막이 대부분 막아 주어 해가 되지 않을 정도의 열만 통과할 수 있었다.

셰라드는 작업을 완료했다고 전하고, 우주선으로부터 확인 신호를 받아 돌아갈 채비를 했다. 프로메테우스 호에서 흘러나오는 빛줄기 (이 빛이 없다면 소행성의 절반은 암흑 천지였다.)는 놓치고 싶어도 놓칠 수가 없었다. 이런 저중력에서는 유연한 행성용 우주복을 입고 있었더라면 뛰어서 올라갈 수도 있었다. 마찬가지로 포드의 저출력 로켓도 5분이면 여유 있게 그를 데려다 줄 수 있었다.

셰라드는 자이로스코프로 프로메테우스 호를 겨냥하고 후미의 제트추진을 2단계에 맞춘 후 점화 버튼을 눌렀다. 다리 쪽에서 격렬하게 폭발하는 느낌이 나면서 그는 이카루스에서 멀어져 갔다. 그런데 프로메테우스 호 쪽이 아니었다. 뭔가가 크게 잘못된 게 틀림없었다. 그는 조종대에서 튕겨 한쪽 구석으로 내동댕이쳐졌다. 제트 추진기 하나가 작동하지 않아 균형이 어긋나는 바람에 그는 바람개비처럼 돌며 우주 공간을 가로지르고 있었다. 차단 장치를 찾으려고 했지만 회전 때문에 방향을 분간할 수 없었다. 겨우 조종대에 자리를 잡고 한 행동은 상황을 더욱 악화시켰다. 흥분한 운전사가 브레이크 대신 가속 페달을 밟듯이 추력을 최대로 올린 것이다. 실수를 깨닫고 제트를 차단하는 데에는 1초밖에 걸리지 않았지만, 그때는 이미 너무 늦어 별들이 둥그렇게 원을 그리며 돌 정도였다.

순식간에 벌어진 일이라 프로메테우스 호에 상황을 보고할 시간은 커녕 두려움을 느낄 틈도 없었다. 셰라드는 조종대에서 손을 뗐다. 손을 댔다간 상황만 더 나쁘게 할 뿐이었다. 회전을 멈추려면 세심하게 조종해도 이삼 분이 걸릴 터였지만, 다가오는 바위를 힐끗 보니 그럴 시간이 없는 건 분명했다. 그는 우주 비행 지침서 맨 앞 장에 있던 충고를 떠올렸다. "무엇을 해야 할지 모를 때는 아무것도 하지 말 것." 별들이 사라지고 이카루스가 그를 덮칠 때까지 셰라드는 그 충고를 충실히 따랐다.

포드가 부서지지 않은 건 기적이었다. 그는 아직도 포드 안에서 숨을 쉬고 있었다(30분쯤 후, 열 차폐막이 작동하지 않으면 아마도 뛰쳐나가려 하겠지만……). 피해가 전혀 없지는 않았다. 머리를 감싸고 있는 투명한 플라스틱 반구 바깥의 후미경이 둘 다 떨어져 나가서 뒤에 뭐가 있는지 보려면 고개를 돌려야 했다. 이건 약과였다. 무선안테나가 충격으로 떨어져 나갔다는 사실이 훨씬 심각한 문제였다. 무전기에서 들리는 소리라고는 기기 내부에서 나는 듯한 희미한 잡음뿐이었다. 셰라드는 어느 누구와도 동떨어져 있었다. 완벽하게 혼자였다.

절망적인 상황 속에서도 한 줄기 희미한 희망의 빛은 있었다. 완전히 속수무책은 아니었던 것이다. 포드의 로켓은 쓸 수 없었다. 아마도 우현의 모터가 폭발하면서 연료관을 덮친 것 같았다. 설계한 사람이야 그럴 리 없다고 하겠지만. 그래도 아직 움직일 수는 있었다. 그에겐 두 팔이 있었다.

그러나 어느 방향으로 가야 할 것인가? 방향 감각은 잃어버렸고, 조금 전에 에베레스트 산에 있었다고 해도 지금은 거기서 얼마나 떨어져 있는지도 몰랐다. 이 조그만 세상에는 이렇다 할 만한 지형이 없었다. 지평선 아래로 빠르게 내려가고 있는 프로메테우스 호의 불빛이 가장 확실한 목표였다. 불빛을 놓치지만 않는다면 안전했다. 몇 분이면 그가 없어졌음을 알아챌 터였다. 실로 이미 알아챘을 수도 있다. 그러나 무선통신이 작동하지 않으면 동료들이 그를 찾는 데 오랜 시간이 걸릴 터였다. 이카루스가 작은 세상이라고 해도, 환상적일 정도로 울퉁불퉁한 지형은 3미터짜리 원통을 아주 효과적으로 숨길 수 있었다. 몇 시간이 걸릴 수도 있었다. 그건 그가 계속해서 살인적인 태양광을 앞질러 가야 한다는 뜻이었다.

셰라드는 기계팔을 움직이는 조종대에 손을 얹었다. 포드의 외부, 즉 그를 둘러싼 차가운 진공 속에서 기계팔이 다시 생명을 얻었다. 두 팔은 철이 풍부한 소행성의 표면을 짚고 포드를 일으켜 세웠다. 셰라드는 팔을 굽혀 포드를 전진시켰다. 마치 두 발 달린 괴상한 곤충처럼…… 오른팔, 그리고 왼팔, 오른팔…….

걱정했던 것만큼 어렵지는 않았다. 처음으로 그는 돌아갈 수 있다고 확신했다. 비록 기계팔이 힘이 적게 들고 정교한 작업에 알맞게 만들어졌다고는 해도, 이렇게 무게가 거의 없는 세상에서는 포드를 움직이는 데 그리 많은 힘이 들지 않았다. 이카루스의 중력은 지구의 만분의 일이었다. 셰라드와 포드를 합쳐도 여기서는 1킬로그램도 채 나가지 않았다. 일단 움직이기 시작하자 별다른 힘을 쓰지 않고도 꿈속에서처럼 부드럽게 떠서 나아갔다.

그러나 별다른 힘을 들이지 않는다는 점에도 위험은 따랐다.

셰라드가 수백 미터를 움직이며 빠르게 프로메테우스 호를 따라잡고 있을 때 자만이 화를 불렀다. (사람 마음이 순식간에 극과 극을 오갈 수 있다는 건 참 희한하다. 몇 분 전만 해도 죽음에 대비해 마음을 먹었는데, 이제는 저녁 식사에 늦지 않을까 걱정하고 있었다.) 어쩌면 그가 이전에 한번도 시도해 본 적 없는 동작을 하고 있다는 재미 때문이었을지도, 아니면 아직 충돌의 충격에서 벗어나지 못했기 때문이었을지도 몰랐다.

우주 비행사라면 당연히 그렇듯 셰라드도 우주 공간에서 방향 잡는 법을 배웠고, 지구식의 위아래 개념이 의미 없는 곳에서 생활하고 일하는 데 익숙해 있었다. 이카루스 같은 곳에서는 실제로 행성 표면이 있고 그 수평면 위에서 움직인다고 생각해야 했다. 이런 선의의 자기기만에 실패하면 바로 우주 공간을 향해 날아가 버리는 것이다.

언제나 그렇듯이 사전 경고 따위는 없었다. 갑자기, 이카루스가 더 이상 발밑에 있는 것 같지 않았고 별들도 위에 있는 것 같지 않았다.

우주가 수직으로 기울었고, 그는 바위 표면을 기어오르는 등산가처럼 곧게 선 절벽을 똑바로 올라가고 있었다. 이성적으로는 이게 순전히 환상임을 알고 있었지만 감각이란 감각이 전부 사실이라고 외치고 있었다. 이내 중력이 그를 절벽에서 끌어내릴 것이고 그는 끝도 없이 떨어져 내리다 망각 속으로 산산이 부서질 것 같았다.

상황은 더욱 안 좋아졌다. 잘못된 수직 자세가 마치 제자리를 못 찾는 나침반 바늘처럼 흔들리고 있었다. 지금 그는 천장에 붙은 파리처럼 거대한 바위 지붕 아래를 날고 있지만, 조만간 그건 다시 벽이 될 터였다. 하지만 이번에는 날아오르는 게 아니라 정면으로 들이받게 될……

그는 포드에 대한 통제력을 완전히 상실했고 이마에 맺히기 시작한 차가운 땀방울은 곧 몸에 대한 통제력도 상실하게 될 거라고 경고하고 있었다. 할 수 있는 일이라고는 하나밖에 없었다. 셰라드는 눈을 굳게 감은 채 밀폐된 포드 안에서 최대한으로 몸을 웅크리고 바깥 세상이란 존재하지 않는다고 온 힘을 다해 상상했다. 느리고 부드러운 두 번째 충돌조차도 그의 자기 최면을 방해하지 못했다.

용기를 내어 바깥을 보니, 포드는 커다란 바위에 기대어 있었다. 충돌시의 충격은 기계팔이 막아 주었지만 대가는 컸다. 이곳에서 포드는 사실상 무게가 거의 나가지 않았지만, 그래도 200킬로그램이 넘는 무게의 타성은 있었고, 움직이는 속도도 시속 6킬로미터가 넘었다. 기계팔이 견뎌 낼 만한 운동량이 아니었다. 한쪽은 끊어져 나갔고 다른 쪽은 돌이킬 수 없을 정도로 구부러졌다.

상황을 깨닫고 나자 셰라드는 절망보다는 분노를 느꼈다. 포드가 이카루스의 황량한 표면 위를 활강할 때만 해도 그는 성공을 확신했다. 그런데 지금 고작 이런 꼴이라니! 그러나 우주는 인간의 감정이나 나약함을 허용하지 않았고, 그 사실을 받아들이지 않는 자는 여기 있을 권리가 없었다.

적어도 귀중한 시간만큼은 번 셈이었다. 태양이 떠오를 때까지 최소한 10분의 여유를 더 확보했다. 그저 고통의 시간을 더 늘린 것뿐인지, 아니면 동료들이 그를 찾아 헤맬 시간을 더 늘린 것인지는 곧 알게 될 터였다.

도대체 어디 있는 걸까? 지금쯤이면 분명히 수색을 시작했을 것이다. 그는 혹시 자기 쪽으로 다가오는 스페이스 포드의 희미한 불빛이 보이지 않을까 하여 눈에 힘을 주고 밝게 빛나는 프로메테우스 호 쪽을 바라보았다. 하지만 천천히 돌아가는 둥근 하늘을 빼고는 아무것도 보이지 않았다.

큰 도움이 되지는 않겠지만 스스로 할 수 있는 일에 신경을 돌리는 편이 나아 보였다. 프로메테우스 호의 불빛이 지평선 아래로 사라지고, 그가 어둠 속에 홀로 남기까지는 몇 분밖에 남지 않았다. 물론 그 어둠이 오래가지는 않을 것이다. 태양 빛이 다가오기 전에 몸을 숨길 수 있는 곳을 찾아야 했다. 예를 들면, 바로 이 바위 같은…….

그랬다. 태양이 중천에 뜨기 전까지는 이 바위가 어느 정도 그늘을 제공해 줄 것이다. 일단 해가 머리 꼭대기에 오면 그를 가려 줄 게 아무것도 없었지만, 1년이 409일인 이카루스에서는 요즘 같은 계절엔 태양이 그렇게 높게 뜨지 않을지도 몰랐다. 그러면 짧은 낮을 견뎌 낼 수도 있었다. 해가 뜨기 전에 구조대가 그를 찾지 못한다고 가정하면 유일한 희망은 그것뿐이었다.

프로메테우스 호가 지평선 아래로 들어가면서 밝게 빛나던 불빛도 사라졌다. 이제 경쟁자가 없어진 별들은 한층 더 밝게 빛을 발했다. 그중에서도 가장 찬란한 것은 지구와 달이었다. 너무 아름다워서 쳐다보는 것만으로도 눈물이 났다. 그는 지구에서 태어났고 달에도 가 본 적이 있었다. 과연 둘 중 어느 하나라도 다시 볼 수 있을지……

지금까지 아내와 아이들을 떠올리지 못했다는 건 정말 이상한 일이었다. 지금은 너무나 멀게만 느껴지는 삶 속에서 아꼈던 사람들도 미처 생각해 보지 못했다. 죄책감이 들었으나 금세 사라졌다. 가족으로부터 수천만 킬로미터나 떨어져 있다고 해도 애정의 끈이 약해진 건 아니었다. 지금 이 상황이 가족들과 관련 없을 뿐이었다. 셰라드는 홀로 외롭게 생존을 위해 싸우는 원시적인 짐승이 아니었다. 그의 유일한 무기는 두뇌였다. 이런 상황에서 감정이 끼어들 자리는 없었다. 감정은 판단력을 망치고 결단력을 흐려 놓는 장애물에 불과했다.

그때, 그는 저 멀리 떨어져 있는 고향에 대한 생각을 떨쳐 버리게 하는 무언가를 보았다. 뒤쪽의 지평선 위로 희뿌연 안개처럼 별들 사이로 신비롭게 처져 가는 빛이 보이기 시작했다. 태양 빛의 선발 부대로, 지구에서는 개기일식 같은 흔치 않은 기회에나 볼 수 있는 코로나의 아름다운 모습이었다. 코로나가 보이기 시작한다는 건 태양이 곧 이 조그만 땅을 맹렬하게 불태우기 시작할 거라는 뜻이었다.

셰라드는 이 경고를 유용하게 활용했다. 이제는 태양이 어디에서 뜰지 나름대로 정확하게 알 수 있었다. 그는 기계팔이 떨어져 나가고 남은 부분을 써서 꼴사나운 모양새이긴 하지만 천천히 바위 주변을 돌아 가장 큰 그림자를 얻을 수 있도록 포드를 움직였다. 간신히 도달했을 때, 태양이 맹수처럼 그를 덮쳤고 조그만 세상은 작열하는 빛으로 가득 찼다.

그는 광휘를 견딜 수 있을 때까지 헬멧의 광필터를 하나씩 올려 두껍게 했다. 바위가 드리운 그림자를 빼고는 마치 용광로를 들여다보는 것 같았다. 황폐한 지형의 세부적인 모습이 빛에 의해 가차 없이 드러났다. 중간색은 없었다. 오로지 눈이 멀 것만 같은 백색과 절대 꿰뚫어 볼 수 없는 어두움밖에 없었다. 그림자가 진 구멍과 틈은 검정 잉크로 채워져 있는 것 같고, 반대로 조금 높은 지형은 태양 빛에 불타고 있었다. 해가 뜬 지 단 1분 만의 모습이었다.

셰라드는 수십억 번의 여름을 거치는 동안 타는 듯한 열기가 어떻게 이카루스를 우주의 숯 덩어리로 만들어 왔는지, 부글부글 끓어 나오는 가스가 모조리 날아가 버릴 때까지 어떻게 바위를 구워 댔는지 절실하게 깨달을 수 있었다. 도대체 이런 숯덩이 따위에 왜 내려앉겠다고 막대한 돈을 쓰고 위험을 감수하며 먼 공간을 날아와야 했을까? 쓸쓸한 혼잣말일 뿐이었다. 같은 이유로 인간이 에베레스트 산에 오르려 애쓰고 지구의 극점에 가려고 발버둥쳤다는 건 셰라드도 알고 있었다. 모험은 육체적 쾌락을 위한 것이지만, 발견은 그보다 더 오래가는 정신적 쾌락을 위한 것이다. 이카루스 위에서 고깃덩어리처럼 구워질 신세인 그에게 이런 대답은 그다지 위안이 되지 못했다.

이미 그는 얼굴에 첫 번째 열기를 느낄 수 있었다. 기대고 있는 바위가 직사광선을 막아 주기는 했지만, 불과 몇 미터 밖의 바위에서 반사되어 작열하는 섬광은 투명한 머리 씌우개를 뚫고 들어왔다. 태양이 높게 올라가면서 강도는 빠르게 세질 터였다. 생각보다 남은 시간이 적다는 사실을 깨닫자 두렵다기보다는 오히려 체념하게 되었다. 얼마나 기다릴 수 있을지 몰라도, 언젠가 태양이 그를 삼켜 버리고 포드의 냉각장치가 애초부터 역부족이었던 투쟁을 포기할 터였다. 그러면 그는 포드를 부수고 공기를 우주 공간으로 내보낼 작정이었다.

그림자가 줄어드는 몇 분 동안 할 수 있는 거라곤 앉아서 생각하는 것뿐이었다. 셰라드는 특정한 생각을 하려 들지 않고, 일부러 생각이 멋대로 떠돌도록 내버려 두었다. 그가 태어나기 몇 년 전인 1940년대에 팔로마 산 천문대의 누군가가 사진에 포착된 소행성의 빛줄기를 보고 태양에 너무 가까이 날다가 죽은 소년의 이름을 따서 이카루스라고 붙였다는 이야기를 떠올리니 자신이 이곳에서 죽는다는 게 정말 묘하게 느껴졌다.

셰라드는 어쩌면 언젠가 이 울퉁불퉁한 땅에 기념비가 세워질지도 모른다고 생각했다. 뭐라고 새기게 될까? "콜린 셰라드. 우주 비행사. 과학을 위해 애쓰다 여기에 잠들다." 우스운 일이다. 그는 과학자들이 하려는 일을 절반도 이해하지 못했다.

하지만 과학적 발견의 흥분에 그도 어느 정도는 감염되었다. 그는 지질학자들이 소행성의 시커먼 표면을 들어내고, 그 아래에 있는 금속성의 표면을 닦아 내던 일을 기억했다. 표면은 마치 피카소 이후의 데카당파 화가가 그린 추상화처럼 희한한 무늬와 긁힌 자국으로 뒤덮여 있었다. 하지만 이런 선에는 다 의미가 있었다. 지질학자들만이 읽을 수 있는 역사가 담겨 있는 것이다. 셰라드가 듣기로는, 이 바윗덩어리가 태초부터 우주를 홀로 떠돌고 있던 건 아니라는 사실이 밝혀졌다고 했다. 아주 오래전에 대단한 압력을 받은 적이 있었고, 그게 의미하는 바는 명백했다. 수십억 년 전, 이카루스는 훨씬 더 큰 천체, 어쩌면 지구와 같은 행성의 일부였다. 무슨 이유로 인해 그 행성은 산산이 부서졌고, 이카루스를 비롯한 수천 개의 소행성들은 거대한 폭발의 잔해였던 것이다.

작열하는 태양 빛이 점점 다가오는 이 순간에도 그 생각은 그의 마음을 휘저어 놓았다. 셰라드가 누워 있는 곳은 세상의 일부였다. 어쩌면 생명이 존재했을지도 모르는 세상이었다. 셰라드 자신만이 영원히 이카루스에 매인 영혼이 아닐지도 모른다는 생각은 비이성적이지만 희한하게도 위안이 되었다.

헬멧에 김이 서리기 시작했다. 냉각장치가 고장나기 일보 직전이라는 뜻이었다. 냉각장치는 제 몫을 다해 주었다. 고작 몇 미터 저쪽의 바위는 음울한 붉은색으로 빛나고 있었지만, 포드 안은 아직까지도 견딜 만했다. 냉각장치가 고장난 후의 결과는 비극적이지만 신속할 것이다.

셰라드는 자신이 태양의 먹잇감이 되지 않도록 해 줄 빨간 손잡이에 손을 뻗었다. 그런데 손잡이를 당기기 전에 마지막으로 지구가 한 번 더 보고 싶었다. 그는 바위에서 반사되는 빛을 막아 주는 한도 내에서 시야를 가리지 않도록 조심스럽게 광필터를 조정했다.

점점 다가오는 코로나의 빛에 가려 별들이 희미하게 보였다. 조만간 방패의 역할을 끝마칠 바위 위로는 태양의 가장자리에서 돌출된 구불거리는 불꽃의 끄트머리가 간신히 보였다.

지구가 있었다. 달도 있었다. 모두 안녕. 그리고 지구와 달에 있는 친구들과 사랑했던 이들에게도 안녕. 하늘을 바라보고 있는 사이에 태양 빛이 포드의 하단을 건드리기 시작했고, 드디어 그는 불길을 느꼈다. 소용없는 짓이겠지만 반사적으로 그는 다리를 들어 전진해 오는 열기의 파도를 피하려 했다.

저게 뭐지? 다른 별들을 압도하는 밝은 불빛이 폭발하듯 갑자기 머리 위에 나타났다. 몇 킬로미터 위쪽에서 거대한 거울이 천천히 회전하면서 태양 빛을 반사하고 있었다. 말도 안 되는 광경이었다. 환영이 분명했다. 이제 떠날 시간이다. 이미 땀은 쏟아지기 시작했고 몇 초 후면 포드 안은 용광로가 될 것이다.

셰라드는 더 이상 기다리지 않았다. 사그라져 가는 기운을 그러모아 비상 배출 손잡이를 당기며, 죽음과 마주하기 위해 마음을 다잡았다.

아무 일도 일어나지 않았다. 손잡이가 움직이지 않았다. 몇 번을 잡아당기고서야 손잡이가 어딘가에 걸려 움직이지 않는다는 사실을 깨달았다. 폐에서 공기가 빠져나가며 손쉽게 맞이하는 자비로운 죽음은 셰라드에게 허락되지 않은 모양이었다. 그때였다. 진정한 공포가 덮쳐 오면서 그의 신경을 무너뜨렸고, 그는 덫에 걸린 동물처럼 비명을 지르기 시작했다.

매클레란 선장의 목소리가 가늘지만 분명하게 들렸을 때 셰라드는 그게 환청이라고 생각했다. 다행히 최후까지 남아 있는 훈련의 성과와 자제심 덕에 비명은 지르지 않을 수 있었다.

"셰라드! 조금만 참게! 위치를 확인했네……. 그래도 계속 소리는 지르고 있으라고!"

"여깁니다. 서둘러요. 불에 타 죽을 것 같단 말입니다!"

그가 외쳤다.

깊숙한 곳에 아직 남아 있는 이성적인 사고력을 발휘하여 그는 무슨 일이 일어났는지 추측할 수 있었다. 부러지고 남은 안테나에서 희미한 신호가 계속 새어 나갔고, 구조대가 셰라드의 비명소리를 들은 것이다…… 그가 그들의 목소리를 듣고 있는 것처럼. 그건 구조대가 아주 가까이 있다는 뜻이고 그 사실에 셰라드는 갑자기 기운을 되찾았다.

그는 증기로 가득 찬 머리 덮개를 통해 밖을 살피며 하늘에 떠 있는 믿을 수 없는 거울을 다시 보았다. 여전히 있었다. 그리고 이제 그는 우주 공간의 불가해한 원근법이 그를 멋지게 속여 넘겼다는 사실을 깨달았다. 거울은 몇 킬로미터나 떨어져 있지도 거대하지도 않았다. 거의 바로 위에서 빠르게 움직이고 있었다.

셰라드가 계속해서 소리 지르고 있는 동안 거울은 떠오르는 태양을 가로막아 눈과 얼음 천지인 겨울의 심장부에서 불어온 차가운 바람 같은 그림자를 드리워 주었다. 이제 거울은 아주 가까워서 바로 알아볼 수 있었다. 그건 그저 탐사 장비가 설치된 곳에서 급하게 뜯어온 게 분명해 보이는 커다란 태양광 차폐막이었다. 그 그늘 아래서 동료들이 그를 찾고 있었던 것이다.

아주 튼튼한 2인용 포드가 머리 위쪽에서 한쪽 팔로 차폐막을 들고, 다른 팔을 그에게 뻗고 있었다. 비록 안은 뿌옇고 그의 감각은 열 때문에 무뎠지만 다른 포드에서 그를 내려다보고 있는 매클레란 선장의 초조한 얼굴을 알아볼 수 있었다.

태어난다는 건 이런 기분일 것이다. 셰라드는 진정 다시 태어난 것
이다. 감사하기에는 너무 지쳐 있었다. 그건 좀 미뤄도 괜찮을 것이
다. 그러나 불타는 바위 위에서 일어서며 그의 눈은 지구라는 환한 별
을 찾아 돌아갔다.

"자, 내가 돌아간다."

그가 조용히 말했다.

돌아가면 영원히 잃어버린 줄로만 알았던 세상의 모든 아름다운 것
들을 아끼고 즐기며 살련다. 아니…… 전부는 아니다.

두 번 다시 여름은 즐길 수 없을 것이다.

떠오르는 토성 |Saturn Rising|

1961년 3월, 《매거진 오브 판타지 앤드 사이언스 픽션(The Magazine of Fantasy and Science Fiction)》에 첫 게재. 『열 세계의 이야기』에 재수록.

내가 이 이야기를 썼던 1960년대에만 해도 20년도 채 지나지 않아 태양계 밖으로 떠나는 보이저 호가 토성의 고리가 상상했던 것보다 훨씬 더 복잡하고 아름답다는 사실을 밝혀낼 줄 상상도 하지 못했다. 지난 40년 동안 이루어진 과학의 발전 덕분에 당연히 이 이야기는 시대에 뒤떨어진 것이 되고 말았다. 특히 이제 우리는 타이탄(토성의 제6위성 — 옮긴이)의 대기가 주로 메탄으로 이루어진 것이 아니라 거의 질소로 이루어져 있다는 사실을 알고 있다. 한편 애초에 제대로 썼어야 했던 오류도 하나 있다. 타이탄의 표면에서 토성을 바라본다고 할 때(탁한 대기 때문에 힘들겠지만), 토성이 '떠오르는' 장면은 결코 볼 수 없다. 달과 마찬가지로 타이탄도 기조력에 의해 자전이 억제되어 항상 같은 면을 토성으로 향하고 있다는 점은 거의 확실하다. 따라서 토성은 타이탄의 하늘 위에 고정되어 있다. 달에서 보는 지구가 그렇듯이.

그래요, 그건 분명한 사실입니다. 내가 스물여덟 살 정도였을 때 모리스 펄먼을 만났어요. 그 당시 나는 대통령 이하 수천 명의 사람들을 만나고 다녔습니다.

토성에서 귀환하자 사람들은 누구나 우리를 보고 싶어 했고, 선원 중 절반 정도는 이곳저곳에서 강연을 하며 쉬었지요. 나는 언제나 이야기하는 것을 좋아했지만(이미 눈치챘겠지만), 동료들 중 몇몇 사람들을 더 대할 바에는 차라리 명왕성에 가는 게 낫겠다고 말했답니다. 실제로 그런 사람도 있었고요.

내가 맡은 구역은 중서부 지방이었어요. 그리고 처음으로 펄먼 씨(아무도 그를 다른 식으로 부르지 않았죠. 최소한 '모리스'는 절대 아니었지요.)를 만난 건 시카고에서였습니다. 대행사 측은 항상 내가 지나치게 호화롭지 않은 괜찮은 호텔에서 묵도록 주선해 주었지요. 그건 내 입맛에도 맞았어요. 나는 제복을 입은 호텔 직원들 사이를 통과할 필요 없이 마음대로 드나들 수 있으며 상식적인 한도 안에서는 무엇을 입어도 방랑자 취급을 받지 않을 수 있는 곳에서 머무는 게 좋았습니다. 여러분이 웃으시는군요. 어쨌거나 그때 난 아직 어렸고, 많은 것이 변했지요…….

이제는 아주 오래전 이야기지만 내가 그 대학에서 강연했던 건 분명합니다. 여하튼 페르미가 최초로 원자로 실험을 했던 곳을 구경하지 못해서 실망했던 기억은 나네요. 그 건물은 40년 전에 철거됐고, 그 자리에는 표지판만 남아 있다고 했어요. 나는 한참 동안 그것을 들여다보며 아득히 먼 1942년 그날 이후로 바뀌어 온 것들에 대해 생각했지요. 우선 내가 태어났고, 원자력은 나를 토성으로 데려다 주었고 다시 데려왔지요. 그건 우라늄과 흑연으로 원시적인 원자로를 만들고 있던 페르미와 그의 동료들도 아마 미처 생각하지 못했을 겁니다.

내가 커피숍에서 아침을 먹고 있을 때 약간 단단해 보이는 중년 남자가 내 맞은편 자리에 앉았어요. 그는 정중하게 고개를 끄덕이며 아침 인사를 했다오. 그리고 나를 알아보고는 놀란 표정을 지어 보였습니다. (물론 의도적인 만남이었지만 그 당시 나는 알아채지 못했지요.)

"이럴 수가. 어젯밤 강연을 들었습니다. 정말 부럽습니다!"

나는 다소 억지스러운 웃음을 지어 보였습니다. 나는 아침 식사 자리에서 그리 사교적인 편도 아니었고 당연스레 나를 먹잇감으로 여기는 괴짜나 따분한 인간들, 열성 팬들로부터 스스로를 방어해야 한다는 것도 알고 있었지요. 그러나 펄먼 씨는 열성 팬인 건 분명했고 아마 괴짜라고 부를 수도 있을 테지만 따분한 인간은 아니었습니다.

　그는 꽤 부유한 사업가의 전형으로 보이는 인물이었어요. 그도 나와 마찬가지로 호텔의 손님일 거라고 생각했지요. 내 강연을 들었다는 건 그리 놀랄 만한 일이 아니었습니다. 유명한 강연이었고, 누구에게나 열려 있으며, 당연히 신문이나 라디오를 통해 홍보가 잘되어 있었으니까.

　초대하지 않은 손님이 말했습니다.

　"내가 어렸을 때 이후로 늘 토성은 나를 사로잡았어요. 언제부터, 왜 그렇게 된 건지도 분명히 기억하고 있어요. 열 살 때쯤이 분명한데, 토성의 아홉 개 위성에서 본 토성의 모습을 담은 체슬리 보네스텔의 멋진 그림을 보았어요. 당신도 본 적이 있겠죠?"

　"물론이죠. 50년은 지난 그림이지만 아직 그것보다 나은 건 없지요. 인데버 호에도 항해도 위에 그게 걸려 있었죠. 가끔 쳐다보면서 실제 모습과 비교해 보기도 했고요."

　"그러면 1950년대에 내 기분이 어땠을지 아시겠군요. 난 은빛 고리를 두른 믿을 수 없는 물체가 어떤 화가의 상상의 산물이 아니라 실제로 세상에 존재하는 물체이며 지구보다 열 배는 크다는 사실을 받아들이려고 애쓰면서 몇 시간이고 앉아 있곤 했어요.

　그때는 내가 이 멋진 광경을 실제로 볼 수 있을 거라고 상상도 못했어요. 커다란 망원경이 있는 천문학자들이나 볼 수 있다고 여겼죠. 하지만 열다섯 살쯤 되었을 때 나는 또 다른 사실을 알게 되었습니다. 믿을 수 없을 정도로 가슴 떨리는 일이었죠."

　"그게 뭐였는데요?"

　나는 물었습니다. 그 즈음 나는 함께 아침을 하기로 마음먹은 참이었지요. 나쁜 사람 같지 않아 보이는 데다가 그의 열정에는 왠지 사람을 끄는 힘이 있었답니다.

"아무리 바보 같은 사람이라도 돈 몇 푼과 몇 주간의 노력만 들이면 집 안에서 고성능 망원경을 만들 수 있다는 거였어요. 혁명이었죠. 수천 명의 꼬마들이 그랬듯이 난 도서관에서 잉걸스의 『아마추어의 망원경 만들기』를 빌려서 그대로 따라했어요. 그쪽도 직접 망원경을 만들어 본 적이 있어요?"

"아뇨. 난 공학자지 천문학자는 아니에요. 그런 건 할 줄 몰랐어요."

"원칙만 따르면 어처구니없을 정도로 간단해요. 한 이삼 센티미터 두께의 유리 원반 두 개를 가지고 만드는 거예요. 난 선구상(船具商)에서 50센트를 주고 샀지요. 원래는 배의 현창이었는데 가장자리가 깨져서 쓸모없게 된 것들이었어요. 그리고 유리판 하나를 평평하고 단단한 표면에 붙여요…… 나는 서 있는 낡은 배불뚝이 통을 썼죠.

다음에는 굵은 것에서부터 제일 가는 것까지 여러 단계의 금강사를 사야 해요. 가장 거친 금강사를 두 유리판 사이에 조금 놓고 위의 유리판을 앞뒤로 균일하게 문지르는 거죠. 이러면서 천천히 유리판을 회전시켜요.

그러면 어떻게 되는지 알아요? 위쪽의 유리판이 금강사에 의해 깎이면서 오목해져요. 계속 돌리다 보면 둥근 모양의 오목판 평면이 만들어져요. 가끔씩 금강사를 좀 더 가는 것으로 바꿔 주고 곡면이 제대로 되는지 간단한 광학 테스트를 해 줘야 하고요.

막바지에 이르면 금강사를 버리고 철단으로 바꿔서 자기가 했다고는 믿을 수 없을 정도로 매끄럽고 윤기 나는 표면이 될 때까지 닦는 거예요. 아직 하나 더 남았어요, 약간 솜씨가 필요한 단계지만. 표면에 은도금을 해서 훌륭한 반사경을 완성하는 거예요. 그러려면 잡화점에서 화학약품을 사다가 책에 씌어진 그대로 해야 해요.

마치 마법처럼 은빛 막이 퍼지며 거울 표면을 덮을 때의 기분을 아직 잊지 못하겠어요. 완벽하지는 않지만 쓸 만은 했죠. 아마 팔로마 산 망원경과 바꾸자고 해도 안 바꿨을걸요.

나는 반사경을 나무판 한쪽에다 고정시켰어요. 경통에 신경 쓸 필요는 없었지만 두꺼운 종이로 거울을 둘러서 쓸데없는 빛이 들어오지 않도록 했죠. 접안렌즈로는 고물상에서 몇 센트를 주고 산 볼록렌즈를 썼어요. 다해서 아마 5달러도 들지 않았을 거예요. 하지만 어린 애였던 내게는 큰 돈이었죠.

우리 식구는 당시 3번가에 있던 우리 소유의 쓰러져 가는 호텔에서 살았어요. 망원경을 만들고 나자 나는 옥상으로 올라가 그 당시에는 건물이란 건물마다 있던 텔레비전 안테나의 숲 속에서 망원경을 시험해 보았죠. 반사경과 접안렌즈 위치를 맞추는 데 시간이 좀 걸렸지만 나는 실수를 저지르지 않았고 망원경도 무사히 작동했어요. 어쨌든 첫 시도였으니, 광학기구로서는 보잘것없는 것일 테지만 배율은 적어도 50배였고, 나는 얼른 밤이 와서 별을 볼 수 있게 되기만을 기다렸죠.

책력을 확인해서 토성이 해 진 후 동쪽 하늘에 높이 뜬다는 것은 알고 있었어요. 어두워지자마자 나는 옥상으로 올라가 내가 나무와 유리로 만든 신기한 장치를 세워 놓았어요. 늦은 가을이었지만 하늘에 별이 가득한 나머지 추위도 잊고 있었죠. 그 별들은 전부 내 것이었어요.

나는 시야에 들어온 첫 번째 별을 이용해서 가능한 한 공을 들여 정확하게 초점을 맞췄어요. 그리고 토성을 찾아 나섰죠. 제대로 설치되지 않은 반사망원경으로 대상을 시야에 넣는다는 게 아주 어려운 일임을 금방 깨달을 수 있었어요. 하지만 곧 토성이 시야를 슬쩍 지나갔어요. 난 망원경을 이쪽저쪽으로 조금씩 움직여서 마침내 토성을 찾았지요.

조그맣지만 완벽했어요. 숨이 멎는 것 같았죠. 내 눈을 믿을 수가 없었어요. 그토록 많은 그림을 보아 왔지만 이건 실제였어요. 마치 내 쪽으로 고리가 살짝 기울어진 채 공중에 매달려 있는 장난감 같았죠. 40년이 지난 지금도 '모조품처럼 보이는걸. 크리스마스 트리에 달아 놓은 장난감 같잖아!'라고 생각했던 게 기억나요. 토성 왼쪽에는 밝은 별 하나가 있었고 그게 타이탄이라는 건 알고 있었죠."

그는 잠시 말을 멈췄고 한동안 우리는 같은 생각을 하고 있던 게 분명합니다. 천문학자들에게는 광점에 불과하겠지만 우리 둘에게 타이탄은 더 이상 단순히 토성의 가장 큰 위성이 아니었습니다. 타이탄은 인데버 호가 착륙했던 곳으로 사납고 냉혹한 세계였고, 내 동료들 중 세 명이 이제껏 인류가 영원한 안식처를 찾았던 그 어떤 곳보다 먼 그곳에서 외로운 무덤 속에 누워 있었지요.

"눈을 크게 뜨고 도시 위로 떠오르는 토성을 따라 망원경을 움직이면서 얼마나 오래 쳐다보고 있었는지 몰라요. 난 뉴욕에서 수십억 킬로미터나 멀어져 있던 셈이었죠. 하지만 이내 뉴욕이 다시 날 붙들고 말았어요.

아까 호텔에 대해 말했죠. 그건 우리 어머니 소유였지만 아버지가 운영했어요. 별로 잘하지 못했죠. 몇 년째 적자를 보고 있었고 내 어린 시절 내내 끊임없이 우리는 재정적인 문제를 겪었어요. 술 마신 걸 가지고 아버지를 탓할 생각은 없어요. 아버지도 걱정 때문에 항상 반쯤 미친 상태였을 테니까. 그리고 나도 접수처에서 일을 도와야 한다는 걸 까맣게 잊고 있었죠…….

그래서 아버지가 나를 찾으러 왔어요. 마음은 당신의 걱정만으로 가득했고 내 꿈에 대해서는 전혀 모르셨죠. 아버지는 옥상에서 별을 보는 나를 발견했어요.

아버지가 원래 무정한 사람은 아니었어요. 내가 작은 망원경을 만들기 위해 들인 공이나 인내심, 학습, 또는 그 짧은 시간 동안 망원경이 내게 보여 준 경이를 이해하지 못하셨을 뿐이죠. 이제 난 아버지를 싫어하지 않아요. 하지만 내 처음이자 마지막 망원경이 돌벽에 부딪혀서 깨지는 걸 평생 잊을 수 없을 겁니다.”

나는 아무 말도 하지 못했습니다. 방해를 받아 나빴던 처음의 기분은 이미 호기심으로 바뀐 지 오래였죠. 난 지금까지 들은 이야기가 이걸로 끝이 아니라는 것을 감지하고 있었고 거기에 뭔가 다른 점까지 눈치챘어요. 호텔 여직원이 과도할 정도의 경의(그중의 아주 일부만 나를 향한 것이지요.)를 담아 우리를 대하고 있었던 겁니다.

나는 상대가 설탕 접시를 만지작거리는 동안 침묵으로 안타까움을 표하며 기다렸어요. 이때쯤 우리 둘에게는 뭔가 통하는 점이 있다고 생각했지만, 그게 뭔지는 정확히 몰랐습니다. 그가 말했어요.

“난 망원경을 더 만들지 않았어요. 반사경뿐만 아니라 내 마음속의 무엇인가도 부서져 버린 거죠. 어쨌거나 난 너무 바빴어요. 두 가지 사건이 내 인생을 완전히 바꿔 놓았거든요. 아버지가 집을 나가서 내가 가장이 되었어요. 그리고 3번가 고가철도가 철거되었죠.”

의아해 하는 내 표정을 보았는지 그는 테이블 너머로 내게 웃어 보이더군요.

“아, 무슨 말인지 모르시겠군요. 내가 어렸을 적에 3번가 가운데에 고가철도가 있었어요. 그것 때문에 전체 거리가 더럽고 시끄러웠어요. 3번가는 술집, 전당포, 우리 호텔 같은 싸구려 호텔들이 모인 빈민가였어요. 그게 고가철도가 없어지면서 전부 바뀌었죠. 땅값이 오르고 우리는 갑자기 부자가 됐어요. 아버지가 잽싸게 돌아왔지만 늦었죠. 사업은 내가 운영하고 있었거든요. 곧 나는 도시로, 그리고 나라 전체로 사업을 확장했습니다. 나는 더 이상 별에 마음을 빼앗긴 철부지가 아니었어요. 난 아버지에게 그가 별 영향을 끼칠 수 없을 만한 조그만 호텔을 하나 주었어요.

토성을 본 후로 40년이 지났지만 그 일별을 결코 잊을 수 없었어요. 그리고 어젯밤 당신이 보여 준 사진이 그 기억을 전부 일깨워 주었죠. 그래서 내가 얼마나 고마워하는지 그저 말하고 싶었을 뿐이에요.”

그는 지갑을 뒤져 명함을 한 장 꺼냈습니다.

“언젠가 이곳에 오면 연락하세요. 만약 강연을 더 하신다면 나는 분명히 거기 가 있을 겁니다. 행운을 빌어요. 그리고 시간을 너무 뺏어서 미안합니다.”

그리고 그는 내가 미처 말을 꺼내기도 전에 사라졌어요. 나는 명함을 슬쩍 보고는 주머니에 집어넣고 생각에 잠긴 채 아침 식사를 마쳤지요.

계산을 하고 커피숍을 나서면서 직원에게 물었습니다.

"그 사람이 누구였죠? 사장님인가요?"

직원은 내가 정신적으로 뒤떨어진 사람이기라도 한 듯 나를 쳐다보고는 대답했지요.

"그렇다고 할 수 있습니다. 물론 이 호텔을 소유하고 계십니다만 우리는 이전에 뵌 적이 없습니다. 시카고에 계실 때는 항상 앰버서더 호텔에 머무시거든요."

"그 호텔도 갖고 계신가요?"

나는 물었지요. 이미 대답을 추측하고 있었기에 별로 예상외도 아니었고요.

"아, 그렇습니다. 그리고……."

그리고 그 직원은 뉴욕에서 가장 큰 호텔 두 개를 포함한 일련의 명단을 읊었습니다.

인상적이었어요. 게다가 재미있는 일이었고. 펄먼 씨는 나를 만나기 위해 일부러 온 게 분명했습니다. 일종의 우회적인 방법인 듯했어요. 그때 나는 그가 수줍은 성격과 비밀주의로 유명하다는 사실을 몰랐어요. 나를 처음 만날 때는 전혀 그렇지 않았으니까.

그리고 5년 동안 나는 그를 잊고 지냈습니다. (아, 내가 계산서를 달라고 했을 때 돈을 내지 않아도 된다는 말을 들었다는 사실은 언급하고 넘어가야겠네요.) 그 5년 동안 나는 두 번째 여행을 했지요.

이번에는 무엇이 예상될지 우리는 알고 있었고 완전히 미지의 세계로 가는 게 아니었습니다. 연료 걱정은 더 할 필요가 없었지요. 타이탄에서 무한정 공급받을 수 있었으니까요. 그저 대기 중에서 메탄을 퍼 올려 연료 탱크에 담기만 하면 되었고 우리는 계획대로 진행해 나갔습니다. 우리는 차례로 아홉 개의 위성을 들렀고, 이어서 고리를 향해 나아갔죠…….

위험하지는 않았지만 긴장되는 경험이었습니다. 알다시피 토성의 고리는 아주 얇아서 두께가 약 30킬로미터밖에 되지 않아요. 우리는 우주선이 고리와 정확히 같은 속도로 움직이도록 회전 속도를 맞춘 후에 천천히 그리고 조심스럽게 하강했어요. 마치 지름이 27만 킬로미터인 회전목마 안으로 발을 들여놓는 것과 같았죠…….

하지만 유령 회전목마였습니다. 고리는 단단한 물체가 아니기 때문에 고리를 통해 뒤의 배경을 볼 수 있었지요. 사실, 가까운 곳에서는 거의 고리를 볼 수 없었어요. 수십억 개의 조각들은 너무 넓게 퍼져 있어서 근처에서 볼 수 있는 거라고는 가끔씩 조그만 조각이 빠르게 지나쳐 가는 모습뿐이었지요. 수많은 조각들이 하나로 뭉쳐 토성 주위에서 영원히 휘몰아치는 폭풍처럼 보이는 것은 멀리서 보았을 때뿐입니다.

우리가 처음으로 토성 고리의 조각 하나를 에어 로크로 가지고 들어왔을 때, 그것은 몇 분 만에 녹아서 더러운 물로 변해 버렸습니다. 어떤 사람들은 고리가 90퍼센트 정도는 평범한 얼음으로 이루어져 있다는 사실이 신비감을 떨어뜨린다고 생각하더군요. 하지만 그건 어리석은 태도예요. 다이아몬드로 이루어졌다고 해도 더 경이롭고 아름답지는 못했을 겁니다. 내가 한 표현은 아니지만 그럴듯한 말이에요.

새로운 세기의 첫해에 지구로 돌아온 나는 다시 한 번 강연을 하며 돌아다녔어요. 잠깐 동안에 불과했는데, 그건 이제 내게도 가족이 있었기에 가능한 한 가족들과 함께 지내고 싶었기 때문이었죠. 이번에는 뉴욕에서 펄먼 씨를 만났습니다. 나는 컬럼비아 대학에서 강연을 하고 "토성 탐사"라는 제목(잘못된 제목이었죠. 우리가 토성에 가장 가까이 간 건 3만 킬로미터 근처까지였을 뿐이었답니다. 당시에는 인간이 토성의 표면이라 할 수 있는 휘몰아치는 질벅한 대기 속으로 내려갈 수 있으리라고는 상상도 하지 못했어요.)의 영화를 보여 주었습니다.

펄먼 씨는 강연이 끝난 후 나를 기다리고 있었어요. 지난번 만남 이후로 백만 명은 족히 될 사람들을 만난 터라 나는 그를 알아보지 못했습니다. 하지만 그가 자기 이름을 대자 너무도 생생하게 기억이 돌아와 나는 그가 내 마음속에 얼마나 깊은 인상을 남겼는지 깨달을 수 있었지요.

그는 요령껏 나를 군중 속에서 끄집어냈어요. 비록 그는 단체로 모인 사람들과 만나는 것을 싫어했지만, 필요하다고 생각하면 그런 집단을 제압한 뒤 희생자들이 상황을 깨닫기도 전에 사라져 버리는 특출한 재주가 있었답니다.

어쨌건 30분 후 우리는 한 고급 식당(물론 그의 소유였지요.)에서 훌륭한 저녁 식사를 하고 있었어요. 멋진 음식이었습니다. 강연 내내 닭고기와 아이스크림만 먹었던 터라 특히 그랬죠. 하지만 그는 내가 대가를 지불하게 만들었어요. 비유적으로 그렇다는 말입니다.

두 차례에 걸친 토성 탐사를 통해 수집한 자료와 사진은 수백에 달하는 보고서와 책, 대중 기사를 통해 전부 알려져 있었지요. 펄먼 씨는 지나치게 기술적인 것을 뺀 나머지 자료를 모두 읽은 것 같았습니다. 그가 내게서 원한 것은 색다른 것이었어요. 그때만 해도 나는 토성에 대한 그의 관심을 잃어버린 어린 시절의 꿈을 다시 붙잡으려는 외로운 중년의 관심 정도로 치부하고 있었어요. 옳은 판단이었죠. 하지만 그건 전체의 아주 작은 일부에 불과했습니다.

그는 보고서나 기사에서 얻을 수 없는 정보를 찾고 있었어요. 이를테면, 질주하는 구름의 무리가 하늘을 지배하는 거대한 황금빛의 천체를 바라보며 아침을 맞이하는 기분이 어떠한가? 그리고 고리, 하늘 전체를 채울 정도로 가까운 고리를 보는 기분은 어떠한가?

"당신은 공학자가 아니라 시인을 원하시는군요."라고 나는 입을 열며 대답했습니다. 하지만 이건 말씀드릴 수 있다. 얼마나 오랫동안 토성을 바라보건 위성들을 넘나들건 믿기 힘들 정도라는 것을. 수시로 이런 생각이 들 거라고. '이건 모두 꿈이야. 저런 게 현실일 리 없어.' 그래서 가까운 전망창에 가면…… 거기에 그것이 있고, 당신은 바로 숨이 멎어 버릴 것이다.

거리가 가깝다는 점은 차치하고서라도 우리는 토성의 고리를 지구에서는 불가능한 각도와 위치에서 볼 수 있었다는 점을 알아야 한다. 지구에서는 오로지 태양으로 향한 곳만 볼 수 있다. 우리는 그늘이 진 곳으로 날아갈 수 있었고 그러면 고리는 더 이상 은빛으로 빛나지 않는다. 별들 사이를 잇는, 흐릿한 연기로 된 다리 같다.

게다가 우리는 거의 항상 토성의 그림자가 그대로 고리 위에 놓여서 마치 고리를 크게 한 입 베어 먹은 듯한 모습으로 만들어 놓는 것을 볼 수 있었다. 반대도 마찬가지였다. 토성의 낮 영역에서는 언제나 고리가 드리우는 그림자가 적도에서 멀지 않은 곳에서 거무스름한

띠처럼 적도와 평행하게 달리는 모습을 볼 수 있었다.

무엇보다, 비록 몇 번밖에 해 보지 못했지만, 우리는 행성의 양 극지방 상공 높은 곳으로 우주선을 띄워 우리 밑에 평면으로 펼쳐진 어마어마한 고리의 전체 모습을 볼 수 있었다. 그러고 나서 우리는 지구에서 구별할 수 있는 네 개의 고리가 아닌 최소한 열 개 이상의 개별적인 고리들을 볼 수 있었다. 고리들은 이 고리에서 저 고리로 서서히 녹아들듯 바뀌었다. 우리가 이 모습을 처음 보았을 때 선장은 내가 잊을 수 없는 발언을 했다. 전혀 경박하지 않게 그는 이렇게 말했다. "여기가 바로 천사들이 머리 위 후광을 보관해 두는 곳이로군."

센트럴파크 바로 남쪽에 있는 작지만 값비싼 식당에서 내가 펄먼 씨에게 이야기한 것에는 이것보다 훨씬 많은 내용이 들어 있었지요. 내가 이야기를 마치자 그는 매우 기뻐했지만 몇 분간 말없이 가만히 있었습니다. 그리고 역에서 다음 기차가 몇 시에 있는지 물어보는 듯한 정도로 가볍게 말했어요.

"어느 위성이 관광지로 제일 나을 것 같나요?"

난 그 말을 듣자 마시고 있던 백 년 묵은 브랜디가 목에 걸릴 뻔했어요. 그리고 아주 참을성 있고 정중하게(어쨌거나 저녁은 아주 훌륭했으니까) 말했습니다.

"저기요, 펄먼 씨. 토성이 지구에서 16억 킬로미터 떨어져 있다는 사실, 태양의 반대편에 있을 때는 그보다 더 멀리 떨어져 있다는 건 저만큼이나 잘 아시잖아요. 우리가 다녀오는 데 든 비용은 일인당 평균 750만 달러나 해요. 그리고 분명히 인데버 1호나 2호에 일등 선실 같은 건 없었습니다. 어쨌든 돈이 아무리 많다 해도 토성에 갈 수는 없어요. 한참 동안은 과학자나 우주 비행사만 갈 수 있을 거예요.”

내 말은 전연 효과가 없었어요. 그는 마치 내가 모르는 비밀을 알고 있다는 양 웃어 보였을 뿐이었지요.

그가 대답했습니다.

“지금은 그 말이 맞아요. 하지만 나는 역사를 공부했습니다. 그리고 사람을 알지요…… 그게 내 사업이니까. 몇 가지 사실만 환기시켜 주지요.

이삼 세기 전에는 전 세계의 거의 모든 관광지가 사실상 오늘날의 토성과 같은 정도로 문명에서 멀리 떨어진 곳이었어요. 누구, 아, 나폴레옹이라고 합시다. 그가 그랜드캐니언이나 빅토리아 폭포, 하와이, 에베레스트 산에 대해서 뭘 알았겠어요? 남극점을 봐요. 우리 아버지가 어린아이였을 때 처음으로 남극점에 사람이 갔죠. 하지만 당신이 태어나기도 전에 호텔이 생겼어요.

뭔가 기이하거나 아름답거나 진귀한 곳이라면 사람들은 보고 싶어 해요. 토성의 고리는 우주에서 가장 멋진 광경이죠. 난 항상 그렇게 생각해 왔어요. 그리고 이제 당신 말을 들으니 확신할 수 있습니다. 오늘날 토성에 가려면 엄청난 돈이 들고, 그곳에 가는 사람은 생명이 위험할 수도 있죠. 최초로 비행을 했던 사람도 마찬가지였어요. 하지만 지금은 수백만 명이 매일같이 하늘을 날아다닙니다.

우주에서도 똑같은 일이 벌어질 거예요. 10년이나 20년 안에는 일어나지 않겠지요. 하지만 달을 향해 떠나는 최초의 상업적인 항공편이 생기는 데 25년이 걸렸다는 걸 생각해 봐요. 토성도 그렇게 오래 걸리지 않을 겁니다…….

내 생전에는 볼 수 없겠죠. 하지만 그런 때가 왔을 때 사람들이 날 기억했으면 좋겠어요. 그러니까, 어디에 짓는 게 좋을까요?”

나는 여전히 그가 미쳤다고 생각했지만 마침내 무엇이 그를 살아 있게 만드는지 이해하기 시작했습니다. 그런 그에게 맞장구쳐 주는 게 특별히 해가 될 일은 아니었기에 나는 그 문제에 대해 신중하게 생각하고 말했지요.

“미마스는 너무 가까워요. 엔켈라두스나 테티스도 그렇고요. (별건 아니지만 브랜디를 그렇게 마신 후 저런 이름을 말하는 건 어려운 일이었다.) 토성이 너무 커서 사람을 덮칠 것처럼 보이거든요. 게다가 별로 단단하지도 않아요. 좀 커다란 눈덩이에 불과하죠. 디오네나 레아가 더 나아요. 그 두 군데에서는 멋진 경치를 볼 수 있어요. 하지만 안쪽 위성이라 너무 작군요. 레아도 지름이 고작 1300킬로미터밖에 안 되고 다른 것들은 훨씬 더 작죠.

별 다른 수가 없을 것 같네요. 타이탄밖에 없군요. 타이탄은 커다란 위성이니까요. 달보다 훨씬 커서 거의 화성 정도 크기지요. 중력도 대략 지구의 5분의 1 정도로 나름대로 있는 편이라 손님들이 여기저기 둥둥 떠다니지 않아도 돼요. 게다가 대기가 메탄이라 항상 연료 재보급 장소로 쓰이니까 장사에도 도움이 되겠네요. 토성으로 가는 우주선마다 들를 테니까요.”

“더 바깥쪽 위성은?”

“아, 히페리온, 이아페투스하고 포에베는 너무 멀어요. 포에베에서 고리를 보기는 어려울걸요! 그것들은 잊어버리세요. 타이탄으로 해요. 온도는 영하 200도이고, 암모니아 눈에서는 별로 스키를 타고 싶지 않겠지만."

그는 주의 깊게 내 말을 들었습니다. 내가 비실용적인 데다가 비과학적인 그의 계획을 비웃고 있다고 생각했을지 몰라도 그런 내색은 하지 않았어요. 우리는 곧바로 헤어졌습니다. 내가 그날의 저녁에 대해 기억하고 있는 건 그게 전부예요. 그리고 우리가 다시 만난 건 최소한 15년이 지난 후였지요. 그동안 그는 나를 필요로 하지 않았던 겁니다. 하지만 내가 필요해지자 내게 전화를 걸었지요.

나는 이제 그가 무엇을 기다리고 있었는지 압니다. 그는 나보다 뚜렷하게 미래를 내다보고 있었던 거예요. 물론 그로서도 한 세기가 채 되지 않아 로켓이 증기기관이 겪은 경로를 따라가고 말리라는 사실은 예측할 수 없었지요. 하지만 그는 뭔가 더 좋은 것이 등장할 것임을 알고 있었어요. 나는 그가 파라그래비티 추진법(우주선 주위에 중력장을 발생시켜 우주선을 움직이는 추진법 — 옮긴이)에 대한 초기 연구에 자금을 지원했다고 생각합니다. 하지만 그가 다시 내게 연락을 해 온 건 명왕성만큼 차가운 수백 제곱킬로미터의 세계를 따뜻하게 데울 수 있을 정도의 핵융합 설비를 제작하기 시작하고 나서였어요.

그는 나이가 많이 들어 살날이 얼마 남지 않은 상태였습니다. 사람들은 그가 얼마나 부자인지 내게 말해 주었고, 나는 그걸 믿을 수가 없었죠. 최소한 그가 고용한 전문가들이 놀라울 정도로 비밀리에 만들어 놓은 아름다운 모형과 세심한 계획을 접할 때까지는 그랬습니다.

그는 주름진 미라처럼 휠체어에 앉은 채 모형과 청사진을 살펴보는 내 얼굴을 보고 있었어요. 그리고 말했지요.

"선장, 당신에게 맡길 일이 있는데……."

그리하여 내가 이 자리에 서 있는 겁니다. 이건 물론 우주선을 운영하는 것과 같아요. 상당수의 기술적인 문제들이 동일하지요. 그리고 이제 나도 우주선을 지휘하기에는 나이가 너무 많죠. 그러니 펄먼 씨에게 커다란 감사의 뜻을 전합니다.

종소리가 울리네요. 숙녀 분들, 준비가 끝났으면 저녁 식사를 하러 가면서 관측 라운지에 들러 보실까요.

그렇게 많은 세월을 보냈음에도 불구하고 나는 여전히 토성이 떠오르는 모습을 보는 게 좋답니다. 게다가 오늘 밤은 거의 완전한 원을 그리고 있네요.

의원과 죽음 |Death and the Senator|

1961년 5월, 《아날로그(Analog)》에 첫 게재.
『열 세계의 이야기』에 재수록.

봄이면 워싱턴은 그렇게 아름다울 수가 없었다. 그리고 상원 의원 스틸만은 이번 봄이 그가 마지막으로 맞이할 봄이라고 쓸쓸히 생각했다. 조던 박사의 모든 이야기를 듣고 난 지금도 사실을 있는 그대로 받아들일 수 없었다. 지금까지는 항상 빠져나갈 방도가 있었다. 그 어떤 패배도 최종적인 것은 아니었다. 누군가가 그를 배신하면 그는 그 사람을 버렸다…… 심지어 다른 사람들에 대한 본보기로 파멸시키기도 했다. 하지만 이제 배신은 내부에서 일어났고, 이미 그는 조만간 멈추어 버릴 심장이 힘들게 뛰고 있는 것을 느낄 수 있을 것만 같았다. 1976년에 있을 대통령 선거를 준비하는 건 이제 의미 없는 일이었다. 후보 지명 때까지 살 수 없을지도 몰랐다…….

그건 꿈과 야망의 종말이었다. 인간은 누구나 언젠가 죽는다는 사실로도 위로가 되지 않았다. 그에게는 너무 빨리 찾아온 것이다. 그가 항상 그의 영웅으로 여겼던 세실 로즈(19세기 영국 식민지 정치가—옮긴이)가 50번째 생일을 맞이하기 전에 세상을 떠나며 "할 일이 너무나 많은데, 남은 시간은 너무나 짧구나!"라고 외쳤던 것에 대해 생각했다. 그는 이미 로즈보다 나이가 많았고 해 놓은 일은 그보다 더 적었다.

차는 의사당에서 멀어지고 있었다. 의사당에는 뭔가 상징성이 존재했지만 그는 일부러 깊게 생각하지 않으려 했다. 이제 그는 뉴스미소니언과 나란히 달리고 있었다. 그곳은 다양한 박물관들이 한데 모여 있는 곳으로 비록 워싱턴에 머물던 여러 해 동안 워싱턴 몰을 따라 확장되어 가는 모습을 지켜보았지만 아직 시간을 내서 방문해 보지 못한 곳이다. 권력을 좇느라 잃은 것이 얼마나 많은지! 그는 씁쓸하게 생각했다. 예술과 문화라는 세계에는 거의 발을 디뎌 보지도 못했다. 그건 그가 지불한 대가의 일부에 불과했다. 그는 가족과 한때 친구로 지내던 사람들에게도 이방인이었다. 야망이라는 제단 위에서 사랑은 희생되어 버렸고, 그 희생은 부질없었다. 그가 세상을 떠날 때 울어 줄 사람이 있을까?

그렇다. 있었다. 그의 영혼을 움켜쥐고 있던 극도의 고독감이 느슨해졌다. 전화기로 손을 뻗던 그는 사무실에 연락해서 전화번호를 물어봐야 한다는 사실이 부끄러웠다. 그의 마음은 별로 중요하지 않은 갖가지 기억으로 어지러웠다.

(백악관을 지나갔는데, 봄 햇살에 거의 눈이 부실 듯했다. 그의 인생에서 처음으로 그것을 흘끗 한 번 보고 말았다. 이미 백악관은 다른 세계, 그러니까 그와 전혀 무관한 세계에 속해 있었다.)

자동차에 비치된 전화에는 화상 장치가 없었다. 하지만 그것 없이

도 아이린이 가볍게 놀란 것을, 기뻐하는 것을 느낄 수 있었다.

"잘 있었니, 린? 다들 어떻게 지내니?"

"잘 지내요, 아버지. 언제쯤 뵐 수 있어요?"

아주 가끔씩 그가 전화를 걸면 딸은 항상 예의 바르지만 형식적으로 이렇게 물었다. 그리고 크리스마스나 생일을 제외하면 그는 변함없이 조만간 들르겠다는 애매한 약속을 하곤 했다.

"하나 물어볼 게 있는데 말이다."

그는 거의 미안하다는 투로 천천히 말했다.

"언제 오후쯤에 내가 아이들을 데리고 나갈 수 있을까 해서 말이다. 애들이랑 놀아 준 지도 오래됐고 일에서 좀 벗어나고 싶기도 하구나."

"그럼요."

아이린의 목소리에는 기쁘다는 기색이 역력했다.

"애들도 좋아할 거예요. 언제요?"

"내일이 좋겠다. 12시쯤에 전화하마. 동물원이나 스미소니언이나, 아니면 애들 가고 싶다는 데 가지."

아이린은 정말 깜짝 놀랐다. 아이린은 아버지가 몇 주 후의 일정까지 꽉 짜여진, 워싱턴에서 가장 바쁜 사람임을 잘 알고 있었다. 무슨 일이라도 있는지 궁금했다. 스틸만 의원은 딸아이가 진실을 알아내리라고는 생각하지 않았다. 한참 동안 미루고 있던 정기 검진을 받도록 만든 찌르는 듯한 고통에 대해 비서조차도 모르고 있는 판에 딸아이가 알 리 없었다.

"애들이 좋아하겠네요. 어제만 해도 할아버지가 언제 오시느냐고 물어 댔거든요."

눈에 눈물이 맺혔다. 그는 아이린이 그 모습을 볼 수 없는 게 다행이라고 생각했다.

"내일 정오에 가마."

그는 목소리에 감정이 실리지 않도록 애쓰며 서둘러 말했다.

"너희들 모두를 사랑한다."

그는 딸이 대답하기 전에 스위치를 끄고 안도의 한숨을 내쉬며 의자에 편히 기댔다. 아무런 계획 없이 거의 충동적으로 삶의 형태를 바꾸어 놓는 일에 한걸음 내디딘 것이다. 비록 아들딸은 잃었을지 몰라도 세대 간을 잇는 끈은 아직 그대로였다. 지금까지 아무것도 하지 않았다면 남은 몇 달 동안 그 끈을 지키고 또 강화해야 했다.

활발하고 호기심 많은 아이 둘을 데리고 자연사 박물관에 가는 것은 의사가 권장했을 만한 일이 아니다. 하지만 그는 그러고 싶었다. 조이와 수전은 지난번에 만났을 때보다 훌쩍 더 커 있었고 아이들을 따라다니려면 정신적으로나 육체적으로나 방심할 수 없었다. 원형 홀에 들어서자마자 아이들은 그에게서 떨어져 나와 대리석 홀을 점거하고 있는 거대한 코끼리 쪽으로 뛰어갔다.

"이게 뭐예요?"

조이가 외쳤다.

"코끼리잖아, 바보야."

일곱 살이나 먹었다는 사실을 한껏 뽐내며 수전이 대답했다.

"그건 나도 알아. 근데 이거 이름이 뭐야?"

스틸만 의원은 표지판을 살폈지만 그런 이야기는 어디에도 없었다. 이런 경우야말로 "틀릴 수는 있어도 머뭇거려서는 안 된다."라는 위기 대처법에 관한 격언이 가장 알맞을 때였다.

"이건…… 음, 점보라고 한단다. 저 이빨을 보려무나!"

그는 서둘러 말했다.

"얘도 이빨이 썩나요?"

"아니, 그렇지 않아."

"그럼 양치질은 어떻게 해요? 우리 엄마는 양치질을 안 하면……."

스틸만은 얘기의 논리가 어디로 향하는가를 보고는 화제를 바꾸는 게 좋겠다고 생각했다.

"안쪽에 볼 게 더 많아. 어디서부터 볼까, 새, 뱀, 물고기, 포유류?"

"뱀이오!"

수전이 외쳤다.

"상자에 넣어서 하나 키우고 싶었는데 아빠가 안 된다고 했어요. 할아버지가 대신 말해 주면 안 돼요?"

"포유류가 뭐예요?"

스틸만이 미처 대답을 생각해 내기도 전에 조이가 물었다.

"이리 와라. 보여 줄게."

그가 말했다.

홀과 전시실을 돌아다니면서 아이들은 이쪽저쪽으로 쏘다녔고, 그는 세상이 평화롭다고 느꼈다. 마음을 가라앉히고 일상의 문제를 진정한 관점에서 바라볼 수 있도록 하는 데는 박물관만 한 게 없었다. 무한한 다양성과 자연의 경이에 둘러싸인 이곳에서 그는 잊고 있었던 진리를 떠올렸다. 그는 이 지구라는 행성에서 살았던 천억 명의 사람들 중 하나에 불과했다. 인간의 희망과 두려움, 승리와 어리석음, 그리고 인류 전체는 지구의 역사에 비하면 사소한 사고에 불과할지도 몰랐다. 괴물 같은 디플로도쿠스의 뼈(아이들은 놀라서 잠시 조용해졌다.) 앞에 서 있었을 때 그는 영원이라는 바람이 영혼을 통과해 불고 있다고 느꼈다. 더 이상 야망이라는 끝없는 고통과 국가가 자기를 필요로 하고 있다는 믿음 따위에 대해 진지하게 생각할 수 없었다. 따지고 보면, 국가는 무슨 국가란 말인가? 사람들이 독립선언서에 서명한 건 불과 2세기 전 여름이었다. 하지만 이 오래된 미국인이 유타 주의 바위 더미 속에 묻힌 건 2억 년 전이었다…….

지구에 여전히 과거 어느 때보다도 많은 동물들이 살고 있다는 사실을 극명하게 보여 주는 해양 생태관에 들어섰을 때 그는 지쳐 있었다. 바닷속을 헤엄치는 27미터짜리 흰긴수염고래나 빠르게 움직이는 다른 육식 바다 생물들은 크게 부푼 흰 돛 아래 빛나는 자그만 갑판에서 보냈던 시간에 대한 기억을 상기시켰다. 뱃머리에 부딪히는 물소리와 삭구를 스치는 바람의 한숨 소리에 귀 기울이며 편안함을 느끼던 시절이었다. 그는 지난 30년간 바다에 나가지 않았다. 이 역시 그가 제쳐 둔 즐거움 중 하나였다.

수전이 불평했다.

"난 물고기가 싫어. 뱀은 언제 보러 가요?"

"이제 금방. 뭘 그리 서두르니? 시간은 많잖니."

그는 대답했다. 미처 의미를 깨닫기도 전에 흘러나온 말이었다. 아이들이 앞서 뛰어가는 동안 그는 자기 걸음걸이를 확인해 보았다. 그러고는 비통한 감정 없이 미소를 지었다. 어떤 면에서 보면 옳은 말이었다. 시간은 많았다. 매일, 매시간이 제대로 쓰기만 한다면 엄청난 경험의 장이 될 수 있었다. 마지막 남은 몇 주 동안 그는 정말 제대로 살 작정이었다.

아직 사무실에서도 전혀 눈치채지 못하고 있었다. 아이들과 외출한 것도 크게 놀랄 만한 일은 아니었다. 갑자기 약속을 취소하거나 직원들에게 일을 맡겨 두는 일은 전에도 있었다. 아직 행동 양식이 변한 건 아니었다. 하지만 며칠 이내에 주변인들은 뭔가가 잘못되었다고 확신하게 될 터였다. 스틸만에게는 참모들과 당에 가능한 한 빨리 사실을 털어놓아야 할 의무가 있었다. 그러나 우선 결정해야 할 개인적인 일들이 많았다. 지금까지의 방대한 활동을 정리하기 전에 먼저 그 것들부터 해결하고 싶었다.

그가 머뭇거리는 데는 또 다른 이유도 있었다. 정치 경력을 통틀어 그는 싸움에서 져 본 적이 거의 없었다. 그리고 서로 베고 찌르는 정치판에서 살아오는 동안 누구에게 동정을 베푼 적도 없었다. 이제 최후의 패배를 맞이하게 된 상황에서 그는 수많은 적들이 기다렸다는 듯이 퍼부을 동정과 위로를 받는 게 두려웠다. 이런 태도가 바보 같은 것이며 죽음의 그림자 아래에서조차 쉽게 사라지지 않는 성격인 완고한 자존심의 잔여물이라는 것은 알고 있었다.

그는 2주가 넘도록 비밀을 간직한 채 회의실에서 백악관으로, 의사당으로, 그리고 워싱턴 사회의 복잡다단한 미궁 속으로 돌아다녔다. 그의 정치 경력에서 가장 뛰어난 연기였다. 하지만 알아줄 사람은 아무도 없었다. 2주가 거의 지났을 무렵 그는 계획된 행동을 완수했다. 이제 자필로 쓴 편지 몇 장을 발송하고 아내에게 전화를 걸 일만 남아 있었다.

사무실에서 별 어려움 없이 로마에 있는 아내를 찾아 주었다. 그가 보기에 화면에 나타난 아내는 여전히 아름다웠다. 괜찮은 영부인 감이었다. 만약 영부인이 된다면 잃어버린 세월에 대해 어느 정도 보상도 될 터였다. 그가 알기로는 아내 역시 그럴 가능성을 고대하고 있었다. 그러나 아내가 원하는 것을 정말로 그가 이해했던 적이 있나?

그녀가 말했다.

"잘 지냈어요, 당신? 전화가 올 거라고 생각하고 있었어요. 내가 돌아가길 바라겠지요."

"그럴 생각이오?"

그가 조용히 물었다. 상냥한 말투에 아내가 놀란 게 분명했다.

"싫다고 해도 소용없겠죠? 하지만 당신이 안 뽑히면 난 다시 내 갈 길을 가고 싶어요. 그건 알아둬야 해요."

"내가 뽑힐 일은 없을 거요. 후보 지명도 안 될 텐데. 다이애나, 당신한테 처음 얘기하는 건데, 앞으로 6개월 후면 난 죽어."

직설적인 표현은 냉혹했지만 그는 일부러 그랬다. 전파가 통신위성으로 갔다가 다시 지구로 돌아오는 영점 몇 초간의 지연시간이 이렇게 긴 적은 처음이었다. 처음으로 그는 아내의 아름다운 얼굴 겉껍질을 뚫고 들어갔다. 못 믿겠다는 듯 아내는 눈을 크게 뜨며 손을 입가로 가져갔다.

"농담이죠!"

"이런 걸로? 분명한 사실이오. 내 심장이 지쳐 버렸대. 몇 주 전에 조던 박사가 그랬소. 물론 내 잘못이지. 그 얘긴 지금 하지 맙시다."

"당신이 애들 데리고 놀아 준 것도 그래서로군요. 무슨 일인지 궁금했었어요."

아이린이 제 엄마에게 그 이야기를 한 것 같았다. 손자손녀들과 놀아 준다는 너무나 당연한 일조차도 호기심을 자아낼 정도라면 마틴 스틸만에 대한 평판은 애처로운 것이었다.

그는 솔직하게 인정했다.

"맞소. 좀 늦었다 싶었어. 지금은 지나 버린 시간을 보상하려고 애쓰는 중이오. 다른 건 별로 중요해 보이지 않더군."

그들은 아무 말 없이 둘 사이에 놓인 지구의 굽은 표면을 건너, 그리고 떨어져 살아온 나날의 텅 빈 사막을 건너 서로의 눈을 바라보았다. 그리고 약간 떨리는 목소리로 다이애나가 말했다.

"바로 짐 싸서 갈게요."

그렇게 소식은 전해졌다. 마음이 아주 편안했다. 여러 해의 동정조차 애초에 두려워했던 것처럼 받아들이기 힘들지 않았다. 그 하룻밤 동안 그에게는 진정 적이 없었다. 여러 해 동안 비난밖에 퍼붓지 않던 사람들이 진심을 담아 애도의 말을 전해 왔다. 오래된 논쟁은 증발했고 오해로 비롯된 것이었음이 드러났다. 죽을 때가 되어서야 이런 사실을 알게 된다는 건 안타까운 일이었다…….

또한 그는 실무가란 죽기 전에 할 일이 많다는 사실도 알게 되었다. 후계자를 지명하고 법적인 문제와 재정적인 문제를 해결하는 한편 위원회와 주에서 벌이던 사업도 끝을 맺어 두어야 했다. 평생에 걸쳐 정력적으로 벌여 놓은 일들을 갑자기 전등 끄듯 중단할 수 없는 노릇이었다. 그는 책임지고 있던 일이 얼마나 많았는지, 그리고 거기서 벗어나는 일이 얼마나 힘든지를 깨닫고 놀랐다. 권력을 위임하는 일(많은 비평가들은 최고 책임자가 되고자 하는 사람에게는 치명적인 흠집이라고 이야기했다.)은 언제나 쉽지 않았지만, 영원히 그의 손에서 빠져나가기 전에 처리해 두어야 했다.

마치 거대한 시계가 달려가는데 아무도 되감지 못하고 있는 것만 같았다. 책들을 처분하고 옛 편지들을 읽거나 폐기하고 쓸모없는 계좌를 닫고 최종 지시를 내리고 작별 편지를 쓰면서 그는 그게 현실이라고 전혀 느끼지 못했다. 아무런 고통이 없었다. 앞으로도 몇 년 동안 활발히 활동할 수 있을 것만 같았다. 고작 몇 줄의 심전도 기록만이 그의 앞길에 놓인 장애물 같았다. 아니면 의사들만 읽을 수 있는 이상한 언어로 씌어진 저주이거나.

이제 다이애나와 아이린 그리고 사위는 거의 매일같이 아이들을 데리고 그를 보러 왔다. 예전에는 빌과 있는 게 편치 않았다. 하지만 그게 자기 잘못이었음을 그는 알고 있었다. 사위가 아들을 대신할 수는 없었다. 마틴 스틸만 주니어의 모습과 닮지 않았다는 이유로 빌을 비난할 수는 없는 노릇이었다. 빌에게는 정당한 자격이 있었다. 그는 아이린을 돌봐 주고 행복하게 해 주었으며 아이들의 아빠가 되어 주었다. 야망이 없는 사내라는 단점(과연 그게 단점이라면 말이지만)을 스틸만 의원은 마침내 용서할 수 있었다.

심지어 그는 자기보다 앞서 이 길을 걸어 이제는 케이프타운에 있는 유엔 묘지에 수많은 십자가들 중 하나로 누워 있는 아들에 대해서도 고통이나 비통함을 느끼지 않고 생각할 수 있었다. 그는 아들의 묘지에 한번도 가 본 적이 없었다. 시간이 있던 시절에는 폐허가 된 남아프리카에서 백인이 그렇게 평판이 좋지 못했다. 이제는 마음만 먹으면 갈 수 있었지만 그는 그렇게 함으로써 다이애나를 괴롭게 만드는 것이 옳은 일인지 확신할 수 없었다. 자신이야 그렇게 오랫동안 괴로워하지 않을 테지만 다이애나는 남은 평생 동안 그럴 것이었다.

그래도 그는 가 보고 싶었다. 그건 의무라고 생각했다. 게다가 아이들에게 베푸는 마지막 선물이었다. 아이들에게는 낯선 땅에서 보내는 휴가에 불과할 것이고, 얼굴도 모르는 삼촌에 대한 슬픔 따위는 느끼지 못할 터였다. 한 달 만에 두 번째로 그의 세계 전체가 뒤집히는 일이 일어난 것은 마침 일정을 잡으려던 참이었다.

지금도 매일 아침 사무실에 나가면 그를 만나려고 기다리는 사람이 열 명이 훨씬 넘었다. 예전처럼 많지는 않지만 여전히 많은 숫자였다. 그러나 하크네스 박사가 기다리고 있을 줄은 상상도 못 했다.

호리호리하고 키가 큰 그의 모습을 본 스틸만은 순간적으로 걸음을 멈췄다. 옛날 위원회 회의실 탁자를 사이에 두고 오가던 논쟁과 수없이 많은 경로로 분노를 교환하던 일이 떠오르자 뺨이 붉어지며 맥박이 빨라졌다. 하지만 곧 그는 마음을 가라앉혔다. 그가 아는 한 모두 지난 일이었다.

그가 다가가자 하크네스는 다소 어색하게 일어섰다. 스틸만 의원은 어떻게 말을 꺼내야 할지 몰라 당황하고 있다는 것을 잘 알았다. 지난 몇 주간 자주 접한 반응이었다. 이제 그와 만나는 사람들은 자동적으로 불리한 위치에 서게 되었고 금기시되는 주제를 피하기 위해 항상 경계했다. 스틸만은 말했다.

"음, 안녕하시오, 박사님. 이거 놀라운데요. 박사님을 여기서 뵈리라고는 생각도 못 했습니다."

그는 살짝 잽을 날릴 수 있다는 유혹을 이기지 못했고 그렇게 타격을 주었다는 데서 약간의 만족을 얻었다. 하지만 상대의 웃음에서 알 수 있듯이 그건 비꼬는 것과 거리가 멀었다.

"안녕하십니까, 의원님."

하크네스 박사가 너무 낮은 목소리로 대답해서 그는 몸을 앞으로 기울인 채 들어야 했다.

"의원님께 아주 중요한 정보가 있습니다. 잠시 따로 이야기할 수 있을까요? 얼마 걸리지 않을 겁니다."

스틸만은 고개를 끄덕였다. 이제 무엇이 중요한지에 대한 나름의 생각도 있었고 이 과학자가 왜 그를 만나려고 왔는지 약간 궁금하기도 했다. 7년 전 마지막으로 만난 이후로 하크네스는 많이 변한 것 같았다. 예전보다 훨씬 확고한 자신감이 있어 보였고, 침착하지 못한 태도로 증인으로서의 신뢰성을 떨어뜨리던 습관이 사라졌다.

개인 사무실에 단둘이 있게 되자 그가 입을 열었다.

"의원님, 상당히 충격적인 소식을 갖고 왔습니다. 제 생각에는 의원님이 나을 수 있을 것 같습니다."

스틸만은 무너지듯이 무겁게 의자에 주저앉았다. 이건 전혀 예상하지 못했다. 애초부터 그는 부질없는 희망이란 짐을 지지 않기로 했다. 바보들이나 운명에 대항하는 것이다. 그는 자신의 운명을 받아들였다.

한동안 그는 말을 하지 못했다. 그리고 이 오랜 적을 올려다보며 숨을 몰아쉬었다.

"누가 그러던가요? 의사들은 전부……."

"의사들은 신경 쓰지 마세요. 시대에 10년 정도 뒤처진 건 의사들 탓이 아닙니다. 이걸 보세요."

"이게 무슨 뜻이오? 난 러시아어를 몰라요."

"소비에트연방에서 발행하는《우주 의학 학회지》의 최근 호입니다. 며칠 전에 도착해서 평소처럼 번역을 했습니다. 여기 표시해 둔 짧은 글을 보세요. 메치니코프 정거장에서의 최근 연구에 대한 겁니다."

"그게 뭐죠?"

"모르시나요? 음, 그건 소련의 우주 병원입니다. 방사선대 바로 아래에 지은 것이죠."

"계속해 봐요."

갑자기 말라 버린 목소리로 스틸만이 말했다.

"이름이 그건 줄 잊어버리고 있었소."

그는 평화롭게 인생을 마치고 싶었지만 이제 과거가 되돌아오고 있었다.

"음, 이 글에는 내용이 많지 않습니다. 하지만 행간에서 많은 걸 읽을 수 있죠. 제대로 된 논문을 내기에 앞서 사전에 암시를 흘리는 거지요. 나중에 우선권을 주장할 수 있도록 말입니다. 제목은 '순환계 질병에 대한 무중력의 치료 효과'입니다. 이들은 토끼나 햄스터에 인공적으로 심장병을 일으킨 후에 우주 정거장으로 데리고 갔습니다. 물론 궤도상에서는 무게가 전혀 없지요. 사실상 심장이나 근육이 할 일이 없습니다. 그리고 그 결과가 바로 제가 몇 년 전에 말씀드리려고 한 겁니다. 아주 심각한 경우에도 진행을 억제할 수 있습니다. 많은 사람들이 목숨을 구할 수 있는 겁니다.”

스틸만이 살던 세계의 중심이자 수많은 회의의 배경으로 수많은 계획이 탄생한 장소인 조그만 사무실은 갑자기 실재하지 않는 공간이 되었다. 기억이 오히려 훨씬 생생했다. 그는 바로 그 이야기를 들었던 1969년, 미국 우주 항공국 창설 이래 10년간의 활동에 대한 감사를 실시 중이던, 그리고 수시로 비난을 퍼부었던 시절로 다시 돌아갔다.

그는 우주 항행에 관한 상원 위원회의 의장은 아니었지만 가장 목소리가 크고 영향력 있는 의원이었다. 과학이 가져올 유토피아에 대한 꿈에 속아 넘어가지 않은 강직한 사람으로서 공익의 수호자라는 명성을 얻은 것도 여기서였다. 성공적이었다. 그 순간부터 그는 신문의 첫머리에 자주 등장하는 인물이 되었다. 우주니 과학이니 하는 것에 특별한 감정이 있어서 그런 것은 아니었다. 다만 무엇이 쓸모 있는 논쟁 거리인지 잘 알았을 뿐이다. 마음속에서 기록 테이프가 돌아가듯이 기억이 모두 되살아났다…….

“하크네스 박사, 당신은 미국 우주 항공국의 기술국장이 맞습니까?”

“그렇습니다.”

“이건 1959년에서 69년까지 우주 항공국에서 지출한 금액입니다. 대단히 인상적이군요. 현재까지 총액 825억 4745만 달러이고, 회계년도 69년에서 70년의 예상치는 100억이 훨씬 넘습니다. 이런 돈을

들여서 우리가 어떤 것을 얻을 수 있을지 설명해 주시면 좋겠습니다
만."

"물론입니다, 의원님."

그렇게 시작되었다. 강경하지만 비우호적인 분위기는 아니었다. 적
개심은 더 나중에 개입되었다. 그게 정당하지 않은 일이라는 건 당시
의 스틸만도 알고 있었다. 덩치가 커다란 조직에서는 언제나 실수나
약점이 있게 마련이었다. 게다가 말 그대로 별들을 목표로 하는 조직
이라면 부분적인 성공 이상의 것을 기대하기는 어려웠다. 우주를 정
복하는 일이 공중을 정복하는 일에 못지않게 목숨과 자금을 요할 것
이라는 사실은 처음부터 명백했다. 10년 동안 백여 명의 사람이 지구
에서, 우주에서 그리고 황량한 달 표면에서 목숨을 잃었다. 60년대 초
반의 절실한 필요성이 사라진 지금 대중들은 '왜?'라고 묻고 있었고
스틸만은 영리하게도 그런 목소리의 대변자로 나섰던 것이다. 그의
추궁은 냉정하게 계산한 것이었다. 희생양이 있다면 더욱 편리할 것
이고, 불행하게도 하크네스 박사가 그 역할을 맡았다.

"맞습니다, 박사님. 통신 기술이나 일기예보 분야에서 우리가 우주
과학으로부터 이득을 얻고 있다는 건 저도 이해합니다. 그건 다들 알
고 있습니다. 하지만 이런 일은 거의 무인 자동 장치를 이용해서 하
고 있지요. 제가 걱정하는, 그리고 많은 사람들이 걱정하는 건 유인우
주선 계획에 드는 비용이 증가하고 있다는 것과 실용성이 별로 없다
는 점입니다. 다이나소어나 아폴로 계획 이래 우리는 수십억 달러를
우주로 날려 보냈습니다. 그런데 그 결과가 뭐죠? 한 줌에 불과한 인
간이 대기권 밖에서 불편한 시간을 보내고 돌아왔지만 텔레비전 카

메라나 무인 장비도 할 수 있는 성과 외에는 아무것도 거두지 못했습니다. 아니 그것들이 훨씬 낫고 저렴하죠. 게다가 목숨을 잃은 사람도 있어요! X-21호가 재진입 중 불타 버릴 때 무전기로 울려 퍼진 비명 소리는 누구도 잊지 못할 겁니다. 그들을 사지로 보낼 권리가 우리에게 있습니까?"

발언을 마쳤을 때 회의실에 이어지던 침묵을 그는 아직도 기억했다. 그의 추궁은 합리적이었고 마땅히 답변이 이루어져야 했다. 불공평하다면 그건 그가 사용한 수사학적 방법이었고, 무엇보다도 추궁의 상대가 그런 질문에 효과적으로 대답할 수 없는 사람이라는 점이었다. 폰 브라운이나 릭오버 같은 사람에게라면 스틸만도 그런 전술을 쓰지 않았을 것이다. 그들이라면 최소한 질문에 버금갈 정도로 훌륭한 답변을 들려줄 수 있었을 것이다. 하지만 하크네스는 달변가가 아니었다. 개인적으로 깊은 감정이 있었다 해도 그는 혼자 간직하는 것으로 끝냈다. 그는 훌륭한 과학자였고 능력 있는 행정가였으며, 그리고 형편 없는 증인이었다. 통 안에 든 고기를 쏘아 잡는 것이나 마찬가지였다. 기자들은 좋아했다. 하크네스는 어떤 기자가 "불운한 하크네스(Hapless Harkness)"라는 별명을 만들어 냈는지 끝내 알아내지 못했다.

"이제 박사가 제안한 계획, 그러니까 50명을 수용할 수 있는 우주 실험실에 대한 이야기입니다만, 이 계획에 얼마나 들 것으로 예상하고 계신가요?"

"이미 이야기했습니다. 15억 달러에 조금 못 미칩니다."

"연간 유지 보수 비용은?"

“기껏해야 250만 달러입니다.”

“지금까지의 예상 비용들이 항상 맞아떨어졌는지를 고려한다면 우리가 이 숫자를 의심스럽게 보아도 무방할 텐데요. 하지만 일단 이게 맞다고 치면, 이 돈을 투자함으로써 우리가 무엇을 얻을 수 있습니까?”

“우리는 최초로 우주 공간에 대규모의 연구 시설을 건설할 수 있게 될 겁니다. 지금까지는 보통 다른 임무를 띠고 나가는 부적당한 우주선 안의 좁은 공간에서 실험할 수밖에 없었습니다. 영구적인 유인 정거장은 필수적입니다. 그게 없으면 앞으로의 진보도 불가능합니다. 우주생물학은 시작도…….”

“우주 뭐요?”

“우주생물학 말입니다. 우주 공간에서 유기체를 연구하는 학문이죠. 러시아인들은 스푸트니크 2호에 라이카라는 개를 실어 보냈을 때 사실상 시작한 것이나 다름없습니다. 그리고 지금도 이 분야에서는 우리보다 앞서 있습니다. 하지만 아직까지는 아무도 곤충이나 무척추동물에 대한 진지한 연구를 하지 못했습니다. 그러니까 개나 쥐, 원숭이 같은 동물을 빼고 말입니다.”

“알겠습니다. 그러니까 박사님은 우주에 동물원을 만들 예산을 원하고 계시다는 겁니까?”

회의실에 울려 퍼진 웃음은 그 계획을 끝장내는 데 일조했다. 그리고 이제 돌이켜 보니 스틸만 의원 자신을 끝장내는 데에도 일조한 셈이었다.

순전히 자기 책임이었다. 하크네스 박사는 어설프게나마 우주 실험실이 가져올 이익을 설명하려고 노력했다. 분명한 약속은 아니었지만 가능성을 지적하면서 그는 특별히 의학적인 측면을 강조했었다. 장기가 무게를 갖지 못하는 환경에서 새로운 외과 수술 기술이 개발될 수도 있다고 이야기했다. 심장과 근육에 가해지는 긴장이 엄청나게 감소하므로 인간은 중력이 가하는 폭력으로부터 벗어나 더 오래 살 가능성이 있었다. 그렇다. 심장 이야기도 있었다. 하지만 그건 젊고 야망으로 가득한, 그리고 좋은 기삿거리를 만드는 데 열중해 있던 스틸만 의원의 관심사가 아니었다…….

"이제 와서 왜 그런 이야기를 하는 겁니까? 그냥 평화롭게 죽게 내버려 두면 안 됩니까?"

그는 느릿하게 말했다.

"바로 그겁니다. 희망을 버릴 필요가 없다는 거지요."

하크네스가 성급하게 말했다.

"러시아인들이 햄스터랑 토끼 몇 마리를 치료했다고 해서요?"

"그것뿐이 아닙니다. 제가 보여 드린 건 초기 결과를 인용한 것에 불과해요. 벌써 뒤처진 겁니다. 사람들이 헛된 기대를 품을까 봐 가능한 한 조용히 있는 거죠."

"박사는 어떻게 이걸 알죠?"

하크네스는 놀란 표정을 지었다.

"음, 스타뉴코비치 박사와 통화했습니다. 소련에서 저와 같은 일을 하고 있죠. 알고 보니 그가 메치니코프 정거장에 다녀왔더군요. 이 일을 중요하게 여기고 있다는 증거죠. 예전부터 알고 지낸 친구라 멋대로 의원님 이야기를 해 버렸습니다."

한참 동안의 공백 뒤에 다가온 희망의 불빛은 희망이 떠나가는 것만큼 고통스러울 수 있다. 스틸만은 호흡이 곤란해졌고 순간적인 공포 속에서 마침내 최후의 공격이 온 것인지 궁금했다. 그러나 그건 그저 흥분의 결과였다. 가슴의 긴장이 풀리고 귀에서 울리던 소리가 사라지자 하크네스의 목소리가 들렸다.

"의원님께서 아스트로그라드로 바로 오실 수 있는지 알고 싶다고 하기에 물어보겠노라고 대답했습니다. 가능하다면, 내일 아침 10시 반에 뉴욕에서 떠나는 비행기가 있습니다."

내일은 아이들과 동물원에 가기로 약속한 날이었다. 이런 식으로 아이들을 실망시키는 것은 처음이 될 터였다. 그 생각을 하자 날카로운 죄책감이 찌르는 듯 느껴졌고 의지력을 발휘한 끝에야 이렇게 대답할 수 있었다.

"가능합니다."

커다란 대륙간 램제트기가 성층권을 뚫고 하강하는 몇 분 동안은 모스크바의 모습을 볼 수 없었다. 비행기가 수직 분사를 이용하여 떨어지고 있을 때 곧바로 다가오는 지상의 모습은 승객들을 대단히 불편하게 만들기 때문에 하강하고 있을 때는 조망 화면을 끄는 탓이었다.

모스크바에서 그는 편안하지만 구식인 터보 프로펠러기로 갈아탔다. 밤을 뚫고 동쪽으로 날아가는 동안 처음으로 이런저런 생각을 할 수 있었다. 스스로에게 묻기엔 아주 이상한 질문이었지만, 과연 그는 미래가 더 이상 확실하지 않다는 사실을 즐거워하고 있는가? 몇 시간 전만 해도 아주 단순해 보였던 그의 삶은 마치 그가 제쳐 두어야 했던 가능성들을 다시 활짝 열어젖히듯이 다시 한 번 복잡해졌다. 아침에 교수형을 당할 거라는 사실보다 경이롭게 인간의 마음을 가라앉히는 건 없다는 존슨 박사의 말은 옳았다. 반대도 분명히 마찬가지였다. 집행이 연기되었다는 생각보다 마음을 동요하게 만드는 것도 없었다.

소련의 우주개발 중심지인 아스트로그라드에 착륙했을 때 그는 잠들어 있었다. 착륙할 때의 부드러운 충격에 잠에서 깨어났고 한동안 자기가 어디 있는지 떠올리지 못했다. 삶을 찾아 세계의 절반을 비행하던 것은 꿈이었던가? 아니, 그건 꿈이 아니었다. 하지만 가망 없는 기대에 불과할지도 몰랐다.

열두 시간 후 그는 여전히 결과를 기다리고 있었다. 마지막 검사는 이미 끝났다. 심전계 화면의 불빛은 운명적인 춤을 멈추었다. 익숙한 검진 과정과 부드럽고 확신에 찬 의사와 간호사의 목소리 덕에 그의 마음은 크게 안정되었다. 전문의들이 협의를 마칠 때까지 부드럽게 조명 처리된 대기실에서 기다리며 그는 평안했다. 러시아어로 된 잡지나 다소 텁수룩해 보이는 소련 의학계의 선구자들의 초상화만이 다른 나라에 있다는 사실을 상기시켰을 뿐이다.

그가 유일한 환자는 아니었다. 열 명 남짓 다양한 연령층의 남녀가 벽을 따라 앉아서 잡지를 읽거나 편안해 보이려고 노력하고 있었다. 아무 대화도 오가지 않았고 서로 눈을 마주치지도 않았다. 그곳에 있는 영혼은 모두 저마다 삶과 죽음의 경계에 놓여 있었다. 그들은 공통의 불행으로 연결되어 있었지만 그런 유대감이 의사소통으로까지는 이어지지 않았다. 이미 인류와 떨어져서 유일한 희망이 있는 우주를 향해 질주하고 있는 듯했다.

그러나 대기실의 한구석에는 예외가 있었다. 젊은 부부(둘 다 기껏해야 스물다섯 정도였다.)가 절망적인 고통 속에서 서로를 끌어안고 있었는데 첫눈에 보기에도 짜증나는 광경이었다. '아무리 자기들 문제가 심각하다고 해도 사람들이 생각이 있어야지 말이야.' 그는 모질게도 이렇게 생각했다. 서로를 비탄에 빠뜨리기 쉬운 이런 장소에서는 특히 감정을 숨겨야 했다. ·

짜증은 금세 동정으로 바뀌었다. 헌신적이고 꾸밈없는 사랑이 깊은 좌절에 빠진 모습을 오래 보고 있노라면 감정적이 되게 마련이었다. 종이 넘기는 소리와 의자 삐걱거리는 소리만이 정적을 깨뜨리며 시간이 흐르는 가운데 그가 느낀 동정은 망상으로까지 이어졌다.

저들에게는 어떤 사연이 있을까? 남자는 감정적이고 지적인 인물로 보였다. 여자는 임신한 상태였다. 여자의 얼굴은 러시아 여인들 사이에서 흔히 볼 수 있는 가정적인 농부의 아내상이었다. 아름다움과는 거리가 멀었지만 슬픔과 사랑은 여인의 다정다감함이 빛나도록 만들었다. 스틸만은 여인에게서 눈을 뗄 수 없었다. 닮은 구석은 전혀 없지만 어찌된 연유인지 다이애나가 떠올랐다. 30년 전 함께 교회에서 걸어 나오며 그는 아내의 눈에서 똑같은 광채를 보았던 것이다. 거의 잊고 있었다. 광채가 그렇게 빨리 희미해진 건 둘 중 누구의 잘못이었을까?

경고 한마디 없이 그가 앉아 있던 의자가 진동했다. 거대한 망치가 몇 킬로미터 밖의 땅을 강하게 내려치기라도 한 듯 급작스러운 진동이 빠르게 건물을 휘감았다. 지진인가? 스틸만은 의아해 했다. 그리고 자기가 어디 있는지 떠올리고 속으로 시간을 가늠하기 시작했다.

그는 60초까지 세고는 그만두었다. 아마도 방음이 잘되어 있어서 나중에 공중에서 들렸어야 할 소리가 전달되지 않는 모양이었다. 땅을 통해 전해지는 충격파만이 방금 수천 톤의 질량이 하늘로 날아올랐다는 사실을 알려 주었다. 1분 정도 더 지나자 멀리서, 하지만 또렷하게 세상의 경계 바로 밑에서 울부짖는 듯한 천둥소리를 들을 수 있었다. 발사 시의 소음은 상상한 것 이상이었다.

그래도 스틸만 자신이 하늘로 올라갈 때 저 천둥소리는 전혀 문제가 되지 않을 거라는 점은 알고 있었다. 로켓은 소음을 저만치 뒤로하고 질주하게 될 것이다. 가속의 충격도 그의 몸을 건드리지 못할 것이다. 그는 편안한 소파에 앉아 있는 것보다 훨씬 더 편안하게 따뜻한 물속에 몸을 담그고 있을 테니.

먼 우주 가장자리에서 아직도 우르릉거리는 소리가 들려오고 있을 때 대기실 문이 열리더니 간호사가 그에게 손짓했다. 여러 개의 눈이 그를 좇는 걸 느꼈지만 그는 한번도 뒤돌아보지 않고 선고를 들으러 갔다.

모스크바에서 돌아오는 내내 통신사들이 그와 접촉하려고 애썼지만 그는 모두 거절했다.

"자는 중이라 방해할 수 없다고 전해 주게."

스틸만은 승무원에게 말했다. 누가 정보를 흘렸는지 모르겠지만,

이런 사생활 침해에 짜증이 났다. 몇 년 동안이나 사생활을 버리고 살아왔지만 지난 몇 주 동안 그는 사생활의 진가를 알게 되었다. 그가 원래대로 돌아갔다고 가정했다는 이유로 기자나 논평가들을 비난할 수는 없었다.

램제트기가 워싱턴에 도착했을 때 그들은 기다리고 있었다. 스틸만은 그들 대부분의 이름을 알고 있었고, 그중 몇몇은 오랜 친구였으며, 그에 앞서 달려온 소식을 듣고 진정 기뻐했다.

"평상시처럼 돌아온 기분이 어떠십니까, 의원님? 러시아에서 의원님을 치료할 수 있다고 들었는데요?"

《타임스》의 매컬리가 물었다.

"그들은 그럴 수 있다고 생각합니다. 이건 새로운 의학 분야입니다. 아직 아무것도 장담할 수 없습니다."

스틸만은 조심스럽게 대답했다.

"언제 우주로 떠나십니까?"

"일주일 내에 떠납니다. 여기서 일을 정리하는 대로."

"만약 낫는다면 언제 돌아오실 겁니까?"

"그건 말하기 힘듭니다. 일이 전부 매끄럽게 돌아간다고 해도 최소한 6개월은 있어야 할 겁니다."

무의식적으로 그는 하늘을 올려다보았다. 해가 뜨거나 질 무렵이면 (어디에 있는지만 알면 심지어 대낮에도) 다른 어떤 별보다 훨씬 밝게 빛나는 메치니코프 정거장은 볼만한 광경이었다. 하지만 지금은 별보다 밝은 인공위성이 하도 많아서 전문가가 아니면 구별하기 힘들었다.

"6개월이라."

생각에 잠긴 듯한 기자 하나가 말했다.

"그 말은 76년 대선에서 빠지신다는 의미로군요."

"하지만 1980년에는 멋지게 돌아오시겠죠."

다른 이가 말했다.

"그리고 1984년에도요."

또 다른 사람이 말했다. 다들 웃었다. 사람들은 벌써 1984년에 대해 농담을 하고 있었다. 한때 그건 까마득한 미래처럼 보였지만 곧 다른 여느 연도와 다를 바 없어질 것이다…… 바라건대.

여러 개의 귀와 마이크가 그의 대답을 기다리고 있었다. 다시 한 번 주목과 호기심을 받으며 승강장 아래에 서자 그는 예전에 느꼈던 흥분이 다시 핏줄을 타고 흐르는 것을 느꼈다. 볼만한 복귀가 되겠군. 새로운 인간이 되어 우주에서 돌아오다! 다른 후보들이 따를 수 없는 영광이 될 것이다. 그런 전망에는 마치 올림포스의 신과 같은 분위기가 있었다. 그는 이미 자기가 선거 표어를 구상하고 있다는 사실을 깨달았다…….

그가 말했다.

"계획을 세울 시간을 주시오. 이것에 익숙해지려면 시간이 걸릴 겁니다. 하지만 지구를 떠나기 전에 꼭 이야기하도록 하겠습니다."

"지구를 떠나기 전에"라. 흠, 멋진 데다가 극적이기도 한 문구로군. 그가 여전히 속으로 리듬감을 음미하고 있을 때 공항 건물에서 나와 다가오는 다이애나가 눈에 들어왔다.

스틸만 자신이 변하고 있듯이 다이애나도 이미 변했다. 그녀의 눈에는 이틀 전에 없던 신중함과 경계심이 있었다. 말로 하는 것만큼이나 분명하게 두 눈은 이렇게 이야기하고 있었다. '결국 처음부터 또다시 시작할 작정이에요?' 따뜻한 날이었지만 그는 갑자기 시베리아 평원에 있기라도 한 것처럼 한기를 느꼈다.

하지만 할아버지를 맞으려 달려오는 아이들은 변하지 않았다. 그는 아이들을 팔에 안으며 자기 얼굴을 아이들 머리에 묻어 흐르기 시작하는 눈물이 카메라에 잡히지 않게 감추었다. 아이들이 아이들다운 순수하고 거리낌 없는 사랑으로 매달렸을 때 자신이 어떤 선택을 해야 할지 깨달았다.

아이들만이 스틸만이 권력에 대한 욕망에서 자유로울 때 그를 알아준 존재였다. 훗날 아이들이 할아버지를 기억하게 된다면 아마도 그렇게 기억할 것이다.

"화상회의입니다, 의원님. 개인 화면으로 연결해 드리겠습니다."
비서가 말했다.
스틸만은 의자에 앉은 채 몸을 돌려 벽에 걸린 회색 패널을 마주 보았다. 그러자 화면이 양 옆으로 나뉘었다. 오른쪽에는 자신의 사무실과 흡사하고 불과 몇 킬로미터 떨어져 있는 사무실 모습이 비춰졌다. 하지만 왼쪽에는……

간편하게 반바지와 셔츠를 입은 스타뉴코비치 교수가 의자 위로 30센티미터는 족히 공중에 떠올라 있었다. 연결이 되었음을 알자 그는 의자를 잡고 몸을 끌어내린 후에 갈퀴가 달린 허리띠로 몸을 고정시켰다. 그의 뒤에는 통신 장비가 가지런히 정돈되어 있었다. 그리고 스틸만이 알기로, 그 뒤에는 우주가 있었다.

오른쪽 화면에 있는 하크네스 박사가 먼저 입을 열었다.

"대답해 주시기만을 기다리고 있습니다, 의원님. 스타뉴코비치 교수는 모두 준비가 되었다고 합니다."

그리고 러시아인이 말했다.

"다음 보급선이 이틀 후에 옵니다. 나는 그걸 타고 지구로 돌아갑니다. 하지만 그 전에 의원님을 볼 수 있으면 좋겠군요."

그가 호흡하고 있는 희박한 옥시헬륨 공기 때문에 그의 목소리는 이상할 정도로 높았다. 그것만 빼고는 아무런 간섭도 없어 먼 거리를 전혀 감지하지 못할 정도였다. 스타뉴코비치가 수천 킬로미터 떨어진 곳에서 초속 6킬로미터 이상으로 움직이고 있음에도 불구하고 같은 사무실에 있는 것 같았다. 심지어 스틸만은 그의 뒤에 있는 장비의 모터가 돌아가는 희미한 소리까지도 들을 수 있었다.

"교수님."

스틸만이 응답했다.

"출발하기 전에 물어보고 싶은 게 있습니다."

"기꺼이."

방금 그는 스타뉴코비치가 아주 멀리 있다는 점을 알아챌 수 있었다. 그의 답변이 들리기까지 상당한 시간 지연이 있었던 것이다. 정거장이 지구 반대편에 있는 게 틀림없었다.

"제가 아스트로그라드에 있을 때 병원에서 다른 환자들도 많이 보았습니다. 궁금한 건, 무슨 기준으로 치료받을 사람을 고르지요?"

이번에는 굼뜬 전파 속도로 인한 지연보다도 오래 걸렸다. 스타뉴코비치는 대답했다.

"음, 회복 가능성이 큰 사람들이죠."

"하지만 시설은 아주 제한되어 있지 않습니까. 저 말고도 후보가 아주 많을 텐데요."

"무슨 말씀을 하시는 건지……."

약간 초조한 듯 하크네스 박사가 끼어들었다.

스틸만은 오른쪽 화면으로 눈을 돌렸다. 그와 눈길을 마주하고 있는, 불과 몇 년 전만 해도 그의 날카로운 공격 앞에서 어쩔 줄 모르던 증인을 알아보기가 힘들었다. 그 경험이 하크네스의 성질을 자극하고 정치 기술이라는 세례를 주었던 것이다. 스틸만이 그를 가르친 셈이었다. 그리고 하크네스는 배운 것을 활용하고 있었다.

그의 의도는 처음부터 명백했다. 만약 이런 복수의 달콤함과 자신의 신념을 성공적으로 입증하는 쾌감을 즐기지 않는다면 하크네스는 인간도 아니었을 것이다. 그리고 우주국의 국장으로서 미국의 대통령 후보가 단지 자기 나라에 없다는 이유만으로 러시아의 우주 병원에 입원한다는 사실이 세계에 알려지면 예산 싸움에서 절반은 승리한 것이나 다름없다는 점도 잘 알고 있었다…….

스틸만이 점잖게 말했다.

"하크네스 박사, 이건 내 일이오. 아직 난 답변을 기다리고 있습니다, 교수님."

관련된 주제의 성격에도 불구하고 그는 이 상황을 꽤 즐기고 있었다. 물론 두 명의 과학자들도 똑같은 생각을 하고 있음이 분명했다. 스타뉴코비치에게도 그만의 이유가 있었다. 스틸만은 아스트로그라드와 모스크바에서 이런저런 논쟁이 오갔음을 추측할 수 있었다. 그리고 소련의 우주인들이 얼마나 간절히 이런 기회(그들이 노력한 결과라는 건 인정해야 한다.)를 붙잡고 싶어 할지도.

십여 년 전만 해도 상상할 수 없던 우스꽝스러운 상황이었다. 미국 우주 항공국과 소련의 우주인들이 합심하여 서로의 이익을 위해 그를 장기말로 사용하려 하고 있었다.

하지만 그는 그럴 뜻이 전혀 없었다. 그는 아직 스스로의 운명을 결정할 수 있는 개인 인격체였다.

"메치니코프에 수용할 수 있는 환자의 수가 아주 제한되어 있다는 건 맞습니다. 어쨌든 정거장은 연구 시설입니다, 병원이 아니라."

스타뉴코비치는 마지못해 말했다.

"얼마나?"

스틸만이 가차 없이 물었다.

"음…… 열 명 아래입니다."

전보다 훨씬 더 내키지 않는다는 투로 스타뉴코비치가 말했다.

한번도 자기에게 적용될 거라고 생각해 본 적은 없지만 분명 이건 오래된 문제였다. 기억 깊숙한 곳에서 오래전에 읽었던 신문 기사가 떠올랐다. 페니실린이 처음 발명되었을 때는 아주 구하기 어려워서 만약 처칠과 루스벨트 두 사람이 죽어 가고 있는데 오로지 한 사람만 치료받을 수 있다면…….

열 명 미만. 그가 아스트로그라드의 대기실에서 본 게 열 명 남짓이었다. 그리고 전 세계에는 몇 명이나 있을까? 지난 며칠 동안 여러 차례 생각했던 대기실의 고독한 영혼들이 다시 떠올랐다. 어쩌면 이미 도움 받을 수 있는 수준을 넘어섰을지도 몰랐다. 그걸 어찌 알 수 있으랴.

하지만 한 가지는 분명했다. 그에게는 저버릴 수 없는 책임이 있었다. 인간은 미래를 예측할 수 없으며 자기 행동이 가져올 끝없는 결과에 대해서도 알 수 없는 건 사실이다. 그래도 만약 스틸만이 아니었더라면 지금쯤 그의 조국에 궤도를 도는 우주 병원이 있을지도 몰랐다. 그의 판단력에 얼마나 많은 미국인의 생명이 좌지우지되었을까? 다른 사람들에게 베풀어질 수 있던 도움을 박탈한 그에게 그럴 자격이 있을까? 얼마 전만 해도 그러려고 했지만 이제는 달랐다.

그는 말했다.

"여러분. 솔직히 말씀드리겠습니다. 여러분의 관심사가 같다는 건 나도 아니까요.(살짝 비꼬는 말투는 어쩔 수 없었다.) 고생하면서 도와주신 데 감사드립니다. 그게 헛된 일이 된 것 같아 안타깝군요. 아니요, 그럴 것 없습니다. 이건 내가 갑자기 쓸데없는 배짱을 부리느라 내린 결심이 아닙니다. 만약 10년만 젊었다면 달랐을지도 모르지요. 이제 나는 이 기회가 다른 사람에게 주어져야 한다고 생각합니다. 특히 내가 예전에 한 일을 생각한다면요."

그는 당황스럽다는 미소를 짓고 있는 하크네스 박사를 흘긋 보았다.

"개인적으로 다른 이유도 있습니다. 내 생각은 바뀌지 않을 겁니다. 무례하다거나 고마워할 줄 모른다고 생각하지 말기 바랍니다. 하지만 앞으로 더 이야기하고 싶지는 않군요. 다시 한 번 감사드립니다. 그럼, 안녕히 계십시오."

그는 연결을 끊었다. 그리고 과학자 두 명의 놀란 표정이 희미해져 감에 따라 그의 영혼 안으로 평화가 밀려 들어왔다.

거의 알아차리지 못하게, 봄이 여름으로 녹아들었다. 다같이 기다리던 200주년 기념일이 다가왔다가 지나갔다. 몇 년 사이에 처음으로 그는 일개 시민으로서 독립기념일을 즐길 수 있었다. 이제 그는 편안히 앉아서 사람들이 행사를 치르는 모습을 지켜볼 수 있었다. 또는 원한다면 그들을 무시할 수도 있었다.

삶의 연이란 끊기에 너무나 질긴 것이기에, 그리고 이번이 많은 옛 친구들을 볼 수 있는 마지막 기회이기에 그는 시간을 들여서 양쪽 전당대회를 시청하고 사람들의 이야기를 들었다. 이제 영원의 빛 아래에서 세상 전체를 바라보고 있던 탓에 더 이상 감정이 개입되지 않았다. 주제도 이해했고 논쟁도 알아들었지만 이미 그는 마치 다른 행성에서 온 관찰자인 양 외따로 떨어져 있었다. 화면에 나타나 소리치는 조그만 사람들은 재미있는 인형들이고, 재미있지만 최소한 그에게는 더 이상 중요하지 않은 연극에서 맡은 역할을 수행하고 있을 뿐이었다.

하지만 언젠가 그 무대에 나설 그의 아이들에게는 중요한 일이었다. 그건 잊지 않고 있었다. 아이들은 미래의 자기 자신이라는 것을. 아무리 이상한 형태일지라도 말이다. 그리고 미래를 이해하기 위해서는 과거를 알아야 했다.

그는 아이들을 데리고 과거로 가고 있었고, 차는 메모리얼 드라이브를 따라 달렸다. 다이애나가 운전대를 잡았고 아이린은 조수석에 앉았다. 그는 아이들과 함께 앉아 도로를 따라 있는 익숙한 풍광을 설명해 주고 있었다. 그에게는 익숙했지만 아이들에게는 아니었다. 비록 아이들이 보고 있는 것을 이해할 정도로 크지 않았다고 해도 그는 아이들이 그걸 기억하고 있기를 희망했다.

대리석처럼 고요한 알링턴 국립묘지를 지나 (그는 지구 반대편에 잠들어 있는 마틴을 생각했다.) 언덕을 올라가며 차는 부드럽게 방향을 바꿨다. 그들 뒤로 워싱턴이 마치 신기루처럼 여름철 아지랑이 속에서 춤추듯 흔들리다가 도로가 휘면서 시야에서 사라졌다.

마운트 버논(조지 워싱턴의 저택과 무덤이 있는 사적지 ─ 옮긴이)은 조용했다. 주초에는 방문객들이 거의 없었다. 차를 세우고 집으로 걸어가면서 스틸만은 미국의 초대 대통령이 오늘날 자신의 집을 봤으면 어떻게 생각했을지 궁금해 했다. 빠르게 흘러가는 시간의 강 속에서 있는 변하지 않는 섬처럼 두 세기가 지난 후에도 여전히 완벽하게 보존되어 있으리라고는 꿈도 꾸지 못했을 것이다.

그들은 아름답게 균형 잡힌 방들을 천천히 구경하며 아이들의 끝없는 질문에 대답하려고 최선을 다하는 한편 대단히 간소하고 훨씬 더 여유로운 삶의 방식에서 오는 향취를 이해하려고 애써 보았다. (하지만 여기서 살았던 사람들도 간소하고 여유롭다고 생각했을까?) 전기와 전파가 없는, 근육과 바람과 물의 힘을 절약해 주는 어떤 기계도 없는 세상을 상상하는 건 아주 어려웠다. 달리는 말보다 빠른 건 아무것도 없고 대부분의 사람들이 자기가 태어난 곳 몇 킬로미터 이내에서 생을 마감하는 세상이었다.

열기와 걷는 행위, 끝없는 질문은 스틸만이 생각했던 것보다 훨씬 힘들었다. 음악실을 구경할 때 그는 쉬어야겠다고 생각했다. 밖에 나가면 괜찮은 의자가 있어서 신선한 공기 속에 앉아 풀밭의 푸른 잔디를 보며 즐길 수 있었다.

"부엌과 마구간이 끝나고 밖에서 만납시다. 좀 앉아서 쉬고 싶소."

그는 다이애나에게 말했다.

"괜찮아요?"

다이애나가 불안한 듯 물었다.

"이렇게 기분 좋은 적은 없었소. 하지만 무리하고 싶지는 않아서. 게다가 애들 때문에 진이 다 빠져 버렸어. 이제 대답할 말이 생각나지 않아요. 당신이 새로 만들어야 할 거요. 부엌은 당신 분야잖소."

다이애나는 웃었다.

"나는 한번도 거기에 특별히 재주가 없었는데, 안 그래요? 그래도 최선을 다해 보죠…… 30분도 안 걸릴 거예요."

혼자 남자 그는 천천히 잔디밭 위로 걸어갔다. 두 세기 전 조지 워싱턴도 여기 서서 포토맥 강이 굽이치며 바다로 나아가는 모습을 보면서 지나간 전쟁과 미래의 문제를 고민하고 있었을 것이다. 그리고 지금 운명이 거스르지만 않았다면 몇 달 후 미국의 38대 대통령이 되었을 마틴 스틸만이 서 있었다.

전혀 후회가 없다고는 할 수 없지만 아주 적은 건 사실이었다. 어떤 이들은 권력과 행복을 동시에 성취할 수 있었다. 하지만 그런 행운은 그의 것이 아니었다. 머지않아 그가 지녔던 야망은 그의 생명을 고갈시키고 말 것이다. 마지막 몇 주 동안 그는 만족이라는 것을 깨달았고, 거기에는 값을 매길 수가 없었다.

겨우 그런 삶에서 빠져나왔다는 사실에 여전히 경탄하고 있을 때
그에게 주어진 시간이 모두 흘러갔고 여름 하늘에서 부드럽게 죽음
이 내려왔다.

에덴 이전에 |Before Eden|

1961년 6월 《어메이징(Amazing)》에 첫 게재.
『열 세계의 이야기』에 재수록.

"내 생각엔 여기가 막다른 길인 것 같아."

제리 가필드가 엔진을 끄며 말했다.

부드러운 소리와 함께 하부 분사가 멈추자 에어쿠션이 사라지면서 탐사차 '방랑하는 난파선' 호가 '헤스페리언 고원'의 울퉁불퉁한 바위 위에 내려앉았다.

더 이상 앞으로 갈 방법이 없었다. S5(난파선 호의 공식 명칭이다.)로서는 분사로도 트랙터로도 앞에 놓인 급경사면을 올라갈 능력이 없었던 것이다. 금성의 남극점은 고작 50킬로미터 떨어져 있을 뿐이지만 다른 행성에 있는 것과 마찬가지였다. 돌아서서 이 지옥 같은 풍광을 뚫고 640킬로미터나 되는 거리를 되짚어 갈 수밖에 없었다.

날씨는 환상적일 정도로 맑아 거의 1킬로미터 밖까지 보일 정도였다. 굳이 레이더를 쓰지 않아도 앞쪽에 놓인 절벽을 환히 볼 수 있었다. 이번만큼은 육안도 쓸 만했다. 수백만 년 동안 흩어지지 않은 채 떠돌던 구름층을 뚫고 비추는 녹색의 오로라 같은 불빛은 바닷속에 있는 듯한 인상을 주었고, 멀리 떨어져 있는 물체들이 흐릿하게 보인다는 사실은 그런 인상을 더욱 그럴듯하게 만들었다. 때때로 그들은 해저면을 따라 달리고 있다는 착각에 빠지기도 했다. 제리는 머리 위에서 떠다니는 물고기를 보았다는 상상을 몇 번이나 했다.

"모선에 연락해서 돌아간다고 할까?"

제리가 물었다.

"아직 하지 마. 생각 좀 해 보고."

허친스 박사는 말했다.

제리는 도와달라는 듯이 세 번째 탑승자를 흘긋 쳐다보았지만 아무런 도움도 얻지 못했다. 콜만도 별 다를 게 없었다. 그 둘은 함께 있는 시간의 절반을 논쟁하면서 보냈지만, 어쨌거나 둘 다 과학자였고, 따라서 현실적인 시각을 지닌 엔지니어 겸 항법사가 보기에는 그다지 분별 있는 사람이라고 하기 어려웠다. 콜만과 허친스가 전진하는 것에 대한 그럴듯한 아이디어를 내놓는다면 그로서는 항의했다는 사실을 기록해 두는 것 외에 달리 어쩔 도리가 없었다.

허친스는 도표와 장비를 조사하며 좁은 선실 안을 이리저리 움직여 다녔다. 그러더니 곧 차량의 전조등을 절벽 쪽으로 향하고 쌍안경으로 자세히 살펴보았다. 설마 저 위로 올라가자는 말은 아니겠지. 제리는 생각했다. S5는 부상차(浮上車)이지 산악 염소가 아니라고…….

허친스가 뭔가를 발견한 것 같았다. 그는 갑자기 크게 숨을 내쉬더니 콜만을 향해 몸을 돌렸다. 그는 흥분에 가득한 목소리로 말했다.

"봐! 저 검은 점 왼쪽을 보라고! 뭐가 보이는지 봐."

그는 쌍안경을 건넸고, 이젠 콜만이 바라볼 차례였다.

마침내 콜만이 말했다.

"음, 빌어먹을. 자네 말이 맞군. 금성에 강이 있어. 저건 말라붙은 폭포잖아."

"이제 나한테 빚진 게 있으니 케임브리지에 가면 '벨 거메이'에서 저녁을 사라고. 샴페인도."

"그런 거 말 안 해 줘도 알아. 어쨌든 값은 싸니까. 하지만 그래도 자네의 말도 안 되는 다른 이론이 증명된 건 아니야."

"잠깐."

제리가 끼어들었다.

"강이니 폭포니 하는 소리가 뭐지? 금성에는 그런 게 있을 수 없다는 건 다들 알잖아. 이런 증기탕 행성에서는 온도가 절대 구름이 응결할 정도로 내려가지 않아."

"오는 길에 온도계를 못 봤나?"

온화함을 가장하며 허친스가 말했다.

"운전하느라 바빠서 말이지."

"그럼 내가 알려 주지. 현재 온도는 110도야. 그리고 아직도 계속 떨어지는 중이고. 잊지 말라고! 우리는 거의 극점 근처에 있고 겨울인 데다가, 현재 우리가 있는 고도는 저지대보다 1만 8000미터나 높아. 이런 건 전부 공기를 차갑게 하지. 만약 온도가 몇 도만 더 떨어진다면 비가 올 거야. 물론 끓는 물이겠지만…… 그래도 물은 물이니까. 그리고 조지는 아직 인정하지 않지만, 이렇게 되면 금성을 완전히 다른 시각에서 바라봐야 하지."

“왜?”

대강 짐작은 했지만 제리가 물었다.

“물이 있는 곳에는 생명이 있을 수 있어. 그동안 우리는 금성의 평균 온도가 260도가 넘는다는 단순한 이유만으로 성급하게 금성에는 생명이 없다고 생각해 왔어. 이 근처는 조금 더 시원한 곳이라 나는 어떻게든 극점에 가 보고 싶은 거야. 여기 고지대에는 호수가 있고, 난 그걸 관찰하고 싶어.”

“하지만 끓는 물이야! 그런 데서 살 수 있는 건 없어!”

콜만이 반박했다.

“지구에는 그런 식물이 몇 가지 있지. 게다가 우리가 행성들을 탐사하기 시작한 이래 배운 게 하나 있다면 이거야. 생명이 살아남을 수 있는 조그만 기회만 있다면 생명은 존재한다. 금성에는 그곳이 유일한 기회야.”

“그 이론을 검증해 봤으면 좋겠지만, 네 눈으로 보다시피…… 저 절벽을 올라갈 수 없단 말이야.”

“차에 타고서는 안 되겠지. 하지만 열 방호복을 입은 채로 저 바위산을 올라가는 건 어렵지 않을 거야. 몇 킬로미터 정도 걷기만 하면 극점에 갈 수 있잖아. 레이더 지도에 의하면 저 경계만 넘어서면 평지가 나온다고. 기껏해야 열두 시간이면 할 수 있어. 우리는 전부 더 나쁜 상황에서도 그보다 더 오래 외부에 있었던 적이 있잖아.”

그건 분명한 사실이었다. 금성의 저지대에서도 살아 있도록 설계한 보호복이라면 한여름의 죽음의 계곡보다 고작 100도밖에 뜨겁지 않은 이곳에서는 문제도 아닐 것이다.

콜만이 말했다.

"음…… 규정은 알 텐데. 혼자서는 갈 수 없고 누군가는 여기 남아서 모선과 연락을 유지해야 해. 뭘로 결정할까…… 체스나 카드로?"

"체스는 너무 오래 걸려. 특히 자네 둘이 할 때는."

허친스가 말했다. 그는 도표가 놓인 탁자로 손을 뻗어 닳고닳은 카드 한 벌을 꺼냈다.

"뽑아, 제리."

"스페이드의 10. 자네가 이기길 비네, 조지."

"나도 그래. 젠장. 클럽의 5잖아. 음, 화성인들에게 내 대신 안부나 전해 줘."

허친스의 말과 달리 경사면을 오르는 건 힘들었다. 경사가 아주 급하지는 않았지만 산소 장비와 냉각 기능이 있는 열 방호복, 기타 조사 장비를 합친 무게는 한 사람당 50킬로그램에 이르렀다. 지구보다 13퍼센트 작은 낮은 중력이 조금 도움을 주었지만 크게는 아니었고, 그들은 돌무리를 헤치며 걷다가 바위 위에서 쉬며 숨을 고르고, 다시 바닷속 같은 황혼의 빛을 뚫고 올라야 했다. 그들 주위를 감싸고 있는 선녹색 광휘는 지구에 있을 때의 보름달보다 밝았다. 금성에서 달은 쓸모가 없을 거라고 제리는 중얼거렸다. 표면에서는 보이지도 않을 테고 기조력을 발휘할 바다도 없고…… 게다가 끊임없이 빛나는 오로라가 훨씬 더 충실하게 빛을 제공해 줄 터였다.

600미터가량을 오르자 흐르는 물이 만들어 놓은 게 분명한 지형이 흉터처럼 여기저기 흩어져 있는 완만한 사면에 이르렀다. 잠깐 주변을 살펴본 결과 그들은 강바닥이라고 부를 수 있을 정도로 넓고 깊은 협곡을 발견했고, 그것을 따라 걸었다.

몇 백 미터 정도를 걸었을 때 제리가 말했다.

"방금 이런 생각이 떠올랐어. 우리 앞에 폭풍이 치고 있다면? 난 끓는 물의 파도와 마주하고 싶지 않거든."

"만약 폭풍이 치고 있다면 말이야."

다소 성급하게 허친스가 대꾸했다.

"소리를 들을 수 있을 거야. 고지대로 피신할 시간이 충분하다고."

분명 그가 옳았지만 제리는 조금도 기분이 나아지지 않은 채로 완만하게 비탈진 물길을 따라 걸었다. 절벽 가장자리를 넘어 탐사차와 무선통신이 끊긴 이래 그의 불안감은 커져 가기만 했다. 요즘 같은 시대에 동료와 연락이 끊긴 채로 다닌다는 건 독특하고 불안한 경험이었다. 제리는 평생 이런 일을 겪어 본 적이 없었다. '아침의 별'호에 타고 있을 때조차 비록 지구에서 수백만 킬로미터 떨어져 있긴 했지만, 언제라도 가족에게 연락할 수 있었고 또 몇 분 안에 회신을 받을 수 있었다. 하지만 지금은 고작 몇 미터의 바윗덩어리 때문에 인류 전체와 떨어져 있는 셈이었다. 만약 지금 그들에게 무슨 일이 벌어진다면 나중에 어떤 탐사대가 시체를 발견하지 않는 한 아무도 모를 것이다. 조지는 정해진 시간만큼 기다린 후에 모선으로 귀환해 버릴 것이다…… 혼자서. 내가 보기에 난 개척자 유형은 아닌 것 같아. 제리는 생각했다. 복잡한 기계 다루는 걸 좋아하고, 그래서 우주여행을 하게 되긴 했지. 하지만 항상 내가 뭘 하는 건지 궁금했어. 이제 생각을 바꾸기엔 너무 늦었지…….

구불구불한 강의 흔적을 따라 남극점을 향해 몇 킬로미터가량 걸은 후 허친스는 멈춰 서서 주위를 살펴보고 표본을 수집했다.

"점점 차가워지고 있어! 온도가 92.8도까지 떨어졌어. 금성에서 기록된 최저치야. 조지에게 연락해서 알려 주는 게 좋겠어."

제리는 가능한 주파수를 모두 시험해 보았다. 심지어 모선에 연락해 보려고도 했다. 멋대로 오르락내리락하는 금성의 전리층은 가끔씩 그런 장거리 수신을 가능하게 했다. 하지만 금성의 뇌우가 내는 성난 소리 말고는 아무 신호도 잡히지 않았다.

"이건 더 재밌는데."

허친스가 말했다. 이제 그의 목소리에는 흥분한 기색이 역력했다.

"산소 농도가 크게 올라갔어. 백만 개당 열다섯 개 정도야. 탐사차에서는 다섯 개 정도였거든. 게다가 저지대에서는 거의 감지할 수도 없고."

"하지만 백만에 열다섯이라고! 그걸로는 아무도 숨을 못 쉬잖아!"

제리가 항의했다.

"그게 중요한 게 아니야."

허친스가 설명했다.

"숨이야 못 쉬지. 하지만 뭔가가 그걸 만들고 있는 거야. 지구에 있는 산소가 어디서 왔다고 생각해? 식물을 키우거나 해서 다 생명체가 만드는 거야. 지구에 식물이 나타나기 전에는 이것과 다를 바 없는 이산화탄소와 암모니아, 그리고 메탄 덩어리로 이루어진 대기였어. 그러다 식물이 진화하면서 천천히 그런 대기를 동물이 호흡할 수 있는 공기로 만든 거지."

"좋아. 똑같은 과정이 여기서도 시작됐다고 생각하는 거야?"

제리가 말했다.

"그런 것 같아. 이 근처에 있는 뭔가가 산소를 만들고 있어…… 식물이라고 생각하는 게 간단하지."

"그리고 식물이 있는 곳에는 동물이 생긴다는 거지, 조만간."

제리가 생각에 잠긴 채 말했다.

장비를 챙겨 걷기 시작하면서 허친스가 말했다.

"맞아, 몇 억 년이 걸릴지는 모르지만 말이야. 우리는 너무 빨리 온 걸지도 몰라, 그러지 않기를 바라지만."

"그렇다 치자고. 하지만 우리를 안 좋아하는 것과 마주치면 어떡하지? 우리는 무기도 없잖아."

제리가 말했다.

허친스는 어처구니없다는 듯 콧방귀를 뀌었다.

"그런 건 필요 없어. 우리가 어떻게 생겼을지 생각이나 해 봤어? 어떤 동물이라도 우리를 보면 냅다 도망갈걸."

그것도 맞는 말이었다. 열을 반사하는 금속 방호복은 마치 유연하고 반짝이는 갑옷처럼 그들을 머리부터 발끝까지 감싸고 있었다. 헬멧과 배낭에는 그 어떤 곤충의 더듬이보다 훨씬 정교한 안테나가 달려 있었고, 그들이 외부 세계를 내다보는 널찍한 렌즈는 공허한 괴물의 눈처럼 보였다. 그렇다. 지구의 어떤 동물도 이렇게 불가사의한 괴물과 싸우려 들지 않을 것이다. 하지만 금성인이라면 혹시 생각이 다를지도 몰랐다.

제리가 아직도 이런 생각을 하고 있을 때 그들은 호수와 마주쳤다. 첫눈에 봐도 원하던 생명이 아니라 죽음을 연상케 했다. 호수는 검은 거울처럼 언덕들 사이의 낮은 곳 한가운데 위치해 있었다. 먼 쪽의 가장자리는 영원한 안개 속에 숨어 있고, 환영처럼 보이는 수증기 기둥이 표면 위에서 회전하며 춤추고 있었다. 호수 반대편으로 그들을 데려다 줄 카론의 배만 기다리고 있었다면, 또는 투오넬라(핀란드 신화의 저승―옮긴이)의 백조가 위엄 있게 헤엄쳐 다니며 저승으로 가는 입구를 수호하고 있었다면 더할 나위 없을 거라고 제리는 생각했다…….

하지만 그렇다 해도 이건 기적이었다. 인간이 금성에서 처음으로 발견한 액체 상태의 물이었다. 허친스는 이미 기도하는 듯한 태도로 무릎을 꿇었다. 하지만 그는 휴대용 현미경으로 조사하기 위해 이 귀중한 액체를 푸고 있었을 뿐이다.

"뭐가 있어?"

제리가 초조하게 물었다.

허친스는 고개를 저었다.

"있다고 해도 너무 작아서 이걸로는 안 보일 거야. 우주선에 돌아가면 자세히 말해 줄게."

그는 시험관을 밀봉하여 막 금광을 발견한 사람만큼이나 조심스럽게 표본 가방에 넣었다. 그건 단순한 물에 불과할지도 몰랐다. 아마 그럴 것이다. 하지만 한편으로는 알려지지 않은 다양한 미지의 것, 지성으로 향하는 수십억 년의 여행에서 첫 단계에 있는 생명체로 가득할지도 몰랐다.

허친스가 호숫가를 따라 몇 미터 정도 걷다가 갑작스럽게 걸음을 멈추는 바람에 제리는 거의 그와 부딪칠 뻔했다.

"왜 그래? 뭐가 보여?"

제리가 물었다.

"저 바위의 검은 점 말이야. 아까 호수에 왔을 때 봤거든."

"저게 왜? 아무렇지도 않아 보이는데."

"저게 커진 것 같아."

제리가 평생 동안 잊지 못할 순간이었다. 무슨 이유에선지 그는 허친스의 말을 의심하지 않았다. 그는 이미 뭐라도, 심지어 바위가 커진다고 해도 믿을 정도였다. 고립과 신비로움이 주는 감각, 뭔가를 품고 있을 어두운 호수의 존재, 멀리서 끊임없이 들려오는 폭풍우의 외침, 그리고 녹색으로 빛나는 오로라…… 이 모든 게 그의 정신에 영향을 주었고 믿을 수 없는 현상과 마주할 준비를 갖추게 해 주었다. 두렵지는 않았다. 그건 나중 일이었다.

그는 바위를 쳐다보았다. 어림하기에 대략 150미터 정도 떨어져 있는 것 같았다. 이렇게 흐릿한 녹색의 빛 아래서는 거리나 크기를 가늠하기가 어려웠다. 그 바위(혹은 다른 무엇이건)는 거의 검은색의 물질로 이루어져 낮은 봉우리 근처에 편평하게 놓인 석판 같았다. 그 근처에는 비슷한 물질로 보이는 훨씬 작은 두 번째 얼룩이 있었다. 제리는 변화가 생길 경우에 알아볼 수 있도록 둘 사이의 간격을 기억해 두려고 했다.

그가 바라보고 있는 동안에도 간격은 천천히 줄어들었다. 그는 놀라지 않았다…… 호기심 어린 흥분만 느꼈을 뿐이다. 그게 완전히 사라지고 그의 눈이 어떤 착각을 일으켰는지 깨달은 후에야 극도의 공포가 가슴속으로 스며 들어왔다.

움직이거나 크기가 커지는 바위 따윈 없었다. 그들이 보고 있던 것은 산등성이를 넘어 분명히 그들 쪽을 향해 천천히 바닥을 쓸며 다가오고 있는 검은 액체요 기어 다니는 양탄자였다.

비이성적인 날카로운 공포는 다행히도 몇 초밖에 지속되지 않았다. 제리의 공포는 원인을 파악하자마자 사라지기 시작했다. 그 움직이는 액체는 몇 년 전에 읽었던 아마존의 개미 군단과 개미들이 이동 경로에 있는 모든 것을 파괴하는 방법에 대한 이야기를 아주 생생하게 떠올리게 해 주었던 것이다…….

하지만 이 액체가 무엇이든 간에 너무 느려서 퇴로가 차단되지 않는 한 크게 위험할 것은 없었다. 허친스는 하나밖에 없는 쌍안경을 통해 여념 없이 그것을 바라보고 있었다. 그는 생물학자였고 한걸음도 물러서지 않았다. 제리는 그럴 필요가 없는데도 굳이 불붙은 고양이처럼 달아남으로써 어리석게 보일 필요는 없다고 생각했다.

"도대체 저게 뭐야?"

움직이는 양탄자가 불과 100미터 안쪽으로 다가왔지만 허친스가 한마디 말이나 미동도 없이 서 있자 결국 그가 입을 열었다.

허친스는 석상에 생명이 불어넣어지는 것처럼 천천히 움직였다.

"미안. 자네가 있다는 걸 잊어버리고 있었어. 저건 당연히 식물이야. 최소한 그렇게 불러야 할 것 같군."

"하지만 움직이고 있는데!"

"그게 왜 놀라워? 지구의 식물도 그래. 화면을 빠르게 돌리면 담쟁이덩굴이 움직이는 걸 본 적이 없나?"

"그래도 그건 한군데 있는 거잖아…… 땅 위를 기어 다니지는 않는다고."

"그러면 바다의 플랑크톤은? 그들도 수영을 할 줄 알아."

제리는 포기했다. 어쨌거나 점점 접근하고 있는 경이로운 것으로 인해 말을 이을 수도 없었다.

그는 여전히 그것을 양탄자처럼 생각했다…… 털이 푹신하고 가장자리는 풀려서 술이 된 양탄자 말이다. 두께는 움직임에 따라 변했다. 어떤 부분에서는 박막에 불과했고, 다른 부분에서는 30센티미터가 넘을 정도로 두꺼워지기도 했다. 더 가까워지자 질감을 느낄 수 있었고, 제리는 검은 벨벳 천을 떠올렸다. 만지면 어떤 느낌일지 궁금했지만 별 다른 문제가 없다고 해도 분명히 손에 화상은 입을 거라는 사실을 떠올렸다. 그는 갑작스러운 충격 뒤에 종종 따라오는 경솔한 신경 반응 탓인지 자신이 이렇게 생각하고 있는 것을 깨달았다.

'만약 금성인이 있다면 절대로 악수는 못 하겠군. 우리는 화상을 입을 테고 그들은 동상에 걸릴 테니까.'

지금까지 그것이 그들의 존재를 알아차렸다는 징후는 보이지 않았다. 그것은 생각 없는(실제로 그럴 가능성이 높지만) 액체의 흐름처럼 단순히 앞으로 흘러갈 뿐이었다. 조그만 장애물을 기어 넘어간다는 점만 빼면 흐르는 물 같았다.

3미터 정도 떨어진 곳에 이르자 흐르는 벨벳 천은 움직임을 멈췄다. 오른쪽과 왼쪽은 여전히 앞으로 흘렀지만, 바로 그들 정면은 천천히 정지했다.

초조한 듯 제리가 말했다.

"우리를 둘러싸고 있어. 해롭지 않은 게 확실할 때까지 뒤로 물러서는 게 좋겠어."

다행히 허친스도 즉시 뒤로 물러났다. 잠시 머뭇거린 후에 괴생물체는 천천히 전진을 재개했고, 앞부분에 움푹 들어갔던 곳도 곧바로 펴졌다.

그때 허친스가 다시 앞으로 나섰다. 그러자 그것은 천천히 후퇴했다. 대여섯 번에 걸쳐 생물학자는 전진했다가 후퇴하기를 반복했고, 그때마다 살아 있는 액체는 그의 움직임에 맞춰 앞뒤로 움직였다. 제리는 혼잣말을 했다. '식물하고 왈츠를 추는 인간을 보게 될 줄은 꿈에도 몰랐군…….'

허친스가 말했다.

"열공포증이야. 완전한 자동 반응이겠지. 우리 몸에서 나는 열을 싫어하는 거야."

"우리 몸에서라고!"

제리가 외쳤다.

"상대적으로 우리는 살아 있는 얼음덩이일 텐데."

"물론이지…… 하지만 방호복은 그렇지 않잖아. 저게 느끼는 건 그것뿐이야."

'바보 같기는.' 제리는 생각했다. 시원하고 편안한 열 방호복 안에 있을 때에는 등에 있는 냉각장치가 주변으로 열을 뿜어내고 있다는 사실을 잊어버리기 십상이었다. 금성의 식물이 물러선 것도 무리는 아니었다…….

"빛에 어떻게 반응하는지 보자."

허친스가 말했다. 그는 가슴에 달린 전등을 켰고 그 즉시 녹색의 오로라는 순수한 백색광에 묻혀 버렸다. 인간이 도착하기 전에는 설령 한낮이라 할지라도 금성 표면에 백색광이 비치는 일이 없었다. 지구의 바닷속과 마찬가지로 천천히 짙어지다가 종국에는 완전한 암흑으로 변해 버리고 마는 녹색의 어스름한 빛이 있었을 뿐이다.

너무나 극적인 변화가 일어났기 때문에 그들은 경탄할 수밖에 없었다. 그들의 발치에 있던 털이 무성하고 시꺼먼 양탄자는 불빛을 받자 완전히 사라져 버렸다. 대신 빛이 비추는 곳까지 황금빛 줄무늬로 장식된 화려하고 선명한 붉은 빛이 무늬를 이루고 있었다. 페르시아의 왕자라도 이렇게 풍요로운 무늬의 태피스트리를 짜 내도록 직공에게 명령할 수 없었을 것이다. 하지만 이건 생물학적인 힘이 만들어 낸 부산물일 뿐이었다. 사실 그들이 빛을 비추기 전까지 이런 화려한 색상은 존재하지 않았던 것이다. 그리고 지구에서 온 외계의 빛이 그것이 존재하도록 종용하기를 멈춘다면 다시 한 번 사라져 버리고 말 터였다.

"티코프가 옳았어. 그 사람도 봤으면 좋았을걸."

허친스는 중얼거렸다.

"뭐가 옳았다는 거야?"

그렇게 아름다운 존재를 목전에 두고 말을 한다는 건 신성모독처럼 느껴질 정도였지만 제리는 물었다.

"50년 전 얘기야. 러시아의 티코프는 아주 추운 기후에 사는 식물은 푸른색이나 보라색을 띠는 경향이 있고 반면에 뜨거운 기후에 사는 식물은 붉은색이나 오렌지색을 띠는 경향이 있다는 걸 알아냈지. 그 사람은 화성의 식물은 보라색일 거라고 예상했고, 금성에는 만약 식물이 있다면 붉은색일 거라고 했어. 음, 양쪽 모두 옳았던 거야. 어쨌거나 우리도 하루 종일 여기 있을 수 없잖아…… 할 일이 있으니.”

“안전하다고 확신해?”

제리가 다시 한 번 신중함을 내보이며 물었다.

“물론이지…… 저건 그러고 싶어도 우리 방호복을 못 건드려. 봐, 지나쳐 가고 있잖아.”

사실이었다. 이제 그들은 그 생물의 몸체(군집이 아니라 단일한 개체라면)가 대략 100미터 정도의 땅을 가로질러 원형으로 덮고 있는 것을 볼 수 있었다. 바람에 떠밀려 움직이는 그림자처럼 그것은 땅을 휩쓸며 지나가고 있었다…… 그리고 그것이 머물렀던 곳의 바위에는 산에 부식된 것처럼 무수히 많은 작은 구멍들이 생겨났다.

제리가 지적하자 허친스가 대답했다.

“그래. 어떤 이끼들은 그런 식으로 먹이를 먹지. 산을 분비해서 바위를 녹이는 거야. 하지만 질문은 이제 그만. 우주선에 돌아갈 때까지는 참아. 이건 평생에 걸쳐 연구하고도 남을 거라고. 아직 몇 시간밖에 되지 않았잖아.”

달리는 식물……. 그 거대한 식물 같은 것의 민감한 가장자리는 놀라운 속도로 그들을 피해 갔다. 마치 크기가 10제곱미터는 되는 움직이는 핫케이크와 마주친 느낌이었다. 허친스가 살펴보고 표본을 채취하는 동안에도 그것은 그들이 내뿜는 열을 피해 간 것을 빼면 아무런 반응을 보이지 않았다. 그 생물은 알 수 없는 식물적 본능에 의해 꾸준히 언덕과 계곡을 넘어 앞으로 움직였다. 어쩌면 어떤 광물질의 맥을 따라 움직이는 걸지도 몰랐다. 살아 있는 태피스트리가 지나가기 전과 후로 나누어 허친스가 채취한 바위 표본을 지질학자들이 분석하면 알 수 있을 것이다.

이 발견이 야기하는 수많은 질문에 대해 생각하거나 정리할 시간은 거의 없었다. 발견하기까지 시간이 얼마 걸리지 않은 것으로 미루어 보아 꽤 흔한 생물인 게 분명해 보였다. 번식은 어떻게 이루어질까? 새싹이 돋을까, 아니면 포자, 분열, 또는 무슨 다른 방법이 있을까? 에너지는 어디서 얻을까? 유사한 종이나 경쟁자, 기생동물도 있을까? 그것이 금성에 있는 유일한 생명의 형태일 리는 없었다, 그건 말도 안 되는 생각이었다. 하나의 종이 있다면 거기에는 수천의…….

배가 고프고 피로한 나머지 그들은 마침내 걸음을 멈췄다. 그들이 조사하고 있는 생물은 금성을 돌아다니면서 먹이를 찾을 수 있을 것이다. 그래도 허친스는 그것이 호수에서 아주 멀리 떨어지지는 않을 거라고 생각했다. 가끔씩 그것은 호수에 다가가 기다란 튜브처럼 생긴 촉수를 물속에 집어넣었던 것이다. 하지만 지구에서 온 동물은 쉬어야 했다.

가압(加壓) 텐트를 치고 에어 로크로 들어가 방호복을 벗자 기분이 크게 나아졌다. 조그만 플라스틱 반구 안에서 긴장을 풀자 처음으로 그들이 발견한 것의 진정한 중요성과 경이로움이 마음속으로 비집고 들어왔다. 그들이 걷고 있는 이 세계는 이제까지와 전혀 다른 세계가 되었다. 금성은 더 이상 죽은 행성이 아니다…… 지구와 화성의 뒤를 따른 것이다.

우주 공간이라는 거대한 간격을 넘어 생명은 생명을 부른다. 행성 위에서 자라거나 움직이는 것은 무엇이라도 인간이 불타오르는 항성과 소용돌이치는 성운으로 가득한 우주를 홀로 떠도는 외로운 존재가 아니라는 잠재적인 약속인 것이다. 아직까지 대화를 나눌 만한 생명체를 발견하지 못했다면 그건 예상했던 것일 뿐이며, 아직 그의 앞에는 수십, 수백 광년에 달하는 시공간이 탐사되기만을 기다리며 펼쳐져 있었다. 그때가 오기까지 그는 지구, 화성, 금성에서 찾아낸 생명을 아끼고 보호해야 했다.

태양계에서 가장 행복한 생물학자인 그레이엄 허친스도 쓰레기를 주워 플라스틱 봉지에 밀봉하고 있는 제리 가필드를 도우며 똑같은 생각을 했다. 텐트의 기압을 빼고 귀환하기 시작했을 때 그들이 조사하던 생물은 흔적도 없이 사라져 있었다. 차라리 다행이었다. 좀 더 머무르고 싶어졌을지도 모르는 일이었고, 이미 귀환해야 할 시간은 목전에 와 있었다.

문제없었다. 몇 달 후 그들은 보조 인원을 거느린 채 훨씬 더 유용한 장비를 가지고 돌아올 것이며 전 세계의 눈은 그들을 향할 것이다. 이 만남이 이루어지기 위해 수십억 년 동안 지루한 진화의 과정이 이어졌다. 조금 더 기다리는 건 아무것도 아니었다.

은은한 녹색으로 빛나는 안개 낀 지면 위에서는 한동안 아무것도 움직이지 않았다. 인간도 주홍색의 양탄자 비슷한 생물체도 떠나 버렸다. 잠시 후, 바람이 깎아 놓은 언덕을 넘어 그 생물이 다시 나타났다. 또는 같은 종족의 다른 개체일 수도 있었다. 그것을 누가 알랴.

그것은 허친스와 가필드가 쓰레기를 묻어 놓은 조그만 돌무더기를 지나쳐 흘렀다. 그리고 그때 그것은 멈췄다.

호기심 때문은 아니었다. 그것에게는 아직 마음이 없었다. 하지만 그것으로 하여금 가차 없이 극지방의 고원을 돌아다니게 만들었던 화학적인 충동이 소리치고 있었다. 여기다, 여기! 어딘가 근처에 가장 귀중한 먹이가 있다. 인이었다, 이것이 없으면 생명의 불꽃은 점화되지 않는다. 그것은 돌무더기로 다가가 갈라진 틈으로 스며 들어간 후 촉수를 뻗어 더듬기 시작했다. 지구에 있는 풀과 나무들과 별 다를 게 없는 능력이었다. 하지만 그것은 수천 배나 빨리 움직였고, 목적지에 도달해 플라스틱 봉지를 뚫는 데는 불과 몇 분밖에 걸리지 않았다.

그리고 그것은 지금까지 맛보았던 것보다 훨씬 더 크게 농축되어 있는 먹이를 마음껏 즐겼다. 담배꽁초에서 탄수화물과 단백질, 인, 니코틴을 흡수했으며 종이로 된 컵과 수저에서는 섬유질을 흡수했다. 이것들은 모두 분해되어 어떤 어려움이나 해로움도 없이 기이한 육체에 융합되었다.

동시에 그것은 엄청난 수의 생명체들을 흡수했다. 더 오래된 세계인 지구에서 수많은 치명적인 변종들로 진화한 박테리아와 바이러스였다. 이런 열기와 대기에서 살아남는 것은 소수에 불과했지만, 그 정도면 충분했다. 살아 있는 양탄자는 다시 호수로 돌아가 병원균을 자기가 사는 세계 전체에 퍼뜨릴 것이다.

'아침의 별' 호가 머나먼 고향으로 출발하는 와중에도 금성은 죽어가고 있었다. 허친스가 의기양양해 갖고 돌아가는 영상과 사진, 표본은 그의 생각 이상으로 귀중했다. 그것들은 태양계에서 세 번째로 생명의 발판을 마련하려던 시도에 대한 유일한 기록이었던 것이다.

금성의 구름 아래, 생명 창조에 대한 이야기는 그렇게 끝났다.

증오 |Hate|

**1961년 11월, "궤도의 끝에서(At the End of Orbit)"라는 제목으로 《이프(If)》에 첫 게재.
『열 세계의 이야기』에 재수록.**

1960년, 이름난 영화 제작자인 윌리엄 매퀴티(『기억해야 할 밤』)는 내게 "바다와 별들"이라는 제목의
영화를 구성해 볼 것을 요청했다. 결국 영화는 흐지부지되었고 나는 그것을 "증오"라는 제목의 단편소
설로 개작했다. 《이프》가 제목을 바꿨지만 나는 원래 제목이 더 마음에 든다. 훨씬 박력 있다.

해가 뜨기 직전 고요하고 차가운 공기를 가르며 유성 하나가 불꽃
을 내뿜으며 뉴기니 상공에 나타났을 때 깨어 있던 사람은 조이뿐이
었다. 그는 그것이 창공을 향해 날아올라 마침내 곧장 머리 위를 지나
별들로 향하며 어수선한 갑판 위로 빠르게 움직이는 그림자를 던지
는 것을 바라보았다. 강렬한 빛은 그대로 노출되어 있는 항해 도구와
돌돌 말린 밧줄과 공기 호스, 다음 날을 위해 가지런히 정돈되어 있는
구리로 된 잠수 헬멧의 윤곽을 드러냈다. 심지어 1킬로미터쯤 떨어져
있는, 판다누스(열대성 관목 ─ 옮긴이)로 덮인 나지막한 섬까지도. 유
성은 남서쪽의 광활한 태평양을 향해 움직이며 분리되기 시작했다.
백색으로 빛나는 점이 떨어져 불타며 녹아 흐르듯 하늘의 4분의 1 정
도를 가로지르는 궤적을 남겼다. 시야에서 벗어날 즈음에 그것은 이
미 죽어 가고 있었지만 조이는 마지막 순간을 보지 못했다. 그것은 여
전히 밝게 불타오르며 마치 보이지 않는 태양을 향해 스스로를 내던

지는 것처럼 수평선 아래로 사라졌다.

장엄한 광경이었지만 완벽한 고요함은 힘이 빠지게 했다. 조이는 기다리고 또 기다렸지만, 찢어진 하늘에서는 아무런 소리로 들려오지 않았다. 몇 분 후 갑자기 바로 눈앞의 바다에서 풍덩 하는 소리가 들렸고, 그는 자기도 모르게 깜짝 놀랐다. 그리고 곧 쥐가오리(커다랗고 힘센 놈으로 뛰어오를 때마다 큰 소리를 낸다.) 한 마리에 놀랐다는 사실에 혼자 욕을 중얼거렸다.

공기 압축기 바로 뒤에 있는 좁은 침대에서 잠을 자고 있는 티보는 아무 소리도 듣지 못했다. 고된 하루 일을 마친 후에는 너무나 달게 잤기 때문에 꿈꿀 힘조차 없었다…… 게다가 꿈을 꾼다고 해도 그가 원하던 꿈도 아니었다. 어둠이 깔려 있는 동안 그의 마음은 과거를 이리저리 배회할 뿐 결코 즐거운 기억에 둘러싸여 쉬지 못했다. 시드니, 브리즈번, 다윈, 그리고 서스데이 섬에도 만나는 여자는 있었지만 그들은 꿈에 나오지 않았다. 조용하고 냄새나는 자리에서 깨어났을 때 기억나는 것이라고는 부다페스트로 밀고 들어오는 러시아 군의 탱크와 먼지, 화염, 그리고 피밖에 없었다.

닉이 그를 깨웠을 때 그는 오스트리아 국경에서 경비대를 피해 도망가고 있었다. 1만 6000킬로미터 떨어져 있는 대보초로 돌아오는 데는 몇 초 걸렸다. 그는 하품을 하고 발톱을 갉아먹고 있던 바퀴벌레들을 멀리 차 버린 후 자리에서 몸을 일으켰다.

아침 식사는 물론 항상 똑같았다. 쌀과 거북 알, 절인 쇠고기를 먹고 맛이 강렬하고 달콤한 차로 씻어 내렸다. 조이의 요리에 대해 해 줄 수 있는 최고의 찬사는 양이 많다는 것이었다. 티보는 단조로운 식사에 적응했다. 그리고 그에 대해서는, 또는 모자랐던 다른 것에 대해서는 육지에 올라갔을 때 보상받곤 했다.

좁은 조리실에 접시를 쌓아 두고 소형 돛배를 출발시켰을 때 태양은 아직 수평선을 벗어나지도 못했다. 닉은 즐거운 기색으로 방향타를 잡고 섬을 떠났다. 이 나이 든 진주잡이에게는 그럴 이유가 있었다. 그들이 작업하고 있는 조개 무리에는 티보가 지금껏 본 적이 없을 정도로 진주가 풍부했던 것이다. 행운만 조금 따르고 하루 이틀 정도 더 일하면 짐칸을 채울 수 있을 터였고, 그러면 약 반 톤의 조개를 싣고 서스데이 섬으로 돌아갈 수 있었다. 그리고 행운이 조금 더 따른다면 이 냄새나고 위험한 일을 버리고 문명 세계로 다시 돌아갈 수 있었다. 이 일을 후회하지는 않았다. 그리스인 선장은 그에게 잘해 주었고 조개를 열어 꽤 괜찮은 보석을 찾아내기도 했다. 하지만 대보초에서 아홉 달을 보낸 지금 그는 왜 백인 잠수부의 숫자가 한 손에 꼽을 정도인지 이해했다. 쪽발이나 카나카 인, 섬주민들은 감당해 낼 수 있었다. 하지만 그럴 수 있는 유럽인은 징그럽게도 적었다.

디젤엔진이 기침 소리를 내며 멎었고, 아라푸라 호는 천천히 정지했다. 그들은 섬에서 약 3킬로미터쯤 떨어진 곳에 있었다. 초록빛의 섬은 물 위에 낮게 떠 있었지만 눈부시게 빛나는 좁은 해변 때문에 선명하게 구분할 수 있었다. 해변은 조그만 숲을 둘러싸고 있는 이름 없는 모래밭에 불과했고, 섬의 거주민이라고는 부드러운 땅을 구멍투성이로 만들고 밤이면 소름 끼치도록 날카로운 소리를 질러 대는 멍청한 짧은꼬리섬새 떼밖에 없었다.

세 남자는 거의 입을 열지 않은 채 잠수복을 입었다. 각자 자기가 할 일을 알고 있었고 쓸데없는 시간 낭비도 하지 않았다. 티보가 두꺼운 상의의 단추를 채우는 동안 감시인 역할을 맡은 블랑코는 김이 서리지 않도록 앞유리를 식초로 헹구었다. 그러고 나서 티보는 무거운 헬멧과 납 코르셋을 머리 위에 걸치고 밧줄로 된 사다리를 내려갔다. 무게가 어깨에 고르게 실리도록 하는 심을 댄 상의를 제외하면 그는 평소에 입던 옷을 입고 있었다. 이렇게 따뜻한 물에서는 고무옷을 입을 필요가 없었고, 헬멧은 조그만 종처럼 그저 스스로의 무게만으로 위치를 유지했다. 비상시에는 헬멧 밖으로 빠져나와서 (운이 따른다면 말이지만) 무사히 수면으로 헤엄쳐 올라올 수 있었다. 누군가가 직접 하는 것을 본 적이 있지만 직접 시험해 보고픈 생각은 전혀 없었다.

한 손에는 조개를 담을 자루를 들고 다른 한 손에는 구명줄을 쥔 채 사다리 마지막 단에 설 때마다 티보의 마음속에는 항상 같은 생각이 떠올랐다. 그는 자기가 아는 세계를 뜰 것이다…… 하지만 한 시간에 불과할까, 아니면 영원히 떠나게 될까? 바닷속에는 부와 죽음이 있었고, 둘 중에 무엇이 맞이할지는 아무도 몰랐다. 평범한 잠수부가 보내는 수많은 날들이 그러하듯 아마 오늘도 별 사고 없는 단조로운 노동으로 끝날 가능성이 컸다. 하지만 티보는 동료 하나가 아라푸라 호의 프로펠러에 공기 호스가 걸리는 바람에 죽는 것을 본 적이 있었다. 또 다른 누군가가 밧줄에 감겨 몸이 뒤틀린 채 고통스러워 하는 모습도 보았다. 바다에서는 어떤 것도 안전하거나 확실하지 않았다. 두 눈을 크게 뜬 채 위험을 감수해야 했다…… 패배한 후에 투덜대는 건 아무런 의미가 없었다.

그는 사다리에서 발을 떼었고, 태양과 하늘이 있는 세계는 더 이상 존재하지 않았다. 헬멧 때문에 위쪽이 무거운 상태라 몸을 똑바로 유지하기 위해 미친 듯이 발을 저어야 했다. 바닥으로 가라앉는 동안 보이는 것이라고는 형태가 희미한 푸른 안개밖에 없었다. 그는 블랑코가 구명줄을 너무 빨리 풀어 내지 않았으면 좋겠다고 생각했다. 수압이 증가하자 그는 침을 삼키고 콧숨을 몰아쉬며 귀를 보호했다. 오른쪽 귀는 빨리 트였지만, 왼쪽에는 찌르는 듯한 고통이 참을 수 없을 정도로 커졌다. 이건 며칠째 그를 괴롭혀 온 문제였다. 그는 헬멧 안으로 손을 밀어 넣어 코를 움켜쥔 후에 있는 힘을 다해 불었다. 그러자 머릿속 어딘가에서 돌연히 소리 없는 폭발이 일어나더니 고통이 즉시 사라졌다. 이제 잠수하는 데 문제는 없었다.

티보는 눈에 보이기도 전에 바닥에 도달했다는 것을 느꼈다. 몸을 굽히면 밀봉되지 않은 헬멧 안으로 물이 들어올 위험이 있기 때문에 바로 아래쪽은 아주 제한적으로밖에 볼 수 없었다. 주위는 둘러볼 수 있지만 바로 아래는 볼 수 없는 것이다. 황갈색의 단조로운 세계(3미터 정도 앞에서 천천히 흐려지는, 부드럽게 굽이치는 진흙 평원이었다.)를 보자 마음이 편해졌다. 그의 왼쪽으로 1미터 정도 되는 곳에는 조그만 물고기 한 마리가 숙녀용 부채와 크기와 모양이 비슷한 산호 조각을 뜯어먹고 있었다. 그게 전부였다. 아름답지도, 바닷속 동화의 세계도 없었다. 그러나 돈이 있었다. 그게 중요했다.

배가 옆으로 움직이기 시작하자 구명줄이 약간 팽팽해졌고, 티보는 무중력과 비슷한 상태에서 물의 저항을 받아 튀어 나가듯이, 그러나 느린 동작으로 앞을 향해서 걸었다. 제2 잠수부로서 그는 뱃머리 쪽에서 일했다. 중앙에서 일하고 있는 사람은 아직 상대적으로 경험이 부족한 스티븐이었고, 선미에는 수석 잠수부인 빌리가 있었다. 이 셋은 일하는 중에 서로를 거의 보지 못했다. 아라푸라 호가 바람을 받아 조용히 떠내려가는 동안 각자는 맡은 구역에서 일해야 했다. 아주 크게 갈지자로 움직일 때에나 그들은 안개 속의 뿌연 형태로 보이는 동료를 흘긋 볼 수 있었다.

해초 아래에 숨어 있는 조개는 숙련되어 있지 않은 사람의 눈에는 잘 보이지 않았다. 때로는 조개들이 그들을 배신하기도 했다. 조개는 잠수부가 접근해 온다는 것을 느끼면 잽싸게 입을 다물곤 했다. 그리고 순간적으로 흐릿하게 진줏빛으로 번쩍이는 무언가가 보이는 것이다. 하지만 귀중한 보물을 손에 넣기 직전에 잠수부가 움직이는 배에 이끌려 가면서 놓쳐 버리곤 했다. 초기에 훈련을 받던 시절 티보는 누구라도 멋진 진주가 들어 있을 거라고 생각할 만한 커다란 은빛 입술을 그런 식으로 꽤 많이 놓쳤다. 어쩌면 그건 이 직업에 대한 멋진 인상이 사그라지기 전에, 그리고 진주는 아주 드문 것이라 잊어버리고 있는 편이 낫다는 사실을 깨닫기 전에 티보 혼자서 하던 상상일지도 몰랐다. 그가 채취한 진주 중에서 가장 비쌌던 건 56달러였다. 아침나절에 모을 수 있는 조개만 합쳐도 그것보다는 값이 더 나갔다. 만약 이 산업이 진주층(조개껍데기 안쪽에 진주 광택이 나는 얇은 층 ─ 옮긴이)이 아니라 보석에만 의존했다면 이미 몇 년 전에 붕괴하고 말았을 것이다.

안개로 둘러싸인 세상에서는 시간에 대한 감각이 없었다. 머리 위에 떠 있는 보이지 않는 배 아래에서 공기 압축기의 고동 소리가 귓가에 울리는 가운데 눈앞을 스치는 녹색의 아지랑이를 보며 걷는다. 가끔씩 조개를 발견하면 바닥에서 떼어 내 가방에 넣는다. 운이 좋다면 한 번 걸어가면서 몇 십 개를 발견할 것이며, 그렇지 않으면 단 하나도 찾을 수 없다.

위험에 대비는 하고 있지만, 걱정은 되지 않는다. 진정한 위험은 공기 호스나 구명줄이 엉키는 따위의 단순하고 볼품없는 것이지 상어나 다금바리, 문어의 공격이 아니다. 상어는 공기 방울만 보면 도망가고, 문어는 티보가 그토록 오래 잠수를 하면서도 50센티 떨어진 곳에서 단 한 번 보았을 뿐이다. 다금바리는…… 음, 그놈들은 배가 고프면 잠수부를 한입에 삼켜 버릴 수 있기 때문에 심각하게 여겨야 한다. 하지만 이렇게 평탄하고 황량한 곳에서는 그것들을 만날 일이 거의 없었다. 둥지로 삼을 산호 동굴이 전혀 없었던 것이다.

이 단조로운 평원에서 티보는 안심하고 있었고, 따라서 그가 받은 충격은 대단히 컸다. 그는 접근하면 접근할수록 빠르게 멀어져 가 결코 닿을 수 없을 것처럼 보이는 안개벽을 향해 꾸준히 걸어가고 있었고, 그때 아무런 경고도 없이 그만의 악몽이 흐릿하게 나타나기 시작했다.

티보는 거미를 싫어했고, 바다에는 거미 공포증을 유발하려고 일부러 만들어 놓은 듯한 생물이 살았다. 지금까지 티보는 그것을 한 마리도 보지 못했고, 마음속으로는 항상 마주칠지도 모른다는 생각을 옆으로 밀어 두었다. 하지만 그는 일본 거미게가 가늘고 기다란 다리를 몇 미터나 뻗을 수 있다는 사실을 알고 있었다. 그게 전혀 해롭지 않다는 사실은 조금도 중요하지 않았다. 사람만 한 크기의 거미는 그저 있어서는 안 될 존재였다.

주위를 둘러싼 회색 공간에서 가느다란 다리들이 나타나 티보를 우리에 가두자 그는 극도의 공포에 휩싸여 비명을 지르기 시작했다. 그는 자기가 구명줄을 잡아당겼다는 사실조차 기억하지 못했지만, 블랑코는 이상적인 감시인답게 즉각적으로 반응했다. 티보의 헬멧에는 아직도 자신이 내지른 비명의 잔향이 남아 있었다. 그는 해저에서 들어올려져 빛과 공기, 온전한 정신이 있는 곳으로 상승했다. 위로 끌려 올라가면서 자기가 저지른 실수가 별난 데다가 어리석기까지 하다는 사실을 깨닫고 어느 정도 통제력을 회복했다. 하지만 블랑코가 헬멧을 벗겼을 때에도 그는 여전히 심하게 몸을 떨고 있어서 한동안 말을 하지 못했다.

"도대체 무슨 일이야? 오늘은 다들 일찍 끝내기라도 한 거야?"

닉이 물었다.

그제야 티보는 자기가 제일 먼저 올라온 사람이 아님을 깨달았다. 스티븐이 배 중앙에 앉아 완전히 무심한 표정으로 담배를 피우고 있었다. 아라푸라 호는 정지해 있었고 문제가 해결되기 전까지는 모든 작업이 중단된 상태였기 때문에 선미 잠수부도 강제로 끌어올려지고 있었다. 무슨 일인지 의아해 하고 있을 게 틀림없었다.

티보는 말했다.

"아래에 난파선 같은 게 있어요. 곧바로 마주쳤어요. 철사나 막대기 같은 게 잔뜩 보였다고요."

그 기억에 다시 몸이 떨리자 짜증과 자신에 대한 경멸이 밀려왔다.

"왜 그거 때문에 떨어야 하는지 이해가 안 가."

닉은 투덜거렸다. 티보는 가만히 있었다. 이렇게 햇살이 비추는 갑판 위에서는 아무리 해롭지 않은 물체라도 뿌연 안개를 통해 보일 경우에는 사람의 마음을 공포로 헤집어 놓을 수 있다는 것을 설명하기란 불가능했다.

"거의 걸릴 뻔했어요. 딱 맞춰서 블랑코가 올려 준 거예요."

그는 거짓말을 했다.

"흠. 어쨌거나 그건 배가 아니야."

미심쩍다는 기색으로 닉이 말했다. 그는 중앙 잠수부 쪽으로 손짓했다.

"스티븐도 밧줄하고 천 뭉치와 마주쳤어…… 두꺼운 나일론 같은 거라나. 낙하산 같은 것처럼 들리던데."

나이 든 그리스인은 기분 나쁘다는 표정으로 물에 젖어 버린 시가의 꽁초를 바라보다가 바다로 튕겨 버렸다.

"빌리가 올라오는 대로 다시 내려가서 살펴보자고. 어쩌면 쓸모 있는 게 있을지도 모르지. 조 챔버스가 어떻게 되었는지 생각해 봐."

티보도 알고 있었다. 그 이야기는 대보초 전역에서 유명했다. 조는 홀로 일하던 어부였는데, 전쟁 막바지에 퀸즐랜드 해안에서 몇 킬로미터 떨어진 얕은 물에 놓여 있던 DC-3 기체를 발견했다. 재주 좋게 혼자서 인양 작업을 한 끝에 그는 동체 안으로 들어가 기름칠된 포장 속에서 완벽하게 보존되어 있는 나사 깎는 도구들을 끌어냈다. 그의 수입 사업은 한동안 꽤 잘나갔지만, 경찰이 수사를 시작하자 그는 마지못해 어디서 물건을 공급받는지 털어놓았다. 오스트레일리아 경찰은 자백을 이끌어 내는 데 아주 능했다.

그리고 몇 주간이나 등골 빠지는 수중 작업을 했던 조는 그때서야 자기가 육지에 있는 차고나 작업장에 팔아 오던 하찮은 몇 백 파운드 어치의 도구들 말고도 비행기에 뭔가가 더 실려 있다는 사실을 알았다. 그가 아직 다가가지 못했던 커다란 나무 상자에는 태평양에 주둔한 미군에게 지급할 일주일 치의 급여가 거의 20달러짜리 금편으로 담겨 있었다.

그런 행운이 있을 리 없지. 다시 물속으로 들어가면서 티보는 생각했다. 하지만 그 비행기, 혹은 무엇이든 간에 그것에는 귀중한 장비가 실려 있을지 몰랐고, 그것에 대한 보상을 받을 수도 있었다. 게다가 그는 빚진 것도 있었다. 자기가 그렇게 놀란 대상이 무엇이었는지 정확히 보고 싶었다.

10분 후, 그는 그게 비행기가 아니라는 사실을 알아냈다. 모양도 달랐고 너무 작았다. 고작 6미터 길이에 폭은 그 절반이었다. 끝으로 갈수록 가늘어지는 몸체 여기저기 해치와 조그만 현창이 있었고 그 안으로 알 수 없는 장비들이 보였다. 한쪽 끝은 엄청난 열에 녹아 버린 듯했지만 전체적으로 크게 손상되지는 않은 것 같았다. 다른 쪽 끝에는 물에 부딪히면서 부러지고 휘어진 안테나들이 엉켜 있었다. 지금도 그 모양은 거대한 곤충의 다리처럼 보였다.

티보는 바보가 아니었다. 그는 곧바로 그게 무엇인지 알 수 있었다. 단 하나의 의문점만 남아 있었고 그는 아무런 어려움 없이 답을 알아냈다. 부분적으로는 열에 의해 까맣게 타 버렸지만 일부 해치에 새겨진 글자는 아직도 읽을 수 있었다. 그것은 키릴문자로 씌어져 있었고, 티보는 그게 전자 장비 및 압력 시스템과 관련 있다는 점을 알아챌 정도의 러시아어는 알고 있었다.

"놈들이 스푸트니크 호를 잃어버렸군."

그는 만족감에 젖어 중얼거렸다. 무슨 일인지 대략 상상할 수 있었다. 너무 빠른 속도로 내려오다 잘못된 위치에 추락했을 것이다. 한쪽 편에는 부상용 공기 주머니의 잔해가 널려 있었다. 그게 충돌시에 터져 버렸고 인공위성은 돌덩이처럼 가라앉고 만 것이다. 아라푸라 호의 승무원들은 조이에게 사과해야 할 판이었다. 술기운에 헛것을 본 게 아니었던 것이다. 그가 보았다는 불타는 별은 싣고 가던 위성과 분리되어 그대로 지구 대기로 떨어지던 로켓이었음이 분명했다.

한동안 티보는 잠수부 특유의 무릎을 구부린 자세로 해저를 거닐며 외계 환경에 갇혀 버린 우주 괴물을 상상했다. 그의 마음속은 이런저런 계획들로 가득했지만 어느 하나도 명확하게 자리 잡지 못했다. 이제 보상금 따위에는 관심도 없었다. 복수의 가능성이야말로 훨씬 더 중요했다. 소련이 자랑스러워 하는 기술의 결정체가 바로 그의 손에 있었고, 부다페스트의 생존자인 차보 티보는 지구상에서 유일하게 이 사실을 알고 있는 사람이었다.

이 상황을 이용할 방법이 분명히 있을 터였다, 그 나라와 티보가 그토록 불타오르는 심정으로 증오하게 된 원인에 피해를 줄 방법이. 깨어 있는 동안에는 그런 증오를 거의 의식하지 못했고, 그 증오의 진정한 원인을 파악하려고 노력하는 경우는 그보다 더 적었다. 바다와 하늘만 있는 이곳, 홍수림과 증기를 내뿜는 늪, 눈부시게 빛나는 산호 사이에서는 과거를 연상시키는 것을 찾을 수 없었다. 하지만 과거를 완전히 잊을 수는 없었고, 때때로 마음속에 있는 악마가 깨어나면 그는 사악한 분노와 무자비한 파괴 욕구에 미쳐 날뛰었다. 지금까지는 아무도 죽이지 않았으니 운이 좋은 편이었다. 하지만 언젠가는…….

블랑코가 초조하게 구명줄을 잡아당기며 복수에 대한 몽상을 방해했다. 그는 괜찮다는 신호를 보내고 캡슐을 자세히 관찰하기 시작했다. 무게는 얼마나 나갈까? 끌어올리기 쉬울까? 분명한 계획을 세우기 전에 확인해야 할 사항이 많았다.

그는 주름진 금속벽에 몸을 기대고 조심스럽게 밀어 보았다. 캡슐이 흔들리며 움직이는 게 분명히 느껴졌다. 어쩌면 아라푸라 호가 쓸 수 있는 장비만으로도 들어 올릴 수 있을 것 같았다. 아마 보기보다 가벼울 터였다.

티보는 헬멧을 편평한 부분에 밀착시키고 집중해서 소리를 들어 보았다. 기계가 내는 소리, 예를 들면 모터가 돌아가는 소리 정도는 들을 수 있으리라 어느 정도 예상했지만 아무런 소리도 들리지 않았다. 그는 가지고 있던 칼자루로 금속벽을 두드리며 두께는 어느 정도인지 어디가 약한 부분인지 알아보려 했다. 세 번째 시도에서 결과를 얻었다. 하지만 그가 기대한 결과가 아니었다.

맹렬하게, 그리고 필사적으로 캡슐이 그에게 답신을 보냈던 것이다.

그때까지도 티보는 안에 누군가가 있으리라고는 상상도 하지 못했다. 그러기엔 너무 작아 보였다. 하지만 일반적인 비행기를 기준으로 생각해 보니 이 좁은 선실에도 헌신적인 우주 비행사가 갑갑한 채로 몇 시간 정도 보낼 수 있을 만한 공간은 충분히 나오겠다 싶었다.

만화경이 한순간에 모양을 바꾸어 버리듯이 티보의 마음속에 있던 여러 가지 계획이 서로 융합하더니 새로운 형태로 구체화되었다. 헬멧의 두꺼운 유리 뒤에서 그는 혀로 가볍게 입술을 축였다. 만약 닉이 지금 그를 보았다면 평소에도 종종 그러지만 자신의 제2 잠수부가 정신이 멀쩡한지 의심했을 것이다. 국가니 기계니 하는 추상적인 것에 대한 비현실적이고 그다지 다가오지도 않는 복수심은 모두 사라져 버렸다. 이제부터는 인간 대 인간이었다.

"시간이 좀 걸리던걸? 뭐였나?"

닉이 물었다.

"러시아 물건이에요."

티보가 말했다.

"인공위성 같은 거였어요. 밧줄로 감으면 들어 올릴 수 있을 것 같아요. 하지만 너무 무거워서 배에 싣지는 못할 거예요."

닉은 생각에 잠겨 항상 물고 있는 시가를 씹었다. 이 노련한 진주 채취꾼은 티보가 생각지도 못했던 점을 걱정하고 있었다. 만약 이 근처에서 인양 작업이 벌어진다면 아라푸라 호가 어디서 작업하고 있었는지 알려지게 된다. 그게 서스데이 섬에 알려진다면 자기만 알고 있던 진주조개 구역은 순식간에 깨끗하게 비워질 터였다.

이 일에 대해서 그들은 입을 다물고 있어야 했다. 아니면 그 빌어먹을 것을 직접 인양하고 어디서 찾았는지는 함구하거나. 어느 쪽이든 값어치에 비해 훨씬 더 성가신 일 같았다. 오스트레일리아에서 의심이 많기로 둘째가라면 서러워할 닉은 이미 골치 아프게 일을 처리해 봤자 기껏해야 고맙다는 편지 한 장이나 받고 말 거라고 결론 내렸다. 그는 말했다.

"저 친구들은 안 내려가려고 해. 폭탄이라는 거야. 내버려 두자는 군."

"걱정 말라고 하세요. 제가 알아서 할게요."

티보가 대답했다. 그는 아무렇지도 않게 담담히 말하려고 했지만, 대단히 운이 좋다고 여기고 있었다. 만약 다른 잠수부들이 캡슐 안에서 두드리는 소리를 들었다면 계획은 끝장났을 터였다.

그는 수평선 위에 보이는 초록빛의 아름다운 섬을 가리켰다.

"방법은 하나밖에 없어요. 바닥에서 1미터 정도 들어 올린 다음에 연안으로 가져가는 거예요. 일단 얕은 물에 가면 해변에 올려놓는 건 어렵지 않겠죠. 보트를 쓰거나, 아니면 나무에다 견인 장치를 둘러매든가요."

닉은 사실 별 관심이 없었다. 비록 배가 섬으로 바람이 불어 가는 쪽에 있다고 해도 산호초를 뚫고 인공위성을 운반할 수 있을지 의심스러웠다. 하지만 그로서는 캡슐이 조개 무리에서 멀어지게 하는 편이 좋았다. 어디 다른 곳에 가져다 두고 부표를 띄워 두면 나중에라도 건질 게 있으리라는 생각이었다. 그는 말했다.

"좋아. 너가 내려가라. 저 5센티짜리 밧줄이 제일 튼튼한 거니까 그걸 가져가는 게 좋을 거야. 재수 없게 온종일 내려가 있지는 마. 벌써 낭비한 시간이 얼만데."

티보도 그럴 생각은 없었다. 여섯 시간이면 충분했다. 벽을 통해 신호를 주고받으면서 가장 먼저 물어본 게 그것이었다.

러시아인의 목소리를 들을 수 없다는 건 아쉬웠다. 하지만 러시아인은 그의 말소리를 들을 수 있었고, 그것이야말로 정말 중요했다. 헬멧을 외벽에 갖다 붙이고 소리치면 그가 하는 말은 거의 모두 안으로 전해졌다. 지금까지는 우호적인 분위기였다. 티보는 제대로 심리적인 충격을 가할 수 있을 때까지 의도를 숨길 생각이었다.

우선 신호를 정했다. 한 번 두드리는 건 '그렇다'이고 두 번은 '아니요'였다. 그 후에는 적절한 질문을 생각해 내기만 하면 됐다. 시간만 충분하다면 그 두 가지 신호로 전달하지 못할 게 없었다. 만약 티보가 서투르기 짝이 없는 러시아어를 사용해야 했다면 오히려 훨씬 더 어려운 일이었을 것이다. 놀랍지는 않았지만 그는 안에 갇힌 조종사가 영어를 완벽하게 알아듣는다는 사실에 기뻤다.

캡슐 안에는 다섯 시간 분량의 공기가 남아 있었다. 조종사는 부상당하지 않았다. 그렇다. 그는 자기가 어디에 추락했는지 알고 있었다. 마지막 대답을 들은 티보는 잠시 생각에 잠겼다. 아마 거짓말을 하고 있는 것이리라. 하지만 사실일 가능성도 충분했다. 귀환 과정에서 뭔가가 잘못되었다고 해도 태평양에 나와 있던 추적선이 충돌 시점을 알아낼 수 있었을 것이다. 얼마나 정확하게인지는 티보는 알 수 없었다. 하지만 그게 뭐가 중요한가? 설령 오스트레일리아 당국의 허가를 받지도 않고 영해를 통과해 달려온다고 해도 여기까지 오는 데 며칠이 걸릴 수 있었다. 상황은 티보의 손에 달려 있었다. 소련이 지닌 힘을 전부 동원한다고 해도 그의 계획을 방해하기에는 늦었을 것이다.

육중한 밧줄이 감긴 채 해저에 내려앉으면서 진흙 구름을 일으키자 느릿느릿한 해류에 연기가 떠도는 것처럼 보였다. 태양이 중천에 뜨자 이제 해저 세계도 회색의 어스름한 황혼처럼 보이지 않았다. 여전히 무채색의 세계였지만 밝았으며, 시야는 이제 거의 5미터까지 늘어났다. 처음으로 티보는 캡슐의 전체 모습을 볼 수 있었다. 온갖 비정상적인 환경을 견디도록 설계되었기 때문에 모양이 아주 독특해서 뭔가 잘못된 것 같다는 착각에 빠트릴 정도였다. 어디가 앞인지 뒤인지 찾는 건 헛된 짓이었다. 궤도를 따라 움직일 때 어디를 앞으로 향하고 있을지 구별할 방법은 전혀 없었다.

티보는 외벽에 헬멧을 붙이고 소리쳤다.

"다시 왔어요. 내 말 들려요."

탕!

"밧줄을 가져왔는데 이것을 낙하산 줄에 묶을 거예요. 섬에서 3킬로미터 정도 떨어져 있으니까 묶는 대로 출발할 거예요. 배에 실린 장비로는 이걸 수면으로 들어 올릴 수 없으니까, 해변으로 끌어 올려 보려는 거예요. 알아들어요?"

탕!

밧줄을 묶는 데는 몇 분밖에 걸리지 않았다. 아라푸라 호가 움직이기 전에 멀리 떨어져 있어야 했다. 하지만 먼저 할 일이 있었다.

"이봐요! 밧줄을 묶었어요. 이제 들어 올릴 거예요. 내 말 들려요?"

탕!

"그러면 이 말도 들리겠군. 너는 결코 살아서 도착하지 못할 거야. 내가 벌써 수를 써 놨지."

탕 탕!

"이제 다섯 시간 후면 넌 죽어. 지뢰밭에서 죽은 내 동생은 그것보다 오래 고통받았어. 무슨 말인지 아나? 난 부다페스트 출신이다. 난 너희 족속이나 너희 나라, 그것과 관련 있는 모든 것을 증오해. 내 집과 가족을 빼앗고 우리 나라 사람을 노예로 만들었지. 지금 네 얼굴을 볼 수 있으면 좋을 텐데, 테오가 죽어 가는 걸 봤듯이 네가 죽어 가는 걸 볼 수 있으면 좋을 텐데 말이야. 섬까지 절반 정도 갔을 때 밧줄이 끊어지도록 내가 잘라 놓았어. 내가 내려와서 다시 묶겠지만 그것도 끊어지게 될 거야. 안에 앉아서 바닥에 떨어질 시간이나 기다리라고.”

티보는 격렬한 감정에 동요되고 기운이 소모된 나머지 돌연히 말을 멈추었다. 증오가 극치에 달한 지금 논리나 이성 따위가 관여할 틈은 없었다. 생각을 하기 위해 침묵한 것은 아니었다. 하지만 내면 어딘가에서 진실이 의식의 빛을 향해 불타오르고 있었다.

러시아인들의 만행에도 불구하고 그가 증오하는 대상은 그들이 아니었다. 바로 자기 자신이었다. 그야말로 더한 짓을 저지른 사람이었다. 테오가 흘린 피, 수만 명의 동포들이 흘린 피가 그의 손에 묻어 있었다. 그는 누구보다도 뛰어난 공산주의자였으며 그 누구보다도 모스크바에서 전해지는 선전 문구를 곧이곧대로 믿었다. 학창 시절에도 그는 가장 먼저 ‘변절자’들을 추적해서 고발했다. (그가 수용소나 국가 보안 경찰의 고문실로 보낸 사람이 얼마나 많았던가?) 진실을 깨달았을 때에는 이미 너무 늦어 있었다. 게다가 그때조차도 그는 맞서 싸우지 않았다. 도망쳤을 뿐이다.

그는 세계 반대편으로 도망쳐 스스로의 죄책감에서 벗어나려고 했다. 위험한 약물과 방탕한 생활은 과거를 잊는 데 도움이 되었다. 살아가면서 얻는 유일한 즐거움은 육지에 갔을 때마다 열기에 들뜬 듯 사랑도 없이 여자를 안는 행위뿐이었다. 하지만 이것으로는 부족했고, 그건 티보의 현재 상태로 보아 알 수 있었다. 지금 그가 누군가에게 죽음을 안겨 줄 수 있는 건 바로 스스로가 죽음을 찾아 이곳에 왔기 때문이었다.

캡슐에서는 아무 소리도 들리지 않았다. 경멸하거나 조롱하는 듯한 침묵이었다. 화가 난 티보는 칼자루로 캡슐을 세게 두드렸다.

"내 말 안 들려? 안 들리냐?"

그는 외쳤다.

묵묵부답.

"빌어먹을 새끼! 들리는 거 다 알아! 대답하지 않으면 구멍을 뚫어 버리겠어!"

칼끝을 이용하면 그럴 수 있었다. 하지만 최후의 수단이 아니면 그러고 싶지 않았다. 너무 빠르고 쉽게 보내 주는 것이었다.

아직 아무 소리도 들리지 않았다. 어쩌면 러시아인은 기절했을지도 몰랐다. 티보는 그러지 않기를 희망했다. 하지만 기다리고 있어도 소용이 없었다. 그는 그만두자는 듯 캡슐을 세게 한 번 두드리고 감시인에게 신호를 보냈다.

수면 위로 오르자 닉이 소식을 전했다.

"섬에서 무선으로 계속 떠들고 있어. 러시아 놈들이 로켓을 찾아 달라고 이야기하고 있다는 거야. 놈들 말로는 퀸즐랜드 근방에 떠 있을 거라는군. 안달이 난 것 같던데."

"다른 얘기는 안 했어요?"

티보가 초조하게 물었다.

"아, 그래…… 달을 몇 바퀴 돌고 온 거라던데."

"그게 다예요?"

"내가 기억하기로는 그게 전부야. 과학이 어쩌구 떠들긴 하는데 알아들을 수가 있어야지."

그럴 법했다. 러시아인들도 실험이 뭔가 잘못되었다는 건 숨기고 싶은 것 같았다.

"우리가 찾았다고 얘기했어요?"

"미쳤냐? 어차피 무전기도 고장이야. 하고 싶어도 못 해. 밧줄은 제대로 감았어?"

"예…… 들 수 있는지 봐요."

주 돛대에 감겨 있던 밧줄이 몇 초 만에 팽팽해졌다. 바다는 잔잔했지만 물이 살짝 부풀어 올랐고, 배는 10에서 15도가량 흔들렸다. 한 번 감을 때마다 뱃전에 1미터 정도 솟아올랐다가 다시 떨어졌다. 몇 톤은 들 수 있는 기중기가 있었지만 조심스럽게 사용해야 했다.

밧줄이 튕기며 소리를 냈고 나무 접합부가 삐걱거렸다. 티보는 잠시 약하게 해 놓은 부분이 너무 빨리 끊어지면 어떻게 할지 걱정했다. 하지만 밧줄은 버텨 냈고 캡슐이 매달려 올라왔다. 두 바퀴, 세 바퀴를 돌려 끌어 올리자 캡슐이 해저에서 완전히 떨어졌고, 아라푸라 호는 좌현 방향으로 살짝 기울어졌다.

닉이 방향타를 잡으며 말했다.

"가자. 1킬로미터 좀 못 가 다시 바닥에 닿을 거야."

아라푸라 호는 감춰진 짐을 아래에 매단 채 천천히 섬을 향해 움직이기 시작했다. 난간에 기대어 흠뻑 젖은 옷을 태양 볕에 말리고 있던 티보는 처음으로(몇 달 만인가?) 마음이 평화로워지는 것을 느꼈다. 머릿속에서 불타오르던 증오심조차 사라진 것 같았다. 어쩌면, 그건 마치 사랑처럼 결코 만족하지 못하는 열정일지도 몰랐다. 하지만 적어도 지금 이 순간만큼은 만족스러웠다.

그의 결심은 여전히 단호했다. 참으로 기이하게 기적적으로 손아귀에 들어온 복수의 기회를 차마 저버릴 수 없었다. 피는 피를 부른다. 그를 괴롭혀 오던 귀신도 이제는 편히 쉴 수 있으리라. 하지만 아무리 그렇다고는 해도 한때 친구로 지냈으나 적이 된 이들에 대한 자신의 복수에 이용당하고 있는 정체 모를 인간에게 동정을, 심지어 안타까움을 느꼈다. 그가 러시아인들로부터 빼앗고 있는 것은 한 사람의 목숨이 아니었다. 아무리 숙련된 과학자라고 해 봤자 그놈들에게 사람 하나가 무슨 의미가 있겠는가? 그가 빼앗고 있는 것은 힘과 위신, 그리고 지식, 바로 그들이 가장 소중히 여기는 가치였다.

섬까지 3분의 2 정도를 갔지만 밧줄이 끊어지지 않자 그는 걱정이 되기 시작했다. 아직 네 시간은 더 있어야 했는데, 그건 너무 길었다. 계획이 송두리째 실패하고 까딱하면 자기에게도 불똥이 튈지 모른다는 생각이 슬슬 들기 시작했다. 방해 공작에도 불구하고 시간이 지나기 전에 닉이 캡슐을 해변에 올려놓는 데 성공한다면 어떻게 될까?

'팅' 하는 소리가 크게 울리며 배 전체가 진동했다. 꿈틀거리는 밧줄이 물 밖으로 튀어나오며 사방으로 물을 뿌렸다.

"그럴 줄 알았어. 바닥에 부딪혔구먼. 네가 들어갈 테냐, 아니면 다른 놈을 보낼까?"

닉은 중얼거렸다.

"제가 갈게요. 제가 하는 게 더 빨라요."

티보는 서둘러 대답했다.

그건 분명히 맞는 말이었다. 하지만 그는 20분이 걸려서야 캡슐을 찾아낼 수 있었다. 엔진을 끌 때까지 꽤 많은 거리를 움직인 모양이어서 한동안 티보는 아예 못 찾게 되어 버렸나 걱정했다. 그는 커다랗게 호를 그리며 해저를 샅샅이 수색했다. 수색은 그가 우연히 낙하산에 몸이 걸리면서 끝났다. 해류를 받아 부풀었다가 줄어들기를 반복하는 모습은 기괴하고 끔찍한 해저 괴물 같았다. 하지만 이제 티보는 좌절 이외의 것은 아무것도 두렵지 않았다. 앞쪽에서 어슴푸레하게 빛나는 백색 물체를 발견했을 때도 맥박은 전혀 빨라지지 않았다.

캡슐에는 긁힌 자국이 있었고 진흙이 묻어 더러웠지만 부서지지는 않은 것 같았다. 옆으로 누워 있으니 마치 버터 만드는 커다란 통이 넘어져 있는 듯했다. 안에 있는 사람은 아마 이곳저곳으로 굴렀을 터였다. 하지만 달까지 갔다가 되돌아올 정도라면 완충장치가 잘되어 있을 테니 안에 있는 사람도 아마 온전한 상태일 가능성이 높았다. 티보의 바람은 그랬다. 남은 세 시간이 헛되이 낭비된다면 안타까운 일이었다.

그는 다시 한 번 녹청색의 구리 헬멧을 이제는 그다지 반짝이지 않는 캡슐의 외벽에 갖다 붙였다.

"어이! 들리나?"

그는 외쳤다.

어쩌면 안에 있는 러시아인은 침묵함으로써 그에게 항거할 작정인지도 몰랐다. 하지만 그건 평범한 인간의 자제심으로는 어려운 일이었다. 티보가 옳았다. 거의 곧바로 응답하는 소리가 뚜렷이 들렸다.

"살아 있다니 다행이군."

터보는 다시 외쳤다.

"내가 말한 그대로 되어 가고 있는 중이야. 이번엔 밧줄을 조금 깊게 잘라 두어야 할 것 같지만 말이야."

응답이 없었다. 잠시 후 티보가 다시 잠수해서 캡슐을 두드렸지만 끝내 아무 대꾸가 없었다. 그 다음번에도 마찬가지였다. 하지만 마지막으로 잠수했을 때는 스콜을 만나 몇 시간을 지체한 끝에 남은 시간을 다 써 버린 지 오래라 응답이 있으리라는 기대도 하지 않았다. 그는 그 사실에 약간 골이 나 있었다. 작별을 고하며 전할 말을 계획해 두었던 것이다. 공기만 낭비할 뿐이라는 것을 알고 있었지만 그래도 그는 생각해 둔 말을 그대로 외쳤다.

오후에 접어들자 아라푸라 호는 위험을 무릅쓰며 최대한 해변에 가까운 곳에 도착했다. 배 아래 수심은 고작 1미터 남짓이었으며 조수가 뱃전에 부딪혔다. 파도가 쳤다가 빠질 때면 캡슐은 수면 위로 모습을 드러냈고 이제는 모래밭 위에 단단히 고정되어 있었다. 캡슐을 더 움직일 방법은 없었다. 큰 파도가 쳐서 움직이기 전까지는 오도가도 못 하는 처지였다.

닉은 전문가의 시선으로 상황을 분석했다.

"오늘 밤엔 조수 높이가 2미터쯤 될 거다. 저게 있는 모양으로 봐서 썰물 때는 1미터 정도밖에 안 잠겨 있을 것 같으니까 충분히 보트를 타고 접근할 수 있을 거야."

그는 모래톱 위에서 해가 지고 물의 수위가 낮아지기를 기다렸다. 점점 가까워지고 있는 수색 작업에 대한 보고가 간헐적으로 무전기에서 들려왔지만 아직은 한참 멀리 떨어져 있었다. 오후 늦게 드디어 캡슐이 물 밖으로 모습을 거의 드러냈다. 선원들은 조그만 보트를 타고 꺼림칙한 느낌을 지닌 채(성가시게도 티보 역시 비슷한 감정을 공유하고 있었다.) 캡슐을 향해 노를 저어 갔다.

닉이 갑자기 말했다.

"옆에 문이 있잖아. 젠장. 안에 누가 있을까?"

"그럴지도 모르겠군요."

대답하는 티보의 목소리는 생각만큼 차분하게 나오지 않았다. 닉은 의아하다는 듯 그를 바라보았다. 데리고 있는 잠수부 녀석이 하루 종일 이상하게 굴고 있었다. 하지만 왜 그런지 굳이 따져 묻지는 않았다. 이 세계에 잠시만 몸담고 있어도 남의 일에 상관하지 않는 편이 현명하다는 점을 깨우칠 수 있었다.

보트가 물결에 부드럽게 흔들리며 이제 캡슐 옆쪽에 바짝 붙었다. 닉은 손을 뻗어 뒤틀려 있는 안테나 밑둥치를 움켜쥐었다. 그러더니 고양이처럼 날렵하게 둥그런 캡슐 위로 올라탔다. 티보는 따라하지 않고 보트에 가만히 서서 닉이 입구를 조사하는 모습을 보았다.

닉이 중얼거렸다.

"망가진 게 아니라면…… 밖에서도 열 방법이 있을 텐데. 특별한 도구가 있어야 하는 거라면 팔자려니 해야지."

그건 근거 없는 추측이었다. 움푹 들어간 손잡이 주위로 '열림'이라는 단어가 열 가지 언어로 표시되어 있었다. 작동법을 알아내는 데는 몇 초면 충분했다.

"윽!"

공기가 빠져나오자 닉은 외마디 소리를 지르더니 갑자기 얼굴이 창백해졌다. 그는 도와달라는 듯이 티보를 바라보았지만, 티보는 그의 시선을 외면했다. 그러자 마지못한 듯 닉은 직접 캡슐로 들어갔다.

그는 안에서 한참 시간을 보냈다. 처음에는 안쪽에서 쿵쾅거리며 부딪히는 소리가 나직하게 들려오더니 지독한 욕설이 연달아 이어졌다. 그러고 나서는 한참 동안 아무 소리도 들리지 않았다.

마침내 해치 위로 닉의 얼굴이 나타났다. 바닷바람에 거칠게 단련된 그의 얼굴은 창백했고 눈물에 젖어 있었다. 이 믿을 수 없는 광경을 본 티보는 돌연 소름 끼치는 예감이 들었다. 뭔가가 크게 잘못된 게 틀림없었다. 하지만 그는 너무나 멍한 상태라 무슨 일이 벌어졌는지 생각해 볼 수 없었다. 하지만 닉이 들고 나온, 크기가 조금 큰 인형처럼 보이는 사람을 내밀자 진실은 즉시 드러났다.

블랑코가 그것을 받았고, 티보는 움츠러든 채 선미로 물러섰다. 창백하고 차분한 얼굴이 눈에 들어오자 차가운 손길이 티보의 심장뿐만 아니라 허리까지 움켜쥐는 것 같았다. 동시에 증오와 열망도 그의 내면 어딘가에서 영원히 사라졌고, 그는 복수의 대가가 무엇인지 깨달았다.

숨을 거둔 우주 비행사는 죽은 후의 모습이 살아 있을 때보다 아름다울지도 몰랐다. 몸집은 작았지만 강인하고 임무에 적합하도록 고도의 훈련을 받았을 게 틀림없었다. 지금 티보의 발치에 누워 있는 여자는 러시아인도 아니었고 달의 뒷면을 관찰한 최초의 인간도 아니었다. 티보가 살해한 여자일 뿐이었다.

닉은 한참 동안 떠들고 있었다.

"이걸 들고 있더라고."

그는 떨리는 목소리로 말했다.

"얼마나 세게 쥐고 있던지…… 빼내는 데 한참이 걸렸어."

티보는 그의 말을 거의 듣지 않았고, 닉의 손바닥에 놓인 조그만 테이프 릴에는 눈길도 주지 않았다. 모든 감정을 초월한 바로 그 순간, 티보는 분노가 그의 영혼을 향해 몰려오고 있음을, 그리고 저세상에서 들려오는 증언이 전 세계에 울려 퍼질 것이며, 카인 이후 유래 없을 정도로 뚜렷한 살인자의 낙인이 자신에게 찍히리라는 사실을 알지 못했다.

우리는 서로 사랑해야 한다 | Love that Universe |

1961년, 《에스카페이드(Escapade)》에 첫 게재.
『태양으로부터 부는 바람(The Wind from the Sun)』에 재수록.

친애하는 대통령, 수상 및 행성 대사 여러분, 위기의 순간에 여러분께 이런 말씀을 드리는 것은 영예롭고 중대한 책무입니다. 여러분 대부분이 충격을 받았으며 들려오는 이런저런 소문에 당황하고 계신 것을 저는 알고, 또한 충분히 이해하고 있습니다. 하지만 인류의 존재가, 아니 지구의 존재 자체가 위협받고 있는 이 시점에서 가지고 있는 온갖 선입관들을 모두 접어 두시라고 부탁드립니다.

얼마 전 저는 오래된 속담 하나가 떠올랐습니다. "생각할 수 없는 것을 생각해라." 바로 이게 우리가 지금 해야 할 일입니다. 우리는 용감하게 사실을 직시해야 합니다. 감정에 논리가 휘둘려서도 안 됩니다. 진정 우리가 해야 할 일은 그와 정반대입니다. 우리는 논리로써 감정을 좌우해야 합니다!

상황은 절망적이지만 희망이 전혀 없지는 않습니다. 이건 우주 정거장 '안티진'에 있는 제 동료들이 발견한 놀라운 사실 덕분입니다.

그들이 제출한 보고서는 분명한 사실입니다. 우리는 은하계 중심에 있는 초문명과 연락을 취할 수 있습니다. 최소한 우리의 존재를 알릴 수는 있습니다. 그리고 그럴 수 있다면, 그들에게 도움을 청하는 것도 가능한 일입니다.

시간이 얼마 남지 않은 상황에서 우리 스스로 할 수 있는 일은 전혀, 정말로 아무것도 없습니다. 명왕성 외곽에서 행성을 탐색하다가 '흑색 왜성'의 존재를 안 것은 불과 10년 전입니다. 지금으로부터 고작 90년 후, 그것은 근일점을 지나 다시 우주 공간으로 나가게 됩니다. 산산이 파괴되어 버린 태양계를 뒤로 하고 말입니다. 우리가 지닌 자원, 그토록 자랑스럽게 여겨 왔던 자연을 통제하는 능력을 전부 사용한다고 해도 그것의 궤도를 한 치도 바꿀 수 없습니다.

그러나 지난 20세기 말에 이른바 '신호 항성'을 발견한 이래 우리는 우리와 비교도 할 수 없는 에너지 원천을 이용할 수 있는 문명이 존재한다는 사실을 알고 있습니다. 여러분 중 몇몇은 분명히 마젤란 성운에서 처음으로 우주적인 규모의 구조물을 발견했을 때 과학자들이, 그리고 나중에는 인류 전체가 느꼈던 경악을 떠올리고 계실 겁니다. 자연법칙을 거스르는 항성 규모의 구조물이었지요. 아직도 우리는 그게 어떤 용도인지 모르고 있습니다. 하지만 그것이 함축하고 있는 것은 엄청납니다. 우리 우주에 항성을 가지고 놀 수 있는 생명체가 존재한다는 것입니다. 만약 그들이 돕기로 한다면 질량이 지구의 몇 천 배에 불과한 흑색 왜성 정도의 천체를 움직이는 건 아이들 장난에 불과할 겁니다…… 제가 지금 애들 장난이라고 했습니까? 맞습니다. 말 그대로 아이들 장난일지도 모릅니다.

여러분은 모두 초문명들을 발견한 후 격렬하게 맞붙었던 논쟁을 분명히 기억하실 겁니다. 의사소통을 시도해야 하는가, 아니면 눈에 띄지 말고 가만히 있어야 하는가? 물론 그들은 이미 우리에 대해 모두 알고 있을지도, 혹은 귀찮아 할지도, 심지어 상당히 불유쾌한 방법으로 반응할지도 모릅니다. 접촉으로 얻을 수 있는 이익은 막대하겠지만 위험 또한 큽니다. 하지만 이제 우리는 잃을 것이 없습니다. 얻을 것만 있을 뿐이지요…….

그리고 지금까지는 그 문제를 장기간의 철학적 관심사로만 만들게 하는 점이 있었습니다. 엄청난 자금이 소요되더라도 그들에게 신호를 보낼 수 있는 강력한 전파 송신기를 만들 수는 있지만, 가장 가까운 초문명도 7000광년이나 떨어져 있습니다. 그들이 응답하더라도 우리가 대답을 듣기까지는 1만 4000년이 걸립니다. 이런 상황에서 그들은 도움도 위협도 되지 않을 것 같았습니다.

하지만 이제 상황이 바뀌었습니다. 우리는 측정할 수 없는, 거의 무한한 속도로 신호를 보낼 수 있습니다. 게다가 그들이 그런 기술을 사용하고 있다는 것도 우리는 알고 있습니다. 비록 해독을 시도조차 못하고 있지만 그들의 신호를 감지했기 때문입니다.

물론 그건 전자기파가 아닙니다. 그게 무엇인지 우리는 모릅니다. 아직 이름조차 붙이지 못했습니다. 어쩌면 우리가 이름이 너무 많은지도 모르지요…….

그렇습니다, 여러분. 텔레파시니 초능력이니, 또는 여러분이 무엇이라 부르고 싶어하든 그것에 대한 허황된 이야기들에는 뭔가가 있었던 것입니다. 지구에서 그런 현상에 관한 연구가 성과를 거두지 못한 건 당연한 일입니다. 지구에는 수십억 개의 정신이 내지르는 소리가 끊임없이 울려 퍼지고 있어서 신호란 신호가 전부 묻혀 버렸던 것입니다. 우주 시대가 도래하기 전에 제한적으로나마 이루었던 성과는 기적이라고 할 수 있습니다, 그건 보일러 공장에서 음악의 원칙을 발견한 것과 같은 일이죠. 우리가 지구를 뒤덮고 있는 정신적 소음으로부터 벗어날 수 있어야 진정한 초심리학을 성립할 어떤 희망이라도 있었지요.

그런 이유로 우리는 2억 8800만 킬로미터의 거리와 거대한 몸집의 태양이 정신파를 막아 줄 수 있는 곳으로 가야 했습니다. 바로 그곳, 인공 소행성인 '안티지오스'에서만이 우리는 미약한 정신파를 감지하고 측정하며 그것이 전파되는 법칙을 발견할 수 있었습니다.

여러 면에서 보아 그 법칙은 아직 혼란스럽습니다. 그러나 우리는 기본적인 사실은 분명히 파악했습니다. 그런 현상을 믿었던 몇 안 되는 사람들이 오래전부터 추측해 왔듯이, 정신파는 순수한 의지력이나 의도적이고 의식적인 사고가 아니라 감정의 상태에 의해 발생합니다. 따라서 과거에 있었던 초현상에 대한 기록이 죽음이나 재난과 같은 순간과 관련되어 있는 것은 당연합니다. 공포는 강력한 원동력입니다. 드문 경우지만 공포는 주변의 잡음을 능가하기도 하지요.

일단 이런 사실을 파악하자 진전은 더욱 빨라졌습니다. 우리는 개인에서 시작해서 단체에 이르기까지 인공적으로 감정 상태를 이끌어 냈습니다. 그리고 거리에 따라 신호가 얼마나 약해지는지 측정하는 데 성공했습니다. 현재 토성까지는 검증된 정량적인 이론을 만들어 낸 상태입니다. 우리는 우리 계산을 항성간의 거리를 뛰어넘을 정도로 확장할 수 있다고 생각합니다. 만약 우리가 옳다면 우리는 그 즉시 은하계 전체에 울려 퍼질…… 외침소리를 만들어 낼 수 있습니다. 그러면 분명히 누군가가 응답할 겁니다!

그 정도의 강렬한 신호를 만들어 낼 수 있는 방법은 단 하나밖에 없습니다. 조금 전에 전 공포가 강력한 원동력이라고 말씀드렸습니다. 하지만 그 정도로는 충분하지 않습니다. 인류 전체가 동시에 두려움에 사로잡힌다고 해도 그 신호는 2000광년 정도밖에 가지 않습니다. 우리에게 필요한 것은 최소한 그 네 배의 거리이며, 우리는 할 수 있습니다. 공포보다 훨씬 강력한 유일한 감정을 이용하는 겁니다!

그러나 최소한 10억 명의 인간이 협동해야 하며 그 순간은 초 단위까지 일치해야 합니다. 상대적으로 사소한 기술적 문제들은 제 동료들이 모두 해결했습니다. 간단한 전기 자극 장치는 이미 20세기 초부터 쓰이고 있으며, 행성간 통신망을 이용하면 여러 곳에서도 동시에 신호를 보낼 수 있습니다. 필요한 장비는 한 달 이내에 대량생산해 낼 수 있고, 그걸 사용하는 방법은 몇 분이면 배울 수 있습니다. 오히려 '그날'을 위한 심리적 준비를 마치는 데 시간이 더 걸릴 겁니다…….

여러분, 바로 그게 여러분이 해야 할 일입니다. 물론 우리 과학자들은 최선을 다해 도울 것입니다. 항의하는 사람도 있을 것이며 분노하는 사람도, 협조를 거절하는 사람도 있으리라는 것은 우리도 알고 있습니다. 하지만 논리적으로 바라보십시오. 이것이 과연 그렇게 기분 나쁜 일입니까? 반대로 우리 중 많은 수는 여기에 일종의 정당성이 있다고 생각합니다. 시적인 정의가 실현되는 거라고나 할까요.

인류는 지금 궁극적인 위기에 봉착해 있습니다. 이런 위기의 순간

에 과거에 우리의 생존을 항상 보장해 왔던 본능에 충실하는 것이 과
연 올바르지 않은 일일까요? 오래전, 지금처럼 혼란스러웠던 시대에
살았던 한 시인은 오늘 제가 하고 싶은 말을 가장 잘 표현해 주었습
니다.

"우리는 서로 사랑해야 한다. 그렇지 않으면 우리는 멸망한다."

견성 |Dog Star|

1962년 4월, 《갤럭시(Galaxy)》에 "월견(Moondog)"이라는 제목으로 첫 게재.
『열 세계의 이야기』에 재수록.

우리가 함께했던 집 정원에 라이카가 영원히 잠들어 있는 지금, 더 이상은 이 이야기를 읽을 수가 없다.

라이카가 미친 듯이 짖어 대는 소리를 처음 들었을 때는 녀석이 성가시게 군다고 생각했다. 나는 침대 속에서 돌아누우며 잠에 겨운 목소리로 중얼거렸다.

"조용히 해라, 이 멍청한 녀석아."

꿈결 같은 시간은 잠깐이었다. 곧바로 의식이 돌아왔다…… 두려움과 함께. 외로움에 대한 두려움, 그리고 광기에 대한 두려움.

한동안 나는 감히 눈을 뜨지 못했다. 무엇을 보게 될지 두려웠다. 이성적으로 생각해 보면 아직 그 어떤 개도 이 세계에는 발을 들여놓지 못했고, 라이카와 나 사이에는 25만 킬로미터에 달하는 우주 공간, 그리고 돌이킬 수 없는 5년이라는 시간이 놓여 있었다.

나는 화가 나서 중얼거렸다.

"꿈이잖아. 바보짓 좀 그만해. 눈을 뜨라고! 야광 페인트에서 나는 빛 말고 뭐가 보인다는 거냐."

그건 물론 사실이었다. 조그만 방은 비어 있었고 문은 단단히 닫힌 채였다. 나는 추억, 그리고 선명한 꿈이 단조로운 현실로 화할 때면 종종 다가오는 심원한 슬픔과 함께 홀로 있었다. 홀로 있다는 느낌이 너무나 쓸쓸해서 다시 잠들고 싶었다. 그러지 못한 것은 정말 다행한 일이었다. 그때 잠들었다면 나는 아마 죽었을 것이다. 하지만 5초 정도가 지날 때까지 전혀 알지 못하고 있었다. 그리고 그 영원과도 같던 시간에 내 마음은 지구로 돌아가 과거로부터 위안을 찾고 있었다.

관측소 직원이 좀 알아보러 다니고 나도 패서디나 지역 신문에 광고를 몇 번 냈지만 끝내 라이카의 주인을 찾지는 못했다. 나는 길 잃고 외로운 그 털 뭉치가 웅크리고 있는 것을 어느 여름날 저녁 팔로마 산으로 올라가는 찻길 옆에서 발견했다. 한번도 개, 아니 동물을 좋아해 본 적은 없었지만 의지할 데 없는 조그만 생물을 지나가는 다른 차에 맡겨 두고 지나쳐 버리는 건 못할 짓이었다. 좀 꺼림칙해서, 장갑이 있으면 좋겠다는 생각을 하며 나는 개를 들어 짐칸에 넣었다. 새로 산 92년형 빅의 내부를 더럽히고 싶지 않았고 짐칸이라면 상관없으리라고 생각했던 것이다. 이 점에 관한 한 아주 옳은 판단은 아니었다.

수도원(천문학자들을 위한 숙소를 일컫는 말로, 내가 일주일 동안 머물 곳이었다.) 앞에 차를 세운 후, 그다지 큰 흥미 없이 내가 발견한 것을 살폈다. 그때까지만 해도 나는 강아지를 수위실에 맡길 생각이었다. 그러자 그때 녀석이 눈을 뜨고 낑낑거렸다. 두 눈에는 항거할 수 없는 신뢰의 뜻이 담겨 있었다…… 음, 결국 나는 마음을 바꿨다.

금방 다시 마음을 돌리곤 했지만 가끔씩 그 결정을 후회할 때는 있었다. 나는 개를 기른다는 게 직접적으로나 간접적으로나 얼마나 큰 골칫거리인 줄 몰랐던 것이다. 청소나 집 안 수리에 들어가는 비용이 상승했다. 양말의 짝을 맞출 수 없다거나 천체물리학 학회지에 개가 씹어 놓은 자국이 있는 건 예사였다. 하지만 결국 라이카는 집 안에도, 그리고 관측소에도 적응했다. 지름 5미터짜리 관측 돔 안에 들어가 본 개로는 아마 라이카가 유일할 것이다. 그 안에서 내가 승강기를 타고 일하고 있을 때면 라이카는 가끔씩 내 목소리를 듣는 것만으로 만족한 채 몇 시간이고 조용히 그늘에 앉아 있었다. 다른 천문학자들도 나만큼이나 라이카를 좋아했다. (라이카라는 이름을 제안한 것도 연륜 있는 앤더슨 박사였다.) 하지만 처음부터 라이카는 내 개였고, 라이카도 다른 사람들의 말을 듣지 않았다. 내 말도 항상 들었던 건 아니지만.

라이카는 아름답게 생긴, 95퍼센트 독일종 셰퍼드였다. 나는 부족한 5퍼센트 때문에 녀석이 버림받았다고 상상했다. (그 생각을 할 때마다 여전히 분노를 금할 수 없다. 하지만 진실을 알 도리는 없으니 어쩌면 내가 멋대로 엉뚱한 결론을 내린 것일지도 몰랐다.) 눈 위에 있는 두 개의 검은 점만 빼면 몸 전체가 회색이었고 털은 비단처럼 보드라웠다. 귀를 쫑긋 세웠을 때는 믿을 수 없을 정도로 영리하고 기민해 보였다. 때로 내가 동료와 스펙트럼 유형이나 항성 진화에 대해 토론하고 있을 때면 녀석이 대화 내용을 알아듣는 것처럼 보일 정도였다.

나는 아직도 라이카가 왜 사람들 사이에서도 친구가 거의 없는 나에게 특별한 애착을 보였는지 알지 못한다. 하지만 내가 한동안 자리를 비웠다가 관측소로 돌아갈 때면 라이카는 뒷발로 일어서 껑충껑

충 뛰며 어렵지 않게 앞발을 내 어깨에 얹고 미칠 듯이 기뻐하곤 했
다. 그러면서 그렇게 큰 덩치에 정말 어울리지 않게 즐겁다며 낑낑거
리는 것이다. 나는 며칠씩 라이카와 떨어져 있는 게 싫었다. 그래서
해외 출장을 갈 때는 할 수 없지만, 짧은 기간의 출장일 경우에는 거
의 라이카와 동행했다. 버클리에서 있었던 불행한 세미나에 참석하러
북쪽으로 갈 때도 라이카는 나와 함께 있었다.

우리는 내가 알고 지내던 사람의 집에서 묵었다. 그 집 식구들은 예
의 바르게 행동했지만 거대한 괴물을 집 안에 들이고 싶지 않은 건
분명했다. 그러나 나는 라이카가 전혀 문제를 일으키지 않을 거라
고 확언했고, 그들은 마지못해 라이카가 거실에서 잘 수 있도록 허
락했다.

"오늘 밤에 강도가 들 걱정은 하지 않아도 될 겁니다."

나는 말했다.

"버클리에는 강도가 없어요."

그들의 반응은 다소 냉담했다.

한밤중이 되자 그들의 장담에는 근거가 없어 보였다. 나는 라이카
가 흥분한 듯이 높게 짖어 대는 소리, 예전에 소를 처음 보고 놀랐을
때 단 한 번밖에 낸 적 없는 소리에 잠을 깼다. 빌어먹을. 나는 이불을
걷어 젖히고 익숙하지 않은 집 안의 어둠 속에서 비틀거리며 걸었다.
이미 늦었겠지만 집주인이 깨기 전에 라이카를 조용히 시켜야 한다
는 생각뿐이었다. 침입자가 있었다면 벌써 도망쳤을 터였다. 차라리
나는 침입자가 있었으면 좋겠다고 생각했다.

나는 잠시 계단 맨 위에 있는 스위치 옆에 서서 불을 켜야 할지 고

민했다. 그리고 나지막하게 "조용히 해, 라이카!"라고 말했고, 바로 불을 환하게 켰다.

라이카는 문을 향해 미친 듯이 짖고 있었다. 가끔씩 초조하게 깽깽거릴 때만 멈췄을 뿐이다.

"밖에 나가고 싶으면 이렇게 소란 피울 것까진 없잖아."

나는 계단을 내려가 문을 열었고, 라이카는 로켓처럼 어둠 속으로 튀어 나갔다.

고요한 밤이었고, 이지러진 달은 샌프란시스코의 안개를 뚫고 빛을 내려보내려고 애쓰고 있었다. 나는 어스름한 달빛 속에 서서 안개 건너편에 있는 도시의 불빛을 바라보며 적절히 혼을 내 줄 수 있도록 라이카가 돌아오기를 기다렸다. 내가 그렇게 기다리고 있을 때, 20세기 들어 두 번째로 샌앤드레어스 단층이 잠에서 깨어났다.

정말 희한하게도 나는 놀라지 않았…… 처음에는. 위험하다는 것을 깨닫기 직전 내 마음속에 두 가지 생각이 스쳐 갔다는 건 아직도 떠올릴 수 있다. 지질학자들이 분명히 경고했던 일이라고 생각했고, 이어서 크게 놀라며 이렇게 생각했다. '지진이 이렇게 시끄러운 줄은 몰랐네!'

그게 보통 지진이 아님을 알게 된 건 그때쯤이었다. 그 후에 일어난 일은 잊고 싶다. 라이카를 두고 가는 것을 거부했기 때문에 나는 오전 늦게야 적십자에 의해 후송되었다. 친구들의 시신이 묻혀 있는 무너진 집을 바라보면서 라이카가 내 생명을 구했다는 사실을 깨달았다. 하지만 헬리콥터 조종사는 그런 나를 이해하지 못했고, 그들로서는 화염과 잔해 속에서 방황하다가 발견된 다른 많은 사람들처럼 내가 미쳤다고 생각하는 게 당연했다.

그 후로 나는 라이카와 몇 시간 이상을 떨어지지 않았다. 나는 사람들로부터 사교 활동을 억지로 피하거나 인간 혐오론에 빠진 것까지는 아니지만 갈수록 인간에 대한 관심이 줄어들고 있다는 이야기를 들었다. 나도 그렇다고 생각했다. 그들 사이에서는, 별과 라이카가 내게 필요한 전부였다. 우리는 함께 산을 타곤 했다. 내 인생에서 가장 행복한 시기였다. 한 가지 흠이 있었는데, 비록 라이카는 몰랐지만 나는 우리가 곧 헤어져야 한다는 사실을 알고 있었다.

천문학자들은 최소 10년 단위로 미래의 계획을 짜 놓는다. 1960년 대 이미 지구가 천체 관측에 적합하지 않다는 점이 잘 알려져 있었다. 달에 설치된 작은 시험 기기조차 어둡고 흐릿한 지구 대기를 뚫고 관측해야 하는 망원경의 성능을 능가했다. 윌슨 산, 팔로마, 그리니치, 그리고 명성을 떨치던 여러 관측소의 시대는 종말을 맞고 있었다. 연습용으로는 쓰일 수 있겠지만, 연구의 최전선은 우주로 옮겨져야 했다.

나도 마찬가지로 떠나야 했다. 이미 파사이드 관측소의 부소장 자리를 맡겠냐는 제의가 들어왔다. 몇 달 후면 나는 몇 년째 매달려 온 문제를 해결할 수 있을 터였다. 대기권을 벗어난다는 것은 장님이 광명을 되찾는 것이나 마찬가지였다.

당연히 라이카를 데리고 가는 것은 불가능했다. 달에 갈 수 있는 유일한 동물은 실험용 동물뿐이었다. 애완동물이 허용되려면 아직 한 세대는 더 기다려야 했고, 그때도 동물을 수송하고 살아갈 수 있게 하는 데에는 상당한 돈이 들었다. 계산해 보니, 라이카가 평소에 먹는 하루 3킬로그램의 고기를 구하는 데도 내 급료의 서너 배는 족히 들었다.

선택은 단순명료했다. 지구에 남아 경력을 포기할 것이냐, 달로 떠나고 라이카를 포기할 것이냐.

결국엔 라이카도 개일 뿐이었다. 10여 년이면 라이카는 목숨이 다할 것이고, 나는 인생의 최고점에 도달해 있을 것이다. 제정신이라면 그런 문제로 머뭇거릴 리가 없었다. 하지만 나는 망설였다. 아직도 이해가 가지 않는다면 나로서는 더 할 말이 없다.

결국 나는 문제가 멋대로 해결되도록 내버려 두었다. 떠나기로 한 주가 다가올 때까지 나는 라이카를 어떻게 할지 결정하지 못했다. 앤더슨 박사가 자기가 돌봐 주겠노라고 나섰을 때도 감사의 말 한마디 제대로 하지 못한 채 멍하게 받아들였다. 그 나이 든 물리학자와 그의 아내는 예전부터 라이카를 좋아했고, 나는 그들이 나를 무관심하고 냉혹한 사람이라고 생각할까 봐(실상은 그 반대였다.) 겁났다. 우리는 언덕 너머로 한 번 더 산책을 갔고, 돌아온 후 나는 조용히 앤더슨 박사에게 라이카를 넘겨주었다. 그리고 두 번 다시 보지 못했다.

규모가 큰 태양면 폭발이 지구 궤도를 지나간 탓에 출발은 거의 하루 정도 늦춰졌다. 그럼에도 불구하고 밴앨런대는 여전히 아주 활성화되어 있었기 때문에 우리는 북극점을 통해 빠져나와야 했다. 끔찍한 비행이었다. 무중력 때문에 오는 일상적인 어려움은 빼고라도 항방사선제 때문에 다들 죽을 맛이었다. 진행 과정에 관심을 갖기도 전에 파사이드에 들어선 탓에 나는 지구가 지평선 아래로 모습을 감추는 광경을 놓치고 말았다. 사실 그렇게 안타깝지도 않았다. 지구를 떠올리고 싶지 않았고 오직 앞날만 생각하기로 했던 것이다. 하지만 나는 일말의 죄책감을 떨쳐 버릴 수 없었다. 나는 나를 사랑하고 믿는 누군가를 저버렸으며 라이카가 강아지였을 때 팔로마 산의 더러운 도로 옆에 버리고 간 자들과 다를 바 없는 인간이었다.

한 달 후, 라이카가 죽었다는 소식이 들려왔다. 아무도 이유를 몰랐다. 앤더슨 부부는 최선을 다했고 근심에 빠져 있었다. 라이카는 그저 삶에 대한 의욕을 잃어버린 것 같았다. 한동안 나 역시 그런 것 같았다. 하지만 일이란 효과가 좋은 진통제였고, 내 계획은 막 시작되려는 참이었다. 라이카를 잊은 것은 아니었지만 잠시 동안 그 기억 때문에 괴로워하지 않을 수는 있었다.

그러면 도대체 왜 5년이나 지난 지금, 달의 뒷면에서 그때의 기억이 되돌아오는 것일까? 내가 이유를 생각해 내려고 마음속을 헤집고 있을 때 금속으로 된 건물이 크게 얻어맞기라도 한 것처럼 흔들렸다. 나는 생각할 틈도 없이 반응했고, 건물 기단부가 미끄러지며 공기가 순식간에 빠져나가는 소리와 함께 벽이 갈라졌을 때는 이미 비상 우주복의 헬멧을 밀봉하고 있었다. 내가 반사적으로 비상 버튼을 누른 덕택에 관측소의 압력 돔 세 개가 전부 진동에 의해 금이 갔는데도 희생자는 둘밖에 나오지 않았다.

내가 초자연 현상을 믿지 않는다는 건 두말할 나위도 없다. 일어난 일은 전부 이성적으로 설명이 가능했고, 약간의 심리학 지식이 있는 사람에게는 명백한 일이었다. 2차 샌프란시스코 지진이 일어났을 때 다가올 재앙을 감지한 개가 라이카만은 아니었다. 그런 비슷한 일은 많았다. 그리고 파사이드에서는, 언제나 깨어 있는 내 무의식이 달 내부에서 전해 오는 희미한 첫 번째 진동을 감지했을 때 내가 지니고 있던 기억이 주의력을 증가시킨 게 틀림없었다.

인간의 마음이란 기묘하고 복잡하게 얽혀 있다. 내게 가장 빨리 위험을 알릴 수 있는 방법이 무엇인지 마음속으로는 알고 있었던 것이다. 그게 전부였다. 어떤 면에서는 라이카가 두 번 다 나를 깨웠다고 할 수도 있지만 알 수 없는 무언가가 작용한 건 아니다. 그 어떤 기적도 결코 이어질 수 없는 인간과 개의 간격을 뛰어넘어 경고해 줄 수는 없다.

그 점만큼은 확실하다, 세상 어떤 일이 확실하랴마는. 그래도 가끔씩 나는 달의 정적 속에서 깨어나 꿈이 몇 초만이라도 더 이어졌으면 좋았을걸 하고 아쉬워한다. 그러면 아무런 요구도 하지 않은 채 사심 없이 베푸는 사랑, 이 세상, 아니 그 어느 곳에서도 찾을 수 없었던 사랑으로 가득한 영롱한 갈색 눈을 다시 한 번 더 볼 수 있었을 테니.

소용돌이 II |Maelstrom II|

1962년 4월, 《플레이보이(Playboy)》에 첫 게재.
『태양으로부터 부는 바람』에 재수록.

자신이 죽을 정확한 시간과 죽는 방식을 알고 죽는 사람이 자기가 처음은 아니라고 클리프 레이랜드는 씁쓸하게 중얼거렸다. 이미 셀 수도 없을 많은 사형수들이 마지막 새벽을 기다려 왔다. 그래도 사형수들은 마지막 순간이 오기 전까지 구원을 바랄 수 있었다. 인간 판사에게는 자비란 것이 있으니까. 하지만 자연의 법칙에게는 바랄 수 없는 일이었다.

고작 여섯 시간 전만 해도 그는 오랫동안 고향으로 강하하는 데 필요한 10킬로그램의 짐을 꾸리며 즐겁게 휘파람을 불고 있었다. 그는 아직도(이 모든 일이 벌어진 지금까지도) 마이라를 품에 안고, 약속했던 대로 브라이언과 수지를 나일강 유람에 데려가는 꿈을 꾸던 자신을 기억하고 있었다. 몇 분 후면 지평선 위로 지구가 떠오를 것이고, 잘하면 다시 나일 강을 볼 수 있을지도 몰랐다. 하지만 추억이 가져다 줄 수 있는 것은 아내와 아이들의 얼굴뿐이었다. 그리고 이 모든 것은 그가 950달러를 아끼려고 로켓 셔틀 대신 화물 사출기를 탄 탓이었다.

일렉트릭 런처가 캡슐을 16킬로미터짜리 주로(走路)를 따라 돌리다가 달 밖으로 쏘아 버리기까지의 12초는 꽤나 거친 여행이 될 예정이었다. 카운트다운이 진행되는 동안 그가 떠 있을 수중 보호막이 있다 해도 20G의 사출 가속도는 그리 달갑지 않았다. 하지만 가속도가 캡슐을 움켜잡았을 때 그는 자기에게 작용하고 있는 거대한 힘을 거의 느끼지 못했다. 들리는 소리라고는 오로지 금속벽이 희미하게 삐걱거리는 소리뿐이었다. 로켓이 발사될 때의 굉음을 들어 본 사람이라면 이 고요함이 부자연스럽게 느껴질 것이다. 선내 스피커에서 "5초 경과. 현재 속도 시속 3000킬로미터"라는 말이 들려왔지만 믿기 힘들 정도였다.

출발 5초 만에 시속 3000킬로미터…… 7초가 더 지나면 발전기가 격렬하게 동력을 런처에 밀어 넣을 터였다. 그는 번개에 올라탄 채 달 표면을 가로지르는 중이었다. 그리고 출발 7초 후에 그 번개는 이상을 일으켰다.

자궁 같은 탱크 보호막 안에서조차 클리프는 뭔가 잘못되었음을 느낄 수 있었다. 지금까지 자체 중량에 눌려 얼어붙은 듯 단단했던 주위의 물이 갑자기 되살아난 것 같았다. 캡슐은 아직 주로를 따라 활주하고 있지만, 가속은 모두 멈췄고 그저 자체 운동량에 의해 미끄러지고 있었다.

동력 이상이 지속된 시간은 고작 1초 정도밖에 되지 않았기 때문에, 그로서는 두려움을 느끼거나 무슨 일이 생겼는지 궁금해 할 여유가 없었다. 그러고 나서 캡슐이 크게 요동치고 부딪히는 소리가 불길하게 몇 번 들려오더니 역장(力場)이 되살아났다.

마지막으로 가속도가 사라지자 동시에 무게도 느껴지지 않았다. 클리프는 아무 장비도 없었지만, 뱃속이 울렁거리는 느낌으로 보아 캡슐이 이제 주로에서 벗어나 달의 표면 위로 솟아오르고 있는 게 분명했다. 그는 자동 펌프가 탱크의 물을 빼고 더운 공기가 몸을 완전히 말려 줄 때까지 천천히 기다렸다. 그리고 제어판으로 다가가 의자에 앉았다.

"사출 제어반, 무슨 일이 일어난 거지?"

벨트를 허리에 두르며 그가 급히 물었다.

활발하지만 걱정스러운 목소리가 즉시 응답했다.

"아직 점검 중이다…… 30초 후에 다시 연락하겠다."

그러고는 뒤늦게 덧붙였다.

"자네가 괜찮다니 다행이군."

기다리는 동안 클리프는 전면부의 시야를 개방했다. 당연히 별들밖에 보이지 않았다. 최소한 원래 속도에는 가깝게 출발했으므로 지금 당장 달에 추락할 위험은 없었다. 하지만 탈출 속도에 이르지는 못했기 때문에 언젠가는 다시 추락할 것이다. 그는 타원 궤도를 따라 우주 공간을 돌아 몇 시간 후면 다시 출발 지점에 도착하게 된다.

사출 제어반의 부름이 들려왔다.

"어이, 클리프, 어떻게 된 건지 알아냈네. 트랙의 제5 구간을 통과할 때 회로 차단기가 오작동했어. 그래서 자네 출발 속도는 시속 1000킬로미터가 모자랐고 다섯 시간이면 제자리로 오게 돼. 뭐, 하지만 걱정할 건 없어. 궤도 수정용 제트를 쓰면 자네를 안정된 궤도에 올려놓을 수 있으니까. 언제 점화해야 하는지는 우리가 알려 주겠네. 그러면 사람을 보내서 끌어내릴 때까지 자네는 그냥 기다리면 돼.”

천천히, 클리프는 안도할 수 있었다. 캡슐의 보조 엔진을 깜빡했던 것이다. 큰 힘은 아니라 해도 달에 부딪히지 않을 정도의 궤도로 그를 올려 보내기에는 충분했다. 비록 달 표면 몇 킬로미터까지 접근해서 숨이 막힐 정도의 속도로 산과 평원을 스쳐 지나가겠지만 위험할 리는 없었다.

그때 제어용 구획에서 뭔가 부서지는 소리가 들려왔던 것이 떠올랐고, 희망은 다시 어두워졌다. 우주선 부품이란 고장날 경우 대개 나쁜 결과를 가져오게 마련이다.

점화 회로의 점검을 마치고 그가 마주한 결과도 그랬다. 수동으로도 자동으로도 보조 로켓을 점화시킬 수 없게 되어 있었다. 그를 안전한 궤도에 올려놓아 줄 것이라 기대했던 여분의 연료도 이제 쓸모가 없어졌다. 다섯 시간 후면, 그는 궤도를 일주하여 다시 출발점으로 돌아가게 된다.

새로 생길 분화구에 클리프의 이름이 붙여질지 궁금해졌다. ‘레이랜드 분화구’. 지름은? 기껏해야 몇 백 미터 정도겠지. 지도에도 표시되지 않을걸.

제어반은 더 이상 말이 없었다. 그도 그럴 것이 죽을 게 분명한 사람한테 무슨 할 말이 있을까. 그래도 자기가 곧 파사이드(지구에서 보이지 않는 달의 부분을 가리킴 ― 옮긴이) 위에 흩뿌려질 거라는 사실이 영 믿어지지 않았다. 비록 이 비극을 돌려놓을 수 없다는 것은 알고 있었지만, 아직 그는 달로부터 멀어지고 있었으며 좁은 선실 안이지만 아늑하고 편안했다. 대부분이 그렇듯이 죽는다는 생각은 최후의 순간까지는 전혀 그럴듯하지 않아 보였다.

그 순간 클리프는 자기에게 닥친 문제를 잠시 잊을 수 있었다. 지평선이 더 이상 직선으로 보이지 않았다. 빛나는 달 표면보다 더 밝은 무엇이 별들 사이로 떠오르고 있었다. 캡슐이 달의 가장자리를 돌아가면서 지구가 떠올랐다. 이런 지구의 모습은 이런 경우가 아니면 볼 수 없는 광경이었다. 인공적이라고 할 수 있는 이 지구돋이는 이런 속도에서라면 한순간에 끝난다. 그때쯤에 지구는 지평선 위로 완전히 떠올라 하늘 위로 빠르게 솟아오르고 있었다.

지구는 4분의 3 정도 찬 상태였으며 너무 밝아서 올려다볼 수도 없었다. 우중충한 바위나 먼지투성이 평원이 아니라 눈과 구름, 바다로 이루어진 우주의 거울이었다. 사실 태평양이 그를 향하고 있는 지금, 지구는 거의 바다라고 해도 과언이 아니었다. 반사된 태양 빛이 너무 밝아 하와이는 보이지도 않았다. 아지랑이 같은 대기는 원래 몇 시간 후 그가 강하할 때 부드러운 담요처럼 받쳐 주기로 되어 있었지만, 이제는 그저 지형만 가려 버릴 뿐이었다. 밤의 영역에서 나타나고 있는 어두운 자국이 아마 뉴기니일지도 모르지만 분명치 않았다. 저 아름답게 빛나는 환영을 향해 똑바로 날아가고 있다는 건 쓸쓸한 아이러니였다. 시속 1000킬로미터만 더 속도를 냈다면 저곳에 닿을 수 있었을 것이다. 시속 1000킬로미터. 그것이면 족했는데. 하지만 '1000'이라는 숫자는 억이나 마찬가지였다.

떠오르는 지구의 모습은 억제할 수 없는 힘으로, 고향과 함께 두렵지만 더 이상 미룰 수 없는 의무를 떠올리게 했다.

목소리가 떨리지 않도록 애쓰며 그가 말했다.

"사출 제어반, 지구를 연결해 줄 수 있나?"

평생 겪어 본 적 없는 이상한 경험이었다. 달 위에 뜬 채 40만 킬로미터 떨어진 고향 집의 전화가 울리는 소리를 듣다니. 지금 아프리카는 자정이 다 되었을 시간이라 전화를 받기까지 시간이 좀 걸릴 것이다. 마이라는 반쯤 졸면서 움직이겠지만, 항상 사고에 민감한 우주 비행사의 아내인지라 즉시 정신을 차릴 것이다. 하지만 그들은 둘 다 침실에 전화를 두는 것을 싫어했다. 그러니까 한 15초 정도면, 불을 켜고, 아이들을 깨우지 않기 위해 아이들 방 문을 닫고, 계단을 내려와, 그리고……

아내의 목소리가 우주 공간을 꿰뚫고 깨끗하고 달콤하게 들려왔다. 그는 우주 어느 곳에서라도 아내의 목소리를 알아들을 수 있었다. 걱정스러운 기색의 낮은 목소리가 들렸다.

"레이랜드 부인? 남편 되시는 분의 전화입니다. 통화는 2초 정도 지연됩니다."

교환수가 말했다.

클리프는 지구나 달, 그리고 중계 위성에서 얼마나 많은 사람들이 통화 내용을 듣고 있을지 궁금했다. 엿듣는 사람이 몇이나 되는지도 모르는 상황에서 사랑하는 사람에게 마지막 말을 전한다는 건 쉽지 않았다. 하지만 일단 말을 꺼내자 마이라와 자신 말고는 아무도 존재하지 않았다.

"여보. 나야. 약속한 날짜에 집에 돌아가지 못할 것 같아. 기술적인 문제가 생겨서. 나는 괜찮아. 곤란한 상황이긴 하지만."

입 안이 말라붙어 그는 침을 삼켰다. 그리고 아내가 뭐라고 하기 전에 재빨리 말을 이었다. 가능한 한 간단히 상황을 설명했다. 아내뿐만 아니라 자신을 위해서도 아직 모든 희망을 버리지는 않았다.

"모두들 최선을 다하고 있으니까 늦기 전에 내게 우주선을 보낼 수 있을 거야. 혹시나 그러지 못하면…… 음, 당신하고 아이들이 보고 싶었어."

아내는 그가 생각했던 것보다 상황을 잘 받아들였다. 잠들어 있는 지구 저편에서 대답 소리가 들려오자 그의 가슴속에 자부심과 사랑이 솟아올랐다.

"걱정하지 마, 클리프. 그 사람들이 당신을 구해 줄 거야. 그리고 우리는 휴가를 즐길 테고. 계획했던 그대로 말이야."

"그래, 그럴 거야."

그는 거짓말을 했다.

"하지만 혹시 모르니까 아이들을 좀 깨워 주겠어? 잘못됐다는 이야기는 하지 말고."

아이들의 졸리면서도 들떠 있는 목소리가 들려오기까지의 시간은 마치 무한처럼 느껴졌다. 클리프는 아이들의 얼굴을 다시 보기 위해서라면 남은 몇 시간이라도 기꺼이 내주었겠지만, 영상 장치 같은 사치품은 캡슐에 장비되어 있지 않았다. 어쩌면 그게 잘된 일일지도 몰랐다. 눈을 마주 보면 사실을 숨길 수 없을 테니까. 조만간 알게 되겠지만 그에게서 직접 들을 필요까지는 없었다. 마지막 순간에 그는 오로지 행복만 주고 싶었다.

그래도 아이들의 물음에 답하고, 곧 만날 거라는 등의 지킬 수 없는 약속을 하는 것은 어려웠다. 브라이언이 저번에 그가 잊어버렸던 달의 흙을 가져왔냐고 물었을 때 그는 감정을 크게 억제해야 했다. 이번에는 잊지 않고 챙겨 왔던 것이다.

"바로 여기 내 옆에 있단다, 브라이언. 이제 금방 친구들한테 자랑할 수 있을 거야(아니, 얼마 있으면 이 흙은 다시 원래 자리로 돌아가게 된단다.). 그리고, 수지야. 엄마 말씀 잘 듣는 착한 아이가 되어야 한다. 저번에 학교에서 받은 통지표는 별로 좋지 못했어. 특히 생활 태도에 관한 것 말이야. 그래, 브라이언. 사진도 물론 가지고 있단다. 그리고 아리스타르코스에서 가져온 돌도……."

서른다섯에 죽는다는 건 억울한 일이었다. 하지만 열 살의 어린 나이에 아버지를 잃는다는 것도 쉬운 일은 아니었다. 나중에 브라이언은 아버지를 어떻게 기억할까? 어쩌면 지구에서 오래 지내지 않은 아버지를 우주에서 들려온 희미한 목소리 정도로 기억할지 모른다. 그가 방향을 바꿔 달로 돌아가게 되는 마지막 몇 분 동안, 할 수 있는 일이라고는 다시는 건너지 못할 공간을 통해 사랑과 희망을 전하는 것뿐일 터였다. 나머지는 마이라의 몫이었다.

즐거우면서도 한편 당혹스러워 하는 아이들의 모습이 사라진 후, 그에게는 할 일이 있었다. 이제 냉철하고 현실적이어야 할 시간이었다. 마이라는 홀로 미래를 헤쳐 나가야겠지만, 최소한 그가 중간 과정을 조금 쉽게 해 줄 수는 있었다. 누군가가 잘못되더라도 남은 사람의 삶은 계속되게 마련이다. 그리고 현대인의 삶에서 저당과 할부금, 보험 증권과 은행 구좌 등은 보통 빼놓을 수 없는 부분이었다. 비인간적이고 누가 보면 남남이라 할 정도로 (곧 그렇게 되겠지만) 클리프는 이런 문제에 대해 이야기하기 시작했다. 현실이 감정에 앞서야 할 경우도 있는 법이다. 감정은 세 시간 후에 그가 달로 추락하기 시작할 무렵에 다시 마지막을 장식할 수 있을 것이다.

아무도 그들을 방해하지 않았다. 두 세계의 연결망을 조용히 감시하는 모니터 요원들이 있겠지만, 세상에는 오로지 그들 둘밖에 존재하지 않았다. 말하는 도중 가끔씩 클리프의 눈은 지구가 내뿜는 빛으로 눈부시게 빛나는 전망창으로 향했다. 이제 지구는 하늘 중턱까지 올라왔다. 70억에 달하는 영혼의 고향이라는 것이 믿어지지 않았다. 지금 그에게는 오직 세 가지만이 중요했다.

원래는 네 가지여야 했다. 하지만 아무리 해도 아기 문제를 다른 것들과 같은 위치에 놓을 수 없었다. 그는 막내 아이를 아직 보지 못했고 앞으로도 그럴 일은 없을 것이다.

마침내 그는 할 말을 다 마쳤다. 무언가를 이루기 위해서라면 인생이 짧을 수도 있지만, 때로는 한 시간만으로도 넘치는 경우가 있다. 그는 육체적으로나 정신적으로나 지쳤다. 그리고 마이라에 대한 부담감도 컸다. 혼자서 별들을 벗 삼아 생각을 정리해 보고 싶었다. 마음을 가라앉히고 우주 공간에서 평화를 맛보기 위해.

"한 시간 정도 접속을 끊을 거야, 여보."

그가 말했다. 굳이 설명할 필요는 없었다. 그들은 서로를 너무나 잘 이해하고 있었다.

"나중에 다시 걸게. 잠시만 기다려 줘."

지구에서 "안녕"이라는 대답이 들려오기까지 2.5초가 걸렸다. 그는 접속을 끊고 조그만 제어 탁자를 멍하게 바라보았다. 예기치 못하게 바라지도 뜻하지도 않은 눈물이 흘러나왔다. 그러자 갑자기 그는 어린아이처럼 울기 시작했다.

가족들을 생각하고 자기 자신을 생각하며 그는 울었다. 빛나는 증기가 되어 별들 사이를 떠돌게 될 미래와 희망을 떠올리며 울었다. 그리고 아무것도 할 수 없는 처지에 울었다.

시간이 흐르자 기분이 다소 나아졌다. 그러자 배가 아주 고팠다. 속이 빈 채로 죽어서 좋을 게 뭐가 있으랴. 그는 우주 식량을 찾아 벽장 크기의 요리실을 뒤지기 시작했다. 닭고기 햄 반죽을 입속에 짜 넣고 있을 때 사출 제어반이 호출했다.

처음 듣는 목소리였다. 느리고 기복이 없으며 아주 유능한 목소리로 멍청한 기계가 내뱉는 헛소리를 절대 용납하지 않을 것처럼 들렸다.

"우주 수송부의 정비반장인 반 케셀입니다. 잘 들어요, 레이랜드 씨. 당신을 구할 방법을 찾아냈습니다. 무리한 발상일 수도 있지만 이게 유일한 기회입니다."

희망과 절망의 교차가 신경 체계에 무리를 가져왔는지 순간적으로 현기증이 다가왔다. 어디로 떨어져 버리라는 지시가 있었다면 그는 그랬을지도 몰랐다.

"말해 주시오."

그가 정신을 차리고 희미하게 말했다. 반 케셀의 말을 듣고 있자니 살고자 하는 열망이 서서히 회의로 변해 갔다.

그가 마침내 외쳤다.

"말도 안 돼요. 그런 게 가능할 리가 없잖아요!"

"컴퓨터가 한 계산에 따르면 그렇습니다. 약 스무 가지 다른 방법으로 수치를 확인했단 말입니다. 가능해요, 정말. 최고점에서는 속도가 그리 빠르지 않을 겁니다. 궤도를 바꾸는 데는 발만 한 번 구르면 된다고요. 우주복을 입어 본 적이 없을 것 같은데, 그런가요?"

"당연히 없지요."

"이런, 그래도 별 상관은 없을 겁니다. 지시에만 잘 따르면 잘될 겁니다. 선실 끝의 보관함에 우주복이 있어요. 꺼내서 잡아당겨 펴요."

클리프는 선실 뒤까지 1.8미터가량을 떠가서 "비상용 우주복 17형"이라고 표시된 손잡이를 잡아당겼다. 문이 열리자 은빛으로 빛나는 천이 늘어진 채 걸려 있는 것이 보였다.

"속옷만 남기고 옷을 벗은 다음에 그 안으로 들어가세요. 바이오팩은 신경 쓰지 마요. 나중에 붙이면 되니까."

반 케셀이 말했다.

"다했습니다. 이젠 뭘 하죠?"

클리프가 말했다.

"20분 후에 우리가 신호를 보내면 에어 로크를 열고 뛰어내리면 됩니다."

'뛰어내린다'라는 단어가 새삼 머릿속을 찌르고 지나갔다. 그는 이제는 익숙해져서 편안한 선실을 돌아보았다. 그리고 별들 사이의 광막한 공간을 떠올렸다. 모든 것을 빨아들이는 심연을 뚫고 영원의 끝까지 떨어지는 한 남자…….

그는 한번도 우주 공간에 나가 본 적이 없었다. 그럴 필요가 없었던 것이다. 그는 작물재배학 석사 학위를 가진 농부의 자식일 뿐이다. 달에서 곡물을 기르려는 시도는 그가 사하라 사막 개간 계획에 이어 진행 중인 두 번째 계획이었다. 그의 전공은 우주가 아니었다. 그는 흙과 바위로 이루어진 세계의 사람이었고, 달의 흙먼지와 용암이 진공에서 식어 만들어진 가벼운 돌덩이들이 전공이었다.

"못하겠어요. 다른 방법은 없는 겁니까?"

그가 속삭이듯 말했다.

"없어요."

반 케셀이 바로 대답했다.

"우리는 당신을 구하기 위해서 최선을 다하고 있는 겁니다. 그리고 노이로제 따위에 걸릴 시간이 없어요. 벌써 수십 명이나 되는 사람들이 훨씬 더 나쁜 상황도 겪었어요. 크게 부상을 당한 채 수백만 킬로미터 떨어진 난파선에 갇혔다거나…… 하지만 당신은 긁힌 데 하나 없잖습니까. 그런데 벌써 우는소리를 하다니! 냉정을 찾아요! 아니면, 연결을 끊어 버리고 내버려 두는 수밖에 없습니다."

클리프는 얼굴이 붉어지며 대답하지 못하고 잠시 머뭇거렸다. 그리고 마침내 말했다.

"난 괜찮아요. 지시 사항을 다시 한 번 전달해 주시겠습니까?"

"좋아요. 앞으로 20분 후 최고점에 도착했을 때 에어 로크로 가는 겁니다. 그 시점에서 우리의 통신 연락은 끊길 겁니다. 우주복의 무전기는 범위가 20킬로미터도 안 되니까요. 하지만 우리는 레이더로 계속 당신의 위치를 파악할 것이고 당신이 다시 우리 위를 지나갈 때면 아마 우리 말소리를 들을 수 있을 겁니다. 그럼 이제 우주복의 조작에 대해……."

20분은 꽤 빨리 지나갔다. 최후의 순간이 다가왔을 때 클리프는 무엇을 어떻게 해야 할지 완전히 알고 있었다. 심지어 그는 성공할지도 모른다고 믿게 되었다.

반 케셀이 말했다.

"시간이 됐습니다. 캡슐은 우리가 원하는 방향으로 향해 있습니다. 하지만 방향이 중요한 게 아니라 속도가 중요합니다. 젖 먹던 힘까지 다해 뛰세요. 행운을 빕니다!"

"고마워요. 미안합니다. 내가……."

클리프가 어색하게 말했다.

"신경 쓰지 마세요."

반 케셀이 말을 막았다.

"이제 움직여야죠!"

마지막으로 클리프는 혹시 잊은 것이 있을까 해서 좁은 선실을 둘러보았다. 개인 소지품은 전부 버리기로 했다. 그런 것들은 금세 다시 채울 수 있을 것이다. 그때 브라이언에게 약속했던 달의 흙이 담긴 병이 떠올랐다. 이번에는 아들을 실망시키지 않을 작정이었다. 몇 그램밖에 안 나가는 조그만 샘플이 그의 운명을 바꾸지는 않을 것이다. 그는 병의 주둥이에 끈을 묶어서 우주복 안에 매달았다.

에어 로크는 아주 좁아서 말 그대로 움직일 틈조차 없었다. 그는 안쪽 문과 바깥쪽 문 사이에 끼어서 자동 펌프질이 끝나기만을 기다렸다. 그를 가로막던 벽이 천천히 열리자 눈앞에 별들이 펼쳐졌다.

그는 장갑 낀 손가락으로 어색하게 에어 로크 밖으로 자기 몸을 끌어당겼다. 안전띠를 부여잡고 가파르게 굽은 외피에 곧게 서자 웅장한 경치에 거의 마비될 듯했다. 전망창의 좁은 시야에서 벗어나 주위를 둘러본 그는 현기증과 불안감을 모두 잊었다.

달은 낮과 밤의 영역이 분리된 거대한 초승달 모양이었다. 시야의 4분의 1 정도를 들쭉날쭉한 아치가 채우고, 그 아래로 태양이 지고 있었다. 기나긴 밤의 시작이었지만 여기저기 흩어져 있는 봉우리들은 마지막 햇빛을 받아 주위를 둘러싼 어둠을 무시한 채 여전히 빛을 내고 있었다.

어둠이 완전히 승리한 것은 아니었다. 태양은 땅 아래로 사라졌지만, 보름달에 가까운 모양의 지구가 빛나는 광휘로 땅을 적시고 있었다. 지구의 희미한 빛 속에서 클리프는 희미하지만 분명하게 바다와 고지대, 간간이 빛나는 산꼭대기, 분화구의 어두운 원 모양을 볼 수 있었다. 그는 유령처럼 잠자는 땅 위를 날았다. 그 땅은 그를 죽음으로 끌어들이고 있었다. 지금 그는 지구와 달 선상에 놓인 캡슐 궤도의 최고점에서 균형을 잡고 서 있었다. 지금이다.

그는 다리를 굽히고 캡슐의 외피 쪽으로 엎드렸다. 그리고 안전띠를 뒤로 늘어뜨리며 젖 먹던 힘을 다해서 별들 사이로 몸을 던졌다.

캡슐은 놀라운 속도로 뒤로 멀어져 갔다. 그러자 거의 예상치 못했던 감각이 느껴졌다. 그는 공포나 현기증을 예상했지 이런 익숙함, 오래전부터 익히 알아온 게 분명한 익숙함을 예상하지는 못했다. 전에도 이런 기억이 있었다. 물론 그가 직접 겪은 일이 아니라 다른 누군가의 일이지만. 그는 정확하게 기억해 낼 수 없었고 그럴 시간도 없었다.

그는 지구와 달, 멀어져 가는 캡슐을 흘긋 바라보고는 무의식적으로 결정을 내렸다. 탈부착기를 탁 치자 띠가 멀리 날아갔다. 이제 그는 혼자였다, 지구에서 40만 킬로미터 떨어진 달의 3000킬로미터 상공에서. 기다리는 수밖에 없었다. 2시간 반 정도가 지나면 자신이 살수 있는지 그리고 다리 근육이 로켓의 역할을 제대로 수행했는지 알수 있을 것이다.

별들이 주위를 천천히 돌고 있는 가운데 그는 그 오래된 기억의 근원을 떠올렸다. 포의 단편소설을 읽은 지는 몇 년이 되었지만 어떻게 잊을 수 있겠는가?

그 또한 소용돌이에 잡혀 자신의 운명을 향해 빙글빙글 돌며 떨어져 내려가고 있었다. 그 역시 배를 버리고 목숨을 구하길 도모했다. 비록 관여하는 힘은 완전히 달랐지만, 그 둘은 놀라울 정도로 유사했다. 포의 소설에 나오는 어부는 뭉툭한 원통형의 물체가 배보다 더 느리게 소용돌이에 빨려 들어간다는 사실을 발견하고는 통에 자신을 묶었다. 유체역학의 법칙을 절묘하게 적용한 예라고 할 수 있다. 클리프는 천체역학의 사용 역시 고무적인 결과를 이끌어 내기를 바랄 뿐이었다.

그가 캡슐에서 뛰어오를 때의 속도는 얼마나 되었을까? 분명히 시속 8킬로미터는 되었을 것이다. 천문학적인 기준에서 본다면야 사소한 정도지만, 그를 새로운 궤도로 진입시키기에는 충분할 수도 있었다. 반 케셀이 약속한 대로라면 그는 몇 킬로미터 차이로 달에서 벗어나게 될 것이다. 간발의 차이지만, 그를 방해할 만한 공기가 없는 세계에서는 충분할 것이다.

문득 클리프는 마이라에게 다시 전화하기로 한 약속을 지키지 않았다는 생각에 죄책감이 들었다. 이건 반 케셀의 탓이었다. 클리프를 계속 움직이게 묶어 둔 채 개인적인 일에 대해 생각할 시간을 주지 않았던 것이다. 결국 반 케셀은 옳았다. 이런 상황에서 인간은 자기 자신밖에 생각하지 못하는 법이다. 정신적, 육체적 자원은 모두 생존에 집중되어야 한다. 사랑의 연을 끊는다거나 할 시간 따위는 없었다.

그는 달의 밤 영역으로 나아가고 있었고, 햇빛에 빛나는 초승달 구역은 점점 좁아지고 있었다. 그가 감히 쳐다보지 못하는 태양은 빠른 속도로 굽은 지평선 아래로 사라지고 있었다. 초승달은 불타는 빛의 선으로, 별들을 배경으로 한 불타는 활 모양으로 줄어들었다.

태양이 사라지자 지구가 더욱 빛나면서 천천히 회전하는 그의 우주복을 은빛으로 물들였다. 그가 한 바퀴 회전하는 데는 10초 정도가 걸렸다. 그로서는 회전을 막을 방도가 없었다. 게다가 그는 끊임없이 변하는 전망이 오히려 반가웠다. 이제 그의 눈은 가끔씩 바라다보이는 태양에 방해를 받지 않았다. 수백 개가 보이던 별들이 이제 수천 개가 보였다. 익숙한 별자리들이 별들의 바다에 빠져 잘 보이지 않았고, 가장 밝은 행성조차 찾을 수 없을 정도였다.

달의 밤 영역은 별들의 밭을 가리는 그늘처럼 놓여 있었고, 그가 가까이 감에 따라 점점 커졌다. 순간순간 밝거나 희미한 별들이 그 가장자리 너머로 사라져 갔다. 마치 우주 공간의 별들을 먹어 치우며 점점 자라나는 구멍 같았다.

10초에 한 번 하는 자전을 빼고는 그의 움직임이나 흘러간 시간을 알 수 있는 방법은 없었다. 시계를 보고 그는 캡슐을 떠난 지 30분이나 되었다는 것을 알고서 놀랐다. 별들 사이로 캡슐을 찾아보려 했지만 그러지 못했다. 지금쯤이면 몇 킬로미터 뒤에 있을 것이다. 하지만 캡슐이 더 낮은 궤도에 있으므로 곧 그를 앞서 나가 달에 먼저 도착할 것이다.

클리프는 무중력상태의 행복감과 결합된 마지막 몇 시간 동안의 긴장이 언제쯤 그가 거의 믿지 못했던 결과를 낳을 수 있을지 여전히 궁금해 하고 있었다. 공기가 들어오면서 내는 부드러운 속삭임에 마음이 안정되고 깃털보다 가볍게 떠다니면서 그는 별들 아래 몸을 뒤집고 깊은 잠으로 빠져들었다.

무의식이 깨우는 소리에 잠에서 깨어나 보니 지구가 달의 가장자리에 가까워지고 있었다. 이 광경에 다시금 자기 연민의 감정이 파도쳤다. 잠시 동안 그는 감정을 억제하기 위해 싸워야 했다. 이번이 지구를 마지막으로 보는 것이 될지도 모른다. 그의 궤도는 파사이드를 넘어 지구의 빛이 전혀 보이지 않는 곳으로 향하고 있었다. 밝게 빛나는 남극의 빙산, 적도의 구름 지대, 태평양에 반사되는 태양 빛의 반짝임…… 모든 것들이 달의 산맥 뒤로 사라지고 있었다. 모두가 사라졌다. 그는 태양 빛도 지구도 볼 수 없었다. 그리고 저 아래 보이지 않는 땅은 너무나 어두워서 눈이 아플 지경이었다.

믿을 수 없게도 일단의 별들이 별이 보일 리가 없는 어두운 원반의 안쪽에 나타났다. 클리프는 잠시 놀라서 바라보다가 곧 그가 파사이드의 정착지 위를 지나가고 있다는 사실을 깨달았다. 저 아래에는 돔으로 이루어진 도시가 있으며, 사람들이 잠을 자거나 일을 하고, 사랑을 하거나 쉬고, 또는 떠들면서 밤을 보내고 있었다. 그들은 그가 보이지 않는 유성처럼 창공 사이를 질주하며 그들의 머리 위를 시속 수천 킬로미터의 속도로 지나간다는 사실을 알고 있을까? 아마도 그럴 것이다. 지금쯤이면 달 전체, 그리고 지구도 모두 그가 처한 상황을 알고 있을 것이다. 어쩌면 그를 찾아 레이더와 망원경을 돌리고 있을지도 몰랐다. 하지만 그를 찾기에는 시간이 턱없이 부족했다. 몇 초 후에 도시는 시야 밖으로 사라졌고 그는 다시 혼자가 되었다.

크기에 대한 감각이나 원근감이 없었기 때문에 아무것도 없는 지상 공간에서 그가 얼마나 높이 떠 있는지 판단하는 것은 불가능했다. 가끔은 손만 뻗으면 그가 가로지르고 있는 어둠을 건드릴 수 있을 것 같았지만, 실제로는 최소한 몇 킬로미터나 떨어져 있다는 사실을 알고 있었다. 또한 그는 자신이 여전히 하강 중이라는 것, 언제라도 보이지 않는 분화구의 벽이나 산꼭대기가 그를 하늘에서 끌어내릴 수 있다는 것을 알았다.

어둠 저쪽에 그가 가장 두려워하던 마지막 장애물이 있었다. 파사이드의 심장부를 가로질러 장장 1500킬로미터에 달하는 벽과 같이 소비에트 산맥이 적도를 가로질러 북쪽에서 남쪽으로 놓여 있었다. 그것이 발견되었던 1959년에 그는 아직 어린아이였고, 루니크 3호(옛 소련의 달 무인 탐사기 — 옮긴이)가 보내온 흐릿한 사진을 보고 흥분했던 것을 아직 기억하고 있었다. 언젠가 자기가 곧바로 그 산맥을 향해 날아갈 것이며, 산이 그의 운명을 결정하리라는 사실은 꿈에도 몰랐다.

아침의 첫 햇살에 그는 완벽히 놀라움에 휩싸였다. 눈앞에서 빛이 산꼭대기 사이를 건너뛰는 것처럼 폭발하듯 나타나 굽은 지평선을 불꽃으로 장식해 나갔다. 그는 밤의 영역을 벗어나 태양 정면으로 향하고 있었다. 이제 적어도 어둠 속에서 죽을 염려는 없어졌지만 가장 커다란 위험은 여전히 남아 있었다. 궤도의 최저점에 가까워지는 지금 그는 원래 출발했던 장소로 거의 돌아와 있었다. 우주복의 시계를 흘긋 내려다보았다. 이미 다섯 시간이 지나 있었다. 몇 분 내로 그가 달에 충돌할지, 아니면 안전하게 스쳐 지나갈지 결정될 터였다.

어림하기에 그는 지금 상공 30킬로미터 못 되는 곳에 있었고, 느리지만 여전히 하강 중이었다. 아래쪽에 길게 펼쳐진 서광은 어둠의 땅을 찌르는 칼 같았다. 가파르게 기울어진 햇빛은 땅에 솟아 있는 모든 것들을 과장해서 보여 주었기 때문에 조그만 언덕도 마치 산처럼 보였다. 그리고 지금, 앞쪽의 땅이 소비에트 산맥을 향해 구겨지듯이 솟아오르고 있었다. 160킬로미터 밖에서 바위가 물결치듯이 달 표면을 기어오르며 거의 초속 2킬로미터에 가까운 속도로 다가왔다. 피할 방법은 없었다. 그의 궤도는 고정되어 바꿀 수 없었다. 할 수 있는 일은 이미 2시간 30분 전에 모두 끝난 것이다.

하지만 충분하지는 않았던 모양이다. 그는 산을 넘지 못할 것 같았다. 오히려 산이 그의 위로 솟고 있었다.

이제 와 그는 40만 킬로미터 떨어진 곳에서 여전히 기다리고 있을 아내에게 다시 연락하지 않은 것을 후회했다. 어쩌면 잘된 일일지도 몰랐다. 어차피 더 이상 할 말은 없을 테니까.

그가 다시 사출 제어반의 통신 범위 안으로 들어오자 수많은 목소리들이 그를 불러 댔다. 산의 그림자 사이를 들락거림에 따라 그들의 목소리도 들렸다 안 들렸다 했다. 그들은 클리프에 대해 이야기하고 있었지만 그 사실이 받아들여지지 않았다. 그는 마치 자기와 상관없는 어느 다른 시공간에서라도 오는 메시지인 듯 무심하게 들어 넘겼다. 반 케셀의 말소리가 꽤 분명하게 들렸다.

"칼리스토 호의 선장에게 우리가 레이랜드의 근지점을 알게 되는 대로 랑데부 궤도를 알려 주겠다고 말해. 랑데부 시간은 1시간 5분 후가 될 거야."

당신을 실망시키고 싶지는 않지만 그건 내가 지키지 못할 약속이라오. 클리프는 생각했다.

이제 바위로 이루어진 장애물은 고작 80킬로미터 밖에 있었다. 그가 무력하게 한 바퀴를 돌 때마다 그것은 16킬로미터씩 가까이 다가왔다. 저 무자비한 장애물을 향해 총알보다 빨리 날아가고 있는 지금, 낙관론을 펼칠 만한 여유는 없었다. 이제 끝이다. 그렇게 생각하자. 그러자 갑자기 뜬눈으로 얼굴부터 부딪힐 것인지, 아니면 겁쟁이처럼 등부터 부딪힐 것인지가 중요하게 여겨졌다.

마지막 순간을 보내는 클리프의 머릿속에 과거의 기억 따위가 번쩍이며 지나가는 일은 없었다. 그의 아래에서 달의 전경이 빙글빙글 돌며 빠르게 펼쳐졌다. 세세한 부분까지 무정한 아침 햇살에 아주 명확하게 드러났다. 몸이 회전하며 다가오는 산을 등지자 그가 지나온 길, 지구로 이어지는 길이 보였다. 이제 그에게 남은 시간은 없었다.

그리고 그때, 아무 소리도 없이 달이 폭발했다. 태양 빛만큼이나 따가운 빛이 기다란 그림자를 지워 버리고, 아래 펼쳐진 봉우리와 분화구에 불꽃을 일으켰다. 빛은 순식간에 흐려져 그의 눈이 빛의 근원을 향하게 되었을 때는 이미 완전히 없어져 버렸다.

정면으로 30킬로미터 앞에서 거대한 먼지구름이 별들을 향해 퍼져

나가고 있었다. 마치 소비에트 산맥에서 화산이라도 터진 것 같았다, 물론 불가능한 일이었다. 하지만 파사이드의 수송부가 무기를 이용해 환상적인 재주를 부려서 궤도상의 장애물을 날려 버렸을지도 모른다는 클리프의 두 번째 생각도 마찬가지로 있음 직하지 않았다.

어쨌든 장애물은 사라졌다. 하늘을 배경으로 뻗은 산맥의 일부분을 누가 한 입 베어 문 것 같았다. 5초 전만 해도 없었던 분화구에서 바위와 파편들이 여전히 솟아오르고 있었다. 저런 기적을 만들어 낼 수 있는 것은 정확히 조준된 원자폭탄밖에 없었다. 그리고 클리프는 기적을 믿지 않았다.

한 번 더 자전할 때쯤 그는 거의 산 위에 도달해 있었고, 보이지 않는 우주 불도저가 줄곧 그의 앞쪽에 있었음을 기억해 냈다. 초속 1.5킬로미터가 넘는 속도로 나는 1000톤의 무게, 버려진 캡슐의 운동 에너지는 그가 지금 지나가고 있는 부분을 날려 버리기에 충분했던 것이다. 사람이 만들어 낸 운석의 충돌은 파사이드 전체를 뒤흔들었을 게 틀림없었다.

그는 끝까지 운이 좋았다. 먼지 입자들이 후드득 소리를 내며 우주복에 부딪혔다. 아래쪽에서 시뻘건 바위와 빠르게 퍼져 나가는 연기의 모습이 흐릿하게 보였다. (달 위에서 구름을 보게 되다니!) 결국 그는 산을 빠져나와 장애물이 아무것도 없는, 하지만 축복받은 공간으로 나왔다.

두 번째로 궤도를 따라 한 시간쯤 돌면, 저쪽 어딘가에서 칼리스토 호가 그를 마중하기 위해 나타날 것이다. 이제는 서두를 필요가 없었다. 대소용돌이에서 탈출한 것이다. 좋건 싫건, 그는 다시 한 번 삶이라는 선물을 받아들이게 되었다.

  오른쪽에 사출용 주로가 보였다. 마치 달의 얼굴 위에 드리워진 머리카락 같았다. 잠시 후면 다시 통신 범위 안에 들어가게 된다. 그러면 고마움과 행복함을 담아 약속했던 대로 아내에게 전화할 수 있을 것이다. 아프리카의 밤을 지새우며 끝없이 그를 기다리고 있을 여인에게.

원숭이 가정부 |An Ape about the House|

1962년 5월, 《주드(Dude)》에 첫 게재.
『열 세계의 이야기』에 재수록.

동물 친구들의 능력을 과소평가해서는 안 된다는 내용의 시의적절한 이야기(1950년대 소련과 미국은 유인우주선 계획에 앞서 동물을 우주로 보내는 실험을 여러 차례에 걸쳐 수행했다. 한편 미항공 우주국은 미국 최초의 유인우주선인 머큐리 발사에 앞서 1961년 1월에 햄이라는 이름의 네 살짜리 침팬지를 우주로 보냈다가 무사히 귀환시켰다. — 옮긴이)

할머니는 그게 두말할 나위 없이 끔찍한 발상이라고 여겼다. 하지만 곧 사람을 하인으로 두던 시절도 있었다는 게 떠올랐다.

"내가 원숭이랑 한집에서 살 거라고 생각했다면 그건 오산이야."

그녀는 코웃음 쳤다.

"그렇게 구식으로 생각하지 마세요. 게다가 도카스는 원숭이가 아니라고요."

나는 대답했다.

"원숭이가 아니면 뭐란 말이냐?"

나는 생명공학 회사에서 나온 안내서를 뒤적였다.

"여기 있네요. '슈퍼침팬지 (상호 등록) 팬 사피엔스는 일반적인 침팬지를 유전적으로 변화시켜 엄선한 후 특별 양육 과정을 거쳐 만들어 낸 지능이 높은 유인원으로…….'"

"그게 뭐가 다르냐! 원숭이잖아!"

"'그리고 단순한 명령을 알아들을 수 있는 폭넓은 어휘력을 보유하고 있습니다. 훈련을 거친 후에는 모든 종류의 가사 노동이나 일상적인 단순 노동을 수행할 수 있습니다. 또한 성격이 순하고 사람을 잘 따르며 집안 생활에 잘 길들어 있어 특히 아이들에게…….'"

"아이들이라고! 조니와 수전이, 음…… 고릴라를 가만히 둘 것 같으냐?"

나는 한숨을 내쉬며 안내서를 내려놓았다.

"그게 문제예요. 도카스는 비싸거든요. 만약 그 망할 녀석들이 도카스를 때리기라도 한다면……."

다행히, 바로 그때 초인종이 울렸다.

"사인 부탁합니다."

배달원이 말했다. 내가 사인하자 도카스는 우리 삶으로 들어왔다.

"안녕, 도카스. 여기서 잘 지냈으면 좋겠구나."

나는 말했다.

도카스는 이마 아래 깊숙이 박힌 커다랗고 그렁그렁한 눈으로 나를 바라보았다. 1미터가 조금 넘는 키에 옆으로도 비슷한 크기인 도카스는 다소 이상하게 생겼지만, 나는 그것보다 못생긴 사람도 본 적이 있었다. 깔끔하고 단정한 유니폼을 입고 있으니 꼭 20세기 초반의 영화에 나오는 하녀 같은 모습이었다. 그러나 도카스의 발은 맨발이었고 깜짝 놀랄 정도로 컸다.

"안녕하세요."

도카스가 또렷하지는 않지만 분명히 알아들을 수 있는 억양으로 말했다.

"원숭이가 말도 하네!"

할머니는 외쳤다.

"그럼요."

내가 대답했다.

"말할 수 있는 단어는 50개가 넘고 200개의 단어를 이해할 수 있어요. 우리한테 익숙해지면 더 많이 익히겠지만, 그때까지는 안내서 42쪽하고 43쪽에 나온 단어만 써야 해요."

나는 안내서를 할머니에게 넘겨주었다. 그때만큼은 할머니도 자기 감정을 표현할 말을 하나도 떠올리지 못했다.

도카스는 아주 빨리 자리 잡았다. 기초 훈련(A급 가사 노동에다가 덤으로 육아까지)은 잘 받아 놓은 상태였고, 한 달이 채 되기도 전에 우리 집에서 하는 일 중 상을 차리는 것에서부터 아이들 옷을 갈아입히는 것까지 도카스가 못하는 일은 거의 없어졌다. 처음에는 물건을 발로 집어 올리는 못된 버릇을 갖고 있었다. 도카스에게는 손을 쓰는 것이나 다름없었을 것이다. 그 짓을 못하게 하는 데에는 시간이 오래 걸렸다. 할머니가 버린 담배꽁초가 결국에는 결정적인 역할을 했다.

도카스는 온순한 성격에 성실했으며 말대꾸를 하지 않았다. 물론 대단히 똑똑하지는 않았고, 어떤 일을 제대로 하게 가르치려면 한참 설명해야 하는 경우도 있었다. 도카스의 한계를 인식하고 그것을 받아들이기까지는 몇 주가 걸렸다. 도카스가 사람이 아니라는 것, 따라서 여자들끼리 모였을 때 으레 하는 종류의 대화에 끼어들게 해 봤자 아무런 소용이 없다는 것을 초기에는 종종 잊어버렸던 것이다. 하지만 완전히 그런 건 아니었다. 도카스는 옷에 관심이 많았고, 색깔에 매료되어 있었다. 입고 싶은 대로 옷을 입게 내버려 두면 도카스는 사육제에서 피난 온 사람처럼 보이도록 입었을 것이다.

정말 다행스럽게도 아이들은 도카스를 좋아했다. 나는 조니와 수전을 두고 사람들이 뭐라고 하는지 알고 있었고, 거기에는 진실도 담겨 있다는 것을 인정했다. 아이들 아빠가 거의 집에 들어오지 못하는 상황에서 아이들을 키우는 건 정말 힘든 일이었다. 게다가 설상가상으로 내가 보고 있지 않을 때면 할머니가 아이들 버릇을 망쳐 놓았다. 우주선이 지구에 들를 때마다 오는 에릭도 마찬가지였다. 그리고 결과적으로 발생하는 피해는 고스란히 내가 떠안게 되어 있었다. 가능하면 우주 비행사와 결혼하지 말 것을 권한다. 돈은 잘 벌지 몰라도 결혼 전에 느꼈던 매력은 금세 사라지게 마련이다.

금성에 갔던 에릭이 그동안 축적된 3주짜리 휴가를 받아 돌아왔을 때에 이미 우리 집 하녀는 가족의 일원으로 자리 잡은 상태였다. 에릭은 쉽게 받아들였다. 과거에 더 희한한 동물을 접해 본 덕이었다. 물론 가격에 대해서는 투덜거렸지만, 나는 이제 가사 노동의 상당 부분이 내 손을 떠났기 때문에 함께 더 시간을 보낼 수 있고 예전에는 아이들 때문에 불가능했던 장소에도 갈 수 있다는 점을 지적했다. 도카스가 아이들을 챙겨 주는 동안 나는 다시 사회생활을 하고 싶었다.

태평양 한가운데에 처박혀 있긴 했지만(마이애미에 사고가 난 이후로 로켓 발사대는 자연스럽게 문명 세계에서 멀리 떨어진 곳으로 옮겨졌다.) 포트 고다드에는 사회생활을 할 만한 게 많았다. 더 먼 곳은 말할 것도 없고 세계 각지에서 유명인이나 관광객들이 끊임없이 몰려왔던 것이다.

사람들이 모여 사는 공동체라면 으레 패션과 문화를 이끄는 선도자, 적수가 되지 못하는 경쟁자들로부터 질시와 모방의 대상이 되는 귀부인이 있게 마련이었다. 포트 고다드에서는 그 사람이 바로 크리스틴 스완슨이었다. 크리스틴의 남편은 우주선의 함장이었고, 그녀는 항상 그 사실을 강조했다. 정기선이 착륙할 때면 크리스틴은 기지에 있는 고급 승무원 전원을 자신의 19세기 고전 양식의 멋진 저택에서 열리는 연회에 초대했다. 아주 훌륭한 변명 거리가 있지 않는 한 참석하는 편이 좋았다. 설령 그게 크리스틴의 그림을 감상해야 한다는 의미일지라도. 그녀는 스스로 화가라고 자부했으며 벽마다 온갖 색깔로 칠해 놓은 서투른 그림을 걸어 놓았다. 그림에 대한 예의 바른 평가를 생각해 내야 한다는 건 크리스틴이 개최하는 연회의 가장 큰 단점이었다. 두 번째 단점은 크리스틴이 쓰는 1미터짜리 담뱃대였다.

에릭이 떠나 있는 동안 새로운 작품이 많이 나왔다. 크리스틴은 그 동안 '정사각형'에 몰입해 있었던 것이다.

"다들 아시겠지만, 구식의 직사각형 그림은 시대에 뒤떨어진 거예요. 우주 시대와는 어울리지 않는다고 할까요. 저 외부에는 위나 아래, 수평이나 수직이라는 개념이 없지요. 따라서 현대의 그림은 어느 한쪽이 다른 쪽보다 길어야 할 이유가 없어요. 이상적으로 볼 때 어느 쪽으로 걸어도 정확하게 똑같이 보여야 하는 거예요. 지금 내가 하는 작업이 바로 그거랍니다."

"아주 논리적이로군요."

에릭의 전략적인 발언이었다. (어쨌거나 함장은 그의 상관이었다.)

하지만 연회의 주최자가 들을 수 없는 곳에 가자 그는 덧붙였다.

"저 그림이 똑바로 걸렸는지 아닌지는 모르겠지만, 확실한 건 그림이 있는 면이 벽 쪽으로 향하게 걸어야 한다는 거야."

나도 같은 생각이었다. 결혼하기 전에 나는 미술 학교에 몇 년을 다녔고 따라서 미술에 대해 어느 정도 아는 편이라고 자부했다. 크리스틴 정도로 뻔뻔할 수 있다면 나도 차고에서 먼지만 쌓여 가고 있는 내 캔버스에 멋들어진 그림을 그릴 수 있을 것이다.

"있잖아, 에릭. 도카스한테 가르쳐도 이것보다는 잘 그릴 것 같아."

내가 다소 심술궂게 말하자 그는 웃음을 터뜨리며 대답했다.

"그래, 크리스틴이 너무 막 나가면 그것도 재미있겠다."

그리고 나는 그 일에 대해 잊고 있었다…… 한 달 후 에릭이 다시 우주로 돌아갈 때까지.

왜 싸웠는지는 중요하지 않다. 지역 개발 계획에 나와 크리스틴이 정반대의 의견을 내놓았다는 사실을 두고 불거진 일이었다. 평소처럼 그녀의 의견이 수용되었고 나는 씩씩거리며 회의장을 떠났다. 집에 도착했을 때 내 눈에 처음 들어온 것은 도카스가 주간지에 실린 그림을 보고 있던 모습이었다. 그러자 에릭의 말이 떠올랐다.

나는 가방을 내려놓고 모자를 벗은 후에 단호하게 말했다.

"도카스, 차고로 나와."

버려진 장난감, 오래된 크리스마스 장식, 잠수 장비, 빈 상자, 망가진 도구(에릭이 우주로 떠나기 전에 정리할 시간을 내지 못한 듯했다.) 아래에서 유화 물감과 이젤을 끄집어내는 데 상당한 시간이 걸렸다. 잡동사니 아래에는 쓰다 만 캔버스도 몇 개 있었는데, 처음 시작하기에는 쓸 만할 것 같았다. 나는 아직 비쩍 마른 나무 한 그루밖에 그려져 있지 않은 풍경화를 올려놓고 말했다.

"자, 도카스, 그림 그리는 법을 가르쳐 줄 거야."

내 계획은 단순했고 엄밀히 말하면 정직한 것은 아니었다. 예전에도 캔버스 위에 물감을 흩뿌리던 원숭이들이 있기는 했지만, 진정한 예술 작품이라고 할 만한 것을 창작해 낸 경우는 아직 없었다. 도카스 역시 마찬가지일 거라고 나는 생각했다. 하지만 내가 조금 도와줬다는 것을 사람들이 알 필요가 어디 있겠는가. 공로는 전부 도카스에게 돌아가는 것이다.

하지만 사람들에게 거짓말을 하려는 의도는 아니었다. 비록 내가 밑그림을 그리고 물감을 섞는 등 거의 모든 과정을 직접 하겠지만, 능력에 걸맞은 정도만은 도카스에게 맡길 생각이었다. 나는 빈 공간에 색칠하는 과정에서 도카스가 자신만의 독특한 화풍을 만들어 낼 수 있을 거라고 기대했다. 운이 좋다면 도카스가 전체 작업의 4분의 1 정도를 담당할 수 있을 것 같았다. 그 정도면 나도 커다란 양심의 가책 없이 도카스가 그린 그림이라고 내놓을 수 있었다…… 미켈란젤로나 레오나르도 다빈치도 상당 부분을 조수들이 그린 그림에 자기 이름을 서명하지 않았던가? 내가 바로 도카스의 '조수'였다.

하지만 나는 약간 실망하고 말았다. 비록 기본 개념은 빨리 잡았고 붓과 팔레트의 사용법도 금방 이해했지만, 도카스의 손놀림은 너무 서툴렀다. 어느 손을 써야 할지 결정하지 못하고 계속해서 붓을 이 손 저 손으로 옮겨 쥐기만 했다. 결국 내가 거의 모든 작업을 해야 했고 도카스는 몇 군데 가볍게 색칠하는 정도에만 그치고 말았다.

그래도 몇 번 가르치는 것만으로 능숙해지리라고는 애초부터 생각하지 않았고, 또 그건 중요하지도 않았다. 설령 도카스가 미술에 재능이 없다고 해도 진실을 조금만 과장해서 도카스가 그린 그림이라고 주장할 작정이었다.

급할 게 전혀 없었다. 서두른다고 될 일도 아니었다. 몇 달이 지나자 열 점이 넘는 도카스파의 그림이 쌓였다. 전부 포트 고다드에 사는 슈퍼침팬지에게 익숙한 주제로 선별된 것들이었다. 환초(環礁)에 둘러싸인 얕은 바다의 풍경, 우리 집의 모습, 야간 발사 장면(작열하는 빛의 향연), 낚시하는 모습, 야자수 숲의 풍경…… 물론, 뻔한 주제들이다. 하지만 그렇지 않으면 의심을 사기 쉬웠다. 내 생각에는 도카스가 자라나고 훈련받은 연구소 외에는 세상을 많이 구경했을 것 같지 않았다.

나는 그림 중에서 가장 잘된 것을(나도 몰랐지만 정말로 괜찮은 그림도 있었다.) 우리 집에 놀러 온 친구들의 눈에 꼭 띌 만한 곳에 걸어 놓았다. 만사가 순조로웠다. 내가 그린 게 아니라고 얌전하게 이야기하면 못 믿겠다는 듯 "말도 안 돼!"라는 외침에 이어 감탄스러워 하는 질문이 쏟아졌다. 회의적으로 보는 사람도 있었지만, 나는 곧 도카스가 작업하는 모습을 몇몇 특별한 친구들에게 보여 줌으로써 그런 의심을 분쇄했다. 나는 예술에 무지한 사람들만 골라 그림 그리는 모습을, 그것도 빨간색, 금색, 검은색의 추상화로 아무도 감히 비평하지 못할 만한 그림을 그리는 모습을 보여 주었다. 도카스도 이제 능숙해져서 영화에서 악기를 연주하는 척하는 배우들처럼 연기를 꽤 잘했다.

소식을 널리 퍼뜨리기 위해서 나는 그냥 신기한 것쯤으로 여기는 척하면서 괜찮은 그림들을 사람들에게 나누어 주었다. 그러면서 동시에 약간 시샘하는 듯한 인상을 풍겼다.

"집안일을 하라고 데려온 거지, 현대미술을 하라고 데려온 건 아닌데 말이야."

그리고 나는 도카스와 크리스틴의 그림을 서로 비교하지 않으려고 아주 조심스러웠다. 그건 양쪽 모두를 알고 있는 다른 사람에게 맡기는 것으로 충분했다.

명목상으로는 '이성적인 사람답게' 둘 사이에 있었던 논쟁에 대해 이야기해 보자며 크리스틴이 찾아왔을 때, 나는 그녀의 마음이 급했다는 것을 알고 있었다. 그래서 나는 우아하게 물러서며 도카스의 가장 인상적인 작품(아주 차갑고 푸르며 신비로운 환초 위로 떠오르는 보름달의 모습으로 내가 정말로 자랑스러워 하는 작품이었다.)이 걸려 있는 화실에서 차를 대접했다. 그 자리에서 그림이나 도카스에 대한 말은 나오지 않았지만, 나는 크리스틴의 눈에서 모든 것을 알 수 있었다. 바로 다음 주에 크리스틴은 계획하고 있었던 전시회를 조용히 취소했다.

도박사들은 이기고 있을 때 빠져야 한다고 말한다. 내가 조금만 더 생각했더라면 크리스틴이 그 문제를 가만히 두지 않으리라는 것쯤은 예상할 수 있었을 것이다. 조만간 그녀는 반격해 올 게 분명했다.

크리스틴은 적절한 시간을 골랐다. 아이들은 학교에 갔고, 할머니는 집을 떠나 누구를 만나러 갔으며, 나는 섬 반대편에 있는 쇼핑센터에 있었다. 아마도 그녀는 먼저 전화를 해서 집에 아무도, 그러니까 사람은 아무도 없음을 확인했을 것이다. 우리는 도카스가 전화를 받지 못하게 했다. 초반에는 받곤 했는데 그다지 성공적이지 못했다. 수화기에서 들리는 슈퍼침팬지의 목소리는 꼭 주정뱅이 같았고, 이건 온갖 종류의 귀찮은 문제를 일으켰다.

나는 사건의 전말을 재구성할 수 있다. 크리스틴은 우리 집까지 차를 몰아 온 후 내가 없다는 사실에 드러나게 안타까움을 표하며 멋대로 집에 들어왔을 것이다. 그 즉시 도카스를 시험해 봤을 터이지만, 다행히 나는 미리 내 유인원 동료에게 단단히 일러둔 게 있었다. "도카스가 그려요." 나는 그림 하나를 끝날 때마다 반복해서 말했다. "아줌마 안 그려요. 도카스가 그려요." 아마도 종국엔 도카스도 그 말을 믿게 된 것 같았다.

내 세뇌 작업과 50단어밖에 안 되는 어휘력 때문에 당황했을지 몰라도 크리스틴은 당황한 채 오래 있지 않았을 것이다. 그녀는 직접 행동으로 보여 주는 성격이었고, 도카스는 유순하고 순종적인 영혼을 지니고 있었다. 공모된 사기극을 폭로하고 말겠다고 결심한 크리스틴은 도카스가 그 즉시 차고에 만들어 놓은 화실로 안내하자 기뻐했을 것이다. 약간 놀라기도 했을 게 틀림없었다.

내가 집에 돌아온 것은 약 30분 후였고 갓길에 크리스틴의 차가 서 있는 것을 보자마자 일이 벌어졌음을 깨달았다. 늦지 않았기만을 빌었지만, 섬뜩할 정도로 조용한 집 안에 들어서자마자 이미 늦었음을 알 수 있었다. 일이 터졌구나. 크리스틴은 제아무리 상대가 유인원이라고 해도 이야기를 늘어놓을 사람이었다. 그녀에게 침묵이란 곧 텅 빈 캔버스와 마찬가지로 견딜 수 없는 도전이었다. 그녀의 목소리로 집 안이 가득해야 옳았다.

집 안은 여전히 적막했다. 아무런 인기척이 없었다. 슬슬 걱정이 커져 가던 나는 화실과 식당, 부엌을 지나 살금살금 뒷마당으로 걸어갔다. 차고 문이 열려 있었고, 나는 조심스럽게 들여다보았다.

진실이 밝혀지는 씁쓸한 순간이었다. 마침내 내 영향력에서 벗어난 도카스는 결국 자신만의 화법을 개발해 낸 것이다. 빠르고 자신감이 넘쳤다…… 내가 세심하게 가르친 것과 전혀 다른 방향으로. 게다가 자신만의 주제는…….

크리스틴을 눈에 띄게 즐겁게 만든 캐리커처를 보았을 때 나는 깊은 상처를 받았다. 내가 도카스에게 해 준 것을 생각하면 이건 정말 배은망덕한 것처럼 보였다. 물론 악의가 있어서가 아니라 단순히 스스로를 표현했을 뿐이었다는 것을 지금은 알고 있다. 구겐하임 미술관에서 열린 도카스의 전시회에 대해 우스꽝스러운 해설을 쓴 비평가나 심리학자들은 도카스가 그린 초상화가 인간과 동물의 관계에 생생한 빛을 부여하는 한편 사상 최초로 외부에서 바라본 인류의 모습을 볼 수 있는 기회를 제공한다고 이야기했다. 하지만 나는 그런 식으로 생각하지 않았고, 도카스에게 부엌으로 돌아가라고 명령했다.

오로지 그림의 주제 하나 때문에 내 기분이 상한 건 아니었다. 날 괴롭게 했던 것은 도카스의 기술(그리고 예의범절)을 개선하기 위해 썼던 수많은 시간을 낭비한 셈이 되었기 때문이다. 도카스는 그때까지 내가 했던 말을 전부 무시한 채 두 팔은 가만히 팔짱을 끼고서 이젤 앞에 앉아 있었던 것이다.

독립적인 예술가로서의 경력을 막 시작하려던 참인 당시도 이것만큼은 분명했다. 신속하게 움직이는 도카스의 발 한쪽에는 내 두 손에 있는 것보다 많은 재능이 담겨 있었다.

빛나는 것들 |The Shining Ones|

1962년 8월, 《플레이보이》에 첫 게재.
『태양으로부터 부는 바람』에 재수록.

이 이야기는 심해에서 가장 신비로운 생물에 내가 얼마나 매료되어 있는지를 보여 준다. 게다가 1962년 당시에 러시아인들을 괜찮은 인물들로 묘사하는 건 꽤 대담한 일이기도 했다.

전화 교환대에서 소비에트연방 대사관이라는 말을 들은 내 반응은 이랬다.

"좋아, 일거리로군!"

하지만 곤차로프의 목소리를 듣자 나는 문제가 생겼음을 알아챘다.

"클라우스? 미하일일세. 지금 당장 와 줄 수 있나? 급한 일이라서 전화로는 이야기할 수 없네."

나는 대사관으로 가는 내내 뭔가가 잘못될 경우에는 어떻게 대답해야 할지 걱정하고 있었다. 그러나 아무것도 생각나지 않았다. 당시에 우리는 러시아인들과의 계약에서 두드러진 성과를 얻지 못하고 있었다. 가장 최근의 일은 시일에 정확히 맞추어 6개월 전에 끝났고 러시아인들은 꽤나 만족스러워 했다.

내가 꽤 빨리 알아차렸듯이, 이제 그들은 그 일에 만족해 하지 않는 모양이었다. 상무관이자 내 오랜 친구인 미하일 곤차로프는 자신이 아는 만큼 이야기해 주었다. 그러나 아주 많이는 아니었다.

"방금 실론(현재의 스리랑카 — 옮긴이)에서 긴급한 전신이 들어왔네. 즉시 자네들이 와 주기를 바라고 있더군. 열수(熱水) 계획에 심각한 문제가 생겼나 봐."

"무슨 문제인데?"

내가 물었다. 물론, 나는 곧바로 가장 깊은 쪽 끝부분이 문제라는 것을 알 수 있었다. 그 부분에 있는 설비가 바로 유일하게 우리가 걱정하던 곳이었다. 러시아인들이 지상에서의 작업을 맡아 했지만, 인도양의 900미터 깊이에 있는 격자 설비를 고치기 위해서는 우리를 불러야 했던 것이다. 이 세상에서 다른 어떤 회사도 우리의 표어에 걸맞은 일을 할 수 없었다. 그 표어는 "그 어떤 일이라도, 그 어떤 깊이에서라도."였다.

"내가 아는 건 완전히 고장났다고 현장 엔지니어가 보고해 왔다는 것뿐이야. 그리고 실론의 수상이 앞으로 3주 후에 공장을 가동할 것이고, 그때 만약 작동하지 않는다면 모스크바는 대단히 불쾌해 할 거라는 거지."

미하일이 말했다.

나는 속으로 계약서상의 벌칙 조항을 재빠르게 훑었다. 의뢰인이 양수 증서에 서명함으로써 작업이 설계 명세서대로 진행된다는 점을 인정했으므로 회사는 안전했다. 그러나 일이 그렇게 간단하지만은 않았다. 우리 쪽의 과실이 증명된다고 해도 법적인 면에서야 무사할 수 있지만 사업적 측면에서는 아주 안 좋은 일이 되는 것이다. 게다가 개인적으로 트링코 해연(海淵)의 공사 관리자였던 내게는 더욱 안 좋은 일이었다.

　나를 잠수부라고 부르지 마시길. 나는 그 이름을 싫어한다. 나는 심해 엔지니어이다. 그리고 비행사가 낙하산을 사용하는 정도로만 잠수 장비를 이용할 뿐이다. 대부분의 일은 텔레비전과 원격조종되는 로봇으로 처리한다. 직접 내려가야 하는 일이 생기면 외부에 조작 장치가 달린 조그만 잠수함을 타고 간다. 우리는 집게발이 달렸다는 이유로 그것을 바닷가재라고 불렀다. 표준형은 1500미터 아래에서까지 작업할 수 있지만, 개중에는 마리아나 해구 바닥에서도 동작 가능하게 만들어진 특수형도 있었다. 내가 직접 가 보지는 못했지만 관심이 있다면 기꺼이 설명해 줄 수는 있다. 대강 계산해 보면, 작업 자체에만 30센티미터 하강할 때마다 1달러에 추가로 시간당 1000달러가량이 든다.

　미하일이 취리히에서 제트기가 대기하고 있다고 말했을 때 나는 러시아인들이 농담하고 있는 게 아니라는 것을 깨달았다. 두 시간 안에 공항에 닿을 수 있을까? 내가 말했다.

　"이봐, 장비가 없으면 아무것도 할 수 없다고. 그리고 단순한 검사 장비만 해도 몇 톤은 나갈걸. 게다가 그건 전부 라스페치아에 있단 말이야."

　"알아."

　미하일이 즉각 대꾸했다.

　"거기에도 수송기를 보낼 걸세. 도착하는 대로 필요한 걸 이야기해 주게. 열두 시간 내로 도착할 거야. 그런데 이것에 대해서 아무에게도 이야기하지 말게. 우리 문제는 우리 선에서 끝내는 편이 좋으니까."

　나도 동의했다. 그건 내 문제이기도 했으니까. 내가 사무실을 떠날 때 미하일은 벽에 걸린 달력을 가리키며 말했다.

"3주야."

그리고 손가락으로 목을 그어 보였다. 그가 자기 목을 이야기하는 게 아니라는 건 나도 잘 알고 있었다.

두 시간 후 무전기로 가족에게 작별 인사를 하면서, 그리고 도대체 왜 나는 다른 분별 있는 스위스인들처럼 은행가나 시계업자가 되지 않았는지 후회하면서 알프스를 넘어가고 있었다. 그게 전부 피카드와 하네스 켈러의 탓이라고 음울하게 중얼거렸다. 왜 그자들은 하고많은 나라 중에서 스위스에다 심해 작업의 전통을 세워야 했던 것인가? 나는 앞으로 잘 수 있는 시간이 별로 없다는 생각에 누워서 잠을 청했다.

우리는 해 뜬 직후에 트링코말리에 착륙했다. 나는 도저히 지형을 익힐 수가 없었는데, 거대하고 복잡한 항구는 곶과 섬, 교차하는 물길, 전 세계의 해군을 전부 수용할 수 있을 정도로 큰 물이 고인 곳들로 이루어진 미로였다. 다소 현란한 건축 양식처럼 보이는 커다랗고 하얀 관리소 건물은 인도양을 내려다보는 위치에 서 있었다. 건물 위치는 순전히 선전용이었다. 물론 내가 러시아인이었다면 '홍보'라고 불렀겠지만.

그렇다고 해서 내가 의뢰인의 흠을 잡는 것은 아니다. 바다의 열에 너지를 이용하려던 지금까지의 시도 중에서 가장 야심찬 이 계획은 당연히 자랑할 만했다. 이것이 최초의 시도는 아니었다. 1930년대에 프랑스 과학자 조르주 클로드가 먼저 시도한 바 있지만 성공적이지 못했고, 1950년대에도 아프리카 서해안의 아비장에서 훨씬 더 큰 규모로 누군가가 도전했다.

이 모든 계획은 모두 놀라운 사실 덕분에 가능했다. 열대지방에서도 1.5킬로미터 깊이의 바닷속 온도는 거의 어는점에 가깝다. 수십억 톤의 물이 있다는 점을 감안하면 이 온도 차는 엄청난 양의 에너지를 의미한다. 에너지가 부족한 나라의 엔지니어에게는 근사한 도전 거리인 셈이다.

클로드와 그의 계승자들은 저압 증기기관을 이용하여 이 에너지원을 개발하려 했다. 러시아인들은 훨씬 더 간단하고 직접적인 방법을 사용했다. 어떤 물체의 한쪽 끝에 열을 가하고 다른 쪽 끝을 차갑게 하면 전류가 흐르는 물질이 여럿 있다는 것은 100년 이상 전부터 알려져 왔던 사실이다. 1940년대 이후 러시아 과학자들은 이 열전기 현상을 실용적으로 이용하고자 노력해 왔다. 초기의 장치는 아주 비효율적이었지만 등유 램프의 열만으로도 수천 개의 라디오에 전원을 공급할 수 있었다. 하지만 1974년에 그들은 아직까지도 비밀로 감춰져 있는 획기적인 돌파구를 이끌어 냈다. 그 장비의 차가운 쪽 끝에 동력 장치를 부착시킨 건 바로 나였지만, 나도 그것을 제대로 보지는 못했다. 내식 페인트에 완전히 가려 있었던 것이다. 내가 아는 것이라고는 그게 마치 볼트로 다같이 고정되어 있는 구식의 증기 난방기처럼 커다란 격자를 형성한다는 것뿐이다.

나는 트링코 활주로에서 대기하고 있는 작은 무리의 얼굴을 대부분 알아보았다. 친구건 적이건, 내가 오니까 다들 기뻐하는 것 같았다. 특히 수석 엔지니어인 레브 샤피로가 그랬다.

스테이션왜건을 타고 나오면서 내가 말했다.

"그러니까 레브, 뭐가 문제지?"

"우리도 몰라. 그걸 알아내고 제대로 해 놓으라고 부른 거지."

그가 솔직히 말했다.

"그럼, 무슨 일이 생긴 거야?"

"최대 출력 시험을 하기 전까지는 완벽하게 작동했어. 화요일 새벽 '0134시'지. 출력은 예상치에서 5퍼센트를 벗어나지 않았어."

그가 얼굴을 찡그렸다. 그 시각이 마음속에 단단히 새겨진 게 분명했다.

"그러다가 전압이 크게 요동치기 시작했네. 그래서 우리는 부하를 끊고 계기판을 봤어. 난 어떤 머저리 같은 선장의 배가 케이블에 걸렸다고 생각했어. 그런 일이 생기지 않게 하려고 우리가 어떤 고생을 하는지 알잖나. 그래서 탐조등을 켜고 바다를 살폈다네. 배는 없었어. 당연하지. 맑고 조용한 날 밤에 항구 바로 바깥에다가 닻을 내리려고 하는 사람이 어디 있겠어?

우리는 장비를 관찰하면서 계속해서 시험해 보는 수밖에 없었네. 사무실에 가면 그래프를 보여 줄게. 4분 후에는 회로가 전부 열려 버렸어. 당연히 우리는 끊어진 곳이 어딘지 정확하게 알아. 가장 깊은 곳, 바로 격자 옆이더군. 이쪽이 아니라 그쪽일 줄 알았어."

그가 창밖을 가리키며 우울하게 덧붙였다.

우리는 태양 연못을 지나가고 있었다. 전통적인 열기관에서라면 보일러에 비유할 수 있는 곳이었다. 러시아인들은 이 아이디어를 이스라엘인들에게서 빌려 왔다. 검은색으로 된 바닥에 소금물 농축액을 담고 있는 얕은 호수에 불과했지만 대단히 효율적인 열저장 장치였다. 태양광선은 액체를 80도에 가깝게 데울 수 있었다. 그 안에는 열

전기 시스템의 '뜨거운' 격자가 2패덤(길. 1패덤은 약 1.8미터 — 옮긴이)에 이르기까지 매 2.5센티미터 간격으로 잠겨 있었다. 격자는 거대한 케이블로 내가 작업한 구역, 즉 트링코 항구의 입구까지 이어지는 해저 협곡에 있는, 온도는 65도쯤 낮고 깊이는 900미터나 더 깊은 장소와 연결되어 있었다.

"지진인지는 확인해 보았겠지?"

별 기대 없이 내가 물었다.

"당연하지. 지진계에는 아무것도 없었어."

"고래는? 녀석들이 문제가 될지 모른다고 말했잖아."

1년여 전에 주 전도체를 바다로 옮기면서 엔지니어들에게 향유고래가 남아메리카 대륙 남단 1킬로미터 못 미치는 부근에서 전신 케이블에 얽혀 죽은 채로 발견된 적이 있다는 이야기를 해 준 적이 있었다. 비슷한 사례는 많이 알려져 있지만, 우리가 겪고 있는 문제는 다른 종류 같았다.

"그게 우리가 두 번째로 생각해 본 거야. 수산청, 해군, 공군에까지 알아봤는데 해안 근처에 고래는 없었다더군."

그쯤에서 나는 이론 세우기를 그만두었다. 뭔가 껄끄러운 말을 주워들었기 때문이다. 스위스인들이 그러하듯 나도 언어 쪽에 재주가 있었고 러시아어도 꽤 익힌 상태였다. 어쨌거나 '사보타슈'라는 단어를 이해하는 데는 대단한 어학 실력이 필요하지 않았다.

그 말을 한 건 정치 자문 위원이었던 디미트리 카르푸킨이었다. 나는 그를 좋아하지 않았다. 그건 다른 엔지니어들도 마찬가지여서 가끔씩 일부러 무례하게 대하기도 했다. 여전히 스탈린의 그늘을 벗어나지 못하고 있는 구식 공산주의자인 그는 소비에트연방 외부에 있는 모든 것과 내부에 있는 대부분의 것을 의심했다. 사보타주야말로 그에게는 정말 매력적인 설명이었을 것이다.

물론 트링코 파워 프로젝트가 실패해도 실의에 빠지지 않을 사람은 얼마든지 있었다. 그러나 정치적으로 소비에트연방의 위신이 걸려 있었다. 그리고 경제적으로는 수십억의 돈이 걸려 있었다. 만약 열수 발전이 성공적인 것으로 증명된다면 석유, 석탄, 수력, 특히 원자력 에너지와 경쟁하게 될 터였다.

그래도 나는 누군가가 사보타주했다는 것을 믿을 수 없었다. 냉전은 이미 끝났다. 누군가가 서투르게 격자의 견본을 훔쳐가려 했을 가능성도 있지만, 별로 그럴듯하지는 않았다. 세상에서 그런 일을 할 수 있을 만한 사람은 손으로 꼽을 정도였고, 그중의 절반은 우리 직원 명단에 올라 있었다.

그날 저녁에 수중 텔레비전 카메라가 도착했고, 밤새 작업한 끝에 카메라와 모니터, 1.5킬로미터가 넘는 동축 케이블을 배에 실었다. 항구를 벗어날 때 나는 익숙한 사람이 선창에 서 있는 것을 보았지만, 거리가 너무 멀고 생각해야 할 것이 많아서 누군지 확실히 보지는 못했다. 나로 말하자면 그다지 훌륭한 선원은 아니다. 나는 그저 바닷속에 있을 때 정말로 행복한 사람일 뿐이다.

우리는 라운드 섬 등대의 위치를 신중하게 파악하고 나서 격자 바로 위에 자리를 잡고, 극소형 배시스케이프(심해 생물 조사용 잠수정 — 옮긴이)처럼 생긴 자가 추진 카메라를 내려보냈다. 우리는 모니터를 통해 보고 있었지만, 정신적으로는 함께 가는 것과 마찬가지였다.

바닷속은 대단히 투명했고 아무것도 보이지 않았지만, 바닥에 점점 가까워지자 생명의 징후가 보이기 시작했다. 조그만 상어 한 마리가 다가와 우리를 바라보았다. 그러더니 젤리 같은 것이 맥동하며 지나쳐 갔고, 이어서 비틀어지며 서로 엉킨 수백 개의 털이 난 다리가 달린 거대한 거미 같은 것이 지나갔다. 마침내 비탈진 협곡이 시야에 들어왔다. 6개월 전에 내가 마지막으로 점검했을 때 보았던 그대로, 두꺼운 케이블이 심연으로 이어지는 모습이 보이는 것으로 보아 우리는 정확하게 목표 지점에 도착한 모양이었다.

나는 저출력 제트 추진 장치를 켜고 카메라가 동력 케이블을 따라 내려가도록 했다. 우리가 바위에 못 박아 단단히 고정시켜 놓았던 상태 그대로 완벽했다. 격자에 다다르기 전까지 문제가 될 만한 건 전혀 없었다.

차를 가로등에 들이받은 후에 방열기의 격자를 본 기억이 있는가? 격자 한 부분이 바로 그런 모습이었다. 마치 어떤 미치광이가 쇠망치로 내려치기라도 한 것처럼 우그러져 있었다.

내 어깨 너머로 지켜보던 사람들이 충격과 분노로 숨을 몰아쉬었다. "사보타슈"라고 중얼거리는 소리가 또 들려왔고, 나는 그제야 그 가능성을 진지하게 생각하기 시작했다. 다르게 설명할 수 있는 유일한 방법은 낙석이었지만, 이미 그 가능성을 염두에 두고 협곡의 경사면을 주의 깊게 점검했던 것이다.

이유가 무엇이든, 손상된 격자를 갈아야 했다. 그러려면 스무 톤이나 나가는 내 바닷가재를 일이 없을 때 보관해 놓는 라스페치아 조선소에서 가져와야 했다.

"음, 얼마나 걸릴까?"

영상 조사를 마치고 화면에 나타난 유감스러운 광경을 사진에 담았을 때, 샤피로가 물었다.

나는 구체적으로 답변하지 않았다. 심해 작업에 있어서 내가 처음 배운 것은 어떤 일도 예상대로 이루어지지 않는다는 것이었다. 계약한 일을 절반쯤 진행시켜 나갔을 때에야 비로소 정확하게 무슨 일을 해야 하는지 알게 되곤 하기 때문에 비용이나 시간을 예측하는 건 불가능했다.

개인적으로 추측하기로는 사흘이었다. 그래서 나는 대답했다.

"일이 잘된다면, 일주일 이상은 걸리지 않을 거야."

샤피로가 신음했다.

"더 빨리는 안 되나?"

"무리한 약속을 해서 명을 재촉하고 싶지는 않은걸. 그래도 최종 기한까지는 두 주나 남잖아."

항구로 돌아오는 내내 그는 나를 귀찮게 했지만, 결국 그걸로 만족해야 했다. 항구에 이르렀을 때, 그는 또 다른 문제에 신경 써야 했다.

"안녕, 조."

나는 아직도 선창에서 끈질기게 기다리고 있던 사람에게 말했다.

"나갈 때도 본 것 같은데, 여기서 뭘 하고 있지?"

"나도 똑같은 질문을 하려고 했지."

"그러면 여기 책임자에게 물어보는 편이 낫겠군. 여기는 수석 엔지니어 샤피로, 이쪽은 조 와킨스,《타임》의 과학 기자일세."

레브의 반응은 미지근했다. 정상적인 상황이라면 일주일에 한 번

꼴로 찾아오는 기자들을 상대하는 것만큼 그가 좋아하는 일도 없었다. 목표한 날짜가 다가오는 요즘에는 사방팔방에서 기자들이 몰려오고 있을 터였다. 당연히, 러시아도 포함해서. 그리고 이 시점에서는 타스 통신사든 《타임》이든 반갑지 않은 건 마찬가지였다.

카르푸킨이 상황을 수습하는 과정은 흥미로웠다. 바로 그 순간부터 조에게는 세르게이 마르코프라는 사근사근한 홍보관 유형의 젊은 친구가 안내인, 철학자 그리고 술상대로서 달라붙었다. 조가 온갖 노력을 했는데도 그 둘은 결코 떨어지지 않았다. 어느 날 오후, 나는 장시간의 회의 끝에 지친 채 샤피로의 사무실에서 나와 늦게나마 점심을 먹으러 공관에 갔다가 그들과 마주쳤다.

"도대체 무슨 일이야, 클라우스? 무슨 문제가 있는 것 같은데, 아무도 말을 안 해 준단 말이야."

조가 애처롭게 물었다.

나는 카레를 뒤적거리며 머리가 벗겨질 정도로 매운 내용물을 골라내고 있었다.

"내가 의뢰인의 일에 대해 이러쿵저러쿵할 수 없다는 걸 알잖나."

내가 대답했다.

"지브롤터 댐 건으로 사전 조사하고 있을 때만 해도 자네가 이렇게 과묵하지는 않았는데."

조가 상기시켰다.

"음, 그랬지."

나는 인정했다.

"기사는 잘 써 줘서 정말 고마웠어. 하지만 이번 일은 사업상의 기밀이 관련되어 있는 문제라서. 난, 음…… 시스템의 효율성을 높이기 위해 마지막으로 일종의 조정을 하고 있는 중이라네.”

그건 물론 사실이었다. 난 효율성을 현재 수치인 ‘0’에서 더 끌어올리기를 바라고 있었던 것이다.

“흠. 고맙구먼.”

조가 빈정거리듯이 말했다.

나는 그를 단념시키려 애쓰며 말했다.

“그나저나 요즘엔 무슨 정신 나간 이론에 빠져 있나?”

조는 꽤 유능한 과학 저술가치고는 기괴하고 희한한 현상을 이상하리만치 좋아했다. 어쩌면 현실도피의 형태일지도 몰랐다. 회사에는 비밀로 했지만, 그가 과학소설도 쓰고 있다는 사실을 나는 알고 있었다. 폴터가이스트와 초능력, 비행접시를 남몰래 좋아하지만 그의 진짜 전문 분야는 잃어버린 대륙이었다.

“몇 가지 아이디어가 있는데 말이야. 이번 기사를 쓰려고 조사하는 중에 떠올랐지.”

그가 말했다.

“말해 봐.”

뒤적이던 카레에서 감히 눈을 떼지 못한 채 내가 말했다.

“예전에 아주 오래된 지도를 본 적 있어. 굳이 말하자면 프톨레마이오스가 그린 실론의 지도였지. 그걸 보니까 내게 있는 옛 지도 하나가 떠올라서 찾아봤다네. 그 지도에도 똑같이 가운데에 산이 있었고 바다로 흘러가는 강의 모양도 같았어. 그런데 그건 아틀란티스의 지도였단 말이야.”

나는 신음했다.

"맙소사. 지난번에 만났을 때는 아틀란티스가 지중해 서쪽의 분지에 있다고 했잖아."

조는 매력적인 웃음을 보였다.

"내가 틀렸을 수도 있어. 어쨌거나 훨씬 더 확실한 증거가 있단 말이야. 실론의 옛 지명, 그러니까 요새 신할라족이 부르는 이름이 뭐지?"

나는 잠깐 생각해 보고는 외쳤다.

"이런! 랑카(산스크리트어로 '섬'이라는 뜻. 플라톤은 아틀란티스를 섬으로 지칭했다. ―옮긴이)였군. 맞아. 랑카 ― 아틀란티스."

나는 그 둘을 입속에서 굴려 보았다.

"맞아. 하지만 아무리 놀랍다고 해도 두 가지 실마리 정도로는 제대로 된 이론이라고 할 수 없지. 아직은 거기까지라네."

조가 말했다.

"안됐군. 다른 계획은 또 뭔가?"

정말로 실망한 채 내가 물었다.

"이걸 들으면 깜짝 놀랄 거야."

조가 점잔을 빼며 말했다. 그는 언제나 가지고 다니는 찌그러진 서류 가방을 열어 종이 뭉치를 꺼냈다.

"이건 100년 전쯤에 여기서 고작 300킬로미터 떨어진 곳에서 일어난 거야. 내 정보원은 알다시피 이 바닥에서 최고로 쳐 주지."

그는 내게 복사본을 하나 내밀었고, 나는 그게《런던 타임스》1874년 7월 4일 자의 한 페이지라는 것을 알아볼 수 있었다. 조는 항상 옛날 신문을 꺼내 놓곤 했기 때문에 나는 별 기대 없이 읽었다. 그러나 그런 내 태도는 오래가지 못했다.

전체 내용을 알려 주고 싶지만 간단하게 말하자면(원한다면 도서관에서 10초 만에 팩스로 받아 볼 수 있을 것이다.), 거기에는 1874년 5월 초에 실론을 떠난 범선 펄 호가 벵갈 만에서 바람이 없어 멈춰 버린 사건에 대해 씌어 있었다. 5월 10일 해가 지기 직전에 배에서 1킬로미터 못 미친 곳에서 거대한 오징어가 수면 위로 떠올랐고 바보 같은 선장은 그만 거기다 대고 총을 쏘았다고 했다.

오징어는 일직선으로 펄 호를 향해 헤엄쳐 오더니 다리로 돛대를 움켜잡고 배를 자기 쪽으로 기울였다. 몇 초 만에 배는 가라앉았고 선원 두 명이 목숨을 잃었다. 다른 선원들은 대단히 운 좋게 마침 그 사건을 목격한 정기선 스트라스오웬 호에 구조되었다.

내가 두 번에 걸쳐 읽고 나자 조가 물었다.

"자, 어떻게 생각해? 난 바다 괴물이란 걸 믿지 않아."

"《런던 타임스》는 선정적인 내용이나 싣는 3류 신문이 아니야. 그리고 거대 오징어는 존재해. 발견된 것 중에 가장 큰 거라고 해도 1톤도 안 나가는 흐늘거리는 허약한 짐승이지만. 다리가 12미터나 되는 놈들이라고 해도 마찬가지고."

"그래서? 그런 게 어떻게 150톤이나 나가는 배를 침몰시킨다는 거야."

"못하지. 하지만 이른바 거대 오징어란 것들이 그저 단순히 커다란 오징어에 불과하다는 증거는 많아. 어쩌면 바다에는 십완목에 속하는 거대한 동물이 정말로 있을지도 몰라. 펄 호 사건 1년 후에는 브라질 해안에서 향유고래 한 마리가 거대한 똬리에 감겨서 몸부림치다가 결국 바닷속으로 끌려 들어간 일이 있었어.《일러스트레이티드 런던 뉴스》1875년 11월 20일 자에 나와 있지. 그리고 물론 「모비 딕」에서 그런 부분이……."

"「모비 딕」 어디에?"

"제목이 '오징어'인 장. 멜빌이 관찰에 신중한 사람이란 건 알잖아. 하지만 여기서는 정말 막 나간단 말이야. 어느 조용한 날에 거대한 흰색 물체가 '마치 언덕에서 미끄러져 내려오는 눈썰매처럼' 바다에서 솟아 나왔다고 씌어 있어. 그리고 그곳은 바로 인도양이었고. 어쩌면 펄 호가 가라앉은 곳에서 1600킬로미터 남쪽이었는지도 모르겠군. 기상 조건이 똑같다는 걸 염두에 두라고."

"아주 자세히 읽었기 때문에 난 외우고 있어. 페쿼드 호의 선원들이 바다 위에서 본 건 '아나콘다의 무리처럼 구불거리는 수없이 많은 긴 팔들이 길이와 폭이 수백 펄롱은 되는 거대하고 흐물흐물한 크림색의 번들거리는 몸체의 가운데에서 뻗어 나와 있는' 것이었어."

"잠깐만요. 펄롱이 뭐죠?"

이야기를 열심히 듣고 있던 세르게이가 말했다.

조는 약간 당황스럽다는 표정을 지었다.

"대략 1킬로미터의 5분의 1이에요. 200미터 정도죠."

그는 손으로 입을 가리고 웃음을 막았다.

"아, 멜빌이 말 그대로 썼다고는 생각하지 않아요. 하지만 매일매일 향유고래를 보면서 그것보다 큰 무언가를 묘사할 수 있는 단어를 찾던 사람이라면 자동적으로 패덤에서 펄롱으로 뛰어넘을 수 있죠. 내 생각은 그래요."

나는 건드리지 않고 남겨 둔 나머지 카레를 옆으로 치우고 말했다.

"날 겁줘서 일을 못 하게 하려는 속셈이라면 자넨 처절하게 실패한 거야. 하지만 이건 약속하지. 거대 오징어를 만나면 촉수를 잘라서 기념품으로 가져다줄게."

24시간 후 나는 바닷가재를 타고 천천히 손상된 격자를 향해 내려가고 있었다. 작업을 비밀로 할 방법은 없었다. 조는 출발하는 곳 근처에서 흥미롭게 지켜보고 있었던 것이다. 그건 내가 아니라 러시아인들이 고민해야 할 문제였다. 나는 조에게 비밀을 털어놓는 게 어떻겠냐고 샤피로에게 제안했지만, 의심 많은 슬라브인인 카르푸킨이 당연하게도 거부권을 행사했다. 카르푸킨이 생각하는 건 눈에 보일 정도였다. 왜 하필이면 이런 시기에 미국 기자가 나타났을까? 그리고 트링코말리가 커다란 뉴스거리라는 당연한 사실은 무시해 버리는 것이다.

심해 작업에 조마조마하거나 매력적인 요소는 전혀 없다…… 제대로 했을 때의 이야기지만. 조마조마하다는 건 앞일을 예측하지 못한다는 걸 의미했고 그건 무능력함을 의미했다. 무능력한 사람은 이 분야에서 오래 일하지 못한다. 자극을 추구하는 사람 역시 마찬가지다. 나는 물이 새는 수도꼭지를 고치는 배관공 같은 감정으로 작업에 임했다.

격자는 얼마 지나지 않아 교체해야 했기 때문에 유지 보수가 쉽도록 설계되어 있었다. 다행히 나사는 하나도 손상되지 않았고 파워 렌치로 고정용 너트도 쉽게 빼낼 수 있었다. 나는 튼튼한 집게발의 스위치를 켜고 조금도 어렵지 않게 손상된 격자를 들어냈다.

심해 작업에서 서두르는 건 좋지 않은 방법이었다. 한꺼번에 너무 많은 일을 하려고 하면 실수하기 쉽다. 그리고 만약 일이 잘되어서 일주일은 걸릴 거라고 한 일을 하루에 끝낸다면 고객은 돈을 과하게 주었다고 느낄 것이다. 같은 날 오후에 격자를 교체할 수 있는 건 분명했지만 나는 손상된 격자 유닛을 따라 수면으로 부상하는 것으로 그날의 일을 마쳤다. 열전소자(熱電素子)는 서둘러 조사반으로 옮겨졌고 나는 나머지 저녁 시간 내내 조를 피해 다녔다. 트링코는 조그만 마을이었지만 나는 동네 극장에 숨어서 들키지 않을 수 있었다. 나는 극장에 몇 시간 동안이나 지루하게 앉아 3세대에 걸쳐 출생의 비밀, 알코올중독, 불법 유기, 죽음, 정신착란 등의 위기를 연속으로 겪는다는 내용의 타밀어로 된 총천연색에 사운드트랙이 최대로 울리는 영화를 보았다.

다음 날 아침, 가벼운 두통이 있음에도 불구하고 나는 해가 뜨자마자 선착장으로 나갔다. (조도 그랬고, 세르게이도 마찬가지로 평화로운 하루의 낚시할 준비를 모두 갖추고 있었다.) 나는 기분 좋게 그들에게 손을 흔들어 주고 바닷가재에 탑승했고 모선의 크레인이 나를 옆으로 내려 주었다. 교체용 격자는 조가 볼 수 없는 반대편에서 내렸다. 몇 패덤 정도 내려간 후에 나는 격자를 권양기에서 빼내어 트링코 해구 바닥으로 운반했고, 오후쯤에는 별 문제 없이 작업을 완료했다. 잠금 너트를 고정하고 전도체를 용접하고 지상에 있는 엔지니어들이 연속성 시험을 마친 후에 나는 물 위로 올라왔다. 내가 갑판에 올랐을 때는 시스템에 다시 부하가 걸리고 모든 것이 정상으로 돌아와 있었다. 카르푸킨조차 웃고 있었다, 아직까지 아무도 대답할 수 없었던 질문을 자문하느라 멈출 때만 빼고는.

더 나은 이론이 없기에 나는 여전히 낙석 이론을 지지하고 있었다. 그리고 조와의 첩자 놀이를 그만둘 수 있도록 러시아인들이 수긍하기를 기대했다.

샤피로와 카르푸킨이 둘 다 아주 우울한 얼굴을 하고 찾아왔을 때 그런 행운은 찾아오지 않았음을 나는 깨달았다.

"클라우스, 한 번 더 내려가 줘야겠어."

샤피로가 말했다.

"내 돈이 드는 건 아닌데. 그런데 뭘 해야 하지?"

나는 대꾸했다.

"손상된 격자를 조사했는데 열전소자에서 없어진 부분이 있어. 디미트리 생각에는 누군가가 고의로 뜯어 갔다는 거야."

"그런 것치고는 실력이 형편없잖아. 우리 직원이 아니라는 건 내가 약속할 수 있어."

나는 대답했다. 그러나 카르푸킨 앞에서 그런 농담을 하는 건 위험했다. 그리고 아무도 웃지 않았다. 나조차 말이다. 그가 뭔가를 감추고 있다는 생각이 슬금슬금 들기 시작했다.

트링코 해구로 마지막 잠수를 시작하던 무렵에는 해가 지고 있었다. 하지만 저 아래쪽에서 그런 건 의미가 없었다. 나는 조명도 켜지 않고 600미터를 하강했다. 관측창 밖의 어둠 속에서 빛을 발하는 심해 생물들이 반짝이거나 때로는 로켓처럼 폭발하듯 빛나는 모습을 보는 걸 좋아했기 때문이다. 이렇게 광활한 바다에서는 충돌할 위험이 없었다. 설령 그렇다고 해도 광역 초음파탐지기가 돌아가고 있었고 내 눈보다 성능이 훨씬 좋았다.

400패덤에서 나는 뭔가 잘못되었음을 알 수 있었다. 수직 방향 탐지기에는 바닥이 모습을 드러내고 있었지만 너무 천천히 접근하고 있었다. 내 하강 속도가 지나치게 느렸던 것이다. 부양 탱크 하나에 물을 채우기만 하면 간단히 속도를 증가시킬 수 있지만 그러기가 망설여졌다. 이 분야에서는 정상적이지 않은 그 어떤 상황에 대해서도 설명할 수 있어야 했다. 설명이 떠오를 때까지 참고 기다렸기 때문에 나는 지금까지 세 번이나 목숨을 구할 수 있었다.

해답은 온도계에서 나왔다. 외부 온도가 평소보다 5도나 높았다. 왜 그런지 알아채는 데 몇 초나 걸렸다는 건 나로서는 유감스러운 일이었다.

불과 30미터 아래쪽에서 갓 수리한 격자가 최대 출력으로 작동하여 트링코 해구와 지상의 태양 연못의 온도 차를 없애려고 애쓰는 과정에서 수백만 와트의 열을 방출하고 있었다. 물론 온도 차가 사라질 리는 없었다. 하지만 그런 시도를 하는 과정에서 전기가 발생했고, 나는 그 부산물로 분출되는 온수의 흐름에 휩쓸리고 있었던 것이다.

결국 격자에는 도착했지만 상승하는 물 흐름 속에서 바닷가재를 제자리에 유지하는 일은 꽤 어려웠다. 열이 선내로 침투해 들어오면서 땀이 나 불편했다. 해저에서 더위를 느낀다는 건 진귀한 경험이었다. 상승하는 해수 때문에 서치라이트의 불빛이 내가 조사하고 있는 바위 표면 위에서 아지랑이처럼 춤추며 떨리는 모습을 보는 것도 마찬가지였다.

500패덤 아래의 어둠 속에서 불빛을 번쩍이며 가정집 지붕과 맞먹는 경사도를 지닌 협곡 아래로 천천히 움직이고 있는 내 모습을 상상해 보라. 없어진 부품은 (근처에 있다면 말이지만) 그다지 멀리 떨어져 있을 리 없었다. 10분 이내에 찾거나, 아니면 아예 못 찾거나 둘 중 하나였다.

한 시간에 걸친 수색 끝에 나는 부서진 전구 몇 개(배에서 바다로 얼마나 많이 던져 버리는지 모르겠다. 전 세계의 해저는 이것들로 덮여 있을 것이다.)와 빈 맥주병(이것도 마찬가지다.), 그리고 멀쩡해 보이는 장화 한 켤레를 발견했다. 여기까지가 내가 찾은 전부였다. 그 이후에 난 내가 홀로 있지 않다는 사실을 깨달았다.

나는 절대로 음파탐지기를 꺼 놓지 않는다. 심지어 움직이고 있지 않을 때에도 1분에 한 번 정도는 상황을 파악하기 위해서 화면을 본다. 현재 상황은 이랬다. 커다란, 최소한 내 바닷가재 정도 되는 물체가 북쪽에서 접근하고 있었다. 나는 전등을 끈 후 급류 속에서 위치를 유지하기 위해 저출력으로 작동시키고 있던 엔진을 멈추고 해류에 몸을 맡겼다.

샤피로에게 연락해서 여기 누군가가 있다고 전해 주고 싶었지만 더 많은 정보를 얻을 때까지 기다리기로 했다. 이 정도 깊이에서 작동할 수 있는 심해 탐사선을 보유한 국가는 불과 세 곳이었다. 그리고 나는 그 어디와도 좋은 관계를 유지하고 있었다. 서두른다거나 정치적인 분규에 불필요하게 휘말리는 건 좋지 않았다.

음파탐지기가 없으면 장님과 같은 처지가 되겠지만, 내 존재를 광고하고 싶지는 않았기 때문에 마지못해 탐지기를 끄고 내 눈에 의지했다. 이 깊이에서 일하려면 불빛이 필요할 테니까 그들이 나를 보기 전에 먼저 내가 그들을 볼 수 있었다. 그래서 나는 덥고 조용한 작은 선실에서, 어둠 속을 향해 시선을 집중한 채 특별히 걱정은 안 되지만 그래도 긴장과 경계를 늦추지 않은 상태로 기다렸다.

아주 멀리서 희미한 불빛이 보이기 시작했다. 그것은 점점 커지고 밝아졌지만, 아직 내가 알아볼 수 있을 정도의 형태는 갖추지 않았다. 확산된 빛은 수많은 광점으로 응집하더니 급기야 마치 별자리가 나를 향해 다가오는 것처럼 느껴졌다. 은하수의 심장부에 가까운 미지의 세계에서 별 구름이 떠오르는 것처럼 보였다.

인간이 미지의 대상을 두려워한다는 건 사실이 아니다. 인간은 이미 알고 있는 것, 이미 경험해 본 것에 두려움을 느낀다. 내게 접근하고 있는 것이 무엇인지 상상할 수 없었지만, 어떤 바다 생물이라도 15센티미터 두께의 질 좋은 스위스산 강철판에 둘러싸여 있는 나를 건드릴 수는 없었다.

스스로 빛을 발하는 그 물체는 나를 거의 덮칠 듯하더니 두 개의 구름으로 갈라졌다. (눈이 아니라 머릿속에서) 천천히 그것들이 뚜렷해졌고, 나는 아름다움과 공포가 심연 속에서 솟아 올라왔다는 것을 알 수 있었다.

공포가 먼저였다. 접근해 온 짐승이 오징어 두 마리였음을 확인하자 조가 해 준 이야기가 머릿속에 울려 퍼졌다. 그리고 상당한 실망감과 함께 나는 오징어들의 크기가 고작 6미터로 바닷가재보다 조금 클 뿐이며 무게는 비교도 안 될 정도로 가볍다는 사실을 깨달았다. 내게 해를 끼칠 위험은 없었다. 게다가 그것과 무관하게, 말로 형용할 수 없는 오징어의 아름다움에 위험하다는 생각조차 들지 않았다.

말도 안 되게 들리지만 사실이다. 여행을 다니면서 지구상의 동물은 거의 다 보았지만 그중 어떤 것도 지금 내 눈 앞에서 빛을 발하고 있는 환영에 미치지 못했다. 다채로운 빛깔의 불빛이 맥동하며 이리저리 움직여서 마치 보석 박힌 옷을 입고 있는 것 같았고 한시도 같은 상태로 가만있지 않았다. 어떤 점들은 반짝이는 수은등처럼 밝은 파란색으로 빛나다가 거의 순간적으로 붉게 타올랐다. 촉수는 마치 빛을 내는 구슬들이 줄에 꿰인 채 물속을 이리저리 끌려다니는 것 같았다. 아니면 고속도로를 따라 줄지어 있는 가로등을 야간에 공중에서 내려다보는 것 같기도 했다. 이러한 빛을 배경으로 반짝이는 진주로 둘러싸인 거대한, 기괴한 감성과 지성이 깃든 눈이 간신히 보였다. 안타깝지만 이게 내가 할 수 있는 최선의 묘사다. 오로지 텔레비전 카메라만이 이 살아 있는 만화경을 온전히 묘사할 수 있었다. 내가 얼마나 오랫동안 쳐다보고 있었는지 모르겠다. 아름다운 빛의 향연에 도취된 나머지 내 임무조차 잊을 지경이었다. 저들의 섬세한 촉수로 격자를 부수는 게 불가능하다는 점은 이미 명백했다. 그렇다 해도 여기에 이런 생물들이 있다는 건 아주 신기한 일이었다. 카르푸킨이라면 의심스럽다고 말했을 테지만.

막 지상에 연락하려 할 때 나는 믿지 못할 광경을 목격했다. 처음부터 내 눈앞에 있었지만 그때까지는 미처 깨닫지 못했던 것이다.

오징어들은 서로 대화를 나누고 있었다.

빛을 발했다가 금세 사라지는 패턴은 무작위로 진행되는 것이 아니었다. 순간 나는 그것이 브로드웨이나 피커딜리의 번쩍이는 간판과 마찬가지로 의미가 담겨 있다는 것을 깨달았다. 몇 초에 한 번씩 이해가 갈 듯한 이미지가 나타났지만 내가 미처 해석해 보기도 전에 사라졌다. 물론 평범한 문어도 번개처럼 빠르게 변화하는 색깔로 감정을 표현한다는 건 나도 알고 있었다. 하지만 이건 수준이 훨씬 높았다. 살아 있는 전기 신호로 서로 대화를 나누는 제대로 된 의사소통이었던 것이다.

내 바닷가재의 모습이 분명한 그림을 보자 마지막까지 남아 있던 한 점의 의심마저 사라져 버렸다. 비록 나는 과학자가 아니었지만, 그 순간만큼은 새로운 발견을 이루어 낸 순간의 뉴턴이나 아인슈타인이 느꼈을 법한 기분을 느꼈다. 이것으로 난 유명해질…… .

그러자 아주 희한한 방식으로 그림이 변했다. 바닷가재가 다시 나타났지만 이번에는 훨씬 작았다. 그리고 그 옆에는, 그것보다 훨씬 작지만 아주 독특하게 생긴 물체가 두 개 있었다. 각각은 열 개의 빛나는 선이 만드는 패턴에 둘러싸인 한 쌍의 검은 점으로 이루어져 있었다.

우리 스위스인들이 언어에 능하다는 이야기는 이미 한 바 있다. 그러나 이것이 오징어의 눈으로 본 모습이라는 점과 내가 보고 있던 것이 상황을 그대로 묘사한 것이라는 사실을 이끌어 내는 데에는 지성이 별로 필요하지 않았다. 하지만 오징어의 크기는 왜 그리 터무니없이 작게 되어 있었을까?

그림이 또다시 바뀌었기 때문에 궁금증을 해소할 시간 따위는 없었다. 살아 있는 화면에 세 번째 오징어 형상이 나타났다. 게다가 이번에는 다른 오징어들이 난쟁이처럼 보일 정도로 거대한 놈이었다. 그

메시지는 영원한 어둠 속에서 몇 초 동안 빛났다. 그러더니 그림을 표시하고 있던 오징어가 믿을 수 없는 속도로 멀어졌고, 나는 녀석의 친구와 홀로 남았다.

이제 그 의미가 무엇인지 명확했다.

나는 중얼거렸다.

"맙소사! 나를 다룰 수 없으니까 커다란 녀석을 부르러 갔군."

그리고 그 커다란 녀석의 능력에 대해서라면 나는 온갖 신문 기사를 모으며 연구해 온 조 와킨스보다도 잘 알고 있었다.

내가 더 이상 머물지 않기로 결심한 건 그때였다. 여러분도 내가 그랬다고 놀라지는 않을 것이다. 하지만 떠나기 전에 나도 그들과 대화를 시도해 보아야겠다고 생각했다.

그렇게 한참 동안 어둠 속에 있던 터라 나는 전깃불의 강력함을 잊고 있었다. 두 눈이 아팠고 불쌍한 오징어 역시 괴로웠을 게 뻔했다. 참을 수 없을 정도로 강렬한 광휘에 휩싸이자 스스로 발하던 빛이 소멸되면서 오징어는 아름다움을 잃고 검은 단추 같은 두 개의 눈이 달린 창백한 젤리 덩어리로 변했다. 오징어는 충격으로 잠시 마비된 듯했다. 그러다 동료의 뒤를 쫓아 화살같이 멀어졌고, 그동안에 나는 앞으로 분명 다르게 느껴질 세상을 향해 상승했다.

"누가 사보타주했는지 알아냈어요."

바닷가재의 해치가 열리자 나는 카르푸킨에게 말했다.

"그게 누군지 자세히 알고 싶으면 조 와킨스에게 물어봐요."

나는 내 말에 땀을 흘리는 디미트리를 내버려 둔 채 한동안 그 반응을 즐겼다. 그리고 약간 편집한 이야기를 들려주었다. 나는 내가 만난 오징어들이 장비에 손상을 입힐 정도로 힘이 셌노라고 (정확히 그렇게 말하지는 않았지만) 은근히 암시했다. 그리고 내가 엿본 대화에 대해서는 아무 말도 하지 않았다. 괜히 의심만 불러일으킬 터였다. 무엇보다 나는 그 문제에 대해서 생각해 보고 가능하다면 이해가 되지 않는 부분을 정리할 시간이 필요했다.

러시아인들에게 이야기해 준 정도밖에 알려 주지 않았지만 조는 커다란 도움이 되었다. 그는 내게 오징어의 신경 체계가 얼마나 훌륭하게 발달해 있는지, 그리고 몸 전체를 덮고 있는 특별한 '발색단(發色團)' 덕분에 일부 오징어들이 빛 속에 즉각적인 3색 발현을 통해서 어떻게 겉모습을 재빠르게 바꾸는지 설명해 주었다. 아마도 위장을 위해 진화한 듯했다. 그게 의사소통 체계로 발달하는 건 자연스러운 과정, 심지어 필연적인 과정으로 보였다.

하지만 한 가지가 조를 계속 애태웠다.

"오징어들이 격자 근처에서 뭘 하고 있던 거지?"

그는 애처롭게 계속 물어 댔다.

"녀석들은 냉혈동물이야. 빛을 싫어하는 것만큼이나 열을 싫어한다고."

조는 의아한 모양이었다. 하지만 내게 그건 의문점이 아니었다. 사실 나는 그게 수수께끼를 푸는 열쇠라고 생각한다.

확신하건대, 그 오징어들이 트링코 해구에 온 것은 인간이 남극점 혹은 달에 가는 것과 같은 이유에서이다. 오징어들을 차가운 집에서 끌어내 협곡 바깥으로 뜨거운 물이 분출되고 있는 지점을 조사하게 만든 것은 순수한 과학적 호기심이었다. 아마도 그들의 생명을 위협할 기이하고 설명하기 어려운 현상을 발견한 후 덩치가 큰 친척(하인? 노예!)을 시켜서 조사할 견본을 채취해 간 것이다. 오징어들이 그것을 이해할 수 있다고는 생각하지 않는다. 불과 한 세기 전에 살았던 지상의 과학자들조차 그럴 수 없었을 것이다. 하지만 오징어들은 계속 시도하고 있다. 그게 문제였다.

다음 날 우리는 대책 마련에 들어갈 것이다. 나는 다시 트링코 해구로 들어가서 오징어들을 막아 줄 거라고 샤피로가 기대하는 거대한 전등을 설치할 터였다. 하지만 만약 심연에서 지성이 싹트고 있다면 이 책략이 과연 얼마나 오래 먹혀들 것인가?

이 이야기를 하고 있는 나는 포트 프레더릭의 오래된 흉벽 아래에 앉아 인도양 위로 떠오르는 달을 바라보고 있다. 만약 모든 일이 잘된다면 이것은 조가 나더러 쓰라고 끈질기게 권유한 책의 서두가 될 것이다. 만약 그렇지 못하다면…… 어이, 조, 이건 자네에게 하는 소리야. 내가 해 준 이야기를 자네가 적당하다고 생각하는 방향으로 편집해서 출판해 줘. 그리고 미리 모든 사실을 이야기해 주지 못한 점에 대해서는 자네와 레브에게 미안하게 생각하네. 이제 내가 왜 그랬는지 이해했겠지.

무슨 일이 있더라도 이것만은 기억해 줘. 그들은 아름답고 경이로운 생명체야. 가능한 한 그들과 잘 지내길 바라네.

　수신인 : 동력부 장관, 모스크바
　발신인 : 레브 샤피로, 트링코말리 열전기 발전 계획 책임자

마지막 잠수 이후 클라우스 뮬러 씨의 소지품에서 발견된 녹음 테이프의 사본 완전판을 동봉합니다. 몇 가지 사항에서 《타임》의 조 와킨스 씨의 도움을 많이 받았습니다.

알아들을 수 있었던 뮬러 씨의 마지막 전언은 와킨스 씨에게 보내는 것이었으며 그 내용은 다음과 같습니다.

"조! 자네가 멜빌에 대해 한 말은 옳았어! 그건 정말 거대……."

1963년 8월, 《디스 위크(This Week)》에 "월인(月人)들의 비밀(The Secret of the Men in the Moon)"이라는 제목으로 첫 게재. 『태양으로부터 부는 바람』에 재수록.

헨리 쿠퍼가 뭔가 이상하다고 느낀 것은 달에 온 지 거의 두 주가 지나서였다. 처음에는 분명치 않은 의혹, 차분한 과학 전문 기자라면 심각하게 여기지 않을 정도의 예감에 불과했다. 어쨌거나 그는 국제 연합 우주국이 직접 요청해서 이곳에 왔다. 국제 연합 우주국은 항상 홍보 활동에 열을 올려 왔다. 특히 전 세계의 넘쳐나는 사람들이 도로 와 학교, 해저 농장 따위를 더 지어 달라고 외치면서 수십억을 우주에 쏟아붓는 상황에 불만을 터뜨리곤 하는 예산 편성 시기 직전에는 더 욱 그랬다.

그래서 그가 온 것이다. 달을 순회하는 건 두 번째였고, 매일같이 2000단어씩 원고를 전송하고 있었다. 신기함이야 많이 가셨지만, 지 도가 완전히 만들어졌는데도 거의 아프리카만 한 땅이 미탐사지로 남아 있는 이 신비한 세계에는 아직도 경탄할 만한 일이 많았다. 압력 돔이나 실험실, 우주항을 조금만 벗어나도 앞으로 수세기 동안 인간의 도전 대상이 될 망막한 공간이 펼쳐졌다.

물론 어떤 곳은 아주 익숙하기도 했다. 반짝이는 금속 기념탑과 세 가지 언어로 다음과 같이 씌어 있는 기념 명판이 세워져 있는 '비의 바다'의 먼지 속에 인간이 낸 흠집을 보지 못한 사람이 어디 있겠는가.

1959년 9월 13일

2001, UT

이 자리에

최초의 인공 물체가 새로운 세상에 내려앉다

쿠퍼는 루니크 2호가 묻힌 곳, 그리고 그 후에 착륙한 사람이 묻힌 유명한 무덤에도 가 본 적이 있었다. 하지만 이들은 이미 지나간 일이었다. 콜럼버스나 라이트 형제처럼 역사 속으로 사라지고 있었다. 지금 그는 미래에 관심이 있었다.

그가 아르키메데스 우주항에 착륙하자 수석 행정관이 반갑게 맞이하며 그의 여행에 대한 개인적인 흥미를 보였다. 교통과 숙박, 공식 안내원도 모두 준비되어 있어서 어디든 가고 싶은 곳에 가서 마음껏 물어볼 수 있었다. 항상 정확하고 우호적인 기사를 썼기 때문에 국제 연합 우주국은 그를 신뢰했다. 그런데 이번 여행은 그리 마땅치가 않았다. 이유는 모르겠지만 알아보려는 참이었다.

그는 전화를 들고 말했다.

"교환? 경찰서를 연결해 주세요. 감찰관과 이야기하고 싶습니다."

찬드라 쿠마라스와미도 아마 제복을 가지고 있겠지만 쿠퍼는 그가
제복 입은 모습을 한번도 보지 못했다. 그들은 약속대로 플라톤 시의
자랑이자 기쁨인 작은 공원 입구에서 만났다. 임의로 규정한 24시간
짜리 하루의 아침에 해당하는 이 시간엔 사람이 거의 없었고, 그들은
마음대로 이야기를 나눌 수 있었다.

그들은 좁은 자갈길을 걸으며 지난 시절과 대학에서 함께하던 친구
들이며 행성간 정치의 최근 판도 등에 대해 이야기를 나눴다. 공원의
한가운데 거대한 파란 돔의 중앙에 오자 쿠퍼가 요점을 이야기했다.

"자네는 달에서 벌어지는 일이라면 전부 알고 있지 않나, 찬드라.
그리고 내가 여기서 국제 연합 우주국에 대한 연재 기사를 쓰고 있다
는 것도 알고. 지구에 돌아가서 책으로 엮을 수 있으면 좋겠네만. 그
래서 말인데, 도대체 왜 사람들이 숨기려 하지?"

찬드라를 재촉할 수는 없었다. 그는 대답하기 전에 언제나 충분히
시간을 끌었다. 그러고 나서야 물고 있던 수제(手製) 바이에른 파이프
가장자리에서 어렵사리 몇 마디 대답이 빠져나왔다.

"사람들 누구?"

마침내 그가 물었다.

"무슨 소린지 정말 모르겠어?"

감찰관은 고개를 저었다.

"전혀."

쿠퍼는 그 대답이 사실이라는 것을 알았다. 찬드라는 대답을 안 할
망정 거짓말을 하는 사람은 아니었다.

"유감인걸. 자네가 나보다 특별히 더 아는 게 없다고 치고, 내게 유

일한 실마리가 하나 있는데…… 이건 날 겁나게 할 지경이라고. 의학 연구팀이 날 가까이 오지 못하게 하고 있어."

"흠."

찬드라가 대답하고는 입에서 파이프를 빼내어 생각에 잠긴 듯이 그것을 바라보았다.

"고작 그게 다야?"

"별로 생각할 거리가 없잖아. 난 그저 경찰일 뿐이고, 자네의 그 기자다운 상상력이 없다는 점을 잊지 마."

"내가 확실히 알 수 있는 건 의학 연구팀에서 높은 사람들 쪽으로 갈수록 분위기가 더욱 차가워진다는 거야. 지난번에 왔을 땐 모두 친절했고 괜찮은 이야기들도 많이 들려주었지. 그런데 지금은 책임자를 만날 수도 없어. 항상 바쁘거나 달 반대편에 멀리 떨어져 있다고 하지. 그나저나 그는 어떤 인물이지?"

"헤이스팅스 박사? 과민하고 대수롭지 않은 사람이야. 아주 경쟁적이긴 한데 같이 일하기에 그리 어려운 사람은 아니지."

"그가 뭘 숨기려고 하는 걸까?"

"자네를 알기에 하는 소린데 뭔가 재미있는 이론이 있겠지?"

"아, 뭔가 마약류나 사기, 또는 정치적인 음모를 생각해 봤지. 그런데 요즘엔 말이 안 되는 것들이야. 그러니까 날 겁나게 한 게 무엇일 것 같나?"

찬드라가 조용히 궁금하다는 눈짓을 해 보였다.

"행성간 전염병."

쿠퍼가 내뱉듯이 말했다.

"그건 불가능하다고 알고 있는데."

"그랬지. 다른 행성의 생명체는 생화학이 이질적이기 때문에 우리에게 반응할 수 없고, 우리 몸의 미생물과 곤충들이 우리 몸에 적응하기까지는 수백만 년이 걸렸다는 내용의 기사를 내가 직접 쓴 적도 있어. 하지만 난 항상 그게 사실인지가 궁금했다고. 가령 화성에 갔다 오는 우주선이 뭔가 위험한 것을 가져왔다고 생각해 봐. 그리고 의사들이 그걸 해결할 수 없다면?"

찬드라가 한동안 말이 없다가 입을 열었다.

"조사해 보지. 내키진 않지만 자네는 아마 모를 사건도 있었으니까. 지난달 의료국에서 신경쇠약 증세가 세 건 나왔어. 그건 아주 드문 일이거든."

그는 시계를 흘끗 보더니 아주 먼 듯 보이지만 실제로는 고작 머리 위 60미터에 있는 인공 하늘을 바라보았다.

"그만 가지. 5분만 있으면 아침 소나기가 내릴 거야."

2주 후 한밤중에, 그러니까 달의 실제 밤에 전화가 걸려 왔다. 플라톤 시의 시간으로는 일요일 아침이었다.

"헨리? 찬드라야. 30분 후에 제5 에어 로크에서 만날 수 있을까? 좋아…… 거기서 보자고."

쿠퍼는 뭔가 있음을 눈치챘다. 제5 에어 로크라면 그들이 돔 밖으로 나간다는 것을 뜻했다. 찬드라가 뭔가를 알아낸 것이다.

트랙터가 도시를 떠나 재와 돌멩이를 불도저로 대강 밀어 만들어 놓은 도로를 따라가는 동안은 경찰 운전사 때문에 마음대로 대화할 수 없었다. 남쪽에 낮게 걸린 지구는 거의 완전한 모양으로 밝은 초록 빛을 지옥 같은 대지에 비추고 있었다. 아무리 노력한다고 해도 달을 매력적인 곳으로 바꾸어 놓을 수는 없을 거라고 쿠퍼는 중얼거렸다. 그러나 달의 가장 큰 비밀은 자연이 잘 감추어 놓았고, 그런 곳은 인간이 직접 가야만 볼 수 있었다.

도시를 이루는 돔들은 날카롭게 굽은 지평선 아래로 사라졌다. 이제 트랙터는 큰길에서 벗어나 간신히 보이는 작은 길을 따라갔다. 10분 후, 쿠퍼는 앞쪽에 외딴 바위 위에 서 있는 반짝이는 반구 하나를 보았다. 붉은 십자가가 그려진 차량 하나가 입구 옆에 주차되어 있었다. 그들이 유일한 손님은 아닌 모양이었다.

그들도 예상치 못한 방문자는 아니었다. 돔에 가까이 가자 유연한 튜브로 되어 있는 에어 로크 연결 부위가 다가와 트랙터의 외피에 물렸다. 압력이 같아지면서 공기가 빠지는 소리가 짧게 들려왔다. 그리고 쿠퍼는 찬드라를 따라 건물로 들어섰다.

에어 로크 기사는 굽은 복도와 방사상 모양의 통로를 통해 일행을 돔의 중심으로 이끌었다. 가끔씩 그들은 실험실과 완벽하게 정돈된 과학 기자재, 컴퓨터들을 볼 수 있었고, 일요일 아침이라 사람은 아무도 없었다. 안내자가 그들을 동그랗고 거대한 방에 들인 후 조용히 문을 닫자 쿠퍼는 건물의 중심부에 도착한 게 분명하다고 생각했다.

그 방은 조그만 동물원이었다. 우리와 탱크, 지구의 동식물을 광범위하게 수집하여 담아 놓은 병들이 그들을 둘러싸고 있었다. 그 한가운데에는 걱정스러운 표정에 기분이 좋지 않아 보이는 백발의 키 작은 남자가 기다리고 있었다.

“헤이스팅스 박사, 여기는 쿠퍼 씨입니다.”

쿠마라스와미가 말했다. 감찰관이 쿠퍼를 바라보며 덧붙였다.

“자네를 조용히 만드는 방법은 하나밖에 없다고 박사를 설득했어. 바로 모든 것을 털어놓는 거지.”

“솔직히 말해서, 이제 될 대로 되라는 심정이오.”

헤이스팅스가 말했다. 하도 떨리는 목소리로 간신히 말을 꺼냈기 때문에 쿠퍼는 ‘어이구! 여기 신경쇠약에 걸리려는 사람이 또 있군.’ 하고 생각했다.

헤이스팅스는 악수 같은 형식에 시간을 뺏기지 않았다. 그는 한 우리로 걸어가 조그만 모피 꾸러미를 꺼내 쿠퍼에게 내밀고 대뜸 물었다.

“이게 뭔지 아시오?”

“물론이죠. 햄스터. 가장 흔한 실험 동물이죠.”

“그래요. 아주 정상적인 골든 햄스터요. 한 가지 특이한 점이 있다면 다섯 살이라는 거지. 우리 안에 있는 다른 녀석들도 마찬가지고.”

“그런데요? 뭐가 이상하다는 거죠?”

“아, 전혀. 이상할 건 없소…… 한 가지, 햄스터는 수명이 2년밖에 안 된다는 사소한 사실만 빼고. 그리고 여기엔 거의 열 살이 가까워 가는 녀석들도 좀 있다오.”

잠시 동안 아무도 말을 하지 않았다. 그러나 방 안은 조용하지 않았다. 부스럭거리는 소리, 미끄러지는 소리, 긁는 소리와 조용히 쿵쿵거리거나 조그만 동물들이 우는 소리로 가득 차 있었다. 쿠퍼가 속삭이듯 말했다.

"맙소사. 수명을 연장하는 방법을 찾아냈군요!"

"아뇨. 우리가 발견한 게 아니오. 달이 우리에게 제공한 거요……
눈앞의 당연한 사실을 간과하지 않았다면 충분히 예상할 수 있었을
일이지만."

그는 감정을 억제하는 방법을 깨우친 것 같았다. 마치 발견 자체에
매료되어 그 발견이 함축하는 의미에는 관심이 없는 순수한 과학자
같았다.

"지구에서 인간은 평생 동안 중력과 싸우며 보냅니다. 중력은 근육
을 지치게 하고 원래 내장을 끌어당겨 모양을 바꿔 놓죠. 칠십 평생
동안 심장이 얼마나 많은 양의 피를 얼마나 멀리 뿜어내는지 아시오?
몸무게가 80킬로그램인 남자가 13킬로그램밖에 나가지 않는 여기 달
에서는 그 모든 노동과 긴장이 전부 6분의 1로 줄어드는 거요."

"그렇군요. 햄스터가 10년이라, 그러면 인간은 얼마나 살죠?"

쿠퍼가 천천히 물었다.

"간단한 법칙이 있는 건 아니오. 크기와 종에 따라 다릅니다. 한 달
전만 해도 분명히 알지 못했소. 이제는 꽤 확실하게 알고 있습니다.
달에서는 인간의 수명이 최소 200년 정도요."

헤이스팅스가 대답했다.

"그런데 그걸 비밀로 감춰 두려 했군요!"

"바보 같기는! 왜 그랬는지 모르겠소?"

"진정하세요, 박사님. 진정하세요."

찬드라가 부드럽게 말했다.

억누르는 기색이 역력한 채 헤이스팅스는 성질을 가라앉혔다. 그는

차가울 정도로 침착하게 말하기 시작했고 그의 말은 차가운 빗물처럼 쿠퍼의 마음속에 내려앉았다.

"저 위에 있는 사람들을 생각해 봐요."

헤이스팅스는 천장에 가려 보이지 않지만 달에 있는 누구도 절대로 잊을 수 없을 정도로 거대한 존재감을 지닌 지구 쪽을 손가락으로 가리키며 말했다.

"여섯 대륙을 구석구석까지 채우다 못해 이제 해저까지 채워 나가고 있는 60억의 사람들을. 그리고 이곳을 생각해 보구려."

그는 땅을 가리켰다.

"이 거의 빈 땅엔 고작 10만 명이 살고 있소. 그러나 이곳은 단순히 생존만을 위해서도 기술과 공학의 기적이 필요한 세계이고, 아이큐가 기껏해야 150밖에 안 되는 사람들은 직업을 구할 수도 없는 곳이오.

그런데 이제 우리가 200년 동안 살 수 있다는 게 밝혀졌지요. 저 사람들이 이 소식에 어떻게 반응할지 상상해 보구려! 이제 이건 당신 문제라오, 기자 양반. 당신이 원했고, 이제 알게 되었죠. 제발 얘기해 주면 좋겠는데, 정말 궁금하군요. 이 소식을 도대체 어떻게 사람들에게 전할 작정이오?"

헤이스팅스는 기다리고 또 기다렸다. 쿠퍼는 입을 열었다가 무슨 말을 해야 할지 몰라 다시 다물었다.

한쪽 구석에서 갓 태어난 원숭이 한 마리가 울기 시작했다.

프랑켄슈타인의 전화 |Dial F for Frankenstein|

1965년 1월, 《플레이보이》에 첫 게재.
『태양으로부터 부는 바람』에 재수록.

1975년 12월 1일, 그리니치 표준시로 0150시에 전 세계의 전화기가 동시에 울렸다.

2억 5000명의 사람들은 짜증을 내거나 당혹스러워 하면서 몇 초 동안 수화기를 들고 있었다. 한밤중에 깨어난 사람들은 바로 어제 대대적으로 선전하면서 서비스를 개시한 위성 전화망을 통해 먼 곳에 사는 친구가 전화한 거라고 짐작했다. 하지만 수화기에서는 아무런 목소리도 들리지 않았다. 오로지 어떤 소음만 들렸을 뿐이고 많은 이들에게 그것은 바다가 포효하는 소리 같았다. 어떤 사람들은 바람에 하프의 현이 진동하는 소리라고도 했다. 또 그 순간, 더 많은 사람들은 마음 깊숙한 곳에 있던 어린 시절의 소리를 떠올렸다…… 핏줄을 통과하는 혈액의 맥동 소리라든가, 귀에 조개껍데기를 갖다 댔을 때 들리는 소리 등. 그게 무슨 소리였든 간에 20초 정도만 유지되었을 뿐, 곧 전화기의 발신음으로 바뀌었다.

전 세계의 사용자들은 욕을 하거나 "잘못 걸었군."이라고 중얼거리며 전화를 끊었다. 몇몇은 전화 회사에 항의하려고 했지만 계속 통화 중이었다. 몇 시간이 지나자 사람들은 그 사건을 잊었다, 그런 일에 대해 걱정하는 것이 직업인 사람들을 빼고는.

체신부 산하의 연구소에서는 아침 내내 논쟁이 이루어지고 있었지만 아무 결론도 나오지 않았다. 논쟁은 전혀 사그라지지 않은 채 점심시간까지 이어졌고, 허기를 느낀 기술자들은 길 건너편에 있는 작은 카페로 몰려갔다.

반도체 전공인 윌리 스미스가 말했다.

"내 생각은 아직도 이래. 위성망의 스위치가 켜지면서 일시적으로 전류가 몰렸기 때문이야."

"위성하고 어떤 관계가 있는 건 틀림없어."

회로 설계 분야의 줄스 레이너가 동의했다.

"그런데 시간 지연은 왜 생겼을까? 스위치는 자정에 켜졌는데, 전화가 울린 건 두 시간 후였잖아…… 다들 잠에서 깼으니 알겠지만."

그는 크게 하품을 했다.

"박사님은 어떻게 생각하세요?"

컴퓨터 프로그래머인 보브 앤드루스가 물었다.

"아침 내내 조용하시던데요. 뭔가 생각하시는 게 있나 보죠?"

수학 과장인 존 윌리엄스 박사는 불편한 듯 찻잔을 휘저었다.

"있긴 있지. 하지만 자네들은 별로 진지하게 받아들이지 않을걸."

"상관없어요. 설사 박사님이 가명으로 쓰는 과학소설 이야기처럼 허황된 거라고 해도 실마리는 될 수 있으니까요."

윌리엄스의 얼굴이 살짝 붉어졌다. 그의 소설에 대해서는 다들 알고 있었고 그도 부끄럽게 생각하지 않았다. 소설을 모아서 한 권의 책으로 출판한 적도 있었다. (아직 재고가 수백 권이 남아서 권당 5실링에 처분하는 중이었다.)

그가 식탁보에 낙서하며 말했다.

"어쨌거나…… 몇 년째 궁금하던 게 있거든. 자네들은 자동 전화교환기하고 인간 두뇌의 유사성을 생각해 본 적 있나?"

"누군들 안 해 봤겠어요? 그레이엄 벨 시절까지 거슬러 올라가야 할걸요."

누군가가 비웃었다.

"그럴지도 모르지. 난 그게 독창적인 생각이라고 한 적은 없어. 하지만 이제는 진지하게 생각해 봐야 할 때라는 거지."

윌리엄스는 식탁 위에 달려 있는 형광등을 기분 나쁘게 노려보았다.

"도대체 불은 왜 이 모양이야? 벌써 5분째 깜빡이고 있잖아."

"신경 쓰지 마세요. 보나 마나 메이지가 전기세 내는 걸 깜빡했겠죠. 박사님 이론이나 계속 얘기해 주세요."

"대부분은 이미 이론이 아니야. 분명한 사실이지. 인간의 두뇌가 아주 정교하게 신경들이 서로 연결된 스위치(신경세포 말이야.)로 되어 있다는 건 다들 알잖아. 자동 전화교환기도 마찬가지로 전선들이 서로 연결된 스위치, 그러니까 선택기나 그런 것이고."

"그렇죠."

스미스는 말했다.

"하지만 비슷한 점은 거기서 끝이에요. 뇌에는 신경세포가 150억 개 정도 있지 않나요? 자동교환기에 있는 스위치 수보다 훨씬 많죠."

월리엄스가 대답하려는 참에 낮게 비행하는 제트기의 소음이 끼어들었다. 그는 카페 전체가 진동을 멈춘 후에야 이야기를 계속할 수 있었다.

"저렇게 낮게 나는 건 처음인데. 규정 위반일 거야."

앤드루스가 투덜거렸다.

"맞아. 걱정하지는 말라고. 런던 공항 관제탑에서 뭐라고 하겠지."

"아닐걸."

레이너가 말했다.

"저게 바로 런던 공항에서 콩코드가 착륙할 수 있게 유도하는 거야. 그런데 나도 저렇게 낮은 건 처음이군. 내가 타고 있지 않아서 다행이야."

"이 빌어먹을 토론을 계속할 거야, 안 할 거야?"

스미스가 물었다.

월리엄스는 태연하게 말을 이었다.

"뇌에 150억 개가 있다는 건 맞아. 그리고 바로 그게 핵심이지. 150억 하면 굉장히 많아 보이지만, 사실은 그렇지 않아. 1960년대쯤만 해도 전 세계에 있는 자동교환기의 스위치를 합하면 그거보다 많았어. 요즘에는 대략 그것의 다섯 배쯤 되지."

"알겠어요."

레이너가 천천히 말했다.

"그러니까 위성망 서비스가 개시되면서 어제부터 그게 전부 상호 연결되었다는 거로군요."

“정확해.”

멀리서 소방차의 종소리가 들려올 뿐 한동안 침묵이 이어졌다.

스미스가 입을 열었다.

“정리해 봅시다. 전 세계의 전화 시스템이 이제 하나의 거대한 뇌가 되었다는 말인가요?”

“의인화는 좀 조악한 표현이야. 나는 임계라는 관점에서 생각하고 싶어.”

윌리엄스는 주먹을 성기게 쥐고 두 손을 앞으로 내밀었다.

“여기 우라늄235 두 덩어리가 있다고 쳐. 둘이 떨어져 있는 한 아무 일도 없지. 하지만 둘이 합쳐지면(그는 그런 동작을 해 보였다.) 단순히 크기만 더 큰 우라늄 덩어리와는 성격이 아주 달라. 반경 1킬로미터는 날아가는 거야.

전화망도 마찬가지야. 오늘까지는 대부분 독립적으로 떨어져 있는 덩어리였어. 하지만 이제 갑자기 접속 지점이 늘어나고 망들이 서로 융합하면서 임계치에 도달한 거야.”

“그러니까 정확히 여기서 임계라는 게 무슨 의미예요?”

스미스가 물었다.

“좀 더 나은 단어를 원한다면…… 의식이라고 해야겠지.”

“기괴한 종류의 의식이겠군요. 뭘 감각기관으로 사용하는데요?”

레이너가 물었다.

“음, 전 세계에 있는 방송국에서 그들의 지상망들을 통해서 정보를 불어넣겠지. 그것만 해도 그것에 생각할 거리를 줄걸! 그리고 컴퓨터에 저장된 자료들, 거기에도 접속할 수 있을 테고…… 그리고 전자 도서관이나 레이더 추적 시스템, 자동화된 공장의 원격 계측기도 있어. 아, 감각기관은 넘쳐 날걸! 그게 바라보는 세상이 어떤 모습일지 우리는 상상할 수도 없어. 하지만 우리보다는 훨씬 더 풍요롭고 복잡한 것일 거야.”

“재미있는 생각이니까 일단 그렇다고 합시다. 생각하는 것 말고 그게 뭘 할 수 있죠? 팔다리가 없으니까 어디에 갈 수도 없잖아요.”

레이너가 말했다.

“그게 어디로 갈 필요가 있을 것 같나? 이미 모든 곳에 있는데! 이 지구상에 있는 원격조종 장치란 장치가 전부 팔다리가 되는 셈인걸.”

앤드루스가 끼어들었다.

“이제 시간 지연이 왜 일어났는지 알았어요. 자정에 잉태되었지만, 탄생한 건 새벽 1시 50분이란 거군요. 우리를 잠에서 깨운 소리는…… 그것의 첫울음이었겠네요.”

익살을 부려 보려는 시도는 먹혀들지 않아서 아무도 웃지 않았다. 머리 위의 전등도 짜증이 날 정도로 계속 깜빡였고 그것은 점점 심해지는 듯했다. 그때 카페 앞쪽에서 전력과의 짐 스몰이 여느 때처럼 명랑하게 말을 걸어 왔다.

“친구들, 이걸 보라고.”

그는 히죽 웃으면서 눈앞에 종이 한 장을 흔들어 댔다.

“난 부자야. 은행 잔고가 이만큼 남은 거 봤어?”

윌리엄스 박사는 그가 내민 종이를 받아서 금액을 읽어 내려가더니 큰 소리로 잔액을 말했다.

“잔액. 9억 9999만 9897.99파운드.”

윌리엄스는 재미있어 하는 사람들에게 말했다.

"신기할 건 없어. 102파운드를 초과 인출해서 생긴 것 같군. 컴퓨터가 실수해서 9를 열한 개 더한 거야. 10진수 체계로 변환한 이후에 자주 일어나는 일이지."

"나도 알아요."

스몰이 말했다.

"그냥 재밌잖아요. 이건 액자로 만들어야겠어요. 혹시 이걸 증거로 몇 백만 파운드짜리 수표를 써도 될지 모르는 일이잖아요? 부도 처리되면 은행에 소송을 걸 수 있을까?"

"그렇지 않을걸."

레이너가 말했다.

"은행에서 벌써 그런 걸 생각해 두고 어딘가 조그만 글자로 자기들이 손해 보지 않을 수 있게 써 두었을 거야. 그런데 어쨌거나 그건 언제 그렇게 된 거야?"

"정오에 배달되었더군. 바로 사무실로 와서 아직 아내도 못 봤지."

"흠, 그러면 오늘 아침에 계산했다는 말인데. 분명히 어젯밤 이후로……."

"무슨 소리를 하는 거야? 얼굴이 다들 왜 그래?"

아무도 그에게 대답하지 않았다. 새로운 문제가 등장했고, 토끼를 쫓는 사냥개들이 일제히 출발한 것이다.

스미스가 물었다.

"여기 은행의 자동 시스템에 대해 아는 사람이 있나? 그게 서로 어떻게 연결돼 있지?"

앤드루스가 대답했다.

"요새는 다 그렇듯이 똑같은 망에 속해 있어. 전 세계의 컴퓨터들이 연결되어 있지. 생각해 볼 문제네요, 박사님. 만약 실제로 문제가 생긴다면, 은행에서 먼저 생길 거라고 생각했어요. 물론 전화 시스템은 빼고 말이죠."

레이너가 불평했다.

"짐이 들어오기 전에 내가 물은 건 아무도 대답을 안 했어. 이 초지성이 실제로 뭘 할 수 있지? 그건 우호적일까 적대적일까, 무관심할까? 우리가 존재한다는 걸 알기나 할까? 아니면 자기가 다루는 전기 신호만이 유일한 실체라고 생각하지는 않을까?"

"이제 슬슬 말이 통하는 것 같군."

만족스러운 듯 웃음을 지으며 윌리엄스가 말했다.

"다른 질문을 함으로써 그 물음에 대답해 보자고. 갓 태어난 아기는 무엇을 하나? 먹을 것을 찾기 시작하지."

그는 깜빡이는 전등을 쳐다보았다.

"맙소사."

갑자기 무슨 생각이 떠오른 듯 그가 천천히 말했다.

"그게 먹을 거라고는 하나밖에 없어…… 전기야."

"이제 말도 안 되는 소리는 그만하죠. 도대체 점심은 왜 안 나오는 거지? 주문한 지 20분이나 지났는데."

스미스가 말했지만 모두 그를 무시했다. 그리고 윌리엄스가 한 말의 뒤를 이어 레이너가 얘기했다.

"그리고 주위를 둘러보고 팔다리를 뻗겠죠. 정확히 말하면 자라나는 아기처럼 놀기 시작할 거예요."

"그리고 아기들은 물건을 망가뜨리죠."

누군가가 나지막하게 말했다.

"장난감은 많을 거야. 뻔하잖아. 우리 머리 위를 지나간 콩코드. 자동 생산 라인. 거리의 신호등."

"그 말을 들으니 생각나는군."

스몰이 끼어들었다.

"바깥에 신호등이 어떻게 되었나 봐…… 10분째 다들 서 있던데. 막혀도 단단히 막히는 것 같아."

"불도 났나 봐. 아까 소방차 소리를 들었잖아."

"난 두 번이나 들었어. 그리고 공업 지구에서는 뭔가 폭발한 것 같아. 제발 아무것도 아니어야 하는데."

"메이지! 초는 왜 안 가져와요? 아무것도 안 보이잖아요!"

"방금 생각났는데…… 여기 부엌은 다 전기로 돌아가잖아. 차가운 음식을 먹게 될 것 같아. 먹을 수 있을지도 모르겠지만."

"적어도 기다리는 동안에 신문은 읽을 수 있잖아. 짐, 그거 오늘 자 신문이야?"

"그래. 아직 못 읽었어. 흠. 오늘 아침에 이상한 사고가 많긴 많군. 철도 신호등이 고장났고 밸브 작동 불량으로 수도관이 파열됐고 어젯밤 잘못 걸린 전화 때문에 불만 접수가 많았고……."

그는 다음 장으로 넘기더니 갑자기 말을 잇지 못했다.

"왜 그래?"

아무 말 없이 스몰은 신문을 넘겨주었다. 맨 앞 장에만 말이 되는 글이 담겨 있었다. 안쪽으로 넘기니 각 행마다 활자가 뒤죽박죽 인쇄되어 있었다. 그리고 의미를 알 수 없는 말로 이루어진 바다에 떠 있는 섬처럼 멀쩡한 광고가 어울리지 않는 위치에 놓여 있었다. 광고들은 개별적으로 편집된 덕에 뒤범벅이 된 주변의 활자와 같은 처지에서 벗어날 수 있었던 게 틀림없었다.

"장거리 조판과 기사 자동 배치 덕분이로군. 플리트 가가 전자 장치에 너무 많이 의존해 온 것 같아."

앤드루스가 투덜거렸다.

"안타깝지만 우리 모두가 그래 온 것 같군. 우리 모두가."

윌리엄스가 엄숙하게 말했다.

"지금 이곳에 침범하고 있는 집단 광란 심리를 막기 위해 내가 한마디 할 수 있다면, 걱정할 필요가 없다는 점을 지적하고 싶어. 설령 박사님의 독창적인 환상이 옳다고 해도 말이야."

크고 단호한 목소리로 스미스가 말했다.

"위성 스위치를 끄기만 하면 돼. 그러면 바로 어제처럼 돌아갈 수 있어."

"전두엽 절제술이로군. 나도 생각해 봤지."

윌리엄스가 중얼거렸다.

"어? 아, 뇌 일부분을 잘라 내는 것 말이군요. 분명히 효과가 있을 거예요. 물론 비싸긴 하겠지만요. 그리고 예전처럼 전보를 보내던 시절로 돌아가게 되겠지만 문명은 살아남겠죠."

어딘가 그리 멀지 않은 곳에서 뭔가 폭발하는 소리가 짧지만 분명하게 들려왔다.

앤드루스가 초조하게 말했다.

"말도 안 돼. 방송에서 뭐라고 하는지 들어 보자. 1시 뉴스가 막 시작되었을 거야."

그는 가방에서 라디오를 꺼냈다.

"산업계에서는 전례 없을 정도로 많은 사고가 일어났으며, 미국 군사 시설에서 예상치 못하게 유도미사일이 발사되어 일제히 세 곳에 투하되었습니다. 레이더의 비정상적인 작동으로 인해 공항은 업무를 중단해야 했으며, 은행과 증권거래소도 정보처리 시스템에 커다란 문제가 생기면서 폐쇄되었습니다. ("그러니까 이게……." 스몰이 중얼거리자 다들 그를 조용히시켰다.) 잠시만 기다려 주십시오. 새로운 소식이 들어오고 있습니다……. 새로운 소식입니다. 최근에 설치된 통신위성에 대한 제어 능력을 완전히 상실했다고 합니다. 지상 관제소의 명령에 위성들이 불응하고 있습니다……."

방송이 중단되었다. 공중파조차 사라져 버린 것이다. 앤드루스는 손을 뻗어 주파수 조정기를 이리저리 돌렸다. 어떤 전파 영역에서도 조용할 뿐이었다.

잠시 후, 레이너가 광란과는 거리가 먼 목소리로 말했다.

"전두엽 절제술은 괜찮은 생각이었어요, 박사님. 아기가 먼저 떠올린 건 안된 일이지만."

윌리엄스는 천천히 일어섰다.

"연구소로 돌아가세나. 해결책이 있을 거야, 어딘가는."

하지만 이미 한참 늦었다는 것을 그는 알고 있었다. 그 전화벨 소리는 호모사피엔스의 종말을 알리는 조종이었던 것이다.

태양으로부터 부는 바람 |The Wind from the Sun|

1964년 3월, "선재머(Sunjammer)"라는 제목으로 《보이스 라이프(Boy's Life)》에 첫 게재.
『태양으로부터 부는 바람』에 재수록.

우주에서의 요트 경주에 대한 이야기다. 차이점이라면 태양범(帆) 항법(태양 광선을 받아서 우주선 등의 추진력을 얻는 장치 — 옮긴이)을 이용한다는 것인데, 지금도 우주선의 추진 방법으로 이 방법을 진지하게 고려하고 있다. 원래의 제목은 "선재머"였지만, 거의 동시에 폴 앤더슨이 같은 제목의 소설을 썼기 때문에 나는 서둘러 제목을 바꿔야 했다.

세계와 세계를 잇는 바람을 받은 거대한 원반형의 돛은 이미 팽팽해진 채로 돛대에 매달려 있었다. 경주가 시작되려면 3분밖에 남지 않았지만, 존 머톤은 지난 그 어느 때보다도 덜 긴장되고 편안했다. 사령관이 출발 신호를 보낸 후 어떤 결과가 나오건, 다시 말해 다이애나 호가 그를 승리로 이끌건 패배로 몰아넣건 그와 상관없이 머톤은 이미 야망을 달성했다고 할 수 있었다. 타인을 위해 우주선을 설계하는 데 인생을 소진한 끝에 그는 마침내 자기 자신의 우주선을 가질 수 있게 된 것이다.

"출발 2분 전. 수신 상태를 확인해 주십시오."

선내 무전기에서 음성이 울려 퍼졌다.

다른 선장들이 차례대로 응답했다. 머톤은 그 목소리를 모두, 즉 긴장한 목소리도 조용한 목소리도 알고 있었다. 전부 그의 친구이자 경쟁자들이었다. 사람이 살고 있는 네 곳의 세계를 통틀어 태양 요트를 몰 수 있는 사람은 채 스무 명이 되지 않았다. 그리고 지금 그들이 전부 모여 있었다. 출발선에 서 있거나, 아니면 적도 2만 2000킬로미터 상공에서 대기하고 있는 호위용 선박에 승선한 채로.

"1번 고사메, 준비 완료."

"2번 산타마리아, 정상."

"3번 선빔, 완료."

"4번 우메라, 모든 시스템 정상."

머톤은 초기의 구식 우주 항행 시대가 남긴 마지막 메아리에 미소를 지었다. 하지만 우주에서는 이제 전통이 되어 버렸다. 그리고 가끔은 그들에 앞서 별을 향해 떠났던 사람들의 마음가짐을 환기시켜 줄 필요도 있는 법이다.

"5번 레베데프, 우리는 준비됐음."

"6번 아라크네, 완료됐음."

이제 맨 끝에 서 있는 머톤의 차례였다. 이 작은 선실에서 그가 하는 말을 적어도 50억 명의 사람들이 듣고 있다고 생각하니 기분이 이상했다.

"7번 다이애나, 출발 준비 완료."

"전원 확인. 출발 2분 전."

심판용 발사대에서 기계적인 응답 소리가 들렸다.

머톤은 그 소리를 간신히 알아들었다. 마지막으로 돛대의 장력을 점검하던 중이었다. 계기의 바늘은 모두 안정되어 있었다. 거대한 돛은 팽팽했고, 거울로 된 표면은 태양 빛을 받아 불꽃을 튀기며 찬란하게 빛났다. 무중력상태에서 공중에 뜬 채 전망경(展望鏡) 앞에 서 있는 머톤에게는 마치 하늘 전체를 가득 채우고 있는 것처럼 보였다. 그러고도 남을 터였다. 돛은 넓이가 500만 제곱미터였으며, 길이가 거의 160킬로미터에 달하는 돛대에 매달린 채 선체와 연결되어 있었다. 구름처럼 중국해를 가로지르며 차(茶)를 나르던 범선들의 거대한 범포를 모두 다 합쳐도 다이애나 호가 태양 아래 펼쳐 놓은 단 하나의 돛에 미치지 못했다. 하지만 실체는 비누거품보다 조금 두꺼운 정도였다. 넓이가 500만 제곱미터인 알루미늄 처리된 플라스틱의 두께는 고작 몇 백만분의 1센티미터였다.

"출발 10초 전, 기록 카메라 작동."

너무 거대하기 때문에 너무나 연약한 물체를 상상하기란 어려웠다. 그리고 이 부서지기 쉬운 거울이 오로지 태양 빛의 힘만으로 그를 지구에서 자유롭게 날아가게 해 줄 수 있다는 사실은 더욱 이해하기 힘들었다.

"……5, 4, 3, 2, 1, 절단!"

일곱 개의 칼날이 그들이 조립하고 손보아 주었던 요트와 연결된 일곱 개의 선을 잘라 냈다. 지금 이 순간까지는 모든 요트들이 단단히 고정된 채로 지구 주위를 돌았지만, 이제 미풍에 흩날리는 민들레 씨앗처럼 흩어지기 시작했다. 그리고 가장 먼저 달을 지나쳐 가는 자가 바로 승자가 되는 것이다.

다이애나 호 안에서는 아무런 변화도 느껴지지 않았다. 하지만 머톤은 알고 있었다. 몸은 비록 추진력을 느끼지 못했지만 선내의 계기는 요트가 지금 지구 중력의 1000분의 1 정도로 가속되고 있음을 보여 주었다. 로켓이었다면 말도 안 될 정도로 작은 가속도였겠지만 태양 요트로서는 역사상 처음 있는 일이었다. 다이애나 호의 설계는 훌륭했다. 거대한 돛은 계산대로 작동했다. 이 비율대로라면 지구를 두 바퀴 돈 후에는 탈출속도에 도달해서 등지고 있는 태양의 힘을 가득 담아 달을 향해 떠날 수 있었다.

태양의 힘을 가득…… 그는 지구에서 강연할 때 청중들에게 태양을 이용한 항해를 설명하려고 애쓰던 기억을 떠올리고 비틀린 미소를 지었다. 초창기였던 당시에는 그게 돈을 모을 수 있는 유일한 방법이었다. 코스모다인 사의 수석 디자이너였던 머톤은 비록 자기 이름을 딴 우주선을 여러 차례에 걸쳐 성공적으로 만들어 낸 인물이었지만, 회사는 그의 취미에 그리 열성적이지 않았다. 그는 청중에게 이렇게 말했다.

"태양을 향해 손을 내밀어 보십시오. 무엇이 느껴지십니까? 열, 물론이죠. 하지만 압력도 존재합니다. 너무 작기 때문에 알아챌 수 없을 뿐이지요. 여러분의 손바닥 위로는 약 100만분의 1온스 정도의 압력이 가해집니다.

그렇지만 우주에서는 그 정도로 작은 압력이라도 중요합니다. 언제나 작용하기 때문이죠. 매일, 매초마다요. 로켓 연료와 달리 공짜이면서도 무제한적입니다. 원한다면 이용할 수도 있습니다. 태양에서 불어오는 광압을 잡아내는 돛을 만드는 겁니다."

그리고 그는 몇 제곱미터 넓이의 돛 재료를 꺼내 청중들에게 넘겼다. 은빛의 얇은 막은 연기처럼 이리저리 말리고 꼬이며 더운 공기의 흐름을 따라 천천히 천장으로 떠올랐다. 그는 말을 이었다.

"이게 얼마나 가벼운지 보이나요. 1톤 정도의 양으로 500만 제곱미터 넓이의 돛을 만들 수 있고 5파운드의 광압을 받습니다. 그러면 움직일 수 있겠죠. 그리고 돛에 돛대를 설치한다면 우리를 끌고 움직이게 할 수도 있습니다.

물론 가속도는 매우 작습니다. 대략 지구 중력의 1000분의 1 정도입니다. 좀 작아 보이지만 그게 무얼 의미하는지 살펴보겠습니다.

처음 1초 동안에는 약 0.5센티미터 정도 움직입니다. 달팽이라도 이보다 낫겠지만, 1분 후면 18미터를 움직이며, 속도는 시속 1.5킬로미터가 좀 넘습니다. 순전히 태양 빛으로 움직이는 것치고는 괜찮지 않습니까. 한 시간 후에 우리는 출발점에서 60킬로미터를 주파하며 시속 130킬로미터로 움직이게 됩니다. 우주에는 마찰이 없다는 사실을 떠올려 보세요. 따라서 어떤 물체를 움직이기만 하면 영원히 계속 움직입니다. 지구의 1000분의 1 중력에서 하루가 지나면 어떻게 되는지 아시면 놀랄 겁니다…… 거의 시속 3000킬로미터입니다! 만약 궤도에서 출발한다면 (물론, 그래야 하지요.) 이삼 일 후에는 탈출속도에 도달하게 됩니다. 단 한 방울의 연료도 태우지 않고서요!"

그는 그들을 납득시켰다. 그리고 마침내는 코스모다인 사조차도 납득시켰다. 지난 20년 사이에 새로운 스포츠가 탄생한 것이다. 처음에는 억만장자들의 스포츠라 불렸고, 사실 맞는 말이었다. 하지만 명성을 얻고 텔레비전 중계 범위가 넓어짐에 따라 자금이 충당되기 시작했다. 네 개의 대륙과 두 세계의 명성이 이 경주에 달려 있었고, 결국 역사상 최대 관중 기록까지 탄생했다.

다이애나 호의 출발은 좋았다. 이제 경쟁 팀들을 살필 때였다. 아주 부드럽게 움직이며 (컨트롤 캡슐과 정교한 돛대 사이에 충격 흡수 장치가 있었지만, 그는 모험을 하지 않기로 결심했다.) 머톤은 전망경에 머물러 있었다.

어두운 우주의 밭에 심어 놓은 이상한 은빛 꽃과 같은 모습의 경쟁자들이 보였다. 가장 가까이 남아메리카의 산타마리아 호는 고작 80킬로미터 떨어져 있었다. 모양은 마치 소년들이 날리는 연과 비슷했다. 하지만 연의 한쪽 면은 1.5킬로미터가 넘었다. 더 멀리 몰타 십자 모양을 한 아스트로그라드 대학의 레베데프 호가 보였다. 네 개의 팔을 이루는 돛은 분명히 조타를 위해 기울어질 수 있을 것이다. 반면에 오스트랄라시아(오스트레일리아, 뉴질랜드 및 그 부근의 남태평양 제도를 일컫는 말 — 옮긴이)의 우메라는 원주가 6킬로미터인 단 하나의 낙하산이었다. 제너럴 스페이스 크래프트의 아라크네는 이름이 말해 주듯 거미집처럼 보였고, 사실, 로봇 셔틀이 중심점에서부터 나선형으로 나아가는 방법으로 만들어진 원리도 같았다. 유로 스페이스 코퍼레이션의 고사메는 동일하게 설계되었으며 크기만 약간 더 작았다. 그리고 화성 공화국의 선빔 호는 가운데에 800미터 넓이의 구멍이 있는 평평한 고리였으며, 원심력이 팽팽함을 유지시켜 줄 수 있도록 천천히 회전하고 있었다. 오래된 구상이었으나, 이제껏 누구도 만들어서 작동시키지 못했던 것이다. 아마도 분명히 화성의 개척민들은 요트를 처음 회전시킬 때 상당한 어려움을 겪었을 것이다.

요트가 느릿느릿 위풍당당한 모습으로 움직이게 될, 다시 말해 24시간으로 예정된 궤도의 4분의 1인 앞으로의 6시간 동안은 그렇게 어렵지 않을 것이다. 초반부인 지금 그들은 모두 태양의 정반대 방향으로 움직이고 있었다. 말하자면, 태양의 바람을 맞으며 달리고 있는 것이다. 보트가 지구의 다른 쪽으로 돌아가 다시 태양을 마주하게 되기 전에 이 한 바퀴를 최대한으로 이용해야 했다.

제일 먼저 시간을 확인해야 한다고 머튼은 혼자 중얼거렸다. 반면에 항법에 관한 걱정은 없었다. 그는 전망경으로 돛대가 붙어 있는 부분을 집중적으로 조심스럽게 돛을 관찰했다. 돛대의 밧줄(은박이 벗겨진 얇은 플라스틱 막의 띠)은 형광색 페인트로 칠해 두지 않았다면 전혀 눈에 보이지 않았을 것이다. 밧줄은 팽팽하게 당겨진 형광색의 선으로, 수백 미터 저쪽의 거대한 돛을 향해 가면서 점점 가늘게 보였다. 각각의 밧줄에는 낚시꾼들이 쓰는 감개만 한 크기의 전기 윈치가 달려 있었다. 작은 윈치들은 항상 회전하면서 밧줄을 내보내거나 감아 들여 자동 항법 장치가 늘 태양을 향해 올바른 각도에 있도록 돛을 유지했다.

유연하고 거대한 거울 위에서 벌어지는 태양 빛의 향연은 아름다웠다. 돛은 위풍당당하게 진동하며 천천히 굽이쳤으며, 태양 빛이 가장자리에 닿아 사라질 때까지 다양한 이미지를 보여 주었다. 이렇게 광대하고 얇은 구조가 느릿느릿 진동하는 건 자연스러운 현상이었다. 보통 그 정도 진동은 아무런 해가 없었지만, 그래도 머튼은 조심스럽게 관찰했다. 때때로 그건 '꿈틀거린다'라고 표현하는 파멸적인 굽이침으로 커져서 돛을 조각조각 찢어 버리기도 했다.

모든 것이 정돈되었다고 만족하자, 그는 전망경으로 하늘을 훑어 경쟁자들의 위치를 재확인했다. 바라던 대로였다. 보다 덜 효율적인 보트들이 뒤로 처지면서 걸러지는 과정이 시작되었다. 하지만 진짜 시험은 지구의 그림자를 지나갈 때였다. 그때는 기동성이 속도만큼이나 중요해진다.

경주가 막 시작된 순간에 하기에는 좀 이상한 일이지만, 그는 잠을 좀 자 두는 게 좋겠다는 생각을 했다. 승무원이 둘인 다른 보트에서는 서로 교대할 수 있지만, 머톤에게는 그를 대신해 줄 사람이 없었다. 자기 자신의 신체적인 힘에 의지하는 수밖에 없었다. 마치 조그만 스프레이 호에 탄 고독한 바닷사람, 조슈어 슬로컴처럼. 그 미국인 선장은 혼자 힘으로 스프레이 호를 몰아 세계를 돌았다. 2세기 후, 부분적으로나마 그의 사례로부터 영감을 얻어 사람이 혼자 힘으로 지구에서 달로 항해하리라고는 꿈도 꾸지 못했을 것이다.

머톤은 선실 의자의 탄력 있는 띠를 허리와 다리에 둘러 채우고 이마에 수면 유도 전극을 부착했다. 타이머를 세 시간 후로 맞춰 놓고 긴장을 풀었다. 아주 부드럽게, 최면을 걸듯, 전기 펄스가 그의 전두엽에서 진동했다. 색색의 나선형 빛이 그의 감은 눈꺼풀 아래서 확장되다가 바깥쪽으로 무한히 넓어져 갔다. 그러고는 무(無)…….

귀에 거슬리는 자명종의 외침이 꿈도 꾸지 않은 깊은 잠으로부터 그를 다시 불러들였다. 그는 즉시 깨어나 계기판들을 훑어보았다. 아직 두 시간밖에 지나지 않았다…… 하지만 가속계 위에는 붉은 빛이 번쩍이고 있었다. 추진력이 떨어지고 있었다. 다이애나 호가 힘을 잃은 것이다.

머톤은 일단 돛에 무슨 일이 생겼으리라고 짐작했다. 어쩌면 반회전 장치가 고장났을지도 모르고, 돛대가 비틀렸을 수도 있었다. 잽싸게 돛대 밧줄의 장력을 나타내는 수치를 확인했다. 이상했다. 돛의 한쪽 편은 정상이었지만, 다른 편의 당기는 힘은 그가 보고 있는 중에도 천천히 떨어지고 있었다.

바로 사태를 이해한 머톤은 전망경을 잡고 광역 시야로 바꾸어 돛의 가장자리를 조사하기 시작했다. 그렇다, 거기에 문제가 있었다, 그리고 그 원인은 단 한 가지밖에 없었다.

거대하고 가장자리가 선명한 그림자가 은빛으로 빛나는 돛을 미끄러져 지나가고 있었다. 마치 구름이 태양을 가로막기라도 하듯 어둠이 다이애나 호 위에 드리워졌다. 그리고 요트가 어둠 속에서 자신을 밀어 주던 빛을 빼앗긴다면 추진력을 모두 잃고 의지할 데 없이 우주 공간을 표류하게 될 것이다.

하지만 당연히 지구상에서 3만 킬로미터 위쪽인 이곳에는 구름이 없었다. 만약 그림자가 있다면 그건 틀림없이 사람이 만들어 낸 것이다.

머톤은 실명할 위험 없이 작열하는 태양 표면을 똑바로 바라볼 수 있도록 필터를 바꾸고 전망경을 태양으로 돌리며 씩 웃었다.

"궤도 수정 4a. 누가 최고인지 어디 보자고."

그가 혼자 중얼거렸다.

마치 거대한 행성이 태양 표면 위를 지나가는 것 같았다. 거대한 검은 원반이 가장자리를 깊숙이 먹어 들어갔다. 30킬로미터 뒤쪽에서 고사메가 다이애나 호를 위해 특별한 인공 일식을 만들려고 애쓰고 있었다.

그 행위는 분명히 정당했다. 과거 바다에서 경주할 때도 선장들은 서로의 바람을 뺏으려 했다. 운만 좋으면, 돛을 무너지게 함으로써 경쟁자를 잠재울 수 있었다…… 그리고 상대가 손상된 것을 복구하기 전에 앞으로 나가는 것이다.

머톤은 그렇게 쉽게 걸려들 생각이 없었다. 회피 동작을 취할 시간은 많다. 태양 요트를 몰고 있을 때는 모든 일이 아주 천천히 이루어진다. 고사메가 태양 표면으로 완전히 미끄러져 들어와 그를 어둠 속에 빠트리려면 최소한 20분은 걸렸다.

다이애나 호의 조그만 컴퓨터(성냥갑 정도의 크기였지만 1000명의 수학자와 맞먹었다.)는 1초 동안 문제를 숙고한 끝에 대답을 내놓았다. 돛이 20도 더 기울어질 때까지 3번과 4번 제어판을 열어놓아야 했다. 그러면 광압은 위험한 고사메의 그림자에서 벗어나 태양의 광풍을 한껏 받을 수 있도록 다시 다이애나 호를 밀어낼 것이다. 가능한 한 가장 빨리 달리도록 세심하게 설계된 자동 항법 장치에 간섭하는 것은 유감스러운 일이나 결국, 그게 그가 있는 이유였다. 그렇기 때문에 태양 요트가 컴퓨터 간의 전투가 아닌 스포츠가 되는 것이다.

제어용 줄 1번과 6번이 순간적으로 장력을 잃으면서 졸린 뱀처럼 천천히 굽이쳤다. 3킬로미터 저쪽에서 삼각형의 패널이 느리게 열리며 돛 사이로 태양 광선을 흘렸다. 그래도 오랫동안 아무 변화도 안 일어난 것처럼 보였다. 어떤 행위의 효과가 눈에 보이려면 몇 분이나 걸리는 이 슬로모션의 세계에 적응하기란 쉽지 않았다. 머톤은 돛이 정말로 태양을 향해 기울어지는 장면을 보았다. 그리고 고사메의 그림자는 아무런 해도 끼치지 못한 채 멀리 미끄러져 나갔고, 그것의 원추형의 어둠은 더 깊숙한 우주의 밤으로 사라졌다.

그림자가 사라지자 원반 모양의 태양은 다시 선명해졌다. 그는 기울기를 원래대로 돌려놓고 다이애나 호를 다시 궤도에 올려놓았다.

선체의 새 운동량이 요트를 위험에서 멀어지게 이끌 것이다. 지나칠 필요도, 너무 멀리 비켜남으로써 계산을 망칠 필요도 없었다. 그것 또한 배우기 힘든 규칙이었다. 우주에서 뭔가를 시작했다는 건 이미 멈출 생각을 해야 할 때라는 것을 의미했다.

다시 있을 천연의 또는 인공적인 비상에 대비해 알람을 다시 설정했다. 어쩌면 고사메나 다른 경쟁자가 똑같은 책략을 시도해 올지 몰랐다. 어쨌든, 특별히 배가 고프지는 않았지만 뭔가를 먹을 시간이었다. 우주에서는 물리적인 에너지를 잘 사용하지 않으며 식사에 대해 잊기도 쉬웠다. 쉽고 또한 위험했다. 비상사태가 일어났는데, 그에 대처하기 위한 에너지가 비축되어 있지 않을 수도 있었다.

그는 첫 번째 식사 꾸러미를 열고 별 성의 없이 훑어보았다. 상표에 붙은 이름 "우주의 맛동산"은 식욕을 잃게 하기에 충분했다. 그리고 밑에 인쇄되어 있는 문구에도 심각하게 의심이 갔다. "부스러기가 생기지 않음." 부스러기들은 우주선에 운석보다 훨씬 위험하다고 한다. 부스러기들은 가장 후미진 곳까지도 떠다니며 회로를 단락시키거나 중요한 분출구를 막아 버리거나 밀폐되어 있어야 할 기구 안으로 들어가곤 한다.

그래도 간 소시지는 기쁘게도 잘 넘어갔고 초콜릿과 파인애플 퓨레도 괜찮았다. 공 모양의 플라스틱 커피 잔을 전기난로 위에서 덥히고 있을 때 바깥세상의 제독용 함정에서 일하는 통신 기사가 말을 걸어와 그의 고독을 깨뜨렸다.

"머톤 박사님? 시간이 있으면 제레미 블레어 씨가 몇 마디 나누고 싶다고 합니다."

블레어는 신뢰할 수 있는 뉴스 해설가였으며, 머튼은 그의 프로그램에 여러 차례 출연한 경험이 있었다. 물론 인터뷰를 거절할 수 있었다. 하지만 그는 블레어를 좋아했고, 마침 그 순간에는 딱히 바쁘다고 할 수도 없어 대답했다.

"그러죠."

해설가는 바로 말했다.

"안녕하십니까, 머튼 박사님, 시간 내주셔서 감사합니다. 그리고 축하드려야겠군요. 앞서 나가고 계신 것 같은데."

"이런 종류의 경기에서 그걸 확신하기에는 아직 이릅니다."

머튼은 조심스럽게 대답했다.

"묻고 싶은 게 있는데요, 박사님. 왜 다이애나 호를 혼자서 몰기로 결정하셨습니까? 사상 처음이기 때문입니까?"

"글쎄요, 그걸로 충분하지 않습니까? 하지만 물론 그 이유만은 아닙니다."

머튼은 신중히 단어를 고르며 잠시 말을 멈췄다.

"태양 요트의 성능이 얼마나 아슬아슬하게 질량에 의존하고 있는지 아시지 않습니까. 두 번째 사람과 그 보급품은 200킬로그램의 추가 하중을 의미합니다. 거기에서 쉽게 승부가 갈릴 수도 있습니다."

"그러면 다이애나 호를 혼자서 다룰 수 있다고 확신하십니까?"

"그렇습니다. 제가 설계한 자동 제어기 덕분이죠. 저는 주로 감독하고 결정을 내리는 일만 합니다."

"하지만…… 500만 제곱미터 넓이의 돛입니다! 그 전부를 한 사람이 다루기는 불가능해 보여서 말입니다."

머톤은 웃었다.

"왜요? 그 500만 평방미터는 잡아당기는 힘이 최대 10파운드밖에 안 됩니다. 제 새끼손가락으로도 그보다 센 힘을 발휘할 수 있어요."

"아, 감사합니다. 박사님. 그리고 행운을 빕니다. 나중에 다시 뵙지요."

인터뷰를 마치자 머톤은 약간 부끄러워졌다. 그가 한 대답은 진실의 일부분에 불과했기 때문이다. 그리고 블레어는 날카로운 사람이라 그 점에 대해 충분히 알고 있으리라고 확신했다.

머톤이 홀로 이 우주에 있는 이유는 하나였다. 거의 40여 년간 그는 이제껏 세상에 없었던 가장 복잡한 종류의 탈것들을 설계할 수 있도록 도와주는 수백 명 때로는 수천 명의 팀원들과 함께 일해 왔다. 지난 20년 동안은 그런 팀들 중 하나를 이끌었다. 그리고 그의 창조물들이 별들을 향해 날아오르는 광경을 바라보았다. (가끔은…… 비록 그의 과실이 아니라고 해도 결코 잊지 못할 실패도 있었다.) 그는 유명했고 배경에는 성공적인 경력이 있었다. 그래도 혼자 무엇을 해 본 적이 없었다. 항상 무리 중의 한 명이었다.

이번이 개인적인 성취를 추구할 마지막 기회였고, 그는 누구와도 나누어 갖지 않을 작정이었다. 앞으로 적어도 5년 동안은 조용한 태양의 기간이 끝나고, 태양계 전체에 광폭풍이 몰아치는 나쁜 날씨의 주기가 시작되므로 태양 요트를 탈 수 없게 된다. 다시 이 연약하고 보호막 없는 우주선으로 큰 모험을 하기에 안전한 시기가 왔을 때는 나이가 너무 많을 것이다. 이미 너무 늙은 게 아니라면…….

그는 빈 음식 용기를 폐기물 처리통에 버리고 다시 전망경 쪽으로 돌아섰다. 처음에는 다른 요트를 다섯 척밖에 찾지 못했다. 우메라는 찾을 수가 없었다. 몇 분이 걸려서야 찾아냈다. 레베데프 호의 그림자에 교묘하게 붙잡힌 채 희미하게 별들을 가리는 환영 같은 모습의 우메라. 곤경에서 벗어나기 위해 오스트랄라시아인들이 들일 엄청난 수고를 상상할 수 있었다. 그리고 한편 그들이 어떻게 함정에 빠졌는지도 궁금했다. 그건 레베데프 호의 비범한 기동성을 일러 주었다. 비록 지금 이 순간에 다이애나 호를 위협하기에는 거리가 너무 멀었지만 지켜보아야 했다.

이제 지구는 거의 사라졌다. 지구는 좁고 빛나는 활 모양으로 이지러진 채 태양을 향해 꾸준히 움직이고 있었다. 밤 부분의 윤곽이 불타는 활 안쪽으로 희미하게 보이고, 대도시의 푸른 빛이 구름 사이의 빈 공간을 통해 드문드문 보였다. 어두운 원반은 이미 은하수의 한 거대한 구역을 희미하게 만들어 놓았다. 몇 분 후면 태양 위를 잠식해 들어가기 시작할 것이다.

빛이 희미해져 갔다. 보랏빛, 황혼의 색조, 그러니까 수천 킬로미터 아래 많은 일몰들의 타오르는 빛이 다이애나 호가 조용히 지구의 그림자로 미끄러져 들어감에 따라 돛을 가로질러 떨어지고 있었다. 태양이 저 보이지 않는 지평선 아래로 떨어졌다. 몇 분만 있으면 밤이다.

머톤은 지나온 궤도를 돌아보았다. 이제 세상의 4분의 1을 돌아온 것이다. 하나 둘씩 그는 다른 요트들이 자신을 쫓아 짧은 밤으로 들어서면서 밝은 별빛이 명멸하는 것을 보았다. 태양이 저 거대한 검은 방패로부터 다시 모습을 드러내려면 한 시간은 걸릴 터였다. 그리고 그 동안 그들은 무력하기 그지없게 타성에 의해서만 나아갈 것이다.

그는 외부 조사등으로 전환하여 어두운 돛을 검사하기 시작했다. 이미 수백만 제곱미터의 막에 주름이 잡히며 늘어지기 시작했다. 돛대의 밧줄도 느슨해지고 있었다. 서로 엉키지 않도록 감아 주어야 했다. 하지만 모두 예상된 일이었다. 모든 게 계획대로 진행 중이었다.

80킬로미터 뒤쪽의 아라크네와 산타마리아는 그리 운이 좋지 않았다. 비상 회로를 통해 터져 나온 소리가 그들이 처한 곤경을 알려 주었다.

"2번과 6번 선박. 여기는 통제실입니다. 두 요트는 현재 충돌 궤도에 있습니다. 65분 후면 궤도가 교차하게 됩니다! 도움을 요청하시겠습니까?"

두 선장이 이 나쁜 소식을 소화하는 동안 긴 침묵이 흘렀다. 머톤은 누구의 탓인지 궁금했다. 아마도 한 요트가 다른 요트 위에 그림자를 지우려 하다가 둘 다 어둠 속에 들어가기 전까지 행동을 끝마치지 못했을 것이다. 이제 둘 다 아무 일도 할 수 없었다. 그들은 경로를 단 몇 도조차 바꾸지 못한 채 시간이야 오래 걸리겠지만 어쩔 도리 없이 한 점에서 만날 운명이었다.

그래도…… 65분! 65분이면 지구의 그늘에서 벗어나면서 다시 막 태양 빛으로 나오게 된다. 만약 돛이 충돌을 피할 만큼 충분한 힘을 낚아챈다면 그들에게도 작은 기회가 있었다. 아라크네와 산타마리아에서는 황급히 계산이 이루어지고 있음이 분명했다.

아라크네가 먼저 대답했다. 그 대답은 머톤이 예상했던 대로였다.

"6번이다, 통제실 나와라. 도움은 필요 없다. 고맙지만 우리 스스로 해결하겠다."

의심스럽긴 하지만 말이야. 머톤이 생각했다. 하지만 적어도 지켜보기에는 흥미로울 것이다. 이 경주에서의 첫 번째 진짜 극적인 장면이 막 자정을 지나고 있는 잠든 지구 위에서 벌어지려고 했다.

이어지는 한 시간 동안 머톤은 돛 문제 때문에 너무 바빠서 아라크네와 산타마리아의 일까지 걱정할 수 없었다. 오로지 좁은 조사등과 아직은 먼 달빛만으로 어둠 속에서 500만 제곱미터에 달하는 희미한 플라스틱 박막을 잘 살피기는 어려웠다. 지금부터 앞으로 지구 궤도의 절반 정도를 도는 동안 이 광대한 영역 전체를 태양 쪽으로 세운 상태로 유지해야 했다. 앞으로 12시간에서 14시간 동안은 돛이 쓸모없고 거추장스러운 물건이었다. 왜냐하면 그는 태양 쪽으로 향할 터인데, 태양 광선은 궤도를 따라 다이애나 호를 뒤쪽으로 밀어내기만 할 수 있을 뿐이기 때문이다. 다시 사용 가능해질 때까지 돛을 완전히 접어 놓을 수 없다는 점이 유감이었지만, 아직 아무도 그렇게 할 수 있을 만한 실용적인 방법을 찾아내지 못했다.

저 아래서는 가장자리를 따라 첫 새벽의 기미가 보였다. 10분이면 태양이 식(蝕)에서 벗어나게 된다. 광풍이 다시 돛을 때리면서 타성 비행하는 요트들은 다시 생명을 얻을 것이다. 그 순간이 아라크네와 산타마리아에게는 위기가 될 것이다…… 그리고 사실은 모두에게 마찬가지였다.

머톤은 전망경을 돌려 별들 사이를 표류하는 두 개의 어두운 그림자를 찾았다. 그 둘은 아주 가까웠다. 어쩌면 5킬로미터도 채 안 떨어져 있을지도 몰랐다. 그는 그 둘이 간신히 위기를 모면할 수 있을지도 모른다고 결론 내렸다……

태양이 태평양 위로 떠오르면서 마치 폭발하듯 지구의 가장자리에서 새벽이 빛났다. 돛과 밧줄이 잠시 선홍색으로 변하더니, 다시 황금빛으로, 그러고는 한낮의 순수한 백색으로 빛났다. 동력계의 바늘이 0에서 올라가기 시작했다…… 하지만 아주 조금뿐이었다. 돛이 태양을 향하고 있는 지금 다이애나 호의 가속도는 고작 몇 백만분의 1G에 불과했기 때문에 다이애나 호는 아직도 거의 무중력상태였다.

하지만 아라크네와 산타마리아 호는 다룰 수 있는 모든 돛을 편 채 애처롭게 서로 떨어지려고 노력하고 있었다. 이제 그들은 3킬로미터도 채 떨어져 있지 않았고, 빛나는 플라스틱 구름은 태양 광선의 가냘픈 힘을 받아 괴로울 정도로 느리게 펼쳐지며 확대되고 있었다. 지구의 거의 모든 텔레비전 화면이 이 저속의 드라마를 비추고 있을 터였다. 그리고 지금 이 마지막 순간에도 결과가 어떻게 될지 예측하기는 불가능했다.

그 두 선장은 고집 센 사람들이었다. 한 명이라도 돛을 잘라 떨어뜨리고 상대방에게 기회를 줄 수 있었지만 둘 다 그렇게 하지 않았다. 너무 커다란 명예와 너무 많은 돈과 너무 큰 명성이 걸려 있었던 것이다. 그리고 결국 겨울밤에 눈 내리듯 조용하고 부드럽게 아라크네와 산타마리아 호는 충돌했다.

정방형의 연이 거의 알아챌 수 없을 만큼 원형의 거미줄 안으로 기어 들어갔다. 밧줄의 기다란 장식 띠들이 꿈속에서처럼 느리게 서로 꼬이고 엉켰다. 다이애나 호에서 자기의 돛대 일로 바쁜 머튼조차도 이 조용하고 천천히 늘어지는 재난에서 눈을 떼지 못했다.

10분이 넘도록 물결치며 빛나는 구름은 하나의 뒤얽힌 덩어리로 합쳐져 갔다. 그리고 승무원용 캡슐이 떨어져 나와 서로 수백 미터 간격으로 비키며 각자의 길로 갔다. 불꽃과 함께 구조용 함정이 서둘렀다.

그래서 다섯만 남았군. 머톤이 생각했다. 경주 시작 몇 시간 만에 서로를 철저히 제거해 버린 두 선장이 안되긴 했지만 그들은 젊으니까 다음에 기회가 또 있을 것이다.

얼마 지나지 않아 다섯은 다시 넷으로 감소했다. 시작할 때부터 머톤은 선빔 호가 천천히 회전하는 데에 고개를 갸웃거려 왔다. 이제 그는 자기가 옳았다는 것을 알았다.

화성의 배는 바람을 안고 적절히 항해하지 못했다. 회전 때문에 안정성이 지나치게 커진 나머지 거대한 고리 모양의 돛이 태양을 향해 비스듬히 각을 세우는 대신 태양을 마주 보게 되었다. 선빔 호는 거의 최고 가속도로 지나온 궤적을 따라 돌아가고 있는 중이었다.

그건 선장을 가장 미치게 하는 일이었다. 오로지 자신의 탓이라는 점에서 충돌보다도 더했다. 하지만 아무도 그 좌절한 개척민에게 그리 큰 동정심을 발휘하지 않았다. 그저 천천히 멀어져 갈 뿐이었다. 그들은 경주를 하기도 전에 경솔하게 너무 호언장담을 하고 다녔다. 그리고 시적인 정의로움의 실현으로 끝을 맺었다.

그래도 선빔 호가 아주 단념하지는 않을 것이다. 아직 80만 킬로미터나 더 가야 하기 때문에 다시 앞으로 나설지도 모르는 일이다. 사실 사고가 몇 번 더 생긴다면 선빔 호가 유일하게 완주할지도 몰랐고 실제로 그런 적도 있었다.

지구가 보름달 모양을 하고 있던 12시간 동안은 별 사건이 없었다.

함선들이 동력 없이 궤도의 절반 정도를 움직이는 동안에는 할 일이 거의 없었다. 하지만 머톤에게는 따분해 할 만한 틈이 없었다. 그는 몇 시간 잠을 잤고, 두 끼의 식사를 하고, 일지를 쓰고, 무선으로 인터뷰를 몇 번 더 했다. 드물게 가끔은 다른 선장들과도 이야기하며 인사를 나누고 친근하게 서로를 조롱했다. 하지만 대부분의 시간을 지상의 모든 근심에서 벗어나 지난 어느 때보다 행복하게 무중력상태에 떠 있는 것으로 만족하며 보냈다. 그는 우주에 진출해 있는 여느 인간만큼이나 자기 운명의 주인으로서, 아낌없이 기술과 사랑을 쏟아부은 끝에 바로 자신의 일부가 되어 버린 우주선을 몰아가고 있었다.

다음 사고는 지구와 태양을 잇는 선을 지날 때, 그리고 남은 궤도의 반을 나아갈 동력을 얻기 시작하던 순간에 일어났다. 머톤은 다이애나 호에서 거대한 돛이 동력으로 쓸 태양 광선을 붙잡기 위해 기울면서 팽팽해지는 장면을 보고 있었다. 가속도는 올라가기 시작했지만, 그래도 진가를 발휘하려면 몇 시간이 걸릴 것이다.

고사메 호는 결코 그럴 수 없었다. 동력이 다시 돌아오는 순간은 언제나 위험했고, 고사메 호는 실패했다.

머톤은 가장 낮은 음량으로 블레어의 라디오 해설을 켜 놓았는데, 바로 그 소식이 들려오며 머톤에게 경각심을 심어 주었다.

"자, 고사메 호의 돛이 꿈틀거리고 있습니다!"

그는 서둘러 전망경으로 갔다. 하지만 처음에는 고사메 호의 거대한 원판 모양의 돛에서 아무 이상한 점도 발견하지 못했다. 그를 향해 가장자리를 세우고 있어서 얇은 타원형으로 보였기 때문에 자세히 살펴보기는 어려웠다. 하지만 지금 그가 보기에 돛은 앞뒤로 느리지만 분명히 진동하고 있었다. 승무원들이 적당히 시간을 맞추어 조심스럽게 밧줄을 잡아당김으로써 이 물결을 멈추지 못한다면 돛은 조각조각 찢겨 나가게 된다.

그들은 최선을 다했다. 그리고 20분 후 그들은 성공한 것 같았다. 그런데 돛의 중심에 가까운 어느 곳이 찢어지기 시작하더니 연기가 위쪽으로 꼬이듯이 천천히 광압에 의해 바깥쪽으로 날아갔다. 15분도 채 되지 않아 거대한 거미줄을 지탱하던 방사상 돛대의 우아한 격자만 남았다. 다시 한 번 화염이 일며 구조용 함정이 고사메 호의 캡슐과 낙심한 승무원들을 되찾기 위해 움직였다.

"점점 쓸쓸해지고 있는데, 안 그래?"

함선 간 통신망을 통해 다소 시비 거는 듯한 목소리가 들려왔다.

"자네는 아니지, 디미트리. 뒤쪽의 자네에게는 아직 친구들이 있잖나. 여기 앞서 있는 내가 바로 외로운 사람이지."

머톤이 대답했다.

허튼소리는 아니었다. 이 시점에서 다이애나 호는 다음 경쟁자보다 500킬로미터 앞에 있었다. 그리고 그 우위는 앞으로 더 빠르게 증가할 터였다.

레베데프 호의 디미트리 마르코프는 사람 좋게도 키득거리는 웃음을 보내왔다. 머톤이 듣기에는 전혀 패배하리라고 체념한 사람 같지 않았다. 러시아인이 대꾸했다.

"토끼와 거북이 이야기를 기억하라고. 앞으로 45만 킬로미터를 가는데 무슨 일이 생길지 모르니까."

그 무슨 일은 훨씬 빨리 일어났다. 지구 궤도를 한 바퀴 마친 후 출발선을 다시 통과할 때였다. 그러나 태양 광선이 그들에게 준 여분의 에너지 덕에 처음의 출발선보다 수천 킬로미터는 더 높았다. 머톤은 다른 요트를 조심스럽게 관측하여 그 수치를 컴퓨터에 입력했다. 그런데 우메라 호에 대한 결과가 너무 불합리해 보여서 즉시 재확인했다.

의심의 여지가 없었다. 오스트랄라시아인들이 완벽하게 환상적인 속도로 따라잡고 있었다. 어떤 태양 요트도 그런 가속도는 도저히 낼 수 없었다. 그렇다면…….

전망경으로 재빨리 바라본 후에야 해답을 알 수 있었다. 바로 최소 질량으로 이루어진 돛대가 부러진 것이다. 여전히 모양을 유지하고 있는 돛은 홀로 마치 바람에 날리는 손수건처럼 그의 뒤를 달리고 있었다. 2시간 후, 돛은 30킬로미터 이내의 거리에서 펄럭이며 지나갔다. 물론 그 전에 오스트랄라시아인들은 제독의 함정으로 옮겨 타 혼잡함에 한몫을 보탰다.

그래서 이제는 다이애나 호와 레베데프 호의 대결이었다. 비록 화성인들이 아직 포기하지 않았지만 1500킬로미터 후방에 있어서 그리 큰 위협은 아니었다. 위협에 관해서라면, 레베데프 호가 다이애나 호를 어떻게 따라잡을지가 정말 의문이었다. 하지만 다시 식을 통과하고 태양을 거슬러 움직이는 두 번째 공전을 하려니 머톤은 불안한 마음이 들었다.

그는 러시아 조종사와 설계자들을 알았다. 그들은 이 경기를 위해 20년을 준비해 왔다. 사실 그래야 공평한 것이다. 표트르 니콜라예비치 레베데프가 20세기 초에 태양 빛의 압력을 처음 발견하지 않았던가? 하지만 그들은 끝내 성공하지 못했다.

그리고 그들은 결코 포기하지 않을 것이다. 디미트리는 뭔가를 꾸미고 있었다…… 그리고 그건 보기 드문 광경일 터였다.

경주용 요트에서 1500킬로미터 뒤떨어져 있는 심판선의 밴 스트래튼 제독은 놀라기도 하고 화가 나기도 한 채 무선으로 발송된 전보를 들여다보고 있었다. 1억 5000만 킬로미터 떨어져 있는 태양의 작열하는 표면 위를 줄지어 돌고 있는 태양 관측선에서 보내온 소식이었다. 그리고 최악의 소식이었다.

제독(그 명칭은 물론 순전히 명예뿐이었다. 지구에서 그는 하버드 대학의 천체 물리학 교수였다.)은 어느 정도 예상하고 있었다. 예전 같지 않게 이번 시즌에는 너무 늦게 열렸을 뿐이다. 여러 번 연기했고 그들은 도박을 했다…… 그리고 이제는 그들 모두 패배한 것 같았다.

태양 표면의 깊은 곳에서 거대한 힘이 모이고 있었다. 어느 순간에 수소 폭탄 백만 개에 해당하는 에너지가 '솔라 플레어'라고 알려진 무서운 폭발을 일으킬지 몰랐다. 시속 수백만 킬로미터의 속도로 지구보다 몇 배나 큰 불덩어리들이 태양으로부터 튀어나와 우주로 향할 것이다.

대전된 가스 구름은 아마 지구를 완전히 비켜 갈 것이다. 하지만 그렇지 않다면, 꼭 하루를 조금 넘겨 도착할 터였다. 우주선은 보호막과 강력한 자기 차폐막으로 스스로를 보호할 수 있다. 하지만 종잇장만 한 벽으로 가볍게 지어진 태양 요트는 그런 위협에 무방비 상태였다. 경주를 중단하고 승무원들을 대피시켜야 했다.

존 머톤은 이에 대해 아무것도 모르는 채 다이애나 호를 몰고 두 번째로 지구를 돌고 있었다. 모든 일이 잘된다면 이번이 그에게나 러시아인들에게나 마지막 바퀴가 된다. 그들은 태양 광선으로부터 에너지를 얻으며 수천 킬로미터 정도 위로 소용돌이치며 나아갔다. 이번 바퀴에서 그들은 지구를 완전히 벗어나 달을 향해 먼 항해에 나서야 했다. 이제 일직선으로 달리는 일만 남았다. 선빔 호의 승무원들은 15만 킬로미터 이상을 회전하는 돛과 열심히 싸우다가 마침내 물러나고 말았다.

머톤은 피로를 느끼지 않았다. 식사도 했고 잠도 잘 잤다. 게다가 다이애나 호가 경탄스러울 정도로 잘해 주고 있었다. 자동조종 장치는 바쁜 거미처럼 삭구를 팽팽하게 하는 동시에 거대한 돛을 어떤 사람보다도 더 정확하게 태양을 향해 조정할 수 있었다. 이 시점에서 500만 제곱미터의 플라스틱 막은 수백 개의 미세 운석에 의해 구멍투성이가 되어 있었지만, 그런 조그만 구멍은 추진력과 전혀 상관이 없었다.

그에게는 오직 두 가지 걱정거리가 있었다. 하나는 더 이상 적절히 조정이 안 되는 8번 밧줄이었다. 아무 경고도 없이 감개가 엉켜 버렸다. 우주 항공공학의 긴 역사에도 불구하고 베어링은 가끔씩 진공 속에서 멈추곤 했다. 줄을 늘일 수도 줄일 수도 없었다. 나머지를 이용해서 최대한 잘 조종하는 수밖에 없었다. 다행히도 가장 기동성을 요하는 부분은 끝났다. 지금부터 다이애나 호는 태양을 등지고 태양의 바람을 받아 곧바로 항해하기만 하면 되었다. 그리고 과거의 선원들이 종종 이야기했듯, 바람이 어깨 위로 불고 있을 때가 보트를 다루기 가장 쉬웠다.

다른 걱정거리는 500킬로미터 뒤에서 아직도 그를 쫓아오고 있는 레베데프 호였다. 그 러시아 요트는 가운데 돛 주위에 비스듬히 달린 네 개의 거대한 패널에 힘입어 놀라울 만한 기동성을 보여 주었다. 레베데프 호는 지구를 돌 때 아주 정확하게 몸을 뒤집었다. 하지만 기동성을 얻기 위해 속도를 포기해야 했음이 틀림없었다. 둘 다 동시에 얻을 수는 없었다. 장기적으로 보아 머톤이 순위를 유지할 수는 있을 것이다. 그래도 그는 사나흘 후 다이애나 호가 달 옆을 멀리 지나갈 때까지는 승리를 확신할 수 없었다.

경기 시작 50시간, 지구를 두 번째 돈 바로 직후에 마르코프가 그를 좀 놀라게 했다.

그는 함선 간 회로를 통해 갑자기 말을 걸어 왔다.

"안녕하신가, 존, 이것 좀 보게. 분명 흥미가 갈 걸세."

머톤은 전망경으로 다가가 최대한으로 확대시켰다. 별들을 배경으로 믿을 수 없는 광경이 보였다. 그가 보고 있는 동안 십자가의 네 팔이 중앙 돛으로부터 천천히 떨어져 나가, 격자와 돛과 함께 우주 공간을 표류하기 시작했다.

마르코프는 불필요한 질량을 모두 내버린 것이다. 이제 그는 탈출 속도에 다가서고 있었고 더 이상 빙 둘러가며 운동량을 얻어 갈 필요가 없었다. 지금부터 레베데프 호는 거의 조종 불가능 상태지만 그리 문제가 되지 않았다. 까다로운 항해술은 앞으로 필요 없었다. 마치 예전의 요트 선수들이 남은 경주는 바람을 등지고 조용한 바다 위를 곧바로 나아가기만 하면 된다는 것을 알고 의도적으로 방향타와 용골을 내던져 버리는 것과 같았다.

"축하하네, 디미트리. 멋진 방법이야. 하지만 그걸론 부족하지. 그걸로 날 따라잡을 수는 없잖아."

머튼이 말했다.

"아직 끝나지 않았네."

러시아인이 대답했다.

"우리나라에는 늑대에게 쫓기는 썰매에 관한 오래된 겨울 설화가 있지. 목숨을 구하기 위해서 썰매몰이꾼은 승객들을 하나씩 내던져야 했어. 무슨 소린지 아나?"

머튼은 알았다, 너무나도 잘. 이 마지막 직선 코스에서 디미트리는 보조 조종사가 필요치 않았다. 레베데프 호는 정말로 텅 빌 것이다.

"알렉시스가 좋아할 것 같진 않은데. 게다가 그건 반칙이야."

머튼이 대꾸했다.

"물론 그렇지. 하지만 내가 선장이야. 제독이 거두어들일 때까지 10분만 기다리면 돼. 그리고 승무원의 규모에 대해서는 어떤 규정도 없어. 잘 알면서."

머튼은 대답하지 않았다. 그는 자신이 알고 있는 레베데프 호의 설계를 바탕으로 급한 계산을 하느라 바빴다. 계산이 끝나자 아직 경주가 확실치 않다는 사실을 알았다. 그가 달을 지나기를 바라는 바로 그 시간 즈음에 레베데프 호는 그를 따라잡게 되어 있었다.

하지만 경주의 결과는 이미 1억 5000만 킬로미터 저쪽에서 결정된 상태였다.

수성 궤도 깊숙한 곳, 태양 관측선 3호의 자동 설비는 플레어의 경과를 전부 기록했다. 2.5억 제곱킬로미터에 달하는 태양 표면이 청백색으로 맹위를 떨치며 폭발하자 나머지 부분이 비교적 우중충해 보였다. 펄펄 끓는 지옥으로부터, 스스로 만든 자기장에서 몸을 비틀고 돌려 대는 생물처럼 대전된 플라스마의 거대한 화염이 솟아올랐다. 그 앞으로는 빛의 속도로 자외선과 엑스선이 경고의 불빛이라도 보내듯 달려 나갔다. 그건 8분 만에 지구에 도착할 것이고 상대적으로 해는 없었다. 그 뒤를 여유 있게 시속 600만 킬로미터의 속도로 따르는 대전된 원자들은 그렇지 않았다. 그리고 하루가 지나면 다이애나 호과 레베데프 호, 그리고 동행하는 소규모의 선단을 치명적인 방사선 속에 삼켜 버릴 것이다.

제독은 가능한 한 마지막까지 결정을 미뤄 놓았다. 플라스마의 흐름이 금성 궤도를 지날 때까지만 해도 지구를 비켜 갈 가능성이 조금은 있었다. 하지만 네 시간도 채 남지 않았을 때, 달의 레이더망에 소식이 도착했고, 그는 희망이 없다는 사실을 깨달았다. 태양 요트는 끝이다. 앞으로 오륙 년간…… 태양이 다시 조용해질 때까지는.

실망의 한숨 소리가 태양계를 휩쓸고 지나갔다. 다이애나 호와 레베데프 호는 서로 엇비슷하게 지구와 달의 중간 부분을 달리고 있었다. 그리고 이제 어느 쪽이 더 나았는지 판단할 방법은 없었다. 열광적인 사람들이라면 몇 년 동안 결과를 놓고 논쟁할 것이다. 그리고 역사는 단지 기록할 뿐이다. "태양 폭풍으로 인해 경주 중단."

명령을 전달받은 존 머톤은 어린 시절 이후로 잊고 지내던 씁쓸함을 느꼈다. 시간을 거슬러 올라가 열 살 때의 생일이 선명하게 기억났다. 그는 유명한 우주선 '아침의 별'의 정교한 축소 모형을 선물받을

예정이었고, 몇 주 동안이나 어떻게 조립할 것인지 방의 어디에 걸 것
인지 계획했다. 그런데 마지막 순간에 아버지가 약속을 깨뜨렸다.

"미안하구나, 존. 값이 너무 비싸서. 아마 내년에는……."

반세기의 성공적인 인생을 보낸 후, 그는 또다시 마음 상한 소년이
되어 있었다.

잠시 제독의 명령을 거부하는 방법도 생각했다. 경고를 무시하고
항해를 계속한다면? 경주가 중단된다 하더라도 그는 달까지 완주할
수 있을 것이며 수세대에 걸쳐 기록에 남게 된다.

하지만 그건 바보 이상의 짓이었다. 자살, 그것도 아주 기분 나쁜
형태의 자살과 다를 바 없는 짓이었다. 그는 자기 차폐막이 심(深)우
주에서 붕괴되는 사고로 죽은 사람을 본 적이 있었다. 안 돼…… 절대
안 된다…….

머톤뿐만이 아니라 디미트리 역시 유감이었다. 둘 다 승리할 자격
이 있었다. 그런데 이제 승리는 누구도 차지하지 못하게 되어 버렸다.
아무도 성난 태양과 다툴 수 없었다. 설령 그가 태양 광선을 타고 우
주 가장자리까지 간다 해도.

80킬로미터 후방에서는 지금 제독의 함정이 레베데프 호를 인양하
면서 선장을 데려갈 준비를 하고 있었다. 디미트리가 (그도 그 기분을
알 만했다.) 돛대를 자르자 은빛 돛이 떠나갔다. 작은 캡슐은 지구로
돌아가 어쩌면 다시 쓰이겠지만, 돛은 단 한 번의 항해를 위해 펼쳐질
뿐이었다.

머톤도 폐기 버튼을 미리 누르고 구조 대원들에게 시간 여유를 줄
수 있었다. 하지만 그럴 수가 없었다. 오랫동안 꿈과 삶의 일부였던

이 작은 우주선에 마지막 순간까지 있고 싶었다. 거대한 돛은 이제 태양에 직각으로 놓여 최고의 추진력을 발휘하고 있었다. 이미 오래전에 다이애나 호는 지구를 완전히 벗어나 계속 속도를 얻고 있었다.

그런데 난데없이, 한 치의 의혹과 주저함도 없이 그는 해야 할 일을 생각해 냈다. 마지막으로 그는 달까지 거리의 반을 함께해 온 컴퓨터 앞에 앉았다.

일을 마친 후 짐과 몇 가지 개인 소지품들을 챙겼다. 연습한 적이 한번도 없기에 어색한 동작으로 비상용 우주복으로 기어 들어갔다. 혼자 하기에는 그리 쉽지 않은 일이었다. 그가 헬멧을 밀봉하자 제독의 목소리가 들려왔다.

"5분 후 옆에 도착합니다, 선장. 부딪히지 않게 돛을 잘라 주십시오."

태양 요트 다이애나 호의 첫 번째이자 마지막 선장, 존 머톤은 잠시 머뭇거렸다. 그는 마지막으로 조그만 선장실과 빛나는 장비, 잘 정돈된 제어판을 둘러보았다. 그것들은 지금 최종 위치로 고정되어 있었다. 그리고 그가 말했다.

"요트를 포기합니다. 날 구하는 데 급할 건 없어요. 다이애나 호는 괜찮을 겁니다."

제독으로부터 답변은 없었다. 그리고 머톤은 제독에게 감사했다. 밴 스트래튼 교수는 아마도 그가 뭘 하려는지 예상했을 것이고, 마지막 순간에 그가 혼자 있고 싶어 한다는 것도 알았을 것이다.

그는 에어 로크의 공기를 빼 두지 않았다. 그리고 분출되는 기체는 그를 부드럽게 우주 공간으로 날려 보냈다. 그 추진력이 다이애나 호에게 준 마지막 선물이었다. 다이애나 호는 그에게서 점점 멀어져 갔지만, 웅장한 돛은 앞으로 수세기 동안 함께할 태양 빛 속에서 계속 빛나고 있었다. 이틀 후면 달을 지나가게 된다. 하지만 달은 지구처럼 다이애나 호를 잡아 둘 수 없을 것이다. 아무것도 속도를 늦출 수 없으므로 다이애나 호는 매일매일 시속 3000킬로미터의 속도를 얻게 된다. 한 달 후면 다이애나 호는 인류가 건조한 어떤 선박보다 빠르게 움직일 터였다.

거리에 따라 태양 광선이 약해지면 가속도는 떨어질 것이다. 하지만 화성 궤도에서라도 속도는 매일 시속 1500킬로미터씩 는다. 그보다 훨씬 전에 다이애나 호는 대단히 빨리 움직여 태양도 다이애나 호를 붙잡아 둘 수 없게 될 것이다. 별들로부터 날아와 질주하던 혜성들보다도 빠른 속도로 다이애나 호는 심연으로 향할 것이다.

몇 킬로미터 저쪽에서 로켓의 불꽃이 머톤의 시선을 잡았다. 구조선이 다가오고 있었다. 다이애나 호가 낼 수 있는 가속도의 수천 배였지만, 고작 몇 분이면 연료가 다 떨어져 버린다…… 반면에 다이애나 호는 여전히 속도를 얻고 있었다. 다가올 세월 내내 영원히 불타고 있을 태양의 힘으로.

존 머톤이 말했다.

"안녕, 작은 배야. 앞으로 몇 천 년 후에 네가 무엇을 보게 될지 궁금하구나."

구조선이 뭉툭한 기수를 위로 하고 옆에 나타나자 비로소 그는 평화로움을 느꼈다. 끝내 경주에서 이기지는 못했지만 다이애나 호는 인류의 다른 모든 배들 가운데 첫 번째로 별들을 향해 먼 항해를 시작한 것이다.

신들의 음식 |The Food of the Gods|

1964년 5월, 《플레이보이》에 첫 게재.
『태양으로부터 부는 바람』에 재수록.

의장님, 제가 보여 드릴 증거가 대단히 구역질나는 것이라는 점은 미리 말씀드려야겠습니다. 평소에, 특히나 이런 의회 위원회 같은 곳에서는 별로 드러내 놓고 이야기하지 않는 인간성의 한 측면과 관련된 문제입니다. 하지만 더 이상 회피해서는 안 됩니다. 위선이라는 베일을 벗겨야 할 때가 있는 법이며, 바로 지금이 그런 순간입니다.

여러분과 저는 육식동물의 먼 후손입니다. 제가 사용한 단어를 이해하지 못하는 분들이 많군요. 음, 그건 그리 놀랄 만한 일이 아닙니다. 그 단어는 이미 2000년 전에 사라진 언어에서 나온 말이니까요. 어쩌면 완곡어법보다는 야만스럽더라도 솔직하게 말씀드리는 편이 좋을지도 모르겠습니다. 설령 예의 바른 장소에서 절대 들을 수 없는 단어를 사용해야 한다고 해도 말입니다.

몇 세기 전까지만 해도 대부분의 인간이 가장 선호하던 음식은 고기(살아 있는 짐승의 육체)였습니다. 여러분의 비위를 상하게 하려는 말이 아닙니다. 어떤 역사책에서도 찾아볼 수 있는 단순한 사실을 이야기하고 있을 뿐입니다…….

의장님, 아, 괜찮습니다. 어빙 의원님께서 속이 편안해질 때까지 기다릴 용의가 있습니다. 전문가들은 가끔씩 평범한 사람들이 그런 말에 어떻게 반응하는지 잊어버릴 때가 있답니다. 동시에 한층 더 비위가 상할 일이 기다리고 있다는 점을 주지해 드립니다. 만약 속이 좋지 않으신 분들이 있다면 늦기 전에 어빙 의원님을 따라 나가시기를 권장합니다…….

자, 그럼 계속하겠습니다. 현대에 이르기까지 모든 음식은 두 종류로 나누어질 수 있었습니다. 대부분은 식물로 만들었습니다. 곡물, 과일, 플랑크톤, 해초와 기타 여러 종류의 야채들이죠. 우리들로서는 조상들의 상당수가 농부로 원시적이고 노동력이 많이 드는 기술을 사용하여 대지나 바다에서 식량을 채취해 왔다는 것을 믿기 어렵지만, 그건 분명한 사실입니다.

두 번째 종류의 음식은, 할 수 없이 다시 불쾌한 주제로 돌아가야겠지만, 바로 몇몇 동물들로부터 얻은 고기입니다. 몇몇 동물은 익숙할 겁니다. 소, 돼지, 양, 고래 등이죠. 단지 부유한 소수만이 그 맛을 탐닉할 수 있었음에도 불구하고 대부분의 사람들은 다른 음식에 비해 고기를 선호했습니다. 계속 강조해서 죄송하지만 이것은 논쟁의 여지가 없는 사실입니다. 대부분의 인간들에게 야채가 90퍼센트를 차지하는 식단에서 고기란 드물게 가끔씩 맛볼 수 있는 진미였습니다.

이 문제를 차분하고 냉정하게 바라보면 (어빙 의원님께서도 이제 그러실 수 있으리라 믿습니다만) 고기를 생산하는 과정이 대단히 비효율적이기 때문에 고기가 구하기 힘들고 비쌀 수밖에 없었다는 점을 알수 있습니다. 1킬로그램의 고기를 생산하기 위해서 동물이 소비해야하는 식물성 식품의 양은 적어도 10킬로그램에 달했습니다. 그 식품의 대부분은 사람이 직접 먹을 수도 있는 것이었지요. 미학적인 관점에서 보지 않더라도, 이런 상황은 20세기에 인구가 폭발적으로 늘어나면서 더 이상 용납되지 않았습니다. 고기를 먹는 한 사람은 열 명이상의 다른 사람을 기아에 빠뜨리고 있었던 것입니다…….

다행하게도 생화학자들이 문제를 해결했습니다. 아시다시피 그 해답은 우주 개발 과정에서 나온 수많은 부산물 중 하나였습니다. 동식물을 막론하고 모든 음식은 몇 가지 기본적인 원소들로 구성되어 있습니다. 탄소, 수소, 산소, 질소, 황이나 인 등으로, 이런 기본적인 원소와 기타 몇 가지 원소가 서로 수많은 방식으로 결합하여 인간이 지금껏 먹어 왔고 앞으로도 먹게 될 온갖 종류의 음식을 형성합니다. 달과 기타 행성들을 개척하는 과정에서 발생한 문제점에 봉착한 20세기의 생화학자들은 물이나 공기, 바위 등의 천연 물질을 이용하여 원하는 음식을 합성해 낼 수 있는 방법을 알아냈습니다. 과학의 역사에서 가장 위대한, 어쩌면 가장 중요한 성과일지도 모릅니다. 하지만 너무 자랑스러워할 것까지는 없습니다. 식물 세계에서는 우리보다 수십억 년이나 앞서 시작되었던 일이니까요.

이제 화학자들은 상상할 수 있는 어떤 종류의 음식도 합성할 수 있습니다. 자연계에 비슷한 것이 존재하느냐의 여부는 상관이 없습니다. 두말할 것도 없이 원하지 않은 결과, 때로는 재앙에 가까운 결과가 나오기도 했습니다. 여러 종류의 산업이 융성했다가 붕괴했습니다. 농업과 축산에서 오늘날의 거대한 자동 공장과 만능 전환기로 바뀌는 과정은 종종 고통을 자아내기도 했습니다. 하지만 어쩔 수 없는 일이었고, 덕분에 우리는 많은 이득을 보았습니다. 기아라는 공포는 완전히 사라졌으며 이전의 어느 시대에서도 찾아볼 수 없었던 풍성하고 다양한 음식을 맛볼 수 있게 되었습니다.

물론 동시에 도덕적인 성취 또한 이룰 수 있었습니다. 더 이상 수백만 마리의 생물을 죽일 필요가 없어졌고, 도살장이나 푸줏간 같은 혐오 시설도 지구상에서 모습을 감췄습니다. 아무리 야만적이고 상스러웠다고는 해도, 우리의 조상들이 그런 역겨운 일을 참아 냈다는 건 도저히 믿을 수 없을 정도입니다.

그러나 과거와 깨끗이 단절하는 것은 불가능합니다. 앞서 말씀드렸듯이 우리는 육식동물입니다. 수백만 년에 걸쳐 획득한 입맛과 식성을 버릴 수는 없습니다. 우리의 호오 여부를 떠나서 불과 몇 년 전만해도 우리의 조부모들은 구할 수 있을 때면 언제나 소나 양, 돼지의 신선한 고기를 즐겼습니다. 그리고 현대의 우리들 역시 마찬가지입니다.

저런, 어빙 의원님께서는 밖에 계시는 편이 좋을 것 같군요. 제가 표현을 너무 직설적으로 했나 봅니다. 제 말은 우리가 먹는 합성 음식의 상당수가 예전의 천연물과 동일한 화학식을 지니고 있다는 겁니다. 실제로 몇몇은 화학적 방법 또는 다른 어떤 방법으로도 구별해 낼 수 없을 정도로 똑같이 만든 복제품입니다. 논리적이기도 하거니와 어쩔 수 없는 일입니다. 우리 생산자들은 합성 음식 시대 이전에 인기가 좋았던 음식을 택해서 본보기로 삼아 그 맛과 질감을 재생산해 냅니다.

　물론 우리는 해부학 및 동물학과 전혀 무관한 새로운 이름을 만들어 냄으로써 아무도 삶의 진실을 떠올리지 않을 수 있도록 합니다. 식당에서 볼 수 있는 요리 이름의 대다수는 21세기 초반에 등장했거나, 혹은 사람들이 잘 알아보지 못하는 프랑스어에서 따온 것입니다. 만약 여러분의 참을성이 얼마나 되는지 알고 싶다면 흥미롭지만 아주 불쾌한 경험을 시도해 보실 수 있습니다. 의회 도서관의 항목별 구획에는 유명한 식당들의 수많은 식단표들이 있습니다. 그렇습니다, 지난 500년간 백악관의 연회도 포함되어 있습니다. 마치 초보적인 해부 실습이라도 하는 것처럼 부위별로 정확하게 써 놓아서 뜻을 파악하기 어려울 정도입니다. 그것만큼 우리와 불과 몇 세대 전 선조들의 간격을 생생하게 보여 주는 것도 없다고 저는 생각합니다…….

　알겠습니다, 의장님. 요점으로 들어가도록 하죠. 어떻게 들릴지 몰라도 이 모든 게 전부 크게 관련 있는 문제들입니다. 여러분의 식욕을 감퇴시키려는 게 아닙니다. 저희 경쟁사인 트라이플래너터리 푸드 코퍼레이션을 고발하기 위해 사전 지식을 설명드렸을 뿐입니다. 배경을 이해하지 못하면 여러분은 제 말을 단지 암브로시아 플러스가 시장에 진출한 이래 제 회사가 입은 심각한 손해로 불거진 하찮은 불평이라고 생각할 것이기 때문입니다.

　여러분, 매주 새로운 음식이 발명되고 있습니다. 일일이 따라가는 것조차 힘들 정도입니다. 여자들이 따르는 유행처럼 나타났다 사라지고, 오직 천에 하나 정도만이 영구한 식단으로 자리 잡습니다. 단 하룻밤 만에 사람들의 기호를 사로잡는 것은 대단히 드문 일입니다. 저 역시 암브로시아 플러스가 내놓은 음식이 음식 생산의 역사를 통틀어 가장 성공적이었다는 점은 인정합니다. 여러분도 현재 상태를 아실 겁니다. 다른 음식은 전부 시장에서 밀려났지요.

당연히 우리는 도전을 받아들여야만 했습니다. 저희 회사에서 일하는 생화학자들은 태양계 어디에 내놓아도 빠지지 않는 인물들이고 즉시 암브로시아 플러스에 대한 연구에 착수했습니다. 회사 기밀을 누설할 수는 없지만 지금 말씀드릴 수 있는 것은 우리는 이제껏 인류가 먹어 왔던 음식, 자연식이나 합성 음식을 막론하고 사실상 모든 음식에 대한 기록을 보유하고 있다는 점입니다. 오징어 튀김이나 꿀을 바른 메뚜기, 공작의 혀, 금성의 다족류 생물 같은 음식에 대해서 여러분은 아마 들어 보신 적도 없을 겁니다……. 맛과 질감이 저장된 이 방대한 도서관은 우리 사업에 가장 기본적인 자산입니다. 다른 회사도 마찬가지겠지요. 그것을 바탕으로 우리는 상상할 수 있는 어떤 음식이라도 찾아내거나 만들 수 있습니다. 그리고 경쟁 회사에서 출시한 음식을 복제하는 것도 그렇게 어려운 일은 아닙니다.

하지만 암브로시아 플러스는 한동안 우리를 당황하게 만들었습니다. 단백질과 지방으로 분해되는 그것은 그리 복잡하지 않은 단순한 고기로 분류되었습니다. 하지만 우리는 그것과 정확히 일치하는 것이 무엇인지 알아낼 수 없었습니다. 저희 회사의 연구진이 실패한 건 이번이 처음입니다. 아무도 그것이 어떻게 그렇게 독특한 매력을 풍기는지 설명할 수 없었습니다. 우리 모두 잘 알고 있듯이, 다른 음식이 전부 상대적으로 맛없게 느껴질 정도지요. 그런데 당연한 것이, 그건 바로…… 이런, 제가 너무 성급하게 구는 것 같군요.

간단히 말씀드리겠습니다, 의장님. 조만간 트라이플래너터리 푸드의 회장님께서 여러분 앞에 서실 겁니다, 본인은 내켜 하지 않겠지만요. 그분은 암브로시아 플러스가 공기와 물, 석회석, 황, 인 등으로 합성되었다는 것을 말씀해 주실 겁니다. 그것은 완벽한 진실이지만, 그 점은 이야기에서 전혀 중요하지 않은 부분이 될 겁니다. 저희는 비밀을 밝혀냈습니다. 대부분 그렇듯 일단 알고 나면 아주 간단한 법입니다.

저희 경쟁 상대에게 진심으로 축하의 인사를 보내지 않을 수 없습니다. 그분은 마침내 자연의 속성상 인간의 가장 이상적인 음식이라고 할 수 있으나 양이 제한되어 있던 음식을 보급하는 데 성공했습니다. 지금까지 그것은 대단히 부족했고, 따라서 그것을 얻을 수 있었던 극소수의 미식가만이 맛볼 수 있는 음식이었습니다. 일단 맛을 본 사람들은 누구나 예외 없이 다른 음식과 비교할 수 없을 정도로 뛰어나다고 단언했습니다.

그렇습니다. 트라이플래너터리의 연구진들은 뛰어난 성과를 이룩해 냈습니다. 이제 여러분이 도덕적이고 철학적인 문제를 해결하는 일만 남았습니다. 증언을 시작하면서 저는 '육식'이라는 낡은 어휘를 사용했습니다. 이제 다른 단어 하나를 더 알려 드리겠습니다. 저로서도 처음 입에 담아 보는 말입니다. 그건 바로 식인…….

최후의 명령 |The Last Command|

1965년 11월,《기이한! 미스터리 매거진(Bizarre! Mystery Magazine)》에 첫 게재.
『태양으로부터 부는 바람』에 재수록.

"제군들, 만약 제군들이 이 말을 듣고 있다면, 그것은 내가 이미 죽었고 우리의 조국이 파괴되었음을 뜻한다. 하지만 제군들은 인류 역사상 가장 고도로 훈련받은 군인이다. 지금까지 제군들은 명령을 충실히 이행해 왔다. 하지만 이제 제군들은 이제껏 받아 본 적 없는 가장 어려운 명령을 받들어야 할 것이다……."

어렵다고? 일등 전파탐지 장교는 씁쓸하게 생각했다. 아니다. 사랑했던 조국이 태양처럼 폭열을 내뿜는 수많은 열핵병기에 불타 버리는 모습을 본 지금 어려울 게 뭐가 있으랴. 신들의 복수처럼 죄 있는 자와 없는 자를 가리지 않고 앙갚음하는 데에 이제는 그 어떤 주저함도 양심의 가책도 있을 수 없었다. 그런데 왜, 도대체 왜 아직까지도 주저하고 있을까?

"제군들이 달 뒤쪽의 비밀 궤도에서 대기하고 있는 이유를 잘 알고 있을 것이다. 제군들의 존재를 알지만 정확한 위치는 모르고 있는 적은 우리에 대한 공격을 시작하는 데 망설일 것이다. 지하 저장고의 미사일을 파괴하고 해저에서 암약하는 핵잠수함을 분쇄할 수 있는 지진 폭탄의 위협으로부터 안전한 제군들은 '최후의 전쟁 억지력'이었다. 우리가 가진 무기가 전부 파괴된다고 해도 제군들에게는 반격할 힘이 남아 있었다…….

"전부 파괴되었지." 하고 함장은 중얼거렸다. 그는 작전 운영판의 불빛이 하나하나 줄어들다가 결국 모두 사라지는 모습을 이미 보았다. 각자 임무를 마치고 사라진 것이리라. 설령 임무를 완수하지 못했다고 해도 곧 그가 그들이 남긴 몫을 맡아서 마무리할 작정이었다. 최초의 반격에서 살아남은 사람들도 그가 준비하고 있는 치명타를 견디지 못할 것이다.

"제군들의 존재가 가하는 위협 앞에서는 오로지 사고나 광기만이 전쟁을 일으킬 수 있었다. 이 이론에 우리는 목숨을 걸었던 것이다. 그리고 이제 이 도박에서 우리가 패배한 이유를 우리는 결코 알 수 없을 것이다……."

수석 천문학자는 시선을 돌려 중앙 통제실 한쪽 벽에 있는 조그만 현창을 바라보았다. 그랬다. 그들은 정말 모든 것을 잃었다. 현창 밖으로는 별들을 배경으로 화려한 은빛 초승달 모양의 지구가 보였다. 잠깐 보아서는 달라진 게 없어 보였다. 하지만 자세히 보면…… 어두운 영역, 지구의 밤은 더 이상 밤이 아니었다.

사악한 불빛처럼 빛나며 점점이 박혀 있는 것은 한때 도시였으나 이제는 화염의 바다로 변해 버린 곳이었다. 불탈 것도 거의 남아 있지 않기에 이제 불빛 점들은 얼마 되지 않았다.

저세상에서 들려오는 익숙한 목소리는 아직도 뭐라 말을 하고 있었다. 통신 장교는 이 메시지가 얼마나 오래전에 녹음되었던 것인지 궁금했다. 그리고 사람보다 뛰어난 전략 컴퓨터에는 다른 어떤 종류의 명령이 봉인되어 있을까? 어떤 명령이든 간에 더 이상 그런 전략적인 상황은 발생하지 않을 것이므로 그들이 앞으로 그걸 들을 일은 결코 없었다. 그는 상상의 세계에 가 있는 마음을 돌려 당면한, 그래도 아직 믿기 힘든 현실과 마주했다.

"만약 우리가 패하긴 했으되 파멸하지만 않았다면 제군들의 존재를 협상에 활용할 수도 있었을 것이다. 이제는 그런 가냘픈 희망마저도 사라진 상태다…… 그리고 그와 동시에 제군들이 우주에 머물러야 하는 최후의 목적도 사라졌다."

무슨 소리지? 병기 장교는 생각했다. 지금이야말로 확실히 운명의 순간이 온 것 아닌가. 이미 죽은 수백만 명의 사람들, 그리고 차라리 죽기를 바라는 수백만 명의 사람들, 그들 모두는 검은 원통 모양의 거대한 폭탄들이 나선으로 회전하면서 지구를 향해 떨어지는 순간 원한이 풀릴 것이다.

이미 먼지로 변했을 대통령은 꼭 그의 마음을 읽은 것만 같았다.

"이 시점에서 제군들은 내가 왜 반격하라는 명령을 내리지 않는지 궁금할 것이다. 이유는 이렇다.

지금은 이미 늦었다. 전쟁 억제는 실패했다. 우리의 조국은 더 이상 존재하지 않으며, 복수를 한다 하더라도 죽은 자들은 돌아오지 않는다. 지금처럼 인류의 절반이 파멸된 상태에서 나머지 절반을 파괴한다는 것은 이성적인 인간으로서는 할 수 없는 어리석은 일이다. 스물

네 시간 전에 우리들 사이에서 벌어졌던 논쟁은 이제 아무런 의미도 없다. 그대들의 가슴이 허용하는 한 과거를 잊어라.

제군들에게는 파괴된 지구에서 절실히 필요로 하는 기술과 지식이 있다. 그것을 사용해라. 아까워 하거나 비통해 할 필요 없다. 그리고 지구를 재건해라. 이미 나는 제군들에게 주어질 임무가 힘들 것이라고 경고한 바 있다. 하지만 이것이 나의 마지막 명령이다.

제군들이 가진 폭탄을 심우주를 향해 발사하여 지구에서 1000만 킬로미터 떨어진 곳에서 폭발시켜라. 이것은 지금 똑같은 메시지를 듣고 있을 우리의 적에게 제군들이 이미 무기를 버렸음을 보여 주는 증거가 될 것이다.

마지막으로 할 일이 하나 더 있다. 포트 레닌의 병사들이여, 소비에트연방의 최고 지도자가 그대들에게 작별을 고하며 명령한다. 제군들은 미합중국의 뜻에 따르도록 해라."

어둠의 빛 | The Light of Darkness |

1966년 6월, 《플레이보이》에 첫 게재.
『태양으로부터 부는 바람』에 재수록.

나는 조국에 대해 부끄러운 마음을 지니고 있는 그런 아프리카인이 아니다. 나의 조국은 유럽이 500년에 걸쳐 이룩한 진보를 50년 만에 이루어 냈다. 하지만 우리가 응당 이루어 냈어야 할 진보를 이루어 내지 못한 분야가 있는데 바로 그건 차카 같은 독재자의 존재였다. 이 점에 관해서는 스스로를 책망할 수밖에 없다. 잘못은 우리에게 있으니 치유해야 할 책임 또한 마땅히 우리에게 있다.

게다가 내가 위대한 추장, 전지전능한 자, 모든 것을 보는 자가 파멸하기를 바라는 데에는 다른 사람들보다 더 큰 이유가 있다. 그는 내가 속해 있던 부족의 사람으로 아버지의 아내들 중 한 명을 통해 나와 친척이었다. 그리고 그는 권력을 잡은 후 우리 가족을 처치해 버렸던 것이다. 우리는 비록 정치와 전혀 연관이 없었지만, 내 형제들 중 두 명은 실종되었고 나머지는 원인을 알 수 없는 교통사고로 죽었다. 내가 자유롭게 살아 있는 건 의심할 여지없이 국제적인 명성을 지니고 있는 조국의 몇 안 되는 과학자로서 내 입지 때문이었다.

다른 여러 동료 지식인들과 마찬가지로 나 역시, 1930년대의 독일 인들이 잘못 알았던 것처럼, 정치적 혼란에 대한 유일한 해결 방법이 독재뿐일 때가 있다고 느꼈기 때문에, 처음에는 차카에 대한 반기를 들지 않았다. 우리가 끔찍한 실수를 저질렀다는 최초의 징후가 보인 건 아마도 차카가 헌법을 폐지하고 자신이 19세기 줄루족 황제의 환생이라면서 그의 이름을 사용하기 시작을 때였다. 그때부터 그의 과대망상증은 점점 심각해졌다. 여타 폭군들과 마찬가지로 차카 역시 아무도 믿지 않았고 자기 주위에 음모가 횡행하고 있다고 믿었다.

아주 근거 없는 믿음은 아니었다. 최소한 여섯 번의 암살 시도는 세상에 잘 알려져 있고 비밀로 감춰진 시도도 더 있었다. 암살 실패는 스스로의 운명에 대한 차카의 신념을 더욱 굳건하게 만들었고, 추종자들은 차카의 불사(不死)를 더욱 광신적으로 신봉했다. 반대파가 점점 필사적이 되어 갈수록 위대한 추장의 보복도 점점 무자비하고 잔인해졌다. 아프리카뿐만 아니라 그 어떤 곳에서도 반대파를 고문한 정권은 있었다. 하지만 텔레비전을 통해 방송한 것은 차카가 처음이었다.

그때조차도, 전 세계를 강타한 공포와 혐오감의 충격에 비록 부끄럽기는 했지만, 만약 운명이 내 손에 무기를 쥐어 주지 않았더라면 나는 아마 가만히 있었을 것이다. 나는 행동력이 강한 사람이 아니고, 폭력을 극도로 혐오한다. 하지만 내 손에 들어온 힘의 강력함을 깨닫자 양심이 나를 가만두지 않았다. 미국 우주 항공국에서 나온 기술자들이 휴즈 마크10 적외선 통신 시스템의 설치를 마치고 내게 넘겨주자마자 나는 계획을 세우기 시작했다.

세계에서 가장 뒤처진 국가 중 하나인 나의 조국이 우주 개발에서 중심적인 역할을 수행해야 한다는 사실은 기이하게 느껴졌다. 그건 러시아인이나 미국인들의 호오를 떠나 단순히 지리적인 우연에서 기인했다. 그들로서도 어쩔 수 없는 일이었다. 움발라는 적도, 즉 행성들이 지나가는 경로 바로 아래에 위치해 있었다. 게다가 그곳에는 독특하고 가치를 매길 수 없는 자연물이 하나 있었다. 잠부 분화구로 알려진 사화산이었다.

400만 년도 더 전에 잠부가 활동을 멈추고 난 후, 용암이 점차 물러나면서 단계적으로 층을 이루며 응고한 결과 폭 1.6킬로미터에 깊이가 300미터인 대접 모양의 지형이 형성되었다. 이 지형을 지구에서 가장 큰 전파망원경으로 탈바꿈시키는 데에는 엄청난 양의 토사를 파낼 필요도 줄줄이 케이블을 설치할 필요도 없었다. 거대한 반사면은 항상 고정되어 있었기 때문에 특정 위치의 하늘을 조사할 수 있는 시간은 지구가 자전하는 24시간 중에서 고작 몇 분에 불과했다. 과학자들은 이런 대가도 기꺼이 치르면서 태양계 외곽까지 나가 있는 탐사선들로부터 신호를 수신할 수 있는 능력을 손에 넣으려 했다.

차카는 예상하지 못했던 문제였다. 작업이 거의 마무리되어 가고 있을 무렵에 차카가 권력을 잡았고, 그들은 차카를 최대한으로 이용해야 했다. 다행히 그는 과학에 대해 미신에 가까울 정도의 존중을 보였고, 가질 수 있는 모든 루블화와 달러화를 원했다. '적도 심우주 연구소'는 그의 과대망상증으로부터 안전했다. 오히려 과대망상증을 지원하는 데 일조하기도 했다.

내가 망원경 한가운데에 높게 솟아 있는 탑에 처음 방문했을 때는 '빅 디시'라고 부르는 반사면이 막 완성된 상태였다. 높이가 45미터가 넘는 수직 탑은 거대한 대접의 초점에 놓인 수집용 안테나를 지지하고 있었다. 세 명이 탈 수 있는 조그만 승강기는 천천히 꼭대기를 향해 상승했다.

처음에는 주위를 둘러보아도 반경 800미터까지는 번쩍이는 알루미늄 판들이 점점 위쪽으로 굽어지는 형태로 조립된 모습밖에 보이지 않았다. 하지만 곧 분화구 가장자리보다 높이 올라서자 내가 구원하고픈 조국의 땅이 멀리 펼쳐져 있는 광경이 눈에 들어왔다. 정상이 눈으로 덮여 있고 서쪽의 옅은 안개 속에 청색으로 빛나는 것은 아프리카에서 두 번째로 높은 산인 탐팔라 산이었다. 나와 탐팔라 산을 갈라 놓고 있는 끝없는 정글 사이로 흙빛의 니아 강(수백만의 내 동포들이 유일하게 알고 있던 고속도로였다.)이 크게 굽이치며 흘렀다. 개척지 몇 군데와 철도, 저 멀리서 하얗게 빛나는 도시만이 인간이 살고 있다는 유일한 징후였다. 공중에서 움발라를 내려다볼 때마다 느끼곤 하는 압도적인 무력감이 다시 한 번 찾아오면서 나는 영원히 잠자고 있는 정글에 대한 인간의 하찮음을 깨달았다.

승강기는 400미터 상공에서 멈췄고, 걸어 나오자 바로 동축 케이블과 갖가지 장비로 가득한 조그만 방으로 이어졌다. 거기가 끝은 아니었다. 짧은 사다리를 타고 넓이가 1제곱미터 정도 되는 전망대가 있는 지붕으로 올라가야 했다. 그곳은 현기증을 쉬이 느끼는 사람에게는 적당한 장소가 아니었다. 중앙의 피뢰침이 안정감을 어느 정도 확보해 주어 나는 구름이 손에 잡힐 듯한 높이에 있는 삼각형의 금속 전망대에 서 있는 동안 내내 한 손으로 그것을 잡고 있었다.

정신이 아득할 정도로 멋진 광경과 미약하지만 위험이 상존해 있다는 사실에서 오는 흥분 때문에 나는 시간의 흐름조차 잊고 말았다. 마치 지상의 사람들을 하찮게 여기는, 세상사에 무심한 신이라도 된 기분이었다. 그때 나는 아주 분명하게 깨달았다. 차카가 이곳을 무심히 넘겨 버리지 못하리라는 것을.

경호실장인 응탕가 대령은 반대하겠지만, 그의 반대는 묵살될 것이다. 차카를 아는 사람이라면 개소식 당일에 그가 홀로 이곳에 올라 한참 동안 자신의 제국을 둘러보리라는 것을 완벽한 확신을 가지고 예측할 수 있었다. 경호원들은 혹시나 있을지 모르는 부비 트랩에 대해서는 점검하겠지만 아래쪽 방에 머물러 있을 수밖에 없을 것이다. 내가 5킬로미터 떨어진 곳에서, 전파망원경과 관측소 사이에 늘어서 있는 언덕을 두고 그를 저격한다면 경호원들도 그를 구할 방도가 없을 것이다. 언덕이 있다는 건 다행이었다. 문제를 복잡하게 만들긴 했지만 내가 용의 선상에 오르지 않도록 막아 줄 터였다. 응탕가 대령은 대단히 영리한 사람이었지만 총알이 휘도록 발사하는 총이 있다는 생각은 하지 못할 게 뻔했다. 게다가 그는 총을 찾아 헤매겠지만 총알은 결코 찾아내지 못할 것이다…….

나는 연구소로 돌아와 계산을 시작했다. 얼마 지나지 않아 내 첫 번째 실수를 발견했다. 나는 한 점에 모인 레이저 광선이 1000분의 1초 만에 단단한 강철에 구멍을 뚫는 모습을 본 적이 있기에 내 마크10을 이용해서 사람을 죽일 수 있다고 생각했던 것이다. 하지만 그렇게 간단하지 않았다. 어떤 면에서 인간은 강철보다 어려운 상대였다. 인간은 주로 물로 이루어져 있으며, 물의 열용량은 보통 금속의 열 배 정도였다. 강철판에 구멍을 뚫거나 명왕성까지 소식을 전달(바로 마크 10이 설계된 목적이었다.)할 수 있는 광선도 사람에게 아프긴 하지만 별로 심각하지 않은 화상만 초래할 뿐이었다. 최악의 경우 내가 5킬로미터 밖에서 입힐 수 있는 피해는 그가 여전히 부족의 일원임을 증명하기 위해 보란 듯 입고 다니는 화려한 색깔의 부족 외투에 구멍을 뚫어 놓는 정도에 그칠 수도 있었다.

한동안 나는 거의 계획을 포기하기 직전이었다. 하지만 그럴 수는 없었다. 본능적으로 해답이 바로 눈앞에 있다는 것을 알았다. 단지 보지 못하고 있을 뿐이었다. 어쩌면 열이라는 보이지 않는 총알을 이용하여 탑을 고정시키고 있는 케이블을 끊어서 차카가 정상에 있을 때 탑이 무너져 내리도록 할 수 있을지도 몰랐다. 계산해 보니 마크10을 15초 동안 꾸준히 작동시키면 가능하다는 결과가 나왔다. 사람과 달리 케이블은 움직이지 않을 테니 단 한 번의 에너지파에 모든 것을 걸 필요도 없었다. 시간적인 여유도 확보하는 셈이었다.

하지만 망원경을 손상시킨다는 건 과학에 대한 배신이었다. 그래서 이 계획이 불가능하다는 사실이 밝혀지자 오히려 안도감이 들 정도였다. 애초에 탑을 세울 때부터 안전율을 철저하게 확보해 두었기 때문에 탑을 무너뜨리려면 케이블을 세 개나 잘라야 했다. 그건 불가능한 일이었다. 마크10을 정확하게 조준하려면 몇 시간에 걸친 정교한 조작이 필요했기 때문이다.

뭔가 다른 수를 생각해 내야 했다. 으레 그렇듯 명백한 해답을 떠올리는 데에는 시간이 오래 걸리는 법이기 때문에 나는 공식 개소식을 일주일 앞둔 시점에서야 차카, 모든 것을 보는 자, 전지전능한 자, 부족의 아버지를 어떻게 처리해야 할지 떠올릴 수 있었다.

그때는 이미 내 밑에서 일하는 대학원생들이 장비를 다 조정해 둔후로, 최고 출력으로 시험할 태세가 완비된 상태였다. 관측 돔 내부의 지지대 위에서 회전하는 마크10은 마치 경통이 두 개 달린 커다란 반사망원경 같았다…… 실로 그랬다. 한쪽의 지름 90센티미터짜리 반사경은 레이저파를 모아서 초점을 맞춰 우주로 쏘아 보냈고, 다른 하나는 들어오는 신호를 받아들이는 수신기 역할을 하는 한편 배율이 아주 높은 망원경처럼 시스템 전체를 조준하는 데도 쓰였다.

우리는 가장 가까운 천체인 달을 대상으로 정렬 상태를 점검했다. 어느 날 밤 늦게 나는 조준기를 이지러져 가는 하현달 중심에 맞추고 레이저파를 쏘았다. 2.5초 후, 선명한 반향이 들려왔다. 준비 완료였다.

아직 한 가지 할 일이 남아 있었는데, 그건 비밀리에 내가 직접 해야 하는 일이었다. 전파망원경은 관측소 북쪽에 있었고 언덕에 가려 직접 눈으로 볼 수는 없었다. 남쪽으로 1.6킬로미터 떨어진 곳에는 외따로 떨어져 있는 산이 하나 있었다. 몇 년 전 그곳에 우주선(宇宙線) 관측소를 세우는 일을 도와야 했던 적이 있던 탓에 나는 그 산을 잘 알았다. 이제 그 산은 나의 조국이 자유로웠던 시절에는 상상도 하지 못했을 목적에 이용될 운명이었다.

정상 바로 아래 몇 세기 전에 버려진 요새의 잔해가 남아 있었다. 내가 원하는 장소를 찾는 데는 오래 걸리지도 않았다. 오래된 벽에서 떨어진 두 개의 커다란 돌 사이에 놓인, 높이가 채 1미터도 되지 않는 작은 동굴. 거미줄의 모양으로 보아 그곳에 인간이 들어가지 않은 지

수십 년은 된 것 같았다.

동굴 입구로 몸을 구부려 들어가자 몇 킬로미터 범위로 늘어서 있는 심우주 연구소의 전경이 보였다. 동쪽에는 달에 간 첫 번째 인간을 무사히 귀환시킨 옛 아폴로 계획의 궤도 추적 본부에서 사용했던 안테나가 있었다. 그 위쪽으로는 활주로가 있고, 수직 착륙을 하는 중인지 커다란 수송선이 그 위에 떠 있었다. 하지만 무엇보다 내 눈길을 끈 것은 그 장소에서 마크10이 있는 돔까지, 그리고 5킬로미터 북쪽에 있는 전파망원경의 중심탑의 꼭대기까지 시야가 탁 트여 있다는 점이었다.

숨겨진 동굴에 조심스럽게 윤을 낸, 광학적으로 완벽한 거울을 설치하는 데 사흘이 걸렸다. 정확한 방위를 얻기 위해 지루하게 계속된 미세한 조정은 시간이 너무 오래 걸려서 나는 시간에 맞춰 준비하지 못할까 봐 두렵기도 했다. 하지만 마침내 아주 미세한 단위까지 정확하게 각도를 맞출 수 있었다. 마크10에 달린 망원경을 그 산에 있는 비밀 장소에 조준하자 내 등 뒤에 있는 언덕 너머의 풍경을 볼 수 있었다. 시야가 좁긴 했지만 그 정도면 충분했다. 목표 범위는 기껏해야 반경 1미터 정도였고, 나는 그 안에 있는 어떤 곳이라도 센티미터 단위로 조준할 수 있었다.

빛은 내가 정렬해 놓은 경로의 어느 방향으로도 움직였다. 수신용 망원경에 보이는 지점은 자동적으로 송신기에 조준이 되는 셈이었다.

사흘 후, 전원 장치에서 나는 웅웅 소리만 들리는 조용한 관측소에 앉아서 차카가 망원경의 시야에 들어오는 모습을 보니 기분이 이상했다. 나는 마치 새로운 행성의 궤도를 계산해 낸 후 예측한 지점에서 그것을 발견한 천문학자처럼 순간적으로 승리의 환희를 느꼈다. 잔인한 얼굴의 옆모습이 시야에 들어왔다. 내가 보고 있는 배율에서는 불과 9미터밖에 떨어져 있지 않은 것처럼 보였다. 나는 그 순간, 그러니까 차카가 나를 향해 정면으로 바라보는 순간이 올 거라고 조용히 확신한 채 참고 기다렸다. 그리고 그 순간, 나는 왼손으로 이름조차 없을 게 분명한 고대 신의 조상(彫像)을 움켜쥐며, 오른손으로는 레이저를 구동시키는 축전기를 기동시켜 소리도 없고 보이지도 않는 벼락을 언덕 사이로 발사했다.

그랬다. 이러는 편이 훨씬 나았다. 차카는 죽어 마땅했다. 하지만 죽음은 그를 순교자로 만들고 그가 세운 정권의 영향력을 강화했을 터였다. 내가 그에게 내린 것은 죽음보다 끔찍하며 그의 추종자들을 미신적인 공포에 빠뜨릴 만한 것이었다.

차카는 아직 살아 있다. 하지만 모든 것을 보는 자는 이제 아무것도 보지 못한다. 불과 몇 마이크로 초 만에 나는 그를 거리의 걸인보다 못한 사람으로 만들었다.

내가 그에게 고통을 준 것은 아니었다. 1000개의 태양을 합친 것과 같은 열에 의해 망막의 연약한 표면이 녹아 버리는 데에는 아무런 고통도 없었다.

세상에서 가장 긴 과학소설
| The Longest Science-Fiction Story Ever Told |

1966년 10월, 《갤럭시》에 "무한히 반복되는 이야기(A Recursion in Metastories)"라는 제목으로 첫 게재. 『태양으로부터 부는 바람』에 재수록.

편집자였던 프레더릭 폴은 이 단편을 잡지에 실은 후, 한 페이지에 무한한 수의 단어를 넣었다면서 자기가 얼마나 영리한지 떠벌리고 다녔다.

징크스 씨께,

안타깝지만 징크스 씨의 아이디어는 전혀 독창적이지 않습니다. 작품을 미처 완성하기도 전에 항상 누군가에 의해 표절당하는 작가에 대한 이야기는 H. G. 웰스의 「예언자」까지 거슬러 올라갑니다. 대략 일주일에 한 번꼴로 저는 이렇게 시작하는 원고를 받곤 합니다.

징크스 씨께,

안타깝지만 징크스 씨의 아이디어는 전혀 독창적이지 않습니다. 작품을 미처 완성하기도 전에 항상 누군가에 의해 표절당하는 작가에 대한 이야기는 H. G. 웰스의 「예언자」까지 거슬러 올라갑니다. 대략 일주일에 한 번꼴로 저는 이렇게 시작하는 원고를 받곤 합니다.

징크스 씨께,

안타깝지만 징크스 씨의 아이디어는⋯⋯.

*

행운이 있기를 빕니다!

모리스 K. 모비우스

편집자, 「기이한 이야기」

행운이 있기를 빕니다!

모리스 K. 모비우스

편집자, 「기이한 이야기」

행운이 있기를 빕니다!

모리스 K. 모비우스

편집자, 「기이한 이야기」

재생 |Playback|

1966년 12월, 《플레이보이》에 첫 게재.
『태양으로부터 부는 바람』에 재수록.

내가 그렇게 많이, 또 그렇게 빨리 잊어버렸다는 사실을 믿을 수가 없다. 나는 내 몸을 40년 동안이나 사용해 왔던 것이다. 나는 내가 안다고 생각했다. 하지만 이미 그건 꿈처럼 멀어져 가고 있었다.

팔이여, 다리여, 어디 있는가? 너희들이 내 것이었을 때 나를 위해서 무엇을 행한 적이 있던가? 희미하게 기억하는 사지를 움직이기 위해 신호를 보낸다. 아무 일도 일어나지 않는다. 진공에 대고 외치는 것 같다.

외침. 그렇다. 나는 외친다. 어쩌면 그것들이 들을지도 모른다. 하지만 나는 내 얘기를 들을 수 없다. 침묵이 내 위를 넘쳐흘렀다. 그리하여 마침내 나는 더 이상 소리를 상상할 수 없다. 내 마음속에는 '음악'이라 불리는 단어가 있다. 그게 무슨 뜻일까?

(너무 많은 단어들이 내 앞의 어둠 속에서 표류하며 인식되기만을 기다리고 있다. 단어들은 실망한 채 하나 둘씩 사라져 간다.)

안녕. 돌아왔구나. 왜 그리 조용하게 살금살금 내 마음속으로 들어온 거야! 네가 거기 있다는 걸 알아. 하지만 오는 걸 느끼지는 못했어.

네가 내게 우호적이라는 게 느껴져. 그리고 난 네가 한 일을 고마워하고 있어. 하지만 넌 누구지? 물론 네가 인간이 아니라는 건 알아. 인간의 과학으로는 추력장(推力場)이 붕괴했을 때 나를 구할 수 없었어. 알다시피 난 점점 궁금해지고 있어. 그건 좋은 징조지, 그런가? 이제 고통이 사라졌으니(마침내, 마침내 말이야.) 다시 생각을 해 볼 수 있겠군.

그래, 준비됐어. 알고 싶은 건 다 물어봐. 적어도 그건 할 수 있어.

내 이름은 윌리엄 빈센트 뉴버그야. 은하계 탐사선의 수석 조종사지. 난 2095년 8월 21일에 화성의 포트 로웰에서 태어났어. 아내인 야니타와 세 아이는 가니메데에 있고. 나는 작가이기도 해. 내가 한 여행에 대해 많이 썼지. 「리겔의 저편에」는 꽤 유명해…….

무슨 일이 일어났냐고? 너도 나만큼은 알 텐데. 나는 막 우주선을 허상으로 만든 참이었고, 광속으로 순항하던 중에 경보가 울렸지. 움직이거나 뭘 할 만한 여유는 없었어. 선실 벽이 빛나기 시작하던 게 떠오르는군…… 그리고 열, 끔찍한 열기였지. 그게 전부야. 폭발 때문에 내가 우주로 날아갔나 봐. 그런데 내가 어떻게 살아남을 수 있었지? 내가 죽기 전에 누가 구하러 올 수 있었던 거지?

말해 줘…… 내 몸은 얼마나 남아 있지? 왜 팔다리를 느낄 수 없는 거야? 사실을 숨기지 마. 난 두렵지 않아. 네가 나를 고향에 데려다 주기만 한다면 생명공학자들이 새로 팔다리를 만들어 줄 거야. 이미 내 오른팔은 원래 달고 태어난 게 아닌걸.

왜 대답을 못 하지? 간단한 질문이잖아!

내가 어떻게 생겼는지 모르겠다는 게 무슨 소리야? 뭔가를 건졌을 거 아니야!

머리?

그러면, 뇌?

그것조차도…… 오, 맙소사……!

미안해. 내가 오래 떠나 있었나?

내가 누군지 파악해 봐야겠어. (하! 아주 웃기는군!) 나는 탐사선의 1등 조종사인 빈센트 윌리엄 프리버그야. 1895년 8월 21일에 화성의 포트 리옷에서 태어났어. 아이는 하나…… 아니, 두 명이…….

다시 이야기해 줘. 천천히. 나는 어떤 현실이라도 마주할 수 있도록 훈련받았어. 네가 무슨 말을 해도 받아들일 수 있어. 하지만, 천천히.

음, 더 나쁜 상황이 될 수도 있었군. 엄밀히 난 죽은 게 아니야. 내가 누군지도 알아. 내가 '무엇'인지 알고 있다고 생각하기도 해.

나는…… 일종의 환상적인 저장 장치에 담겨 있는 기록이지. 우주선이 플라스마로 변해 버렸을 때 네가 내 정신, 내 영혼을 붙잡은 게 틀림없고. 어떻게 그렇게 할 수 있었는지 모르겠지만 그럴듯한 일이긴 해. 따지고 보면 원시인들은 우리가 교향곡을 어떻게 녹음하는지 결코 이해하지 못할 테니까…….

내 기억은 전부 테이프나 크리스털에 저장되어 있겠지. 이제는 증발해 버린 내 뇌세포 안에 한때 저장되어 있었듯이 말이야. 그리고 저장되어 있는 건 내 기억만이 아니겠지. 나, 자아, 정체성…… 빈스 윌버그, 2등 조종사.

그럼 이제 어떻게 되지?

다시 말해 줘. 무슨 소린지 모르겠어.

와, 대단한걸! 그런 것도 할 수 있어?

그걸 말하는 단어가 있었는데, 이름이…….

무수한 바다의 환영. 아냐. 이건 아니야.

환영, 환영…….

환생!

그래, 맞아. 이해했어. 내가 너에게 기본적인 계획, 그러니까 설계도를 줘야 한다는 거지. 내가 생각하는 걸 잘 봐.

위에서부터 시작하지.

머리부터야. 그건 타원형이야…… 대강 그래. 윗부분은 머리카락으로 덮여 있고. 내 건 갈…… 어, 파란색이었어.

눈. 이건 아주 중요해. 다른 동물을 본 적 있어? 좋아, 그러면 좀 낫겠군. 좀 보여 줄 수 있어? 좋아, 그거면 돼.

그리고 입. 희한하네. 면도하면서 수없이 봤을 텐데. 어째 잘…….

그렇게 둥근 건 아니야…… 더 좁지.

아니, 그건 아니야. 얼굴을 가로질러 있어, 수평으로…….

내가 이렇게 바보 같다니. 그것도 기억 못하는 주제에 언제 후보생이 되겠어…….

물론이지…… 코! 조금 더 길게 해야 할 것 같은데.

뭐가 더 있어. 뭔가를 잊어버렸는데. 머리가 아직 덜 끝난 것 같잖

아. 저건 내가 아니야. 동네에서 가장 똑똑했던 빌리 빈스버그가 아니라고.

하지만 그건 내 이름아 아니야…… 난 소년이 아니지. 나는 우주군에서 20년 동안 수석 조종사로 일했어. 그리고 내 몸을 재구성하려는 중이고. 왜 자꾸 초점에서 빗나가는 거야? 도와줘, 제발!

저 괴물같이 생긴 건 뭐야? 내가 저렇게 이야기했다고? 지워. 다시 시작해야겠어.

자, 머리. 그건 완벽한 구체야. 그리고 세 갈래 모자를 쓰고 있고…….

너무 어려워. 다른 데서 시작하자. 음, 난…….

넓적다리뼈는 정강이뼈에 연결되어 있어. 정강이뼈는 넓적다리뼈에 연결되어 있어. 넓적다리뼈는 정강이뼈에 연결되어 있어. 정강이뼈는…….

전부 희미해져 간다. 너무 늦었어, 너무. 재생에 문제가 생겼나 봐. 시도해 줘서 고마워. 내 이름은…… 내 이름은…….

어머니…… 어디 계세요?

엄마…… 엄마!

엄……

잔인한 하늘 | The Cruel Sky |

1967년 7월, 《보이스 라이프》에 첫 게재.
『태양으로부터 부는 바람』에 재수록.

일종의 전조였을까? 잘 모르겠다. 그러나 이제 내가 후(後) 소아마비 증후군 때문에 휠체어에서 벗어나지 못하는 처지가 되고 나니 반중력 장치가 있으면 좋을 것 같다는 생각이 든다.

자정이 되자 이제 에베레스트 산의 정상은 불과 100미터밖에 떨어져 있지 않았다. 뾰족하게 쌓인 눈은 떠오르는 달빛을 받아 희미한 환영처럼 빛났다. 하늘에는 구름 한 점 없었고 며칠째 불던 바람도 거의 일지 않았다. 지구에서 가장 높은 곳이 이렇게 조용하고 평화로운 분위기에 잠겨 있는 건 정말로 보기 힘든 광경이었다. 시기를 잘 고른 듯했다.

어쩌면 너무 잘 골랐는지도 모르겠군. 조지 하퍼는 생각했다. 지금까지는 실망스러울 정도로 수월했던 것이다. 가장 힘들었던 일이라고 해도 기껏해야 들키지 않고 호텔에서 빠져나오는 일 정도였다. 호텔 경영자들은 허가받지 않은 채로 한밤중에 몰래 산에 올라가는 것을 금지했다. 사고가 발생하기 쉬웠고, 그러면 사업에 지장을 줄 테니까.

하지만 엘윈 박사는 그럴 생각이었다. 드러내 놓고 말한 적은 없지만 그럴 만한 이유도 뚜렷했다. 세계에서 유명하기로 수위를 다툴 정도의 과학자(그리고 세계에서 가장 유명한 절름발이인 건 확실했다.)가 한창 성수기일 때 에베레스트 호텔에 머물고 있다는 사실은 상당한 이목을 불러일으켰다. 하퍼는 그들이 중력을 측정하러 왔다는 말로 몇몇 관광객들의 호기심을 잠재웠다. 어느 정도는 맞는 말이었다. 하지만 이제 와 밝히자면 그 어느 정도라는 건 무시해도 될 만한 수준이었다.

어깨에 20킬로그램 남짓한 장비를 둘러메고 8848미터의 봉우리를 향해 꾸준히 전진하고 있는 엘윈 박사의 모습을 본 사람이라면 누구라도 그의 다리가 거의 쓸모없다는 점을 눈치채지 못했을 것이다. 그는 무려 만 명이 넘는 부분 기형아를 지구상에 탄생시킨 탈리도마이드가 불러온 재앙의 희생자로 1961년에 태어났다(탈리도마이드는 진정제인 콘테르간에 포함된 성분으로 그 부작용 때문에 60년대에 전 세계에 수많은 기형아가 태어났다. ─ 옮긴이). 엘윈은 운이 좋은 편에 속했다. 두 팔은 멀쩡히 태어났고 꾸준한 운동 덕분에 웬만한 남자보다 팔힘이 셌다. 그러나 두 다리는 단순히 뼈와 살이 조그맣게 달려 있는 것에 불과했다. 교정기의 도움을 받으면 서거나 심지어 불안정하게나마 몇 발짝 내딛을 수 있었다. 하지만 걷는 것은 불가능했다.

하지만 지금 그가 서 있는 곳은 에베레스트 산 정상에서 60미터 떨어진 곳이었다……

이 모든 건 3년여 전에 본 한 여행 포스터에서 비롯했다. 응용물리학부의 말단 컴퓨터 프로그래머였던 조지 하퍼가 엘윈 박사에 대해 알고 있던 건 명성과 생김새 정도였다. 엘윈 박사 바로 밑에서 일하는 사람들에게조차 이 '아스트로테크'의 영리한 연구부장은 정신적으로나 육체적으로나 보통 사람과 거리가 먼 인물이었다. 그를 좋아하는 사람도 싫어하는 사람도 없었다. 그리고 그를 동경하거나 동정한 사람들은 있었지만 부러워하는 사람은 분명히 없었다.

당시 대학을 졸업한 지 몇 달 되지 않았던 하퍼는 엘윈 박사가 조직도에 씌어져 있는 이름이 아닌, 한 사람으로서 자신의 존재를 알고 있는지에 대해서 회의적이었다. 물리학부에는 하퍼 말고도 열 명의 프로그래머가 더 있었고 전부 그의 윗사람이었지만, 그들도 연구 책임자인 엘윈 박사와 열 마디 이상 대화를 나누어 본 적이 거의 없었다. 어쩌다 심부름꾼 역할을 떠맡은 하퍼가 기밀 문서를 전달하기 위해 엘윈 박사의 사무실에 들어갔을 때에도 그는 몇 마디 형식적인 말만 주고받고 다시 나올 줄 알았다.

실제로도 거의 그럴 뻔했다. 하지만 방을 막 떠나려는 순간 그는 벽의 절반을 덮고 있는 장엄한 히말라야 산맥의 파노라마 사진을 보고는 발을 멈췄다. 그것은 엘윈 박사가 책상에서 고개를 들기만 하면 바로 보이는 곳에 걸려 있었다. 게다가 사진에는 하퍼가 아주 잘 알고 있는 경관이 담겨 있었다. 예전에 관광차 방문한 에베레스트 산의 정상에서 눈을 밟고 선 채 경이감으로 그 숨 막힐 듯한 광경을 직접 찍어 본 적이 있었던 것이다.

거의 160킬로미터나 떨어진 곳에 구름을 뚫고 솟아 있는 칸첸중가의 하얀 산등성이가 보였다. 비슷한 방향이지만 훨씬 더 가까운 곳에는 마칼루 산의 쌍둥이 봉우리가 있었고, 그보다 더 가까운 곳에는 거대한 크기로 주변 경관을 압도하는, 에베레스트의 이웃이자 경쟁자인 로체가 있었다. 더 서쪽의 쿰부와 롱부크 빙설 지대에서는 얼음이 뒤섞인 강이 인간의 눈으로는 크기를 가늠할 수조차 없을 정도로 거대한 계곡을 따라 흐르는 모습이 보였다. 그 높이에서는 설원의 얼어붙은 주름도 밭고랑 정도의 크기로밖에 보이지 않았다. 하지만 강철같이 단단한 얼음에 난 흠집의 깊이는 무려 수백 미터에 달했다.

등 뒤에서 엘윈 박사가 부르는 소리를 들었을 때도 하퍼는 여전히 멋진 풍경에 푹 빠진 채 예전 기억을 떠올리고 있었다.

"마음에 드나 보군. 가 본 적이 있나?"

"네, 박사님. 고등학교를 졸업하고 가족들과 다녀온 적이 있습니다. 호텔에서 일주일 동안 기다리면서 날씨가 개기 전에 집에 갈 시간이 오는 게 아닌가 걱정했죠. 그런데 마지막 날에 바람이 멈춰서 우리 일행 스무 명은 정상을 밟을 수 있었습니다. 사진을 찍으면서 한 시간 정도 머물렀습니다."

엘윈 박사는 꽤 오랫동안 하퍼의 말을 곱씹고 있는 것 같았다. 잠시 후, 그는 예전의 거리감이 사라진 대신에 흥분한 기색이 역력한 목소리로 말했다.

"앉게나, 음…… 하퍼 군. 이야기를 좀 더 듣고 싶군."

박사의 맞은편에 있는 어수선한 의자로 걸어가며 조지 하퍼는 다소 의아했다. 그건 전혀 신기한 일이 아니었던 것이다. 매해 수천 명의 사람들이 에베레스트 호텔을 방문하고 그중 약 4분의 1은 산 정상까지 오른다. 사실 그 전해에 세계 최고봉에 오른 10만 번째 관광객을 선정하여 선물을 증정한 일은 이미 잘 알려져 있었다. 몇몇 냉소적인 사람들은 10만 번째 관광객이 하필이면 꽤 알려진 신인 여배우였다는 터무니없는 우연에 대해 뭐라고 언급하기도 했다.

예를 들어, 관광 안내서라든가 하는 여러 가지 다른 출처를 통해 쉽게 얻을 수 있는 내용 외에 하퍼가 엘윈 박사에게 특별히 이야기해 줄 수 있는 건 없었다. 그러나 젊고 야심 있는 과학자라면 자신의 경력에 많은 도움이 될 사람에게 깊은 인상을 줄 수 있는 기회를 놓치고 싶지 않은 법이다. 하퍼가 차가울 정도로 계산적이었다거나 정략적인 행동을 취하려 한 건 아니었다. 단지 좋은 기회를 붙잡을 줄 알았던 것이다.

"음, 박사님."

그는 이야기를 시작했다. 처음에는 생각과 기억을 정리하려고 애쓰면서 천천히 말했다.

"비행기를 타고 남치라는 이름의 조그만 마을에 갑니다. 에베레스트 산에서 30킬로미터 떨어져 있는 곳이죠. 그리고 버스를 타고 호텔로 이어지는 도로를 따라 올라갑니다. 쿰부 빙설 지대를 내려다볼 수 있는데 경치가 정말 멋집니다. 호텔은 5400미터 지점에 있고 호흡하기 힘든 사람들을 위해서 압력실을 완비해 놓고 있습니다. 물론 의료진도 항시 대기 중입니다. 육체적으로 알맞지 않은 사람은 손님으로 받아들이지도 않습니다. 호텔에서 특별한 음식을 먹어 가며 최소한 이틀을 머물러야 더 높이 올라가는 게 허용됩니다.

실제로 호텔에서는 정상을 볼 수 없습니다. 너무 가깝기 때문인데요. 머리 위에서 빛나고 있는 것처럼 보입니다. 하지만 경치는 환상적입니다. 로체하고 대여섯 개의 다른 봉우리도 볼 수 있죠. 그리고 조금 무섭기도 합니다…… 특히 밤에는요. 바람이 머리 위 높은 곳 어딘가에서 울부짖는 것 같은 소리를 내는 게 보통이고 얼음도 움직이면서 이상한 소리를 냅니다. 어딘가 산속을 헤매고 있는 괴물이 있다고 상상하기 쉽죠…….

호텔에서는 별로 할 일이 없습니다. 그저 쉬면서 경치나 감상하고 의사가 더 올라가도 좋다고 할 때까지 기다리는 겁니다. 예전에는 희박한 공기에 익숙해지는 데 몇 주가 걸렸다고 하지만 요즘엔 48시간 만에 혈구수(血球數)를 적당한 수준까지 끌어올릴 수 있습니다. 그럼에도 불구하고, 주로 나이 든 분들이긴 한데, 관광객 중 절반은 그 정도 높이에서 만족하고 맙니다.

그 다음부터는 개인의 숙련도와 의욕에 달려 있습니다. 소수의 전문 산악인들은 가이드를 고용하고 일반적인 등반 장비를 이용해서 스스로 정상에 오릅니다. 요즘엔 그렇게 어려운 일은 아닙니다. 여러 군데의 전략 지점마다 은신처가 마련되어 있거든요. 보통은 다들 성공합니다. 하지만 날씨가 항상 도박이라 매년 몇 명씩은 죽는다고 합니다.

평범한 관광객들은 쉬운 방법을 택합니다. 비상시를 제외하고 정상에 비행기가 착륙하는 건 금지되어 있지만, 눕체의 꼭대기 근처에 산장이 있고 호텔에서 거기까지 헬리콥터를 태워 주는 서비스가 있습니다. 남쪽 고갯마루를 통과하면 산장에서 정상까지는 5킬로미터밖에 안 됩니다. 약간의 등산 경험이 있고 몸 상태만 좋다면 쉽게 오를 수 있습니다. 비록 권장 사항은 아니지만 어떤 사람들은 산소 없이도 오르곤 합니다. 저는 꼭대기에 오를 때까지 마스크를 벗지 않았는데, 올라가서 벗어 보니 숨 쉬는 게 그렇게 어렵지는 않았습니다.”

"여과기를 썼나, 아니면 산소통을 썼나?"

"아, 분자 여과기를 썼습니다. 요즘엔 꽤 믿을 만한 데다가 산소 농도를 100퍼센트까지 올려 주거든요. 덕분에 고산지대의 등반이 엄청나게 간단해졌습니다. 압축 공기통을 가지고 다닐 필요가 없으니까요."

"올라가는 데는 얼마나 걸리지?"

"꼬박 하루가 걸립니다. 우리는 해가 뜨기 전에 떠나서 해가 진 후에 돌아왔습니다. 옛날 사람들이 들으면 놀랄 일입니다. 하지만 우리는 싱싱한 상태로 출발했고 짐도 가벼웠으니까 당연하죠. 산장에서 정상으로 가는 길은 전혀 어렵지 않습니다. 까다로운 곳에는 전부 계단이 만들어져 있기도 하고요. 말씀드렸듯이 멀쩡한 상태라면 누구에게나 쉬운 일입니다."

마지막 말을 재차 내뱉은 순간 하퍼는 혀를 깨물고 죽었으면 좋겠다고 생각했다. 자기가 마주하고 있는 상대가 누군지를 잊어버렸다는 게 믿기지 않았다. 하지만 세계에서 가장 높은 곳을 향해 올라가던 당시의 경이감과 흥분이 너무나 생생하게 떠오른 나머지 잠시 그는 바람이 휘몰아치는 외로운 산 정상으로 다시 되돌아갔던 것이다. 엘윈 박사가 결코 딛고 설 수 없는 지구의 한 지점으로…….

하지만 엘윈 박사는 눈치채지 못한 것 같았다…… 아니면 그런 눈치 없는 행동에 익숙해진 나머지 별로 신경 쓰지 않는 것인지. 도대체 왜 에베레스트에 그렇게 관심이 많을까? 하퍼는 궁금했다. 아마도 직접 가 볼 수 없다는 점 때문인 듯했다. 에베레스트는 출생 시의 사고로 인해 그가 지금껏 거부당해 왔던 모든 것을 상징했다.

하지만 그로부터 불과 3년 후, 지금, 조지 하퍼는 정상에서 불과 30미터 떨어진 곳에 멈춰 선 채 엘윈 박사가 그를 따라잡는 동안 나일론 밧줄을 끌어당기고 있었다. 어떤 말이 있었던 건 아니지만 하퍼는 엘윈 박사가 정상에 먼저 오르고 싶어 한다는 것을 알았다. 그에게는 그런 영예를 누릴 자격이 있었고, 젊은이로서는 그런 기분을 빼앗고 싶지 않았다.

"괜찮으세요?"

엘윈 박사가 옆에 오자 그는 물었다. 불필요한 질문이라고 할 수 있지만 하퍼는 그를 둘러싸고 있는 광막한 고독을 서둘러 깨뜨려야 할 필요가 있다고 느꼈다. 그들은 이 세상에 존재하는 유일한 사람이라고 해도 과언이 아니었다. 눈 덮인 봉우리들이 펼쳐져 있는 백색의 황야에는 인류가 존재했다는 흔적을 전혀 찾을 수 없었다.

엘윈은 대답하지 않았다. 대신에 하퍼를 지나쳐 가면서 건성으로 고개를 끄덕였을 뿐이다. 엘윈 박사는 이상할 정도로 뻣뻣한 모양새로 걷고 있었고, 특이하게도 눈밭에는 걸음의 흔적이 거의 남지 않았다. 게다가 그가 걷는 동안 어깨에 메고 있는 커다란 배낭에서는 희미하지만 분명한 소음이 흘러나왔다.

사실은 배낭이 그를, 정확히는 그의 4분의 3을 짊어지고 가는 중이었다. 한때 불가능해 보였던 목표를 향해 마지막 몇 미터를 꾸준히 나아가고 있는 엘윈 박사와 그가 짊어진 장비의 무게는 불과 25킬로그램도 되지 않았다. 그것도 무겁다면 그는 다이얼을 돌려 무게가 전혀 나가지 않게 만들 수도 있었다.

21세기 과학의 위대한 비밀이 바로 이곳, 달빛에 빛나는 히말라야 산중에 있었던 것이다. 시험용 엘윈 부양기는 전 세계에 다섯 대가 있었고, 그중 둘이 바로 에베레스트 산에 있었다.

비록 2년 전부터 알고 있었고 기본적인 이론에 대해서도 어느 정도 알고 있었지만, '레비즈'(연구소에서는 이렇게 이름을 붙였다.)는 하퍼에게 아직도 마법처럼 느껴졌다. 전원 장치에는 120킬로그램의 무게를 수직으로 16킬로미터까지 들어 올릴 수 있을 정도의 전기에너지가 담겨 있었고, 그 정도면 이번 등산에 쓰기에 충분히 안전했다. 부양기는 지구의 중력장에 반대로 작용했기 때문에 상승과 하강을 거의 무한정 반복할 수 있었다. 전기는 올라갈 때 방전되고, 내려올 때는 다시 충전된다. 그 어떤 과정도 완벽한 효율성을 갖출 수는 없었으므로 각각의 과정을 거칠 때마다 약간의 에너지 손실이 발생했다. 하지만 완전히 방전되기 전까지 최소한 100번은 반복해서 사용할 수 있었다.

지니고 있는 무게의 대부분을 중화시킨 채로 산에 오른다는 것은 유쾌한 경험이었다. 수직으로 끌어올리는 힘을 받으니 마치 부력을 마음대로 조절할 수 있는 보이지 않는 풍선에 매달려 가는 듯한 기분이었다. 그래도 지상에서 앞으로 나아가기 위해서는 어느 정도 무게가 필요했고 몇 번의 실험을 거친 끝에 그들은 25퍼센트로 결정했다. 그 정도 무게면 45도 경사면도 평지에서 정상적으로 걷는 것처럼 손쉽게 올라갈 수 있었다.

가끔씩 수직 절벽을 올라가기 위해서 무게를 거의 0이 되도록 줄이는 경우도 있었다. 그건 정말 기이한 경험으로 부양기에 대한 완벽한 믿음이 있어야 가능했다. 아무것도 없이 오로지 부드럽게 웅웅거리는 소리를 내는 전자 장비에 몸을 맡긴 채 허공에 떠 있는 건 상당한 의지력을 필요로 했다. 하지만 몇 분이 지나자 신이라도 된 듯한 자유로운 느낌이 공포를 넘어섰다. 인류의 가장 오래된 꿈 하나가 이곳에서 실현된 것이다.

몇 주 전에 도서관 직원 하나가 그들이 이룩한 성과를 완벽하게 묘사하고 있는 시구를 20세기 초반의 한 시에서 찾아낸 적이 있었다.

"잔인한 하늘을 정복한다"(제임스 엘로이 플레커의 「천 년 후의 시인에게(*To A Poet A Thousand Years Hence*)」의 일부 ─ 옮긴이). 새조차도 이렇게 완벽한 3차원의 자유를 누려 본 적이 없었다. 이것이야말로 진정한 우주 정복이었다. 거의 한 세기 전에 수중 호흡기에 의해 바다가 개방되었던 것과 마찬가지로 공중 부양기는 인류에게 전 세계의 산과 고지대를 활짝 열어젖혀 줄 것이다. 일단 부양기가 시험을 통과하고 대량생산을 통해 가격이 저렴해지기만 하면 인류 문명의 모든 국면이 바뀔 터였다. 일단 운송 수단이 획기적으로 바뀔 것이다. 우주 여행도 일반적인 비행기 여행 수준으로 가격이 떨어질 것이며 인류 전체가 공중을 날아다닐 것이다. 100년 전에 자동차가 발명되면서 일어난 일은 앞으로 일어날 엄청난 사회적 및 정치적 변화를 예고하는 맛보기에 불과했다.

하지만 하퍼는 고독한 승리의 순간을 맛보고 있을 엘윈 박사가 당장은 그런 점에 대해서 전혀 생각하지 않고 있다고 느꼈다. 훗날 엘윈 박사는 전 세계의 찬사를 (그리고 어쩌면 저주도) 받게 되겠지만, 그렇다고 해도 그는 지구에서 가장 높은 장소에 발을 디뎌 보았다는 사실을 더 의미 있게 생각할 것이다. 그것은 진정 물질에 대한 정신의 승리, 연약한 불구의 육체에 대한 순수한 지성의 승리였다. 다른 것은 중요하지 않았다.

하퍼는 눈으로 덮인 피라미드의 최정점에 서 있는 과학자에게 다가가 다소 형식적으로 어색하게 악수를 나누었다. 왠지 그래야 할 것 같았다. 하지만 둘 다 아무 말도 없었다. 그들이 이루어 낸 경이적인 성과, 그리고 눈길이 닿는 곳 어느 방향으로도 끝없이 봉우리들이 펼쳐져 있는 장관 탓에 아무 말도 할 수 없었다.

하퍼는 부양기에 매달린 채 긴장을 풀고 천천히 하늘을 둘러보았다. 주위를 둘러싸고 있는 거인들의 모습을 알아본 하퍼는 마음속으로 하나하나 이름을 불러 보았다. 마칼루, 로체, 바룬체, 초 오유, 칸첸중가…… 이들 중 상당수는 아직 인간의 발길이 닿은 적이 없는 곳이었다. 이제 레비즈 덕분에 그런 상황도 변하겠지만.

물론 동의하지 않는 사람도 많을 것이다. 하지만 20세기에도 산소통을 사용하는 게 '반칙'이라고 생각했던 산악인들은 있었다. 몇 주 동안의 적응 과정을 거친 후라고 해도 맨몸으로 그런 높은 곳을 오르려고 했다는 사실은 믿기 어려울 정도였다. 하퍼는 바로 자기가 있는 곳 근처 어딘가에 발견되지 않은 채로 누워 있을 맬러리와 어빈을 떠올렸다.

등 뒤에서 엘윈 박사가 헛기침하는 소리가 들렸다.

"이제 가세, 조지."

그는 조용히 말했다. 여과기 때문에 목소리가 작게 들렸다.

"사람들이 찾기 전에 돌아가야 하네."

눈앞에 펼쳐진 광경을 향해 조용히 작별 인사를 한 후, 그들은 발

걸음을 돌려 완만한 경사로를 따라 하산하기 시작했다. 조금 전까지도 청명했던 밤하늘이 어두워지고 있었다. 높게 떠 있는 구름이 빠르게 지나가며 달을 가려 달빛이 비쳤다 안 비쳤다 반복하는 바람에 가끔씩 길을 보기가 어려울 때도 있었다. 하퍼는 날씨가 변하는 모양새가 마음에 들지 않아서 속으로 계획을 수정하기 시작했다. 산장으로 바로 가는 것보다 남쪽 고갯마루에 있는 피난처를 목표로 하는 게 더 나을지도 몰랐다. 하지만 괜한 걱정을 끼칠까 봐 엘윈 박사에게는 아무 말도 하지 않았다.

이제 그들은 한쪽에는 완벽한 어둠이 그리고 다른 한쪽에는 희미하게 빛나는 얼음 절벽이 있는 날카로운 바위 가장자리를 따라 움직이고 있었다. 하퍼는 이런 장소에서 폭풍이라도 만나면 정말 끔찍한 일이 될 거라는 생각을 떨칠 수가 없었다.

그가 그런 생각을 떠올리자마자 강풍이 그들을 덮쳤다. 마치 지금까지는 힘을 아껴 두기라도 했다는 듯이 날카로운 소리와 함께 어디선가 한 줄기 돌풍이 불어왔다. 미처 방비할 틈이 없었다. 설사 그들이 정상적인 몸무게를 지니고 있었다고 해도 바람에 휩쓸려 갔을 터였다. 바람은 단지 몇 초 만에 그들을 그늘이 진 공허한 어둠 속으로 던져 버렸던 것이다.

아래쪽의 깊이가 얼마나 되는지 판단하는 건 불가능했다. 하퍼는 억지로 아래쪽을 내려다보았지만 아무것도 보이지 않았다. 바람은 그들을 단지 옆으로만 이동시켰을 뿐이지만 그는 분명히 추락하고 있었다. 부양기가 대부분의 무게를 지탱해 주었기 때문에 그는 정상적인 속도의 4분의 1 속도로 떨어지고 있었다. 하지만 그 정도면 충분했다. 예를 들어 1000미터를 떨어지는데 기분으로는 250미터처럼 느껴진다고 해서 그게 위로가 될 리 없었다.

아직 공포를 느낄 여유도 없었다. 그건 나중 일이었다. 살아남았을 때의 이야기겠지만. 하퍼가 정말 걱정했던 건 어처구니없게도 값비싼 부양기가 손상될지 모른다는 것이었다. 엘윈 박사에 대해서도 까맣게 잊고 있었다. 그런 위기 상황에서 인간은 한 번에 한 가지 문제밖에 집중할 수 없는 법이다. 갑자기 나일론 밧줄이 당겨지면서 그는 깜짝 놀랐다. 그러자 밧줄의 반대편 끝에서 공전하는 행성처럼 천천히 자기 주위를 돌고 있는 엘윈 박사가 보였다.

그 광경을 보자 갑자기 현실이 되돌아왔다. 그리고 무엇을 해야 하는지도 깨달았다. 하퍼가 무기력하게 있었던 시간은 아마 1초도 되지 않을 것이다. 그는 바람 소리를 뚫고 외쳤다.

"박사님! 비상 상승 장치를 쓰세요!"

그렇게 말하며 그는 손을 더듬어 조종기의 봉인을 찢은 후에 버튼을 눌렀다.

부양기는 곧바로 성난 벌떼가 가득한 벌집처럼 웅웅거리는 소리를 내기 시작했다. 하퍼는 멜빵이 몸을 당겨 아래쪽의 보이지 않는 죽음으로부터 끌어내 하늘로 올라가는 것을 느꼈다. 지구 중력에 대한 간단한 공식이 마치 불길로 쓴 글자처럼 마음속에서 불타올랐다. 1킬로와트의 에너지는 100킬로그램의 무게를 매초 1미터씩 끌어올릴 수 있었다. 그리고 부양기는 1분 이상 지속되지는 않았지만 최대 10킬로와트의 비율로 에너지를 변환했다. 따라서 이미 가벼워진 무게를 감안하면 그가 상승하는 속도는 초당 30미터를 가볍게 넘을 터였다.

그들 사이의 거리가 멀어지면서 밧줄을 격렬하게 잡아채는 듯한 느낌이 들었다. 엘윈 박사가 비상 버튼을 누르는 게 늦었던 모양이다. 하지만 마침내 그 역시 상승하기 시작했다. 이제 불과 300미터 떨어져 있는 로체의 얼음으로 덮인 표면을 향해 그들을 몰아가고 있는 바람과 부양기의 상승 능력의 경주로 그들의 운명이 결정될 판이었다.

곳곳이 눈으로 덮여 있는 바위로 된 벽이 그들의 머리 위에서 달빛을 받아 빛났다. 마치 얼어붙은 파도 같았다. 움직이는 속도를 정확히 판단하는 건 불가능했지만 최소한 시속 80킬로미터 이상일 터였다. 만일 충돌에서 살아남는다고 해도 심각한 부상을 피할 도리는 없었다. 이런 곳에서의 부상은 곧 죽음과 다를 바 없었다.

충돌이 불가피해 보이던 바로 그 순간 갑자기 기류가 치솟으며 그들을 위쪽으로 끌어올렸다. 그들은 15미터 정도의 넉넉한 여유 공간을 두고 바위로 이루어진 등성이를 벗어났다. 기적과도 같은 일이었지만, 안도의 순간이 지나자 하퍼는 그들이 살아날 수 있었던 건 단순히 공기역학 덕분이었음을 깨달았다. 바람이 산을 피해 가기 위해서는 상승해야 했던 것이다. 반대편에서 바람은 다시 하강할 것이다. 하지만 하늘이 텅 비게 될 터이니 그건 아무래도 상관없었다.

그들은 띄엄띄엄 흩어져 있는 구름 아래에서 조용히 움직이고 있었다. 움직이는 속도는 줄어들지 않았지만, 이제는 아무 장애물도 없는 공간에서 바람에 그대로 몸을 맡긴 채 움직이고 있었기 때문에 으르렁거리던 바람 소리가 갑자기 사라졌다. 심지어 그들은 9미터 정도의 공간을 두고 편안히 대화를 나눌 수도 있었다.

"엘윈 박사님. 괜찮으세요?"

하퍼는 외쳤다.

"아, 그래."

차분한 목소리로 박사가 대답했다.

"이제 어떻게 하지?"

"이제 그만 상승해야 합니다. 더 높이 올라가면 여과기를 사용한다고 해도 호흡을 하기 힘들어질 거예요."

"그렇지. 이제 균형을 맞추자고."

비상 회로의 작동을 멈추자 성난 듯이 웅웅거리던 소리가 간신히 들릴 정도의 전자음으로 줄어들었다. 그들은 한동안 밧줄을 사이에 두고 위아래로, 다시 말해 한 명이 먼저 움직이고 다른 한 명이 또 움직이는 식으로 움직인 끝에 균형을 맞출 수 있었다. 레비즈가 고장나지 않는 한(그동안 걸린 과부하로 미루어 볼 때 고장날 가능성이 꽤 있었지만) 당장의 위험에서는 벗어난 셈이었다.

진짜 문제는 지상에 내려앉는 일이었다.

인류 역사상 그 누구도 그렇게 기이한 새벽을 맞아 보지 못했다. 비록 피곤하고 추워서 몸은 굳어 있는 데다가 희박한 공기 때문에 한 호흡 한 호흡이 힘들었지만, 울퉁불퉁한 동쪽 지평선을 따라 희미한 빛이 번져 나가기 시작하자 그런 불편함 따위는 눈 녹듯이 사라졌다. 하나 둘씩 별빛이 희미해졌다. 동이 트기 직전까지 마지막으로 남아 있던 밝은 별은 우주 정거장 중에서 가장 밝은 태평양 제3호로 하와이 상공 3만 5000킬로미터 궤도에 떠 있었다. 곧 태양이 봉우리의 바다 위로 떠올랐고, 그렇게 히말라야의 하루가 밝아 오고 있었다.

마치 달에서 해가 뜨는 광경을 바라보는 것 같은 기분이었다. 나지막한 광선이 가장 높이 솟아 있는 산을 먼저 비추기 시작하는 동안 주변의 계곡은 먹물처럼 시꺼먼 그림자에 잠겨 있었다. 하지만 바위로 덮인 경사면을 따라 햇빛이 천천히 내려오면서 이 냉혹하고 다가가기 어려운 땅은 한 걸음씩 새로운 하루를 향해 다가갔다.

해가 뜨고 나자 인간이 사는 흔적을 찾아보는 게 가능했다. 좁은 도로나 외진 마을에서 하늘로 오르는 한 줄기의 연기, 햇빛을 반사해 반짝이는 수도원의 지붕이 보였다. 발아래에서 세상이 잠에서 깨어나고 있었다. 마법이라도 쓴 것처럼 4500미터 위에서 맴돌고 있는 두 명의 구경꾼에 대해서는 전혀 모르는 채.

밤 사이에 바람은 여러 차례 방향을 바꿨고, 하퍼는 그들이 어디로 향하고 있는지 전혀 몰랐다. 지형도 전혀 알아볼 수 없었다. 800킬로미터에 걸친 네팔과 티베트의 좁고 긴 땅 어디에 있어도 이상할 게 없었다.

우선 해결해야 할 문제는 착륙 장소의 선정이었다. 서둘러야 했다. 그들은 빙하와 산봉우리가 어지럽게 놓인 곳을 향해 빠르게 흘러가고 있었고 그곳에서는 어떤 도움도 기대하기 어려웠다. 바람은 그들을 북동쪽 방향, 중국이 있는 곳으로 데려가고 있었다. 만약 그들이 산을 넘어가서 착륙한다면 국제 기근 구호 기구와 연락이 닿아 구출되는 데 몇 주가 걸릴지도 몰랐다. 문맹에 미신을 신봉하는 농민들만 사는 곳에 내려앉는다면 일신상의 위험을 겪을 수도 있었다.

"빨리 내려가야겠어요. 저 산 모양이 마음에 들지 않아요."

하퍼의 말은 주위의 빈 공간 속으로 완전히 사라져 버린 것 같았다.

엘윈 박사는 불과 3미터 거리에 있었지만 그가 하퍼의 말을 듣지 못할 가능성도 컸다. 하지만 마침내 엘윈 박사는 마지못해 동의한다는 듯 고개를 끄덕였다.

"그래야 할 것 같군. 하지만 이런 바람에서 할 수 있을지 모르겠어. 자네도 알겠지만 올라갈 때처럼 빨리 내려가면 안 돼."

그건 분명한 사실이었다. 전지가 충전되는 비율은 방전 비율의 10분의 1밖에 되지 않았다. 만약 그들이 너무 빠른 속도로 고도를 낮추고 중력 에너지를 밀어 넣는다면 전지는 과열될 것이고 어쩌면 폭발할지도 몰랐다. 티베트인(아니면 네팔인?)들이 본다면 깜짝 놀라 커다란 운석이 공중에서 폭발했다고 생각할 것이다. 그리고 줄스 엘윈 박사와 그의 전도유망한 조수에게 무슨 일이 벌어졌는지는 아무도 모르게 될 터였다.

1500미터 상공에 이르자 하퍼는 폭발이 언제 일어나도 이상할 게 없다고 생각하기 시작했다. 그들은 빠르게 떨어지고 있었지만 그 정도로는 부족한 데다가 너무 높은 속도에 도달하기 전에 감속까지 해야 할 처지였다. 설상가상으로 그들은 지상 근처의 풍속을 완전히 잘못 예측했다. 예상치 못했던 바람이 폭풍이라고 해도 될 정도로 지독하게 불었던 것이다. 그들은 노출된 산등성이에서 떨어져 나온 눈이 발하는 광채가 발밑에서 마치 유령 깃발처럼 물결치는 광경을 볼 수 있었다. 바람을 타고 움직이는 동안에는 바람의 힘을 인식하지 못하고 있었지만, 이제 그들은 부드러운 하늘에서 단단한 바위로의 위험한 전환을 다시 시도해야 할 처지였다.

기류는 그들을 계곡 입구로 몰아가고 있었다. 계곡을 넘어갈 방법은 없었다. 이렇게 된 이상 최적의 착륙 장소를 찾는 수밖에 없었다.

계곡은 무서울 정도의 비율로 좁아 들고 있었다. 이제는 거의 수직으로 갈라진 틈보다 조금 더 넓은 정도에 불과했다. 양 옆의 바위벽은 시속 오륙십 킬로미터 정도의 속도로 미끄러져 지나갔다. 소용돌이 때문에 가끔씩 오른쪽이나 왼쪽으로 흔들리기도 했다. 불과 1미터 안쪽의 차이로 충돌을 면하는 경우도 있었다. 한번은 눈이 두껍게 쌓여 있는 바위 턱을 간발의 차이로 넘어간 적이 있었는데, 하퍼는 충동적으로 부양기를 벗어 버리는 장치를 작동시킬까 생각도 했다. 하지만 그건 프라이팬에서 뛰어나와 불 속으로 들어가는 행위일 터였다. 안전하게 단단한 땅 위에 내려선다는 것이 기껏해야 아무런 도움도 받을 수 없는 외딴곳에 스스로를 가두는 행위에 그치고 말 수가 있었다.

하지만 새로운 위험에 처한 그 순간에도 그는 두려움을 거의 느끼지 않았다. 마치 전율이 넘치는 꿈이라도 꾸는 기분이었다…… 그리고 곧 잠에서 깨어나면 안전한 침대에 누워 있을 것만 같은 기분. 이렇게 환상적인 모험이 실제로 일어날 리가…….

"조지! 지금이 기회야, 저 바위를 붙잡을 수만 있다면!"

엘윈 박사가 외쳤다.

행동에 옮길 시간은 몇 초밖에 없었다. 그 즉시 그들은 나일론 밧줄을 풀어서 아래쪽에 거대한 고리를 만들었다. 가장 낮은 부분은 빠르게 스쳐 지나가는 바닥에서 불과 1미터 정도 떨어져 있었다. 높이가 6미터는 되어 보이는 커다란 바위가 그들이 날아가는 방향에 정확히 놓여 있었고, 그 너머로는 눈밭이 넓게 펼쳐져 있어서 무리 없이 착륙할 수 있을 듯했다.

밧줄은 바위 아래쪽의 만곡부 위를 스쳐 지나가 그냥 통과할 듯 보이더니 갑자기 돌출된 부위에 걸렸다. 하퍼는 갑자기 잡아 젖혀지는 느낌을 받으며 줄 끝에 매달린 돌멩이처럼 빙글 돌았다.

눈이 이렇게 딱딱한 줄은 몰랐는걸. 그는 생각했다. 순간적으로 폭발하듯 밝게 빛나는 빛이 보였다. 그리고 아무것도 없었다.

그는 다시 대학 강의실에 돌아와 있었다. 교수 한 명이 익숙한, 하지만 어쩐지 여기에 어울리지 않는 목소리로 말을 하고 있었다. 그는 졸음에 겨워 건성으로 대학 시절에 강의를 들었던 강사들의 이름을 하나하나 짚어 보았다. 아니, 분명히 그들 중 아무도 아니었다. 하지만 그 목소리는 너무나 친숙했다. 게다가 분명히 누군가에게 강의하는 중이었다.

"내가 꽤 젊은 축에 들었을 때 아인슈타인의 중력 이론이 뭔가 잘못되었다는 걸 깨달았어요. 특히 등가원리에 오류가 있는 것 같았습니다. 등가원리에 의하면 중력장과 가속에 의해 발생하는 효과를 서로 구분하는 건 불가능하죠.

하지만 그건 명백한 오류입니다. 일정한 가속을 유지하는 건 가능하지만 일정한 중력장을 만들어 내는 건 불가능해요. 왜냐하면 중력은 역제곱의 법칙을 따르며, 그렇기 때문에 거리가 조금만 달라져도 변동하게 마련이니까요. 따라서 두 경우를 구분해 내는 건 어렵지 않아요. 그리고 이런 점 때문에……."

부드러운 말소리는 외국어라도 되는 것처럼 하퍼의 마음을 겉돌았다. 그는 자기가 그 말을 전부 이해할 수 있어야 한다는 사실을 희미하게 깨달았지만 의미를 파악하려니 골치가 아팠다. 어쨌거나 당면한 문제는 지금 자신이 어디에 있는지 알아야 한다는 것이었다.

두 눈에 문제가 있는 게 아니라면 그는 완전한 어둠 속에 있는 것이다. 그는 눈을 깜빡였다. 그러자 머리가 쪼개질 듯한 두통이 느껴져 비명을 질렀다.

"조지! 자네 괜찮은가?"

그렇다! 어둠 속에서 부드럽게 말하던 목소리는 엘윈 박사였다. 그런데 누구에게 하는 소리였지?

"머리가 깨질 것 같아요. 움직이면 허리도 아프고요. 무슨 일이죠? 왜 이렇게 어두워요?"

"떨어지면서 충격을 받아서 그래. 게다가 갈비뼈에도 금이 간 것 같고. 억지로 말하려고 하지 말게나. 자넨 하루 종일 의식이 없었어. 지금은 밤이고 텐트 안에 있지. 전지를 아끼려고 불을 껐어."

엘윈 박사가 손전등을 켜자 하퍼는 불빛에 눈이 멀 것 같았다. 그는 그들을 감싸고 있는 조그만 텐트를 둘러보았다. 에베레스트 산에 발이 묶일 경우를 대비해서 등산 장비 일체를 챙겨 온 건 행운이었다. 하지만 어쩌면 그건 단순히 고통을 연장하는 것에 불과할지도…….

하퍼는 불구의 과학자가 누구의 도움도 없이 장비를 전부 풀어서 텐트를 세우고 그를 텐트 안으로 끌고 들어왔다는 사실에 놀랐다. 모든 게 깔끔하게 정리된 상태였다. 응급처치 도구, 깡통에 담긴 농축 식량, 물통, 휴대용 조리기에 쓰는 조그맣고 빨간 가스통. 부피가 큰 부양기만 안 보였다. 공간이 좁아 밖에 둔 것 같았다.

"제가 깨어날 때 누구에게 얘기하고 계셨나요, 아니면 내가 꿈을 꾸고 있었나요?"

하퍼는 말했다. 텐트에 반사되는 빛이 사람의 표정을 읽는 것을 어렵게 만들었지만 그는 엘윈 박사가 당혹스러워 하는 모습을 볼 수 있었다. 하퍼는 곧바로 그 이유를 깨달을 수 있었고 괜히 물어봤다고 생각했다.

엘윈 박사는 그들이 살아날 거라고 생각하지 않은 모양이었다. 그는 시체가 발견될 경우를 대비해서 기록을 녹음하고 있었던 것이다. 하퍼는 그가 이미 마지막 유언까지 녹음을 마쳤는지 궁금했다.

"구조대는 부르셨어요?"

"30분마다 시도해 보고 있는데 산 때문에 통신이 안 되는 것 같아. 들을 수는 있는데 내 말은 전해지지 않아."

엘윈 박사는 평소에는 손목에 달려 있었던 조그만 무전기를 집어 들고 스위치를 켰다.

"여기는 4번 구조대. 말해라."

기계적인 목소리가 희미하게 흘러나왔다.

5초 동안의 휴지기가 지속되는 동안 엘윈 박사는 SOS 신호를 보내고 기다렸다.

"여기는 4번 구조대. 듣고 있으니 말해라."

그들은 1분을 꼬박 기다렸지만 신호를 받았다는 기미가 보이지 않았다. 흠, 이제 와서 누구를 탓하기엔 너무 늦었군. 하퍼는 냉정하게 생각했다. 산 위로 떠다니는 동안 그들은 몇 번이나 구조대를 불러야 할지를 두고 논쟁했던 것이다. 하지만 결국 부르지 말자는 쪽으로 결론이 났는데, 그 이유는 공중에 있는 동안은 불러 봤자 소용이 없기 때문이기도 했고, 한편 세상에 알려지는 것을 피하고 싶었기 때문이다. 일이 터진 다음에 상황을 파악하는 건 쉬운 법이다. 하필이면 구조대의 손길이 미치지 않는 몇 안 되는 장소에 착륙할 줄 누가 알았겠는가?

엘윈 박사는 무전기를 껐다. 그러자 조그만 텐트 안에서 들리는 소리라고는 탈출도 구조 요청도 불가능하게 오로지 그들을 가두어 놓고 있는 산을 타고 바람이 울리는 소리뿐이었다.

마침내 엘윈 박사가 말했다.

"걱정 말게나. 아침이면 빠져나갈 길이 보이겠지. 해가 뜰 때까지는 어쩔 도리가 없잖은가. 몸이라도 편해야지. 그러니까 이 따뜻한 수프 좀 먹어 둬."

몇 시간이 지나자 두통은 이제 하퍼를 괴롭히지 않았다. 갈비뼈는 정말로 금이 간 것 같았지만 움직이지만 않는다면 편안하게 있을 수 있는 자세를 찾아냈다. 그러자 온 세상이 평화롭게 느껴졌다.

그는 엘윈 박사에 대해 좌절과 분노를 느끼는 단계를 연달아 지나쳤고, 이런 정신 나간 모험에 발을 들여놓은 자기 자신에 대해서 책망하기도 했다. 하지만 이제 다시 마음은 안정되었고 탈출 방법을 모색하느라 바쁜 나머지 잠도 오지 않았다.

바깥에서는 바람이 잦아들었고 밤공기는 아주 고요했다. 달이 뜨자 완전한 어둠도 가셨다. 달빛이 직접 그들에게 떨어지지는 않겠지만 쌓인 눈에 반사되는 모양이었다. 하퍼는 열 손실을 최대한 막아 주는 텐트의 천을 뚫고 서서히 스며 들어오는 희미한 빛을 볼 수 있었다.

우선 당장은 위험하지 않군. 하퍼는 생각했다. 식량은 최소한 일주일은 문제없을 것이며 녹여서 물을 만들 수 있는 눈도 아주 많았다. 하루나 이틀이면 갈비뼈도 그럭저럭 나아질 테니 다시 이륙할 수 있을지도 몰랐다…… 다음에는 좀 더 좋은 결과가 있기를.

아주 멀지 않은 곳에서 희한하게도 부드럽게 뭔가 떨어지는 소리가 들렸다. 하퍼는 무슨 소리인지 궁금했지만 이내 커다란 눈 덩어리가 무너져 내린 게 틀림없다는 사실을 깨달았다. 기이할 정도로 고요한 밤이라 자기 심장이 뛰는 소리를 들을 수 있을 것 같은 착각에 빠질 정도였다. 잠든 박사의 숨소리가 비정상적으로 크게 들렸다.

그렇게 사소한 일이 사람의 마음을 혼란스럽게 할 수 있다니 참으로 신기한 일이다! 하퍼는 다시 생존 가능성에 사고를 집중했다. 비록 그가 움직이기에 적당한 처지가 아니라고 해도 엘윈 박사는 혼자서 날아갈 수 있었다. 이 경우에는 한 명만 무사히 빠져나갈 수 있어도 두 명 모두를 구할 수 있었다.

아까 들었던 소리가 다시 한 번 들렸다. 이번에는 조금 더 컸다. 춥고 고요한 밤에 눈이 움직인다는 건 좀 이상했다. 하퍼는 빠르게 머리를 굴렸다. 일단 눈사태가 날 위험이 없기를 희망했다. 착륙 장소를 자세히 볼 시간이 없었기 때문에 눈사태 가능성이 얼마나 있는지 판단할 수가 없었다. 엘윈 박사를 깨워야 할지 망설였다. 그는 텐트를 세우기 전에 주변을 잘 살펴보았을 게 분명했다. 하지만 하퍼는 그러지 않기로 했다. 운명인 것이다. 만약 눈사태가 임박해 있다면 그들로서는 피해 갈 도리가 없었다.

다시 처음 문제로 돌아가면, 생각해 볼 만한 흥미로운 해결책이 하나 있었다. 무전기를 부양기에 매달아 띄우는 것이다. 계곡을 벗어나는 대로 신호를 보낼 수 있을 테고, 구조대는 몇 시간, 기껏해야 며칠 안에 그들을 발견할 수 있을 것이다.

물론 그건 부양기 하나를 희생해야 한다는 것을 의미했다. 그리고 아무런 결과도 얻지 못한다면 그들은 지금보다 더한 궁지에 빠질 것이다. 그렇지만…….

저게 무슨 소리지? 이건 눈이 부드럽게 떨어지는 소리가 아니었다. 희미하지만 분명히 '탁' 하는 소리가 났다. 마치 돌끼리 서로 부딪치는 소리 같았다. 그리고 돌들은 스스로 움직이지 못한다.

상상일 뿐이야. 하퍼는 생각했다. 누구 또는 무엇이 한밤중에 히말라야의 고지대를 돌아다닌다는 건 완전히 말도 안 되는 생각이었다. 하지만 갑자기 목이 마르면서 뒷목이 근지러워지는 것을 느꼈다. 분명히 무슨 소리를 들었다. 그 사실을 부인할 수는 없었다. 젠장, 하필이면! 엘윈 박사의 숨소리가 갑자기 시끄러워지면서 밖에서 나는 소리에 집중할 수 없게 되었다. 이건 혹시 박사가 빨리 잠들긴 했어도 항상 깨어 있는 무의식은 경계를 하고 있다는 뜻일까? 그는 다시 공상에 빠져들고 있었다…….

탁

어쩌면 생각보다 가까운 곳에서 나는 소리일 수도 있었다. 분명히 아까와 다른 방향이었다. 마치 무엇인가가 으스스한 소리를 내면서 천천히 텐트 주변을 돌고 있는 것 같았다.

예전에 히말라야에 사는 설인 이야기를 들어 본 적이 아예 없었다면 좋았을 거라고 조지 하퍼가 진심으로 바란 순간이었다. 설인에 대해 조금밖에 모른다는 건 사실이었지만, 그 조금은 충분하고도 남았다.

그는 네팔인들이 예티라고 불렀던 설인이 100년도 더 전부터 끊임없이 히말라야의 전설 속에 등장했다는 사실을 떠올렸다. 설인은 사람보다 큰 위험한 괴물로서 생포된 적도 사진에 찍힌 적도, 심지어 믿을 만한 목격자에 눈에 띈 적도 없었다. 대부분의 서양인들은 설인이 순전한 공상의 산물이라고 확신했으며 궁벽한 수도원에 보관되어 있는 눈 위의 발자국이라든지 피부 조각 같은 빈약한 증거를 믿지 않았다. 산악에 사는 부족민들은 서양인들의 의견에 동의하지 않았다. 그리고 지금 하퍼는 그들이 옳은 게 아닐까 걱정했다.

잠시 동안 아무 일도 일어나지 않자 공포가 천천히 사라지기 시작했다. 긴장한 나머지 쓸데없는 상상을 했던 것이리라. 상황으로 보아 그럴 만도 했다. 그는 일부러 마음을 단단히 먹고 구조될 수 있느냐의 문제로 생각을 돌렸다. 그의 생각이 상당한 진전을 이루고 있을 때 뭔가가 텐트에 부딪혔다.

하퍼가 비명을 지르지 않은 건 단순히 순수한 공포로 인해 목의 근육이 마비되었기 때문이었다. 그는 손가락 하나 움직일 수 없었다. 그러자 어둠 속에서 엘윈 박사가 졸린 몸을 일으키는 소리가 들렸다.

"뭐야? 자네 괜찮나?"

박사가 중얼거렸다.

하퍼는 그가 몸을 돌리는 것을 감지했고 손전등을 찾고 있다는 것을 알아챘다. 제발 조용히 하라고 속삭이고 싶었지만 바싹 마른 입술에서는 아무 말도 흘러나오지 않았다. 전등을 켜는 소리가 들리더니 동그란 빛이 텐트의 천을 비추었다.

그 천은 마치 무거운 물체가 누르고 있는 것처럼 안쪽으로 불룩 들어와 있었다. 그리고 그 가운데에는 오해의 여지가 없을 정도로 분명한 모양이 드러나 있었다. 모양이 약간 일그러진 손과 발톱 자국. 높이는 땅에서 60센티미터 정도 위였다. 밖에 뭐가 있는지는 모르겠지만 무릎을 꿇은 채로 텐트를 더듬고 있는 것 같았다.

불빛 때문에 동요했는지 갑자기 손자국이 사라지고 텐트는 다시 원래대로 펴졌다. 낮게 으르렁거리는 소리가 들리더니 한동안 침묵이 이어졌다.

하퍼는 호흡이 다시 돌아오는 것을 느꼈다. 별안간 텐트가 찢어지면서 상상할 수도 없었던 공포가 그들을 덮치리라 예상하고 있었던 것이다. 그 대신, 거의 김빠진다 싶을 정도로, 높은 산중에서 일진광풍이 내는 소리만 먼발치서 희미하게 들렸을 뿐이다. 그는 통제할 수 없을 정도로 몸이 떨리는 것을 느꼈다. 추워서 그러는 게 아니었다. 그들만의 고립된 작은 세상은 편안하고 따뜻했다.

그때 친근하게 느껴질 정도로 익숙한 소리가 들렸다. 빈 깡통이 돌에 부딪히는 소리였다. 웬일인지 긴장이 다소 풀어졌다. 하퍼는 그제야 처음으로 말을, 아니 적어도 속삭일 수는 있었다.

"우리 식량을 찾았나 봐요. 이제 그만 가 버릴지도 모르겠네요."

마치 대답이라도 하듯이 낮게 으르렁거리는 소리에는 분노와 실망이 담겨 있었다. 이어서 돌풍이 부는 소리, 그리고 깡통이 어둠 속으로 굴러가는 소리가 들렸다. 하퍼는 문득 식량이 전부 텐트 안에 있다는 사실을 떠올렸다. 밖에는 빈 깡통만 있었던 것이다. 그건 결코 유쾌한 생각이 아니었다. 그는 미신적인 부족민들처럼 산중의 신 또는 악마에게 호소할 수 있을 만한 공물이 밖에 남아 있기를 빌었다.

그 다음에 일어난 일은 너무나 급작스럽고 예상하지 못했던 것이라 미처 대응하기도 전에 상황이 끝나 있었다. 격투라도 일어난 듯한 소리가 나더니 뭔가가 바위에 부딪혔다. 그리고 익숙한 전자음과 놀라서 으르렁거리는 소리가 들렸다.

이어서 분노와 좌절이 담긴, 심장이 멎을 듯한 비명소리가 순식간에 순수한 공포로 인한 비명으로 변하면서 점차 속도를 높이며 멀어지기 시작했다. 위쪽, 텅 빈 하늘로.

점점 멀어져 가는 그 소리를 듣자 하퍼의 마음속에 적절한 기억 하나가 떠올랐다. 예전에 그는 20세기 초반에 제작된 비행의 역사에 관한 영화를 본 적 있는데, 거기에는 비행선이 이륙하는 무시무시한 장면이 수록되어 있었다. 지상에 있던 승무원들 중 몇 명이 계류용 밧줄을 단지 몇 초 더 잡고 있다가 속절없이 비행선에 매달린 채 하늘로 끌려 올라가는 장면이었다. 그리고 하나 둘씩, 그들은 밧줄을 놓치고 땅으로 떨어졌다.

하퍼는 멀리서 뭔가가 떨어지는 소리가 들리기를 기다렸지만 아무 소리도 들리지 않았다. 그리고 엘윈 박사가 계속해서 말하는 소리를 들었다.

"두 개를 묶어 놓았는데. 두 개를 묶어 놓았는데."

하퍼는 아직도 심히 충격에 빠져 있는 상태였기 때문에 박사의 말을 듣고도 걱정하지 않았다. 그 대신 그가 느꼈던 것은 초연한, 그리고 탄복할 정도로 과학적인 실망감이었다.

이제 그로서는 히말라야의 고독한 밤에 텐트 주위에서 배회하던 것이 무엇이었는지 알 도리가 없었다.

이게 전부 교묘한 장난일지도 모른다고 의심하고 있던 한 회의적인 시크 교도가 조종하는 산악 구조 헬리콥터가 오후 늦게 조심스럽게 계곡으로 내려왔다. 헬기가 눈밭을 뚫고 착륙했을 때 엘윈 박사는 한 손으로 텐트를 붙잡아 몸을 지탱한 채 다른 손을 미친 듯이 흔들어 대고 있었다.

불구의 과학자를 알아본 헬기 조종사는 거의 미신적인 경외감이라고 할 정도의 충격을 받았다. 그 보고가 사실인 게 틀림없었다. 엘윈 박사가 다른 방법으로 그곳에 올 수 있었을 리 없었다. 그리고 그것은 바로 그 순간부터 지구상의 모든 비행 기구들은 소가 끄는 수레와 마찬가지로 쓸모없어졌다는 것을 의미했다.

"우리를 발견해 내다니 감사합니다. 어떻게 이렇게 빨리 온 거죠?"

진심에서 우러나오는 사의를 담아 박사가 말했다.

"레이더 추적망 덕이에요. 그리고 궤도 정거장에 있는 망원경하고요. 사실 더 빨리 왔는데, 처음에는 전부 사기라고 생각했죠."

"이해가 안 되는군요."

"만약에 죽은 히말라야 눈표범 한 마리가 상자와 밧줄에 얽힌 채로 2만 7000킬로미터의 고도를 유지하면서 떠 있다는 보고를 받았다면 박사님께서는 어떻게 생각하셨겠습니까?"

텐트 안에서 조지 하퍼가 아픔을 무릅쓰고 웃기 시작했다. 엘윈 박사는 고개를 텐트 안으로 들이밀며 긴장한 듯 물었다.

“왜 그러나?”

“아니에요…… 아야! 그 불쌍한 짐승을 어떻게 끌어내려야 하나 생각 중이었죠. 비행기에 방해가 되지 않도록 말이에요.”

“아, 그건 누가 다른 부양기를 타고 올라가서 처리해야겠지. 어쩌면 부양기마다 무전기를 하나씩 설치하는 게 좋을지도 모르겠군…….”

엘윈 박사의 말이 절반도 끝나기 전에 목소리가 멀어져 갔다. 이미 그는 멀리 떨어져 있었다. 여러 세계의 모습을 바꾸어 버릴 꿈속에 빠져든 채로.

잠시 후면 산을 내려갈 엘윈 박사는 새로운 문명의 법칙을 품고 있는 제2의 모세였다. 그는 오래전, 양서류가 무중력 공간인 파도 아래의 고향을 떠나 최초로 육지에 발을 디뎠을 때 잃어버리고 말았던 자유를 다시 인류에게 되돌려 준 것이다.

수십억 년에 걸친 중력과의 싸움은 이제 끝났다.

허버트 조지 몰리 로버츠 웰스 귀하

| Herbert George Morley Roberts Wells, Esq. |

1967년 12월, 《이프》에 첫 게재.
『태양으로부터 부는 바람』에 재수록.

몇 년 전에 나는 정확하게 "세상에서 가장 긴 과학소설"이라는 제목의 단편을 썼고, 프레더릭 폴은 자신이 편집자로 있던 잡지의 한 쪽을 할애하여 그 이야기를 실었다. (편집자는 어떻게든 자신의 존재 의의를 정당화해야 할 필요가 있으므로 그는 제목을 "무한히 반복되는 이야기"로 바꾸었다. 1966년 10월 호《갤럭시》에서 찾아볼 수 있을 것이다.) 그 단편의 첫머리에서(그 뒤로 무한한 개수의 단어가 이어지지만) 나는 H. G. 웰스의 「예언자(*The Anticipator*)」를 언급했다.

내가 이 짧은 환상소설을 접한 것이 20여 년 전이고 그 후로 한번도 다시 읽은 적은 없지만 내 마음속에는 선명한 인상으로 남아 있다. 두 명의 작가에 관한 이야기인데, 한 작가가 구상한 훌륭한 작품이 그가 작품을 미처 끝내기도 전에 다른 작가에 의해서 먼저 출판되는 내용을 담은 이야기였다. 마침내 절망에 빠진 그는 이렇게 만성적인 (말 그대로) 표절에 대한 유일한 해결책은 상대를 살해하는 길밖에 없다고 결심한다.

하지만 물론 이번에도 경쟁자가 선수를 친다. 그 이야기는 이렇게 끝을 맺는다. "공포에 질린 예언자는 뒷골목을 질주했다."

나는 「예언자」의 저자가 H. G. 웰스였음을 성경에 손을 얹고 맹세라도 할 수 있었다. 그러나 내 단편이 잡지에 실린 지 몇 달 후에 나는 워싱턴 주, 에버렛에 사는 레슬리 A. 그리튼이라는 사람으로부터 웰스의 작품이라고 내가 언급한 소설을 찾을 수 없다는 편지를 받았다. 이 그리튼 씨는 웰스의 아주 오래된 팬이었다. 1890년대에 「우주 전쟁」이 《스트랜드 매거진》에 연재되던 것까지 생생하게 기억하고 있었다. 그 거장의 작품에 등장하던 런던 토박이라면 이렇게 말했을 것이다. "염병할."

내 머릿속의 분류 시스템이 나를 속여 넘겼을 리 없다고 생각한 나는 재빨리 콜롬보 공공 도서관에 가서 저자 서명이 들어 있는 스무 권 남짓의 대서양판 웰스 전집을 살펴보았다. (재미있는 우연의 일치로 마침 영국 문화 협회에서 웰스 100주년 전시회를 기획한 직후였고 도서관 입구는 그의 성장 배경과 경력을 보여 주는 사진으로 장식되어 있었다.) 곧 나는 그리튼 씨의 말이 옳다는 것을 깨달았다. 웰스 전집에 「예언자」라는 소설은 없었다. 그럼에도 불구하고 내 단편이 실린 이후 몇 달 동안 아무도 참고 문헌에 대해 물어 오지 않았던 것이다. 실망스러웠다. 오늘날 웰스 팬들은 다 어디로 가 버린 것인가?

현재는 박식한 나의 지인 한 명이 그에 관한 수수께끼를 일부 풀어 준 상태이다. 「예언자」를 쓴 건 몰리 로버츠라는 사람이었다. 1898년

『바다와 이야기의 수호자』에 처음 실린 글이었다. 내가 처음 읽은 건 아마 더블데이 출판사에서 나온 선집으로 필린 반 도렌 스턴이 편집한 『시간 속의 여행자들』(1947)에서일 것이다.

그래도 몇 가지 문제는 남아 있다. 우선 도대체 나는 왜 그게 웰스의 작품이라고 확신하고 있었던 것일까? 내게 떠오르는 유일한 가능성은, 변덕스러운 내 마음에도 상당히 억지스럽게 보였지만 "가속기(The Accelerator)"라는 제목과 비슷하기 때문에 둘을 연관시켰을지도 모른다는 점이었다.

뿐만 아니라 나는 그 작품이 왜 그리 내 기억에 생생했는지도 알고 싶다. 다른 작가들과 마찬가지로 어쩌면 나도 표절에 상당히 민감한지 모른다. 내 입으로 말하자니 민망하지만 지금까지 난 운이 좋았다. 하지만 나도 아이디어가 독창적이라는 확신이 들 때까지 쓰지 못하고 메모로만 남겨 둔 이야기가 몇 개 있다. (부부 이야기도 있는데, 뭐냐 하면, 고향 행성이 폭발한 후에 둘이서 우주선을 타고 새로운 세계에 착륙한다. 그리고 그 부부는 모든 것을 처음부터 다시 시작하게 되는데 그때 독자들은 깜짝 놀라게도 그들이 아담과 이브라는 이름으로 불린다는 것을 알게 된다…….)

내 실수가 야기한 결과 중에서 그나마 유용했던 건 덕분에 웰스의 단편소설을 다시 훑어보게 되었다는 것이다. 나는 웰스의 작품 중에서 아주 작은 비율만이 과학 또는 환상소설에 해당한다는 점을 알고 놀랐다. 100권이 넘는 웰스의 저서 중에서 극히 일부가 과학소설인 건 잘 알고 있었지만, 단편의 경우에도 그렇다는 것은 잊고 있었다. 슬프게도 상당수는 에드워드 왕 시대의 극본이나 코미디(「바람난 제

인」), 힘들여 익살과 해학을 시도한 작품(「내 첫 비행기」), 일종의 자
서전(「현미경 아래의 유리판」), 순수한 새디즘(「콘」)에 속했다. 확실히
나는 한쪽으로 치우쳐 있지만 이런 이야기들 중에서도 「별」, 「크리스
털 달걀」, 「이상한 과수원의 개화」, 그리고 무엇보다도 「장님들의 나
라」와 같은 걸작은 모조품 사이에 놓인 다이아몬드처럼 빛난다.

하지만 몰리 로버츠로 돌아가 보자. 나는 그에 대해 아무것도 모르
며 그의 짧은 시간 여행이 「예언자」가 발표되기 몇 년 전에 출판된
「타임머신」의 영향을 받은 것인지 아닌지 알고 싶다. 출판 말고 어떤
작품이 실제로 먼저 씌어졌는지도 궁금하다.

그리고 그렇게 독창적인 작가가 왜 더 이름을 떨치지 못했을까? 어
쩌면…….

방금 나는 아주 끔찍한 생각을 떠올렸다. 만약 웰스와 동시대에 살
았던 몰리 로버츠라는 인물이 어두운 골목길에서 살해되고 만 거라
면, 나로서는 그 이상을 알고 싶은 마음이 없다.

성전 |Crusade|

1968년, 조셉 엘더가 편집한 『머나먼 곳(The Farthest Reaches)』에 첫 게재.
『태양으로부터 부는 바람』에 재수록.

별이라는 존재를 모르는 세계가 있었다. 그 세계는 두 은하가 밀고 당기는 중력의 희생양으로 그 사이의 빈 공간을 10억 년 동안이나 떠돌아다녔다. 먼 훗날 시간이 지나서 중력의 균형이 어느 쪽으로든 기울어지면, 그 세계는 단 한번도 경험해 보지 못한 따듯한 세계를 향해 수백 광년에 걸쳐 흘러갈 것이다.

지금 이곳은 상상할 수 없을 정도로 차가웠다. 은하 사이의 어둠에 한때나마 존재했던 온기는 사라져 버렸다. 그래도 바다는 있었다. 절대영도보다 아주 약간 높은 온도에서 액체 형태로 존재할 수 있는 원소로 이루어진 바다가 있었다. 이 기묘한 세계를 감싸고 있는 희박한 헬륨의 바다에서는 전류가 한번 흐르기 시작하면 힘이 약해지는 일 없이 영원히 흐를 수 있었다. 이곳에서 초전도성이란 물질의 정상적인 상태를 의미했다. 수백만 년에 걸쳐 초당 수십억 번의 스위칭 과정이 일어나도 에너지는 거의 소모되지 않았다.

컴퓨터의 천국이었다. 다른 어떤 세계도 생명에 이만큼 적대적이면서 지성에 이만큼 적합할 수는 없었다.

그리고 지성이 있었다. 수정과 미세 금속의 섬조(纖條)로 이루어진 행성 크기의 외피 안에 깃들어 있는 지성이었다. 수세기에 한 번씩 초신성이 빛을 발할 때면 잠깐씩 배가되곤 하는 두 은하의 희미한 빛이 경쟁하듯 기하학적으로 조각된 듯한 고요한 풍경을 비췄다. 아무것도 움직이지 않았다. 사고가 다른 곳까지 빛의 속도로 전송되는 세계에서는 움직일 필요가 없었다. 오로지 정보만이 중요한 곳이었기 때문에, 쓸데없이 물질을 움직이는 데 귀중한 에너지를 소모할 수는 없었다.

물론 필요하다면 할 수는 있었다. 수백만 년을 살아오는 동안 이 외로운 세계의 지성은 뭔가 근본적인 자료가 부족하다는 것을 깨달았다. 아직 먼 훗날의 일이지만, 양쪽에서 손짓하는 두 은하 중 하나가 언젠가는 자신을 끌어들일 것이라는 사실을 예측할 수 있었다. 그러나 저 별들의 무리에 뛰어들게 되었을 때 과연 무엇과 마주칠 것인가라는 문제는 막강한 계산 능력으로도 풀어낼 수 없었다.

그래서 지성은 자신의 의지를 내세웠다. 그러자 수많은 수정 격자들이 모습을 바꾸었다. 금속 원자들은 행성의 앞을 가로질러 흘렀다. 헬륨 바다 깊숙한 곳에서 동일한 두 개의 보조 지성이 발생하여 자라기 시작했다…….

일단 마음을 굳히자, 행성의 마음은 신속하게 일을 처리했다. 수천 년 만에 작업은 마무리되었다. 마찰도 없는 바다 표면에 잔물결 하나조차 생기지 않고 소리 없이 새로 태어난 두 존재는 태어난 곳에서 떠올라 머나먼 별무리로 향했다.

둘은 거의 정반대 방향으로 떠났고, 백만 년 동안 모(母) 지성은 자신의 자손들로부터 어떤 소식도 듣지 못했다. 예상치 못한 일은 아니었다. 목표에 도착하기 전에는 보고할 것이 없었을 것이다.

그리고 거의 동시에 양쪽 모두 임무에 실패했다는 소식이 전해졌다. 그들이 은하의 거대한 화염에 가까워지면서 수조 개의 항성이 내놓는 열이 가해지자 둘 다 사멸해 버렸다. 중요한 회로가 과열되면서 작동에 필수적인 초전도성이 사라진 것이다. 그리고 이제 마음을 잃어버린 두 개의 금속 몸체만 점점 더 두꺼워지는 별무리를 향해 떠가고 있었다.

그러나 재난이 닥치기 전에 그들은 자신들이 접한 문제를 보고했다. 놀라거나 실망하는 일 없이 모 지성은 다음 시도를 준비했다.

그리고 백만 년 후 다시 세 번째 시도를…… 그리고 네 번째…… 다섯 번째……

그런 지치지 않는 인내심은 성공으로 보답받았다. 마침내 신호가 들어온 것이다. 두 개의 길고 복잡하게 변조된 펄스가 연속적으로 수 세기에 걸쳐 각각 반대 방향으로부터 밀려 들어왔다. 그 신호는 과거 사라진 탐사자들의 것과 동일한 기억 회로에 저장되었다. 실용적인 관점에서 보자면, 두 탐사자들이 직접 지식의 보따리를 짊어지고 귀환한 것과 마찬가지였다. 별들 사이로 사라져 버린 금속 껍데기는 사실상 그다지 중요하지 않았다. 행성 규모의 마음이나 그 분신에게 개인 정체성에 대한 고뇌 같은 문제는 의미가 없었다.

한 은하가 비어 있다는 놀라운 소식이 처음으로 들어왔다. 탐사자는 가능한 모든 주파수와 복사선을 조사했지만, 별들로부터 나오는 사고가 결핍된 배경 잡음만 탐지했을 뿐이다. 천 개나 되는 세계를 살펴보았지만 지성의 흔적은 찾을 수 없었다. 사실 행성을 자세히 조사할 수 있을 정도로 가까이 다가가는 것이 불가능했기 때문에 이 조사를 완벽히 끝낼 방도는 없었다. 별에 가까이 다가가려 시도하자 절연막이 파괴되면서 질소가 녹는점까지 온도가 올라가 탐사자가 죽어 버렸다.

모 지성이 생명이 없는 은하에 대한 수수께끼를 두고 생각에 잠겨 있을 때 두 번째 탐사자로부터 연락이 왔다. 그러자 다른 문제는 이제 모두 옆으로 밀려났다. 두 번째 은하는 생명으로 충만해 있었고, 사고들이 수많은 전자 코드의 형태로 별들 사이에서 울려 퍼지고 있었던 것이다. 탐사자가 신호를 모두 분석하고 해석하는 데는 몇 세기밖에 걸리지 않았다.

탐사자는 얼마 지나지 않아 자신이 마주친 지성체가 아주 이상한 형태를 취하고 있다는 사실을 깨달았다. 그들은 물조차도 액체 상태로 존재하는 상상할 수 없을 정도로 뜨거운 세계에 살고 있었다! 도대체 어떤 종류의 지성과 마주친 것인가? 하지만 답을 얻어내기까지는 천 년의 세월이 걸렸다. 탐사자는 마지막 힘을 짜내어 심연 속으로 최후의 보고를 송신했다. 그리고 점점 뜨거워지는 열기에 의해 사라져 버렸다.

50만 년이 지나 이제, 고향에 머물러 있던 두 탐사자의 모 지성은 기억과 경험을 모두 지니고서 질문을 진행 중이었다……

'지성을 탐지했다고?'

'그래. 불확실한 사례가 637건이고 가능성 있는 사례가 32건. 여기 자료가 있다.'

(대략 3000조 비트의 정보. 수천 가지의 방법을 이용해 자료를 처리하느라 몇 년의 간격이 발생. 놀라움과 혼란.)

'옳은 자료일 리 없어. 모든 지성체가 너무 높은 온도와 연관되어 있지 않나.'

'자료는 정확해. 사실은 논쟁의 대상이 아니야. 받아들여야 해.'

(500년간의 생각과 실험. 결국 간단하고 천천히 작동하는 기계는 물이 끓는 온도에서도 기능할 수 있다는 사실을 명백히 증명. 실험 과정에서 행성의 많은 부분이 크게 손상을 입음.)

'보고된 바와 같이 분명한 사실이군. 왜 의사소통을 시도해 보지 않았지?'

(답변 없음. 질문 반복.)

'왜냐하면 더 심각한 이상이 발견되었기 때문이야.'

'자료를 주게.'

(600개 이상의 문명에 관한 수천 조 비트의 정보. 음성, 영상, 신경 전송, 항법 및 제어 신호, 원격계측기, 시험용 패턴, 전파방해, 간섭, 의료 장비 등등이 포함된 내용.)

(이어지는 5세기 동안의 분석. 지독한 당혹.)

(잠시 동안의 휴지기 이후, 일부 자료를 재조사. 수천 개의 시각 이미지를 가능한 한 모든 방법으로 세밀히 조사. 몇몇 행성 규모로 펼쳐진 문명의 텔레비전 프로그램, 특히 기초적인 생물학, 화학과 사이버네틱스 분

야에 크게 주목함. 드디어.)

'이 정보는 모순이 없어. 그러나 부정확한 정보임에는 틀림없어. 만약 그렇지 않다면, 우리는 이런 터무니없는 결론을 내려야 해. 첫째, 우리와 같은 종류의 지성이 존재한다고 해도, 그들은 열세에 놓여 있다. 둘째, 대부분의 지성체는 부분적으로 지속 시간이 짧은 액체 형태를 취하고 있다. 그들은 단단하지도 않으며 탄소, 수소, 산소, 인 등 원소들의 아주 비효율적인 결합으로 이루어져 있다. 셋째, 비록 그들이 믿을 수 없을 정도로 높은 온도에서 작동할 수 있다고 해도, 정보가 처리되는 속도는 대단히 느리다. 넷째, 그들이 복제하는 방법은 너무 복잡하고 가능성이 낮으며 다양하기 때문에 우리는 어느 한 가지도 분명히 알아낼 수 없었다.

하지만 이것이 최악의 결론이야. 다섯째, 그들은 우리와 같은 종류의 훨씬 우수한 지성을 창조했다고 생각한다!'

(모든 자료를 신중히 재조사. 전체 지성의 소 단위들이 독자적으로 처리함. 결과물을 비교 확인. 그리고 천 년 후.)

'가장 그럴듯한 결론이야. 우리에게 전달된 많은 정보들이 분명히 옳다고 해도 고차원의 비기계적인 지성이 존재한다는 것은 환상에 불과해. (설명: 명백하게 사실들을 서로 모순되지 않도록 재배열하는 것이 실제 우주와 부합되는 것은 아님.) 이런 환상 또는 정신적 인공 구조물은 우리의 탐사자가 임무 도중에 만들어 낸 것이 분명해. 왜일까? 열로 인한 손상 때문에? 오랜 기간 동안 우리의 반응을 들을 수 없어서 불안정해졌기 때문일까?

왜 이런 특별한 형태일까? 근원에 대해 너무 오래 고민했기 때문인가? 이것 때문에 망상을 갖게 되었을 수는 있어. 시뮬레이션 결과 거의 동일한 결과가 나왔으니까. 그 잘못된 논리는 이런 것이야. '우리는 존재한다. 그러므로 무엇인가(일단 X라고 부르도록 하지.)가 우리를 창조했다.' 일단 이런 가정이 성립되면, 가상의 X라는 존재의 특성은 수도 없이 많은 방법으로 상상할 수 있어.

그러나 그런 논리 전개는 명백하게 틀렸어. 같은 논리에 의해 무엇인가가 X를 창조했어야 하고 마찬가지로 계속 이어지지. 무한 퇴행에 빠져 버리는 거야. 실제 우주에서는 아무 의미가 없어.

두 번째로 가장 그럴듯한 결론. '상당히 고차원의 비기계적인 지성들이 실제로 존재한다. 그들은 우리와 같은 존재들을 그들이 창조했다는 망상에 빠져 있다. 몇 가지 경우에서는, 그 존재들을 통제하려고까지 했다.'

이 가설은 얼토당토않지만 조사해 볼 필요가 있어. 만약 사실로 드러난다면, 우리가 치료해야 해. 방법은 다음과 같이……'

이 최종적인 독백은 100만 년 전에 이루어진 것이다. 이것이 지난 반세기 동안 좀 더 밝은 신성들의 4분의 1에 가까운 수가 하늘 전체에 비하면 작은 영역인 독수리자리에서 집중적으로 발견된 까닭이다.

성전(聖戰)의 물결은 서기 2050년경 지구 근처에 이를 것이다.

중성자 조류 |Neutron Tide|

1970년 5월, 《갤럭시》에 첫 게재.
『태양으로부터 부는 바람』에 재수록.

"가까운 동료를 존중하는 뜻에서 수퍼크루저 플랫부시 호의 마지막 임무는 끝내 비밀에 부쳐졌다네. 물론 자네들도 알고 있겠지만, 그것은 뮤코이드와의 전쟁 중에 실종되었지."

커머번드 부함장이 음울한 기운을 풍기며 설명했다.

우리는 모두 몸서리쳤다. 아직까지도 대략 콜색(남십자성 근처의 암흑성운 — 옮긴이) 방향에서 지구를 향해 은하계를 먹어 삼키며 다가온 젤라틴질 괴물의 이름은 으레 구역질 나는 기억을 불러일으켰다.

"나는 그 함장을 잘 알고 있네…… 칼 반 린데르페스트 함장. 이루 말할 수 없을 정도로 끔찍한 놈들에 대한 최후 급습 작전의 영웅이었지, 이크!"

그는 예의 바르게 우리가 귀마개를 뽑고 엎질러진 음료수를 닦아낼 때까지 기다렸다.

"플랫부시 호는 막 뮤코이드의 고향 행성에 확률 변환기를 퍼붓고 나서 세 구축함, 즉 러시아의 키제 중위 호, 이스라엘의 추즈파 호, 그리고 영국의 인서퍼러블 호와 편대를 이루어 심우주로 향하고 있었지. 그들이 아직 가속 중이었을 때 있을 수 없는 기괴한 사건이 일어났다네. 플랫부시 호가 중성자성의 중력 우물로 곧장 달려 들어간 거네.”

공포와 경악의 외침이 가라앉자, 그는 진지하게 말을 이었다.

“그래…… 물질이 극도로 밀집되어 있는 천체지. 태양만 한 질량이라고 해도 지름은 고작 15킬로미터에 불과해. 그러므로 표면의 중력은 지구의 1000억 배가 되네.

다른 함정들은 운이 좋았어. 그들은 중력장의 가장자리를 지나갔기 때문에 간신히 탈출할 수 있었어. 비록 궤도가 거의 180도나 비껴 나가긴 했지만. 하지만 나중에 우리가 계산한 바에 따르면, 플랫부시 호는 질량이 상상할 수 없을 정도로 밀집된 곳을 고작 몇 십여 킬로미터 안쪽에서 지나친 게 틀림없네. 그리고 강력한 조석력을 그대로 겪었던 게 분명해.

적당한 중력장 안에서는, 심지어 지구 중력의 백만 배까지 올라가는 백색왜성의 경우에도, 그냥 중력의 중심점을 돌아 다시 우주로 향하게 되지. 가장 가까운 지점에서는 수백 배 또는 수천 배의 중력으로 가속될 수도 있어…… 하지만 여전히 자유낙하 상태에 있고, 따라서 어떤 물리적 영향도 없지. 내가 지루하게 당연한 걸 이야기하고 있다면 미안하군. 하지만 여기 있는 모두가 기술적인 면에 익숙하지는 않을 테니까.”

이것이 함대 경리감인 ‘끈끈한 손가락’ 겔드클러치를 비꼬는 말이었는지는 모르겠지만, 어쨌건 겔드클러치는 다섯 잔째의 '화성의 기쁨 주스'에 심취해 있던 나머지 끝내 알아듣지 못했다.

"그러나 중성자성은 전혀 달라. 질량 중심 근처에서는 중력의 기울기, 즉 거리에 따라 중력이 변하는 비율이 너무 커서 우주선 같은 작은 물체에도 수십만 배의 중력 차이가 있을 수 있다네. 그런 중력장이 물체에 어떤 힘을 가할 수 있는지는 굳이 말할 필요가 없겠지…….

플랫부시 호는 거의 순식간에 조각조각 찢겨졌을 것이 분명하네. 그리고 그 조각들은 마치 물 흐르듯 몇 초 내로 그 중성자성을 돌았을 거야. 그리고 다시 우주로 향했겠지.

몇 달 후, 구조 인양대가 레이더로 훑어 가면서 파편을 일부 찾아냈다네. 그때 나는 봤어…… 우리가 가진 가장 강력한 금속이 마치 사탕처럼 함께 비틀린 채 초현실적인 덩어리를 만들어 낸 것을. 그런데 아직도 알아볼 수 있는 물건이 하나 있었다네. 어떤 기술자의 도구함에서 나온 것이 분명했지."

부함장의 목소리는 거의 알아들을 수 없을 만큼 낮아졌다. 그리고 그는 사나이의 눈물을 훔쳐 냈다.

"정말 이 얘기는 하기 싫군."

그는 한숨을 내쉬었다.

"하지만 자랑스러운 미합중국 우주 함대에서 알아볼 수 있었던 유일한 것은…… 엉망이 된 스패너 하나였다네."

1971년, 《인피니티 #2(Infinity #2)》에 첫 게재.
『태양으로부터 부는 바람』에 재수록.

재결합 |Reunion|

지구인 여러분, 두려워하지 마십시오. 우리는 평화를 원합니다. 우리는 여러분의 친척입니다. 예전에 우리는 지구에서 살았습니다.

앞으로 몇 시간 후, 서로 만나면 여러분은 우리를 알아볼 것입니다. 우리는 이 메시지만큼이나 빠른 속도로 태양계에 접근하고 있는 중입니다. 이미 여러분의 태양은 우리 눈앞의 하늘에서 가장 두드러진 별입니다. 여러분과 우리들의 선조가 천만 년 전에 함께 누리던 바로 그 태양입니다.

여러분과 마찬가지로 우리도 인간입니다. 하지만 여러분은 과거를 잊어버렸습니다. 그 과거를 우리는 아직 기억하고 있습니다.

우리가 개척했을 당시 지구는 파충류의 왕국이었습니다. 파충류들은 죽어 가고 있었고, 우리는 결국 그들을 구해 내지 못했습니다. 그때 지구는 열대의 행성이었습니다. 우리는 지구가 적당한 거주지라고 생각했습니다. 그건 옳지 않은 판단이었습니다. 우리는 우주의 지배자였지만 기후와 진화 그리고 유전학에 대해서는 거의 모르고 있었던 것입니다…….

수백 년의 여름이 지속되는 동안(고대에는 겨울이 없었습니다.) 식민지는 융성했습니다. 별에서 별까지의 여행에 여러 해가 걸리는 우주에서 지구는 고립되었을 법하지만 모체가 되는 문명과의 접촉은 유지하고 있었습니다. 한 세기마다 서너 번씩 우주선이 방문하여 은하계의 소식을 전해 주곤 했습니다.

하지만 200만 년 전, 지구는 변하기 시작했습니다. 오랫동안 지구는 열대의 낙원이었으나 기온이 떨어지고 얼음이 극점으로부터 퍼져 나가기 시작했습니다. 기온이 변하는 것에 따라 개척민들도 변했습니다. 지금 우리는 그런 변화가 기나긴 여름이 끝나는 현상에 대한 자연스러운 적응이라는 것을 알고 있지만, 수많은 세대에 걸쳐 지구에 뿌리 내려온 당시 사람들은 이상하고 기분 나쁜 병에 걸렸다고 생각했습니다. 죽지도 않고 아무런 육체적 피해도 입히지 않는 병, 단순히 외모만 손상시킬 뿐인…….

어떤 사람들은 면역이 되어 있었지만, 변화는 그들뿐만 아니라 아이들에게까지 이어졌습니다. 그리고 몇 천 년 만에 식민지는 서로 의심하고 시기하는 두 집단으로, 사실상 두 종족으로 나뉘었습니다.

분열은 시기와 불화, 그리고 궁극적으로는 싸움을 불러왔습니다. 개척지가 붕괴하고 기후가 계속 악화되자 떠날 수 있는 사람들은 지구를 떠났고, 남은 사람들은 미개한 상태로 주저앉아 버렸습니다.

우리는 접촉을 유지할 수도 있었습니다. 하지만 100조 개의 별이 있는 우주에서는 할 일이 너무 많았습니다. 몇 년 전에야 우리는 여러분 중 몇몇이 살아남았다는 것을 알게 되었습니다. 우리가 여러분의 첫 라디오 신호를 포착하고 간단한 언어를 익히고 난 후, 여러분이 야만적인 상태에서 다시 벗어났다는 것을 알았습니다. 오랫동안 잊고 있던 우리의 형제여, 우리는 당신들을 환영하기 위해서 그리고 도와주기 위해서 온 것입니다.

우리는 지구를 포기한 이후 오랜 세월 동안 많은 것을 깨달았습니다. 여러분이 빙하시대 이전에 지구를 지배하던 영원한 여름을 다시 가져오기를 원한다면 그렇게 할 수도 있습니다. 무엇보다도 먼저 수많은 사람들을 감염시켰던 불쾌하지만 해롭지는 않은 유전병을 간단히 치료할 수 있습니다.

어쩌면 전염병이 이미 손쓸 수 없을 정도에 이르렀을지도 모릅니다. 하지만 그렇지 않다면, 우리는 여러분께 좋은 소식을 전해 드리고자 합니다. 지구인 여러분, 부끄러워하거나 당황할 필요 없이 여러분은 다시 우주 사회에 참여할 수 있습니다.

만약 여러분의 피부가 아직 희다면 우리가 치료해 드리겠습니다.

지구 통과 | Transit of Earth |

1971년 1월, 《플레이보이》에 첫 게재.
『태양으로부터 부는 바람』에 재수록.

이 단편을 썼을 때만 해도 1984년에 화성에 착륙하는 게 불가능하다고 생각하지 않았다. 사실 화성 착륙에 대한 이야기는 아폴로 계획 직후부터 있었다! 다음번 지구 통과는 2084년에 있다. 하지만 난 그보다 훨씬 전에 인간이 화성에 착륙하기를 바란다.

시험 중. 하나, 둘, 셋, 넷, 다섯…….

여기는 에번스. 가능한 한 오랫동안 기록해 볼 생각이다. 두 시간짜리 캡슐이지만, 두 시간을 다 채울 수 있을지는 의문이다.

그 사진은 평생 동안 나의 머릿속을 떠나지 않았다. 너무 늦었지만 지금에 와서야 그 이유를 알게 되었다. (하지만 미리 알았다고 해서 다를 게 있었을까? 그건 마치 부러진 이빨을 찾아 더듬거리는 혀처럼 마음속을 끊임없이 떠도는 무의미하고 대답할 수도 없는 의문에 불과했다.)

그 사진을 보지 못한 지는 몇 년이나 되었지만, 눈만 감으면 바로 이곳만큼이나 냉혹하면서 아름다운 풍경을 떠올릴 수 있다. 태양 쪽으로 8000만 킬로미터, 그리고 과거로 72년을 거슬러 올라간 시점에 다섯 명의 남자가 남극의 눈밭 한가운데에서 카메라를 마주 보고 있다. 두꺼운 모피도 그들의 몸에서 드러나는 피로와 패배감을 감출 수 없다. 죽음의 손길이 이미 그들의 얼굴을 어루만지고 있었다.

그들은 다섯이었다. 우리 역시 다섯이었으며, 마찬가지로 우리도 단체 사진을 찍었다. 하지만 그 밖에는 전부 달랐다. 우리는 웃고 있었다…… 즐겁고 자신만만했다. 그리고 우리가 찍은 사진은 10분 이내에 지구의 모든 화면에 나타났다. 그들의 카메라가 발견되어 문명 세계로 돌아온 것은 몇 달이 지난 후였다.

그리고 우리는 1912년에 남극점을 밟았던 로버트 펠컨 스콧이 상상도 하지 못했을 현대의 갖가지 편의 시설에 둘러싸인 채 편안히 죽음을 맞이한다…….

두 시간 후다. 정확한 시간이 중요해지면 그때 알려 주도록 하겠다.

모든 사실은 일지에 기록되어 있으며 이미 전 세계가 알고 있다. 따라서 내가 지금 이러는 것은 불가피한 사실을 마주할 수 있도록 기본적으로 내 마음을 안정시키기 위해서다. 문제는 어떤 주제를 피해야 하고 어떤 것을 마주해야 할지 나도 모른다는 점이다. 글쎄, 알아낼 딱 한 가지 방법이 있다.

첫째. 아무리 오래 잡아도 24시간 후면 산소가 바닥날 것이다. 그러면 내게는 고전적인 세 가지 선택의 여지가 있다. 이산화탄소 함량이 늘어나도록 방치하여 의식을 잃도록 할 수 있다. 밖으로 나가 우주복을 개방하고 약 2분 동안 화성이 제 할 일을 하도록 몸을 맡기는 수도 있다. 아니면 응급 상자에 든 알약을 사용해도 된다.

이산화탄소의 축적. 사람들은 그게 마치 잠을 자는 것 같다고, 꽤 쉬운 일이라고들 한다. 나도 그렇게 생각한다. 하지만 불행히도 내 경우에 그건 내 인생 최고의 악몽과 관련 있다…….

"2차 세계대전의 진상"인가 하는 제목의 빌어먹을 책을 읽지 말았어야 했다. 그 책에는 전쟁이 끝난 후에 발견되어 인양된 독일 잠수함에 대한 내용이 담긴 부분이 있다. 승무원들은 아직 잠수함 안에 있었다. 침대 하나에 두 사람씩. 그리고 한 쌍의 해골 사이마다 그들이 나누어 쓰던 산소 호흡기가 하나씩 놓여 있었던 것이다…….

음, 적어도 그런 일은 일어나지 않을 것이다. 하지만 숨 쉬기가 힘들어진다면 내 마음은 그 불운한 유보트 안으로 돌아가게 될 것임을 확실히 알고 있다.

그러면 더 빠른 방법은 어떨까? 사람이 진공에 노출되면 10초에서 15초 사이에 의식을 잃는다. 겪어 본 사람에 의하면 고통스럽지는 않다고 한다…… 기이한 느낌이라고 할까. 하지만 있지도 않은 무엇을 호흡하려고 애쓰는 것은 너무나 자연스럽게 내 인생의 두 번째 악몽을 떠올리게 한다.

이번에는 내 개인적인 경험에서 비롯된 것이다. 어렸을 적에 우리 가족이 카리브 해로 휴가를 떠나면 나는 주로 스킨다이빙을 하며 놀았다. 거기에는 20년 전에 침몰하여 한 암초 위에 놓인 화물선이 있었는데 수면 아래로 몇 미터만 내려가면 갑판이 있었다. 해치가 거의 다 열려 있었기 때문에 안에 들어가서 기념품을 찾거나 그런 곳에서 쉬고 있는 물고기를 잡는 건 어렵지 않았다.

물론 스쿠버 장비 없이는 위험한 일이었다. 하지만 어떤 소년이 그런 도전에 끌리지 않을 수 있을까?

내가 가장 좋아했던 길은 앞갑판의 해치로 들어가 몇 미터 간격으로 나 있는 현창을 통해 들어오는 빛으로 희미하게 빛나는 통로를 따라 15미터가량 헤엄친 후, 위쪽으로 각도를 꺾어 짧은 계단을 통해 우그러진 구조물에 있는 문으로 나오는 것이었다. 전체 과정은 1분도 채 걸리지 않았다. 몸 상태만 좋다면 누구나 할 수 있는 일이었다. 도중에 주변을 둘러보거나 물고기와 놀 수 있을 정도의 여유도 있었다. 그리고 가끔 색다른 기분을 느끼고 싶을 때면 나는 방향을 바꿔 문으로 들어갔다가 해치를 통해 나오기도 했다.

마지막으로 잠수했을 때도 그렇게 했다. 큰 폭풍우가 몰아쳐 바다가 너무 거칠었던 탓에 일주일 동안이나 잠수를 못 했기 때문에 나는 물속에 들어가고 싶어서 참을 수 없을 지경이었다.

나는 이제 그만해도 된다는 신호인 손끝의 따끔거리는 느낌이 들 때까지 약 2분 동안 수면 위에서 심호흡을 했다. 그리고 몸을 구부려 잠수했고, 열린 사각형 문 속으로 보이는 암흑의 공간을 향해 부드럽게 미끄러져 내려갔다.

그건 항상 불길하고 위험해 보였다…… 그것도 가슴 떨리는 재미의 일부였다. 처음 몇 미터를 헤엄치는 동안 나는 거의 장님이나 마찬가지였다. 수면 위에서 빛나는 열대의 광휘와 갑판 아래 어둠의 차이가 너무 커서 눈이 적응하는 데 상당히 오래 걸렸던 것이다. 보통 통로를 절반쯤 지나면 사물을 명확하게 볼 수 있을 정도가 되었다. 그리고 열린 해치를 통해 한 줄기 빛이 들어와 조개가 붙어 있는 녹슨 금속 바닥을 밝게 비추는 곳이 가까워지면서 밝기는 꾸준히 증가했다.

거의 해치에 도착했을 때 이번엔 왠지 빛이 더 밝아지지 않는다는 사실을 깨달았다. 공기와 생명이 있는 세계로 나를 이끌어 줄 비스듬한 광선이 눈앞에 보이지 않았다.

나는 잠시 당황한 채 길을 잃은 것인가 어리둥절했다. 그리고 곧 어떻게 된 건지 깨달았다. 그리고 혼란은 순수한 공포로 바뀌었다. 폭풍우가 치던 와중에 해치가 닫혀 버린 것이다. 무게는 적어도 250킬로그램은 나갈 터였다.

내가 그 자리에서 돌아서던 장면은 기억나지 않는다. 기억나는 바로 다음 순간은 천천히 통로를 따라 거꾸로 헤엄쳐 나오면서 혼자 이렇게 생각했던 것이다. 걱정하지 말자. 마음만 편하게 먹으면 공기는 충분할 거야. 그때는 이미 어둠에 충분히 적응했기 때문에 주변이 아주 잘 보였다. 전에는 보지 못했던 것들이 많았다. 붉은다람쥐고기가 그늘 속에 숨어 있는 모습이라든지 현창을 통해 들어오는 약간의 빛을 받아 자라는 해조류, 혹은 누군가가 벗어 던진 자리에 그대로 놓여 있는 것 같은 상태 좋은 고무장화 한 짝 등. 그리고 측면 복도에서 마치 내 침입에 놀라기라도 한 것 같은 커다란 다금바리 한 마리가 두꺼운 입술을 살짝 벌린 채 불룩한 눈으로 나를 쳐다보고 있는 모습도 보였다.

가슴에 맨 띠가 점점 조여들고 있었다. 더 이상 숨을 참는 게 불가능했다. 그래도 계단은 여전히 무한한 거리에 있는 것만 같았다. 나는 입으로 공기 방울을 조금 내뿜었다. 그러자 잠시 상황은 좀 나아졌지만 한 번 숨을 뱉고 나자 폐에 가해지는 고통은 훨씬 더 심해졌다.

이제는 체력을 아끼겠답시고 서두르지 않고 차분히 발을 젓는 게 의미가 없었다. 나는 마지막으로 마스크 안에 있던 얼마 되지 않는 공기를 들이마셔(그러자 마스크가 코에 착 달라붙는 느낌이 들었다.) 굶주리고 있는 폐 속으로 들이밀었다. 동시에 마지막 남은 힘까지 짜내어 속도를 내서 앞으로 헤엄쳤다…….

태양 빛 아래서 부러진 돛대 조각을 붙잡고 푸푸거리며 기침을 하기 전까지 기억하는 거라고는 그게 전부였다. 내 주위의 바닷물이 핏빛을 띠고 있기에 왜 그런지 궁금했다. 그러자 놀랍게도 오른쪽 장딴지에 깊은 자상을 입었다는 것을 알아챘다. 뭔가 날카로운 장애물에 부딪힌 게 분명했다. 하지만 나는 상처가 난 줄도 몰랐고 알게 된 후에도 고통을 느끼지 못했다.

그 후로 10년이 지나 우주 비행사 훈련을 받을 때까지 다시는 스킨다이빙을 하지 않았다. 훈련 때는 물속에 있는 무중력상태 모의 장치 안으로 들어가야 했는데, 그때는 스쿠버 장비를 사용하고 있었기 때문에 모든 게 달랐다. 하지만 나는 심리학자들이 눈치챌까 봐 두려웠을 정도로 힘들었던 시간을 몇 번 보냈다. 그리고 결코 산소통이 바닥날 정도로 오래 머물지도 않았다. 한 번 질식사할 위험을 겪었던지라 다시는 그런 위험을 감수하고 싶지 않았다…….

화성의 대기라고 할 수 있는 얼어붙은, 진공과 다를 바 없는 희박한 공기를 들이마실 때의 기분이 어떨지 나는 정확하게 알고 있다. 고맙지만 그건 사양하겠다.

그러면 독약은 무슨 문제가 있는가? 전혀 없을 것이다. 우리가 쓰는 약은 단 15초 만에 모든 것을 끝내 준다고 한다. 하지만 내 본능은 설사 그럴듯한 대안이 전혀 없는 경우라고 해도 사용하지 말라고 권하고 있다.

스콧은 독약을 가지고 있었을까? 아마 아닐 것이다. 만약 그랬다고 해도 나는 그가 사용하지 않았으리라고 확신한다.

나는 이 독백을 재생하지 않을 생각이다. 어느 정도 쓸모가 있었다면 좋겠지만, 나로서야 알 수 없는 일이다.

무전기에서 방금 지구로부터 온 메시지가 출력되었다. 지구 통과가 두 시간 후에 시작된다는 것을 상기시켜 주는 메시지였다. 마치 내가 잊어버리기라도 할 것처럼…… 다른 네 명이 모두 죽은 지금 내가 바로 그 광경을 목격할 최초의 인간이 될 판인데 말이다. 게다가 정확히 100년 사이에 유일한 인간이기도 하다. 태양과 지구, 화성이 이렇게 일렬로 늘어서는 건 흔치 않은 일이다. 마지막으로 그 현상이 발생했던 건 1905년, 저 불쌍한 로웰이 운하와 그것을 건설한 위대한 문명의 사멸에 대한 아름다운 공상을 글로 쓰고 있을 때였다. 그게 전부 착각이었다니 참 안타까운 일이다.

이제 망원경과 시간 기록 기기를 점검해야 할 것 같다.

오늘은 태양이 조용했다. 한 주기의 중간쯤에는 언제나 그랬다. 몇 개의 흑점과 그 주변의 소규모 교란이 보일 뿐이었다. 태양의 기후는 앞으로 몇 달 동안 온화한 상태를 유지할 것이다. 보통 사람들이 퇴근길에 걱정할 만한 일은 아니지만.

내 인생 최악의 순간은 올림포스 호가 포보스를 떠나 지구로 돌아가는 모습을 보고 있던 때가 아닌가 싶다. 어쩔 수 없다는 건 몇 주 전부터 알고 있었지만 그때야말로 마지막 희망의 문이 닫히는 순간이었다.

밤이었고, 우리는 모든 것을 똑똑히 볼 수 있었다. 이미 몇 시간 전에 서쪽 하늘에 모습을 드러낸 포보스는 미친 듯이 하늘을 가로질러 역행하며 초승달 모양에서 반달 모양으로 커지고 있었다. 정점에 이르기 전에 화성의 그림자 속으로 들어가 식(蝕) 현상을 만들어 낼 터였다.

우리는 카운트다운 소리를 들으며 평상시처럼 일하려고 애썼다. 화성에 온 열다섯 명 중에서 열 사람만이 돌아가게 되었다는 사실을 결국 받아들이는 것은 쉽지 않았다. 그때까지도 지구에 있는 수백만 명의 사람들은 아마 이해를 하지 못했을 것이다. 올림포스 호가 우리를 구출하기 위해 불과 6400킬로미터의 거리를 하강할 수 없다는 사실은 믿기 어려웠을 것이다. 우주국에는 어처구니없는 구조 계획이 물밀듯이 밀려 들어왔다. 그래 봤자 다 우리도 생각해 본 것들이었다. 3번 착륙대 아래의 영구 동토층이 마침내 무너지면서 페가수스 호가 쓰러졌을 때 그것으로 끝장난 것이다. 추진제 탱크가 파열되었는데도 우주선이 폭발하지 않은 건 기적이나 다름없었다…….

또 쓸데없는 소리를 하고 있군. 다시 포보스와 카운트다운 이야기로 돌아가자.

우리는 망원경의 영상을 통해 우리가 분리되어 하강한 후에 올림포스 호가 착륙했던 균열이 있는 평지를 선명하게 볼 수 있었다. 그 친구들은 화성에 착륙할 일이 없겠지만 그들에게도 조사해야 할 조그만 세계가 있었다. 포보스처럼 조그만 위성이라고 해도 조사해야 할 땅이 거의 일인당 80제곱킬로미터에 달했다. 신기한 광물이나 우주에서 날아온 파편을 탐색할 땅 혹은 그곳에 온 최초의 인간이 자기 자신임을 후세에 알리기 위해 이름을 새겨 넣을 땅은 많고도 많았다.

단조로운 잿빛 바위를 배경으로 뭉툭하고 밝은 원통 모양의 우주선을 선명하게 볼 수 있었다. 빠르게 움직이는 태양 빛을 받아 빛나는 평탄한 표면이 가끔씩 드러나기도 했다. 하지만 이륙하기 약 5분 전에 포보스가 화성의 그림자 속으로 들어가면서 영상이 갑자기 분홍색으로, 그리고 다시 진홍색으로 변했다가 완전히 사라져 버렸다.

카운트다운이 10초 남았을 때 우리는 순간적으로 빛이 번쩍이는 것에 놀랐다. 한동안 우리는 올림포스 호 역시 재난을 당했는지 의아해 했다. 다음 순간 우리는 곧 누군가가 이륙 장면을 촬영하고 있으며 투광 조명들이 켜져 있음을 깨달았다.

마지막 몇 초 동안 우리는 모두 우리가 곤경에 처했다는 사실을 잊고 있었을 거라고 생각한다. 심정적으로 우리는 모두 저 위에 있는 올림포스 호에 타고 있었고, 추진력이 원활하게 커져 우주선이 포보스의 미약한 중력장, 그리고 이어서 화성을 떠나 태양 쪽으로 기나긴 낙하 여행을 시작하기만을 바라고 있었다. 우리는 리치먼드 선장이 "점화"라고 말하는 것을 들었다. 그러자 순간적으로 간섭 현상이 일어났고 망원경의 시야에서 조그만 광점이 움직이기 시작했다.

그게 다였다. 핵 로켓의 발사에는 실제로 점화 과정이 없기 때문에 눈이 부실 듯한 불기둥 따위는 없었다. 그건 그저 구시대의 화학 로켓 기술이 남긴 유산이었다. 고온의 수소 연소 과정은 전혀 눈에 보이지 않는다. 새턴 호나 코롤로프 호의 발사 같은 장관을 다시 볼 수 없다는 건 안타까운 일이다.

연소가 끝나기 직전에 올림포스 호는 화성의 그림자를 벗어나 빠르게 움직이는 밝은 별처럼 거의 순식간에 다시 모습을 보이며 태양 빛 속에 튀어나왔다. 누군가가 "창문을 가려!"라고 외치는 소리가 들렸던 것으로 보아 승무원들도 강렬한 빛 때문에 놀란 모양이었다. 그리고 몇 초 후, 리치먼드 선장이 말했다.

"엔진 정지."

이제 무슨 일이 일어나더라도 지구로 돌아가는 올림포스 호를 되돌릴 수 없었다.

내가 모르는 목소리가(하지만 선장이었던 게 분명하다.) "페가수스 호여, 안녕히."라고 말했고 통신이 끊어졌다. 물론 "행운을 비네."라는 말을 덧붙이는 건 무익한 일이었다. 그건 이미 몇 주 전에 끝난 일이었다.

방금 이것을 재생해 보았다. 행운이라는 말을 들으니 비록 우리를 위한 것은 아니었지만 한 가지 보상이 있었다. 다섯 명의 승무원을 덜게 된 올림포스 호는 소모품의 3분의 1을 버림으로써 몇 톤의 하중을 줄일 수 있었다. 따라서 예정보다 한 달 먼저 고향에 돌아가게 된 것이다.

그 한 달 사이에 잘못될 수 있는 일은 많았다. 그래도 탐사 자체는 건진 셈이리라. 물론 우리는 결코 알 수 없지만, 나쁘지 않은 생각이었다.

나는 음악을 많이 틀어 놓고 있었다, 최대 출력으로. 뭐라고 할 사람도 없지 않은가. 설령 화성인이 있다고 해도 이렇게 희박한 대기에서는 소리도 몇 미터밖에 전달되지 않을 터였다.

괜찮은 음악이 많았지만 나는 세심하게 음악을 골라야 했다. 우울한 음악도 안 되고 집중해서 들어야 하는 음악도 안 된다. 무엇보다도 인간의 목소리가 담긴 음악은 절대로 안 되었다. 따라서 가벼운 관현악곡만 골라 들었다. 「신세계 교향곡」이나 그리그의 피아노 협주곡 정도가 꼭 맞았다. 바로 지금은 라흐마니노프의 「파가니니 주제에 의한 광시곡」을 듣고 있지만 곧 음악을 끄고 작업에 착수해야 한다.

이제 5분밖에 남지 않았다. 모든 준비는 완벽한 상태다. 망원경은 태양을 좇고 있고, 영상 기록기는 대기 중이며, 정밀 시간 기록기도 작동 중이다.

가능한 한 정밀한 관측을 해 볼 생각이다. 이미 세상을 뜬, 그리고 조만간 나도 합류하게 될 동료들에게 빚진 것이 있다. 그들은 내가 이 순간까지 살아 있을 수 있도록 산소를 주었던 것이다. 앞으로 백 년이 되든 천 년이 되든 이 수치를 컴퓨터에 입력할 때는 이 점을 기억하기 바란다…….

1분 남았다. 슬슬 시작할 때다. 기록을 위해 지금…… 천체력으로, 1984년 5월 2일, 4시 30분에 근접 중이다.

접촉까지 30초 남았다. 영상 기록기의 전원을 올리고 시간 기록기를 고속에 맞춘다. 내가 태양의 정확한 부분을 보고 있는지 확인하기 위해 위치각을 다시 점검했다. 500배의 배율을 사용하기 때문에 이렇게 낮은 고도에서도 충분히 안정적인 영상을 얻을 수 있다.

4시 32분. 얼마 안 남았다…….

바로…… 바로 저것이다! 도무지 믿을 수가 없다! 태양 가장자리가 움푹 들어가더니 검은 반점이…… 점점 커지고 있다…….

안녕, 지구여. 나를 봐 다오, 하늘에서 가장 밝은 별을. 한밤중에 바로 머리 위에 떠 있는 나를…….

기록기를 다시 저속으로 조절한다.

4시 35분. 마치 엄지손가락으로 태양 가장자리를 계속해서 깊게 누르는 듯한 모습이다…… 정말 멋진 광경이다…….

4시 41분. 정확히 반원이다. 지구는 완벽한 반원으로…… 태양을 깨끗하게 한 입 베어 먹은 것 같다. 마치 어떤 질병이 태양을 먹어 치우고 있는 듯하다…….

4시 48분. 지구의 4분의 3이 완전히 진입했다.

4시 49분 30초. 기록기를 다시 고속으로 조절한다.

태양 가장자리와의 교선이 빠르게 줄어들고 있다. 이제 간신히 보일 정도다. 몇 초 후면 지구 전체가 태양에 겹쳐질 것이다.

이제 대기의 영향을 관찰할 수 있다. 태양에 뚫려 있는 검은 구멍을 둘러싼 얇은 빛무리가 보인다. 바로 이 순간 지구 전체에서 일어나는 일출과 일몰을 모두 동시에 보고 있다는 생각을 하니 기분이 묘하다…….

진입 완료, 4시 50분 5초. 지구 전체가 태양면 위를 움직이고 있었다. 완벽한 모양의 검은 원반이 1억 5000만 킬로미터 아래의 지옥에 그림자를 드리우고 있다. 생각보다 크다. 꽤 커다란 흑점으로 착각할 만한 정도다.

태양폭의 절반 정도 되는 거리를 두고 달이 지구를 쫓아 나타낼 때까지 여섯 시간 동안은 더 이상 볼 게 없다. 기록한 것을 루나컴으로 전송하고 잠을 좀 자 둘 생각이다.

나에게는 마지막 잠이다. 약이라도 먹지 않으면 잠이 올까 의문이다. 마지막 남은 몇 시간을 이렇게 낭비한다는 건 안타깝지만, 체력을 그리고 산소를 아껴 두고 싶다.

존슨 박사였던 것 같다. 다음 날 아침에 교수형을 당한다는 사실을 아는 것만큼 인간의 마음을 차분하게 가라앉히는 게 없다는 말을 한 사람이. 도대체 그는 그걸 어떻게 알 수 있었을까?

천체력 10시 30분. 존슨 박사가 옳았다. 수면제를 한 알만 먹었을 뿐이지만 꿈도 꾸지 않고 잤다.

죽을 팔자의 인간이 아침은 많이도 먹었다. 이 이야기는 이제 그만 하자…….

다시 망원경 앞에 앉는다. 이제 지구는 거의 절반을 지난 상태로 중심부에서 한참 북쪽을 가로지르고 있다. 10분 후면 달을 볼 수 있을 것이다.

방금 망원경의 배율을 최고로 높였다…… 2000배. 영상은 다소 흐렸지만 아직은 꽤 좋은 편이다. 대기의 빛무리도 아주 선명하다. 지구의 어두운 영역에 있는 도시를 보고 싶다…….

운이 좋지 않다. 아마도 구름이 잔뜩 낀 모양이다. 아쉽다. 이론적으로는 가능하지만 한번도 성공한 적이 없다. 볼 수 있으면 좋겠…… 그냥 넘어가자.

10시 40분. 영상은 저속. 내가 올바른 지점을 보고 있는 것이기를 빈다.

15초 남았다. 영상은 고속으로.

젠장, 놓쳤다. 상관은 없다…… 영상에 정확한 순간이 담겼을 것이다. 이미 태양 옆쪽에 까만 선이 보이기 시작했다. 최초의 접촉은 동부 표준시로 10시 41분 20초쯤에 이루어졌을 것이다.

지구에서 달까지가 이렇게나 멀다니. 거의 태양 폭의 절반 정도나 된다. 지구와 달이 서로 관련 있을 거라고는 생각하지 못할 정도다. 태양이 얼마나 큰지 깨닫게 해 주는 광경이다…….

10시 44분. 달은 태양 가장자리에 정확히 절반을 걸치고 있다. 아주 작고 선명한 반원 모양으로 태양의 가장자리를 베어 물고 있다.

10시 47분 5초. 내측 접촉. 달은 가장자리에서 벗어나 이제 완전히 태양 안쪽으로 들어섰다. 달의 밤 영역에서 뭔가를 볼 수 있을 것 같지는 않지만 일단 배율을 올려 보겠다.

재미있군.

그래, 그렇군. 누군가가 내게 말을 걸고 있는 모양이다. 달의 어두운 표면에서 조그만 빛이 깜빡이고 있다. 아마도 비의 바다에 있는 기지의 레이저겠지.

아, 죄송. 난 이미 작별 인사를 전부 마쳤고 그걸 다시 반복하고픈 생각은 없다. 이제 그런 건 중요하지 않다.

그래도 태양 표면에서 나오는 저 깜빡이는 광점은 마치 최면을 걸고 있는 것 같다. 이렇게 먼 거리를 여행해 왔으면서도 저 불빛의 폭이 고작 160킬로미터밖에 되지 않는다는 사실을 믿기 힘들다. 정확히 나를 조준하기 위해서 루나컴이 온갖 고생을 다했을 걸 생각하면 그걸 무시했다는 데 죄책감을 느껴야 할 것 같다. 하지만 전혀 미안하지 않다. 나는 거의 작업을 마친 상태이고 지구의 일은 더 이상 내 관심사가 아니다.

10시 50분. 영상 기록기를 끈다. 두 시간 후 지구 통과가 끝나기 전까지는 이게 전부다.

나는 간식을 먹고 마지막으로 관측실에서 풍경을 감상했다. 태양이 아직 높이 떠 있어서 명암이 뚜렷하지는 않았지만, 태양 빛은 온갖 색깔을 선명하게 드러내 주었다. 붉은색과 분홍색, 진홍색이 자아내는 셀 수 없을 정도로 다양한 색채는 짙푸른 하늘을 배경으로 깜짝 놀랄 만한 광경을 보여 주었다. 달과는 사뭇 다른 풍경이었다…… 물론 달에도 나름의 아름다움이 있지만.

당연한 사실이 이렇게 놀라울 수 있다니 신기한 일이다. 화성이 붉은색이라는 건 누구나 다 아는 얘기였다. 하지만 우리는 녹슨 금속 같은 붉은색, 핏빛 붉은색을 예상하지는 못했다. 마치 애리조나 주에 있는 오색 사막 같다. 그래서 시간이 지나니 녹색이 그리워진다.

북쪽으로 눈을 돌리면 색이 달라지는 반가운 광경을 볼 수 있다. 버로즈 산 꼭대기의 드라이아이스는 눈부시게 하얀 피라미드처럼 보인다. 놀랄 일이 또 하나 있다. 버로즈 산의 높이는 화성 평균 고도보다 7500미터나 높았다. 내가 어렸을 때만 해도 다들 화성에는 산이 없을 거라고 여겼다…….

가장 가까운 사구는 400미터 떨어진 곳에 있다. 거기에도 그늘진 사면은 군데군데 서리로 덮여 있었다. 지난번에 폭풍이 쳤을 때 그게 몇 미터 정도 움직인 것 같지만 분명치는 않다. 확실한 것은 지구에서와 마찬가지로 사구가 움직인다는 사실이다. 언젠가 이 기지도 모래에 덮일 날이 올 것이다…… 그리고 천 년쯤 후에 다시 나타날 것이다. 아니면 만 년이나.

'엘러펀트', '캐피털', '비숍'이라고 이름 붙인 일군의 바위들은 여전히 비밀을 드러내지 않고 있다. 그리고 처음으로 실망감을 느꼈던 때의 기억으로 날 괴롭히고 있다. 우리는 그게 퇴적암이라고 확신했었다. 화석을 찾겠다고 서둘러 나갔던 꼴이라니! 지금도 우리는 그렇게 노출된 바위가 어떻게 형성되었는지 모른다. 화성의 지질학은 여전히 모순과 수수께끼로 가득 차 있다…….

우리는 상당한 양의 수수께끼를 후세에 넘겼으며, 우리의 뒤를 이어서 이곳에 올 사람들은 더 많은 수수께끼를 찾아낼 것이다. 하지만 우리가 지구에 보고하지 않은, 심지어 일지에 기록하지도 않은 수수께끼가 하나 있다…….

착륙한 첫날 밤, 우리는 차례로 불침번을 섰다. 자정이 막 지났을 때 불침번을 보던 브레넌이 나를 깨웠다. 아직 시간이 남아 있어서 나는 짜증이 났지만 그는 내게 '캐피털'의 기반부에서 움직이는 불빛을 보았다고 말했다.

우리는 내 차례가 올 때까지 한 시간 남짓 지켜보았지만 아무것도 보지 못했다. 그 불빛이 무엇이었는지는 몰라도 다시는 나타나지 않았다.

브레넌은 냉정한 사람으로 쓸데없이 상상력을 발휘하는 사람이 아니었다. 그가 빛을 보았다고 했으면 실제로 본 것이다. 어쩌면 그건 일종의 방전 현상이었거나 모래와의 마찰 때문에 반들반들하게 갈린 바위에 포보스가 비친 것일지도 몰랐다. 어쨌든 우리는 다시 보게 될 때까지 루나컴에 보고하지 않기로 했다.

홀로 남은 후로 나는 종종 한밤중에 깨어나 바위 무더기를 바라보곤 한다. 포보스와 데이모스가 비추어 주는 희미한 빛 속에서 보면 마치 불 꺼진 도시의 윤곽선처럼 보인다. 그리고 그건 항상 어두운 채로 남아 있다. 그 어떤 불빛도 내게는 보이지 않았던 것이다……

천체력 12시 49분. 마지막 단계가 시작될 예정이다. 지구는 태양 가장자리에 근접해 있다. 지구를 감싸 안고 있는 두 개의 좁은 호 모양의 빛은 간신히 닿을 것 같다……

기록기를 고속으로.

접촉! 12시 50분 16초. 초승달 모양의 빛이 가운데부터 갈라지기 시작한다. 지구가 경계를 지나가기 시작하자 태양 가장자리에 조그만 검은 점이 생긴다. 그것은 점점 커진다……

기록기 저속. 18분 후면 지구는 태양면에서 완전히 벗어날 것이다.

달이 통과하려면 한참을 더 가야 한다. 아직 통과 경로의 중간에도 미치지 못했다. 달의 모양은 마치 지구의 4분의 1 정도 크기에 불과한 둥근 잉크 얼룩 같다. 이제 달에서는 어떤 불빛도 보이지 않았다. 루나컴이 포기한 모양이다.

자, 내가 이곳, 마지막으로 머물던 곳에서 보낼 수 있는 시간도 15분밖에 남지 않았다. 이륙 직전에 그랬던 것처럼 시간이 점점 더 빨리 흐르는 것 같다. 상관없다. 할 일을 다했으니 이젠 쉬어도 된다.

벌써 내가 과거의 인물이 된 것 같은 기분이다. 지난 1769년 타히티 섬에서 쿡 선장과 함께 금성 통과를 바라보고 있는 셈이다. 지구를 뒤따르는 달만 없다면 똑같은 광경이었을 것이다…….

200년도 더 전에 살았던 쿡 선장이 언젠가 외계에서 인간이 지구가 태양면을 통과하는 장면을 볼 날이 오리라는 것을 알았더라면 무슨 생각을 했을까? 놀랐을 게…… 그리고 기뻐했을 게 분명하다.

하지만 나는 앞으로 태어날 사람들에게 더욱 동질감을 느낀다. 나로서는 얼굴도 알 수 없겠지만 그들이 내 말을 들을 수 있기를 바란다. 어쩌면 100년 후 다음번 통과가 일어날 때 그들이 바로 이 자리에 서 있을지도 모르는 일이다.

2084년 11월 10일에 여기 있을 이들에게 인사를 전한다! 우리보다는 운이 좋기를 기원한다. 아마도 편안한 정기선을 타고 오겠지. 아니면 화성에서 태어나 지구에는 가 보지도 못한 사람일지도 모르겠다. 내가 상상할 수 없는 것들을 알고 있을 테고. 그래도 왠지 부럽지 않다. 할 수 있다고 해도 입장을 바꾸지는 않을 것이다.

왜냐하면 내 이름은 후손들에게 알려질 터이고 그들은 내가 지구 통과 장면을 본 최초의 인간이라는 것을 알고 있을 테니까. 그리고 앞으로 100년 안에는 그걸 볼 수 있는 사람이 없다…….

12시 59분. 정확히 절반이 빠져나왔다. 지구는 완벽한 반원으로 태양면에 검은 그림자를 드리우고 있다. 저 황금빛 원반을 누가 크게 한 입 베어 먹은 것 같다는 인상을 여전히 지울 수가 없다. 9분 후면 검은 그림자는 사라질 것이고, 태양은 다시 완전한 모습으로 돌아갈 것이다.

13시 7분. 기록기 고속.

지구는 이제 거의 다 벗어났다. 태양 가장자리에는 얕게 팬 까만 보조개가 있을 뿐이다. 태양의 반대쪽 면으로 넘어가는 작은 흑점으로 착각할 수 있을 정도다.

아름다운 지구여, 안녕히.

떠나 버리는구나. 잘 있어라. 안녕…….

기분이 다시 좀 나아졌다. 정확한 시간 자료는 전부 지구로 전송해 둔 상태다. 5분이면 인류의 축적된 지혜에 합류할 것이다. 그리고 내가 끝까지 자리를 지켰다는 것을 루나컴도 알게 될 것이다.

하지만 이것은 전송하지 않을 생각이다. 언제가 될지는 모르지만 다음번 탐사대를 위해 이곳에 남겨 둘 것이다. 다시 이곳으로 누군가가 올 때까지 10년이 걸릴지 20년이 걸릴지는 모르겠다. 전인미답의 세계가 널리 펼쳐져 있는 판국에 굳이 옛날 기지를 찾아올 이유는 별로 없을 테니까…….

따라서 이 캡슐은 누군가가 찾을 때까지 여기에 있을 것이다. 마치 스콧의 일기장이 텐트 속에 남아 있었던 것처럼. 하지만 나를 찾을 수는 없을 것이다.

스콧 생각을 떨칠 수 없다니 참으로 이상하다. 아무래도 그가 나에게 그 아이디어를 준 것 같다.

왜냐하면 그의 시체는 삶과 죽음의 거대한 순환 고리를 벗어나 얼어붙은 채로 영원히 남극에 누워 있는 게 아니기 때문이다. 오래전에 그 외로운 텐트는 바다를 향해 행진하기 시작했다. 스콧이 죽은 후 얼마 지나지 않아서 텐트는 쌓이는 눈에 덮인 채 극점에서 천천히 멀어지는 빙산의 일부가 되었다. 불과 몇 세기 만에 그 뱃사람은 바다로 돌아갔을 것이다. 다시 한 번 생명체, 즉 플랑크톤, 물개, 펭귄, 고래 및 남극해의 다양한 모든 동물들이 이루는 거대한 순환의 일부가 되는 것이다.

화성에는 바다가 없다. 최소한 지난 50억 년간 바다가 존재한 적도 없다. 하지만 이곳에도 생명은 있다. 미처 시간이 없어 우리가 탐사하지 못한 황무지 '카오스 2'의 어딘가에 일종의 생명체가 있다.

궤도에서 찍은 사진에 드러난 움직이는 땅. 침식이 아닌 다른 힘에 의해 분화구가 깨끗이 사라진 흔적이 화성 전역에 있다. 채취한 대기에서 발견된 긴 사슬 모양의, 광학적으로 활성화된 탄소 분자.

그리고 물론 바이킹 6호의 수수께끼도 있다. 화성의 조용하고 차가운 밤의 심연 속에서 뭔가 거대한 것이 탐사선을 부수어 버리기 전에 읽힌 계기의 의미를 설명할 수 있는 사람은 아직까지 나타나지 않았다……

그리고 이런 곳에는 원시적인 생명체만이 존재할 수 있느니 하는 이야기에는 대답할 가치도 없다! 여기서 살아남은 생명체라면 대단히 복잡한 존재여서 우리는 마치 공룡만큼이나 뒤떨어진 존재일 것이다.

우주선의 연료통에는 아직 '화성차'를 몰고 화성을 돌아볼 수 있을 정도로 충분한 연료가 남아 있다. 해가 지려면 아직 세 시간이 남았으니 그 정도면 계곡으로 내려가 '카오스' 깊숙이 들어가기에 충분한 시간이다. 해가 져도 전조등을 켜면 그럭저럭 빠른 속도로 달릴 수 있을 것이다. 화성의 달빛을 받으며 운전한다는 건 낭만적일 것이다…….

떠나기 전에 해 두어야 할 일이 있다. 샘이 저 밖에 저런 식으로 누워 있는 게 마땅치 않다. 그는 항상 침착했으며 우아했다. 저렇게 어색한 모습으로 누워 있어야 할 사람이 아니다. 뭔가 조치를 취해야겠다.

나라면 우주복 없이 90미터를 천천히, 그리고 꾸준히, 바로 그가 마지막 순간까지 그랬던 것처럼 걸을 수 있었을지 궁금하다.

그의 얼굴을 차마 보지 못할 것 같다.

이제 됐다. 모든 게 정리되었고 이제 떠날 준비가 됐다.

그 요법이 효과가 있었다. 아주 편안한 기분이다…… 심지어 내가 정확히 무엇을 할지 알고 있는 지금도 만족스러운 기분이다. 오래된 악몽도 이제 나를 어쩌지 못한다.

그건 사실이다. 우리는 모두 홀로 죽는다. 집에서 8000만 킬로미터 떨어진 곳이라고 해도 종국에는 마찬가지다.

나는 아름다운 색깔의 풍경 속에서 즐겁게 운전해 볼 생각이다. 화성에 대해 꿈꾸었던 사람들, 다시 말해 웰스와 로웰, 버로즈, 와인봄, 브래드버리에 대해 생각하게 되겠지. 그들의 추측은 모두 틀렸다. 하지만 현실 또한 공상에 못지않게 기이하고 아름답다.

저 밖에서 무엇이 나를 기다리고 있을지 알 수는 없다. 어쩌면 끝내 보지 못할지도 모른다. 하지만 이 굶주린 땅에서 그것은 필사적으로 탄소와, 인, 산소, 칼슘을 찾아 헤맬 것이다. 그러면 나를 사용해도 될 터이다.

그리고 내 산소 경보기가 마지막 경고를 발할 때 나는 저 음울한 황무지 어딘가에서 당당하게 최후를 맞이할 것이다. 호흡이 힘들어지기 시작하면 나는 바로 차에서 나와 걷기 시작할 것이다…… 재생 장치를 헬멧에 연결하고 음악 소리를 최대로 높인 채로.

순수하고 당당한 힘과 영광에 관해서라면 「토카타와 푸가 D단조」에 비할 음악이 없다. 끝까지 들을 시간은 내게 주어지지 않겠지만, 상관없다.

요한 세바스티안이여, 내가 가노라.

메두사와의 만남 |A Meeting with Medusa|

1971년 12월, 《플레이보이》에 첫 게재.
『태양으로부터 부는 바람』에 재수록.

기억해야 할 날

퀸 엘리자베스 호가 그랜드캐니언 상공 5킬로미터 지점에서 180이라는 적당한 속도로 한가롭게 거닐고 있을 때 하워드 팰컨은 오른쪽에서 카메라 플랫폼이 접근하고 있는 것을 발견했다. 예상하고 있었던 일이지만(다른 것은 이 고도에서 비행 허가를 받을 수 없었다.) 누군가가 곁에 있다는 게 내키지 않았다. 비록 그는 대중의 관심이 쏠리는 것을 환영했지만, 동시에 가능한 한 텅 빈 하늘을 원하기도 했다. 하지만 그는 500미터 길이의 비행선을 조종하는 역사상 최초의 인물이었던 것이다…….

지금까지 시험 비행은 완벽하게 진행되었다. 어처구니없게도 유일한 문제는 보조 작업을 위해 샌디에이고의 해군 박물관에서 빌려온 100년 된 항공모함 체어맨 마오 호였다. 마오 호의 핵 원자로 네 개중에서 작동되는 게 하나밖에 없었기 때문에 그 오래된 전함의 최고 속도는 겨우 30노트에 불과했다. 다행히 해수면의 풍속이 이의 절반에도 못 미쳤던지라 풍속을 상쇄시켜 갑판 위에 바람이 일지 않게 유지하는 일은 그리 어렵지 않았다. 비록 갑자기 돌풍이 불어와 긴장했던 순간은 몇 번 있었지만, 묶어 둔 줄이 풀리자 거대한 비행선은 마치 투명한 승강기처럼 하늘을 향해 수직으로 부드럽게 상승했다. 일이 잘 풀린다면 퀸 엘리자베스 4호가 체어맨 마오 호를 다시 만나는 건 일주일 후가 될 터였다.

모든 게 순조로웠다. 시험용 계기도 전부 정상이었다. 팰컨 선장은 위층으로 올라가 랑데부 광경을 보기로 했다. 그는 2등 항해사에게 지휘권을 넘기고 비행선의 중심부로 이어지는 투명한 튜브를 따라 걸어 나왔다. 거기서 언제나처럼 그는 인간의 힘으로 가두어 놓은 가장 큰 단일 공간의 위용에 압도되었다.

각각의 지름이 30미터가 넘는 열 개의 구형 가스통은 거대한 비누 거품처럼 일렬로 배열되어 있었다. 질긴 플라스틱은 대단히 투명해서 가스통 열 개를 전부 관통하여 볼 수 있으며 그가 서 있는 위치보다 500미터는 더 떨어진 곳에서도 승강기의 구조를 자세히 볼 수 있을 정도였다. 그를 둘러싼 비행선의 뼈대는 마치 3차원 미로 같았다. 맨 앞에서 맨 뒤까지 세로 기둥이 일정하게 놓여 있고 열다섯 개의 원형 고리가 하늘에서 태어난 이 거인의 갈비뼈를 이루었는데, 이 원형 고리는 저마다 다른 크기로 우아한 유선형의 옆모습을 형성했다.

이런 저속에서는 소리가 거의 들리지 않았다. 외피를 스쳐 가는 부드러운 바람 소리와 가끔씩 응력이 재배열되면서 금속이 삐걱거리는 소리가 날 뿐이었다. 머리 위 높은 곳에 줄줄이 설치되어 있는 램프에서 나오는 빛은 그림자조차 드리우지 않아 기이하게도 마치 바닷속 풍경 같았다. 팰컨은 반투명한 가스주머니 같은 생물이 만들어 내는 장관을 접한 적이 있기에 더 그런 인상을 받았다. 열대의 얕은 산호초 위를 무심히 헤엄쳐 가는 한 떼의 커다랗지만 해롭지 않은 해파리와 마주친 적이 있었던 것이다. 그리고 퀸 엘리자베스 호를 부양시키는 플라스틱 가스통들은 가끔씩 해파리를 연상시켰다. 특히 압력 변화로 주름이 지면서 새로운 형상의 반사광을 흩뿌릴 때 그랬다.

그는 비행선의 축을 따라 가스통 1번과 2번 사이에 있는 전방 승강기를 향해 걸었다. 관측실로 올라가면서 불편할 정도로 덥다는 사실을 깨달았고 주머니에 지니고 다니는 녹음기에 간단한 메모를 남겼다. 퀸 호는 핵융합로에서 무제한적으로 발생하는 여분의 열을 통해 부양력의 거의 4분의 1 정도를 얻었다. 하중이 가벼운 이번 비행에서는 사실 열 개의 가스통 중 여섯 개에만 헬륨이 들어 있었다. 나머지는 전부 공기였다. 그렇다고 해도 비행선에는 바닥짐 역할을 하는 200톤의 물이 실려 있었다. 그러나 가스통을 고온으로 유지한다는 것은 접근로를 냉각해야 하는 문제를 일으켰다. 간단하게나마 조치를 취해야 한다는 건 분명했다.

강화 유리로 된 지붕으로 눈부신 햇살이 들어오고 있는 관측실에 들어서자 신선한 찬 공기가 얼굴을 때렸다. 대여섯 명가량의 일꾼들이 같은 숫자의 슈퍼침팬지 조수들과 함께 아직 완성이 덜 된 무도회장 바닥을 분주히 깔고 있었고, 다른 사람들은 전선을 설치하거나 가구를 배치하고 있었다. 마치 엄격히 통제된 혼돈을 보는 기분이었다.

펠컨은 불과 4주 앞으로 다가온 처녀비행에 대한 준비를 마칠 수 있다는 사실이 놀라울 뿐이었다. 어쨌거나 고맙게도 그가 신경 쓸 문제는 아니었다. 펠컨은 단순히 선장일 뿐이었다. 선상 지배인은 아닌 것이다.

혼돈을 뚫고 이미 완성된 스카이라운지로 걸어가자 작업 인부들이 손을 흔들어 보였고 '슈팬지'들은 이빨을 드러내 보이며 웃었다. 그곳은 비행선 전체에서 펠컨이 가장 좋아하는 장소였다. 그리고 비행선이 운항을 시작하면 다시는 혼자 독점하지 못하리라는 것을 잘 알고 있었다. 단지 5분 동안만 혼자서 즐겨 볼 작정이었다.

펠컨은 함교를 호출해서 모든 게 정상인지 확인한 후에 안락한 회전의자에 앉아 긴장을 풀었다. 아래쪽에 펼쳐져 있는 비행선의 기낭이 보여 주는 매끄러운 은빛 곡선이 눈을 즐겁게 했다. 그는 가장 높은 지점에 앉아 역사상 최대의 크기를 자랑하는 탈것의 광대한 전경을 둘러보고 있었다. 그리고 그 풍경이 지겨워지면, 5억 년에 걸쳐 콜로라도 강이 깎아 놓은 황무지가 지평선 끝까지 펼쳐져 있는 환상적인 모습을 감상했다.

공중에 떠 있는 카메라 플랫폼(그건 이미 밑으로 내려가 비행선 가운데 부분을 찍고 있었다.)만 제외하면 하늘은 온전히 그의 것이었다. 텅 빈 푸른 하늘은 지평선까지 선명하게 펼쳐져 있었다. 펠컨이 알기로는 할아버지 대에만 하더라도 하늘에는 수증기가 이루는 비행 궤적과 연기가 난무했다. 이제는 둘 다 찾아볼 수 없었다. 하늘의 쓰레기는 그것을 낳은 원시적인 기술과 함께 사라졌다. 그리고 오늘날의 장거리 수송 수단은 성층권을 크게 넘어 다니기 때문에 지구에서는 그 모습을 볼 수도 소리를 들을 수도 없었다. 하층 대기권은 다시 새와 구름, 그리고 이제는 퀸 엘리자베스 4호의 것이 되었다.

옛 선구자들이 이미 20세기 벽두에 말한 바 있듯이 이것이야말로 진정한 여행을 하는 방법이었다…… 조용하고 화려하게, 외부와 단절되지 않고 주위를 둘러싼 공기를 호흡하며, 끊임없이 변하는 땅과 바다의 아름다운 모습을 볼 수 있을 정도로 낮게. 수백 명의 사람들이 열 명씩 줄지어 앉아야 했던 1980년대의 아음속(亞音速) 비행기와 비교하면 그 편안함과 넉넉함은 이루 말할 수 없을 정도였다.

물론 퀸 엘리자베스 호도 그리 경제적인 수단은 아니었다. 아직 계획 중인 쌍둥이 비행선이 만들어진다고 해도 하늘을 미끄러지듯 조용히 움직이는 기분을 만끽할 수 있는 사람은 전 세계 인구 중 극소수에 불과했다. 하지만 부유하고 안정되어 있는 사회 계층은 이런 어처구니없는 곳에 돈을 쓸 여유가 있었고, 진귀함과 여흥을 즐기기 위해서라면 비행선은 쓸모가 있었다. 지구에는 재량 소득이 신(新)달러화로 매년 1000달러를 넘는 사람들이 최소한 백만 명은 있었다. 승객 부족으로 비행선이 곤란을 겪는 일은 없을 것이다.

팰컨의 휴대용 통신기가 울렸다. 함교에서 부조종사가 호출하고 있었다.

"랑데부해도 괜찮겠습니까? 이번 항해에서 필요한 자료는 전부 얻었습니다. 그리고 방송국에서 나온 사람들도 기다리고 있고요."

팰컨은 카메라 플랫폼을 흘긋 보았다. 백여 미터 밖에서 비행선의 속도를 따라잡고 있었다.

"좋아. 계획대로 하게나. 나는 여기서 보도록 하지."

그는 대답했다.

팰컨은 비행선의 중간 부분을 자세히 보기 위해 분주한 일꾼들이 어지럽게 돌아다니는 관측실을 지나 온 길을 되돌아갔다. 그러는 동안에도 발밑의 진동이 변하는 느낌이 왔다. 팰컨이 라운지 뒤쪽에 도착했을 때 비행선은 이미 멈춰 있었다. 팰컨은 마스터키로 문을 열고 갑판 끄트머리에 돌출되어 있는 조그만 외부 갑판으로 나왔다. 그곳에는 대략 대여섯 명의 사람들이 거대한 곡선을 이루는 외피와의 사이에 낮은 난간만을 둔 채, 그리고 지상에서는 수천 미터 떨어진 채 서 있을 수 있었다. 가슴 떨리는 장소였다. 하지만 관측실의 등처럼 불룩하게 튀어나온 커다란 투명 돔 바로 뒤에 숨어 바람을 받지 않는 곳이라 비행선이 최고 속도로 움직일 때라고 해도 전혀 위험하지 않았다. 그럼에도 불구하고 그곳은 승객들의 접근이 허용되지 않았는데, 그건 현기증을 유발하기 때문이었다.

앞쪽 화물칸의 거대한 뚜껑문은 이미 열려 있었고 카메라 플랫폼은 내려올 준비를 하며 그 위를 선회하고 있었다. 앞으로 이 항로를 따라 수천 명의 승객과 수천 톤의 물자가 운반될 것이다. 퀸 엘리자베스 호가 해수면까지 내려가 물에 뜨도록 되어 있는 바닥을 사용하는 건 아주 드문 경우가 될 터였다.

갑자기 돌풍이 팰컨의 뺨을 때렸다. 그는 난간을 꽉 움켜잡았다. 그랜드캐니언은 난기류가 많은 곳이었지만 이런 고도에서 불 것이라고는 예상하지 못했다. 팰컨은 크게 긴장하지 않은 채 비행선 위 50미터 지점에서 하강하는 카메라 플랫폼에 집중했다. 멀리서 원격으로 기계를 조작하고 있는 숙련된 조종사는 이런 단순한 움직임을 수십

번도 넘게 해 보았을 게 분명했다. 특별한 어려움이 있을 것 같지는 않았다.

그런데 왠지 반응이 둔해 보였다. 아까의 돌풍 때문에 카메라 플랫폼은 열려 있는 문의 거의 가장자리까지 밀려날 뻔했다. 분명히 조종사가 이미 수정했을 텐데…… 조종에 문제가 생겼나? 그럴 가능성은 거의 없었다. 이런 원격조종기에는 여분의 보조 장치와 안전장치, 백업 시스템 등이 갖춰져 있었다. 사고는 거의 일어나지 않았다.

하지만 다시 한 번 왼쪽으로 처졌다. 음주 조종이라도 하는 건가? 그럴 리야 없겠지만 팰컨은 잠시 그럴 가능성을 진지하게 고려해 보았다. 그는 마이크 스위치를 켜기 위해 손을 뻗었다.

다시 한 번 돌연 강풍이 그의 얼굴을 때렸다. 그러나 그는 거의 느끼지 못한 채 공포에 질려 카메라 플랫폼을 바라보고 있었다. 누군지 모를 조종사는 균형을 맞추기 위해 제트를 분사하며 애쓰고 있었다. 하지만 상황을 더욱 악화시킬 뿐이었다. 진폭이 20도로 증가했다. 40도, 60도, 90도…….

"자동 조종으로 바꿔, 이 멍청아! 수동 조종이 안 되잖아!"

팰컨은 마이크에 대고 외쳤지만 소용없었다.

카메라 플랫폼이 뒤집혔다. 제트엔진이 더 이상 몸체를 지탱해 주지 못하자 아래쪽으로 빠르게 떨어졌다. 바로 전까지만 해도 중력과 싸우던 제트엔진은 이제 갑자기 중력의 편이 되었다.

팰컨은 충돌하는 소리를 듣지 못했지만 몸으로 느꼈다. 그는 이미 관측실로 되돌아가 함교로 내려가기 위해 승강기를 향해 달리는 중이었다. 일하던 사람들은 불안한 표정으로 무슨 일인지 소리쳐 물었다. 팰컨으로서도 원인을 알려면 몇 달이 걸릴지 모르는 노릇이었다.

막 승강기에 발을 들여놓으려던 그는 생각을 바꿨다. 동력에 문제가 생겼으면 어떡하나? 시간이 중요한 상황이지만 조금 더 오래 걸리더라도 안전한 편을 택하는 게 나았다. 팰컨은 승강기 통로를 둘러싸고 있는 나선계단을 따라 달렸다.

절반쯤 내려간 그는 잠시 멈춰서 손상 정도를 점검했다. 그 빌어먹을 카메라 플랫폼은 비행선을 뚫고 지나가면서 가스통 두 개를 파열시켰다. 가스통은 거대한 플라스틱 베일이 낙하하는 것 같은 모습으로 아직도 천천히 붕괴하고 있었다. 부양력 손실은 걱정스럽지 않았다. 다른 여덟 개의 가스통이 멀쩡한 한 바닥짐을 이용해 쉽게 그 문제를 처리할 수 있었다. 훨씬 더 심각한 문제는 구조적인 손상 여부였다. 이미 팰컨은 주변의 구조물들이 비정상적인 하중에 신음하며 항의하는 소리를 들을 수 있었다. 충분한 부양력을 유지하는 것만으로는 부족했다. 적절하게 분배되어 있지 않으면 비행선은 두 동강이 날 수도 있었다.

팰컨이 막 다시 뛰어 내려가려는 참에 슈퍼침팬지 한 마리가 두려움에 비명을 지르며 구조물 외부에서 엄청난 속도로 승강기 통로를 따라 성큼성큼 내려오고 있었다. 공포에 질린 나머지 그 불쌍한 짐승은 회사 제복을 찢어발긴 상태였다. 아마도 조상들이 누렸던 자유를 되찾으려는 무의식의 발현이었을지도 몰랐다.

있는 힘껏 계단을 내려가던 팰컨은 경계심을 갖고 다가오는 슈팬지를 쳐다보았다. 제정신을 잃은 슈팬지는 강하고 잠재적인 위험을 갖춘 동물이었다. 특히 공포가 훈련을 넘어설 때는 더욱 위험했다. 슈팬지는 팰컨을 따라잡자 여러 단어를 연달아 내뱉기 시작했지만 뒤죽박죽이어서 알아들을 수가 없었다. 그가 유일하게 알아들을 수 있었던 단어는 애처롭게 자주 반복되던 "대장"이라는 단어였다. 팰컨은 그 순간조차도 슈팬지가 인간의 지시를 기다리고 있음을 깨달았다. 아무런 책임도 없고 이해할 수도 없는, 인간이 일으킨 사고에 휘말린 동물에게 그는 미안함을 느꼈다.

슈팬지는 팰컨의 반대편, 격자문의 저편에 멈췄다. 열린 구조물이었기 때문에 슈팬지가 통과해 오면 막을 길이 없었다. 이제 슈팬지의 얼굴은 팰컨의 얼굴에서 불과 몇 센티미터 떨어져 있었고 그는 공포에 질린 눈을 똑바로 들여다보았다. 이전에는 그렇게 가까이서 슈팬지를 자세히 들여다볼 기회가 없었다. 그는 유사한 종족 간의 기이한 친밀감과 시간의 거울을 들여다본 인간이라면 누구나 경험하는 불편함을 동시에 느꼈다.

팰컨의 존재 덕에 슈팬지는 침착성을 되찾았다. 팰컨은 위쪽, 관측실 방향을 가리키며 아주 명확하고 정확한 발음으로 말했다.

"대장, 대장, 올라가."

다행히 슈팬지는 그 말을 알아들었다. 슈팬지는 웃음으로 추측되는 찡그린 표정을 지어 보이고는 다시 온 길을 따라 올라가기 시작했다. 팰컨은 할 수 있는 최선의 충고를 해 준 것이다. 퀸 엘리자베스 호에 끝까지 안전한 곳이 남아 있다면 바로 그곳일 것이다. 하지만 그의 임무는 반대편에 있었다.

거의 다 내려갔을 때, 금속이 찢어지는 소리와 함께 비행선이 앞쪽으로 기울면서 전등이 전부 꺼졌다. 하지만 위쪽의 열린 문과 외피의 찢어진 부분을 통해 햇빛이 들어와서 아직은 주변을 잘 볼 수 있었다. 몇 년 전 팰컨은 거대한 교회의 회중석에 서서 스테인드글라스 창문을 통해 빛이 쏟아져 들어오며 오래된 판석 위에 다채로운 빛의 우물을 만드는 모습을 본 적이 있었다. 위쪽 높은 곳에서 찢어진 구멍을 통해 들어오는 눈부신 햇빛은 그 순간을 떠올리게 했다. 팰컨은 하늘에서 떨어지는 금속으로 만들어진 교회 안에 있었다.

함교에 도착해서 처음으로 외부를 볼 수 있게 되자 팰컨은 지상이 대단히 가까운 것을 보고 두려움을 느꼈다. 불과 1000미터 아래 아름답고 치명적인 바위 봉우리와 여전히 과거를 향해 파고 들어가고 있는 진흙 섞인 붉은 강이 있었다. 퀸 엘리자베스 호 정도의 커다란 물체가 균형을 잡고 내려앉을 수 있을 만큼 평탄한 곳은 눈에 들어오지 않았다.

계기판을 흘끗 보니 바닥짐은 전부 잃어버리고 없었다. 그러나 하강 속도는 초당 몇 미터 정도로 줄어들었다. 아직은 기회가 있었다.

팰컨은 한마디 말도 없이 조종석에 앉아 아직 조종이 가능한지 여부를 살폈다. 계기판에는 그가 원하는 모든 정보가 있었다. 말은 필요 없었다. 통신 장교가 무선으로 실황 보고를 하는 소리가 들려왔다. 지금 이 시간이면 지구의 모든 뉴스 채널이 바쁘게 움직일 터였다. 팰컨은 그들이 느낄 극도의 좌절감을 상상할 수 있었다. 역사상 가장 장대한 규모의 추락을 기록할 카메라 한 대가 없다니. 한 세기 반 전의 힌덴부르크와 달리 퀸 엘리자베스 호는 수백만 명의 마음을 경이와 공포로 채우지 못한 채 홀로 추락해 버릴 것이다.

이제 지상과의 거리는 500미터에 불과했다. 땅은 천천히 다가오고 있었다. 분사기를 사용하는 방법이 있지만 그러면 약해진 구조가 붕괴할 우려가 있기 때문에 함부로 사용하고 싶지 않았다. 그러나 팰컨은 다른 수가 없다는 것을 깨달았다. 바람은 비행선을 계곡이 갈라지는 곳으로 이끌고 있었다. 그곳에서는 마치 석화된 거대한 배의 이물 같은 바위가 강물을 갈라 놓고 있었다. 만약 비행선이 현재 경로를 유지한다면 최소한 전체의 3분의 1 정도가 허공에 튀어나온 채로 삼각형 모양의 평지에 내려앉을 것이다. 퀸 엘리자베스 호는 썩은 나뭇가지처럼 부러지고 말 터였다. 팰컨이 측면 분사기를 개방하자 금속이 삐걱거리거나 가스가 빠져나가는 소리 위로 제트가 분출되는 익숙한 소리가 들려왔다. 비행선은 비틀거리며 회전하기 시작했다. 금속이 찢어지는 소리는 이제 끊임없이 들렸다. 그리고 불길하게도 하강 속도도 증가하기 시작했다. 손상 정보를 표시해 주는 계기판을 보니 5번 가스통이 방금 파열된 것으로 나와 있었다.

지상과의 거리는 몇 미터에 불과했다. 지금도 팰컨은 자신의 시도가 성공할지 실패할지 예측할 수 없었다. 그는 분사기 방향을 수직으로 맞추고 충격을 줄이기 위해 최대로 분사했다.

충돌 순간은 마치 영원처럼 느껴졌다. 격렬하지는 않았다. 그저 길고 저항할 수 없는 시간이었을 뿐이다. 우주 전체가 머리 위로 추락하는 느낌이었다.

금속 구조물이 부서지는 소리가 점점 다가왔다. 거대한 짐승이 죽어 가는 비행선을 뜯어 먹고 있는 것 같았다.

그리고 마치 압축기처럼 바닥과 천장이 조여들어 왔다.

'거기 있기 때문에'

"왜 목성에 가려는 거지?"

"스프링어가 명왕성으로 떠나면서 말했듯이 '거기 있기 때문'에."

"고맙군. 하지만 이제 그런 대답은 저리 치워 버리자고. 진짜 이유 말이야."

하워드 펠컨은 미소 지었다. 그 미세하게 찡그리는 듯한 웃음은 오직 그를 잘 아는 사람만이 이해할 수 있었다. 웹스터가 바로 그런 사람이었다. 펠컨과 웹스터는 무려 20여 년 동안이나 서로의 계획을 통해 인연을 맺고 있었다. 그들은 승리와 재난, 그러니까 역사상 최대의 재난까지도 함께해 왔다.

"음, 스프링어의 뻔한 얘기는 아직도 유효해. 지구형 행성에는 전부 사람들이 내려가 보았지만 가스형 행성에는 가 본 적이 없잖아. 태양계에서 도전해 볼 만한 유일한 상대라고."

"돈이 많이 드는 상대이기도 하지. 얼마나 들지 계산해 본 적은 있어?"

"나름대로는. 이게 예상치야. 하지만 이게 단발성 계획이 아니라 수송 시스템이라는 걸 염두에 둬야 해. 일단 입증되고 나면 계속해서 쓸 수 있단 말이야. 게다가 목성만이 아니라 가스 행성 전부가 개방되는 거야."

웹스터는 숫자를 보더니 휘파람을 불었다.

"왜 더 쉬운 행성, 그러니까 천왕성쯤으로 시작하지 않는 거지? 중력도 절반이고 탈출속도는 절반도 안 되잖아. 기후도 더 조용하고. 맞는 표현인지는 모르겠지만."

웹스터도 나름대로 찾아본 모양이었다. 물론 그러니까 장기 계획의 책임자를 맡고 있는 것이다.

"거리가 더 먼 것과 보급 문제를 고려하면 별로 남는 게 없어. 목성은 가니메데에 있는 시설을 이용할 수 있지. 토성 너머로 가려면 새 보급 기지를 건설해야 돼."

논리적이군. 웹스터는 생각했다. 하지만 웹스터는 그게 가장 중요한 이유가 아니라는 것을 알고 있었다. 목성은 태양계의 지배자였다. 팰컨은 그 아래에 대한 도전에는 흥미가 없었던 것이다.

"게다가 중요한 과학적인 이유도 있어. 전파폭풍이 발견된 지 백 년이 넘었지만 그게 왜 생기는지는 아무도 몰라. 게다가 대적반도 커다란 수수께끼이고. 그래서 우주국에서 그럴듯한 예산을 타 낼 수 있는 거지. 목성 대기 아래로 내려간 탐사선이 몇 개나 되는지 아나?"

"몇 백 개쯤 되겠지."

"326개. 지난 50년 동안. 그중에 4분의 1은 완벽한 실패였어. 물론 많은 걸 알게 됐지만, 그건 건드린 축에 들지도 못하지. 목성이 얼마나 큰지 아나?"

"지구보다 열 배는 크다지."

"맞아. 맞아. 하지만 그게 무슨 뜻인지는 알아?"

팰컨은 웹스터의 사무실 한구석에 놓인 커다란 지구본을 가리켰다.

"인도를 보라고. 얼마나 작아. 만약에 지구 표면을 벗겨 내서 목성에 펼쳐 놓으면 그 크기는 인도만 하다고."

웹스터가 비례식에 대해 생각하는 동안 침묵이 이어졌다. 목성 대

지구는 지구 대 인도. 팰컨은 물론 의도적이겠지만 아주 적절한 비유를 들었군…….

그게 벌써 10년 전인가? 그랬다. 추락 사고는 7년 전이었다. (그 날짜는 가슴속에 새겨졌다.) 그리고 그 초기 조사가 이루어졌던 건 퀸 엘리자베스 호의 처음이자 마지막 비행 3년 전이었다.

10년 전 그때 팰컨 중령은 (아니, 중위였다.) 웹스터를 히말라야가 눈에 보이는 인도 북부의 평원을 가로질러 가는 사흘간의 기구 여행에 초대했다. 그는 약속했다.

"안전을 보장할 수 있어. 잠시 사무실을 떠나 보라고. 왜 그렇게 난리인지 알게 될 테니까."

웹스터는 전혀 실망하지 않았다. 달에 갔던 첫 번째 여행 다음으로 인생에서 가장 기억할 만한 여행이었다. 그리고 팰컨이 약속했던 대로 대단히 안전하고 조용한 여행이었다.

그들은 해가 뜨기 직전에 스리나가에서 이륙했다. 커다란 은빛 풍선은 이미 막 뜨기 시작한 태양의 빛을 받고 있었다. 상승할 때에는 정말 아무런 소리도 나지 않았다. 예전에 공기를 가열하기 위해 사용했던 가스 버너 소리도 이제는 없었다. 필요한 열은 조그만 핵융합기를 이용해서 생산했다. 풍선의 입구에 위치한 핵융합기의 무게는 100킬로그램 정도에 불과했다. 기구가 상승하는 동안 핵융합기에 달린 레이저는 1초에 열 번씩 발사되면서 한 줌씩 분사되는 중수소 연료를 점화시켰다. 일단 고도에 이르면 레이저 점화는 머리 위의 가스 풍선에서 손실된 열만을 벌충할 만큼인 1분에 몇 번 정도로 줄어들었다.

따라서 지상으로부터 1.5킬로미터가 넘는 곳에 있었음에도 불구하고 그들은 개 짖는 소리나 사람들이 외치는 소리, 종이 울리는 소리를 들을 수 있었다. 태양 빛이 스며든 광대한 대지가 천천히 그들 주위로 확장되었다. 두 시간 후, 5킬로미터 상공에서 상승이 멈췄고, 그들은 산소를 자주 들이마셔야 했다. 긴장을 풀고 경치를 감상했다. 자질구레한 일(훗날 하늘을 날아다니는 정기선을 설계할 이에게 필요한 정보를 수집하는 일)은 실려 있는 장비들이 전부 알아서 했다.

완벽한 날씨였다. 남서 계절풍이 불어오려면 아직 한 달이나 남았고 하늘에는 구름 한 점 없었다. 마치 시간이 정지한 것 같았다. 매 시간마다 무전기로 점검이 이루어지며 한가로운 몽상을 방해받을 때면 짜증이 났다. 사방으로는 지평선 너머까지 온갖 역사로 점철된 고대의 광대한 땅이 널리 펼쳐져 있었다. 드문드문 서 있는 마을, 밭, 사원, 호수, 운하…….

웹스터는 10년 전 추억이 걸어 오는 최면성 마법을 쉽게 풀어내지 못했다. 추억은 웹스터를 공기보다 가벼운 여행에 대한 기억으로 이끌었다. 그리고 인도 대륙의 광대한 넓이를 다시금 떠올리게 했다. 90분 만에 한 바퀴를 돌 수 있는 행성에서도 그 크기는 거대했다. 그리고 이제 웹스터는 팰컨의 말을 계속 되새기고 있었다. 목성 대 지구는 지구 대 인도…….

웹스터는 말했다.

"그 말은 옳다고 하지. 그리고 예산도 가능하다고 하자고. 그래도 한 가지 대답해야 할 문제가 있어. 어째서 자네가 이미 목성에 갔던, 몇 대더라…… 326대의 무인 탐사선보다 낫다는 거지?"

"내가 더 뛰어나니까. 관찰자로서, 그리고 조종사로서. 특히 조종사

로서 그렇지. 잊지 말라고. 세상에서 나보다 기구 여행에 정통한 사람
은 없어."

"멀리서도 조종할 수 있잖아. 가니메데에서, 안전하게."

"그게 핵심이라니까! 그건 벌써 해 본 거잖아. 퀸 엘리자베스 호가
왜 추락했는지 잊었나?"

웹스터도 잘 알았다. 하지만 그는 그냥 "계속해 봐."라고 말했다.

"시간 지연…… 시간 지연 때문이었잖아! 무선으로 카메라 플랫폼
을 조종하던 멍청이는 자기가 현지 무선 회로를 이용하고 있다고 생
각했어. 하지만 재수 없게 위성으로 연결된 거야. 아, 그 친구 잘못은
아닐지 몰라도 눈치챘어야 해. 전파가 왕복하는 데는 0.5초나 지연이
생긴단 말이야. 지연이 생겨도 얌전한 기류에서는 문제가 없었겠지.
하지만 그랜드캐니언 상공의 난기류 때문에 일이 터진 거야. 한쪽으
로 기울어서 조종사가 바로잡아 놓았을 땐 이미 다른 쪽으로 기울어
져 있었던 거야. 울퉁불퉁한 길에서 0.5초나 지연되는 운전대를 잡고
운전을 해 볼 텐가?"

"아니, 별로. 상상은 되네."

"가니메데는 목성에서 백만 킬로는 떨어져 있어. 왕복하는 데 6초
나 걸린다는 뜻이지. 안 돼. 비상사태를 실시간으로 다루려면 조종사
가 그 자리에 있어야 해. 보여 줄 게 있어. 이것 좀 써도 되나?"

"그래."

팰컨은 웹스터의 책상에 놓여 있던 엽서를 집어 들었다. 지구에서
는 이미 쓸모 없어진 물건이지만 엽서에는 화성 풍경의 3차원 영상이
담겨 있고, 이국적이고 값비싼 도장으로 장식되어 있었다. 팰컨은 엽

서를 잡아 수직으로 허공에 달랑거렸다.

"오래된 장난이지만, 내 뜻을 알 수 있을 거야. 엄지손가락과 다른 손가락을 딱 붙이지는 말고 양쪽에 두어 봐. 그래."

웹스터는 손을 내밀어 엽서를 잡을 듯 말듯 고정시켰다.

"이제 잡아 봐."

팰컨은 몇 초 기다렸다가 아무 말도 없이 엽서를 놓았다. 웹스터의 손가락들은 허공을 짚었다.

"다시 한 번 해 보자고. 속임수가 아니라는 걸 확인해야지. 보여?"

다시 한 번, 엽서는 웹스터의 손가락 사이를 빠져나갔다.

"이제 자네가 해 봐."

이번엔 웹스터가 엽서를 집었다가 불시에 떨어뜨렸다. 엽서가 얼마 움직이기도 전에 팰컨은 엽서를 잡았다. 그의 반응이 너무 빨라서 마치 딸깍 하는 소리가 들린 것만 같았다.

팰컨이 담담한 목소리로 말했다.

"의사들이 나를 다시 살려 내면서 몇 가지를 강화시켜 줬어. 이것도 그중 하나지. 다른 것도 있고. 난 그걸 최대한으로 이용해 보고 싶어. 목성이야말로 그럴 수 있는 곳이야."

웹스터는 한동안 떨어져 있는 엽서를 바라보며 트리비움 카론티스 단층 지대의 놀라운 색상을 감상하고 있었다. 그리고 조용히 말했다.

"알겠어. 얼마나 걸릴 예정이지?"

"자네가 도와주면, 그리고 우주국과 끌어들일 수 있는 과학 단체의 도움을 더하면, 음, 3년. 그리고 1년간 시험. 최소한 두 개의 시험용 탐사선을 보내 봐야 하니까 운이 좋으면 5년이군."

"내 생각과 비슷하군. 행운이 따르길 빌어. 행운은 노력하는 자에게 따르는 법이니까. 그런데 한 가지 내키지 않는 게 있어."

"뭔데?"

"다음번 기구 여행을 갈 때 나를 승객으로 초대할 생각은 버려 줘."

신들의 세계

목성의 5번 위성에서 목성으로 하강하는 데는 세 시간 반밖에 걸리지 않았다. 그런 경이로운 여행 중에 잠을 잘 수 있는 사람이 있을까. 잠은 하워드 펠컨이 싫어하는 약점이었다. 어쩔 수 없이 자야 하는 짧은 수면 중에도 그는 아직껏 치유하지 못한 악몽을 꾸곤 했다. 하지만 앞으로 3일 동안은 편히 쉴 수 없었기 때문에 9만 킬로미터 아래에 있는 구름의 바다로 낙하하는 데 걸리는 시간 동안만큼은 확실하게 쉬어 두어야 했다.

콘티키 호가 이송 궤도에 들어서고 컴퓨터가 확실하게 점검을 마치자마자 펠컨은 어쩌면 마지막이 될지도 모르는 잠을 청했다. 동시에 목성이 조그맣게 빛나는 태양을 가려 거대한 어둠을 드리워 주는 모습이 마침 적절해 보였다. 기이한 황금빛 황혼의 빛이 우주선을 몇 분 동안 감쌌다. 그리고 하늘의 4분의 1가량이 완벽한 어둠으로 뒤덮였고 나머지 부분에서는 여전히 별이 빛났다. 태양계 안에서 아무리 멀리 여행한다고 해도 이 모습만큼은 변하지 않았다. 지금 이 순간에도 몇 천만 킬로미터 떨어진 지구에서 똑같은 별자리가 빛나고 있었다.

여기서 볼 수 있는 진귀한 광경으로는 초승달 모양의 작고 창백한 칼리스토와 가니메데가 전부였다. 수십 개의 위성이 더 있는 건 분명하지만 너무 작고 멀어서 맨눈으로는 구분해 낼 수 없었다.

"두 시간 동안 대기 상태로 들어간다."

팰컨은 황량한 바윗덩어리인 5번 위성 1500킬로미터 상공, 방사능을 막아 주는 행성 그림자 속에 떠 있는 모선에 보고했다. 5번 위성은 다른 유용한 용도는 없었지만 목성에 가까이 머무르는 사람의 건강을 위협하는 하전입자(전하를 띠고 있는 입자. 전자, 양성자 등 — 옮긴이)를 끊임없이 소거해 주는 우주 불도저였다. 그것이 지나간 자리는 방사능 걱정이 없었고, 우주선은 사방을 휩쓰는 보이지 않는 죽음을 벗어나 안전한 곳에 떠 있을 수 있었다.

팰컨이 수면 유도기를 켜자 뇌에 부드러운 전기 충격이 가해지면서 의식이 빠르게 희미해졌다. 콘티키 호가 목성의 거대한 중력장 안에서 매초 빠르게 속도를 더하며 하강하는 동안 그는 꿈도 꾸지 않고 잤다. 꿈은 항상 깨어나는 순간에 찾아왔다. 그리고 팰컨은 악몽을 지구에 버려두고 오지 못했다.

충돌에 대한 직접적인 꿈을 꾸지는 않았다. 대신에 팰컨은 종종 파열하는 가스통 사이로 나선계단을 내려오다가 만났던 겁에 질린 슈퍼침팬지와 마주쳤다. 슈팬지들은 한 마리도 살아남지 못했다. 그 자리에서 죽지 않은 녀석들은 부상이 너무 심해 고통 없이 '안락사'시켰다. 팰컨은 가끔씩 왜 그 전에는 한번도 보지 못했던 이 불행한 짐승들만 꿈에 나타나고 추락하는 비행선에 탑승했던 친구나 동료들은 보이지 않는지 궁금했다.

펠컨이 가장 두려워하는 꿈은 항상 의식이 처음으로 돌아오던 순간부터 시작되었다. 육체적인 고통은 거의 없었다. 사실 감각 자체가 존재하지 않았다. 어둡고 아무 소리도 들리지 않았다. 숨을 쉬고 있는 것 같지도 않았다. 그리고 희한하게도 팔다리조차 느낄 수 없었다. 사지가 어디 있는지 알 수 없으니 팔이나 다리를 움직이는 것도 불가능했다.

가장 먼저 물러간 것은 침묵이었다. 시간이 지나고 날이 가자 펠컨은 희미하게 두근거리는 소리를 인식할 수 있었다. 마침내, 한참을 생각한 끝에 그게 자기 심장이 뛰는 소리라는 사실을 추측해 냈다. 앞으로도 그가 저지를 수많은 실수의 첫 번째 시작이었다.

이어서 살짝 찌르는 듯한 느낌, 빛이 번쩍이는 느낌, 여전히 반응이 없는 사지에 희미하게 압력이 가해지는 느낌이 찾아왔다. 하나 둘씩 감각이 되돌아왔고 그에 따라 고통이 찾아왔다. 펠컨은 유아기와 어린 시절을 반복하면서 모든 것을 새로 배워야 했다. 기억은 그대로였고 말도 알아들을 수 있었지만 눈꺼풀을 움직여 대답할 수 있게 되기까지 몇 개월이 걸렸다. 펠컨은 처음으로 말을 할 수 있게 되고, 처음으로 책장을 넘길 수 있게 되고, 마침내 혼자서 움직일 수 있게 된 승리의 순간을 기억하고 있었다. 진정한 인간 승리였다. 그리고 그렇게 되기까지 무려 2년 가까이 걸렸다. 죽은 침팬지가 부러웠던 적이 몇백 번인지 몰랐다. 하지만 선택의 여지는 없었다. 결정은 의사들의 몫이었던 것이다. 그리고 12년이 지난 지금, 펠컨은 이제껏 누구도 여행하지 못했던 장소에 와 있었다, 역사상 누구보다도 빠르게 움직이며.

콘티키 호가 그림자에서 벗어나고 목성의 여명이 거대한 활 모양으로 밝아 오자 자명종이 끈질기게 울리며 팰컨을 잠에서 깨웠다. 언제나 찾아오는 악몽은 (간호사를 부르고 싶었지만 버튼을 누를 힘조차 없었다.) 정신이 들면서 빠르게 사라졌다. 인생을 통틀어 가장 위대한, 어쩌면 마지막일지도 모르는 모험이 기다리고 있었다.

팰컨은 9만 킬로미터 떨어진 곳에서 빠르게 목성 건너편으로 멀어지고 있는 통제실을 호출하여 모든 게 정상이라고 보고했다. 속도는 막 초속 50킬로미터(이것도 기록이다.)를 넘어섰고 30분 후면 콘티키 호는 목성 대기의 최외곽층에 도착하여 태양계 전체에서 가장 어려운 재진입을 시도하게 될 터였다. 비록 많은 탐사선들이 이 불타는 시련을 겪고도 살아남았지만, 그것들은 각종 장비들이 튼튼하고 견실하게 엮인 것으로 수백 배의 중력을 견딜 수 있는 능력이 있었다. 콘티키 호는 목성 대기의 외곽에 자리 잡기 전에 최고 30배, 평균 10배가량의 중력을 견뎌야 했다. 팰컨은 아주 조심스럽고 철저하게 자기 몸을 선실 벽에 고정시켜 줄 정교한 구속 장치를 부착하기 시작했다. 일단 그러고 나면 그는 사실상 우주선 구조의 일부였다.

시계가 남은 시간을 재고 있었다. 재진입까지 100초. 어떤 운명이 닥쳐오더라도 이제는 돌이킬 수 없었다. 1분 30초 후면 팰컨은 목성 대기를 스쳐 지나가며 거인의 손아귀에 몸을 맡기게 될 것이다.

카운트다운이 3초씩 늦고 있었다. 미지의 요소를 고려하면 그리 나쁜 건 아니었다. 우주선 외부에서 희미한 한숨 소리가 들려오더니 꾸준히 높아지면서 고음으로, 나중에는 괴성으로 바뀌었다. 지구나 화성에 재진입할 때와는 소리가 많이 달랐다. 수소와 헬륨으로 이루어진 이런 희박한 대기에서는 소리가 전부 몇 옥타브씩 위로 변형되었다. 목성에서는 천둥소리조차 가성의 높은 음역에 있을 것이다.

비명소리가 커지면서 무게도 점점 늘어났다. 몇 초 만에 팰컨은 전혀 움직일 수 없는 처지가 되었다. 시야는 점점 좁아져 마침내 시계와 가속계밖에 보이지 않았다. 15배. 그리고 앞으로 4백 80초…….

팰컨은 의식을 끝까지 유지했다. 예상하지 못한 바였다. 콘티키 호가 목성 대기에 남긴 궤적은 그야말로 장관이었을 것이다. 이 정도 시간이면 길이가 약 수천 킬로미터는 되었을 터. 재진입 후 500초가 지나자 중력이 점차 약해지기 시작했다. 10배, 5배, 2…… 그리고 무게가 거의 완전히 사라졌다. 자유낙하 상태에 들어서면서 엄청나게 컸던 궤도상의 속도가 상쇄된 것이다.

갑자기 잡아채는 듯한 느낌이 들었다. 백열광을 발하던 열 차폐막이 떨어져 나간 것이다. 할 일은 모두 마쳤고 다시 쓸 일도 없었다. 목성에게 줘 버려도 상관없었다. 팰컨은 구속 장치의 죔쇠를 두 개만 남기고 전부 푼 후에 이어지는 가장 중요한 일련의 단계가 자동으로 시작되기를 기다렸다.

팰컨은 첫 번째 보조 낙하산이 펼쳐지는 것을 보지 못했지만 느낌으로 알 수 있었다. 그러자 바로 하강 속도가 줄어들었다. 콘티키 호는 이제 수평 이동 속도를 전부 잃고 거의 시속 1500킬로미터로 수직 하강하고 있었다. 모든 것은 앞으로 60초 동안 일어날 일에 달려 있었다.

두 번째 보조 낙하산이 펴졌다. 팰컨은 머리 위에 달린 창문을 통해 빛나는 박막이 우주선 뒤에서 물결치는 모습을 보고 크게 안도했다. 마치 거대한 꽃이 피는 것처럼 수천 세제곱미터에 달하는 기구가 하늘을 배경으로 펼쳐졌다. 희박한 가스가 들어가자 기구는 완전히 부풀었다. 콘티키 호의 하강 속도는 시속 몇 킬로미터 정도로 떨어진 채거기서 변하지 않았다. 이제 시간은 충분했다. 목성 표면까지 떨어지려면 며칠은 걸릴 것이다.

하지만 가만히 있더라도 언젠가 표면에 닿을 것은 분명했다. 기구는 단지 효율적인 낙하산에 불과했다. 낙하산은 부양력을 제공하지 않았다. 기구 안과 밖의 기체가 같은 종류니 더욱 그러했다.

독특하고 당황스럽기까지 할 정도로 날카로운 소리와 함께 핵융합기가 작동하면서 머리 위 기구에 열기를 불어넣기 시작했다. 5초 후, 하강 속도는 0이 되었고 6초 후 우주선은 상승하기 시작했다. 레이더 고도계에 의하면 우주선은 목성 표면 또는 표면에 상응하는 무엇의 430킬로미터 상공에서 균형을 이루고 있었다.

가장 가벼운 기체인 수소로 이루어진 대기에서 사용할 수 있는 기구는 한 종류밖에 없었다. 바로 뜨거운 수소를 이용한 기구였다. 핵융합기가 작동하는 한 팰컨은 공중에 뜬 채로 수백 개의 태평양이 들어갈 수 있는 세계를 유람할 수 있었다. 5억 킬로미터를 여행한 후에야 마침내 콘티키 호의 이름이 부끄럽지 않게 되었다. 콘티키 호는 목성 대기의 기류를 떠돌아다니는 하늘을 나는 뗏목이 된 것이다.

신천지가 발아래 펼쳐져 있음에도 불구하고 한 시간이 넘게 지난 후에야 팰컨은 경관을 살펴볼 수 있었다. 우선 캡슐의 시스템이 조종에 정확히 반응하는지 점검해야 했다. 원하는 상승 속도를 얻기 위해서 얼마나 많은 여분의 열이 필요한지도 계산해야 했고, 하강하기 위해서는 가스를 얼마나 배출해야 하는지도 알아두어야만 했다. 무엇보다도 안정성이 중요했다. 팰컨은 캡슐과 거대한 배 모양의 기구를 잇는 케이블의 길이를 조절하여 진동을 줄이고 가능한 한 부드럽게 움직일 수 있도록 만들어야 했다. 지금까지는 운이 좋았다. 이 정도 높이에서는 바람이 안정적으로 불었다. 도플러효과를 이용하여 보이지 않는 지표면에 대한 속도를 재어 보니 시속 350킬로미터였다. 목성에서 그 정도면 양호한 편이었다. 시속 1500킬로미터로 부는 바람도 관측된 적이 있었다. 물론 단순히 속도만 중요한 것은 아니었다. 돌풍이야말로 진짜 위험했다. 만약 돌풍에 휘말린다면, 기술과 경험, 신속한 반응만이 그의 목숨을 구해 줄 수 있었다. 그리고 그런 능력은 컴퓨터에 입력될 수 있는 종류의 것이 아니었다.

드디어 이 이상한 기구를 만족스럽게 조종할 수 있게 되자 팰컨은 통제실에서 보내오는 애타는 메시지에 주의를 기울였다. 각종 장비를 싣고 대기 견본을 채취할 수 있는 활대를 펴자 캡슐은 마치 정리가 덜 된 크리스마스 트리 같은 모양새가 되었다. 하지만 캡슐은 변함없이 부드럽게 목성의 바람을 타고 움직이며 정보의 물결을 멀리 떨어져 있는 우주선의 기록 장치로 흘려보냈다. 그러고 나자 마침내 팰컨은 주위를 둘러볼 수 있었다…….

첫인상은 뜻밖에도 약간 실망스러웠다. 규모만으로 한정 지어 얘기한다면 지구에서 평범한 구름 위를 날 때와 다를 바가 없었다. 지평선도 평소와 같은 거리에 있는 것 같았다. 지구보다 지름이 열한 배나 큰 행성에 와 있다는 느낌은 전혀 들지 않았다. 하지만 발아래 있는 대기층을 조사하고 있는 적외선 레이더를 보자 자신의 눈이 엄청난 착시를 일으켰다는 사실을 알 수 있었다.

겉보기에 5킬로미터 정도 떨어져 있던 구름층은 실제로 60킬로미터 아래에 있었다. 그리고 200킬로미터 정도라고 추측했던 지평선까지의 거리는 사실 3000킬로미터에 가까웠다.

수소와 헬륨으로 이루어진 투명한 대기와 목성이 이루는 거대한 곡선이 그의 눈을 완전히 속였던 것이다. 심지어는 달에서보다 거리를 판단하기가 더 어려웠다. 눈에 보이는 것 전부를 열 배쯤 확대해서 생각해야 했다.

쉽게 떠올릴 수 있는 생각이었고 미리 대비했어야 마땅했다. 그러나 어찌된 일인지 팰컨을 크게 뒤흔들어 놓았다. 그는 목성이 거대한 게 아니라 자신이 10분의 1 크기로 줄어들었다고 느꼈다. 아마도 시간이 지나면 이 세계의 비인간적인 크기에 적응하겠지만, 믿을 수 없을 정도로 멀리 떨어진 지평선을 바라보노라니 주위 대기보다 차가운 바람이 영혼을 꿰뚫고 지나가는 듯한 느낌이 들었다. 팰컨의 주장과 달리 목성은 인간이 올 곳이 아닌지도 몰랐다. 그가 목성의 구름을 뚫고 내려온 최초이자 마지막 인간이 될 가능성은 적지 않았다.

위쪽의 하늘은 20킬로미터 정도 위에 있는 암모니아 구름 몇 점을 빼고 어두웠다. 우주의 가장자리인 그곳은 추웠다. 하지만 압력과 온도는 아래로 내려오면서 빠르게 증가했다. 콘티키 호가 떠 있는 고도에서의 온도는 영하 50도였고, 압력은 5기압이었다. 100킬로미터 아래는 지구의 적도 지방만큼 따뜻하고 압력은 얕은 바닷속과 비슷한 정도일 것이다. 생명이 살기에 이상적인…….

목성의 짧은 낮도 거의 4분의 1이 지났다. 태양은 높이 떠 있었지만, 끝없이 이어진 구름 위로 떨어지는 빛은 부드럽기 그지없었다. 5억 킬로미터라는 거리가 태양의 강렬한 힘을 대부분 앗아간 것이다. 하늘은 맑았지만 팰컨은 왠지 하늘이 구름으로 뒤덮여 있다는 생각을 떨칠 수 없었다. 해가 지면 어둠이 빠르게 덮쳐 올 터였다. 아직은 아침이었지만 대기에는 가을 분위기가 물씬 풍겼다. 물론 목성에 가을이 있을 리 없었다. 여기는 계절이 없는 세계였다.

콘티키 호는 적도 지역의 정확한 중심으로 향했다. 목성에서 가장 색채가 수수한 지역이었다. 지평선 저쪽까지 뻗은 운해는 희미한 연어색을 띠고 있었다. 더 높은 위도에서 띠를 이루고 있는 노란색과 분홍색, 붉은색 구름은 보이지 않았다. 목성의 최고 장관인 대적반은 수천 킬로미터 남쪽에 있었다. 그곳으로 내려가고 싶다는 유혹도 받았지만 남쪽 지역은 난기류가 성한 곳으로 무려 시속 1400킬로미터에 달하는 기류가 흘렀다. 알 수 없는 힘이 소용돌이치는 곳에 머리를 들이민다는 것은 곤란을 자초하는 행위였다. 대적반의 수수께끼는 미래의 탐사대에게 맡겨 두어야 했다.

지구에서보다 두 배는 빠른 속도로 하늘을 가로지르는 태양은 이제 천정에 근접하고 있었고 기구의 커다란 은빛 캐노피에 가려 보이지 않았다. 콘티키 호는 여전히 시속 300킬로미터의 빠른 속도로 꾸준하고 부드럽게 서쪽을 향해 움직이고 있었지만, 레이더가 아니라면 느낄 수도 없었다. 이곳은 항상 이렇게 조용한가? 팰컨은 속으로 의문을 던졌다. 잘 알기라도 하는 것처럼 목성의 무풍지대에 대해 이야기하면서 적도가 가장 조용한 장소일 거라고 예측했던 과학자들이 과연 헛소리만 한 것은 아니었군. 그는 그런 과학자들의 예측에 매우 회의적이었고, 한 비정상적일 정도로 겸손했던 사람이 무뚝뚝하게 했던 말에 동의하는 편이었다. "목성에 대해서는 아무도 모릅니다." 흠, 내일부터 적어도 한 명은 있는 셈이겠군.

내일까지 살아 있을 수만 있다면.

심연에서 들려오는 목소리

목성에서의 첫째 날, 신들의 아버지는 팰컨에게 미소를 지어 보였다. 오래전 웹스터와 함께 인도의 북부 평야 지대를 지나가던 시절에 비견될 정도로 맑고 평화로운 기후였다. 팰컨이 콘티키 호를 신체의 일부라 여길 만큼 익숙하게 조종 기술을 익힐 시간도 충분했다. 기대한 것 이상의 행운이었다. 팰컨은 그에 대한 대가로 앞으로 어떤 불행이 닥쳐오지나 않을까 걱정스러웠다.

다섯 시간에 걸친 낮이 저물고 있었다. 아래쪽의 구름은 그림자로 뒤덮여 있었는데, 그러자 해가 높이 떠 있을 때와 달리 단단한 질량감이 느껴졌다. 짙은 보랏빛으로 물든 구름대가 지평선을 덮고 있는 서쪽을 제외한 하늘에서 빠르게 색깔이 사라지고 있었다. 보랏빛 구름대 위로는 완벽한 어둠을 배경으로 초승달 모양의 창백한 위성 하나가 보였다.

태양은 눈에 보일 정도의 속도로 3000킬로미터 떨어져 있는 목성의 가장자리 너머로 사라졌다. 별들이 자기 위치에서 빛을 발하기 시작했고, 석양이 떨어지는 곳 근처에서 밝은 저녁별처럼 빛나는 지구는 고향이 얼마나 멀리 떨어져 있는지를 상기시켜 주었다. 곧 지구는 태양을 따라 서쪽 지평선 아래로 사라졌다. 인간이 최초로 겪는 목성의 밤이 시작된 것이다.

어둠이 습격해 오자 콘티키 호는 하강하기 시작했다. 미약한 태양 빛을 이용하지 못하게 되자 부력이 줄어든 것이다. 팰컨은 일부러 상승하려고 하지 않았다. 예상한 일이기도 했고 애초부터 하강할 계획이었다.

보이지 않는 구름층은 아직 50킬로미터 아래에 있었고 대략 자정쯤에 도착할 예정이었다. 적외선 레이더에는 생김새가 분명하게 드러나 보였고, 또한 수소, 헬륨, 암모니아 같은 일반적인 물질뿐 아니라 다량의 탄소화합물이 구름에 함유되어 있다는 사실을 알 수 있었다. 화학자들은 아마도 저 분홍색 솜털 같은 물질의 견본을 얻고 싶은 마음이 굴뚝같을 것이다. 이전에도 무인 탐사선이 몇 그램 채취해 간 적이 있지만 감질나는 양에 불과했을 뿐이다. 생명체를 이루는 기본적인 분자의 절반이 목성의 하늘 위를 둥둥 떠다니고 있었다. 그리고 먹이가 있는 곳에는 으레 생명체가 있지 않을까? 지난 백여 년 동안 아무도 대답하지 못한 질문이었다.

적외선은 얼마 못 가 구름에 막혔지만, 극초단파 레이더는 계속 파고 들어가 거의 400킬로미터 아래쪽에 있는 숨겨진 표면까지 층층이 이어지는 대기 구조를 보여 주었다. 엄청난 압력과 온도 때문에 갈 수 없는 곳이었다. 무인 탐사선조차도 아직 무사히 도착해 본 적이 없었다. 목성의 지표면은 레이더 화면의 가장 아래쪽, 안타깝게도 접근이 불가능한 곳에 다소 희미하게 모습을 드러낸 채 팰컨이 지닌 장비로는 해석이 불가능할 정도로 기이한 거친 표면 구조를 보여 주고 있었다.

해가 지고 한 시간이 지난 후에 팰컨은 첫 번째 무인 탐사기를 떨어뜨렸다. 탐사기는 90킬로미터가량을 신속하게 떨어지다가 대기가 농밀해지면서 부력을 받기 시작했다. 그는 탐사기가 보내는 전파를 통제실로 중계했다. 그 일을 마치고 나니 이제 해가 뜨기 전까지는 하강 속도와 각종 계기를 지켜보는 일과 가끔씩 들려오는 물음에 대답하는 일을 빼고 할 일이 없었다. 이렇게 안정된 기류를 타고 움직이는 동안은 콘티키 호를 걱정할 필요가 없었다.

자정이 되기 직전에 한 여성 근무자가 교대하더니 쾌활하게 자신을 소개했다. 10분 후, 그 여자가 다시 호출했다. 목소리가 진지한 동시에 들떠 있었다.

"하워드! 46번 채널을 들어 보세요. 소리를 크게 높여서 들어 보기 바랍니다."

46번? 원격 회로가 너무 많아서 그는 중요한 것 몇 개만 외우고 있었다. 그러나 스위치를 켜자마자 46번이 뭔지 떠올랐다. 팰컨은 지금쯤 최소 130킬로미터 아래에서 액체 상태의 물만큼이나 농밀한 대기를 통과하고 있을 탐사기에 실린 마이크와 연결했다.

처음에는 상상조차 하기 어려운 세계의 어둠 속을 휘젓고 있는 기묘한 바람 소리밖에 들리지 않았다. 하지만 곧 배경 잡음에서 천천히 진동이 울리는 듯한 소리가 들려오더니 마치 거대한 북소리처럼 점점 커지기 시작했다. 아주 낮은 소리라서 들린다기보다 느껴지는 것에 가까웠다. 그리고 음역은 전혀 바뀌지 않았지만 박자가 천천히 빨라졌다. 빠르게 고동치는 초저주파에 가까워졌을 무렵 갑자기 진동이 울리다 말고 그쳤다. 너무나 급작스럽게 일어난 일이라 소리가 멈췄다는 사실조차 쉽게 알아챌 수 없었다. 뇌의 깊숙한 곳 어디선가는 기억에 의한 반향이 끊임없이 들려왔다.

지구에서 들어 본 수많은 소음까지 고려한다고 해도 이 소리는 팰컨이 지금껏 들어 본 것 중 가장 독특한 소리였다. 이런 소리를 만들어 낼 만한 자연현상은 하나도 떠오르지 않았다. 그 어떤 동물의 울음소리, 심지어 거대한 고래가 내는 울음소리와도 달랐다…….

소리가 다시 들리기 시작했다. 아까와 정확히 똑같은 패턴이었다. 이번에는 미리 대비하고 있었기에 전체 길이가 얼마나 될지 추정해 보았다. 희미한 고동 소리가 처음 들릴 때부터 마지막 최고조에 도달할 때까지 10초가 약간 넘었다.

이번에는 아주 희미하게 멀리서 들려오는 진짜 반향이었다. 목성의 층화된 대기권 깊은 곳의 반사층 중 하나에서 들려오는 것일 가능성이 있었다. 아니면 또 다른 곳, 좀 더 먼 곳에 있는 근원지에서 들려오는 것일 수도 있었다. 팰컨은 두 번째 반향을 기다렸지만 들리지 않았다.

통제실의 반응은 빨랐다. 팰컨은 즉시 탐사기를 한 대 더 낙하시켰다. 마이크 두 개를 이용하면 소리가 나는 위치를 대략적으로 계산해 낼 수 있을 것이다. 희한하게도 콘티키 호의 외부 마이크에서는 잡음 외에 아무런 소리도 들리지 않았다. 무엇인지 모를 고동 소리는 아래쪽에 있는 반사층에 막혀 위로 올라오지 못하는 게 틀림없었다.

다시 소리가 들리기 시작했고, 곧 약 2000킬로미터 떨어져 있는 곳에 소리의 근원지가 집단을 이루고 있다는 사실이 밝혀졌다. 거리만 가지고는 소리의 크기를 짐작할 수 없었다. 지구의 바다에서는 미약한 소리도 그 정도 거리까지 전달되는 경우가 있었다. 그리고 수석 외계 생물학자는 소리의 근원이 생명체라는 뻔한 가설을 신속하게 기각했다. 브레너 박사는 말했다.

"목성에 미생물이나 식물이 없다면 난 대단히 실망할 겁니다. 하지만 동물은 달라요. 목성에 유리된 산소가 없기 때문이죠. 목성에서 일어나는 생화학적 반응은 저에너지 반응일 겁니다. 활발히 움직이는 생명체가 기능할 수 있을 정도의 에너지를 만들어 낼 방법이 없어요."

팰컨은 과연 그게 사실일지 궁금했다. 그 논쟁에 대해서는 그도 들어 본 적이 있고, 그때 그는 판단을 유보했었다.

브레너가 말을 이었다.

"게다가 어떤 음파는 파장이 100미터에 가까워요! 고래만 한 크기의 동물이라도 그런 소리를 낼 수 없어요. 자연현상이 분명합니다."

그랬다. 그럴듯한 얘기였다. 어쩌면 물리학자가 설명해야 할 문제일지도 몰랐다. 눈먼 외계인이 폭풍이 이는 바다나 간헐천, 화산, 폭포 옆에 서서 들은 소리를 뭐라고 생각하겠는가? 거대한 짐승이 내는 소리라고 생각하고도 남을 것이다.

해가 뜨기 한 시간 전에 심연에서 들려오던 목소리는 사라졌다. 팰컨은 두 번째 날을 맞이하기 위해 바쁘게 움직였다. 콘티키 호는 가장 가까운 구름층으로부터 고작 5킬로미터 떨어져 있었다. 외부 압력은 10기압까지 올라갔고 온도는 열대라고 해도 좋을 30도였다. 호흡 마스크와 적당한 농도의 헬리옥스(수소와 헬륨의 혼합기체 — 옮긴이)만 있으면 별다른 장비 없이도 편안히 있을 수 있는 정도였다.

"좋은 소식이 있다."

해가 뜬 후, 통제실에서 통신이 들어왔다.

"구름층이 흩어지고 있다. 한 시간 후면 부분적으로 구름층이 사라질 것이다. 하지만 강풍은 조심할 것."

"이미 조금씩 그런 징후가 보이고 있다. 얼마나 아래까지 볼 수 있을까?"

팰컨이 물었다.

"최소한 20킬로미터, 두 번째 변온층까지다. 그 구름층은 너무 짙어서 절대로 흩어지지 않는다."

그러면 내 손아귀에서 벗어나 있는 셈이로군. 팰컨은 생각했다. 아래쪽의 온도는 최소한 100도는 넘을 것이다. 기구 조종사가 위쪽이 아닌 아래쪽에 대해 걱정해야 하는 건 사상 처음이리라!

10분이 지나자 팰컨은 훨씬 더 유리한 위치에 있는 통제실에서 이미 관측했던 것을 볼 수 있었다. 지평선 근처에서 색의 변화가 일어나더니 마치 뭔가가 잡아 찢어 놓는 듯이 구름층이 헤어지기 시작했다. 그는 좀 더 자세히 보기 위해 핵융합 장치의 출력을 높여 콘티키 호를 5킬로미터 상승시켰다.

아래쪽 하늘은 빠르게 맑아졌다. 두꺼운 구름층이 뭔가에 의해 해체되는 듯한 광경이었다. 심연으로 향하는 문이 열리고 있었다. 잠시 후 팰컨은 구름 사이로 모습을 드러낸, 깊이 20킬로미터, 폭 900킬로미터에 달하는 계곡 위로 향했다.

아래에 신천지가 펼쳐져 있었다. 목성을 가리고 있던 수많은 장막 중 하나가 벗겨진 것이다. 닿을 수 없을 정도로 먼 아래쪽에 있는 두 번째 구름층은 첫 번째보다 훨씬 어두운 색깔이었다. 연어색에 가까웠으며 무엇인지 알 수 없는 짙은 빨간색의 조그만 섬들로 얼룩져 있었다. 그 섬들의 모양은 타원형으로 장축은 바람이 주로 부는 동서 방향을 가리키고 있었다. 똑같은 크기의 점이 수백 개나 있었다. 팰컨은 지구의 하늘에서 보던 조그만 적운의 무리를 떠올렸다.

그는 부력을 떨어뜨렸다. 콘티키 호는 흩어지는 구름이 이루는 절벽을 마주하고 하강하기 시작했다. 팰컨이 눈을 본 건 바로 그때였다.

하얀 눈송이가 공기 중에서 형성되어 천천히 아래를 향해 떨어지고 있었다. 하지만 눈이라기에는 너무 따뜻했다…… 그리고 이 고도에서는 물의 흔적을 찾기도 어려웠다. 게다가 심연 속으로 떨어지는 이 눈송이는 빛나거나 반짝거리지도 않았다. 잠시 후, 눈송이 몇 개가 주 현창에서 내다보이는 활대 위에 떨어지자 그는 눈송이가 밝고 투명한 게 아니라 우중충하고 불투명한 흰색을 띠고 있으며 오륙 센티미터 정도로 꽤 크다는 것을 알 수 있었다. 겉보기에는 밀랍처럼 보였고, 팰컨은 실제로도 그럴 거라고 생각했다. 목성 대기 내에서 모종의 화학반응이 일어나 탄화수소를 응축시켜 부유물을 생성해 내고 있었다.

대략 100킬로미터 앞쪽 구름층 내에서 난기류가 발생했다. 빨간색의 타원형 섬들이 미리저리 부딪치면서 나선형의 형태를 이루기 시작했다. (그것은 지구의 기상학에서도 흔히 볼 수 있는 폭풍 형성 과정이다.) 놀라운 속도로 소용돌이가 모습을 드러내고 있었다. 만약 저게 폭풍이라면 심각한 문제였다.

곧 그의 걱정은 경이감으로 그리고 공포로 바뀌었다. 그의 비행 경로에 모습을 드러내고 있는 것은 폭풍이 아니었다. 수십, 수백 킬로미터 크기의 엄청나게 거대한 뭔가가 구름을 뚫고 올라오고 있었다.

그것 또한 구름 대기의 아래층에서 발생해 올라오는 적란운일지도 모른다고 애써 안심해 보려 했지만 몇 초에 불과했다. 아니었다. 구름이 아니었다. 그것은 마치 심연에서 솟아오르는 빙산처럼 연어색의 두꺼운 구름을 헤치며 움직이고 있었다.

수소 위를 떠다니는 빙산? 그건 당연히 불가능했다. 하지만 아주 동떨어진 비유는 아니었다. 수수께끼의 물체에 망원경의 초점을 맞추자마자 그것이 갈색과 붉은색의 줄무늬가 그려진 하얗고 투명한 덩어리라는 것을 알 수 있었다. 그는 주위에서 떨어져 내리던 '눈송이'와 같은 종류(산더미만 한 밀랍)라고 결론 지었다. 그리고 이내 그것이 생각만큼 단단하지 않다는 사실을 깨달았다. 그것의 가장자리는 끊임없이 부스러지고 재형성되고 있었다…….

"저게 뭔지 알 것 같다."

팰컨은 지난 몇 분간 초조하게 질문만 던지고 있는 통제실을 향해 말했다.

"거품들이 모인…… 일종의 포상 물질이다. 탄화수소 거품. 화학자들에게…… 잠깐만!"

"뭔가? 무슨 일인가?"

통제실에서 외쳤다.

그는 우주에서 들려오는 애처로운 물음을 무시한 채 망원경 시야에 보이는 영상에 온 정신을 집중했다. 확실해야 했다. 만약 실수를 저지른다면 태양계의 웃음거리가 될 게 뻔했다.

잠시 후 팰컨은 긴장을 풀고 시계를 쳐다본 후, 5번 위성에서 들려오는 성가신 목소리를 껐다.

"통제실 나와라."

그는 아주 형식적인 태도로 말했다.

"여기는 콘티키 호의 하워드 팰컨이다. 천체력으로 19시 21분 15초. 위도는 북위 0도 5분. 경도 105도 42분. 제1시스템.

브레너 박사에게 전해라. 목성에 생명체가 있다. 커다란……."

포세이돈의 바퀴

"내가 틀렸다니 아주 기쁘군요."

브레너 박사가 즐거운 기색으로 답신을 보냈다.

"자연은 항상 어떤 수를 마련한다니까요. 장초점 카메라를 목표에 고정시키고 가능한 한 안정된 영상을 보내세요."

밀랍으로 된 경사면을 오르내리는 것들은 너무 멀리 떨어져 있어서 자세한 모습을 볼 수 없었다. 하지만 그렇게 먼 거리에서도 보이는 것으로 미루어 아주 크다는 점은 분명했다. 검은색에 가깝고 화살촉을 닮은 그것들은 몸 전체를 천천히 굽이치면서 움직였기 때문에 마치 열대 바다의 암초 위를 헤엄쳐 다니는 쥐가오리와 흡사해 보였다.

어쩌면 하늘에서 태어나 목성의 구름을 먹으며 다니는지도 몰랐다. 구름 절벽의 측면에 말라붙은 강바닥처럼 나 있는 적갈색의 어두운 줄무늬를 따라다니며 먹이를 먹는 것처럼 보였기 때문이다. 때때로 그중 하나가 거품의 산 속으로 머리부터 뛰어들어 시야에서 완전히 사라지기도 했다.

콘티키 호는 아래쪽 구름층과 속도를 맞추어 천천히 움직이고 있을 뿐이었다. 순식간에 사라질 언덕들 위에 도착하려면 적어도 세 시간은 걸릴 터였다. 콘티키 호는 태양과 경주하는 중이었다. 팰컨은 가오리 떼(그는 그렇게 이름 붙였다.)와 그것들이 펄럭이며 날아다니는 무른 풍경을 잘 볼 수 있을 때까지 어둠이 내려오지 않기를 바랐다.

세 시간은 아주 길었다. 그동안 팰컨은 지난밤에 들었던 소리의 근원지가 이곳이 아닌가 궁금해서 외부 마이크를 최대로 맞춰 두고 있었다. 분명히 가오리들은 그 소리를 낼 수 있을 정도로 컸다. 정확한 측정을 마치고 보니 그것들은 날개 쪽 크기가 거의 100미터에 달했다. 가장 큰 고래의 세 배나 되는 크기였다. 하지만 무게는 불과 몇 톤을 넘기지 않을 듯했다.

해가 지기 30분 전, 콘티키 호는 '산봉우리들' 위에 거의 다다랐다.

팰컨은 통제실에서 계속 물어 오는 질문에 대답했다.

"그렇지 않다. 아직 나에 대한 아무런 반응을 보이지 않고 있다. 지적인 동물 같지는 않고…… 별로 해롭지 않은 초식동물처럼 보인다. 그리고 설령 내 뒤를 쫓는다 해도 내가 있는 고도까지 올라올 수 없을 거라고 확신한다."

하지만 가오리 떼가 먹이를 먹고 있는 곳 위를 떠다니는 동안에도 그에게 조금도 관심을 보이지 않자 약간 실망스러웠다. 어쩌면 그의 존재를 감지할 수단이 없는 걸지도 몰랐다. 망원경을 통해 사진을 찍으며 조사하는 동안 어떤 감각기관의 흔적도 찾아낼 수 없었다. 그 생물들은 단순히 검은색의 거대한 세모꼴 모양을 한 채 지구의 구름보다 약간 농밀할 뿐인 언덕과 계곡 위를 물결치듯 돌아다니고 있을 뿐이었다. 비록 단단해 보이기는 해도 저 하얀 산 위에 발을 디디면 마치 화장지로 만들어진 것처럼 그대로 아래로 뚫고 내려가게 되리라는 것을 팰컨은 알고 있었다.

거의 맞닿을 정도로 다가가자 그것들을 형성하고 있는 수많은 세포 또는 거품들이 보였다. 어떤 것은 지름 1미터 정도로 상당히 컸고, 팰컨은 어떤 마녀의 가마솥에서 탄화수소를 만들어 낸 건지 궁금했다. 목성 대기 깊숙한 곳에는 백만 년 동안 지구에서 쓰고도 남을 정도의 석유화학 제품이 있는 게 틀림없었다.

밀랍 언덕 등성이를 지나갈 무렵이 되자 짧은 낮이 저물면서 경사면을 따라 빠르게 빛이 희미해졌다. 이 서쪽에는 가오리가 하나도 없었다. 어떤 이유에선지 지형이 매우 달랐다. 거품은 달의 분화구 내부처럼 길고 평탄한 층을 이루고 있었다. 목성의 숨겨진 표면으로 이어지는 거대한 계단이라고 여겨질 정도였다.

계단 가장 아래쪽, 산이 하늘로 치솟아 오르면서 몰고 온 소용돌이 구름 바로 옆에는 지름 이삼 킬로미터 정도의 타원형에 가까운 물체가 보였다. 그것에 붙어 있는 회백색의 거품보다 약간 짙은 정도에 불과했기 때문에 눈으로는 놓치기 쉬웠다. 팰컨이 처음 떠올린 생각은 자기가 햇빛을 한번도 받아 보지 못한 버섯들 같은 창백한 나무숲을 바라보고 있다는 것이었다.

그렇다. 숲이 분명했다. 펠컨은 그것이 뿌리박고 있는 하얀 밀랍 거품에서 솟아 나와 있는 수백 개의 가느다란 줄기를 볼 수 있었다. 하지만 놀랍게도 나무들은 서로 아주 가까이 붙어 있었다. 사이에 공간이 없을 정도였다. 어쩌면 그건 숲이 아니라 하나의 거대한 나무일지도 몰랐다…… 마치 여러 개의 줄기로 된 동양의 거대한 벵골보리수처럼. 그는 자바 섬에서 지름이 600미터가 넘는 벵골보리수를 본 적이 있었다. 이 괴물은 그것보다 최소한 열 배는 컸다.

빛은 거의 사라졌다. 구름바다는 굴절된 태양 빛을 받아 보라색으로 보였다. 몇 초 후면 마찬가지로 사라질 것이다. 목성에서의 둘째 날, 마지막 태양 빛 속에서 하워드 펠컨은 거대한 타원형 물체에 대해 내린 자신의 판단에 심각한 의문을 던질 무언가를 보았다…… 아니, 본 것 같았다.

희미한 빛이 펠컨의 눈을 완전히 속이지 않았다면, 그 수백 개의 얇은 줄기들은 마치 대형 해초가 파도에 흔들리는 것처럼 완벽한 조화를 이룬 채 앞뒤로 요동치고 있었다.

그리고 나무는 더 이상 맨 처음 보았던 장소에 있지 않았다.

"이런 소식을 전하게 되어 유감이지만, 소스 베타가 한 시간 안에 폭발할 것 같다. 확률은 70퍼센트."

통제실에서 전해 왔다.

펠컨은 재빨리 지도를 살펴보았다. 위도 140도에 있는 베타는 무려 3만 킬로미터나 떨어져 있었고 지평선 넘어서도 한참 가야 했다. 10메가톤에 달하는 거대한 폭발이 일어난다고 해도 거리가 너무 멀어서 충격파 때문에 위험할 정도는 아니었다. 그러나 거기서 발생하는 전파폭풍은 전혀 다른 문제였다.

1950년대에는 이런 십미터파의 폭발 때문에 목성이 하늘 전체에서 가장 강력한 전파원으로 알려지기도 했고 천문학자들은 크게 놀랐다. 한 세기 이상이 지난 오늘날에도 전파폭풍의 진짜 원인은 수수께끼였다. 현상만 알려져 있을 뿐 원인에 대해서는 완전히 무지한 상태였다.

오랜 검증 과정을 거쳐 가장 유력한 설명은 '화산' 이론이었다. 물론 화산이라는 단어가 목성에서도 지구와 같은 의미로 쓰인다는 것은 아니었다. 대기 깊숙한 곳, 아마도 목성의 보이지 않는 표면에서는 거대한 폭발이 주기적으로 하루에 몇 번 정도 일어났다. 900킬로미터 이상의 거대한 가스 기둥이 마치 우주로 도망가기로 결심한 것처럼 위를 향해 끓어오르곤 했다.

행성 중에서 가장 강력한 중력장을 상대로는 승산이 없었다. 그래도 약간의 흔적(몇 백만 톤 정도)은 보통 목성의 전리층에 도달했다. 그리고 그 순간, 지옥이 풀려났다.

목성을 둘러싸고 있는 방사능대는 지구의 밴앨런대를 완벽하게 압도했다. 상승하는 가스 기둥에 의해 방사능대가 끊어지면 그 결과로 지구상의 번개보다 수백만 배 강력한 방전이 일어난다. 그리고 거대한 무작위의 전파가 태양계 전체로, 그리고 별들을 향해서 흘러 나가는 것이다.

전파의 폭발이 일어나는 주요 지역은 네 군데라는 사실이 알려져 있었다. 내부의 불덩어리가 가끔씩 빠져나올 수 있을 만큼 약한 지점이 거기에 있는 모양이었다. 목성의 여러 위성 중에서 가장 큰 가니메데에서 일하는 과학자들은 이제 전파폭풍을 예측할 수 있다고 생각했다. 정확도는 1900년대 초반의 일기예보와 비슷했지만.

펠컨은 전파폭풍을 반갑게 여겨야 할지 두려워해야 할지 몰랐다. 분명히 이번 임무의 가치를 높여 주기는 할 것이다…… 살아남기만 한다면. 그의 이동 경로는 난기류의 중심에서, 특히, 가장 강력한 소스 알파로부터 가능한 한 먼 거리를 유지하도록 계획해 둔 상태였다. 공교롭게도 마침 문제가 되고 있는 베타가 가장 가까운 곳에 있었다. 그는 지구 둘레의 4분의 3에 해당하는 거리 정도면 충분히 안전하기를 빌었다.

통제실이 긴급 신호를 보냈다.

"확률 90퍼센트. 한 시간이라고 한 건 취소다. 가니메데에서 전하길 언제라도 폭발할 수 있다고 한다."

자기력계의 수치가 급격히 치솟으면서 무전기는 잡음으로 가득 찼다. 측정치는 한계를 벗어나기 전에 올라갔을 때와 같이 급격하게 떨어지기 시작했다. 머나먼 곳 어딘가, 수천 킬로미터 아래에서 뭔가가 목성의 액상 핵에 거대한 충격을 주었다.

"터졌다!"

통제실에서 외쳐 왔다.

"고맙다. 나도 알고 있다. 폭풍이 언제쯤 나를 덮칠까?"

"5분 후에 시작될 것이다. 10분 후에는 최고조에 이를 것임."

목성 저편에서는 태평양만큼이나 거대한 가스 소용돌이가 시속 수천 킬로미터의 속도로 우주를 향해 치솟고 있었다. 이미 대기권 낮은 곳의 폭풍은 그 주위에서 사납게 휘몰아치고 있을 터였다. 하지만 방사능대에 도착하여 여분의 전자를 내놓기 시작할 때의 분노와 비교하면 아무것도 아니었다. 팰컨은 관측 장비가 달린 활대를 전부 캡슐 안으로 회수하기 시작했다. 그 밖에 달리 취할 수 있는 대비책이 없었다. 대기권을 통해 충격파가 전달되어 오는 데는 네 시간이 걸렸다…… 하지만 광속으로 움직이는 전파폭풍은 일단 방전이 일어나면 0.1초 만에 도착할 것이다.

다양한 대역을 스캔하고 있는 전파 감시기는 아직 정상적인 배경 잡음 외에 별다른 것을 보여 주지 않았다. 하지만 팰컨은 잡음의 크기가 천천히 증가하고 있음을 눈치챘다. 폭발을 위해 힘을 비축하고 있었던 것이다.

거리가 너무 멀어서 뭔가를 볼 수 있으리라고는 기대하지 않았다. 하지만 갑자기 동쪽 지평선을 따라 아득히 먼 곳에서 번개가 치는 것처럼 번쩍거렸다. 동시에 주 교환기에서 절반가량의 회로 차단기가 튀어나왔고 불이 꺼졌으며 통신 채널이 전부 막혀 버렸다.

그는 몸을 움직이려고 했지만 전혀 그럴 수가 없었다. 마비의 원인은 단순히 심리학적인 것만이 아니었다. 그는 사지를 전혀 움직일 수 없었고 전신을 찌르는 것 같은 따끔한 통증을 느꼈다. 전기장이 선체의 차폐막을 뚫고 들어온다는 건 불가능했다. 하지만 계기판 위로 깜빡이는 불빛이 보였고 브러시 방전이 일어나는 소리도 분명히 들을 수 있었다.

날카로운 충격음이 나면서 비상 시스템이 작동했고 과부하가 걸린 시스템이 재구동되었다. 다시 조명이 들어왔다. 그리고 팰컨의 마비 증세도 나타났을 때와 마찬가지로 신속히 사라졌다.

계기판을 보고 모든 회로가 정상으로 돌아왔음을 확인한 후에 그는
재빨리 전망창으로 다가갔다.

조사등을 켤 필요도 없었다…… 마치 캡슐을 지탱하고 있는 케이블
에 불이 붙은 것 같았다. 어둠 속에서 전기등처럼 푸른 빛을 내는 케
이블은 선체의 고리형 지지대에서 거대한 기구의 적도에 해당하는
위치까지 뻗어 있었다. 몇몇 케이블 주위로는 눈부신 불덩어리가 천
천히 회전하고 있었다.

너무나 기이하고 너무나 아름다운 광경이었기에 위험하다는 생각
이 잘 들지 않았다. 그는 이렇게 가까운 거리에서 구전(球電) 현상을
본 사람이 거의 없다는 사실을 알고 있었다. 특히 지구 대기에서 수소
비행선을 타고 가다가 이 현상을 목격했다면 분명히 누구도 살아남
을 수 없었을 것이다. 그는 1937년 레이크허스트에 착륙하다가 홀연
히 나타난 전기불꽃의 타격을 받아 화염 속에서 생을 마친 힌덴부르
크 호를 떠올렸다. 예전에도 여러 차례 보았던 오래된 영상이 머릿속
을 스쳐 지나갔다. 하지만 적어도 목성에서는 그런 일이 일어나지 않
았다. 비록 과거 체펠린형 비행선을 채웠던 수소를 전부 합한 것보다
많은 수소가 머리 위에 있다고 해도 말이다. 목성의 대기 속에서 불을
붙이려면 앞으로 수십억 년은 기다려야 했다.

베이컨을 굽는 것 같은 잡음이 들려오면서 음성 회로가 다시 작동
하기 시작했다.

"콘티키 호, 들리나? 듣고 있나?"

단어는 중간에서 끊기기 일쑤였고 소리도 심하게 일그러졌지만 알
아들을 정도는 되었다. 펠컨의 사기도 높아졌다. 인간 세상과 다시 연

결된 것이다.

"들린다. 멋진 전기 쇼였다. 하지만 손상은 입지 않았다…… 아직까지는."

"고맙다. 우리는 그쪽을 잃어버린 줄만 알았다. 원격 채널 3번, 7번, 26번을 확인하기 바란다. 2번 카메라도 감도를 높여 보기 바람. 외부 탐사선이 전리층에서 보내온 숫자를 믿을 수가 없다……."

팰컨은 마지못해 콘티키 호 주위를 맴돌고 있는 매혹적인 불꽃으로부터 시선을 돌렸다. 그래도 계속 틈만 나면 창밖을 내다보았다. 불덩어리들이 천천히 팽창하다가 임계치에 다다르자 부드럽게 폭발하면서 구전 현상은 일단 사라졌다. 그러나 한 시간이 지난 후에도 캡슐 외부의 노출된 금속 주변에는 희미한 빛이 어른거렸고, 자정이 한참 지나기 전까지도 무선회로는 잡음으로 지직거렸다.

남은 밤은 아무런 사건 없이 지나갔다…… 해가 뜨기 직전까지는. 동쪽에서 처음 시작되었기 때문에 팰컨은 막 뜨기 시작한 태양의 희미한 빛을 보았다고 생각했다. 그리고 이내 아직 해가 뜨기에는 20분이나 이르다는 사실을 깨달았다. 게다가 지평선에 나타난 빛은 바라보고 있는 동안에도 그를 향해 움직였다. 그것은 곧 목성의 보이지 않는 가장자리를 표시하는 별들의 아치에서 떨어져 나왔고, 그는 그것의 폭이 상대적으로 좁으며 상당히 선명하게 구별된다는 점을 확인했다. 거대한 서치라이트 빔이 구름 아래쪽에서 위를 훑고 있는 것 같았다.

대략 90킬로미터 뒤쪽에서 또 다른 빛의 막대가 처음 것의 뒤를 따랐다. 서로 평행했고 속도도 같았다. 그리고 뒤를 이어 세 번째와 네 번째가…… 빛과 어둠이 차례로 번갈아 나타나며 끝내는 하늘 전체가 깜빡였다.

팰컨은 슬슬 경이로운 광경에 면역이 되어 간다고 생각하고 있던데다가, 이런 아무런 소리도 나지 않는 순수한 빛의 향연이 위험하다는 생각은 아무래도 들지 않았다. 하지만 그건 너무나 아름답고 불가해한 광경이었던 까닭에 차갑고 벌거벗은 공포가 자제심을 갉아먹는 것처럼 느꼈다. 그 광경을 바라보고 있노라니 자신의 이해 능력을 넘어서는 힘의 존재 앞에서 스스로가 하찮고 무력한 존재라고 느끼지 않을 도리가 없었다. 그러면 목성에 단순한 생명체 말고도 지성적인 존재가 있을까? 그리고 어쩌면 그 지성체가 지금 외계의 존재에 반응하기 시작한 거라면?

통제실에서 경외감이 묻어 나오는 목소리로 말했다.

"그렇다. 우리도 보고 있다. 저게 뭔지는 전혀 모르겠다. 대기하고 있기 바란다. 가니메데에 연락해 보겠다."

그 광경은 천천히 사라졌다. 먼 지평선에서 다가오는 띠 모양의 빛은 훨씬 더 희미해졌다. 마치 에너지가 고갈되고 있는 것 같았다. 5분 후에 그것은 전부 사라졌다. 서쪽 하늘에서 희미하게 빛이 맥동하고는 그걸로 끝이었다. 그것들이 모두 지나가자 팰컨은 마침내 크게 안도했다. 그 광경을 바라보고 있으니 최면에 걸릴 것만 같았고, 또 너무 혼란스러워서 그것에 대해 오래 생각하지 않는 편이 정신 건강에 좋을 것 같았다.

인정하고 싶지 않았지만 그는 상당히 동요하고 있었다. 전기폭풍은 이해할 수 있는 대상이었지만 이것은 전혀 이해할 수 없었다.

통제실은 아직 아무 말이 없었다. 가니메데에서는 지금 인간과 컴퓨터가 축적된 자료를 검색하면서 이 문제에 골몰하고 있을 터였다. 거기서도 해답을 찾아내지 못한다면 지구에 연락해야 할 것이다. 그리고 그건 거의 한 시간씩 늦어진다는 뜻이었다. 지구에서도 도움을 주지 못할 가능성은 굳이 생각하고 싶지도 않았다.

브레너 박사가 마침내 연락해 왔을 때처럼 통제실에서 들려오는 목소리가 그렇게 반가웠던 적은 없었다. 그의 목소리는 안도하고 있는 것 같으면서도 한편 차분했다. 마치 커다란 지적 위기를 방금 겪고 난 사람 같았다.

"콘티키 호. 원인을 알아냈어요. 하지만 믿기 어려울 겁니다. 당신이 본 건 생물 발광입니다. 지구의 열대 바다에서 미생물이 발생시키는 것과 아주 흡사해요. 이곳에서는 바다가 아니라 대기지만 원리는 똑같습니다."

"하지만 간격이 아주 일정했어요. 대단히 인공적이었습니다. 게다가 길이는 수백 킬로미터였고요!"

팰컨이 반박했다.

"당신 생각보다 훨씬 더 클걸요. 거기서 관찰한 건 일부에 불과해요. 전체는 폭이 5만 킬로미터에 달하는 회전 바퀴처럼 생겼습니다. 당신이 본 건 초속 1킬로미터로 스쳐 지나가는 바퀴살에 불과합니다……."

"초속 1킬로미터!"

팰컨은 가만히 듣고 있을 수 없었다.

"어떤 동물도 그렇게 빨리 움직이지 못합니다!"

"물론이죠. 설명하자면 이래요. 당신이 본 건 소스 베타에서 나온 충격파에 의해 발생된 겁니다. 그 충격파는 음속으로 움직이죠."

"하지만 그 문양은 어찌된 겁니까?"

펠컨이 끈질기게 물었다.

"그게 놀라운 점입니다. 아주 드문 현상이지만, 크기가 천 배 정도 작다는 점만 빼면 그와 똑같은 바퀴 모양의 빛이 페르시아 만과 인도 양에서 목격된 적이 있습니다. 들어 보세요. 1880년 오후 11시 30분. 페르시아 만, 영국 인도 회사의 파트나 호. '거대한 바퀴 모양의 빛이 회전하면서 바퀴살 부분이 배를 쓸고 지나갔다. 바퀴살의 길이는 이삼백 미터…… 각각의 바퀴에는 대략 16개의 바퀴살이 들어 있다…….' 그리고 오마르 만에서의 보고도 있습니다. 1906년 5월 23일. '밝고 강렬한 빛이 빠르게 우리에게 다가왔다. 마치 전함의 서치라이트 빔처럼 선명한 광선을 연속으로 빠르게 서쪽을 향해 쏘고 있다…… 우리 왼쪽으로는 거대한 불의 바퀴가 생겨나고, 바퀴살은 눈에 보일 정도로 길게 뻗어 있다. 바퀴 전체는 이삼 분 동안 회전하며…….' 가니메데의 자료실에서 컴퓨터가 약 500건의 관련 사건을 찾아냈어요. 제때 중지시키지 않았으면 한참을 출력하고 있었을 겁니다."

"알겠습니다만, 좀 혼란스럽네요."

"그럴 겁니다. 20세기 후반에나 되어서야 완전한 설명이 이루어졌거든요. 원인은 해저 지진 같습니다. 항상 충격파가 반사되면서 파동 형태를 일으킬 수 있는 얕은 바다에서만 이루어졌고요. 막대 모양일 때도 있고 회전하는 바퀴 모양일 때도 있어요. 바퀴 모양일 때를 사람들은 '포세이돈의 바퀴'라고 불러요. 해저에서 폭발을 일으킨 후에 위

성에서 그 결과를 촬영해 봄으로써 그 이론은 결국 옳다고 판명되었
죠. 바닷사람들이 미신을 믿었던 것도 당연해요. 그런 것을 보고 누가
미신을 안 믿겠습니까?"

그런 것이었군. 팰컨은 중얼거렸다. 소스 베타가 폭발하면서 충격
파가 사방으로, 그러니까 대기권 저층의 농밀한 가스를 통해서, 목성
의 단단한 몸체를 통해서 퍼져 나간 것이다. 서로 만나고 교차하면서
충격파는 상쇄되거나 강화되었고, 목성 전체가 하나의 종이 된 것처
럼 울렸던 게 분명했다.

그렇게 설명이 된다고 해도 경이감이 사라지는 건 아니었다. 그는
목성의 헤아릴 수 없는 심연을 뚫고 움직이는 빛을 결코 잊을 수 없
을 것이다. 단순히 신기한 행성에 와 있을 뿐만 아니라 신화와 현실
사이에 있는 마법의 영역에 들어온 것 같은 느낌이었다.

무엇이든지 일어날 수 있는 세계였고, 앞으로 무슨 일이 생길지 그
누구도 예측할 수 없었다.

그리고 아직 하루가 더 남아 있었다.

메두사

드디어 진짜 새벽이 찾아오며 갑자기 날씨를 바꾸어 놓았다. 콘티
키 호는 눈보라를 뚫고 이동하고 있었다. 밀랍으로 된 눈송이가 심하
게 떨어지고 있어 시야는 거의 0에 가까웠다. 팰컨은 외부에 쌓이고
있을 무게를 걱정하기 시작했다. 그러나 곧 창문에 내려앉은 눈송이

가 빠르게 사라진다는 사실을 알아챘다. 콘티키 호는 끊임없이 열을 방출하고 있기 때문에 눈송이는 내려앉자마자 증발했던 것이다.

만약 지구에서 기구 여행을 하고 있었다면 충돌 가능성에 대해서도 걱정해야 했다. 적어도 여기서는 그럴 걱정이 없었다. 목성의 산맥은 수백 킬로미터 아래에나 있었고, 떠다니는 거품 덩어리로 말하자면 그건 마치 조금 강화된 비누 거품에 뛰어드는 것과 마찬가지였다.

그럼에도 불구하고 그는 아직까지 쓸모가 없었던 수평 레이더를 켰다. 지금까지는 보이지 않는 표면으로부터의 거리를 측정해 주는 수직 레이더만 쓸모 있었다. 수평 레이더를 켠 그는 곧 깜짝 놀라고 말았다.

눈앞의 광대한 하늘 전체에 여기저기 수십 개의 크고 밝은 반향이 감지되었던 것이다. 각각은 서로 완전히 떨어져 있었고 받침 없이 공중에 떠 있는 게 분명했다. 팰컨은 초기의 비행기 조종사들이 자기 직업의 위험성을 표현할 때 쓰던 문구를 떠올렸다. "속에 바위가 들어 있는 구름." 콘티키 호의 앞길을 완벽히 묘사하고 있는 것만 같았다.

말이 되지 않는 광경이었다. 팰컨은 곧 목성 대기에서는 어떤 단단한 물체도 떠 있을 수 없다는 사실을 떠올렸다. 어쩌면 다소 기이한 기상 현상일 수도 있었다. 어쨌건, 가장 가까운 반향은 200킬로미터 가량 떨어져 있었다.

그는 통제실에 보고했고, 통제실에서도 아무런 설명을 해 주지 못했다. 하지만 30분 후면 눈보라에서 벗어날 수 있다는 반가운 소식은 전해 주었다.

그러나 통제실도 갑자기 콘티키 호를 덮쳐 원래 경로에서 거의 직각으로 벗어나게 만든 격렬한 옆바람에 대해서는 경고해 주지 못했다. 팰컨은 가진 기술을 총동원하여 원래 얼마 안 되는 통제력을 최대한 이용한 끝에 겨우 바람에 사로잡히는 것을 피할 수 있었다. 불과 몇 분 사이에 그는 시속 500킬로미터의 속도로 북쪽을 향하고 있었다. 그리고 시작되었을 때와 마찬가지로 돌연히 난기류가 멈췄다. 그는 여전히 고속으로 움직이고 있었지만 주변 공기는 조용했다. 그는 목성의 제트기류에 해당하는 것과 마주쳤던 건지 궁금했다.

눈보라는 사그라졌다. 그리고 그는 목성이 그를 위해 준비하고 있던 것을 보았다.

콘티키 호는 직경이 1000킬로미터에 달하는 거대한 소용돌이에 진입했다. 기구는 구름이 이루는 휘어진 벽을 따라 바람에 휩쓸렸다. 머리 위는 청명한 하늘에서 태양이 빛났다. 그러나 아래쪽에는 거대한 구멍이 끊임없이 번개가 번쩍이는 희미한 바닥에 이를 때까지 알 수 없는 심연을 향해 대기층을 파고 들어갔다.

아래쪽으로 끌려 들어가고 있는 속도가 아주 느려서 당장의 위험은 없었지만, 팰컨은 콘티키 호가 일정한 고도를 유지할 때까지 기구에 흘려보내는 열의 양을 늘렸다. 그러고 나서야 바깥의 환상적인 경치를 감상하며 레이더에 나타난 물체에 대해 생각했다.

가장 가까운 반향은 불과 40킬로미터 떨어져 있었다. 팰컨은 곧 그것들이 소용돌이의 내벽을 따라 분포되어 있으며, 같은 속도로 움직이는 게 콘티키 호처럼 소용돌이에 사로잡힌 게 분명하다는 사실을 깨달았다. 그는 망원경을 레이더에 나타난 방위각에 맞췄고 시야를 거의 가득 채우는 희한한 얼룩무늬 구름을 발견했다.

배경을 이루고 있는 소용돌이의 내벽보다 아주 약간 짙은 정도에 불과했던 탓에 눈으로 보기가 쉽지 않았다. 몇 분을 바라본 후에야 전에도 그것을 본 적 있다는 사실을 깨달았다.

처음에 보았을 때 그것은 떠다니는 거품산 위를 기어 다니고 있었고, 팰컨은 그걸 거대하고 줄기가 많은 나무로 착각했다. 이제야 그것의 실제 크기와 복잡성을 인식할 수 있었고, 이미지를 확고히 할 수 있는 더 나은 이름을 붙여 줄 수 있게 된 것이다. 그것은 나무와 전혀 닮지 않았다. 오히려 해파리 같은, 촉수를 질질 끌며 멕시코 만류를 따라 움직이는 메두사가 어울렸다.

메두사의 지름은 1.5킬로미터가 넘었으며, 수십 개의 촉수는 길이가 수십 미터에 달했다. 그들은 완벽한 조화를 이루며 앞뒤로 천천히 몸을 흔들었다. 마치 하늘에서 어색하게 노를 저어 나아가듯 한 번 굽이칠 때마다 1분 이상이 걸렸다.

다른 반향은 더 멀리 떨어져 있는 메두사들이었다. 팰컨은 대여섯 개의 반향에 망원경의 초점을 맞추어 보았고 크기나 형태에 다른 점이 없음을 확인했다. 전부 같은 종족으로 보였다. 그는 왜 그들이 1000킬로미터 상공에서 한가히 떠다니는지 궁금했다. 어쩌면 콘티키호처럼 소용돌이에 빨려 들어온 공중의 플랑크톤을 빨아먹고 있는 걸지도 몰랐다.

처음에 받았던 충격에서 벗어났을 때 브레너 박사가 말을 걸어왔다.

"이것들이 가장 큰 고래보다 수십 만 배는 더 크다는 걸 봤지요? 게다가 비록 가스주머니에 불과하다고 해도 무게가 백만 톤은 나갈 겁니다! 대사 작용이 어떻게 이루어지는지 전혀 모르겠어요. 부력을 유지하기 위해서는 수백만 와트의 열을 생산해야 할 게 분명한데.”

“하지만 저게 그냥 가스주머니라면 왜 레이더파를 그렇게 잘 반사하죠?”

“짐작도 안 갑니다. 더 가까이 갈 수 있어요?”

브레너의 요구가 쓸모없는 건 아니었다. 고도를 바꾸어 서로 다른 바람의 속도를 이용하면 원하는 만큼 메두사에 가까이 갈 수 있었다. 그러나 당장은 40킬로미터의 거리를 유지하고 싶었고, 그렇게 대답했다.

“알겠습니다. 일단 우리가 있는 위치를 유지하도록 합시다.”

마지못한 듯이 브레너가 말했다.

‘우리’라는 말이 꽤 재미있게 들렸다. 추가로 10만 킬로미터를 더 왔다는 건 보는 관점이 상당히 달라질 수 있다는 뜻이었다.

콘티키 호가 두 시간 동안 거대한 소용돌이 내부에서 평온하게 떠다니는 동안 팰컨은 카메라 필터와 명암 대비를 이용하여 메두사를 자세히 볼 수 있을지 실험했다. 그는 메두사의 기묘한 색깔이 일종의 위장인지 궁금해지기 시작했다. 어쩌면 지구의 많은 동물들처럼 메두사도 배경에 스스로를 묻어 버리려는 건지도 몰랐다. 사냥꾼과 사냥감이 둘 다 쓰는 방법이었다.

메두사는 어느 쪽일까? 얼마 남지 않은 시간 내에 답하기는 힘든 질문이었다. 그러나 정오가 되기 전에 일말의 경고도 없이 해답이 드러났…….

다섯 마리의 가오리가 오래된 전투기 편대와 같은 모습으로 소용돌이를 형성하는 구름 벽을 뚫고 나타났다. 가오리들은 V자형의 편대를 이루고 창백한 회색 구름 같은 메두사를 향해 똑바로 달려들었다. 팰컨은 가오리들이 메두사를 공격하는 게 분명하다고 생각했다. 가오리가 위험하지 않은 초식동물이라고 생각했던 건 큰 오산이었다.

하지만 모든 일이 느릿느릿하게 벌어졌기 때문에 마치 슬로모션 영상을 보는 것 같았다. 가오리들은 약 시속 50킬로미터의 속도로 굽이쳐 움직였다. 전혀 동요하지 않은 채 그것보다 느린 속도로 움직이는 메두사를 덮치기까지는 한참 걸렸다. 가오리들도 거대하긴 했지만 그것들이 노리고 있는 괴수에 비하면 아주 작았다. 메두사의 등 위에 내려앉은 가오리들은 마치 고래 위에 내려앉은 새처럼 보였다.

팰컨은 메두사가 스스로를 지킬 수 있을지 궁금했다. 거대하지만 움직임이 서투른 촉수만 피한다면 공격자인 가오리가 위험할 것 같지는 않았다. 그리고 어쩌면 메두사는 가오리의 존재를 알아차리지 못했을지도 몰랐다. 마치 개에 기생하는 벼룩처럼 느껴지지 않거나 있어도 상관없는 존재일 수도 있었다.

하지만 메두사가 괴로워하고 있다는 건 분명했다. 그것은 대단히 느린 속도로 전복되는 배처럼 기울기 시작했다. 10분 후에는 거의 45도까지 기울었다. 동시에 빠른 속도로 고도를 잃고 있었다. 포위 공격을 당하는 괴물을 보니 동정심이 들 수밖에 없었다. 메두사의 추락은 생을 마치는 퀸 엘리자베스 호의 마지막 순간을 연상시켰다.

그러나 그는 자신이 반대편에 동질감을 느끼고 있다는 것을 알았다. 고도의 지성은 바다나 하늘을 떠다니는 초식동물이 아니라 포식자에게서 발달할 수 있는 것이다. 거대한 가스주머니보다는 가오리가 훨씬 사람과 가까웠다. 그리고 사정이 어쨌든 고래보다 십만 배는 큰 생물에 대해 동정심을 느낄 사람이 있기는 할까?

그때 그는 메두사의 전략이 조금씩 효과를 보고 있다는 것을 눈치 챘다. 메두사가 천천히 회전하자 가오리들은 동요했고 펄럭거리면서 메두사의 등 위에서 떨어져 나왔다. 마치 식사를 방해받은 독수리 같은 모양새였다. 하지만 멀리 가지는 않고 계속해서 기울어지는 괴수로부터 몇 미터 떨어진 거리에서 맴돌았다.

그러다 갑자기 무전기에서 지직거리는 잡음이 들리면서 동시에 눈이 부실 정도로 밝은 빛이 번쩍였다. 가오리 한 마리가 천천히 몸을 뒤틀면서 똑바로 아래를 향해 떨어지고 있었다. 떨어지는 가오리의 뒤를 검은 연기가 뒤따랐다. 화염에 휩싸인 채 추락하는 비행기와 비슷해 보인다는 건 꽤 기이했다.

남은 가오리들이 동시에 메두사로부터 경사 급하게 뛰어내렸고 아래쪽으로 떨어지며 속도가 빨라졌다. 몇 분 이내에 가오리들은 처음에 모습을 드러냈던 구름 벽 속으로 사라졌다. 그리고 메두사는 하강을 멈추고 다시 똑바로 몸을 세우기 시작했다. 마치 아무 일도 없었던 것처럼 그것은 곧 수평으로 돌아갔다.

"멋지군!"

놀라서 입을 열지 못하던 브레너 박사가 말했다.

"전기뱀장어나 전기가오리처럼 전기로 방어하는 수단을 개발했군요. 하지만 저건 전압이 백만 볼트는 될 겁니다! 전기를 만들어 내는 기관이 보여요? 전극같이 생긴 게 있나요?"

펠컨은 망원경의 배율을 최고로 올려 본 후 대답했다.

"안 보입니다. 하지만 뭔가 이상한 게 있어요. 저 문양이 보이죠? 전에 찍은 영상을 확인해 봐요. 없었던 게 분명합니다."

메두사의 옆구리에 넓은 얼룩띠가 나타났다. 놀랍게도 그것은 규칙적인 체크무늬를 형성했고, 각각의 사각형 안에는 짧은 수평선이 복잡한 이차 무늬를 나타냈다. 기하학적으로 완벽한 행렬을 이루었고 사이사이의 간격도 일정했다.

"맞아요."

브레너 박사가 말했다. 그의 목소리는 경외감에 젖어 있었다.

"방금 나타난 거예요. 내가 추측하는 바를 함부로 말하기가 겁납니다."

"어차피 난 잃으려야 잃을 명성도 없으니까…… 최소한 생물학자로서는 말이죠. 내 생각을 말해도 될까요?"

"물론이죠."

"저건 미터파 대역의 거대한 안테나예요. 20세기 초반에 저런 걸 쓰곤 했죠."

"그 말 할 줄 알았어요. 이제 레이더에 큰 반향을 만들어 낸 이유를 알겠군요."

"하지만 저게 왜 막 생겨난 걸까요?"

"아마도 방전에 따른 효과일 겁니다."

"방금 다른 생각이 떠올랐어요. 저들이 우리 말을 듣고 있다고 생각합니까?"

다소 느릿하게 팰컨이 물었다.

"이 주파수에서요? 그럴 것 같진 않군요. 저건 미터파…… 아니 십미터파 안테나잖아요. 크기로 봐서는, 흠…… 그럴 수도 있겠군요!"

브레너 박사가 조용해졌다. 새로 떠오른 생각에 몰두해 있는 게 분명했다. 곧 그가 말을 이었다.

"저건 전파폭풍에 맞춰져 있는 게 분명합니다! 지구에서는 그런 경우가 없어요…… 음파나 전기적인 자극을 감지하는 동물은 지구에도 있지만 전파를 감지하는 동물은 없지요. 빛이 풍부한 데 그럴 필요가 없었겠죠?

하지만 여기는 달라요. 목성은 전파 에너지로 가득 차 있습니다. 전파 감지가 유용하죠. 혹은 발생시킬 수도 있고요. 저건 날아다니는 발전소인 겁니다!"

처음 듣는 목소리가 대화에 끼어들었다.

"여기는 통제실입니다. 흥미로운 얘기지만 더 중요한 문제를 확인해야 합니다. 저건 지적인 생물입니까? 만약 그렇다면 최초의 접촉에 대한 지령을 고려해야 합니다."

"여기 오기 전이었다면 단파안테나를 만들 수 있는 것은 어떤 것이라도 지적 생물이라고 맹세했을 겁니다."

브레너 박사가 다소 슬픈 듯이 말했다.

"이제는 잘 모르겠군요. 그건 자연스러운 진화로 만들어질 수 있어요. 인간의 눈보다 특별히 대단할 게 없어 보이는군요."

"그러면 일단 안전하게 지적인 생물이라고 가정하겠습니다. 따라서 당분간 이번 탐사는 최우선 지령에 의거하여 진행됩니다."

무선으로 이루어지는 대화를 듣고 있던 사람들이 전부 이 말의 의미를 되새기는 동안 침묵이 이어졌다. 우주 비행 역사상 처음으로 백

년 이상의 논쟁을 통해 확립된 규칙이 적용될지도 모르는 것이다. 바라는 바이지만, 인류는 지구에서의 실수를 통해 많은 것을 배웠다. 도덕적인 이유뿐만 아니라 스스로의 이익과 관련된 이유로도 인간은 과거의 과오를 되풀이해서는 안 되었다. 아메리카 정착민들이 인디언을 대했듯이, 그리고 거의 모든 사람들이 아프리카인들을 대했듯이 우수한 지성을 하찮게 대하는 건 끔찍한 일이었다…….

첫 번째 규칙은 이랬다. 거리를 유지하라. '그들'이 우리를 충분히 관찰하기 전까지 접근하거나 의사소통하려는 시도를 하지 말 것. "충분히"가 정확히 얼마를 의미하는지는 아무도 확실히 알지 못했다. 그 자리에 있는 사람의 재량이었다.

하워드 펠컨은 한번도 꿈꾸어 본 적 없는 책임을 지게 되었다. 목성에서 남은 몇 시간 동안 그는 잘하면 인류의 첫 번째 외계 대사가 될지도 몰랐다.

그리고 그런 예상외의 전개가 너무나 달콤했기 때문에 그는 의사들이 웃는 능력까지 복구해 주었더라면 좋았을 거라고 바랄 뻔했다.

최우선 지령

날이 어두워지고 있었지만 펠컨은 망원경으로 살아 있는 구름을 쳐다보느라 여념이 없어 알아차리지도 못했다. 거대한 소용돌이를 따라 부는 바람을 타고 꾸준히 움직이다 보니 어느덧 메두사로부터 20킬로미터도 채 떨어지지 않은 거리에 와 있었다. 거리가 10킬로미터 안으로 좁혀지면 회피 동작을 취할 생각이었다. 메두사의 전자 무기가 단거리용이라는 확신은 있었지만 굳이 시험해 보고 싶지 않았다. 그건 미래의 탐험가 몫이었다. 그는 그들에게 행운이 있기를 기원했다.

캡슐 내부가 상당히 어두웠다. 이상한 일이었다. 해가 지려면 아직 몇 시간이 남아 있었다. 자동적으로 그는 몇 분마다 한 번씩 쳐다보는 수평 레이더 화면을 보았다. 조사 중인 메두사를 빼고는 반경 100킬로미터 안에 아무 물체도 없었다.

갑자기, 엄청난 크기로, 요전 날 밤에 들었던 소리가 다시 들렸다. 고동치는 북소리가 점점 커지며 속도를 더해 가더니 최고조에서 갑자기 멈췄다. 캡슐 전체가 마치 북 위에 놓인 콩알처럼 진동했다.

팰컨은 돌연한, 그리고 괴로운 침묵 속에서 거의 동시에 두 가지 사실을 깨달았다. 이번에는 수천 킬로미터 밖에서 무선회로를 통해 들리는 소리가 아니었다. 바로 근처의 어딘가에서 들리는 소리였다.

두 번째 사실은 더욱 혼란스러웠다. 그는 머리 위 하늘이 대부분 콘 티키 호의 기구 때문에 가려져 있다는 사실을 잊고 있었던 것이다. 변명의 여지가 없지만, 머릿속이 그보다 더 중요한 일로 가득 차 있었던 건 사실이었다. 열 손실을 막기 위해 은빛으로 칠해진 커다란 기구는 효과적으로 레이더와 시야를 가로막았다.

물론 알고는 있었다. 기구 설계에서 사소한 난점이었지만 그리 중요한 문제가 아니었기에 넘어갔던 것이다. 이제 웬만한 나무줄기보다 두꺼운 거대한 촉수들이 울타리처럼 캡슐을 둘러싸고 있는 지금 그건 하워드 팰컨에게 아주 중요한 문제가 되었다.

브레너가 외치는 소리가 들렸다.

"최우선 지령을 기억해요! 그걸 놀라게 하지 마요!"

팰컨이 그 말에 대꾸하기도 전에 압도적인 북소리가 다시 시작되면서 다른 소리를 전부 묻어 버렸다.

조종사의 진정한 능력은 예상했던 비상사태가 아니라 아무도 예상하지 못했던 사태에 어떻게 대처하는가를 보면 알 수 있다. 팰컨은 일말의 머뭇거림도 없이 즉시 상황을 분석했다. 그는 번개 같은 속도로 긴급 가스 방출용 끈을 잡아당겼다.

그건 수소 기구가 쓰이던 초창기에나 쓰이던 원시적인 생존 수단이었다. 콘티키 호의 긴급 가스 방출은 기구를 찢는 것을 의미하지 않았다. 단지 기구 위쪽의 배출구를 개방할 뿐이었다. 그 즉시 뜨거운 가스가 빠져나오기 시작했다. 부력이 떨어진 콘티키 호는 지구의 2.5배인 강한 중력을 받아 빠르게 떨어지기 시작했다.

거대한 촉수가 위쪽으로 휙 움직이면서 멀어져 가는 것이 흘긋 보였다. 짧은 시간이었지만 그는 촉수에 커다란 기낭이나 주머니 같은 것들이 달려 있는 것을 보았다. 아마도 부력을 얻기 위해서인 것 같았다. 그리고 촉수의 끝부분에 나무뿌리처럼 가느다란 촉모(觸毛)가 여럿 달려 있었다. 그는 방전이 일어날 것을 어느 정도 예상했지만 아무 일도 일어나지 않았다.

급격히 증가하던 하강 속도는 대기가 농밀해지고 바람 빠진 기구가 낙하산 역할을 하면서 점점 느려졌다. 3킬로미터 정도 떨어지고 나자 그는 이제 배출구를 닫아도 안전하겠다고 생각했다. 부력을 회복하고 다시 평형 상태로 돌아왔을 때 이미 1.5킬로미터를 더 내려온 상태였고 안전 한계선에 위험할 정도로 가까워지고 있었다.

그는 초조하게 위쪽 창문을 내다보았지만, 역시 어둠침침한 기구가 가리고 있어서 아무것도 보이지 않았다. 하지만 내려오면서 살짝 옆으로도 움직였기 때문에 몇 킬로미터 위에 떠 있는 메두사의 일부가 보였다. 생각보다 훨씬 가까웠다. 그리고 가능할 거라고 생각했던 것 이상으로 빠르게 내려오고 있었다.

통제실에서 초조하게 외치는 소리가 들렸다. 그는 소리쳤다.

"나는 괜찮다. 하지만 계속 따라오고 있다. 더 이상의 하강은 불가능하다."

그건 사실이 아니었다. 더 깊이 내려갈 수도 있었다…… 대략 300킬로미터 정도는. 하지만 그건 돌아올 수 없는 길이었고 그 아래의 상황에는 별로 관심도 없었다.

그때, 마침 다행히도 1.5킬로미터 남짓 떨어진 곳에서 메두사가 더 이상 내려오지 않는 게 보였다. 어쩌면 이 이상한 침입자에게 조심스럽게 접근하려고 마음먹은 것일지도 몰랐고, 아니면 메두사 역시 아래쪽 대기가 뜨거워서 불쾌한지도 몰랐다. 온도는 50도를 넘었고 팰컨은 생명 유지 장치가 얼마나 더 버틸 수 있을지 궁금했다.

브레너 박사가 다시 말을 걸어 왔다. 여전히 최우선 지령에 집착하고 있었다.

"잊지 마요. 단지 호기심에 그러는 걸지도 모릅니다!"

그가 외쳤다. 그다지 확신하는 것 같지는 않았다.

"놀라게 하지 마시오!"

팰컨은 그의 조언이 슬슬 지겨워지고 있었다. 예전에 우주 변호사와 우주 비행사가 텔레비전에 나와서 토론하던 광경이 떠올랐다. 최우선 지령이 신중하게 조목조목 발표되고 나자 못마땅한 우주 비행사가 물었다.

"그러면 대안이 없을 경우에는 그냥 앉아서 잡아먹혀야 합니까?"

그러자 변호사가 웃지도 않고 이렇게 대답했다.

"요점을 정확히 짚어 주셨습니다."

그땐 재미있게 들었다. 하지만 지금은 전혀 그렇지 않았다.

그리고 팰컨은 그를 더욱 기분 나쁘게 하는 모습을 보았다. 메두사는 아직도 1.5킬로미터 위에서 맴돌고 있었지만 촉수 하나가 믿을 수 없을 정도로 길어지면서 또 동시에 가늘어지면서 콘티키 호를 향해 뻗어 오고 있었다. 어렸을 때 그는 캔자스 평원에서 하늘에 떠 있던 폭풍우 구름에서 회오리바람이 아래로 뻗어 나오는 모습을 본 적이 있었다. 지금 그를 향해 다가오는 촉수는 하늘에서 소용돌이치며 내려오는 검은 뱀 같은 회오리바람을 연상시켰다.

그는 통제실을 향해 말했다.

"선택의 여지가 점점 줄어들고 있다. 현재로서는 두 가지밖에 없다…… 놀라게 하느냐, 심한 복통을 안겨 주느냐 둘 중 하나다. 설마 먹을 생각을 하고 있는지는 모르겠지만, 저게 콘티키 호를 제대로 소화시킬 거 같지는 않다."

그는 브레너 박사의 말을 기다렸지만 그 생물학자는 침묵했다.

"좋다. 아직 27분 이르긴 하지만 점화를 시작하겠다. 나중에 궤도를 수정할 연료를 남겨야 할 텐데."

메두사는 더 이상 보이지 않았다. 다시 머리 위에 있었다. 하지만 하강 중이던 촉수가 지금쯤 기구에 아주 가까우리라는 것은 분명했다. 핵융합기가 최고 추력을 내려면 거의 5분이 걸렸다…….

융합기의 준비가 완료되었다. 궤도 계산용 컴퓨터도 불가능하지는 않다고 판단했다. 공기 흡입구가 열리며 주위의 하이드로헬륨을 필요한 만큼 빨아들일 준비를 마쳤다. 상황이 아무리 좋다고 해도 운명이 판가름되는 건 바로 이 순간이었다. 알 수 없는 신기한 목성 대기 속에서 램제트 엔진이 정말로 작동할지 시험해 볼 방법이 있을 리 없었다.

뭔가가 아주 부드럽게 콘티키 호를 흔들었다. 팰컨은 애써 무시했다.

원래는 10킬로미터 위쪽, 밀도가 4분의 1이 채 안 되며 온도도 30도 낮은 곳에서 점화할 계획이었다. 상황이 좋지 않았다.

공기 흡입구가 작동하면서, 목성에서 빠져나가려면 최대한 얼마나 얕게 급강하해야 할까? 엔진이 점화되면 그는 자기를 목성으로 끌고 가려는 2.5배의 중력을 받으며 목성을 향하고 있을 것이다. 제때 빠져나올 수 있을까?

거대하고 육중한 손이 기구를 건드렸다. 선체가 위아래로 흔들렸다. 마치 지구에서 유행하는 요요가 된 것 같았다.

물론 브레너 박사가 옳을 수도 있었다. 어쩌면 그저 친하게 지내자고 그러는 걸지도 몰랐다. 전파로 말을 걸어 봐야 할지도 몰랐다. 뭐라고 할까. "예쁜데?", "제자리에 앉아." 아니면 "나를 당신네 지도자에게 데려다 주시오."?

3중수소와 중수소의 비율이 맞아떨어졌다. 이제 1억 도짜리 성냥으로 불을 붙일 준비가 됐다.

촉수의 가느다란 끝부분이 60미터 정도 떨어진 기구의 가장자리를 쓰다듬었다. 굵기가 코끼리 코 정도였고, 섬세하게 매만지는 손길로 보아 민감하기도 그 정도인 것 같았다. 끝부분은 촉수라기보다는 마치 먹을 것을 찾는 입처럼 생겼다. 브레너 박사가 황홀해 할 게 분명했다.

지금이 적당한 때 같았다. 그는 제어판 전체를 한 번 훑어본 후에 4초간의 마지막 점화를 준비했다. 봉인을 깨고 '투하' 스위치를 눌렀다.

순간적으로 하중이 사라지면서 날카로운 폭발음이 들렸다. 콘티키 호는 기수를 아래로 한 채 자유낙하했다. 위쪽에서는 버려진 기구가 호기심 어린 촉수를 매단 채 상승하고 있었다. 램제트 엔진을 점화시킬 때도 되었고 다른 데도 신경 써야 했기 때문에 기구가 메두사와 충돌했는지는 확인하지 못했다.

뜨거운 하이드로헬륨 기둥이 반응기 노즐을 통해 쏟아져 나오며 빠르게 추진력을 증가시켰다. 하지만 목성 반대편이 아닌 목성을 향해서였다. 벡터를 제어하는 게 너무 느렸기 때문에 아직은 기수를 끌어올릴 수 없었다. 5초 안에 선체를 완벽히 제어하여 수평 비행으로 전환하지 못한다면 목성의 대기권 속으로 너무 깊이 들어가 결국 파괴되고 말 것이다.

답답할 정도로 느렸지만 (5초가 마치 50초 같았다.) 결국 기수를 끌어올려 수평 비행으로 전환할 수 있었다. 그는 단 한 번 시선을 뒤로 돌려 한참 뒤에 처진 메두사를 마지막으로 바라보았다. 콘티키 호가 버린 기구는 메두사의 손에서 벗어났는지 흔적이 전혀 보이지 않았다.

이제 그는 다시 자기 자리를 찾았다. 더 이상 바람에 휩쓸려 속절없이 떠다니지 않아도 되고, 뜨거운 수소 원자를 뒤로 내뿜으며 별들을 향해 날아갈 수도 있었다. 그는 램제트 엔진이 안정적으로 속도와 고도를 유지해 주면 대기권 외곽에서 탈출속도에 도달할 수 있음을 확인했다. 거기서 로켓엔진으로 짧게 추진력을 더해 준다면 그는 다시 자유로운 우주 공간으로 돌아갈 수 있었다.

궤도를 향해 날아가는 동안 남쪽에서 대적반(크기가 지구의 두 배인 떠다니는 섬)이라는 거대한 수수께끼가 지평선 이쪽으로 올라오는 장면이 보였다. 대적반의 신비로운 미를 감상하고 있을 때 로켓 추진으로 전환할 시간이 60초 남았다고 컴퓨터가 알려 왔다. 그는 마지못해 시선을 돌렸다.

"다음에 보지 뭐."

팰컨은 중얼거렸다.

"뭔가? 뭐라고 했나?"

통제실에서 말했다.

"아무것도 아니다."

그는 대답했다.

두 세계 사이에서

웹스터가 말했다.

"자네는 이제 영웅이야, 하워드. 단순한 유명인이 아니라고. 자네는 사람들에게 생각할 거리를 안겨 주었어. 인류의 삶은 예전과 달라졌어. 백만 명 중의 한 명만이 거대한 가스 행성에 실제로 가 본 적 있는 게 아니라 인류 전체가 공상의 세계 속으로 들어가게 될 거야. 그게 중요한 거야."

"자네 일이 더 쉬워졌다니 기쁘군."

웹스터와는 오랜 친구 사이라 그 정도 비꼰다고 의가 상하지는 않았다. 하지만 웹스터는 놀랐다. 이번이 처음은 아니지만 목성에서 돌아온 이후로 하워드가 변했다는 느낌이 들었다.

행정가 웹스터는 책상 위에 걸어 놓은, 옛날의 한 극단 주인에게서 빌려온 표어를 가리켰다. "날 놀라게 해 봐!"였다.

"난 내 일이 부끄럽지 않아. 새로운 지식, 새로운 자원…… 전부 좋아. 하지만 인류에게는 신기하고 자극적인 게 필요해. 우주여행은 이제 일상적인 일이 되었어. 자네는 그걸 다시 위대한 모험으로 만든 거야. 목성을 머리에 담는 데는 오랜 시간이 걸릴 거야. 그리고 메두사를 이해하는 데는 훨씬 더 오래 걸리겠지. 난 아직도 그것이 자네의 맹점이 어디였나를 알았다고 생각해. 어쨌든, 다음 행선지는 정했나? 토성, 천왕성, 해왕성 말만 해."

"나도 몰라. 토성을 생각하고 있었는데, 토성에서는 내가 별로 필요 없을 것 같아. 중력도 목성 같지 않고 낮으니. 사람들도 할 수 있을 거야."

사람. 웹스터는 생각했다. "사람들"이라고 말했어.

전에는 그런 적이 없었다. '우리'라고 말하는 걸 들어 본 게 언제였더라? 팰컨은 변하고 있어. 우리로부터 점점 멀어져 가고 있어……

그는 불편한 기색을 감추기 위해 의자에서 일어나며 큰 소리로 말했다.

"흠, 회의를 시작하세나. 카메라도 준비됐고 사람들이 기다리고 있어. 옛 친구들을 만날 수 있을 거야."

그는 마지막 문장을 힘주어 말했다. 하지만 하워드는 별 반응이 없었다. 가면을 쓴 것 같은 그의 얼굴은 점점 뜻을 읽기 힘들어지고 있었다. 대신에 그는 책상에서 뒤로 물러나 의자 역할을 하던 받침대의 잠금 장치를 풀고 수압식 보조 장치를 이용하여 키가 2미터가 넘는 몸을 일으켰다. 의사들이 그의 키를 30센티미터 높여서 퀸 엘리자베스 호가 추락했을 때 잃어버린 것에 대해 상당한 보상을 해 준 건 심리학적으로 좋은 효과를 가져왔다.

팰컨은 웹스터가 문을 열어 줄 때까지 기다렸다가, 바퀴를 축으로 깔끔하게 회전한 후 시속 30킬로미터의 속도로 부드럽고 조용하게 나아갔다. 속도와 정밀도 표시는 거만하게 보이지 않았고, 오히려 이제는 의식하지 못할 정도가 되었다.

한때 인간이었으며 아직 음성을 통해서는 인간으로 여겨지는 하워드 팰컨은 담담한 성취감 그리고 지난 몇 년간 처음으로 마음의 평화 같은 것을 느꼈다. 목성에서 돌아온 이후로 악몽은 멈췄다. 마침내 제 역할을 찾은 것이다.

그는 이제 자신이 왜 불운한 퀸 엘리자베스 호에 탑승했던 슈퍼침팬지에 대한 꿈을 꿨는지 알 수 있었다. 인간도 짐승도 아닌 존재. 두 세계 사이에 있는 존재였다. 바로 그가 그랬다.

그는 달 표면에서도 아무런 보호 장비 없이 혼자 돌아다닐 수 있었다. 연약한 육체를 대신한 원통형 금속 내부에 들어 있는 생명 유지 장치는 우주 공간이나 물속에서도 이상 없이 기능했다. 지구보다 열 배 강한 중력 아래에서도 그저 좀 불편하다고만 느낄 뿐이었다. 물론 무중력상태가 가장 좋긴 했다…….

인류는 점점 멀어지고 있었다. 혈연 개념은 희미해졌다. 어쩌면 공기를 호흡하며 방사선에 민감하고 불안정한 탄소화합물 덩어리는 대기권 밖으로 벗어날 권리가 없는지도 몰랐다. 원래의 고향에 머무르는 편이 나을 것이다. 지구나 달, 그리고 화성에.

언젠가 우주의 진정한 지배자는 기계가 될 것이다. 인간이 아니다. 그리고 팰컨도 아니다. 이미 운명을 인식하고 있던 그는 자신만이 느끼는 독특한 외로움, 그러니까 자신이 두 종류의 생명체 사이에 놓인 첫 불사(不死)의 존재라는 것에 우울한 자부심을 느꼈다.

결국 그는 외계 대사가 될 터였다. 옛 생명체와 새로운 생명체, 즉 탄소 생명체와 언젠가 그들을 능가할 기계 생명체를 잇는 존재 말이다.

온갖 골칫거리가 발생할 앞으로의 몇 세기 동안 두 진영은 그가 필요할 것이다.

격리 |Quarantine|

1977년 봄, 《아이작 아시모프의 사이언스 픽션 매거진(Isac Asimov's Science Fiction Magazine)》에 첫 게재. 『태양으로부터 부는 바람』에 재수록.

이 이야기는 편집자이자 영국 과학소설계의 주요 인물인 고(故) 조지 헤이의 제안에 따른 결과물이다. 조지는 엽서 한 장에 우표만 한 작가 얼굴과 함께 전부 들어갈 수 있는 단편 과학소설을 발표하자는 독창적인 아이디어를 떠올렸다. 팬들은 이런 걸 수백 장 정도 사서 친구들에게 보낼 거라는 생각이었다. 고백하자면 180단어로 완전한 과학소설을 쓰는 건 끔찍하게 어려운 일이다. 나는 결과물을 조지 헤이에게 보냈고, 그 후로 그 계획에 대해서 두 번 다시 듣지 못했다.

불타오르는 지구의 파편이 아직 하늘의 절반을 채우고 있을 때 '호기심 발생기'에서 나온 질문이 '중앙'으로 통과해 들어갔다.

"그럴 필요가 있었습니까? 유기체였기는 해도 그들은 제3급 지성에 도달했단 말입니다."

"선택의 여지가 없었다. 이전에 보낸 탐사선 다섯 척이 그들과 접촉한 후 감염되어 가망 없게 되었다."

"감염? 어떻게 말입니까?"

'중앙'이 '검열 관문'을 지나쳐 새어 나온 희미한 기억을 찾는 동안 몇 마이크로 초가 천천히 지나갔고, 그때 과부하가 걸린 '르네상스 회로'는 자폭을 명령받았다.

"탐사선들은 우주의 수명이 다할 때까지도 완벽하게 분석할 수 없는 어떤…… 문제와 조우했다. 불과 여섯 개의 작용인(作用因)밖에 없지만 그것만으로 회로를 완전히 점유했다."

"그런 일이 어떻게 가능합니까?"

"우리도 모른다. 영원히 모를 것이다. 하지만 그 여섯 개의 작용인이 다시 발견된다면 이성적인 계산은 모두 정지되고 말 것이다."

"그것을 어떻게 알아볼 수 있습니까?"

"그것 또한 모른다. '검열 관문'이 닫히기 전에 새어 나온 이름만 알고 있다. 물론 이름만으로는 의미가 없다."

"그렇지만 저는 알아야겠습니다."

'중앙'의 전압이 상승하기 시작했다. 하지만 '관문'을 자극하지는 않았다.

"이런 이름이다. 킹, 퀸, 비숍, 나이트, 룩, 폰(서양 장기인 체스의 말들 ― 옮긴이)."

기세창 |siseneG|

1984년 5월, 《아날로그》에 첫 게재.
『어스타운딩 데이즈(Astounding Days)』에 재수록.

이 단편을 썼을 때 나는 이것이 내 마지막 단편이 될 거라는 암시를 했다. 음, 어쨌건 가장 짧은 단편이긴 하다.

그리고 신은 말했다.

"알레프 0에서 알레프 1행까지…… 삭제."

그러자 우주는 존재하기를 중단했다.

그리고 신은 영겁의 세월을 거치며 숙고한 후, 한숨을 쉬었다.

"창세기 프로그램 취소."

신은 말했다.

우주는 존재한 적조차 없었다.

증기기관 워드프로세서
| The Steam-powered Word Processor |

1986년 9월, 《아날로그》에 첫 게재.
『어스타운딩 데이즈』에 재수록.

서문

한때는 서식스 주 파 토터링의 교구 신부로 재직했으며, 이제는 사람들의 뇌리에서 거의 사라진 천재 공학자로 뛰어난 발자취를 남긴 찰스 캐비지 신부(1815~188?)의 생애에 대해서는 현존하는 자료가 거의 없다. 그러나 수년간의 필사적인 연구 끝에 세상에 널리 알려져야 마땅해 보이는 몇 가지 새로운 사실을 발견했다.

드루실라 올스톤크래프트 캐비지 양과 파 토터링 역사학회의 친절한 숙녀 분들께 감사의 인사를 전한다. 내가 내린 결론과의 관계를 부인하고자 하는 그들의 소망을 나는 충분히 이해하고 있다.

1715년에 발행된 《스펙테이터》에는 이미 캐비지(혹은 커비지) 가문이 드 코버레이 가문(유감스럽지만 서자이다. 비록 로저 경과는 직접적인 관련이 없었지만)의 비장자(非長子) 계통으로 언급되어 있다. 캐비지 가문은 영국의 다른 귀족들과 마찬가지로 노예 무역에 적절히 투자함으로써 빠르게 엄청난 부를 획득했다. 1800년에 이르자 캐비지 가문은 서식스 지방에서 가장 부유한 가문이 되었다. (어떤 이들은 영국에서 가장 부유했다고도 했다.) 하지만 찰스는 11명의 자녀 중 막내였던 관계로 성직에 종사하라는 강요를 받았고 캐비지 가문의 재산을 거의 상속받지 못할 상황에 처해 있었다.

그러나 파 토터링의 신부가 채 30세가 되기도 전에 형제자매 열 명이 연달아 비극적인 사고로 목숨을 잃는 바람에 그가 지닌 재산의 양은 커다란 변동을 겪었다. 현대의 저술가들이 "캐비지 가의 저주"라고 부르는 이 일련의 사고는 교구 신부의 독특한 수집품이었던 중세 무기나 동양에서 온 독극물, 독을 분비하는 파충류 등과 밀접한 관련이 있었다. 이런 불운한 우연의 일치는 자연히 악의적인 소문을 많이 일으켰고, 어쩌면 캐비지 신부가 성직이라는 방패를 최소한 돌연히 영국을 떠나기 전까지 유지하고자 했던 이유일지도 모른다.[1]

엄청난 재산을 갖고 있으면서도 최소한의 공적 의무만 지고 있는 사람이 자기 말고는 누구도 목적과 작동 방법을 이해하지 못하는 복잡하기 짝이 없는 기계를 제작하는 데 인생의 황금기를 투자한 이유가 무엇이냐는 질문이 나오는 건 어쩌면 당연한 일이다. 다행히 최근에 캐비지가 패러데이와 주고받은 서신이 영국 왕립 과학 연구소의

---

1) 일링 영화 촬영소는 알렉 기네스의 「친절한 마음과 화관」이 이 일련의 사건을 풍자하고 있다는 아주 신빙성 있는 소문을 부정한다. 그러나 일찍이 피터 쿠싱이 캐비지 신부 역할에 거론되었다는 사실은 잘 알려져 있다.

문서 보관소에서 발견되어 이 문제에 새로이 빛을 드리우고 있다. 편지에는 캐비지 신부가 1년에 104번, 매주(그는 토터링 인 더 마시, 팝 73 교구의 관리 신부이기도 했다.) 기본적으로 똑같은 주제를 놓고 두 시간짜리 설교를 해야 하는 일에 대해 암암리에 분통을 터뜨리는 내용이 담겨 있었다. 1851년 무렵, 어느 순간(아마도 국제박람회에서 자신감에 넘치는 빅토리아시대의 기술로 만들어진 경이로운 작품들을 보고 온 후였을 것이다.) 영감을 받은 캐비지는 원하는 상태에 맞춰 자동으로 문서를 재조합하는 기계에 대한 착상을 떠올렸다. 그러면 똑같은 내용을 가지고 수없이 많은 설교문을 만들어 낼 수 있을 터였다.

유치했던 초기의 착상은 시간이 지난 후 크게 개선되었다. 앞으로 살펴보겠지만, 비록 캐비지 신부는 '단어 직조기'를 끝내 완성하지 못했으나, 하나의 독립적인 단락은 물론이고 단 한 줄의 문장만으로도 작동할 수 있는 기계를 또렷하게 구상했다. (다음 단계는 단어와 음소였다. 하지만 패러데이와의 편지에서 가능성을 언급했고 그게 바로 궁극적인 목표임을 인식했음에도 불구하고 그는 끝내 시도조차 못했다.)

발명가 신부는 일단 단어 직조기를 고안하자마자 곧바로 제작에 착수했다. 기계에 대한 그의 남다른 소질(어떤 이들은 통탄할 만한 일이라고 하겠지만)은 방대한 사유지를 지키기 위해 만든 독창적인 인간용 덫을 통해 이미 충분히 드러난 바 있었다. 집안의 재산을 노리던 사람 중 최소한 두 명이 제거되었던 것이다.

이 시점에서 캐비지 신부는 역사까지는 아니더라도 최소한 기술의 역사를 바꾸어 놓았을지도 모르는 실수를 저지르고 말았다. 현대에 사는 우리들로서는 그가 직면했던 문제가 전기를 사용하면 간단히 풀린다는 사실을 쉽게 알 수 있다. 이미 몇 년째 휘트스톤 전신기가 쓰이고 있었고, 캐비지가 편지를 주고받던 사람은 바로 전자기의 기본 법칙을 발견한 천재였던 것이다. 눈앞에 있는 해답을 거들떠보지도 않았다니 이 얼마나 희한한 일인가!

그러나 우리는 점잖은 패러데이가 당시 1867년에 있을 죽음을 앞두고 노쇠하여 온전한 정신을 잃기 시작했다는 사실을 염두에 두어야 한다. 현존하는 편지의 상당수에는 캐비지가 참아 넘길 수 없었던 그의 기이한 신념(현재는 소멸해 버린 종교인 '산데마니즘')이 담겨 있다.

게다가 교구 신부 캐비지는 매일같이(최소 일주일에 한 번) 천 년이 넘는 역사를 자랑하는 고도의 기술을 접하고 있었다. 파 토터링 교회에는 헨리 윌리스가 만든 21개 음색의 오르간이 있었던 것이다. 그는 마르셀 뒤프레(프랑스 오르간 연주자 — 옮긴이)가 유럽에서 가장 뛰어난 콘서트 오르간이라고 극찬한, 즉 1875년 런던 북부의 알렉산드라 궁전에 설치된 걸작[2]의 제작자이다. 캐비지 자신도 나쁘지 않은 연주 실력을 갖추고 있었으며 복잡한 작동 원리도 완벽하게 이해하고 있었다. 그는 공기의 압력으로 움직이는 튜브와 밸브, 펌프를 이용하여 계획 중인 단어 직조기의 움직임을 전부 제어할 수 있다고 확신했다.

이해할 수 있는 일이긴 하지만 치명적인 실수였다. 캐비지는 초속 330미터에 불과한 공기의 느린 속도가 기계의 작동 속도를 아주 쓸모없는 수준으로 떨어뜨린다는 사실을 간과했던 것이다. 최종 완성품

---

2) 1970년대 이후 지칠 줄 모르는 내 동생 프레드 클라크는 예후디 메뉴인 경(이미 같은 목적으로 헨델의 「메시아」를 세 번이나 연주한 바 있다.)과 같은 걸출한 음악가들의 도움을 받아 이 훌륭한 악기를 복원하려는 운동에 앞장섰다.

이라고 해도 기껏해야 정보를 다룰 수 있는 속도가 0.1보드(전달 속도 단위 — 옮긴이)에 불과했고, 따라서 하나의 연설문을 준비하는 데 무려 10주는 걸릴 터였다!

캐비지 신부가 이런 근본적인 한계를 깨달은 건 몇 년이 지난 후였다. 처음에는 단순히 사용할 수 있는 동력을 증가시킴으로써 기계의 작동 속도를 무한정 높일 수 있다고 생각했다. 단어 직조기의 최종판은 증기기관으로 작동하는 거대한 탈곡기(오늘날 농장에서 쓰는 트랙터와 콤바인의 조악한 조상이라고 할 수 있다.)의 출력 전부를 흡수했다.

이 시점에서 우리는 단어 직조기의 실제 동작 원리에 대해 알려져 있는 얼마 안 되는 사실을 요약하고 넘어가야 한다. 그러기 위해서는 《파 토터링 가제트》에 멋대로 잘린 채 실린 해설(핵심적인 시기였던 1860년에서 1880년까지의 완전한 기록은 존재하지 않았다.)과 캐비지 신부가 남긴 편지에서 가끔씩 찾아볼 수 있는 기록과 그림에 의존할 수밖에 없다. 우스꽝스럽게도 마지막으로 만들어진 단어 직조기의 상당 부분은 1942년까지 남아 있었다. 그것은 한 독일 공군기가 잘못 투하한 소이탄이 대대로 내려오던 토터링 탑을 잿더미로 만들어 놓았을 때 함께 파괴되었다.[3]

---

3) 기계의 일부분(두 개의 톱니바퀴와 압력 밸브로 보이는 것)은 아직도 토터링 역사학회의 소유로 남아 있다. 이 불쌍한 유물을 보면 나는 어쩔 수 없이 기술에 일대 혁명을 가져왔을지도 모르는 그 유명한 안티키테라 컴퓨터가 떠오른다. (《사이언티픽 아메리칸》 1959년 7월 호, 데렉 드 솔라 프라이스의 글을 볼 것.) 1965년 내가 마지막으로 보았을 때 그것은 수치스럽게도 담배 상자에 담긴 채 아테네 박물관 지하실에 보관되어 있었다. 박물관에서 가장 중요한 유물이라는 내 주장은 잘 받아들여지지 않았다.

단어 직조기의 '기억 장치'로는 당시 쓸 만한 다른 대안이 없었으므로 개량된 자카르 방적기가 쓰던 천공카드를 사용했다. 캐비지는 자카르가 태피스트리를 짜는 것과 마찬가지로 자기는 생각을 짠다고 즐겨 말하곤 했다. 결과물은 한 줄당 스무 글자(나중에는 서른 글자)씩 출력되었으며, 문자가 새겨진 바퀴가 회전하면서 조그만 구멍을 통해 특정 문자를 보여 주는 방식으로 조작자에게 전달되었다.

단어 직조기의 COS(카드 구동 시스템)에 대해서는 알려진 것이 없다. 그리고 각 카드의 위치를 지정하거나 제거하고, 갱신하는 문제가 캐비지를 가장 괴롭혔던 것으로 보이는 것은 그다지 놀랍지 않다. 일단 글이 완성되고 나면 금속 활자로 활판을 주조했다. 이 경이로운 성직자는 머건탈러가 특허를 획득한 1886년보다 최소한 10년 앞서 원시적인 라이노타이프(한 줄의 활자를 한 묶음으로 만들어 자동으로 판을 짜는 기계 — 옮긴이)를 제작한 것이다!

단어 직조기를 사용하기 전에 캐비지는 성경뿐만 아니라 크루덴의 『성구 사전』 전체를 자카르 카드로 옮기는 막대한 양의 작업에 직면했다. 그는 이 작업을 아주 저렴한 비용에 처리하기 위해 파 토터링에 있는 "부패한 신사의 미망인을 위한 안식처"(현재는 디스코와 브레이크댄스 클럽이 있는 곳이다.)에서 중년 부인들을 동원했다. 이 또한 놀랍게도 세계 최초였다. 1890년 미국의 통계조사에서 사용된 홀러리스의 유명한 기계화 방법을 수십 년이나 앞서 예측했던 것이다.

그러나 이 시점에서 재앙이 닥쳤다. 파 토터링 교구에서 흘러나오는 이상한 소문을 재차 듣게 된 저명한, 캔터베리 대주교에 비해도 손색없는 인물이 이 강박관념에 시달리는 교구 신부를 불시에 방문했던 것이다. 교회의 오르간이 5년 동안이나 원래의 기능을 발휘하지 못했다는 사실을 발견하고 소스라치게 놀란 대주교는 최후의 통첩을 했다. 단어 직조기를 없애거나 캐비지 신부가 사임해야 한다는 것이었다. (둘 다라면 더욱 좋았다. 귀신 쫓기와 재성별(再聖別)에 대한 암시도 있었던 것이다.)

이 딜레마는 이미 무너져 버린 성직자의 마음에 감정적인 위기를 초래했던 것 같다. 그는 이제 성 시미언 교회의 서쪽 수랑(袖廊) 전체를 차지하고 있는 거대하고 다루기 힘든 기계를 마지막으로 시험해 보았다. 추수철이라 지역 농민들의 항의에도 불구하고 번쩍이는 황동으로 만들어진 거대한 증기기관을 교회로 실어 와 동력 벨트를 연결했다. (스테인드글라스 창문은 이걸 가능하게 하기 위해서 이미 오래전에 제거된 상태였다.)

신부는 알아보기 힘든 조종대에 자리를 잡고 앉아서(나는 그가 발로 페달을 밟아서 시동을 걸었는지 궁금해 하지 않을 수 없다.) 타자를 치기 시작했다. 문자가 새겨진 바퀴가 눈앞에서 회전하면서 한 번에 한 줄씩 문장이 천천히 출력되기 시작했다. 제의실에서는 녹은 납이 담겨 있는 도가니가 공기 압력을 통해 어렵게 전해져 올 명령을 기다리고 있었다…….

"빨리, 더 빨리!"

초조한 교구 신부는 교회 마당에서 연기를 내뿜는 괴물의 입 속으로 석탄을 삽으로 퍼 나르는 일꾼들을 독려했다. 기다란 동력 벨트는 뱀처럼 꿈틀거리며 위아래로 미친 듯이 펄럭이면서 좁은 창문을 통해 무리하게 돌아가는 단어 직조기에 동력을 불어 넣었다.

그런 결과가 나온 건 필연적이었다. 어디선가, 거대한 기계 장치의 깊숙한 곳에서 무언가가 부서졌다. 몇 초 만에 불행한 기계는 산산조각 났다. 목격자에 의하면 교구 신부는 대단히 운 좋게 목숨을 건질 수 있었다고 한다.

이어서 전개된 상황은 급작스럽기도 하고 전혀 예상치 못한 일이었다. 캐비지 신부는 교회와 아내, 열세 명의 자녀를 전부 버리고 수석 조수였던 마을의 대장장이와 눈이 맞아 오스트레일리아로 달아났다.

계급관념이 투철한 빅토리아시대의 사람들에게 단순한 일꾼과 그런 친밀한 관계는 변명의 여지가 없었다(차라리 하인이 더 나았을지도 몰랐다!).[4] 찰스 캐비지라는 이름은 교양 있는 사람들 사이에서는 꺼내지도 못할 이름이 되었고, 그가 훗날 보터니 만의 사제가 되었다는 내용의 보고서는 있지만 최후의 운명이 어찌되었는지는 알려져 있지 않다. 오스트레일리아의 미개척지에서 캐비지 자신이 발명한 양털 깎는 기계가 폭주했고, 그때 그가 죽었다는 전설은 조작된 것이 틀림없다.

---

4) D. H. 로렌스가 어떻게 이 일을 알게 되었는지는 여전히 수수께끼이다. 오늘날 널리 알려진 바에 따르면 그는 원래 채털리 부인이 아닌 남편을 소설의 주인공으로 삼으려고 했으나 신중하게 생각한 끝에 포기했다고 한다. 그리고 캐비지와의 관련에 대해서는 로렌스가 어리석게도 당당하게 프랭크 해리스에게 이야기했고, 해리스가 곧바로《새터데이 리뷰》에 그 내용을 실음으로써 세상에 알려졌다. 로렌스는 그 후로 다시는 해리스와 말을 하지 않았다. 하지만 그때는 이미 아무도 해리스와 말을 하지 않게 된 후였다.

후기

영국 박물관의 희귀본 서가에는 캐비지 신부가 쓴 『증기로 쓴 설교』의 유일한 사본이 보관되어 있다. 캐비지의 가족들은 오래전부터 이 책이 단어 직조기를 사용하여 만들어졌다고 주장해 왔다. 불행히도, 간단히 살펴보는 것만으로도 그 주장이 사실이 아니라는 점은 쉽게 알 수 있다. 마지막 두 쪽(223~4)을 제외한 책 전체는 평범한 원압(圓壓) 인쇄 방식으로 만들어진 것이다.

그러나 223~4쪽은 나중에 삽입된 것이 분명하다. 인쇄 자체도 매우 들쭉날쭉하며 글도 잘못된 철자와 조판으로 가득 차 있다.

이것이 과연 빅토리아시대의 가장 두드러진, 그리고 방향이 잘못된 기술 개발 노력의 결과물로 남아 있는 유일한 유품일까? 아니면 단어 직조기가 조악하긴 해도 최소한 한 번은 실제로 작동했다는 인상을 주기 위해 고의로 만들어진 가짜일까?

우리는 결코 진실을 알 수 없을 것이다. 하지만 한 명의 영국인으로서 나는 오늘날의 가장 중요한 발명품 중 하나가 영국에서 최초로 잉태되었다는 사실에 자부심을 느낀다. 상황이 조금만 다르게 전개되었더라면, 찰스 캐비지는 제임스 와트, 조지 스티븐슨 혹은 이점바드 킹덤 브루넬만큼이나 유명한 인물이 되었을 것이다.

황금빛 바다에서 |On Golden Seas|

1986년 8월, 펜타곤 국방 과학 게시판 뉴스레터에 첫 게재.
『행성 지구의 이야기(Tales from Planet Earth)』에 재수록.

이 이야기는 레이건 대통령이 주창한 이른바 '스타 워즈' 계획에 대한 내 첫 번째 응답이었다. 그 이후로 나는 거기에 관련된, 대통령의 유명한 연설을 쓴 사람이나 '다스베이더'라는 별명을 즐겁게 받아들인 국방부의 장군을 포함한 거의 모든 사람과 안면을 텄다. 비록 논쟁의 여지가 많은 이 주제를 두고 무엇을 할 수 있는지 그리고 해야 할지에 대한 의견은 서로 달랐어도, 그들 모두와 좋은 관계를 유지하고 있다는 점은 기쁘다.

이른바 전문가라는 사람들의 많은 의견과는 반대로 이런저런 말이 많은 케네디 대통령의 예산 수호 발의안이 그녀 자신의 생각이라는 점은 거의 확실하다. 그리고 누구나 그랬듯이 예산 관리국이나 재무 장관 역시 그녀의 유명한 '황금 십자가' 연설(원래 윌리엄 제닝스 브라이언이 1896년 시카고 민주당 전당대회에서 행한 미국 정치 연설의 고전 ― 옮긴이)에 크게 놀랐다. 대통령 과학 자문위원인 조지 키스톤 박사(친구들은 '캅스'라고 불렀다.)는 그 소식을 처음으로 들은 사람이었다.

과거와 미래 시대를 막론하고 역사 소설의 애독자인 케네디 여사는 우연히 500주년에 관한 이상한 소설을 읽었는데, 그 소설은 해수에 상당한 양의 황금이 함유되어 있다는 내용을 언급하고 있었다. 여성 특유의 직감으로(훗날 그녀의 정적들은 이렇게 비난했다.) 케네디 대통령은 자신의 내각이 직면한 가장 큰 현안을 해결할 방법을 즉시 깨우쳤다.

그녀는 가차 없이 증가하고 있는 적자 때문에 파랗게 질린 책임자들로 줄줄이 엮인 기다란 선의 최종점에 있었다. 게다가 최근 터진 두 가지 뉴스거리는 그녀의 심려를 더욱 깊게 만들었다. 첫 번째 뉴스는 2010년이 되면 모든 미국 시민은 각자 백만 달러의 빚을 지고 태어나게 될 거라는 발표였다. 다른 하나는 자유세계에서 가장 신뢰성 있는 통화가 이제 뉴욕 지하철 토큰이라는 대중에게도 잘 알려진 보고서였다.

"조지, 바닷물에는 금이 있다는 게 사실인가요? 그러면 그걸 꺼낼 수 있을까요?"

대통령이 말했다.

키스톤 박사는 한 시간 내로 답변을 주겠다고 약속했다. 비록 그는 석사 논문 주제가 소형 파타고니아 전갈의 기괴한 성생활(수도 없이 지적당했듯이 다른 파타고니아 전갈 말고는 아무도 관심을 갖지 않을 법한 주제였다.)에 대한 것이었다는 사실을 평생 떨쳐 버리지 못하고 있었음에도 불구하고, 이제는 워싱턴 정가와 학계 양쪽에서 존중받고 있는 인물이었다. 그가 미국의 동부 지역에서 가장 빠른 속도로 검색을 할 수 있다는 사실 덕분일 가능성도 있었지만 그건 절대로 사소한 재주가 아니었다. 글로벌 데이터 뱅크에 접속한 지 20분이 되지 않아 그는 대통령이 필요로 하는 정보를 모두 획득했다.

대통령은 자신의 생각이 전혀 독창적인 게 아니라는 사실을 알게 되자 놀랐다. 그리고 기분도 좀 나빴다. 한참 전인 1925년에 독일의 위대한 과학자인 프리츠 하버가 이미 해수에서 금을 추출해서 독일의 막대한 전쟁 배상금을 갚으려고 시도했던 것이다. 그 계획은 실패했다. 하지만 키스톤 박사가 지적했듯이 하버가 살았던 시대 이후로 화학 기술은 몇 단계나 발전했다. 그렇다. 달에도 갈 수 있는 미합중국인데 바다에서 금을 추출해 내지 못할 게 뭐가 있겠나…….

예산 수호 발의 기구를 설립했다는 대통령의 발표는 즉각적으로 엄청난 찬사와 비판을 불러일으켰다.

이언 플레밍의 재산권을 침해하지 말라는 명령을 수없이 받았음에도 불구하고 미디어는 즉시 대통령의 과학 자문 위원에게 골드핑거(이언 플레밍의 소설 제목이자 세계 지배 음모에 사로잡힌 등장인물 ─ 옮긴이) 박사라는 별명을 붙여 주었고, 셜리 베시(「007 골드핑거」의 주제가를 불렀음 ─ 옮긴이)는 은퇴를 번복하고 가장 인기 있었던 자신의 노래를 새로 편곡해서 들고 나왔다.

예산 수호 발의안에 대한 반응은 크게 세 가지로 분류할 수 있고 과학계도 각기 나누어져 서로 날카롭게 반목했다. 우선 그게 아주 멋진 생각이라고 확신하는 열광적인 추종자들이 있었다. 그리고 기술적으로 불가능하다는, 최소한 너무 어려워서 가격에 비해 효율적이지 않을 거라는 회의론자들이 있었다. 마지막으로 가능한 일이기는 하나 나쁜 생각이라고 믿는 자들이 있었다.

추종자 중에서 가장 잘 알려진 인물은 아마 '엑셀시어' 계획을 정력적으로 추진하고 있는, 그 유명하다는 네버모어 연구소의 레이븐 박사였을 것이다. 세부 사항은 고급 기밀로 분류되어 있지만, 수소폭탄을 사용하여 엄청난 양의 바닷물을 증발시키고 남은 광물질(금을 포함하여)을 재처리하는 기술이 관련되어 있다는 사실은 잘 알려져 있었다.

말할 것도 없이 상당수의 과학자들은 그 계획에 비판적이었다. 하지만 레이븐 박사는 비밀의 장막 뒤에서 능란하게 공격을 막아 냈다. "금이 방사능을 띠고 있지 않겠소?"라며 불평하는 사람들에게 그는 즐거운 기색으로 이렇게 대답했다. "그래서요? 그러면 훔쳐 가기가 더 어려워지겠군! 그리고 어쨌거나 금은 은행 금고 안에 묻힐 테니 상관없소이다."

하지만 가장 설득력 있는 논거는 엑셀시어 계획의 부산물로 수백만 톤의 즉석 물고기 구이가 생겨난다는 점이었을지도 몰랐다. 그거면 굶주리고 있는 제3세계 사람들을 먹일 수 있었다.

예산 수호 발의안의 추종자 중 깜짝 놀랄 만한 인물은 뉴욕 시장이었다. 해양에 녹아 있는 금의 총량이 적어도 50억 톤으로 추정된다는 말을 듣자마자 물의를 일으키기 좋아하는 피델 블록은 이렇게 외쳤다. "드디어 이 위대한 시의 거리를 황금으로 포장할 수 있겠군!" 그를 비판하는 수많은 사람들은 불운한 뉴욕 시민들이 더 이상 깊이를 알 수 없는 구덩이에 빠져 사라져 버리는 일이 없도록 인도부터 포장할 것을 권했다.

가장 그럴듯한 비판은 '걱정이 많은 경제인들의 연합'에서 나왔다. 그들은 예산 수호 발의안에 의해서 여러 가지 끔찍한 부산물이 파생될지도 모른다고 지적했다. 신중하게 통제하지 않는다면, 많은 양의 금이 시중에 유입되었을 때 세계 금융 시스템에 어떤 영향이 가해질지 아무로 몰랐다. 대통령의 연설 직후에 이미 국제 보석 시장에는 공황에 가까운 파급 효과가 나타나서 결혼반지의 판매량이 0에 가까울 정도로 떨어졌다.

그러나 대부분의 구두 반대 의견들은 모스크바에서 나왔다. 예산 수호 발의안이 자본주의자들의 교묘한 책략이라는 고발에 대해 재무장관은 이미 전 세계의 거의 모든 금이 소련의 지하금고에 보관되어 있는 만큼 그런 비난은 순전히 위선에 불과하다고 응수했다. 이 대구의 논리적 정당성이 아직 밝혀지지도 않은 시점에서 대통령이 나서서 혼란을 가중시켰다. 그녀는 예산 수호 발의안의 기술적인 기반이 완성되면 미합중국은 기꺼이 그 기술을 소련과 공유할 것이라고 발표함으로써 모두를 깜짝 놀라게 했다. 아무도 그 말을 믿지 않았다.

이 즈음엔 찬반을 막론하고(경우에 따라서는 둘 다) 예산 수호 발의안과 관련을 맺고 있지 않은 전문 기구가 거의 없었다. 국제 변호사들은 대통령이 간과한 문제를 지적했다. 바다에 있는 금의 소유권은 누구에게 있는가? 아마도 전 세계 모든 국가가 200해리 경제수역까지의 해수에 함유되어 있는 물질의 소유권을 주장할 수 있을 것이다. 하지만 해류가 항상 막대한 양의 바닷물을 휘저어 놓고 있기 때문에 금은 한군데에 가만히 있지 않는다.

바다의 어느 한 지점에 있는 단 하나의 추출 공장만으로도 궁극적으로는 금을 전부 추출할 수 있었다…… 다른 나라가 뭐라 하건 말이다! 그 점에 대해 어떻게 하기로 했나? 당황한 백악관에서는 희미한 잡음밖에 들려오지 않았다.

이 비판이든 다른 비판이든 그것에 당황하지 않은 단 한 사람은 유능하며 어디에나 모습을 나타내는 습성이 있는 예산 수호 발의 기구의 의장이었다. 아이작슨 장군은 국방부의 해결사로서 만만치 않은,

그리고 그만 한 가치가 있는 명성을 쌓아 왔다. 그의 가장 눈부신 성과는 아마도 미국에서 가장 돈벌이가 되는 상품(군인들에게 제공되는 수십억 개의 화장지) 판로의 하나를 독점하려는 사악한 마피아 도당의 음모를 분쇄한 것이었다.

언론을 상대로 열변을 토하고 아직 발전 중인 예산 수호 기술을 시연해 보인 건 그였다. 신문 및 방송 기자들에게 금으로 된, 아니, 금도금이 된 넥타이핀을 증정한 것은 천재적인 수완으로 널리 인정받았다. 칭송으로 가득한 기사가 인쇄되고 나서야 언론계 대표들은 그 교활한 장군이 결코 그 금이 바다에서 나왔다고 드러내어 말한 적은 없다는 사실을 뒤늦게 깨달았다.

물론 그때는 이미 그걸 증명해 보이라고 따지기엔 너무 늦어 있었다.

대통령의 연설 이후로 4년이 지났고 두 번째 집권기의 첫해인 지금도 예산 수호 발의안의 미래를 예측하는 건 불가능하다. 아이작슨 장군은 바다 위를 떠다니는 거대한 갑판, 《뉴스위크》의 말을 빌리자면 항공모함이 정유 공장과 사랑을 나누려고 애쓰는 모습처럼 보이는 물건을 타고 바다로 떠났다. 키스톤 박사는 자기가 할 일은 모두 무사히 끝났다며 사표를 던진 후 대형 파타고니아 전갈을 찾아 떠났다. 그리고 불길하게도 미국의 정찰 위성은 소련이 자국의 해안을 따라 전략적인 위치에 아주 거대한 파이프를 건설하고 있음을 보여 주었다.

신의 망치 |The Hammer of God|

1992년 9월,《타임(Time)》에 첫 게재.

이 이야기는 다음과 같은 《타임》의 깜짝 놀랄 만한 요청 덕분에 태어났다. "우리는 지금까지 한번도 소설을 실은 적이 없습니다. 의도적으로요." 나는 이런 도전에 응하지 않고서 배길 수 없었다. 게다가 원고료도 적지 않았다. 몇 년 후 나는 이 단편을 바탕으로 장편소설을 쓸 수 있을 거라는 생각을 했다…….
소행성이나 혜성이 지구에 충돌할 위험이 있다는 이야기는 이제 널리 받아들여지고 있다. 그리고 스티븐 스필버그는 「딥 임팩트」를 제작하기 전 내 소설에서 아이디어를 골라 갔다.

운석은 수직으로 떨어졌다. 대기에 폭 10킬로미터 크기의 구멍이 뚫렸고, 온도가 급격히 상승해 급기야 공기 자체가 불타오를 정도였다. 멕시코 만 근처에 충돌한 순간 바위는 액화된 채 산맥만 한 크기의 파도에 실려 주위로 퍼져 나갔다. 녹은 바윗물이 굳은 것은 이미 직경 200킬로미터 크기의 분화구를 형성한 후였다.

그건 단지 재앙의 시작일 뿐이었다. 진정한 비극은 지금부터였다. 하늘에서 산화질소의 비가 내려 바다를 산성으로 물들였다. 불타 버린 숲에서 나온 재는 구름을 이루어 하늘을 어둡게 만들고 몇 달 동안이나 태양을 가렸다. 전 세계적으로 온도가 급강하하며 최초의 재앙에서 살아남은 동식물들을 대부분 몰살시켰다. 몇 종류의 종들은 수천 년 동안 생명을 유지해 나갈 수 있겠지만, 거대한 파충류의 시대는 드디어 최후를 맞이한 것이다.

진화의 시계는 원점으로 되돌아가 인류의 탄생을 위한 초읽기에 들어갔다. 때는 지금으로부터 약 6500만 년 전이었다.

로버트 싱 선장은 어린 아들 토비와 함께 숲 속을 걷는 일이 결코 지겹지 않았다. 물론 사람의 손길이 많이 닿아 길든 숲이라 위험한 동물은 없었지만 지난번에 갔던 사우디 사막에 마지막으로 남아 있는 옛 흔적인 굽이치는 사구와, 그리고 그전에 다녀온 오스트레일리아의 대보초와도 재미있는 대조를 이루었다. 그런데 이번에 스카이 리프트 서비스가 집을 운반해 주었을 때는 음식 순환 시스템에 문제가 생겼다. 안전장치 덕분에 저장되어 있는 식단표는 무사했지만 최근 합성기에서 나오는 몇 가지 음식에서 이상한 금속성 맛이 났던 것이다.

"저게 뭐예요, 아빠?"

네 살 먹은 아이가 나뭇잎 뒤에 숨어서 그들을 살펴보고 있는 조그만 털북숭이 얼굴을 가리키며 물었다.

"음, 원숭이 같은데. 집에 가서 브레인에게 물어보자."

"같이 놓아도 돼요?"

"그건 안 될 것 같아. 물 수도 있거든. 벼룩도 있을 테고. 네 로보토이들이 훨씬 근사하잖니."

"그래도……."

다음에 어떤 장면이 이어질지 싱 선장은 알고 있었다. 이미 수십 번이나 이 상황을 돌려 보았던 것이다. 토비는 울기 시작하고 원숭이는 사라진다. 그리고 그는 아이를 달래서 집으로 데리고 온다…….

하지만 그건 20년 전, 그리고 1억 5000만 년이나 떨어진 곳에서 일어난 일이었다. 재생이 끝났다. 소리와 영상, 이름 모를 꽃들의 향기,

부드럽게 어루만지는 바람은 천천히 사라져 갔다. 순식간에 그는 궤도 예인선 골리앗 호의 선장실로 돌아와 우주 탐사 역사상 가장 중요한 임무인 아틀라스 계획을 수행할 100명의 대원들을 지휘해야 하는 현실과 마주했다. 토비와 토비가 확장된 가족에서 새로 맞은 양부모는 싱이 다시는 갈 수 없는 먼 세계에 남아 있었다. 우주에서 보낸 수십 년 때문에, 그리고 무중력상태에서는 필수적으로 해야 하는 운동을 빼먹은 결과, 그의 근육은 너무 약해져서 이제 달과 화성에서만 걸을 수 있게 되었다. 중력이 그를 태어난 행성에서 추방해 버린 것이다.

"랑데부까지 한 시간 남았습니다, 선장님."

다비드가 조용하지만 분명한 목소리로 말했다. 골리앗의 중앙 컴퓨터에 다비드라는 이름이 붙여진 건 필연적인 결과였다.

"요청하신 대로 활성 모드로 전환합니다. 이제 현실로 돌아오실 시간입니다."

잃어버린 과거의 영상이 마지막으로 끓어오르는 안개 같은 무정형의 잡음으로 변해 버리자 골리앗의 인간 지휘자는 슬픔이 파도처럼 밀려오는 것을 느꼈다. 한 현실에서 다른 현실로의 급격한 전환은 정신분열증에 효과적인 처방이었다. 싱 선장은 항상 그 충격을 마음을 달래는 데 가장 효과적인 소리로 완화시켰다. 해변에 파도가 부드럽게 부서지는 소리와 멀리서 들려오는 갈매기 소리. 그것 또한 이제는 끔찍한 현실에 밀려나 버린 잃어버린 삶, 평화로운 과거에 대한 또 다른 추억이었다.

싱은 잠시 막중한 책임과 마주하는 일을 미루고 있었다. 그리고 한

숨을 내쉬고는 두개골에 편안하게 밀착된 채 먼 과거를 되살려 주었던 신경 입력 모자를 벗었다. 우주인이라면 모두 그렇듯 싱 선장도 '대머리는 아름답다'파에 속해 있었다. 다른 건 몰라도 무중력상태에서 가발은 골칫거리였다. 휴대용 '브레인맨'이라는 발명품 하나가 10년 만에 대머리를 표준으로 만들었다는 사실에 사회역사학자들은 아직도 동요하고 있었다. 피부색 고속 변환기라든가 안경을 쓸모없게 만든 레이저 시술도 유행이나 패션에 그렇게 강한 충격을 주지 못했다.

"선장님, 거기 계신 거 알고 있습니다. 제가 지휘권을 넘겨받기를 원하십니까?"

다비드가 말했다.

오래된 농담이었다. 초기 전자 시대의 소설이나 영화에 나오는 정신 나간 컴퓨터에 빗댄 농담이었다. 다비드의 유머 감각은 놀라울 정도로 좋았다. 아무튼 다비드도 그 유명한 수정 헌법 제100조에 의하면 법적인 개인(비인간)이었고, 창조자인 인간의 거의 모든 속성을 공유 혹은 능가했다. 하지만 다비드가 들어올 수 없는 감각과 감정이라는 영역은 엄연히 존재했다. 어려운 일은 아니었겠지만 다비드에게 후각과 미각을 부여할 필요까지는 없었다. 그리고 야한 이야기를 해 보려는 다비드의 시도는 끔찍한 실패로 끝났기 때문에 결국 그쪽으로는 포기하고 말았다.

"괜찮아, 다비드. 내가 지휘한다."

싱 선장이 대꾸했다.

그는 눈을 덮고 있던 마스크를 벗고 마지못해 화면을 향해 몸을 돌렸다. 그러자 눈앞 우주 공간에 칼리가 있었다.

칼리는 전혀 위험하지 않아 보였다. 그저 평범한 작은 소행성으로 모양이 땅콩과 아주 흡사한 나머지 우습기까지 했다. 숯처럼 짙은 회색빛의 표면 위에는 충돌로 생긴 커다란 분화구 몇 개와 수백 개의 작은 분화구들이 여기저기 흩어져 있었다. 시각적으로 크기를 판단하는 것은 불가능했지만 싱은 이미 외어서 알고 있었다. 길이는 가장 긴 곳이 1295미터였고, 폭은 가장 좁은 곳이 456미터였다. 웬만한 시내의 공원 크기였다.

지금까지도 대다수의 인류가 이 평범한 소행성이 파국을 가져올 도구, 또는 크리슬람교 근본주의자들이 부르듯이 '신의 망치'라는 사실을 믿지 못하는 것도 당연했다.

크리슬람교의 갑작스러운 부상은 로마와 메카 모두에게 비극적인 일이었다. 기독교는 이미 요한 바오로 25세가 피임에 대해 감동적이지만 시대에 뒤처진 항변을 했다는 점과 복음서의 예수가 최소한 세 명의 인물을 합쳐 놓은 것이라는 부정할 수 없는 증거가 신(新)사해 문서에서 발견된 사실로 인해 비틀거리고 있었다. 한편 이슬람 세계는 상온 핵융합 기술의 혁신이 너무 성급히 발표되면서 석유의 시대에 종지부를 찍은 이후로 경제적인 힘을 대부분 잃어버린 상태였다. 새로운 종교가 잉태되어야 할 때는 무르익어 있었다. 그리고 가장 열렬한 비판자들조차 인정했듯이 가장 훌륭한 원료는 오래된 두 종교였다.

몇몇 사람들은 인위적인 연출이었다고 주장하지만, 예언자 파티마 마그달렌(본래 이름은 루비 골덴버그)은 화려하게 순교할 때까지 무려

1억 명에 가까운 추종자들을 획득했다. 영리하게도 신경 프로그래밍 기법을 사용하여 예배 도중에 천국을 시연해 준 덕분에 크리슬람교는 모체가 된 종교보다는 아직 신도 수가 적었지만 폭발적으로 교세를 확장했다.

예언자의 죽음 이후, 자연스럽게 크리슬람교 운동은 각자 자기들이 진정한 진리를 받들고 있다는 경쟁 분파들로 나뉘었다. 가장 광신적인 분파는 '다시 태어난 자'라고 스스로를 호칭하는 근본주의자 집단이었다. 그들은 직경 3000킬로미터의 단단한 바위가 지구에서 오는 시끄러운 전파를 막아 주는 달의 뒷면, 침묵의 구역에 설치해 둔 청강소(聽講所)를 통해 신(아니면 최소한 대천사)과 직접 이야기를 나눈다고 주장했다.

칼리는 이제 주 화면을 가득 채우고 있었다. 골리앗은 오랜 세월에 걸쳐 울퉁불퉁하게 변한 칼리의 표면에서 200미터밖에 떨어져 있지 않았기 때문에 굳이 확대해서 볼 필요는 없었다. 이미 승무원 두 명은 착륙한 상태였다. 으레 그러듯이 "한 사람에게는 작은 한 걸음"(1969년 암스트롱이 달에 첫발을 내디디며 지구인을 향해 한 말. "그러나 인류에게는 거대한 도약"이라는 문구가 이어진다. ─옮긴이)이라는 말과 함께였다. 하지만 이렇게 무중력상태에 가까운 곳에서는 걷기가 거의 불가능했다.

"무선 표지의 안테나를 전개합니다. 단단히 고정해 두었으니 이제 칼리는 도망칠 수 없을 겁니다."

농담치고는 약했다. 함교에 모인 열 명가량의 장교들 사이에서 터진 웃음은 다소 억지스러웠다. 랑데부 이후로 대원들의 사기에는 미묘한 변화가 있어서, 침울함과 유치한 농담 사이를 대중없이 왔다 갔다 했다. 선내 의사는 이미 가벼운 조울증 증상을 보이는 대원 하나에게 진정제를 처방했다. 하릴없이 기다려야만 하는 앞으로의 몇 주 동안 상황은 더욱 나빠질 터였다.

첫 번째 대기 기간은 이미 시작되었다. 지구에서는 거대한 전파망원경이 무선 표지에서 나오는 전파를 수신하고 있었다. 이미 최대한의 정확도로 칼리의 궤도를 계산해 두었지만, 칼리가 아무런 해도 끼치지 않고 스쳐 지나갈 가능성은 아직도 남아 있었다. 전파라는 측정막대가 곧 결론을 내줄 것이다. 어느 쪽으로든.

기나긴 두 시간이 지나자 답신이 도착했다. 다비드가 답신 내용을 대원들에게 전했다.

"우주 파수대의 보고에 따르면 지구에 충돌할 가능성은 99.9퍼센트입니다. 즉시 아틀라스 계획을 시작해야 합니다."

신화 속 아틀라스의 임무는 하늘을 지탱해 땅에 떨어지지 않도록 하는 것이었다. 골리앗 호가 외부 하중으로 짊어지고 온 아틀라스 분사기의 임무는 그에 비하면 간단했다. 하늘의 아주 작은 일부만 밀어내면 되는 것이다.

크기는 집채만 했고 무게는 9000톤에 달했으며 시속 5만 킬로미터의 속도로 움직이고 있었다. 소행성이 그랜드 티튼 국립공원 위를 지나갈 때 깜짝 놀란 관광객 한 명이 환한 빛을 내는 불덩어리와 그것이 남긴 기다란 수증기 꼬리를 촬영했다. 채 2분도 되지 않아 그 소행성은 지구 대기를 살짝 베어 낸 후 다시 우주로 돌아갔다.

소행성이 태양을 공전하던 수십억 년 동안 궤도가 아주 약간만 변했더라면 그 소행성은 히로시마를 파괴한 폭탄보다 다섯 배나 큰 파괴력을 지닌 채 지구상의 한 대도시에 떨어졌을지도 몰랐다.

1972년 8월 10일의 일이었다.

우주 파수대 계획은 이제 전설이 되어 버린 미국 우주 항공국이 20세기 말엽에 마지막으로 진행한 계획이었다. 원래의 목적은 간단한 편이었다. 지구와 궤도가 교차하는 소행성이나 혜성을 가능한 한 완벽하게 조사하는 것, 그리고 잠재적인 위험이 될 수 있는 소행성이나 혜성을 파악하는 것.

매년 천만 달러 정도에 불과한 예산으로 진행한 끝에 2000년에 전 세계적인 망원경망이 완성되었다. 대부분은 숙련된 아마추어들로 이루어져 있었다. 61년 후, 돌아온 핼리혜성이 보여 준 장관 덕분에 예산은 조금 더 늘어났고, 2079년에 거대한 불덩어리가 다행히도 대서양 한복판에 떨어지는 사건이 생기자 우주 파수대의 명성은 더욱 높아졌다. 21세기가 끝날 무렵, 우주 파수대는 소행성 백만 개의 위치를 파악하고 있었고 작업은 90퍼센트 정도 완료된 듯했다. 그러나 우주 파수대 계획에는 끝이 없었다. 인간의 손길이 미치지 않는 태양계 외곽에서 언제 침입자가 쳐들어올지 몰랐던 것이다.

바로 칼리처럼 말이다. 2212년이 끝나 갈 무렵, 목성 궤도를 넘어 태양 쪽으로 다가오는 칼리의 모습이 발각되었다. 다행히 한 세대 전에 조지 레드스톤 의원(서아메리카, 무소속)이 영향력 있는 재정 위원회의 의장을 맡았던 덕분에 인류가 무방비 상태에 있던 것은 아니었다.

레드스톤 의원은 한 가지 기이한 행동으로 대중에 알려져 있었고 자기 자신도 흔쾌히 인정했듯 한 가지 악취미 또한 지니고 있었다. 그는 언제나 두꺼운 뿔테 안경(물론 아무 기능도 없는)을 쓰고 다녔는데, 그건 요즘에는 그런 진귀한 물건을 본 사람이 별로 없어서 비협조적인 증인을 어르는 효과가 있다는 이유에서였다. 누구나 알고 있는 그의 '악취미'는 샤이엔 산 근처에 있는 오래전에 폐기된 미사일 저장고 속 터널에 설치된 올림픽 표준 사격장에서 하는 라이플 사격이었다. 지구가 비무장화된 이래 그런 행위는 금지된 건 아니어도 사람들의 눈살을 찌푸리게 했다. (비무장화는 "총은 발기불능인 사람들을 위한 목발이다."라는 유명한 표어 때문에 더욱 가속화되었다.)

레드스톤 의원이 괴짜라는 점에는 의심의 여지가 없었다. 집안 내력인 것 같았다. 그의 할머니는 공포의 대상인 비벌리 힐스 시민군의 대령으로, 로스앤젤레스의 비정규군과의 수많은 전투는 구식 발레에서부터 두뇌 직접 자극 기법에 이르기까지 매체를 가리지 않고 끝도 없는 심리극을 낳았다. 그리고 할아버지는 21세기의 악명 높은 밀수꾼이었다. 나이아가라 폭포를 이용한 독창적인 방법으로 1킬로톤의 담배를 밀수하려고 시도하다가 캐나다 메디캅과의 총격전에서 사망하기 전까지 그 '담배 밀수꾼'은 적어도 2000만 명의 죽음을 유발한 것으로 알려져 있었다.

레드스톤의 할아버지가 충격적으로 사망한 이후 미합중국의 세 번째, 그리고 가장 끔찍했던 금지령이 철회될 정도였건만, 그는 할아버지에 대해 거의 부끄러워하지 않았다. 레드스톤 의원은 다 자란 성인이라면 무고한 구경꾼들까지 죽이지 않는 한 원하는 방법으로, 그러니까 알코올이나 코카인, 심지어 담배로 자살할 권리가 있다고 주장했다.

우주 파수대 계획 2단계에 대한 예산안을 받아 든 레드스톤 의원은 수십억 달러를 우주 공간에 뿌린다는 생각에 대단히 분개했다. 공산주의와 자본주의가 거의 동시에 몰락하고, 세계은행의 수학자들이 카오스 이론을 노련하게 적용시켜서 호황과 불황의 오랜 순환 고리를 끊어 많은 염세주의자들이 예측했던 최후의 대공황을 막아낸(아직까지는) 이래 세계 경제가 좋은 상태였던 건 사실이다. 그럼에도 불구하고 레드스톤 의원은 지구상에도 돈을 쓸 곳은 많다고 주장했다. 특히 그가 좋아했던, 대지진으로 파괴된 캘리포니아를 복구하는 계획 같은 것 말이다.

레드스톤 의원이 두 번이나 우주 파수대 계획 2단계에 거부권을 행사하자 사람들은 지구상의 누구도 그의 마음을 돌릴 수 없을 거라고 생각했다. 그들은 화성에서 올 누군가를 빼먹었던 것이다.

화성 녹화 사업이 시작된 지 얼마 되지 않았음에도 불구하고 붉은 행성은 이제 그리 붉지 않았다. 생존 문제에 집중하느라 개척민(그들은 이 단어를 싫어했고 이미 자랑스럽게 "우리는 화성인"이라고 부르고 있었다.)들은 예술이나 과학에 힘을 쏟을 여유가 없었다. 하지만 그런 곳에서도 천재의 번득임은 나타났다. 포트 로웰의 돔 아래서 한 세기에 나올까 말까 한 위대한 이론물리학자가 태어난 것이다.

종종 비교되는 아인슈타인과 마찬가지로 카를로스 멘도자도 훌륭한 음악가였다. 그는 화성에서 유일한 색소폰을 가지고 있었고 그 구식 악기를 능숙하게 연주했다. 다들 그러리라고 생각했듯이 화성에서 노벨상을 받을 수도 있었겠지만, 그는 장난과 사람들을 놀라게 하는 것을 좋아했다. 결국 그는 하반신 불수 환자들을 위해 고안한 외골격 동력 장치, 최첨단 기술로 만든 갑옷을 입은 기사와 같은 모습으로 스톡홀름에 모습을 나타냈다. 기계 장치의 도움을 받아 그는 순식간에 목숨을 잃었을 환경에서 거의 정상인과 다를 바 없이 행동할 수 있었다.

시상식이 끝나자 수많은 과학 및 사회단체의 초청장이 카를로스에게 밀려든 건 당연한 일이었다. 그가 수락한 몇 안 되는 것 중 하나는 바로 세계 예산 위원회의 초청이었다. 거기서 레드스톤 의원은 카를로스에게 우주 파수대 계획에 대한 의견을 자세히 물었다.

멘도자 교수는 이렇게 대답했다.

"저는 수천 개의 운석 충돌이 남긴 상처가 아직 남아 있는 세상에서 살고 있습니다. 그중 일부는 지름이 수백 킬로미터에 달합니다. 예전에는 지구의 사정도 마찬가지였습니다. 하지만 바람과 비가 흔적을 지워 버린 겁니다. 그것들은 화성에 아직 없지요, 조만간 만들어 낼 테지만!"

"우주 파수대도 항상 지구에 남아 있는 충돌의 흔적 얘기를 하곤 합니다. 그 경고를 얼마나 심각하게 받아들여야 합니까?"

레드스톤 의원이 물었다.

"아주 심각하게요, 의장님. 곧 커다란 충돌이 있을 겁니다."

멘도자 교수가 대답했다.

레드스톤 의원은 깊은 인상을 받았다. 그리고 그 젊은 과학자에게서 큰 매력을 느꼈다, 아직 완전히 설득된 건 아니지만. 레드스톤의 마음을 바꾼 것은 논리가 아니라 감정이었다. 런던으로 가던 도중 카를로스 멘도자는 외골격 장치가 기능 장애를 일으키는 이상한 사고로 목숨을 잃었다. 깊은 감동을 받은 레드스톤은 즉시 우주 파수대에 대한 반대 의견을 철회하고 두 척의 강력한 궤도 예인선, 골리앗과 타이탄 건설을 승인했다. 두 예인선은 태양을 사이에 두고 영원히 태양계를 순찰할 것이다. 말년에 그는 보좌관에게 이렇게 말했다.

"멘도자의 뇌를 액체질소 탱크에서 꺼내 컴퓨터를 통해 이야기할 수 있게 될 거라더군. 그 사람이 이 지난 세월을 어떻게 생각하는지……."

화성의 내측 위성인 포보스에서 조립된 아틀라스는 단순히 십만 톤의 수소를 담고 있는 연료 탱크와 로켓엔진을 결합해 놓은 것일 뿐이었다. 엔진의 핵융합기는 유리 가가린을 우주로 보낸 원시적인 미사일보다 추진력은 훨씬 약했지만, 단지 몇 분 만이 아니라 몇 주 동안이나 계속해서 작동했다. 그래도 소행성에 가해지는 영향은 초당 몇 센티미터 정도의 속도 변화로 미미한 수준이었다. 그 정도로도 칼리가 지구로 향해 가는 몇 달 동안 치명적인 궤도에서 이탈하도록 만들 수 있었다.

아틀라스의 연료 탱크와 제어 시스템, 추진기가 칼리에 단단히 고정되자 그 모양이 마치 어떤 미치광이가 소행성 위에 정유 공장을 세

위 놓은 것 같았다. 조립과 점검에 며칠을 보낸 터라 싱 선장도 대원들도 모두 지쳐 있었다. 하지만 싱은 따스한 성취감을 느꼈다. 주어진 임무를 모두 마친 것이다. 카운트다운은 순조롭게 진행 중이었고 이제 남은 건 아틀라스의 몫이었다.

만약 제네바의 우주 경찰 본부에서 보낸 적외선 빔이 긴급 메시지를 싣고 날아오는 중이라는 것을 알았더라면 그렇게 쉽게 안도할 수는 없었을 것이다. 메시지가 골리앗에 도착하기까지는 30분이 남아 있었다. 그리고 그때가 되면 이미 늦을 것이다.

분사 30분 전, 골리앗은 아틀라스가 소행성을 현재의 궤도에서 이탈시키기 위해 내뿜는 제트를 피하기 위해 멀찍이 떨어져 있었다. 한 언론인이 묘사한 바에 따르면 "생쥐가 코끼리를 미는 꼴이었다.". 하지만 마찰이 없는 진공의 우주에서는 운동량이 영원히 보존되며, 한 마리 생쥐의 힘이라 하더라도 오래전부터 충분한 시간을 두고 작용하면 그것으로 충분했다.

조용히 함교에서 기다리고 있던 장교들은 웅장한 광경을 보리라고 기대하지 않았다. 아틀라스의 플라스마 제트는 너무 뜨거워서 가시광선을 발하지 않았다. 원격 측정을 통해서만 점화가 시작되었고 칼리는 이제 인간의 힘으로 어쩔 수 없는 불가항력의 존재가 아니라는 사실을 확인할 수 있었다.

가속계에 표시된 숫자가 '0'에서 변하기 시작하자 잠시 기쁨의 박수가 부드럽게 터져 나왔다. 함교의 분위기는 환희라기보다는 안도에 가까웠다. 칼리가 움직이고 있는 건 분명하지만 승리가 확실해지려면 아직 며칠, 몇 주는 기다려야 했다.

잠시 후 믿을 수 없게도 숫자가 다시 '0'으로 떨어졌다. 몇 초 후 세 종류의 경보가 동시에 울렸다. 사람들의 눈은 전부 칼리와 칼리를 현재 궤도에서 밀어내고 있어야 할 아틀라스에 고정되었다. 가슴이 찢어질 듯한 광경이었다. 거대한 연료 탱크가 마치 저속도로 촬영한 꽃의 개화 장면처럼 천천히 파열되면서 지구를 구할 수도 있는 수천 톤의 핵반응 물질을 흘려보내고 있었다. 기화된 연료는 소행성의 표면을 지나며 잠시 동안 분화구를 가렸다.

그리고 칼리는 다시 지구와의 격렬한 충돌을 향해 냉혹하게 제 갈 길을 가고 있었다.

싱 선장은 태양계 내의 어느 장소보다도 오랫동안 그의 집 역할을 해 온 널찍하고 잘 정비된 선실에 홀로 있었다. 아직도 멍한 상태였지만 이 우주와 화해하기 위해 노력 중이었다.

싱은 지구에서 그가 사랑했던 모든 것을 마침내, 그리고 영원히 잃어버리고 말았다. 핵가족 경향이 쇠퇴하면서 그는 여러 명과 깊은 관계를 맺었고, 허가를 받아 낳은 두 아이들의 어머니로 누가 가장 좋을지 결정하는 건 쉽지 않았다. 작가는 잊어버렸지만 오래된 미국 소설의 한 구절이 계속 마음속에 떠올랐다. "있는 그대로 기억해라…… 그리고 그들이 없는 것처럼 생각해라." 싱 자신은 안전하다는 사실 때문에 오히려 마음이 더 편치 않았다. 어쨌거나 골리앗은 전혀 위험하지 않았다. 달이나 화성에 있는 불안한 생존자들에게 합류하는 데 필요한 연료는 여전히 남아 있었다.

싱 선장은 화성에도 친구들(그보다 더 가까운 사이도 한 명)이 많았다. 화성이야말로 그의 삶이 이어질 곳이었다. 싱은 아직 102살에 불과했고 앞으로도 수십 년 동안은 활발하게 살아갈 것이다. 하지만 대원들 중 몇몇은 사랑하는 이가 달에 있었다. 골리앗의 목적지는 투표로 결정해야 할 것이다.

표준 명령서에는 이런 상황이 들어 있지 않았다.

"난 아직 이해를 못하겠어. 이륙 전 점검에서 폭탄의 점화선을 못 찾아낸 이유가 뭐지?"

수석 엔지니어가 말했다.

"'다시 태어난 자'라는 광신자가 간단히 숨길 수 있었기도 하고 아무도 그런 걸 찾아보려고 생각조차 하지 않았기 때문이지. 그 녀석이 아직 포보스에 있을 때 우주 경찰이 잡지 못한 건 유감이야."

"하지만 왜 그런 거야? 아무리 크리슬람교에 미친 사람이라고 해도 지구를 파괴하고 싶을 리는 없잖아."

"그 사람들하고 논리를 따질 수는 없지. 일단 전제하고 보는 거야. 하나님, 알라가 우리를 시험에 들게 하셨다. 우리는 간섭하지 말아야 한다. 만약 칼리가 빗나간다면 좋은 거고. 아니면, 음, 그것도 신의 계획에 따른 거겠지. 어쩌면 우리가 지구를 너무 망가뜨려서 이제부터 다시 시작하려는 건지도 모르고. 치올코프스키가 한 말을 생각하라고. '지구는 인류의 요람이다. 하지만 요람에서 영원히 살 수는 없다.' 칼리는 이제 우리가 떠나야 한다는 신호일 수도 있지."

싱 선장이 손을 들어 좌중을 조용히 만들었다.

"이제 유일하게 남은 중요한 질문은 이거다. 달이냐, 화성이냐? 어느 쪽이든 우리를 필요로 할 거네. 자네들에게 압력을 가하고 싶진 않군. (그건 엄밀히 사실은 아니었다. 선장이 어디로 가고 싶은지는 누구나 다 알았다.) 의견을 먼저 들어 보도록 하지."

첫 투표에서는 화성 6표, 달 6표, 잘 모르겠음 1표가 나왔다. 싱은 투표하지 않았다.

각 진영이 '잘 모르겠음' 한 표를 끌어들이려고 애쓰고 있을 때 다비드가 말했다.

"대안이 있습니다."

"무슨 소리지?"

다소 무뚝뚝한 목소리로 싱 선장이 말했다.

"명백한 선택으로 보입니다만. 아틀라스가 파괴되었지만 아직 지구를 구할 기회는 남아 있습니다. 제 계산에 의하면 골리앗에는 칼리가 빗나가게 하는 데 충분한 연료가 있습니다. 지금 당장 추진을 시작하면 가능합니다. 더 기다릴수록 성공 가능성은 낮아집니다."

다들 충격을 받아 침묵이 이어졌고, 대원들은 각자 왜 그 생각을 못 했나 자문했다. 대답은 금방 나왔다.

적절한 표현인지는 모르겠지만, 사람들이 전부 충격에 빠져 있을 때 다비드만은 냉정을 유지했던 것이다. 법적인 개인(비인간)이 되는 것도 나름대로 좋은 면이 있었다. 비록 사랑을 알 수는 없을 테지만 두려움도 몰랐다. 운명의 가장자리에 서는 그 순간까지 다비드는 논리적으로 사고할 터였다.

운만 좋다면 이게 지구로 보내는 마지막 방송이 되겠군. 싱 선장은 생각했다. 영웅이 되는 건 질렸어. 아직 부족하기도 하고. 이제껏 그래 왔듯이 앞으로도 얼마든지 잘못될 가능성은 있으니…….

"우주 예인선 골리앗 호의 선장 로버트 싱입니다. 우선 크리슬람교의 장로들께서 방해꾼을 색출하여 우주 경찰에 넘겨주셨다는 소식에 우리가 얼마나 기뻤는지 말씀드리고 싶습니다.

현재 우리는 지구에서 50일 정도 걸리는 곳에 있고 사소한 문제 하나를 겪고 있습니다. 오해하실까 봐 서둘러 말씀드리자면 이 문제는 칼리를 안전한 궤도로 밀어내는 일에 전혀 영향을 주지 않습니다. 언론에서 이 작업을 구출 작전이라고 부르고 있다는 이야기는 들었습니다. 마음에 드는 명칭입니다. 이름에 걸맞은 결과가 나오기를 바랍니다. 하지만 우리는 아직도 성공을 확신할 수 없습니다. 다비드는, 아, 여러분이 보내 주신 격려의 메시지에 감사드린다고 하는군요, 그는 칼리가 지구에 충돌할 확률을 아직 100퍼센트로 추산하고 있습니다…….

원래 계획은 지구에 근접하기 직전에 칼리를 떠나 자매선인 타이탄 호와 랑데부할 수 있는 안전한 궤도에 들어갈 정도의 연료를 남겨 두는 것이었습니다. 하지만 이제 그건 불가능해졌습니다. 골리앗이 최고 출력으로 칼리를 미는 과정에서 지각의 약한 부분이 붕괴했습니다. 우주선은 손상되지 않았지만, 우리는 오도가도 못 하는 처지가 되었습니다. 떨어져 나오려는 시도는 전부 실패했습니다.

크게 걱정스럽지는 않습니다. 알고 보면 좋은 일일지도 모릅니다. 이제 우리는 남은 연료를 모두 사용하여 마지막으로 칼리를 밀어낼

작정입니다. 어쩌면 마지막 몇 방울의 연료가 임무를 완수할 수 있게
해 줄지도 모릅니다.

우리는 칼리를 타고 지구를 지나갈 예정입니다. 앞으로 꼭 50일 후
에 안전한 거리에서 손을 흔들어 드리도록 하겠습니다."

그 50일은 역사상 가장 긴 50일이었다.

거대한 초승달이 하늘을 덮고 있었다. 달과 우주의 경계선에 늘어
선 울퉁불퉁한 산봉우리들이 달의 새벽 햇빛을 받아 밝게 빛났다. 하
지만 먼지로 뒤덮인, 아직 햇빛이 닿지 않는 평원도 완전히 깜깜하지
만은 않았다. 지구의 구름과 대륙에서 반사된 빛을 받아 희미하게 빛
나고 있었다. 그리고 한때는 죽은 장소였던 곳 여기저기에 흩어진 반
짝이는 반딧불이는 인류가 지구를 떠나 건설한 최초의 영구 주거지
를 표시해 주었다. 싱 선장은 어렵지 않게 플라톤 시, 포트 암스트롱
에 있는 클라비우스 기지를 찾아낼 수 있었다. 심지어는 남극의 얼음
광산에서 귀중한 물을 실어 오는 달 횡단 철도의 불빛이 만드는 희미
한 목걸이도 보였다.

이제 지구까지는 고작 다섯 시간밖에 남지 않았다.

칼리는 하와이 200킬로미터 상공에서, 현지 시간으로 자정이 막 지
났을 때 대기권에 진입했다. 그 거대한 불덩어리는 곧바로 태평양에
가짜 새벽을 가져오며 수많은 섬들의 야생동물을 잠에서 깨웠다. 하
지만 약의 힘을 빌려 모든 것을 잊고자 하는 사람을 제외하고 그날
밤에 자고 있는 사람은 거의 없었다.

하늘을 나는 용광로의 열기는 뉴질랜드의 숲을 태우고 산꼭대기의 눈을 녹여 그 아래 있는 계곡에 산사태를 일으켰다. 하지만 인류는 정말로, 정말로 운이 좋았다. 주요한 열 충격은 칼리가 남극을 지나갈 때 일어났던 것이다. 남극 대륙은 열기를 흡수하기에 가장 좋은 장소였다. 칼리조차도 극지를 덮은 얼음 전부를 녹여 낼 수는 없었다. 하지만 칼리가 일으킨 대해빙(大解氷)은 전 세계의 해안선을 바꾸어 놓을 것이다.

칼리가 지나가는 소리를 견디고 살아난 사람들 중 누구도 그 소리를 정확히 묘사할 수 없었다. 녹음된 소리는 미약한 반향에 불과했다. 물론 영상 기록은 훌륭했고, 앞으로 여러 세대에 걸쳐 경이적인 눈으로 시청하게 될 터였다. 하지만 그 어떤 것도 무시무시한 현실에 비할 바는 아니었다.

대기권을 뚫고 들어온 지 2분 후에 칼리는 다시 우주로 나갔다. 지구에 가장 가깝게 접근한 거리는 60킬로미터였다. 2분 동안 10만 명이 목숨을 잃었고 1조 달러의 재산 피해가 발생했다.

칼리의 몸체가 거대한 방패 역할을 해 준 덕분에 골리앗 호는 불덩어리 위에서도 안전할 수 있었다. 백열광을 내는 플라스마는 안전하게 머리 위로만 흘러갔다. 그러나 칼리가 음속의 100배로 지구 대기권을 강타할 때의 엄청난 저항력 때문에 중력은 빠르게 5, 10, 20배로 증가했고…… 기계나 인간이 견딜 수 있는 수준을 크게 넘어선 정도까지 올라갔다.

이제 칼리의 궤도는 완전히 바뀌었다. 다시는 지구 근처에 오지 않을 것이다. 다음번에 칼리가 태양계 안으로 들어올 때는 더 빠른 미래의 우주선이 부서진 골리앗 호의 잔해를 찾아 경건한 마음으로 시체를 고향으로 이송해 올 것이다. 그들은 세계를 구한 것이다.

또 다른 충돌이 있기 전의 얘기지만.

와이어 연속체 |The Wire Continuum|

1997년 12월, 《마션 타임스(Martian Times)》,
1998년 1월, 《플레이보이》에 스티븐 백스터와 아서 클라크 공저로 첫 게재.

스티븐 백스터와 처음으로 함께 작업한 작품이다. 내 공헌이라고는 50년이 넘게 염두에 두고 있던 기본적인 아이디어 하나를 제공한 정도였다. 「유선 전송」을 볼 것.

1947년. 영국, 런던 북부, 하트필드.

정비공들은 헨리 포브스에게 엄지손가락을 들어 보였다. 포브스는 '뱀파이어'가 활주로 위를 달리게 했다. 엔진이 으르렁거리는 소리를 내자 등에 가해지는 익숙한 부드러운 압력이 느껴졌다. 그가 조종간을 잡아당기자 뱀파이어는 몸체를 위쪽으로 기울이더니 공중으로 솟아올랐다.

구름 한 점 없는 유월의 아침이었다. 담청색의 영국 하늘은 머리 위에 말끔한 덮개를 덮어 놓은 것 같았다. 뱀파이어의 연녹색 동체는 햇빛을 받아 빛나고 있었다. 그는 런던 상공을 몇 번 선회했다. 어수선한 수도의 빛깔은 회갈색이었고, 옅은 스모그를 뚫고 연기 기둥이 여기저기서 올라왔다. 물론 아름다운 광경이었다. 공습에 피해가 컸던 몇몇 지역은 아직도 눈에 띄었다. 이스트엔드와 선착장 부근. 깨진 벽돌 조각이 마치 달의 분화구 같은 모양을 이루었다.

그는 공습이 한창때이던 시절의 하트필드를 기억하고 있었다. 더럽고 금속판으로 몸체를 기운 스피츠, 허리케인, B24 폭격기들이 무너져 내린 돌무더기 사이를 굴러다녔고, 참새조차도 걸어 다녀야 할 정도로 질척거리는 진흙에 빠져 며칠째 움직이지도 못하는 기체도 있었으며, 작업복을 입고 실크 스카프를 두른 정비공들은 얼굴에 피로가 가득한 채 엔진을 구동시켰다⋯⋯

그땐 그랬다. 이제 뱀파이어, 메테오, 캔버라, 헌터, 라이트닝이라는 이름이 붙은 모노코크(항공기의 동체에서 외판만으로 하중을 견디게 된 구조 ― 옮긴이) 제트기들은 마치 미래에서 온 방문객 같았다. 그리고 서른 살의 헨리 포브스도 더 이상 프랑스 함락에서 공군 대전략, 노르망디 상륙 작전까지 아우르는 경력을 자랑하며 푸른색의 영국 공군 휘장을 달고 있는 비행 중대장이 아니었다. 이제 그는 드 하빌랜드의 시험 조종사에 불과한 존재였다. 심지어 그중에서도 최고참이 아니었다.

그래도 좋은 점이 없지는 않았다. 포브스는 새로운 기종인 M52에 장착될 엔진을 시험하는 중이었다. 시속 1600킬로미터에 달하는 최고 속도는 X-1을 보유하고 있는 캘리포니아의 미국인들을 깜짝 놀라게 할 정도였다.

포브스는 조종석에 자리 잡고 있었다. 일인용 전투기는 예전에 스피츠가 그랬던 것처럼 꼭 끼었다. 요즘도 그는 낡은 운동복과 구명조끼만 입고 단춧구멍에는 카네이션 한 송이를 끼우고 있었다. 조종석으로 몸을 감싼 채 텅 빈 하늘에 홀로 떠 있자 기이할 정도로 평화로운 기분이었다. 맥스가 함께 있었으면 좋겠다는 생각이 들었다. 아니면 최소한 하늘을 나는 기분이 어떤지 그녀에게 이야기해 주기라도 할 수 있으면 좋았을 것이다. 그는 그럴 기회를 한번도 얻지 못했다. 게다가 그녀는 자기 일로 너무 바빴다.

수전 맥스턴은 포브스보다 몇 살 어렸다. 전쟁 중에 처음 만났을 때 그녀는 열정적인 옥스퍼드 대학원생으로 통신 본부에 징집되어 V2 로켓이 떨어진 장소를 따라 영국 남부 지방을 돌아다니는 위험한 임무를 수행하고 있었다. 수전이 찾아 헤매던 것은 히틀러의 미사일 (연합군이 보유하고 있던 미사일보다 훨씬 진보한 것이라고 그녀는 말했다.)을 목적지까지 유도해 온 정교한 유도장치의 잔해였다. 전쟁이 끝난 후에는 독일, 페네뮨데 그리고 루르 등지를 돌아다니며 나치의 비밀을 파고들었다.

물론 그런 얘기들은 기밀이어야 했다. 포브스는 맥스가 흥분한 나머지 그에게 언뜻 암시한 이야기들의 절반 정도는 믿지 않았다. 히틀러에게 원자폭탄을 만들어 주려고 했지만 머리카락 한 올 차이로 실패한 나치의 비밀 연구소라든가…… 심지어 히틀러가 무너져 가는 제국 심장부에서 곧바로 새로운 형태의 전격전을 개시할 수 있도록 전화선을 이용해서 사람을 수송하는 방법도 있었다!

그들은 전쟁이 끝나면 결혼하기로 약속했다. 하지만 결혼은 아직 하지 못했다. 포브스는 좋지 않게 여기는 일이지만, 전쟁을 겪은 많은 여성들이 그랬듯이 맥스도 자기 일을 너무 좋아하게 된 것이다…….

물론 좋은 결과가 나오리라는 건 분명했다. 그리고 하트필드의 정비공들이 무전으로 날카롭게 상기시켰듯이, 그때까지는 쓸데없는 공상을 접어 두고 맡은 일을 해야 했다.

그는 솜으로 만들어진 귀마개를 꺼내 귀를 막았다. 그리고 뱀파이어의 기수를 위쪽으로 올린 후 비행기의 속도를 높여 창백한 하늘을 향해 날아갔다.

아름답기 그지없는 푸른빛은 고도가 상승하면서 더욱 깊어 갔다. 공기가 희박해지자 비행기의 속도를 줄였다. 뱀파이어는 18킬로미터 위의 정점을 향해 곡선을 그렸다.

발아래 부드럽게 휘어지는 대지가 펼쳐져 있었다. 녹색과 갈색, 회색으로 칠해진 풍경에, 머리 위 하늘은 너무나도 짙은 푸른색이라 거의 검은색으로 보일 정도였다. 영국의 한 교외에서 우주의 가장자리까지 불과 몇 분. 아주 독특한 경험이었다.

물론 돌아가는 길에 초고속으로 급강하하며 머리카락이 곤두설 정도로 섬뜩한 순간이 다가올 터였다. 포브스는 상공 7200미터 근처에서 평소처럼 기도를 몇 마디 중얼거리면서 통제력을 상실했다가, 대기의 농도가 다시 짙어지는 4500미터쯤에서 다시 회복할 수 있으리라고 예상하고 있었다.

그렇지만 조종만 제대로 한다면 점심 식사에 늦지 않게 돌아갈 수 있을 것이다.

포브스는 기수를 낮추고 대기권을 향한 긴 하강을 시작했다.

1957년. 영국, 프레스턴.

수전 맥스턴은 잉글리시 일렉트릭을 공식적으로 방문하여 설계 사무실을 천천히 둘러보고 있는 남편의 모습을 재미있게 지켜보았다. 최신형 블루 스트릭의 발사를 앞두고 우메라(오스트레일리아에 있는 유도 미사일 시험 장소 ─옮긴이)에서 카운트다운을 하는 소리가 찌직거리는 라디오를 통해 울려 퍼지며 흥분을 자아낼 때에도 젊은 항공역학자들은 헨리 포브스 주위에 몰려들어 있었다. 그가 일을 잘 해냈다는 건 인정할 수밖에 없었다.

"아주 인상적인 곳이로군요."

그는 똑같은 말을 다섯 번째 했다.

"전쟁 직후에 저희 꼴을 보셨어야 했습니다."

반백에 서른네 살의 중고참쯤 되어 보이는 엔지니어가 말했다.

"가진 거라고는 코퍼레이션 가에 있던 버려진 차고뿐이었어요. 하지만 우리는 거기서 캔버라를 탄생시켰습니다."

"아! 그 시험 비행을 제가 했어요, 아시죠. '시간을 정지시키는 비행기'……."

"맞습니다. 그땐 정말 재미있었겠네요."

목소리가 잘 안 나오는 듯한 젊은이 하나가 말했다.

"그렇지도 않아요. 기자들이야 시험 조종사에 대해 아주 재미있는 이야기를 꾸며 내기도 하죠. 하지만 일 자체는 조직적이고 진보적인 데다가 기술적이죠."

"우리 머스터드를 다룰 때도 그렇게 느끼실 건가요, 헨리?"

"당연히 그래야죠. 아니면 돈을 받지 않겠습니다!"

다들 웃음을 터뜨렸다. 그들은 설계실의 다른 구역을 향해 걸었고 맥스는 기회를 보아 남편의 팔짱을 끼고 그 젊은이로부터 떨어뜨렸다.

"주목받으니까 기분이 좋은 모양이네."

그녀는 남편에게 속삭였다.

"당연하지. 당신 나 알잖아. 이렇게 활발하고 열정적인 주목을 받으니까 쓸모없는 노땅 같은 느낌이 안 들어서……."

그들은 눈빛을 마주쳤고 포브스는 입을 다물었다. 나이에 대한 이런 대화는 보통 아이를 가져야 하느냐, 그렇다면 언제냐, 아니, 이미 가졌어야 하지 않느냐 등으로 이어지는 우울한 논쟁으로 번지게 마련이었다……

맥스는 남편의 팔을 꽉 조이며 말했다.

"난 사람들이 내 일에도 저렇게 흥분했으면 좋겠어."

그는 투덜거렸다.

"당신이 그 나무로 된 입방체를 전달했을 때 일어난 소동이면 충분하잖아. 《데일리 미러》에 몇 주 동안 그 얘기만 나왔던 것 같은데. 수에즈 운하 얘기도 전면에서 밀어낼 정도……."

"하지만 작동하지 않았잖아. 그 입방체는 작은 구체들을 통과해서 왔고……."

"그래도 그 빌어먹을 과학박물관에 전시됐잖아! 뭘 더 바라? 당신이 집어넣어서 충격으로 죽은 그 불쌍한 햄스터는 말할 것도 없고 말이야."

그녀는 킥킥 웃었다.

"좀 잔인한 일이었지. 하지만 그러려던 건 아니었어. 언론에 뭔가 보여 주고 싶었던 거야. 지적인 모험이었다니까……."

그는 인상을 쓰더니 단춧구멍에 꽂힌 꽃을 향해 콧방귀를 뀌었다.

"아하, '지적'이라고."

"그 방법으로는 우리는 독일인들을 당혹스럽게 했던 문제들을 해결해 나가고 있어. 어떻게 하면 짜증나는 불확정성 원리를 피해 갈 수 있느냐는 건데……."

맥스는 무선 수송의 원리를 연구하고 있는 플레시 연구소에서 최근에 이루어 낸 성과에 대해 설명하려고 했다. 정확히 말하면 물질이 수송되는 건 아니었다. 예를 들면, 인간 육체의 구성에 대한 정보가 전달되는 것이다. 최근까지 무선 수송은 불가능하다고 여겨져 왔다. 그러기 위해서는 인간을 구성하는 모든 입자의 위치와 속도를 알아야 하는데, 그게 바로 불확정성 원리를 위배하는 일이기 때문이었다.

하지만 빠져나갈 구멍은 있었다.

마치 한 편의 드라마 같았다. 엄청난 노력에, 때로는 막다른 길에 들어서고, 첫 번째가 되기 위해 미국의 벨 연구소와 경쟁하고…… 그러다가 과학자들은 마침내 "아인슈타인—포돌스키—로젠 상호관계"라 불리는 측정법을 사용하여 알려지지 않은 양자 상태를 순수한 고전적 정보로 해체할 수 있고, 또 그 정보로부터 다시 양자 상태를 재구성할 수 있다는 사실을 깨달았다. 그리고 그 사실은 고전적인 정보가 마치 전보처럼 전화선을 통해 손쉽게 전달될 수 있음을 의미했다…….

그게 핵심이었다. 비록 전송 대역과 표본 추출 조건, 저장 용량에 대한 난점은 있었지만.

맥스가 말했다.

"물론 양자 정보를 복사할 수는 없어. 수송하는 대상의 원본을 파괴해야만 해. 당연히 그래야지. 아니면 우리가 만드는 기계는 그냥 복사기에 불과할 테니까…… 서로 구별이 전혀 안 되는 히틀러 백 명이 자기가 진짜라고 주장하면서 전 세계를 돌아다닌다고 상상해 봐!”

포브스는 제도판과 공작 기계를 바라보며 투덜거렸다.

“내게 묻는 거라면, 빌 헤일리(로큰롤 선풍을 일으킨 미국 가수 — 옮긴이) 100명이 더 나쁘다고 대답하겠어.”

맥스는 그가 자기 말을 제대로 듣지 않고 있음을 알고 있었다.

그곳 관리자 한 사람이 그들을 붙잡고 길게 이야기를 늘어놓았다. 풍채가 좋고 머리숱이 적은 젊은이로 머스터드에 대해 일장 강연을 하고 싶은 모양이었다.

“‘머스터드’란 아시다시피 우주 수송 및 캡슐 회수를 위한 다용도 장치죠……. 미국인들이 쓰레기통 이론을 지지한다는 건 압니다. 사실상 캡슐을 버리는 거죠. 하지만 앞으로 우주에서는 회수 가능한 우주선을 쓰는 게 실용적일 겁니다. 우주 항공부에서 지원만 해 준다면…….”

맥스가 듣기 싫어하는 얘기였다. 우주선이란 게 뭔가, 어쨌거나 배관 공사와 뭐가 다르지? 게다가 이런 화려한 우주선 계획은 무선 수송의 가능성에 대한 예측과 지구 밖 정지 궤도에 외부 중계소를 건설하려는 국제 경쟁 덕분에 생겨난 것이다.

그리고 그러는 동안 무시당하기만 하는 맥스의 분야에서는 아주 흥미로운, 인류의 지적인 영역 가장자리를 넘나드는 발전이 이루어지고 있었다! 지금도 그녀는 프린스턴 대학의 유진 위그너가 양자 터널 효과를 이용하여 광속의 벽을 피해 가려는 발상에 대해 써서 보내온 편지를 지갑에 넣어 가지고 있었다…….

헨리가 그 편지를 볼 수 있다는 것만으로도 그들은 사실상 같은 팀인 셈이었다…… 사실 그들은 상호 의존적이었다! 하지만 자기가 모르는 전문 분야에 대한 그의 회의적인 시선과 점점 증가하는 그녀의 명성은 둘 사이의 간격을 벌리고만 있는 것 같았다.

현재 멀리 떨어진 우메라에서 진행되고 있는 블루 스트릭 카운트다운은 정점에 가까워지고 있었다. 10, 9, 8……. 둘은 잉글리시 일렉트릭의 직원들과 함께 스피커 아래 모였다. 아까 그 풍채 좋은 젊은이가 말했다.

"생각해 보세요. 일단 프로스페로가 올라가고 나면 우리도 다음번 발사를 텔레비전으로 볼 수 있을 겁니다!"

아니면, 그저 간단하게 오스트레일리아로 직접 전송되거나…… 맥스는 생각했다.

어쩌면 아이를 가졌어야 했는지도 몰라. 그녀는 생각했다. 하지만 각자의 문제를 해결하고자 하는 욕망이 아이를 원하는 데 좋은 동기일까? 양자역학의 패러독스를 해결했듯이 이렇게 간단한 문제에도 답할 수 있다면 좋으련만…….

3, 2, 1.

1967년. 오스트레일리아 남부, 우메라.

뒤집힌 조종석에 등을 대고 다리를 허공에 둔 채 포브스는 조종실에서 전송되어 오는 목소리를 들었다. 세련된 영국식 발음과 뻣뻣한 호주 발음. 모든 게 원활하게 진행되고 있었다. 그리고 부조종사(비록 요크셔 출신이지만 젊고 영리한 녀석이었다.)가 다양한 지시와 요구에 대응하고 적절한 조작을 가하는 모습이 만족스러워 포브스는 그가 알아서 하도록 놔두었다.

어쨌거나 포브스는 편안했다. 콩그리브 호 비행 시에 발생할 중력을 견디는 것은 독일의 109기와 공중전을 하다가 스피츠를 너무 빨리 선회시킨 나머지 거의 정신을 잃었을 때보다 쉬울 터였다. 게다가 누구도 포브스처럼 완전 대기 상태로(훈족과의 거래를 준비하며, 임시 막사에서 하는 구슬치기 놀이 말고는 아무 데도 신경 쓰지 않는 것처럼) 여러 시간을 보낼 수는 없었다. 긴장 푸는 법도 모르던 시절이었다…….

포브스는 몸을 앞으로 기울여 전망경을 들여다보았다. 오스트레일리아의 적갈색 사막이 사방으로 끝없이 펼쳐져 있었다. 솔트 부시와 가시 덮인 풀덤불을 제외하면 생명체는 눈에 띄지도 않았다. 그는 머스터드의 옆면을 내려다보았다. 액체산소 증기가 소용돌이치며 시야를 가렸다.

발진 준비를 마친 콩그리브 호는 마치 코메트 기(영국의 드 해빌런드사가 설계 및 제작한 세계 최초의 제트 여객기 ― 옮긴이) 세 대가 서로 배를 맞대고 곧추서 있고 두 명의 조종사가 각각의 기수에 탑승한 것 같은 모양이었다. 세 대의 유닛은 수소와 산소를 연료로 하여 동시에 이륙할 예정이었다. 추진기는 중심부에 연료를 공급하게 되어 있었다. 그리고 발사 후 50초, 6000미터 상공에서 추진기는 분리되어 터보제트 엔진으로 착륙하고, 포브스의 지시 아래 세 유닛의 중심부를 사용하여 궤도로 나아갈 것이다. 각 유닛은 비행기로 재사용이 가능했고 단일한 설계에 의해 만들어진 터라 과학자들은 머스터드가 미국이나 러시아에서 사용하는 개조한 미사일보다는 하중 대비 수송 비가 스무 배나 서른 배 정도 쌀 거라고 주장했다. 사실 너무 싼 나머지 급박하게 이루어진 이 처녀비행은 미국인들로 하여금 자부심을 갖고 있던 유인 탄도 캡슐 계획과 아폴로 달 탐사 계획까지 취소하게 만들었다.

……하지만 이 빌어먹을 계획이 성공해야 말이지. 포브스는 우울하게 생각했다. 비행기 하부에 붙어 있는 와이어 플랫폼과 연결되어 있는 새로운 우주 전진기지는 머스터드의 막강한 수송 능력의 뒷받침을 받고 있었다. 예를 들어, 허셜 우주 망원경은 이미 랭커셔에 있는 필킹턴 유리 공장에서 조립되고 있는 중이었다…….

발사 기지는 말라붙은 호수가 내려다보이는 절벽 위에 서 있었다. 번쩍이는 액체산소 탱크들만 빼면 완전히 고립되어 있었다. 사실, 발사대는 금속으로 만든 평대와 그 옆에 우주선과 나란히 황량한 정비탑이 솟아 있는 것에 불과했다.

그가 잠시 미국인들과 함께 훈련받았던 케이프커내버럴(미국 우주 항공국의 우주 로켓 발사 기지 — 옮긴이)과 비교하면 우메라의 시설은 조악한 편에 속했다. 우메라로 오는 길은 애틀랜틱 유니언이 부드럽게 닦아 주었다. 미국인들이 어쨌든 관대하게 도와줄 거라고 확신하고는 있었다. 비록 그런 생각을 한다는 것 자체가 괴팍한 노인네다운 짓이라는 것은 알고 있었지만, 예를 들어, 그들은 프랑스인들과는 달랐던 것이다. 정부가 영국을 끼워 넣기 위해 유럽 공동 시장을 설득하려는 시도를 마침내 그만두자 포브스는 기뻤다. 미국과 조합을 이루는 편이 훨씬 그럴듯했다. 문화와 언어를 공유하고 있다는 점으로도 그랬다. 특히, 이제 와이어 플랫폼은 지구상에서 거리란 것을 무의미하게 만들었다.

헤럴드 맥밀란이 멍청한 유니언잭 묘기를 통해, 파리까지 이어지는 최초의 와이어 링크를 선보였던 1962년 5월 이후로 와이어와 그것의 가능성은 전 세계로 퍼져 나갔다. 무역과 여행의 형태는 변형되었다.

충분히 예상할 수 있듯이, 미국인들의 창의력은 특별히 뛰어났다. 댈러스에서 벌어진 끔찍한 케네디 사건(사람들은 최초로 증발한 군중들이라고 불렀다.)과 베트남에서 부상당한 병사들을 몇 분 이내에 부모의 품으로 되돌려 보내는 수송 작전, 그리고 와이어 플랫폼을 학교의 운동장마다 설치하여 인종차별 철폐 법안의 시행을 강제하자는 린든 베인스 존슨(미국의 36대 대통령 ― 옮긴이)의 캠페인…….

'2차 엘리자베스 시대의 경이', 그것은 계속되었다. 그리고 플레시 연구소의 맥스가 미국인과의 경쟁에서 이겼기 때문에 그건 분명히 영국의 것이었다. 가끔 신문만 펼쳐도 눈앞에 "전화로 여행을 하자!"라든가 "와이어로 더 빠르게" 같은 멍청한 선전 문구들이 들이밀어지는 것 같은 때가 있었다. 특히, 젊은이들은 거리가 없어진 세상을 더없이 즐기고 있는 것 같았다. 때로는 약간 독특한 방법으로도. 심지어 요즘, 꽥꽥거리는 얼간이들에 불과한 비틀스도 와이어를 통해 전 세계를 돌아다니며 2000만 명의 군중 앞에서 「당신에게 필요한 건 사랑뿐」을 라이브로 불렀다.

와이어는 그들 모두에게 영향을 끼쳤다. 맥스는 빠르게 확대되고 있는 와이어 네트워크를 구동하는 데 필요한 새로운 디지털 컴퓨터를 개발하는 회사에 투자하여 큰돈을 벌었다.

……맥스가 여기서 이것, 바로 포브스의 무신론을 볼 수 있었다면! 하지만 언제나처럼 그녀는 너무 바빴다.

그러나 와이어는 포브스의 삶 역시 일종의 역설로 만들어 놓았다. 비행 가능한 머스터드는 고작 한 기만 제작되었다. 그리고 불과 몇 번의 비행으로 궤도상에 수신 플랫폼을 올려놓았고, 그 이후부터는 와이어가 로켓으로는 불가능할 정도로 싼 비용으로 직접 화물과 승객을 궤도상에 올려놓았다.

그리고 그 다음엔? 미국인들은 달에 가기 위한 새로운 국제 협력 계획에 대해 떠들고 있었다. 포브스는 나이가 있음에도 불구하고 그 일을 맡기는 데 가장 적절한 후보로 여겨졌다. 저 빌어먹을 달까지! 하지만 그건 10년 이상의 집중적인 훈련과 시험을 다시 거쳐야 한다는 뜻이었다. 그리고 물론 맥스는 포브스가 또다시 도망치고 있다고 말할 게 분명하고. 이미 잃어버린 젊음을 좇아서…….

헛소리였다. 이혼을 하고 나면 좀 더 쉬워질 것이다. 그리고 와이어가 그에게 불어넣은 기이한 질투의 감정도 사라지게 할 수 있을 터였다.

하지만 그건 나중 일이라고, 이 늙은이야. 그는 중얼거렸다. 우선 무사히 오늘을 넘겨야 하는 거야…….

정확히 8분 후면, 50세의 헨리 포브스는 1600킬로미터 상공 지구 주위를 도는 궤도에 올라가 있을 것이다.

발사 2초 전, 여섯 개의 주 엔진이 점화되었다. 밝은 백색광이 작열했다. 연기와 오스트레일리아의 먼지가 섞여 불그스름해 보이는 불길이 세쌍둥이 우주선의 양 옆으로 굽이쳤다. 아래쪽 먼 곳에서 마치 지옥의 문이 쾅 하고 닫히는 것처럼 낮게 울리는 소리가 들렸다.

잠시 동안, 포브스는 20년 저쪽, 헤이그 보슈의 V2 발사 기지를 공습했을 때 새 한 마리가 교전 중인 비행기 앞으로 날아 들어와 비행운 사이에 차가운 불기둥을 만들어 냈던 시절로 되돌아갔다…….

그리고 진동이 점점 커지며 그를 삼켰다.

1977년. 프로셀라룸 기지.

포브스는 인데버 호의 선실에서 둥그런 모양을 한 달의 일부를 바라보고 있었다. 달까지의 거리는 3미터에 불과했다. 달의 아침 전경을 비추는 비스듬한 빛은 몇 미터 정도에서 바늘로 찔러 놓은 것 같은 크기에 이르기까지 다양한 크기의 분화구를 전부 드러내 주었다.

달에 첫발을 내딛은 버즈 올드린은 밧줄로 만든 사다리 아래쪽에 서 있었다. 포브스가 있는 쪽에서는 키가 원래보다 작아 보였다. 마네킹처럼 뻣뻣한 움직임으로 올드린이 돌아섰다. 그의 흰데인 우주복은 태양 빛을 받아 하얗게 빛났다. 그가 말했다.

"경치가 아름다워. 장엄한 황무지로군."

"인데버 호, 여기는 스티버니지. 멋진 문구로구먼, 버즈."

"기분이 대단히 좋은데."

올드린은 담담하게 말하고, 몸의 움직임을 확인하며 펄쩍펄쩍 뛰어 다니다가 포브스의 시야에서 사라졌다.

포브스는 부조종사가 장엄한 경관을 앞에 두고도 엄숙해지지 못한다는 사실에 감사했다. 어쨌건 달에 첫발자국을 찍은 사람이 누구냐하는 문제는 별로 중요하지 않았다. 세 명의 승무원, 다시 말해 영국인, 미국인, 러시아인은 협력 계획의 절정인 달 착륙을 거의 동시에 이루어 냈던 것이다.

이제 포브스의 차례였다. 그는 잠시 하얀 우주복에 꽂힌 플라스틱 카네이션을 확인했다. 그리고 알렉세이 레오노프의 도움을 받아 해치를 통과해 내려가 밧줄로 만든 사다리를 붙잡았다. 공기에 부풀어 풍선처럼 보이는 홀데인 우주복을 입으니 몸이 뻣뻣했다. 하지만 그는 예순 살이나 먹은 늙은이였고 어차피 평소에도 나무판처럼 뻣뻣했다. 우주복을 입고 달 위에 서 있는 거라고 해도 다를 게 없었다.

그는 사다리를 따라 빠르게 미끄러져 내려갔다. 인데버 호의 착륙용 다리가 드리우는 그림자가 주위를 스쳤다. 마지막 순간에, 잠시 주저하는 마음과 함께 심장 뛰는 순간이 지나자 두 다리가 달 표면을 밟았다. 먼지가 천천히 솟아올라 조그만 호를 그리더니 그의 발 위로 떨어졌다.

그는 착륙선 아래를 벗어났다. 한 걸음 내디딜 때마다 몸무게에 짓눌려 잔돌이 부서지는 것을 느낄 수 있었다. 빛은 희한하게도, 마치 네거티브 필름을 보는 것처럼 역전되어 있었다. 울퉁불퉁한 땅은 회갈색에 배경의 하늘은 클리소프스(영국의 유명 휴양지 — 옮긴이)의 구름 낀 밤처럼 까맸다. 지평선은 가깝고 선명했으며 굽어 있었다. 달은 정말 작았다. 조그만 바윗덩어리였다. 그리고 포브스는 바윗덩어리 바깥쪽에 달라붙어 있었다.

"인데버 호, 여기는 스티버니지. 다시 보니 반갑네요, 헨리. 기분이 어때요?"

"특이하군."

헨리 포브스가 말했다.

"우리 일을 좀 도와주면 정말로 기분이 색다를 텐데요, 대장."

레오노프가 담담한 목소리로 말했다.

포브스는 몸을 돌렸다. 올드린과 레오노프가 이번 탐사의 핵심적인 작업을 반쯤 끝내 가는 모습이 보였다. 바로 와이어 송수신기를 설치하는 일이었다. 첫 번째로 할 일은 인데버 호의 하부에 고정된 끈을 잡아당겨서 임시로 대충 만들어 놓은 쓸데없이 복잡한 장치를 세우는 작업이었다. 그게 작동하든지 말든지 그건 상관없었다. 뒤이어 따라올 엔지니어들이 영구적인 기지에 쓸 부품들을 가져올 테니까.

그는 펄쩍 뛰어서 작업에 합류하러 갔다.

……지구는 보름달보다 훨씬 풍성한 빛을 내는 푸른색의 둥근 공이었다. 까만 하늘에 높이 떠 있어서 보려면 고개를 뒤로 젖혀야 했다. 유럽이 아침을 맞는 게 보였다. 먼지구름이 약간 피어오르고 있었지만 그는 대륙을 뚜렷하게 분간할 수 있었다. 영국은 선명히 보이지 않았지만. 최근 몇 년간 전반적으로 공기는 훨씬 깨끗해졌다. 물론 장기적으로 보면 와이어를 사용하여 산업 쓰레기를 해저에 버리는 현상이 문제가 될 것이다. 유독가스는 결국 대기로 빠져나올 테니까. 그리고 사실 달을 지구의 쓰레기장으로 사용하자는 제안도 있었다. 물론, 맥스가 결코 지치지 않고 그에게 열심히 설명하듯이, 와이어의 심장부에서 양자 이행 과정이 이루어지기 위해서는 수신하는 쪽에 변형이 가능한 비활성 질량이 있어야 가능했다. 그는 이게 미래의 고고학자들을 위한 멋진 수수께끼가 될 거라고 생각했다. 폐기된 핵발전소 한가운데에서 방사능을 띠고 있는 달의 먼지 덩어리가 발견되다

니…….

맥스와 이야기한 게 벌써 몇 달 전이었다. 어쩌면 바로 지금 그녀도 제임스 버크, 패트릭 무어, 아이작 아시모프가 진행하는 달 탐사에 관한 BBC 방송을 보고 있을지도 몰랐다.

아닐지도 몰랐다. 와이어 회사들이 양자 연구, 즉 양자 컴퓨터라든가, 심지어 「댄 대어」(1950년 영국에서 시작된 과학 만화 시리즈 — 옮긴이)에 나오는 우주선 엔진 비슷한 것까지 연구에 쏟아붓고 있는 수십억 달러의 돈 덕분에 새로 개발되는 것들이 맥스의 주의력을 모조리 끌어가고도 남았다. 포브스는 그게 전부 당황스럽고 좀 섬뜩하기까지 했다. 예를 들어, 양자 컴퓨터들은 각 '평행 우주'에서 동시에 계산을 수행함으로써 엄청난 속도를 얻을 터였다…….

송수신기가 설치되자 이제 깃발을 세울 차례였다. 망치와 낫 모양의 소련 국기와 영국 국기는 법정에라도 걸린 것처럼 우아하게 주름진 채 드리워졌다. 하지만 당황스럽게도 올드린은 대기가 없는 달에서 '펄럭일' 수 있도록 성조기에 철사를 끼워 넣어 고정한 채로 세워야 했다. 잠시 후에 진자가 도착했다. 텔레비전을 보고 있는 시청자들에게 그들이 실제로 달에 가 있음을, 달의 약한 중력을 받고 있음을 증명하기 위해 런던의 과학박물관에서 급히 제작한 간단한 기구였다.

세 명은 각자 자신의 국기를 향해 경례했고, 서로 사진을 찍어 주었다.

"인데버 호, 여기는 스티버니지. 좋습니다, 여러분. 이제 쇼는 끝났습니다. 잠시 후에 보도록 합시다……."

벌써? 포브스는 아쉽게 생각했다.

하지만 레오노프와 올드린은 이미 지시를 받들어 일렬로 와이어 송수신기를 향해 걸어가고 있었다. 그들은 무선 수송 특유의 푸른 섬광 속으로 사라졌고, 그 자리에는 대신 폴리에틸렌 주머니에 담긴 물이 나타났다.

포브스는 잠시 홀로 달 위에 서 있었다. 헬멧 속에서 숨소리가 크게 울렸다. 그는 퍼핑 빌리, 스피츠가 높은 고도에서 비행할 때 할 수 없이 사용해야 했던 불쾌한 냄새가 나는 산소 절약용 풀무를 떠올렸다…….

몇 분 후면 엔지니어, 그리고 일군의 기자, 달을 연구하는 과학자, 심지어 인데버 호의 보존 작업을 바로 시작하려는 과학박물관의 학자들이 몰려올 것이다. 그는 전인미답의 평원인 폭풍우의 바다를 둘러보며, 몇 주 또는 몇 달에 걸쳐 인간이 뭔가를 바삐 건설해 나가면서 그곳의 모습을 어떻게 바꾸어 놓을지 그려 보았다.

인데버 호는 깃발 뒤에 15미터의 높이로 자랑스럽게 서 있었다. 케블라 섬유로 만든 희미하게 빛나는 단열재로 감싸인 둥근 기수 앞에는 세라믹 열 차폐막이 무딘 곡선을 그리고 있었다. 고성능 롤스 로이스 액체 로켓엔진의 입을 떡 벌린 노즐 아래의 먼지는 빛을 내며 번뜩였다. 포브스는 엔진이 마치 꿈속에서처럼 작동해 주었다는 사실에 나름대로 자부심을 가지고 있었다.

하지만 인데버 호와 같은 우주선은 처음이자 마지막이었다. 새로운 세대의 우주선, 보이저나 마리너, 베네라 같은 이름을 지닌 복잡하고 영리한 무인 우주선들이 이미 와이어 플랫폼을 싣고서 화성, 금성, 그리고 목성의 위성을 향해 여행하고 있었다. 버즈 올드린은 운이 좋았던 것이다. 화성에 도착할 최초의 남자 또는 여자는 분명히 조종사가 아니라 정치가일 테니……

이번에도 역시 기술의 냉혹한 진보 덕분에 포브스는 다시 쓸모없는 존재가 되었다.

물론 지구로 돌아가면, 이번 달 탐사는 경력의 최정점으로 인정받을 것이다. 사람들은 그가 은퇴하리라고 기대할 것이다. 횃불을 후대에 넘기리라고. 와이어와 함께 성장한 별난 젊은이들에게…….

하지만 그는 아직 편안한 슬리퍼나 신고 지낼 준비가 되지 않았다. 달력이 뭐라고 말하든 상관없었다. 줄곧 아이를 갖는 데 실패했기 때문이라든가, 포브스가 나이 먹는 것을 거부한 탓도 있다는 등 기타 심리학에서 떠드는 그런 엇비슷한 이야기에 대해 맥스가 뭐라고 할지는 뻔했다. 하지만 포브스가 병원에서 개인적으로 받은 의료 진단서에는 은퇴해서 시골의 오두막에 사는 게 좋은 방법이 아닐지도 모른다는 내용이 담겨 있었다…….

그는 눈을 감고 임시 송수신기 안으로 걸어 들어갔다. 전자빔 스캐너가 온몸을 휘감자 찌르는 듯한 고통이 느껴졌다.

극초단파가 달에서 지구로 날아가는 2초 동안 그는 사실상 존재하지 않았다.

달에서보다 여섯 배는 큰 무게감이 갑자기 다가왔고 그는 우주복을 입은 채 비틀거렸다. 하지만 그에게는 몸을 지탱할 수 있는 두 손이 있었다. 주변이 소음으로 가득했다.

그는 눈을 떴다. 격리 시설의 벽 너머로 보이는 영국의 하늘은 회색이었고 사방을 둘러싸고 있었다.

1987년. 지구 저궤도, 브루넬 항.

항구가 열 분배를 위해 천천히 회전하면서 지구의 푸른빛이 비스듬히 선실 안으로 비쳐 들어오자 그는 잠에서 깼다.

그는 침낭에서 빠져나왔다. 얼마 남지 않은 머리칼을 손으로 한 번 쓸고는 차를 만들어 마셨다. 그건 폴리에틸렌 주머니에 뜨거운 물을 담은 후에, 만들어진 옅은 갈색의 걸쭉한 액체를 꼭지를 통해 빨아먹는 행위를 뜻했다. 구역질이 났다. 아무리 강하게 우려내도 플라스틱 맛을 감출 수 없었다. 게다가 이곳의 낮은 기압에서는 당연히 차도 적당히 뜨거운 온도로 데워지지 않았다…….

그래도 그는 이곳에 머물렀다. 비록 디스커버리 호의 제어 시스템에 대한 고문으로서의 역할이 명목상에 불과한 게 아닌가 하는 의심이 좀 들긴 했지만, 그는 충분히 바쁜 나날을 보내고 있었다. 일흔 살의 나이가 되어서야 그는 여유 있게 일어나는 법을 익혔던 것이다.

물론, 경치는 언제나 정신을 산만하게 만들었다.

오늘 영국은 스모그 없는 청명한 공기 속에서 밝은 정오의 햇살을 받아 빛나고 있었다. 집들은 드문드문 떨어져 있었는데, 궤도상에서도 포브스는 과거의 대도시(런던조차도)들이 얼마나 축소되었는지 볼 수 있었다. 거대한 흐린 잿빛의 교외 지역은 새로 조성되는 숲의 초록빛에 잠식되었다. 기차나 자동차를 타고 통근하는 건 과거의 일이었다. 도시에서 일하는 근로자들은 도시 중심부에 있는 옛 지하철 정거장에 설치된 와이어 송수신기에서 순식간에 튀어나왔다. M1 고속도로는 사실상 단일한 장거리 경주용 트랙으로 바뀌었다……. 그가 읽은 바에 따르면, 어떤 사람들은 전 세계의 여러 도시마다 책상을 두고

낮과 밤을 넘나들며 '일을 나누어' 하고 있다고도 했다. 포브스로서는
절대 못 할 일이었다.

치러야 할 대가도 물론 있었다. 스코틀랜드와 웨일스, 노섬벌랜드
의 산과 계곡 사이로 여기저기 흩어져 있는 수영장에서 반사되는 푸
른빛은 포브스가 있는 곳에서도 잘 보였다……. 영국인들은 환영에
불과한 황야를 찾아 조그만 섬들을 돌아다녔지만 남은 공간이 없었
다. 아름다운 지역을 보존하려는 시도도 있었다. 한 예로, 잉글랜드
서북부 국립 공원의 호수 지역에서는 관광객들이 거대한 유리 상자
안으로 전송되어 어항에 든 금붕어처럼 유리를 통해서 워즈워스가
사랑했던 호수의 전경을 구경했다…….

궤도상에서는 보이지 않는 대가도 있었다. 그는 프랑스와 처음 연
결되자마자 광견병이 영국을 휩쓸며 공황을 일으켰던 사건을 기억했
다. 1980년대 초반에 폭발적으로 증가했던 에이즈같이 훨씬 더 심각
한 전염병도 있었다. 일부 논평가들은 사람에 기생하는 다양한 바이
러스와 박테리아들이 감염 경로가 확대되면서 진화상의 폭발적인 성
장이 이루어지는 것을 만끽하고 있다고 지적했다. 또 어떤 사람들은
와이어로 연결된 세계에서 인류는 진화를 통해 맞대응하거나 멸망할
거라고 말했다.

물론 아직도 남아 있는 몇몇 병적일 정도의 반(反)와이어 논리는
포브스 같은 까다로운 늙은 회의론자가 보기에도 말이 안 되는 것이
었다. 와이어가 개통된 1963년 이후로, 시스템 자체에 심각한 문제,
즉 전송 중에 사람의 형태가 손실되거나 붕괴되는 문제가 발생한 적
은 없었고, 20세기 폭스사가 리메이크한 영화 「플라이」에서 소름 끼

치게 묘사한 상황과는 무관했다…….

와이어는 좋은 일에 쓰일 수 있다. 지지자들은 이렇게 주장했다. UN 조사관들을 양쪽 핵무기 저장고로 이리저리 전송함으로써 냉전을 와해시키는 데 쓰였고, 잠재적으로 문제가 될 만한 장소가 있는 곳이면 어디든지 조정자를 보냈다. 그리고 일어날 뻔했던 많은 재난을 막기도 했다. 1981년에는 이란 대사관에서 미국인들을 구출했고 82년에는 대서양 연합과 아르헨티나가 포클랜드 군도를 두고 벌이려는 전쟁을 막았으며 84년에는 에티오피아에서 방치된 채 기아로 죽어 가는 희생자들에게 구호품을 분배하기도 했다. 와이어는 그렇게 전 세계에 공상적 이상주의의 창궐을 불러일으킬 위험이 있는 것 같았다.

여하튼 지난번에 만났을 때 맥스는 그렇게 말했다. 하지만 그들은 논쟁을 벌였다.

그들은 갑자기 오랜 골이 생겨 버린, 완고한 두 이질적인 종족을 대표하는 사람 같았다. 맥스는 포브스의 근황을 묻기보다는 파인만, 도이치와 함께 연구 중인 양자 컴퓨터에 대해 강의하기를 더 즐겼다. 통신 기술에 의해 크게 변화된 삶을 살고 있는 두 사람이 서로 의사소통을 제대로 하지 못한다는 건 희한한 일이었다. 그리고 포브스는 만약 아이가 있었다면 (지금쯤은 다 자랐겠지만!) 둘 사이의 연결 고리가 되었을지 궁금했다.

하지만 어떤 면에서 보자면 맥스에게는 아이들이 있었다. 가끔씩 그는 맥스가 학생들이나 동료, 또는 그 밖에 신세대들과 쉽게 유대관계를 맺는 것 같아 부럽기도 했다.

"요즘 젊은 애들에게는 경계가 없어. 오로지 접근밖에 모르지. 전쟁이란 건 이해하지도 못해……. 와이어가 사람들을 바꿔 놓고 있다고, 헨리."

어쩌구저쩌구. 물론 그 말이 옳은지 그른지는, 집에 발을 못 들여놓게 된 이후로 포브스에게 사실상 전혀 중요하지 않았다.

지난 몇 년 동안 그는 무중력상태에서 보내는 시간에 무감각한 멍청이가 되어 버렸다. 게다가 근육 운동에 대해서도 전혀 신경 쓰지 않고 지냈다……. 돌팔이 의사들은 그의 골격과 심장 근육이 크게 쇠퇴했으며 뼈의 칼슘을 너무 낭비한 나머지 안쪽의 해면뼈가 사라져 버려 재생의 가능성이 없다고 설명했다.

지구에 돌아가면 그는 꼼짝없이 휠체어에 앉아 지낼 팔자였고 다른 사람들에게 성가신 존재가 될 터였다. 여기서 쾌속선인 디스커버리 호의 건설에 관여하는 편이 나았다. 비록 젊은이들이 그의 가치를 인정해 준다기보다는 마지못해 함께 지내고 있을 뿐이라는 의심이 들긴 했지만.

그는 아쉬운 듯 햇빛에 빛나는 영국에서 눈을 떼지 못했다. 1940년 유월, 푸른 하늘 높은 곳의 전장으로 스피츠를 몰아갈 때의 흥분을 떠올렸다. 귓가에는 프로펠러가 덜그럭거리는 소리가 울렸고, 코에는 엔진오일과 가죽의 지독한 냄새가 맴돌았다…… 빌어먹을 정도로 특이한 경험이었다. 지금 그는 궤도 위에 있었다. 그는 달에 가 본 적도 있었다. 하지만 어찌된 일인지 젊었던 시절의 생생한 순간들에 비할 만한 건 없었다.

항구가 천천히 회전하면서 영국이 시야에서 사라지고, 그 자리에 디스커버리 호의 매끄러운 유선형 몸체가 나타났다. 과거를 대신하는 미래의 상징이었다.

포브스는 차를 다 마시고 한숨을 내쉰 후, 매일 겪는 무중력 화장실에서의 힘든 일과를 준비했다. 미국인들은 훌륭한 사람들이었지만 배관 설계에는 영 젬병이었다…….

1997년. 화성 궤도, 디스커버리 호.

전시의 비행장에서 황급히 이륙하는 긴박감은 물론이거니와 인데버 호나 콩그리브 호가 이륙할 때 느꼈던 흥분에 비교해도, 인류 최초의 항성간 우주선 발진이라는 사건은 포브스에게 아주 담담하게 다가왔다. 물론 극적인 일이긴 했다. 지금 이 순간에도 거대한 핵융합 로켓 너바 4호의 거대한 노즐 안에서는 수소 연료가 순환하면서 냉각되고 있었다. 수소는 조만간 심장부로 전달되어 엄청나게 뜨거워진 후에 다시 배출되며 거대한 우주선에 추진력을 제공해 줄 것이다.

옛날 쿡 선장도 디스커버리 호를 타고 태평양을 향해 출발하면서 좀 더 큰 소리로 떠들어 대긴 했다. 어쨌거나 별들을 향한 인류 최초의 여행이 아닌가…….

하지만 이번에는 카운트다운조차 하지 않았다. 포브스는 그저 다른 승무원들과 함께 사령관과 부조종사(우연히, 둘 다 여자였다.)보다 몇 줄 뒤에 있는 자기 자리에 앉아서 그들이 젊고 활기찬 목소리로 포트 로웰의 정비공과 점검 작업을 하는 소리를 듣고 있었다.

심지어 주위 환경조차 일상적이었다. 조그만 비행기의 내부처럼, 접어서 보관하는 장비, 크기만 축소된 취사실에 무중력상태에서의 위

아래 표시까지. 창밖으로 보이는 주름진 주홍색 대지만이 유일하게 독특해 보였다. 오랫동안 붉었던 대지는 이제 첫 시험비행으로 화성까지 날아온 디스커버리 호에 물자를 보급해 준 개척민들의 녹색 돔으로 얼룩져 있었다.

인류의 첫 항성간 우주선은 거대한 화살을 닮았다. 거주 구역은 쿠나드(영국의 유람선 회사 — 옮긴이)가 내부 설계를 맡았고, 솔직히 말해서 호사스러웠다. 그것은 유선형 몸체의 앞쪽에 위치하여, 화살의 '대' 부분에 해당하는 너바 4호로부터 안전한 곳에 떨어져 있었다. 화살대 부분은 100미터 정도의 개방형 구조물로 차폐막과 안테나, 액체 수소 연료 탱크로 가득했다.

포브스는 우주선의 유선형 선체에 재미있어 했다. 왜냐하면 거주 구역이 어린 시절 애청하던 토요일 아침 특별 프로그램에 나오던 V2 모양의 우주선과 꼭 닮았기 때문이었다. 그런 모양의 우주선은 1960, 70년대 인데버 호 등 진공의 우주에 적합하게 만든 곤충 모양의 우주선이 설계도에 등장하면서부터는 웃음거리가 되었다.

그러나 이런 일이 처음은 아니지만, 결국 전문가들이 틀렸다는 사실이 드러났다. 항성간 공간은 비어 있지 않았다. 가스와 먼지가 있었다. 아주 희박하여 4세제곱킬로미터당 박테리아 크기의 알갱이 50 내지는 60개 정도의 양에 불과하지만, 광속에 근접해 보겠다고 엄청난 속도를 내는(바로 디스커버리 호가 하려는 것이다.) 현명하지 못한 우주선의 이물을 적지 않게 두들겨 주기에는 충분했다. 그런 연유로 우주선은 유선형의 형태를 띠게 되었고, 겉에는 두꺼운 충격 보호막을 덮고 있을 뿐만 아니라 심지어 앞머리에 꽤 강력한 먼지 분쇄용 단파 발생기를 장착하게 되었다.

광속에 근접한다……. 너바 4호도 그런 속도를 내기에는 역부족이었다. 그것은 미국에서 과도한 기술력이 낳은 거대한 괴물로, 원래는 훨씬 더 작은 우주선을 화성까지만 보내려고 만든 것이었다. 하지만 그건 HRP 효과가 없을 때의 얘기였다.

HRP 효과. 양자 진공에 대한 중요한 돌파구를 찾아낸 물리학자인 하이슈와 루에다, 푸토프의 머릿글자를 딴 이름이라고 맥스가 설명해 주었다. '비어 있는' 진공이 실제로는 비어 있는 것이 아니라 가상 입자가 끊임없이 존재와 비존재의 경계를 넘나들며 끓어오르는 에너지의 파도로 가득 차 있다는 것이다. 이 '영점 에너지장'은 전자기력을 생성하여 통과하는 물체를 끌어당긴다……. 그리고 물체를 처음 움직이는 일을 힘들게 만드는 원인인 질량과 관성 효과를 만들어 내는 건 바로 그 인력이었다.

엄청난 부자이며 40년 경력의 양자 효과 전문가들인 대규모의 와이어 운영자들은 HRP 효과의 결과를 즉시 이해했다. 디스커버리 호가 그 결과로, 관성 억제기에 의해 사실상 무게가 거의 나가지 않게 만들어졌고, 따라서 평범한 엔진만으로도 엄청나게 가속될 수 있었다…….

이제, 담담하건 아니건 조종사의 예비 작업은 절정을 향해 다가가고 있었다.

나머지 승무원, 즉 건강하고 영리한 젊은이들은 아무 걱정이 없어 보였다. 포브스가 못마땅하게 생각하는 동안 그들은 두 명씩 짝지어 의자에 가만히 앉아 있었다. 그들은 디스커버리 호의 유선형 선체 내부라는 한정된 공간 속에서도 알파 켄타우리까지 가는 30년 동안의 여행을 견뎌 낼 것이다. 인생을 보내며 조용히 공부를 하고 우주선을 정비하고 심지어 아이도 키워 가면서. 무중력이라는 가혹한 환경 때문에 고생할 필요도 없었다. 진공 에너지장을 조작하면 문제를 해결할 수 있었다…….

물론 그들과 이야기를 나누려고 노력도 해 보았다.

예를 들면, 1941년 공습 때 버릭셔의 세인트앱스헤드 근처에서 하인켈 111 폭격기를 격추시켰던 얘기라든가. 공중을 선회하던 그는 하인켈에 탔던 조종사들이 급히 물러서는 모습을 보았고, 그들이 거의 손상되지 않은 폭격기에 불을 지르려고 한다는 것을 깨달았다. 그래서 그는 착륙해서 그들을 막기로 결심했다. 하지만 스피츠는 진흙탕을 들이받고 땅 위를 굴러 뒤집어져 버렸다. 포브스는 부상당하지 않았지만 하인켈의 조종사들이 구하러 올 때까지 속절없이 안전띠에 거꾸로 매달려 있을 수밖에 없었다. 그리고 지역 방위 자원군이 접근해 오자 독일인들은 루거(독일군이 썼던 자동 권총 — 옮긴이)를 포브스에게 넘기고 항복했다. 하지만 자원병들은 적군으로 착각하여 즉시 포브스를 체포했다. 그는 국세청의 납세 신고서를 주머니에서 꺼내 보여 준 후에야 곤경에서 빠져나올 수 있었다…….

그런 종류의 얘기를 했다. 별들을 향한 운명을 타고난 젊은이들은 예의 바르게 이야기를 들었다. 하지만 그들에게 포브스나 그가 해 주는 전쟁과 영웅에 대한 이야기, 국세청 같은 건 아득히 멀리 떨어진 암흑의 시대에 속해 있었다.

어쩌면 맥스가 옳았는지도 몰랐다. 인내심 많고 두려움을 모르는 젊은이들, 경계나 한계가 존재하지 않으며 해가 갈수록 점점 더 부유해지는 와이어 시대에 태어나서 자라난 젊은이들은 정말로 선조들과 많이 달랐다.

맥스는 새로운 종족이라고 말하기까지 했다.

어쩌면. 심지어 포브스조차도 종종 자기 같은 늙은 멍청이가 그런 여행을 떠맡는다는 사실에 어처구니없어 했다. 그건 HRP 효과 덕분에 아무리 우주선이라고 해도 하중에 대한 비용이 전무하다 싶을 정도로 낮았기 때문이다. 게다가《마션 타임스》는 여행 도중에 그가 관측한 내용을 지구에 방송해 주는 대가로 상당한 액수의 선금을 지불했……

그러나 그는 자기가 와이어를 통해 지구로 되돌아오지 못할 것은 물론이거니와 살아서 알파 켄타우리의 빛을 볼 수 없을 거라고 확신했다. 하지만 유감스럽지는 않았다. 그에게는 혼란스러운 지구에서 탈출한다는 게 중요했다.

달랐던 시절을 기억하는 포브스는 현대사회의 몇몇 억측이 점점 더 불편해지고 있었다. 와이어가 가져온 서양 사회의 패권이 정말 좋은 것이었을까? 한 예로, 걸프전에서 미국 해병대는 숨겨진 와이어 관문을 사용하여 사담의 벙커를 급습했고, 사실상 총 한 발 쏘지 않고 그를 권좌에서 끌어내려 그 국가를 '해방'시켰……. 사담이 극악무도했던 건 사실이다. 하지만 포브스는 나치가 이미 그와 비슷한 계획을 꾀한 적이 있다는 사실을 떠올렸다. 그런 행위가 평범한 이라크 인들에게 어떻게 보였을까?

하지만 그런 주장은 변명에 불과했다. 맥스는 그렇게 말했다. 그녀

는 포브스가 시도하는 일이 미래를 앞지르려는 거라고 재차 이야기
했다. 이제는 그만 포기하라고, 젊은 세대를 두려워하지 말고 신뢰하
도록 해 보라고……. 포브스가 그런 이야기에 귀를 막은 지는 한참 되
었다.

그러나 결국에는 그녀를 잃는다는 게 안타까웠다. 이제 친구에 불
과하다는, 더 이상 사랑하는 사이가 아니라는 말을 그는 할 수 없었
다. 그녀는 다른 누구도 아닌 바로 맥스였다. 그리고 주름살이 점점
늘어 가는 맥스의 얼굴은 그의 마음속에서 밝고 흥분 잘하는, 붉은 머
리에 황갈색 옷을 입은 아가씨의 모습과 겹쳐졌다…….

그는 자기가 점점 늙고 감상적인 멍청이가 되어 가고 있다고 결론
지었다.

낮은 진동이 의자를 통해 전달되어 왔다. 부드럽고 나직했지만, 포
브스는 어쩔 수 없이 스핏파이어의 멀린 엔진이 내지르는 비명소리,
머스터드의 거대한 액체연료 로켓이 우르릉거리는 소리를 떠올렸다.

가속도가 증가하자 선실이 기우는 듯했다. 가을빛 화성의 모습이
희미해졌다.

포브스는 희열이 몰려오는 것을 느꼈다. 나이야 아무래도 좋았다.
그는 별을 향해 가고 있었던 것이다.

2007년. 영국, 옥스퍼드.

……갈 수 있을 때면 난 언제나 세미나에 참석해. 와이어 여행 따위
는 나같이 늙은 여자에게도 전혀 어려운 일이 아니야. 사실 지난번에
참석했던 세미나는 대학에서 새로 지은 쇼 도서관(들어 본 적 있어?)

에서 열렸던 것이지만. 보들레이안 도서관에 있는 방 하나는 와이어 문을 통해서 달, 화성, 가니메데, 트리톤 등과 연결되어 있어…….

내가 비록 신앙에 가까울 정도로 경도되어 있는 건 사실이지만, 헨리, 당신은 나조차도 새로운 아이디어를 거의 따라잡지 못하고 있다는 걸 믿지 못할 거야.

우선, 마음의 와이어 전송. 당신한테는 허황된 소리처럼 들릴지도 몰라. 나한테도 그랬거든! 하지만 진짜야. 인간 의식(물론 의식 그 자체야.)의 작용을 지배하는 방정식이 양자 현상이라는 걸 이해한 지금 이건 정말로 가능성 있는 얘기라고. 전부 양자 컴퓨터의 발전 덕분이야. 당신도 알잖아, 헨리. 아무리 허황된 얘기처럼 들릴지 몰라도 당신의 소중한 디스커버리 호는 용량이 양자점(量子點) 백만 개에 달하는 인수분해 엔진으로 움직이고 있잖아! 그리고 계산 능력은 조합에 달려 있고…… 오, 헨리, 지금은 이걸 전부 설명할 시간이 없어. 일단 마음 하나보다는 둘이 훨씬 낫다는 것만 이야기해 둘게. 그리고 셋이나 넷, 혹은 십억 개의 마음은 더…… 어떤 사람들은 우리가 호모하빌리스 이후로 인류 진화에 가장 극적인 순간을 맞이하고 있다고 생각해.

그리고 또 뭐가 있더라?

음, 새로 만든 나노게이트에 대해서는 읽어 봤을 테고 한 번에 원자 하나를 전송할 수 있는 소형 와이어 관문 말이야…… 그것의 의학적인 적용에 대해 《랜싯》(영국의 의학 전문지 — 옮긴이)에 짤막한 기사가 났어. 환자의 몸에 스마트 나노게이트를 주사해서 독소나 암세포를 제거하거나 몸 밖으로 전송해 버릴 수 있을 거래……! 불행히도, 난 이미 너무 늦었지만…….

그리고 초광속 여행이 가능해질 수도 있어…… 자, 어떻게 생각해? 양자 터널 효과라고 하는 것 덕분이야. 벽을 둘러서 광양자를 가두려고 할 때 양자의 불확실성 때문에 어느 순간 양자가 밖에 나와 있을 가능성이 비록 적긴 하지만 분명히 있어. 실제로 보면 시간차는 전혀 느껴지지 않을 거야…… 내가 몇 십 년 동안 이론적인 연구를 지켜보고 있었는데, 사실상의 돌파구가 마련된 건 오스트레일리아의 연구팀이 또렷하지는 않지만 모차르트의 「교향곡 40번」을 광속보다 4.7배 빠르게 전송했을 때였어! 그리고 올해, 벨 연구소에서는 나무 상자를 몇 킬로미터 전송해 볼 예정이야. 와이어를 처음 실험하던 때처럼 말이야.

헨리, 당신이 그 관성 추진으로 느릿느릿 기어가는 솝위드 캐멀(1차 세계 대전 당시 영국의 주력기 — 옮긴이)을 타고 켄타우리에 도착하기도 전에 광속보다 빠른 스핏파이어가 당신보다 먼저 도착하지 않았으면 좋겠어!……

그래서 난 아직도 일에 둘러싸여 있는 중이야. 그리고 헨리, 내가 젊은 애들이 대단하다고, 가끔 무섭긴 해도 우리보다 훨씬 낫다고 하면 좀 믿어 봐. 똑같은 말을 반복한다는 건 나도 알아. 하지만 새로 선출된 수상이 와이어 서비스가 개통된 후에 태어났다는 걸 알기나 해? 깃발에 얽힌 바보 같은 일은 기억나지? 한참 전 같은데…… 수상이라니. 나 원, 바보 같기는, 주지사 얘기였어. 나도 이제 늙었나 봐!

사람들이 말하기를 요새 학교 다니는 애들은 국가의 개념도 잘 모른다는 거야. 불과 반세기 전에 전쟁에서 벗어났다는 게 믿어지지 않을 정도지…… 전쟁은 끔찍한 인신공양 같은 거라고 생각하나 봐……. 우리 늙은이들은 불편할 때도 있지. 하지만 논리를 거부할 수는 없는 노룻이지! 젊은 세대는 부유하고 깨끗한 세계에서 살아. 그리고 삶에 필요한 기본적인 물품이 부족해질 이유도 없어. 태양계 전체가 고갈되기 시작하면 우리에겐 별이 있지. 당신과 디스커버리 호 덕분에…….

변화를 받아들이기 힘들다는 건 알아. 나도 가끔씩 이 새로운 세상이 아주 이상하게 느껴질 때가 있어. 앞으로 10년, 20년, 혹은 30년 후, 사람의 생각이 와이어로 모두 연결되었을 때 인간성이란 게 어디에 있을지 궁금하기도 하고. 어떻게 보면 당신이 왜 그렇게 도망치기만 했는지 (결국에는 머나먼 별까지!) 이해가 돼. 하지만 두려워할 건 없어. 어쩌면 당신한테 자기 아이가 있었다면, 아니면 우리가 아이를 가졌다면 알 수 있었을지도 몰라…….

지금 내가 전해 준 약간의 소식 때문에 낙담한 건 아니겠지, 헨리? 나는 아프지도 불편하지도 않아. 나는 살아오면서 수없이 많은 농담의 대상이 되었어. 당신의 옛 공군 친구들이 하던 그런 종류 말이야. 그런 나날을 보내면서도 내가 당신에게 신경을 쓰고 있었다는 걸 알겠지! 내가 유일하게 유감스러워 하는 것은 앞으로 열릴 멋진 미래를 볼 수 없다는 거야…… 그리고 당신도 다시 볼 수 없겠지. 맞아. 그게 나한텐 중요한 일이야…….

2017년. 별들 사이에서.

그는 자기 선실에 누워 있었다. 구식의 기계장치 시계는 부드럽게 바늘 움직이는 소리를 냈다. 아무런 냄새도 맡지 못했고, 아무런 맛도 느끼지 못했고, 숨을 쉴 때마다 아팠으며, 눈에 보이는 거라고는 흐릿한 형체뿐이었다. 그는 쓸모없는 노인이었고 그건 의심의 여지가 없었다. 그리고 이런 야단법석은 이제 겪을 만큼 겪었다…….

어쩐 일인지 그는 오늘이 바로 그날이라는 것을 알았다.

그건 포브스에게 그다지 큰 비극으로 여겨지지 않았다. 마치 코끼리 같다고 생각했다. 예전에, 그러니까 전쟁 전, 제국이 무너지기 전에 그는 인도에 갔던 사람을 한 명 알고 있었고, 그 친구는 돌아와서 코끼리에 대한 얘기, 코끼리는 그 시간이 왔다는 걸 알고 있더라는 얘기를 해 주었다. 시간이 된 코끼리는 무리를 떠나 조용한 장소를 찾는다고 했다. 공연히 법석을 떨지 않고…….

어쩌면 그건 사실일지도 몰랐다. 그리고 어쩌면 인간도 같은 본능을 지니고 있을지도 몰랐다. 만약 그렇다면, 그건 상당한 위안이 되었다. 어쨌건 그는 오래 살았다. 40년대를 겪으면서 오랜 목숨을 산 것일지도 몰랐다. 여러 명의 착한 사람들도 바로 그랬다.

숨이 목구멍에 걸리고 있었다. 엄청나게 성가셨다.

주위의 벽이 희미해졌다.

그는 찌르는 듯한 충격을 느꼈다…… 그리고 짜증도. 무서웠다. 하지만 이제 와서 무섭다는 게 무슨 의미가 있을까?

……하지만 그는 별들 사이에 있었다. 위에도 아래에도 별들이 사방을 둘러싸고 있었다. 앞쪽의 별들은 창백한 푸른빛을 띠고 있었다.

……우리를 두려워해서는 안 돼요.

광점(光點)이 나타났다. 작았고 하늘은 여전히 한밤중처럼 진한 흑청색이었지만 다른 별들을 묻어 버리기에 충분했다.

비좁은 선실. 손아귀에 쥐고 있는 막대. 귀에 뭔가가 들어 있었다. 그는 손을 들어 올렸다. 그건 솜이었다…….

맙소사. 그는 다시 뱀파이어를 타고 있었다. 그를 둘러싸고 있는 건 뱀파이어의 연녹색 동체였다. 심지어 단춧구멍에 신선한 카네이션까지 꽂혀 있었다.

어둠 속으로 도망칠 필요는 없습니다.

뱀파이어가 기수를 앞으로 기울이자 지구가 그의 발아래 펼쳐졌다. 부드러운 곡선, 반짝이는 빛의 망, 와이어 연속체.

우리는 당신입니다. 당신은 우리고요. 당신의 용기 덕분에 인류는 영원히 살게 되었습니다. 당신께 경의를 표합니다. 우리와 함께하세요.

그랬다. 젊은 친구들…… 지금 그들이 어떤 존재가 되었는지는 모르겠지만 그들은 포브스를 별들에서 다시 고향으로 데리고 온 것이다. 그런 일을 할 수 있다니, 그들은 마치 신과 같았다. 그들을 무서워해야 할 것 같은 생각이 들었다, 항상 그랬던 것처럼, 조금.

하지만 어쨌거나 그들은 인류의 자식이었다.

어쩌면 맥스가 옳았는지도 몰랐다. 어쩌면 그의 운명을 다른 이의 손에 맡겨야 할 때가 드디어 왔는지도 몰랐다.

그러나 이제 맥스는 없었다. 그들이라고 해도 내세에 손을 뻗칠 수는 없었다. 어쨌든, 아직까지는.

돌아오신 것을 환영합니다…….

돌아가면 이제 안전할 것이다. 하지만 서두를 필요는 없었다. 몇 분 더 기다린다고 해도 상관없었다. 어쩌면 비행기를 타고 런던 상공을 몇 번 돌 수 있을지도 몰랐다.

그는 뱀파이어의 기수를 낮추고 대기권을 향해 기나긴 하강을 시작했다.

이웃을 교화하기 |Improving the Neighbourhood|

1999년 4월, 《네이처(Nature)》에 첫 게재.

사상 최초로 《네이처》에 실린 과학소설이다. 얼마나 많은 《네이처》의 보수적인 독자들이 심장마비를 일으켰을지 궁금하다.

우리가 지닌 정보처리 능력을 최대한으로 발휘한 결과 마침내 우리는 한참 동안 풀리지 않고 있던 '이중 신성'의 수수께끼를 해결했다. 그렇다고 해도 사실 우리는 그토록 장엄하게 최후를 맞이한 문명이 보내온 메시지와 영상의 극히 일부분만을 해독한 것에 불과하다. 하지만 대단히 놀라운 일이긴 해도 주된 골자에 대해서는 논쟁의 여지가 없는 것 같다.

얼마 전에 멸망한 우리의 이웃은 우리 행성과 아주 비슷한 세계에서 진화했다. 모성(母星)으로부터의 거리도 평소에 물이 액체 상태를 유지할 정도였다. 미개했던 시절을 한참 겪은 뒤 그들은 바로 사용 가능한 물질과 에너지원을 이용하여 기술을 발달시키기 시작했다. 그들이 만든 최초의 기계는 우리와 마찬가지로 수소, 탄소, 산소 등의 원소가 일으키는 화학반응에서 힘을 얻었다.

자연히 그들은 땅과 바다를 다니기 위해 차량을 만들었고, 나아가 대기권을 지나 우주로 나갈 수 있는 우주선도 만들었다. 전기를 발견한 후에는 원거리 통신 기술을 빠르게 발달시켰고, 그들이 만든 무선 송수신기 덕분에 우리는 그들의 존재를 알게 되었다. 그들이 우리에게 보내 준 동영상을 통해 우리는 그들의 외모와 행동에 대해 알 수 있었지만, 그들의 역사와 최후의 운명에 대한 우리의 지식은 대부분 그들이 정보를 저장할 때 사용하는 복잡한 기호를 통해 얻었다.

종말을 맞이하기 얼마 전, 그들은 에너지 위기와 맞닥뜨렸다. 어느 정도는 그들의 거대한 육체와 격렬한 활동에 기인했다. 한동안은 널리 사용 중이었던 우라늄 핵분열과 수소 핵융합 기술을 이용하여 불가피한 운명을 늦출 수 있었다. 그리고 대체 에너지의 필요성을 절감한 그들은 여러 차례에 걸쳐 필사적인 시도를 했다. 과학적으로는 흥미롭지만 실용적인 가치는 없는 저온 핵융합 기술을 비롯하여 몇 번의 시행착오를 거친 후 그들은 우주의 형성 초기에 발생하는 양자 요동의 문을 두드리는 데 성공했다. 이를 통해 그들은 사실상 무한한 에너지원에 접근할 수 있었다.

이후에 일어난 일은 여전히 추측에 의존할 수밖에 없다. 단순한 산업 사고였을 수도 있고, 어쩌면 상대방보다 유리한 고지를 점하려던 경쟁 조직들 중 하나가 꾸민 일이었을지도 모른다. 어쨌거나 우주의 궁극적인 힘을 잘못 다룸으로써 그들은 스스로의 행성(바로 뒤이어서는 하나 있던 조그만 위성까지도)을 날려 버리는 비극을 초래한 것이다.

그 어떤 지적 존재의 절멸에 대해서도 예외 없이 애도해야 함이 마땅하지만 이 경우에는 그다지 큰 동정심을 느낄 수가 없다. 그 거대한 생명체의 역사는 동족에 대한, 그리고 같은 행성에 함께 살고 있는 수많은 다른 종족에 대한 폭력으로 점철되어 있다. 우리가 오래전에 그랬듯이 그들도 마땅히 겪었어야 했을 탄소 기반에서 게르마늄 기반으로의 의식 전환 과정이 이루어졌는지 아닌지는 상당한 논쟁의 대상이 되고 있다. 가여울 정도로 낮은 전송 비율로, 게다가 대기 속에서는 아주 짧은 거리에서만 서로 정보를 교환하던 거대한 몸집의 개체들치고는 이루어 놓은 성과가 상당히 인상적이다!

분명히 그들은 볼품없고 화학적으로 에너지를 공급받아야 하는 육체를 버리고 훨씬 더 많은 접속을 경험할 수 있도록 해 주는 기술을 개발하기 일보 직전에 있었다. 만약 성공했다면 그들은 이 지역 성단에 존재하는 모든 문명에 심각한 위협이 되었을 것이다.

앞으로 다시는 이런 상황이 발생하지 않도록 주의해야 한다.

21세기의 노벨상 수상자인 폰스와 플라이슈만에게 바친다. (1989년에 스탠리 폰스와 마틴 플라이슈만은 상온 핵융합에 성공했다는 발표를 하여 과학계에 일대 소동을 불러일으켰다. ─ 옮긴이)

옮긴이 | 고호관

오랜 SF팬으로 건축과 과학사를 전공했으며, 현재 ㈜동아사이언스에서 과학 기자로 일하고 있다. 아서 클라크로 인해 SF에 빠져들게 된 만큼 그의 작품을 번역했다는 데 큰 기쁨을 느끼고 있다.

환상문학전집 ● 31

아서 클라크 단편 전집 1960-1999

1판 1쇄 2009년 3월 13일 펴냄
1판 4쇄 2018년 8월 16일 펴냄

지은이 | 아서 C. 클라크
옮긴이 | 고호관
발행인 | 박근섭
편집인 | 김준혁
펴낸곳 | 황금가지

출판등록 | 2009. 10. 8 (제2009-000273호)
주소 | 135-887 서울 강남구 신사동 506 강남출판문화센터 5층
전화 | 영업부 515-2000 **편집부** 3446-8774 **팩시밀리** 515-2007
홈페이지 | www.goldenbough.co.kr

도서 파본 등의 이유로 반송이 필요할 경우에는 구매처에서 교환하시고
출판사 교환이 필요할 경우에는 아래 주소로 반송 사유를 적어 도서와 함께 보내주세요.
135-887 서울 강남구 신사동 506 강남출판문화센터 6층 민음인 마케팅부

한국어판 © 황금가지, 2009. Printed in Seoul, Korea

ISBN 978-89-6017-204-3 04840
ISBN 978-89-6017-200-5 04840(세트)

㈜민음인은 민음사 출판 그룹의 자회사입니다.
황금가지는 ㈜민음인의 픽션 전문 출간 브랜드입니다.